마루키 이리(丸木位里) · 마루키 도시(丸木俊) 그림, 「오키나와 전투 그림(沖縄戰の圖)」, 가로 8.5m×세로 4m, 수묵채색화, 1984, 사키마(佐喜眞)미술관 소장. 오키나와 전투 당시 집단 자살 등 자연 동굴 속에서 자행된 오키나와 주민 학살의 참상 등을 묘사하고 있다.

철鐵의 폭풍

제국의 버림받은 섬,
오키나와
83일의 기록

철鐵의 폭풍

오키나와타임스 편집
정선태 감수 · 해제
김란경 · 김지혜 · 정현주 옮김

산처럼

| 일러두기 |

1. 이 책은 沖縄タイムス社 編, 『鐵の暴風: 沖縄戰記』(沖縄タイムス社, 1950/2001)를 번역한 것이다.
2. 외래어 인명·지명은 국립국어원의 외래어표기법에 따라 표기했다.
3. 본문에 설명이 필요한 부분에는 괄호 안에 옮긴이 주를 달았다.

중판重版에 즈음하여

주민의 입장에서 겪은 태평양전쟁(오키나와 전투)의 기록 『철의 폭풍』은 1950년 8월 15일 처음 세상에 나왔습니다.

초판은 미군정 치하라는 악조건에서 간행되었습니다. 그러나 집필하면서 미군이 어떤 의도를 가지고 있으며, 받아들이는 쪽은 어떻게 생각할지 전혀 고려하지 않았습니다. 그 후 판을 거듭하여 4쇄를 찍으면서 오키나와에서 유일한 스테디셀러로 자리 잡았습니다. 이제 제2판 이후 여기저기에서 보이는 오류를 바로잡아 이 책을 결정판으로 간행하게 되었습니다.

전후 50년의 세월이 지나면서 오키나와 전투에 관한 새로운 사실을 발견하고 자료를 발굴하는 일에도 진전이 있었습니다. 하지만 제2판을 간행하면서 여러 행의 문구를 삭제한 것과, 사실과 차이 나는 분명한 오류를 정정한 것 말고는 모든 것이 초판 그대로입니다. 또 권두의 사진은 일부를 남기고 대부분 교체했습니다.

『철의 폭풍』은 지금까지 오키나와 역사를 증언해왔습니다. 앞으로도 오키나와 전투를 기록한 원전原典으로서 역사의 증언을 이어나갈 것입니다.

1993년 7월 1일

오키나와타임스

책을 내면서

여기에 미군이 상륙할 때부터 일본군 수비대가 궤멸해갈 때까지 주민의 입장에서 바라본 오키나와 전투의 전반적인 양상을 그려보았다. 생존자의 체험을 통해 가능하면 정확한 자료를 수집하여 써내려간 전쟁 기록으로 독자 여러분 앞에 내놓는다.

이 기록의 목적은 군의 작전상의 움직임을 파악하려는 것이 아니다. 어디까지나 주민의 움직임에 중점을 두고, 오키나와 주민이 이 전쟁으로 얼마나 고통스러웠는지, 또 전쟁이 초래한 것은 무엇이었는지를 있는 그대로 호소하고 싶다. 이것은 그 어떤 전장戰場에서도 없었던 일이며 그 어떤 전쟁 기록에서도 찾아볼 수 없었던 것이다.

엄청난 파괴력을 지닌 과학 병기가 난무한 입체전, 더구나 전후방이 따로 없었던 오키나와 전투는 잔혹한 근대전이 가장 압축된 형태로 진행되었던 유일한 실례다. 미군의 입체적인 육해공 공격 앞에서 일본군 수비대는 지하 전술로 일관했다. 한 쪽은 양과 질에서 압도적인 과학

병기의 파괴력에 자신감을 가졌고, 다른 한 쪽은 자연 동굴 진지의 견고함에 의지하며 물량의 한계를 뛰어넘을 수 있을 거라는 한 가닥 헛된 희망을 품을 뿐이었다.

더욱이 달아날 곳이 없었던 수십만 주민은 굶주림 속에서 우왕좌왕하다가 포탄과 폭탄에 헛된 희생양이 되어 인간이 빚어낼 수 있는 비극의 극치를 보여주었다. 오키나와에는 자연 동굴(오키나와는 석회암 지대로서 가마ガマ라고 불리는 석회암 동굴이 많이 있었다—옮긴이)이 도처에 있었다. 그리고 곧바로 엄폐호가 될 수 있는 튼튼한 무덤도 있었다. 주민들은 동굴에서 동굴로, 무덤에서 무덤으로, 보잘것없는 짐을 부둥켜안고서 죽음의 방황을 이어갔다. 더러는 한 가족이 조상의 무덤에서 죽음을 기다렸으며, 더러는 한 동굴에서 수백 명의 남녀노소가 몽켜 비참한 생활을 이어갔다. 포탄과 폭탄이 멈춘 틈을 타 먹을거리와 물을 찾으러 동굴 밖으로 나왔다가 다치거나 죽는 사람들이 속출했다.

오키나와 전투가 끝났을 때, 특히 격전지였던 오키나와섬 중남부는 나무 한 그루 풀 한 포기도 남아 있지 않을 정도로 붉은 맨땅을 고스란히 드러내고 있었다. 그리고 겨우 죽음을 면한 사람들은 극도의 긴장과 영양실조, 불편한 동굴 생활 탓에 살아 있으되 살아 있는 사람이라고 생각할 수 없을 정도였다. 그것은 인간이 체력을 유지하기에는 너무나도 가혹했던, 오랜 시간 암흑 속에서 피로와 불결함을 견뎌야 했던 생활을 말해주는 모습이었다. 죽기를 강요당하고, 끊임없이 죽음의 공포에 소스라치며 살아남으려 발버둥친 인간의 최악의 모습이었다. 바로 여기에 막다른 곳까지 내몰린 인간의 다양한 모습이 있다. 여기에 진실한 이야기가 있다.

물론 우리는 일본 군국주의의 침략 전쟁에 희생되었지만 우리가 말하고 싶은 것은 좀 더 깊은 곳에 있다.

'민족을 넘어선, 인간으로서의 이해와 우정', 우리는 그것을 비원悲願하며 영원한 평화를 희구한다. 나아가 우리 오키나와 사람들은 이 책이 지나간 '악몽 같은 전쟁'을 잊지 않고 다시 한 번 당시를 돌아보며 통렬한 반성의 계기가 되기를 바란다. 아울러 다음 세대가 새롭게 발전하는 데 자료가 되어 다시는 이런 어리석음을 되풀이하지 않기를 염원한다.

다행인지 불행인지 당시 오키나와의 유일한 신문으로 전쟁의 온갖 고통과 싸우며 방공호 안에서 신문을 발행하는 사명감으로 살았던 구 오키나와신보사沖縄新報社(현재 오키나와타임스—옮긴이) 전 사원은 전쟁을 목격하고 체험한 끝에 혹독한 전쟁의 실상을 세상에 빠짐없이 알려야 할 책무를 통감했다. 드디어 종전 4년째인 1949년 5월, 구 오키나와신보사 편집국장이자 현 오키나와타임스 이사 도요히라 료켄豊平良顯(감수), 구 오키나와신보사 기자이자 현 오키나와타임스 기자 마키미나토 도쿠조牧港篤三(집필), 현 오키나와타임스 기자 이사 료하쿠伊佐良博(집필) 등 세 사람에게 편찬을 맡겨 1년이 걸린 끝에 이 책을 출판하기에 이르렀다. 앞에서 말한 바와 같이 이 기록은 군의 작전상의 움직임 등을 파악하기 위한 것이 아니라 주민들과 비전투원들의 움직임에 중점을 두었다는 점에서 달리 유례가 없는 독자적인 성격을 지니고 있다.

1950년 7월 1일

오키나와타임스

철鐵의 폭풍

차례

제1부

폭풍 전야

흔들리는 상하常夏의 섬

1

제2차 세계대전, 태평양전쟁에 종지부를 찍은 산호초의 섬 오키나와沖繩.— 1945년 3월부터 6월까지 약 4개월 동안 이 섬 곳곳에 불어닥친 철의 폭풍은 얼마나 격렬하고 거칠게 50만 주민을 기아와 공포와 죽음의 지옥으로 처넣었는지 모른다. 끝내 가미카제神風(신이 도와주는 바람. 1274~1281년 원나라가 일본을 침공했을 당시 원나라 군대를 침몰시킨 태풍을 일컫는 말이다—옮긴이)는 불어오지 않았다. 구사일생으로 살아남은 사람들은 이윽고 미군이 수용의 손을 내밀자 망연자실하여 피로에 지친 창백한 몸을 동굴 바깥으로 끌어냈다. 변해버린 고향의 폐허 속으로, 수많은 동포들의 뼈가 묻혀 있는 잿더미 가운데로 … .

돌이켜보면 1941년 12월 8일, 일본 천황의 선전 조칙宣戰詔勅과 함께 수많은 회한과 비극을 낳은 태평양전쟁의 개막을 알리는 운명의 문이 열렸다. 개전開戰을 코앞에 둔 10월, 중앙에서는 고노에 후미마로近衛文麿(1891~1945) 내각이 총사퇴하고 도조 히데키東條英機(1884~1948) 내각이 출현하는 등 정변이 일어났으며, 국제적으로는 태국-프랑스령 인도차이나(베트남) 공동 방위, 일본-네덜란드령 인도차이나(인도네시아) 교섭 결렬, 노무라 기치사부로野村吉三郎(1877~1964) 주미대사의 고노에 메시지 수교手交 등등 눈이 핑핑 돌 정도로 변화가 많았고, 어찌 됐든 미·일 양국 간의 감정은 평온하지 않은 구석이 있었다. 바로 그런 시점에 나온 뜻밖의 선전포고다.

12월 8일. 이날은 아침부터 쾌청했다. 수도 나하시那覇市는 따뜻한 겨울을 만나 여느 때와 마찬가지로 평안하고 고요한 아침을 맞이한 참이었다. 섣달그믐을 20여 일 앞둔 이즈음 부족한 물자에도 불구하고 거리는 세밑의 표정을 즐겁게 띠었고, 신춘을 맞이하는 치장으로 시민들은 들떠 있었다. 게다가 최근 라디오와 신문 등 모든 언론이 "구루스 사부로來栖三郎(1886~1954) 대사가 미·일 국교 분쟁을 외교적으로 해결하기 위해 평화 사절로 급히 서둘러 미국에 갔다"고 대대적으로 보도한 직후여서 갑자기 전해진 미·일 전쟁 소식은 주민들의 간담을 서늘하게 했다.

오키나와 현청에서는 하야카와 하지메早川元(1895~1970) 지사가 즉시 전 직원을 본관 광장에 모아놓고 필승불패必勝不敗의 신념을 일장 연설로써 토로했다. 라디오의 전쟁 성과 발표와 진주만 공격의 흥분이 표정에 그대로 묻어나는 하야카와 지사의, 관리에게 어울리지 않게 단발한 잔기리(상투를 틀지 않고 가지런히 잘라서 단발한 머리 모양. 메이지明治 초기에는 문명개화의 상징이었다—옮긴이) 머리와, 솔선해서 입은 카키색 국민복이 이날의 훈시를 더욱 두드러지게 했다.

이렇게 해서 "50만 현민縣民이여, 하야카와를 따르라!"는 구호 아래 전쟁 행진은 죽음의 심연을 향해 걸음을 떼기 시작했다. 그런데 훈시가 끝나는 바로 그때였다. 갑자기 나하 시청 첨탑에 달려 있던 사이렌이 정신없이 울려댔다. 개전과 동시에 울려온 공습경계경보다. 비로소 체험하는 공습의 예감에, 사람들은 전쟁의 소용돌이에 말려들었다는 긴장에 휩싸였다. 다음 날 12월 9일, 이어진 10일, 11일, 일본 대본영은 말레이 상륙, 말레이 앞바다 전투, 필리핀 및 괌 상륙으로 이어지는 승전보와 일본군의 진출을 발표했다. "황군皇軍 대승리"라거니 "우리는 승리한다"는 말들이 연일 방송을 타며 흥분이 고조됨에 따라 전쟁에 대한 주민들의 불안도 점차 희박해지기 시작했다. 드높은 아나운서의 목소리와 위세 좋은 「군함행진곡」(일본군의 군가. 지금도 해상자위대에서 사용한다—옮긴이)의 열광적인 선율이 주민들을 흥분시키고, 마력과도 같은 전승감戰勝感이 사람들을 마비시킨 것이었다.

다음 날 12월 9일 아침, 날이 채 밝기도 전에 나하의 나미노우에궁波上宮(나하항이 바라다보이는 고지대에 있는 신사神社—옮긴이) 앞에는 전쟁터에 나간 가족의 안전을 기원하는 사람들로 북적였고, 승리에 취한 관청과 단체의 직원들, 용기백배해서 떼를 지어 조기早起 참배하는 학생들로 메워졌으며, 이를 신토神道(고대부터 내려온 일본의 민족 종교. 경전도 없으며, 신화, 자연 신앙, 애니미즘, 조상숭배 등이 혼합되어 있다—옮긴이)가 널리 보급되는 것으로 여긴 신궁神宮(격이 높은 신사의 하나로, 나미노우에궁을 가리킨다—옮긴이) 직원들은 '이 세상의 봄(신토에는 내세관이 없다—옮긴이)'을 구가했다. 전선에 나가 있는 용사들의 내핍을 생각하며 학교에서는 교사들이 호소하고 생도들이 다투어 히노마루벤토日の丸辨當(하얀 밥 가운데에 빨간 우메보시梅干し(매실 절임)를 박은 소박한 도시락. 내

핍을 강조하기 위해, 또는 일장기의 모양을 띤 도시락으로 애국심을 고취시키고자 하는 이중의 뜻을 담고 있다—옮긴이)를 가지고 다녔으며, 새벽의 신사 참배와 조기 체조 등이 전염병처럼 번져나가 피상적인 전쟁 협력 형태는 이끄는 자와 이끌려 날뛰는 자의 구별 없이 대하大河의 둑이 터진 것처럼 오키나와로 흘러들었다.

2

자바 해전과 싱가포르 점령, 그리고 수라바야 해전으로 이어지는 전쟁은 첫 싸움의 기세를 몰아 1942년에 돌입했다. 전쟁의 양상은 점점 더 격렬해졌으며, 솔로몬 해전(('동부 솔로몬 해전'이라고도 하며, 1942년 8월 24~25일에 미 해군과 일본 제국 해군이 솔로몬제도 전역에서 항공모함 간에 벌인 전투다. 몇 차례 공습 후에 어느 쪽도 승리를 거두지 못하고 철수했으나, 일본군은 상당수의 항공기와 조종사를 잃은 반면 연합군은 일본군보다 적은 피해를 입었다—옮긴이)이 끝날 무렵 중앙은 전세가 용이하지 않다는 것을 알아챘다. 중앙의 지령 아래 지도층은 자치체自治體, 교육자, 익찬회翼贊會(1940년부터 1945년까지 존재했던 국민 통합을 위한 관제 기구—옮긴이) 지부, 국방부인회國防婦人會, 경방단警防團(치안을 강화하기 위한 목적으로 조직한 민간 소방대와 방호단을 통합한 단체—옮긴이), 재향군인 등을 주체로 삼아 활동을 개시했고, 천황귀일天皇歸一의 깃발 아래 방관자나 비협력자는 단 한 사람도 보아 넘기지 않겠다는 감시의 눈길을 서로의 등 뒤에 보내면서 눈에 보이지 않는 힘에 쫓기기라도 하듯 점차 전쟁 태세를 갖추어갔다.

전쟁터에서 소모되는 인적 자원을 메우기 위해 중앙은 육군 방위소집과 청장년 국민 등록 등을 실시했고, 주민들은 점차 옥죄어오는 강압적인 지배에 신음하면서도 이에 호응했다. 속출하는 전사자戰死者의 집을 명예로운 전사자의 집이라고 억지스럽게 칭송하며, 유구한 대의를 받들어 기쁘게 살라는 구호에 따라 젊은이들은 전쟁터로 가기 위해 병역에 지원하거나 군수공장으로 떠났다. 나하항에서는 명예로운 전사자를 마중하는 장송곡이 장중하게 울려 퍼지는 가운데 위령제가 열렸고, 주민 가운데 남자라는 남자는 한 사람도 남김없이 다 나서겠다고 마음먹도록 몰아가는, 응소병應召兵들을 위한 장행회壯行會(장한 뜻을 품고 먼 길을 떠나는 사람의 앞날을 축복하고 송별하기 위한 모임—옮긴이) 등이 다채롭게 거행되었다.

이 무렵 일본·만주·중국을 하나로 묶고 대동아를 포용하여 전력戰力을 자급하고자 한다는 대동아공영권大東亞共榮圈 구상에 따라 도조 총리는 버마의 독립을 승인했다. 이어서 남방 장악의 기운이 높아지는 가운데 1943년 4월 그는 필리핀을 방문했으며, 7월에 다시 태국을 방문하고 귀국길에 오키나와를 방문했다. 전시총리의 오키나와 방문을 맞이하여 하야카와 전前 지사와 관청, 단체, 경방단원, 학생, 도나리구미隣組(제2차 세계대전 때 국민을 통제하기 위해서 각 마을에 조직된 관 주도의 최말단 조직—옮긴이)에서 선발된 주민들은 비행장에서부터 오키나와호텔과 현청을 지나 슈리시首里市(류큐琉球왕국의 수도였으며, 당시는 슈리시였고, 1954년 9월 1일 나하시에 편입되었다—옮긴이)에 이르는 길가에 늘어섰다. 그들은 뜨겁게 내리쬐는 한여름 땡볕 아래서 긴장한 얼굴을 번득이며 열렬히 총리를 환영했다. 하루를 체류하는 일정에서 시간을 쪼개어 그날 오후 오키나와 공업지도소를 시찰한 도조 총리는 우연히 그곳 진열대에 걸려 있는 빈가타紅型 직물(오키나와 특산품으로 다

1945년 6월 17일 포로가 되어 미군정 요원의 심문을 받고 있는 철혈근황대.

채로운 무늬의 염색 직물—옮긴이)을 보고서 "이런 우아한 직물이 전쟁과 무슨 관계가 있는가?"라고 지적했고, 슈리성首里城에서는 환영하기 위해 늘어선 국민학생을 붙들고 격려했는데, 한창 권력의 최정점에 올라 전쟁을 호령하는 자를 눈앞에 두고서 순진한 학생들은 감격에 겨워 뺨을 붉혔다.

11월 들어 전쟁은 점차 일본군에게 불리하게 돌아가는 조짐을 보였다. 마킨섬(태평양 중서부에 있는 산호초 섬. 길버트제도의 일부로 키리바시공화국의 영토—옮긴이)과 타라와섬(키리바시공화국의 수도—옮긴이)이 함락된 것을 기점으로 중앙은 징병 연령을 한 살 낮추었고, 학도병과 여자정신대 등을 동원하며 전시 태세를 강화해갔다. 사이판이 미국의 손으로 넘어갈 무렵에는 추악한 적을 쳐부수자는 슬로건을 내걸고 죽창 훈련과 방공 훈련을 강제로 실시했다. 마을이나 거리에서 펼치는 야간 죽창 훈련은 언제 끝난다는 보장도 없이 조용한 달빛 아래 되풀이되었고, 사람들은 사이판 최후의 날을 생각하며 전율했다. 모든 학교에서는 교문 즉 병영兵營 문의 표어 아래 군사교육을 실시하고, 학생들에게 총을 들려 보초를 서게 했다. 학생들은 학업을 중도에 때려치우고 군 관련 학교나 소년병 모집에 잇달아 응했고, 이와 같은 군인 지원 열풍은 열병처럼 온 섬의 학원가를 덮었다.

특히 경방단과 익찬장년단은 여세를 몰아 나미노우에波上 고코쿠지護國寺에 서 있던 베텔하임 기념탑(영국국교회의 선교사이자 의사인 버나드 J. 베텔하임이 1846년부터 1854년 페리 제독을 따라 미국으로 떠날 때까지 류큐왕국에서 활동한 업적을 기려 1926년에 세운 기념비—옮긴이)을 도끼로 파괴했고, 영화관에서는 각반과 전투모 등을 갖춘 사람만 들어갈 수 있도록 출입을 단속했으며, 새벽에 해안에서는 추위에 맨살을 드러낸 단원들이 승리를 기원하며 목욕재계를 했다. 경방단과 도나리구미 간부들은 "적기는 불시에 습격한다"고 둘러대며 기습적인 방공훈련에 노인과 임산부까지 불러냈는데, 이를 거부하는 사람은 매국노라는 오명을 뒤집어써야만 했다. 훈련을 꺼려 연습에 나오지 않는 사람의 집은 가차 없이 방수放水 목표가 되어 호되게 창피를 당하는 등 눈 뜨고는 보기 힘든 광기 어린 작태가 때와 장소를 가리지 않고 곳곳에서 연출되었다.

초반의 승승장구에 취해 전쟁을 찬양하는 데 열중한 것도 잠시, 무질서하게 이끄는 전쟁을 지켜보며 초조해진 주민들은 어느새 불만에 가득 찬 목소리를 터뜨렸다. 설상가상으로 해외 자산 동결령이 발표되면서 해외로부터 송금이 완전히 두절되었고, 물자가 통제되면서 오키나와에는 '암시장'이 더욱 성행했다. 공출 명령에 허덕이던 농가는 인력이 부족한 데다 농기구와 비료마저 구하기 어려워 증산을 뜻대로 이룰 수 없었다. 그런 상황에서 채권을 강매당하고 저축을 강요받으니 주민들의 생활은 더욱 어려워졌다.

3

전쟁은 1944년으로 접어들었다. 첫 싸움의 부진을 만회한 미군은 콰잘레인(태평양에 있는 마셜제도의 환초로, 1944년 콰잘레인 전투에서 미군이 일본군을 몰아내고 점령하면서 군사적 목적으로 사용되고 있다—옮긴이)과 루오토(콰잘레인 환초 가운데 하나의 섬—옮긴이) 두 섬으로 진격하는 데 성공하여 태평양을 징검다리 삼아 일본 본토를 침공하려는 태세를 갖추었고, 외신도 미국 내의 여론을 더욱 자주 전했다. 2월 들어 추크제도Chuuk Islands(트럭섬이라고도 하며, 서태평양 캐롤라인제도에 있다. 태평양전쟁 중에 일본 해군 함대의 대규모 군사기지가 구축되어 있었다—옮긴이) 공격이 개시되었다. 여기에 마리아나 기지에서부터 시작한 미국의 공격이 이오섬硫黄島을 치고 바로 일본 본토에 상륙할지, 아니면 오키나와를 무시하고 단숨에 동중국해를 건너 중국 대륙으로 상륙할지, 미국의 그 이후의 진격로를 둘러싸고 내외 군사 전문가들 사이에 의견이 분분했다. 그사이 일본 대본영은 좁혀오는 본토 공격 위기에 대비해 점차 오키나와를 비롯한 여러 섬에 병력을 배치할 것을 결의하고, 오키나와 방면 수비군 사령관으로 와타나베 마사오渡邊正雄 육군 중장, 참모장으로 기타카와北川 소장을 기용했다.

수뇌부는 보좌관을 거느리고 3월 29일 오후 나하 비행장에 도착했다. 오키나와 수비군은 고작해야 비행장 설영대設營隊(주력부대가 전진하면서 작전이 예상되는 지역을 미리 확보하고 정찰하여 숙영 및 행정시설을 준비하는 부대—옮긴이)와 작전 수뇌부만 있어 머리만 있고 손발은 없는 이름뿐인 기묘한 군대였는데, 이런 군대를 맞이한 주민들은 "이래서야 전쟁이 가능이나 할까" 고개를 내둘렀다. 부임과 동시에 와타나베 군사령관은 숙소인 권업은행勸業銀行 지점장 사택에서 달려나가 군사령부 청사를 찾는 등 분주한 모습이었고, 기타카와 참모장은 공사 중인 북 비행장을 시찰하고는 80퍼센트도 공정이 진척되지 않은 것을 보고 놀라워했다.

중앙은 이미 항공 작전을 근간으로 하여 오키나와를 굳게 방어하겠다는 뜻으로 오키나와섬 및 그 주변 섬에 10여 개의 비행장 공사를 명령한 바 있었다. 그런데 기대를 걸었던 비행장 공사가 지지부진하여 현지군은 고뇌가 매우 깊었다. 주민들도 불길한 예감에 사로잡혀 '군은 대체 무얼 하고 있는가' 하는 불안이 높아졌고, 그 얘기가 군의 귀에도 들어갔다. 그러자 갑자기 군은 비행장 공사에 주민들을 내모는 한편 징용과 봉사 작업에 박차를 가했다. 기타카와 참모장은 말을 타고 나가 삼태기와 곡괭이를 들고 원시적으로 비행장 작업에 종사하는 주민들을 격려하는 한편, 군복을 벗고 몸소 삼태기를 짊어지기도 했다. 매일 비행장으로 나가는 학생들과 도나리구미들로 장사진을 이루었고, 일본군 트럭이 흙먼지를 날리면서 난토南島(류큐열도琉球列島를 가리키는 역사적 용어. 류큐열도는 류큐호琉球弧라고도 하는데, 이는 류큐 일대가 활꼴弧로 되어 있어서 붙어진 이름이다—옮긴이)는 뒤늦게 불붙은 군 공사로 활기를 띠었다.

4

도시나 농촌 할 것 없이 개인과 단체가 소유한 섬 안의 그럴싸한 건물들은 대부분 장병들의 숙소로 할당되었다. 계속해서 병력을 늘리는 군대 때문에 모든 학교 교사校舍가 병사兵舍로 제공되었고, 학생들은 딱하게도 교정에 넘쳐나는 군대에 쫓겨나기라도 하듯 간신히 빈 교실을 찾아 옹색하고 힘겨운 수업을 이어나갔다. 병력 배치와 관련하여 만족할 만한 그 어떤 설비도 갖추지 못한 일본군은 주민의 일상생활 속으로 뛰어들어 물자 부족에 시달리는 미망인과 젊은 여자들 사이에 볼썽 사나운 문제를 일으키는 등 도덕적으로 문란한 횡포를 부려 점점 주민들의 반감을 사기 시작했다.

사태 수습에 골머리를 앓던 와타나베 군사령관은 "이런 시기에 군軍·민民은 더욱 일치단결하여 적에 맞서야 한다"고 강조하며 연일 각지에서 비장하기 짝이 없는 강연회를 열었다. 나하시 공회당에서 와타나베 중장은 절규하면서 눈물로 호소했다.

"적은 반드시 이 섬에 상륙한다. 그때는 모든 현민이 군과 운명을 함께하며 옥쇄玉碎(옥처럼 아름답게 부서진다는 뜻으로 국가를 위해 명예롭게 죽으라는 강요의 메시지가 담겨 있다—옮긴이)하겠다는 각오를 다져주기 바란다."

감동이 복받쳐 오르는지 격하게 탁자를 두드리는 그의 굳게 쥔 주먹에는 비분의 눈물이 번득였다. 비행장 부근 임시 거처에 있는 군사령부를 방문한 신문기자들이 앞에 있었는데, 갑자기 가까이에서 폭음이 들려오자 그는 느닷없이 창밖으로 상반신을 내밀며 비행기를 확인하고는 안도의 한숨을 내쉬었다.

"아니, 방금 울린 폭음이 아군 비행기에서 난 것이라는 법은 없어서요."

와타나베 중장이 기자들을 향해 이렇게 얼버무리며 둘러대는 통에 신문기자들은 놀라고 말았다. 와타나베 군사령관의 공포는 그대로 모든 주민의 공포로 이어졌다. 병으로 쓰러진 와타나베 군사령관은 이윽고 해임되었고, 기타카와 참모장도 타이완으로 전출했다. 모처럼 꾸려졌던 수뇌부는 미군 상륙을 앞두고 모두 교체되어 육군사관학교 교장 우시지마 미쓰루牛島滿(1887~1945) 육군 중장이 군사령관으로 부임했다. 참모장으로는 조 이사무長勇(1895~1945) 소장이 발탁되어 합류했다.

미군이 오키나와에 상륙할 가능성이 점점 높아지면서 현지에서는 병력을 증강해야 한다며 필사적으로 중앙을 설득했고, 그것이 간신히 받아들여진 6월에야 비로소 본격적인 병력 배치에 들어갔다. 나하항 안팎 해상에는 남방으로 향하는 수송선 사이에 섞여 병력과 무기를 운반하는 크고 작은 수송선들이 무수히 정박해 있었다. 부두에 쌓인 군수물자를 각지로 나르는 차량과 인마人馬가 내는 소음은 오키나와를 전장戰場 직전의 어수선한 분위기로 몰아넣었다.

일찍이 선조들이 몸소 겪은 사쓰마薩摩 침공(1609년 일본의 사쓰마번薩摩藩이 류큐왕국을 침공하여 부용국附庸國으로 만들었다—옮긴이)과 페리 내항(1853년 7월 8일 미국의 매튜 C. 페리 제독이 미국 동인도 함대 소속 군함 네 척을 이끌고 7개월에 걸친 항해 끝에 오키나와를 거쳐 에도만江戸灣(현재의 도쿄만)의 우라가浦賀 앞바다에 나타나 강압적인 태도로 미국 밀러드 필모어 대통령의 친서를 제시하며 개항을 요구했다—옮긴이) 등 역사적인 사건에 비춰보았을 때 이번 움직임은 너무나도 어마어마해서 주민들은 거의 숙명적인 흉악함마저 느끼지 않을 수 없었다. 그리고 그들은 새삼 고향 땅이 짊어진 얄궂은 운명과 지리적인 숙명을 한탄했다. 격동하는 현실 속에서 주민들은 그저 우두커니 넋을 놓고 바라볼 뿐이었다.

현지군 장병들은 중앙 군부의 몰이해에 힘겨워하면서 자포자기에 가까운 행동을 하기 일쑤였고, 수비 병력이 늘어나면서 비전투원에게 강압적인 태도를 보이는 장병들도 늘어났다. 행정을 담당해야 할 오키나와 현청의 기능은 형식만 남아 있을 뿐 공무원들은 현지군에 조금도 머리를 들지 못했고, 공무원과 군인 사이의 반목은 의외로 깊어서 걸핏하면 자잘한 다툼을 벌이곤 해 주민들의 빈축을 샀다.

6월 29일 일본 본토에서 오키나와로 향한 배비군配備軍 독립 혼성 44여단 약 4천 명의 병력을 실은 수송선과, 4월 24일 다이토섬大東島으로 향하던 요코타橫田 지대支隊의 병력이 모두 미 잠수함의 먹이가 되는 바람에 병력 증강에 큰 타격을 입었지만 중앙군과 현지군 모두가 이 일을 철저하게 은폐했다. 그러나 어느새 이 사실을 알게 된 주민들은 사태가 점점 나빠짐에 따라 사이판섬의 비운이 다시 자신들의 향토를 덮치지는 않을까 하는 비탄에 젖어들었다. 그리고 이것은 곧 패전의 예감으로 바뀌어 마음을 어둡게 했다. 전광석화처럼 사람들의 뇌리를 스치고 지나간 희미한 패전의 예감은 남방으로 나갔던 동포들이 귀환하면서 더욱 분명해지는 듯했다. 특히 이즈음 현지군 장병들이 매일 밤 길거리 유곽에 몰려들어 시끌벅적하게 벌이는 추태를 목격한 사람들은 이게 우리 군대인가 싶어 의심의 눈길을 거두지 못했다. 주민들은 군홧발 소리 높이 울리는 고향땅의 달라진 모습을 보며 자신들이 나고 자란 땅이 외국 군대에 점령당해 식민지가 된 것은 아닌가 하는 착각이 들 정도였다.

"오키나와에서 일본군은 이제껏 없었던 대결전을 계획하고 있다. 미군이 상륙한다면 수비군 전 병력을 투입하여 해안에서 이들을 격멸할 것이다"라고 신임 조 이사무 소장은 호언장담했다. 반신반의하면서도 그렇게 되기를 기대하는 50만 현민의 가슴에는 '적이여, 제발 상륙하지 말라'는 기원과, 만일 상륙한다면 '황군이 일거에 쳐부수기'를 바라는 조마조마한 비원이 뒤섞였다. 이리하여 도살장으로 끌려가는 양처럼 많은 오키나와 주민들은 남녀 할 것 없이 곧 전쟁터로 바뀔 터인 고향땅에 남아 눈앞에 다가오는 숙명적인 전쟁을 떠올리며 몸을 떨었다.

5

1942년 7월, 한여름에 가까운 강렬한 뙤약볕이 내리쪼이는 어느 날이었다. 숨이 막히도록 찌는 듯한 오키나와 현청의 마키牧 경제부장 사무실에서는 사환을 밖으로 내보낸 다음 창문마저 꼭 닫고서, 서부군西部軍(1940년부터 1945년까지 주고쿠中國, 시코쿠四國, 규슈九州 지역을 방위하던 일본 제국의 군대 중 하나—옮긴이) 사령부에서 일부러 찾아온 방공防空 전문가 스미角 참모를 비롯한 몇 명의 군인이 탁자를 사이에 두고 현청 수뇌부와 한창 밀담을 나누고 있었다. 그때 스미 참모는 "대동아전쟁 사태는 실로 악화일로를 걷게 될 뿐, 2년 뒤엔 오키나와의 양상도 놀랄 정도로 변모할 것이다. 그만큼 사정이 쉽지 않은데도 중앙정부와 육해군이 오키나와가 전략적인 요충지라는 것을 조금도 이해하지 못하고 있다는 사실은 실로 두려워할 만한 일이다"라며 목소리를 낮추어 말했다.

그로부터 며칠 뒤 나하시 번화가에 있는 야마가타야山形屋 백화점 앞에서 열린 군·관·민 합동 방공연습을 둘러본 서부군 참모 일행은 공습 체험이 없는 유치하기 짝이 없는 연습을 강하게 지적하고 돌아갔다. 오키나와의 상황은 스미 참모가 말한 대로 2년째 계속해서 악화일로를 걸었다. 중앙 군부는 갑자기 오키나와의 국방적 사명을 알아채기나 한 듯이 류큐열도에 항공 작전기지를 강화하기로 하고 비행장 건설에 온 힘을 쏟았다. 그리하여 오키나와 본섬을 비롯해 미야코섬宮古島, 야에야마섬八重山島, 이에섬伊江島 등 각 섬에 10여 개의 비행장을 건설하기 시작했다. 눈코 뜰 새 없이 바쁘게 원시적인 비행장을 건설하는 데 달랑 한 장의 징용명령서로 주민들이 속속 차출되었다. 나하를 본거지로 하는 각지의 징용 담당 기관은 갑자기 활기를 띠었고, 이른 아침부터 몰려든 육해군 장교들은 한 명이라도 더 많은 노동력을 자신의 부대로 데려가기 위해 좀처럼 잠에서 깨어나지 못하고 있는 징용자들을 두고 쟁탈전을 벌였다. 사태가 긴박해지면서 전략적으로 커 보이던 난세이제도南西諸島(일본의 규슈 남쪽부터 타이완 동쪽까지 뻗어 있는 동중국해의 열도—옮긴이)의 일본군 비행장이 언제 미군의 공습 목표가 될지 모르는 지금, 종일토록 드넓은 비행장 땡볕 아래서 혹사당하는 공사는 위험천만했다. 그 사실을 알고 있는 주민들에게 비행장 작업 징용은 공포의 대상이었다.

지급至急. 야에야마섬 비행장 공사에 필요한 1,500명 인부 징용과 관련해 도움 요청함.

7월 하순 어느 날 야에야마섬 지청장 오마스大舛가 급히 타전한 전보를 받은 오키나와 현청의 고마쓰자키小松崎 동원과장은 사전 조사를 위해 야에야마섬으로 떠났다. 그는 파견 나가 있는 해군에 비행기를 요청하여 무사히 야에야마섬으로 건너갔지만 돌아오는 길에 타고 있던 해군 신예기가 고장 나는 바람에 추락사하고 말았다.

뒤이어 주민들은 또 다른 비보를 접했다. 야에야마섬 비행장 공사를 하고 겨우 징용이 해제되어 귀환하던 징용자 약 500여 명이 탄 배가 10월 8일 야에야마섬을 출발하여 그리운 처자식들이 기다리는 오키나와에 도착하기 하루 전날 밤, 구메섬久米島 앞바다 해상에서 미 잠수함의 어뢰 공격을 받고 침몰한 것이다. 미 기동부대가 최초로 오키나와를 공습한 10월 10일을 하루 앞두고 무모하게 나하로 향했던 이 배의 비극은 대공습이 있을 거라고 전혀 예측하지 못한 현지군의 무능과 약점을 주민들 앞에 송두리째 보여준 꼴이 되었고, 주민들이 군에 걸었던 기대는 예기치 않게 해상에서 일어난 비전투원의 집단적인 수난으로 배반당했다.

10·10 공습

1944년 10월 10일 오전 6시 반, 장밋빛으로 물든 새벽의 오키나와 동남 해상에 금속성 폭음을 내며 저공비행을 하는 정체불명의 편대기 무리가 나타났다. 초가을 하늘은 드높고 맑아 조각구름이 엷게 흐르는 것처럼 가로로 길게 뻗쳐 있었다. 편대기 무리가 크게 선회하며 섬의 상공에 도달했는가 싶더니 그중 한 편대는 요미탄촌讀谷村(당시는 윤탄자촌讀谷山村이었으며 1946년 요미탄촌讀谷村으로 개칭되었으나, 이 책에서는 요미탄촌으로 통일했다—옮긴이)의 북 비행장과 자탄촌北谷村의 중 비행장을 향해 날아가고, 다른 편대는 나하 비행장 상공으로 다가갔다. 기이잉, 하는 금속성 소리와 함께 급강하하는 둔탁한 폭음. 전날 밤 방공 연습으로 지친 나하 시민들은 깊이 잠들어 있었다.

"오랜만에 아침 댓바람부터 아군 비행기가 연습을 하나?"

대수롭지 않게 본 주민들은 조용한 아침 공기를 가르며 공중에서 날아드는 시끄러운 소리에 신경을 쓰면서도 일어나려고 하지는 않았다.

타다닥, 콩 볶는 듯한 기관총 소리에 뒤섞여 고사포 소리도 들린다. 이어서 혼을 쏙 빼놓는 사이렌 소리가 당황한 듯 소음 속으로 사라졌다. 처음으로 듣는 고사포 소리에 잠자리에서 일어난 시민들은 '실전을 방불케 하는 연습'을 보기 위해 저마다 지붕으로 기어올라갔다. 남쪽 나하 비행장 상공에서 시커먼 연기가 솟아오른다. 시시각각 늘어나는 폭음이 요란하게 하늘을 뒤덮기 시작한다. 지이잉, 가슴을 울리며 귀에 거슬리는 땅 울음소리가 자꾸만 귓바퀴에 전해진다.

'폭탄이 떨어지는 소리야. 연습이라고 하기에는 좀 이상한데?'라고 생각하는 참에 폭음이 급속도로 가까워지고 땅딸막한 검은 동체의 비행기 한 대가 시민들의 눈에 들어오더니, 어느새 30~40대가 한꺼번에 나하시 상공으로 날아든다.

"진짜 공습이다!"

그로부터 몇 분 뒤 나하시는 순식간에 미군 비행기 아래 짓밟혔다. 이전부터 "반드시 공습해올 것이다"라고 외치기는 했지만 눈앞에서 적기를 보고서야 허둥지둥 파내려간 얕은 대피호에 억지로 밀어 넣어진 시민들은 공포로 파랗게 질린 얼굴을 서로 맞댔다. 부모와 자식, 언니와 동생이 돌처럼 부둥켜안은 채 갈라진 천장 틈 사이로 흘러들어오는 강렬한 햇빛을 가르고 지나가는 미군 비행기의 그림자와, 대지를 울리며 다가오는 작렬음과 아비규환 속에서 몸을 떨며 공습이 물러나기만 기다렸다. '머지않아 아군 비행기가 와서 이놈의 적들을 내쫓아 줄 게 틀림없을 터'이지만 이렇게 가만히 두 손 놓고 적기가 침입하는 것을 허락할 수 있단 말인가. 초조한 시민들은 불안한 가운데에도 일본 공군이 출동해주기를 고대하며 대피호에 몸을 감춘 채 시간이 흘러가기만을 기다렸다.

필리핀에 상륙하면서 우선 공군 중계지인 오키나와의 목덜미를 쥐기 위해 난세이제도 근해에 몰래 다가간 미 기동부대로부터 발진한 대大공군이 현지군과 주민들이 방심한 틈을 타 오키나와 공격의 불씨를 당겼던 것이다.

난세이제도 방면 최고 지휘관 우시지마 중장이 개최하고, 휘하 각 병단장과 현청 수뇌부에 민간 대표까지 가세한 성대한 연회는 공습 전날인 10월 9일 밤 나하시 나미노우에 대로에 있는 오키나와호텔 대연회장에서 아무런 경계도 없이 열렸다. "적이 공격해온다면 전멸만 있을 뿐"이라며 조 참모장은 술기운을 빌려 석상에서 기염을 토했다. 주연은 밤늦도록 계속되었고 많은 장병들은 술에 절어 방심한 채로 아침을 맞이했다. 날이 밝자 적의 공습이다. "대大편대, 오키나와 동남쪽 수십 킬로미터를 진행 중"이라는 정보를 입수한 현지군 수뇌부는 적잖이 놀랐다. 성능이 나쁜 전파탐지기로 미군 비행기가 습격해올 것 같다고 감지했을 때에는 이미 늦었다. 미군 비행기의 첫 번째 파상공격이 섬의 상공을 뒤덮기 시작했다.

피를 쥐어짜는 듯한 비통한 절규와 함께 주민들이 그토록 기대를 걸었던 일본 비행기는 독립 비행 중대에 속한 삼식전투기三式戰鬪機(태평양전쟁 중 일본 육군 항공대가 가와사키川崎(메이지 시대에 조선소로 시작하여 선박, 철도차량, 항공기 등 수송 기기와 그 밖의 기계를 양산하는 일본 굴지의 기업)에 의뢰하여 개발한 프로펠러 전투기—옮긴이) 다섯 대였다. 막 수리를 마친 이 전투기들은 완성한 지 얼마 안 된 요미탄 비행장 활주로에 기체를 부려놓았다. 그날 새벽 정비를 마치고 타이완으로 해군 뇌격기대雷擊機隊를 날려보낸 정비병 부대도 활주로 위에 진을 치고서 아침을 먹고 있었다. 마침 제5야전 항공수리창 제1분대원을 비롯해 비행장 근무원들은 아침 점호를 위해 임시 막사를 나온 참이었다. 갑자기 대부대를 이룬 비행기들이 동북 상공에서 모습을 드러냈다. 비행장 일대의 군 진지에는 일주일 전부터 경계경보가 내려진 상태여서 공습에 대비하여 최선을 다했다. 그런데 방금 전 아군 비행기가 날아오른 비행장 상공에 적의 편대기 무리가 이처럼 당당하게 나타날 줄이야… . 누군가가 "비행기가 되돌아왔다!"고 소리칠 정도였다. 모두가 지켜보는 가운데 비행기들은 빠르게 비행장을 향해 몰려들었다.

이제껏 본 적 없는 비행기의 검은 몸통 앞부분에서 새빨간 불을 토해내는 것이 보였다. 순간, 지축을 뒤흔드는 커다란 폭발음이 일어났고 활주로 위에 있던 병사들은 피할 겨를도 없이 탄막에 휩싸였다. 적의 습격을 알아채고 뒤늦게 포효하는 비행장 부근 발사대의 고사포탄은 적기가 지나간 상공으로 펑펑 쓸데없는 연기를 내뿜었다. 기관포와 아비규환 속에서 미군기는 항공 본부와 발동기 공장, 각 부품 공장과 각 창고들을 차례차례 공격했다. 혼비백산하여 쩔쩔매는 병사들이 비행장 주변의 다코쓰보蛸壺(항아리 모양의 1인용 참호. 문어나 낙지를 잡는 항아리처럼 생겨서 이런 이름이 붙었다—옮긴이)로 뛰어든 시간은 광풍과도 같은 첫 번째 공격이 그친 뒤였다. 활주로 위에 있던 다섯 기의 비행기는 비틀거리며 미군기를 공격하기 위해 이륙한 뒤 다시 돌아오지 않았다. 비행기의 잔해가 어지럽게 흩어진 활주로에 커다란 구멍이 수없이 생겨났다. 피거품이 흐르고, 머리가 잘린 몸뚱이가 다코쓰보에 굴렀다. 산처럼 쌓인 연료는 두 번째 공격에 나설 미군기를 유인이라도 하듯 자욱한 화염 고리를 공중으로 뿜어 올렸다.

두 번째 공격의 물결은 첫 번째 공격이 물러나고 광풍이 그친 사이에 더욱 거세졌다. 가까스로 살아났다며 한숨 돌리려고 대피호에서 나

10·10 공습. 미 함재기의 공습으로 나하항이 불타고 있다.

온 주민들을 다시 어두운 대피호로 밀어 넣었다. 세 번째 공격에 이어 네 번째 공격의 물결, 숨 돌릴 새 없는 공습은 오후 햇살이 기울면서 더욱 거세졌다. 지상 포화의 응전이 주민들의 절망을 겨우 다독여주었지만 그마저도 아무런 소용이 없었다. 마지막인 다섯 번째 공격의 물결, 나하시는 소이탄을 뒤집어쓰고 강풍의 충격을 받아 단시간에 사나운 불길에 휩싸였다. 나하항 부두에 쌓아놓은 군수품 가운데 탄약은 떨어지는 폭탄과, 기관총과 고사포 소리에 뒤섞여 시뻘건 화염과 함께 엄청난 폭발음을 일으켰다. 항만 깊숙이 몸을 숨기고 대피 중이던 구축함을 포함한 함정들은 더 이상 견딜 수 없었는지 지그재그를 그리며 항 밖으로 무턱대고 도망쳐 나갔다. 그러나 맹렬하게 덤벼드는 14~15기의 공습을 받은 배들은 아우성치듯 몸을 떨었고, 계속해서 응전하다가 마침내 미군 비행기의 먹이가 되어 가라앉고 말았다.

여자들과 경방단원을 중심으로 한 특설방위단이 불길을 잡기 위해 필사적으로 뛰어다녔지만 미군 비행기의 집요한 공격에 약 1천 명에 가까운 사람들은 쓰지정辻町 지하 동굴로 숨어들었다. 이들이 위험하다고 생각한 나하 경찰이 칼을 빼들고 위협하여 간신히 큰 동굴에서 쫓아냈다. 집단으로 통구이가 되는 비극을 미연에 방지한 것이다.

오랜 시간 동안 이어지는 격렬한 공습 속에서 이를 악물고 탄식하며 아군 비행기가 어서 와주기만을 기다리던 시민들에게는 아무리 기다려도 올 줄 모르는 군에 대한 기대가 희박해짐과 동시에 '적이 상륙할 것'이라는 공포가 덮쳤다. 나하 탈출.— 네 번째 공격이 한층 거세진 오후 4시가 지나면서 시민들은 대피호에서 탈출하기 시작했다. 울부짖는 노인을 등에 업은 남자, 두 팔로 자식을 안고 아기를 등에 업은 부인, 학생과 몸뻬(여자들이 일할 때 입는 바지. 통이 넓고 발목을 묶게 되어 있다—옮긴이)를 입은 아가씨 들, 시내 학교에서 무리지어 야영하던 군인들 …. 그들은 쏟아지는 불똥을 뚫고 시내의 주요 도로로 우르르 눈사태를 일으키듯 몰려나왔다. 도시를 온통 뒤덮은, 화끈거리는 맹렬한 불길이 새파랗게 질린 사람들의 뺨을 태웠다. 다섯 번째 공격의 물결이 밀려들었다. 시가를 가로질러 흐르는, 수량이 적은 운하 건너편 둔치의 돌담과 시멘트 담장에 기관총탄이 박히면서 터졌다. 하늘을 뒤덮은 연기 때문에 미군 비행기의 모습은 보이지 않고, 짙은 연기층을 뚫고서 태양이 붉은 쟁반처럼 부옇게 보였다.

거세게 퍼부어대는 공습은 1차 공격(오전 6시 반) 이후에 2차, 3차, 4차, 5차로 이어지며 오후 6시가 될 때까지 그치지 않고 계속되었다. 붉은 기와지붕의 수많은 민가와 서양식으로 지은 여러 관청들, 기타 모든 것이 불타버린 나하 시가는 처참할 정도로 황량한 벌판이 되었다.

사망자는 군인과 주민을 모두 합해서 700여 명, 군대는 다량의 탄약과 군량을 잃었다. 이날 오키나와 현청은 경찰부만을 남겨둔 채 모두 피신했다.

이즈미 슈키泉守紀(1898~1984) 지사는 공습과 동시에 후텐마普天間로 자동차를 몰아 동굴 깊숙이 몸을 숨겨 난리를 피했다. 당황한 이즈미 지사는 이날 공습을 미군이 상륙한 것으로 지레짐작하고는 동굴 안에서 남부 주민들에게 즉시 북부로 피난할 것을 시달했다. 그렇지 않아도 정보에 귀가 어두웠던 주민들은 이 지시를 듣고 당황하여 무턱대고 북부로 피난을 떠나기 시작했다. 처참하게 타오르는 화염의 환한 빛에 의지하며, 보잘것없는 식량과 식기류를 어깨에 둘러메고 손에 든 남부 주민들의 맥 빠진 행렬이 밤새도록 보였다. 그들은 슈리-나하 가도街道를 지나고 시마지리島尻-나카가미中頭 가도를 따라 북으로 북으로 이동했다. 다음 날 10월 11일도 아침부터 밤이 될 때까지 핼쑥한 모습의 행렬은 끊이지 않았다. 남부에서 북부까지 120킬로미터의 행로를, 낮에는 언제 있을지 모르는 공습 때문에 불안에 떨고, 밤에는 도중의 민가에서 하룻밤 묵기를 구걸하며, 혹은 들판에 누워 굶주림과 싸워가면서 수많은 노약자와 부녀자 들이 10월 15일까지 북부 구니가미國頭로 피난을 마쳤다.

"본토와 타이완에 공군력이 갖추어져 있으니 적이 그렇게 유린하도록 내버려둘 리가 없다!" 공습 직전 나하시 고란香蘭식당 2층에서 열린 군민 간담회 석상에서 이렇게 말한 조 참모장은 오키나와 지도자들 앞에서 "반드시 오키나와를 적의 공격으로부터 지키겠다"고 말한 바 있다. 그러나 자신감에 넘친 그 말은 단순한 호언장담에 지나지 않았단 말인가. 단 하루의 공습에 처참한 쓰레기더미로 변해버린 나하시의 잔해를 보며 군에 대한 주민들의 신뢰감은 더욱 희박해졌다.

공습 다음 날인 10월 11일 본토에서는 항공 쇼고捷號 작전(태평양전쟁 중 일본이 세운 작전 중 하나로 육군의 지상 병력을 투입해 내습하는 미군을 맞아 싸우는 것이다. 먼저 육상 기지에서 항공 병력으로 적의 함대를 감소시킨 다음 기동함대로 미 기동부대를 견제하고, 그사이에 전함을 주력으로 하는 수상 함대를 공격해올 지점에 돌격시켜 함포사격으로 상륙군에 타격을 주고, 육군이 이를 섬멸하는 작전이다—옮긴이)이 발동되었고, 규슈 기지를 떠나 날아든 수백 대가 넘는 일본 공군의 주력 편대가 얄궂게도 10월 12일 아침 일찍 오키나와 상공에 돌연히 모습을 나타냈다. 주력 편대는 폐허가 된 나하 상공을 선회하고는 곧 남쪽 하늘로 모습을 감추었다. 그 모습은 어떻게든 승리를 자랑하는, 마치 언제나 승승장구하는 공군이라도 되는 듯했다.

그건 대체 무엇이었을까. 어제까지 미군 비행기가 실컷 폭격을 한 향토의 하늘을 오늘은 유유히 굉음을 내며 지나가는 아군 비행기의 모습을 군대와 주민들 모두가 고개를 쳐들고서 의심의 눈초리로 바라보았다. 하지만 그들은 또 모두 눈물을 닦으며 미친 듯이 기뻐했다. 그것은 아이러니라면 아이러니이고, 비운이라면 비운인 오키나와의 모습이었다.

죽음의 동반자

'만약 미군이 상륙한다면 과연 섬의 어느 지점을 택할 것인가.'

군사령부에서 그대로 다 새어나오는, 시시각각 바뀌는 작전 방침을 둘러싸고 주민들의 억측이 무성했다. 게다가 11월 초순, 주로 남부 요충지에 배치되었던, 전군全軍에서 최정예를 자랑하던 제9사단이 이동하는 소동이 더해졌다. 이 사단에 속한 대부분의 장병들이 학교나 민가에서 묵던 터라 은밀한 그 소식은 주민들에게 쫙 퍼져나갔다.

"오키나와섬에 있는 병단 중 최정예 사단을 급히 타이완으로 이동시키라"는 중앙부의 명령(당시 일본 군사령부는 전략상 오키나와를 '버린 돌'로 여기고 최정예 부대를 보호하는 차원에서 이동을 명령했다—옮긴이)을 받은 제32군은 곧바로 이동시킬 군을 다케武 부대로 지정했다. 그렇지 않아도 수비가 허술한 오키나와에서 '다케 부대를 빼내가나' 하는 불안감이 군대와 주민들 사이에서 높아졌다. 현지에서 소집된 신병 대다수가 이 부대에 배속되어 있었기 때문에, 이 섬이 전쟁터로 변한 그날 새벽, 식구들과 함께 고향을 지키다가 죽겠다며 단단히 각오했던 부모들의 최소한의 자기 위로마저 덧없이 스러졌다. 정예부대는 떠난다. 부대는 주민들이 애석해하는 가운데 좀처럼 떨어지지 않는 무거운 군홧발을 나하 부두로 옮겼고, 11월 23일 이별을 아쉬워하며 타이완으로 출발했다. 12월 들어 북부 피난처에서 폐허가 되어버린 나하시로 돌아온 시민들도 많았다. 재난을 모면한 근교에는 급조된 작은 집들이 줄지어 들어섰고, 쓰지정의 불탄 자리에는 군 위안소가 세워졌다. 교실을 잃어버린 어린 학생들은 화재를 피한 민가나 나무그늘에서 어렵사리 다시 수업을 이어갔다. "국군 장병 아저씨, 고맙습니다"라는 노랫말이 학생들 입에서 흘러나왔다. 우후죽순처럼 늘어난 단팥죽 가게에는 단맛이 모자란 단팥죽을 찾아 가난한 시민들이 모여 있는 것이 보였다.

현지군 수뇌부의 작전은 제9사단이 빠져나가면서 크게 어그러졌다. 그렇다면 이제 남은 병력으로 섬을 최대한 방어하기 위해서는 어떤 작전을 펼치는 게 좋을까. 군사령부가 내놓은 궁여지책은 차례차례 내세워졌다가는 곧 여지없이 무너졌다. 마지막으로 다음 두 가지 대책이 마련되었다. A안은 다음과 같다. 기노완宜野灣을 동서로 잇는 선 이남에 위치한 시마지리 남부에 주력을 배치하고, 그 연안으로 상륙을 기도하는 미군을 맞아 교두보에서 섬멸을 꾀한다. 중부 가데나嘉手納에 상륙하여 남하하는 적에 대해서는 슈리 북쪽 고지대에서 출혈을 감수한 지구전을 펼친다. B안은 다음과 같다. 오키나와 수비군의 주력은 북쪽 구니가미 산악지대에 진을 치고 장기 지구전을 펼치고, 이에섬 비행장과 자탄촌 가데나 비행장을 적군이 이용하지 못하도록 최대한 방해 공작을 펼친다.

A안에 관한 군 수뇌부의 생각은 다음과 같다. 주력 이동이 자유로운 중남부의 겹겹으로 이어지는 구릉에 마련된 복곽複廓 진지(첩첩이 울타리를 둘러친 듯 산세가 험한 곳에 위치한 진지—옮긴이)에 병력을 숨기고, 적의 상륙에 대비하여 반격 태세를 취하는 것과 격렬한 지구전을 펼치는 것이 지형상 모두 유리하다. 게다가 방어하는 정면의 폭은 거기에 배치하는 병력의 현황과 대체로 딱 들어맞는다. 하지만 요미탄촌과 자탄촌에 있는 비행장이 일찌감치 적에게 점령당할 우려도 있다. B안대로 할 경우 북부 산악지대에 주력을 배치하기에는 현재의 배비配備 병력이 적다는 결점을 보완하기에도 알맞다. 하지만 B안대로 하면 미군이 산악지대에 있는 일본군을 상대하지 않을 가능성도 있고, 일본 본토를 공격하는 발판이 되는 남부 평야의 중요 지대를 단숨에 점령할지도 모른다. 그럴 경우 일본 본토의 사기死期를 한층 앞당기게 된다. 다수를 위한 소수의 희생, 본토를 살리기 위해 섬 하나를 사석捨石(바둑에서 승산이 없다는 걸 알면서 버릴 셈 치고 작전상 놓은 돌—옮긴이)으로 삼는 작전 A안은 이렇게 11월 23일 우시지마 군사령관에 의해 채택되었다. 이것은 아무것도 모르는 무고한 주민 40만 명을 죽음의 길동무로 삼는 작전이었다.

도피자

1945년 1월 31일, 주민들은 황망한 가운데 신임 지사를 맞이했다. 전쟁터로 변한 부임지에 머무르는 것이 두렵다는 듯 이즈미 슈키 지사는 다른 곳으로 허둥지둥 자리를 옮겨갔고, 곧이어 후임으로 시마다 아키라島田叡(1901~1945) 지사가 금방이라도 비바람이 몰려올 듯한 오키나와에 마지막 고위 관리로서 사명을 다하고자 비장한 각오로 얼굴을 빛내며 부임해온 것이다. 오사카부大阪府 내정부장이었던 시마다 지사는 최전선에서 진두지휘할 임무를 띤 지사로 특별히 기용되었다.

현청은 나하 교외인 소베楚邊(현립 제2중학교의 폐허에 인접) 조가쿠城岳 아래에 방공호를 파고 마련되었으며, 현청 직원들은 부근에 급조한 작은 건물에서 사무를 보았다. 부임과 함께 그가 가장 먼저 맞닥뜨린 것은 전쟁터로 바뀔 이곳의 주민들을 위해 식량을 확보하는 일이었다. 자리에 앉을 겨를도 없이 그는 부하인 고가吳我 식량과장을 데리고 타이완으로 날아갔다. 전쟁 중에 주민들을 먹여 살릴 쌀을 사기 위해서였다. 그다음으로 주민들의 일본 본토 소개疏開 문제가 그를 괴롭혔다.

이보다 앞선 1944년 6월 16일, 처음으로 미 공군 B29기의 공습을 당한 일본 본토에서는 1943년 12월부터 시작한 도시 소개를 점차 강화해나갔다. 뒤늦게나마 오키나와섬에도 소개 지시가 내려져 같은 해 6월 오키나와 현청으로 소개령이 날아왔다. 섬 밖으로 소개한다는 사실은 우선 현청 직원 가족들을 소개하는 과정에서 일반에게 알려졌고, 주민들은 자신이 소개되지 않을까 하는 불안에 사로잡혔다. 그 후 공식적인 소개 작전이 현청의 구호 아래 시끌벅적하게 시작되었다. 오키나와를 드나드는 많은 기류寄留 상인들이 허둥지둥 가게를 걷어치우고 도망치듯이 오키나와를 떠나갔다. 시市·정町·촌村(일본의 행정구역 명칭—옮긴이) 지자체나 애국반 같은 도나리구미 등 모든 기관을 통한 섬 밖으로의 소개 작전은 현청 내에 새로 설치한 특별 원호실이 주도했다. 특히 "어린 국민이 전화戰火의 희생양이 되지 않도록" 어린이를 소개하라고 학교와 학부형을 통해 적극적으로 권고했기 때문에, 소개지로 가는 도중 미 잠수함의 위협을 받을까 두려워하는 부모들의 불안을 누르고, 기를 쓰고 매달리는 어린 학생 약 6천여 명을 태운 소개 선단이 극비리에 나하항을 출발했다.

1944년 8월 21일 오전 2시, 오시마섬大島을 사이에 둔 북쪽의 야쿠섬屋久島 부근 해상에서 선단 중 한 척인 쓰시마마루對馬丸가 미 잠수함의 어뢰 공격을 받고 침몰했다. 전쟁과는 아무런 관련이 없는 어린이들이 해상에서 희생양이 되면서 오키나와의 비극은 그 운명의 막을 열었다. 오키나와 현청은 인구과人口課를 급히 신설하여 본격적으로 주민들을 본토로 소개하는 일에 착수했다. 그러나 주민들은 석연치 않은 상태에서 망설이기만 했지 쉽사리 움직이려 하지 않았다. 적의 비행기와 잠수함이 하늘과 바다에서 호시탐탐 노리고 있는 이중의 재난 속으로 뛰어드는 것은 그것이 사지를 벗어나기 위해서라고 해도 스스로 불구덩이에 몸을 던지는 것이나 다름없다고 여겼기 때문이다.

부녀자들을 중심으로 한 소개자들이 자신의 거취를 두고 헤맨 원인 중 하나는 부모와 남편, 그리고 자식들과 생사를 함께할 수 없다는 것이 마음에 걸렸기 때문이다. 부녀자와 노약자 이외의 소개는 엄격하게 금지되었고, 청장년들은 대부분 의용대에 편입되어 방위 소집을 받았다. 게다가 낯설고 물선 타향 땅에서 불안한 생활을 시작할 것을 떠올리면 차라리 부모자식과 함께 고향땅에 남고 싶다는 비통한 심정이 소개자들을 완강하게 만들었다. 그러나 적이 상륙할 낌새가 시시각각 다가오면서 위협적으로 몰아치는 강제 소개 구호를 뿌리치지 못해 소개 수속을 밟는 사람들이 소베 현청 소개사무소 앞에 점차 늘어났다.

출발지가 나하항으로 지정되었기 때문에 소개자들은 우선 폐허가 된 나하시 주변을 출발 대기 장소로 삼아야 했다. 당시 공습경계경보가 발령된 채 언제 풀릴지 모르는 상태였기 때문에 소개자들은 전전긍긍하면서도 위험하기 짝이 없는 부두로 모여들었다. 언제 다시 공격해 올지 모르는 적기의 환영幻影에 겁을 먹은 채 삼삼오오 부두로 향하는 소개자들의 피로에 찌든 모습은 참혹했다. 기껏 부두에 집결한 뒤에도 소개선이 막 출항하려는 참에 넋을 빼놓는 공습경보 사이렌이 울리면 소개자들은 속절없이 사방으로 흩어졌다. 다시 집결해서도 "적의 잠수함이 사방에서 출몰한다"는 정보에 다시 출항을 미루어야만 했다.

이렇게 부두를 떠돈 지 며칠 만에 드디어 승선하는 날, 가랑비가 내려 부유스름한 부두에 어깨가 축 늘어진 한 무리의 소개자들이 담당 공무원의 훈시를 듣고 있었다. 이윽고 그들은 구축함이나 기선汽船(7천

~8천 톤급)을 타고 출발했다. 한편 미덥지 않은 작은 기범선機帆船에 실려 잔뜩 겁에 질린 채 떠나는 소개자도 있었다. 대형 기선이나 구축함은 속도가 빨라 2~3일 만에 목적지에 닿았지만 기범선이나 해군에 징발된 12톤급 소형선들은 완전히 위험에 노출되었다. 섬 그늘을 따라 기우뚱거리며 항해를 계속한 지 10여 일이 지나서야 가까스로 목적지에 다다랐다. 그 후 사태는 악화일로로 치달아 시마다 지사를 맞이했을 즈음에는 미군 상륙이 확실시되었고, 소개를 주저했던 주민들마저 다투어 나하 부두로 몰려드는 바람에 눈뜨고는 볼 수 없는 아비규환의 처참한 소개 풍경이 펼쳐졌다.

3월 22일 마지막 소개선이 죽음을 무릅쓰고 출발할 예정이었지만 공습을 받고 바다에 가라앉는 바람에 마침내 섬 밖으로 소개하는 일도 끝이 났다. 이렇게 해서 소개한 주민은 3월 초순까지 약 6만 명을 헤아렸다. 주민들의 본격적인 소개와 더불어 공무원과 지도자 들 가운데 출장을 핑계로 몰래 죽음의 섬을 탈출하는 사람들이 늘어났다. 이바伊場 내정부장은 주민들에게 배급할 유아용 우유를 가지고 섬을 빠져나간 뒤 다시는 돌아오지 않았다. 그것을 시작으로 사이고西鄕 위생과장이 소개선으로 무단 탈출을 꾀했으며, 오키나와 연대구聯隊區 사령관 요시다吉田 대좌(제2차 세계대전 때까지 일본에서 대령을 이르는 말—옮긴이)는 "오키나와 따위에 적이 상륙하겠느냐"는 말을 남기고서 비행기를 타고 본토로 날아가는 등 현청 직원과 의사, 학교 교장이 잇달아 섬을 뒤로했다.

2월 초순 시마다 지사는 본토에 있는 이바 내정부장으로부터 "병으로 요양 중이라 곧바로 돌아가기는 어렵다"는 전보와 함께 "해군 군령부를 비롯하여 오키나와 출신 오야도마리親泊 대좌와 도나키渡名喜 대좌의 이야기에 따르면, 적이 오키나와에 상륙할 생각은 전혀 없으므로 구니가미로 소개하는 것은 즉시 중지해도 좋다"라는 정보를 입수했다. 자신의 도망을 명백하게 호도하는 이바 내정부장의 속셈을 간파한 시마다 지사는 도피자를 비난하는 부하들의 노여움을 달래면서 이바 내정부장이 흘린 정보를 묵살하고 주민들을 서둘러 구니가미로 소개시켰다.

"오키나와에 적은 상륙하지 않을 것이다." … 그것은 절박한 상황에서 사지死地를 빠져나가는 공무원과 군인 들이 섬에 남아 있는 사람들에게 던진 최후의 고통스러운 변명이자 상투적인 위로의 인사말이기도 했다. "떠나는 사람 붙잡지 않겠다." 시마다 지사는 남아 있는 부하들을 남몰래 격려했다. 그 무렵 2월 23일과 24일 이틀에 걸쳐 미 함재기艦載機 무리가 오랜만에 오키나와에 본격적인 공습을 가했다. 이어서 해안 정찰기가 빈번하게 날아들었고, 이런 정세로 미루어보아도 상륙은 기정사실이었다. "미 함대는 보급을 마치고 다음 공격을 위해 속속 울리티Ulithi섬(캐롤라인제도 서태평양에 있는 섬—옮긴이)에 집결 중"이라는 정보도 그것을 뒷받침했다.

군사령부는 주민들을 처리하는 데 골머리를 앓던 끝에 섬 안에서의 소개를 강경하게 주장했고, 현 당국은 이에 따라 소개에 박차를 가했다. "군에 직접 협력할 수 없는 17세 이하, 45세 이상의 노약자와 부녀자는 즉시 구니가미로 퇴거하라"는 명령이 내려졌다. 현청의 소개 권고는 밭일을 하던 농부를 잡아다가 "어째서 구니가미로 떠나지 않는가!" 하며 호통을 칠 만큼 강압적이 되었고, 당황하여 소란을 피우던 사람들은 엄중한 당국의 명령에 내쫓기듯 북부 구니가미로 이동하기 시작했다. 정든 집과 논밭을 버리고, 건장한 남자의 비호도 없이 자식을 업은 가냘픈 여인들이 손수레에 제대로 걷지도 못하는 노인을 태우고서, 배고파 울며 보채는 아이를 꾸짖으면서, 양손에는 어린아이의 손을 잡은 사람들이 냄비와 솥, 보잘것없는 식량 보퉁이를 안고 구니가미를 향해 이동했다. 미군이 상륙하기 직전까지 약 8만 5천 명의 주민이 북부로 옮겨갔고, 약 2만 5천 명은 의용대가 되어 남부에 머무르며 군 관련 각 부서에 배치되었지만, 약 10만여 명의 주민은 여전히 중남부에 머물렀다.

배비를 서둘러 3월에 들어서자 수비군의 움직임도 활발해졌다. 이와 함께 방위의용대원과 학생이 가세하여 군대와 함께 방공호를 파고 진지를 구축하는 작업이 밤낮을 가리지 않고 강행되었다. 군사령부는 열세라고는 하지만 이미 독립 혼성여단 모든 병력에 지넨반도知念半島 수비를 맡게 하고, 같은 지구에 있던 제62사단(이시石 부대)을 기노완 동서를 잇는 선에, 제24사단(야마山 부대)을 이토만糸滿 이남 선에 각각 배치했다. 선박공병대와 비행장 설영대, 병참부대를 포함한 특과 부대가 새롭게 전투부대로 편입되어 나하항 부근을 수비했다. 오로쿠小祿 부근에서는 오키나와 근거지 사령부에 속한 야마네山根, 이와오巖, 가제風, 시라이시白石 등 각 해군 부대가 수비를 맡았고, 현지에서 징집한 방위대와 조선인 징용 인부 등을 포함한 약 10만 명에 이르는 병력 배비가 완전히 마무리되었다. 무덤이 진지로 변해가고 마을 도로와 산등성이 등이 차례차례 파여 다코쓰보와 총안銃眼으로 바뀌는 모습을 보며 주민들은 사태가 더욱 긴박해지는 것을 알고 적의 환영幻影에 시달렸다.

제2부

비극의 외딴 섬

집단 자결

설영대인 다마 1670부대(한 개 대대, 병력 1천 명)가 철수하고 나서 게라마열도慶良間列島의 도카시키섬渡嘉敷島에는 육사 출신의 젊은 아카마쓰 요시쓰구赤松嘉次 대위를 대장으로 한 해상특공대 130명과 정비병 120명, 도카시키섬에 사는 청장년들로 조직된 방위대원 70명, 설영대가 옮겨간 뒤 배비된 조선인 군노무자 약 2천 명, 그리고 통신대원 여러 명이 주둔하고 있었다. 이 보잘것없는 전력에 남녀 청년단과 부인회, 그리고 익찬장년단원 등이 참가했다. 3월 25일 새벽 아하렌곶阿波連岬과 도카시키의 서해안 자마미섬座間味島 방면에 처음으로 거세게 함포가 쏘아 올려진 그날, 게라마열도 아카섬阿嘉島에 미군이 상륙했다. 오키나와 전투 최초의 상륙이었다.

도카시키섬 포구와 골짜기 깊숙이 보트를 숨긴 채 대기하던 일본군 선박특공대는 급히 출격 준비를 했다. 미군 정찰병으로 보이는 이들이 도카쿠시산トカクシ山과 아하렌산에서 발견된 날 새벽, 계속해서 울려오

는 함포 소리를 들으며 선박특공대는 오전 4시부터 방위대원의 협력 아래 도카시키로부터는 50척, 아하렌으로부터는 30척의 배를 띄웠다. 거기에 엔진을 달고 대형 폭탄 두 발을 껴안은 인간어뢰 특공대원이 한 사람씩 올라탔다. 아카마쓰 대장도 이 특공대를 지휘하여 미군 함정으로 돌격할 예정이었다. 그러나 그는 진지 깊숙이 처박혀 꿈쩍도 하지 않았다. 출격 시간은 시시각각 다가왔다. 아카마쓰 진지로 연락병을 보냈더니, 그는 "이미 늦었다. 오히려 우리의 계획이 탄로 날 뿐이다"라는 이유를 대며 출격 중지를 명했다. 보트들은 그의 명령에 따라 폭파되었다. '한번 가면 다시 돌아올 수 없는' 이 결사 행동을 그는 명백하게 거부한 것이다. 출격할 기회를 잃은 특공대원들은 이를 갈며 분통을 터뜨렸지만 개중에는 출격하겠다는 희망의 끈을 놓지 않고 슬쩍 보트를 남겨둔 자도 있었다. 하지만 동틀 무렵 공습을 받아 전멸한 그들은 본연의 임무에서 완전히 놓여나게 되었다.

다음 날 3월 26일 오전 6시경 미군 일부가 도카시키섬의 아하렌, 도카쿠시, 그리고 도카시키의 각 해안에 상륙했다. 주민들은 재빨리 마을 대피호로 피난했고, 수비군은 도카시키섬 서북단 온나가와라恩納河原 부근의 서산 A고지로 이동했다. 그런데 이동을 마치자마자 아카마쓰 대위는 섬의 주재 순사를 통해 마을 사람들에게 "주민은 포로가 될 우려가 있다. 군이 보호해줄 테니 곧 서산 A고지 진지로 집결하라"고 명령했다. 게다가 거듭 "미군이 온다면 군과 민이 하나가 되어 함께 싸우다 옥쇄하자"고 주재 순사를 통해 전했다.

군이 피난하라고 한 서산 A고지 일대 온나가와라 주변은 유사시에 가장 안전하다고 인정받은 요충지라는 것을주민들도 잘 알고 있었다.

주민들은 기꺼이 군의 지시에 따라 그날 저녁 무렵까지 대부분 피난을 마치고 군 진지 부근에 집결했다. 그러나 아카마쓰 대위는 군 방공호 입구를 가로막아 선 채 "주민들은 방공호에 못 들어온다"고 엄포를 놓으면서 눈을 부라렸다. 기가 막혀 어이가 없어진 주민들은 풀이 죽어 고지高地 기슭인 온나가와라로 내려와 제각각 자연 동굴을 이용하거나 산그늘이며 골짜기 아래 깊숙한 곳, 또는 계곡 부근의 단단한 바위 위에 대나무를 잘라 얼기설기 임시 오두막집을 지었다.

다음 날 아카마쓰 대위는 또다시 뜻밖의 명령을 내렸다. "주민들은 속히 군 진지 부근을 떠나 도카시키로 피난하라"는 말을 내뱉은 것이다. 도카시키에는 이미 미군이 상륙해 있었다. 게다가 3월 28일에는 미군 상륙 지점에서 박격포가 끔찍하게 집단 사격을 해댔다. 촌村의 대표들은 도카시키 쪽은 박격포 때문에 몹시 위험하다며 온나가와라에 머물 것을 강력하게 주장했다.

같은 날 온나가와라에 피난 중이던 주민들은 아카마쓰 대위에게서 생각지도 못한 자결 명령을 받았다. "자, 이 시점에서 섬 주민은 모두 황국의 만세와 일본의 필승을 기원하고 자결하라. 군은 마지막 한 명까지 싸워 미군에게 피를 보게 만들고 나서 전원 옥쇄하겠다"고 말한 것이다.

아카마쓰 대위가 이 비장한 자결 명령을 내린 것은 미군이 오키나와 열도 해역을 침공한 지 겨우 5일째였다. 미군의 박격포 공격은 서산 A 고지의 일본군 진지로 좁혀왔고, 주민들이 모여 있던 온나가와라 구역도 위협받게 될 처지가 되었다. 모든 객관적인 정세가 점차 피할 수 없는 상황에 다다랐다. 박격포가 포효했다. 최후의 한 사람까지 싸우겠다던 일본군 진지에서는 단 한 발의 대응 사격도 없었고, 안전한 지하호地下壕에서 계곡 아래로 내몰린 주민들을 향해 위험이 한 발 한 발

온나가와라의 집단 자결.

닥쳐오고 있었다. 피붙이들끼리 무리를 이룬 주민들은 저마다 죽을 곳을 택해 모여들었다. 수류탄을 손에 쥔 족장이나 가장이 "모두 웃으며 죽자"며 비장한 소리를 쥐어짜내며 울부짖었다. 한 발의 수류탄 주위로 20~30명이 모였다.

주민들에게는 자결용으로 32발의 수류탄이 건네졌었는데, 특히 이 순간을 위해 20발이 더 추가되었다.

여기저기서 수류탄이 터졌다. 무시무시한 굉음이 잇따라 골짜기에 울려 퍼졌다. 순식간에 —남녀노소, 아기까지— 살점이 사방으로 튀며 아비규환의 아수라장이 되었다. 단번에 죽지 못하고 목숨이 붙어 있는 사람들은 서로 곤봉으로 치거나, 면도칼로 자신의 목을 긋거나,

괭이로 혈육의 머리를 내리쳐 깨부쉈다. 이렇듯 세상에 다시없을 무시무시한 광경이 여기저기에서 동시에 펼쳐지며, 온나가와라의 계곡물은 피로 물들었다.

고하구라古波藏 촌장도 일가 친족을 이끌고 최후의 장소로 향했다. 수류탄의 안전핀을 뽑았지만 아무리 애를 써도 폭발하지 않는 바람에 그는 자결을 단념했다. 그러는 사이 미군 쪽에서 날아든 박격포 때문에 그곳은 혼란에 빠졌고, 자결하려던 사람들은 통제 불능 상태가 되었다. 이때 죽은 사람이 329명, 그 밖에 박격포탄을 맞은 전사자가 32명이었다. 수류탄이 터지지 않아 죽음을 모면한 사람은 도카시키 마을 126명, 아하렌 마을 203명, 마에시마섬前島 마을 일곱 명이었다.

이 원한의 땅 온나가와라를 지금까지도 사람들은 옥쇄터라고 부른다. 일찍이 사랑스러운 사슴들이 섬의 그윽하고 고요한 숲에서 몰래 빠져나와 겁먹은 눈초리로 물을 마시러 내려오거나 경쾌하게 뛰놀던 온나가와라 골짜기는 이렇게 피로 물들어, 주민들이 영원히 잊을 수 없는 원한의 땅이 되고 말았다.

온나가와라 자결 당시 섬의 주재 순사도 함께 있었다. 그러나 그는 "나는 주민들의 최후를 지켜보고, 군에 보고한 다음에 죽겠다"고 말하고는 끝내 자결하지 않았다. 일본군이 항복하고 나서 알려진 사실인데, 그들이 서산 A고지로 진지를 옮긴 다음 날 3월 27일 지하호에서 장교 회의가 열렸다. 그때 아카마쓰 대위는 다음과 같이 주장했다.

"지구전은 피할 수 없다. 군은 마지막 한 사람까지 싸울 것이다. 그러기 위해서는 우선 비전투원을 깨끗이 자결시키고, 우리 군이 섬에 남아 있는 모든 식량을 확보하여 지구전 태세를 갖춘 다음, 상륙군과 일전을 불사해야 한다. 지금의 사태는 이 섬 모든 이들에게 죽음을 요구하고 있다."

이 말을 들은 부관 지넨知念 소위(오키나와 출신)는 분통을 터뜨리고 통곡하며 자신이 군에 몸담고 있는 것을 깊이 한탄했다.

온나가와라의 집단 자결에서 뜻을 이루지 못한 도카시키 촌장은 망연자실 어찌할 바를 모르고 있다가 군 진지로 향했다. 마을 사람들은 저도 모르게 다시 또 군 진지 가까이로 빽빽이 모여들었다. 그들이 웅성거리는 소리를 들은 아카마쓰 대위는 다시 진지 밖으로 모습을 나타냈다. "여기는 군 진지다. 마을 사람들이 모이는 곳이 아니란 말이다. 진지가 발각되잖나"라며 매우 거칠게 호통을 쳤다. 마지못한 주민들은 진지를 떠나 골짜기 아래로 내려갔고, 사흘간 제대로 먹지도 못한 채 그 주변을 떠돌았다. 그들은 건빵이나 생쌀을 씹었다. 갓난아기에게는 생쌀을 씹어 그 국물을 먹이기도 했다. 물만 마실 때도 있었다. 긴장으로 팽팽했던 기력은 급속히 떨어졌고, 산골짜기를 걷는 발걸음은 공중에 뜬 것처럼 휘청거렸다. 이리저리 헤매고 떠돈 끝에 주민들은 다시 원래 지점인 온나가와라로 모여들었다. 부지불식간에 모두의 발걸음이 그리로 향한 것이다. 생각만 해도 몸서리쳐지는 자결 장소였지만 그곳에는 얼마간의 식량이 남아 있다는 것을 모두가 알고 있었기 때문이다. 마을 사람들은 일단 그곳에서 해산했다.

그 무렵 게라마열도 해협에는 비행정 약 150척이 상주했고, 구축함 두 척과 함재기 20여 척을 탑재한 소형 항공모함 한 척이 주변에 주둔하고 있었다. 저녁 무렵 때때로 순양함이 다가와서 식량을 보급해주고는 곧바로 어딘가로 되돌아갔다. 수송선은 끊임없이 해협을 드나들었다. 어쨌든 크고 작은 함선 130여 척이 게라마해협에 늘 정박하고 있었다. 함대는 낮에는 해협에 정박하고서 전투를 준비하거나 오키나와 본섬을 공격하기 위해 출동했지만, 밤만 되면 대형 함선은 일본군 특공기를 피해 어디론가 사라지곤 했다. 낮 동안 해협의 함선에서는 레코드음악이 확성기를 통해 선명하게 흘러나왔다. 높지막한 곳에서는 통신병의 수기手旗 신호가 보일 정도로 가까운 거리였다. 가늘고 긴 오키나와 본섬, 저 멀리 잔파곶殘波岬에서부터 기얀곶喜屋武岬에 이르는 해안은 뱃전을 맞대고 늘어선 군함들이 마치 바다에 뜬 성처럼 둘러싸고 있었다. 그리고 오키나와 본섬을 공격하는 함포 소리는 몇 초 간격으로 울리면서 이 작은 섬을 뒤흔들었다. 4월 1일경 도카시키섬에 상륙해 있던 일부 미군이 일단 철수한 후 날마다 오후가 되면 보트 두세 척이 해안에 상륙하여 섬을 정찰하고는 바로 물러갔다.

이 무렵부터 도카시키섬 주민들은 차츰 평온을 되찾았다. 공습도 없었고 포탄도 떨어지지 않았다. 미군으로부터 잠시 놓여난 것이다. 그러나 죽음에 버금가는 고역은 항복하는 날까지 계속되었다. 주민들은 이제부터 본격적으로 굶주림과 싸워야 했다.

게다가 미군이 점령한 구니가미군 이에섬에서 도카시키섬 동쪽 끝 고지로 이에섬 주민 2천여 명이 미군 함정에 실려왔다. 도카시키섬의 농작물은 순식간에 동났고, 사람들은 저마다 들풀이나 해초, 조개류 같은 먹을거리를 찾아 헤맸다. 그동안 아카마쓰 대위는 독단적인 명령을 잇달아 내렸다. 4월 15일 주민들이 지닌 식량 가운데 50퍼센트를 군에 바치라는 강제 공출 명령이 떨어지고 이를 어기는 자는 총살에 처한다는 벌칙이 전해진 것이다.

이리하여 주민 식량의 절반을 방위대원과 조선인 군노무자가 진지로 옮겼다. 일본군은 식량 징발 명령 외에도 가축을 포획하거나 도살하는 것을 금지하고, 이를 위반한 자는 역시 총살에 처한다며 엄포를 놓았다.

어느 날의 일이다. 이미 포로가 된 이에섬 주민들 가운데 젊은 여자 다섯 명과 남자 한 명이 미군에게 뽑혀 아카마쓰 진지로 항복 권고장을 들고 가게 되었다. 그들은 도카시키 주민들과는 격리되어 있었기 때문에 섬 사정을 잘 몰랐다. 그래서 백주대낮에 당당하게 백기를 내걸고 해안을 따라 아카마쓰 진지로 향했다. 그들은 일본군 진지에 도착하자마자 포박되어 저마다 구덩이를 하나씩 파라는 명령을 받았다. 일을 마친 그들은 뒤로 손이 묶인 채 구덩이 앞에 꿇어 앉혀졌다. 아카마쓰 대위는 그들을 처형하라고 명령하고 진지 안으로 들어가버렸다. 일본도를 빼어든 하사관 한 명이 "남기고 싶은 말은 없는가?"라고 물었다. 그들은 힘없이 고개를 저었고, 그중 여자 셋이 노래를 부르고 싶다고 말했다. "좋다. 불러라." 말이 끝나기도 전에 여자들은 장중한 해군가인 「바다에 가면うみゆかば」(「바다에 가면」은 『만엽집萬葉集』에 나오는 시의 한 구절로 태평양전쟁 당시 병사를 전장으로 보낼 때나 옥쇄와 관련해서 많이 불린 해군가다. "바다에 가면 물에 잠긴 시체/ 산으로 가면 풀이 난 송장/ 천황의 곁에서 죽어도/ 돌아보는 일은 없으리"—옮긴이)을 불렀다. 이 젊은 남녀 여섯 명은 끝내 돌아가지 못했다.

또 열대여섯 살 된 도카시키섬 소년 두 명이 일본군에게 총살당했다. 소년들은 온나가와라 옥쇄 당시 부상을 입고 인사불성 상태였다가 의식을 되찾고서 방황하던 중 미군에게 붙잡혔다. 그들은 항복을 권고하기 위해 아카마쓰 진지에 보내졌는데, 이로써 운이 다했다. 그들은 자결 장소에서 도망쳐 미군에게 투항하고 그들과 내통했다는 이유로 처형당했다.

그 밖에 방위대원 일고여덟 명이 명령을 위반했다는 이유로 참수되었고, 시마지리군 도미구스쿠촌豊見城村 출신 도카시키국민학교 교사 오시로 도쿠야스大城德安는 요주의인물로 찍혀 참수되었다.

일본군 장교를 제외하고 섬에 있던 사람들은 군인이나 민간인 할 것 없이 모두 피골이 상접해 식량을 구하느라 제정신이 아니었다. 영양실조에 걸린 노인들은 잇달아 쓰러져나갔다. 먹을 것을 찾아 산과 들로 헤매다가 미군이 곳곳에 매설해 놓은 지뢰를 밟고 목숨을 잃은 사람도 적지 않았다. 그러는 동안 보트가 폭파되는 바람에 특공 출격할 기회를 잃은 소위들은 아카마쓰 대위와 떨어져 개별 행동을 취하게 되었다. 그들은 대여섯 명씩 결사대를 꾸려, 때때로 상륙해오는 미군 감시병을 향해 돌격을 감행했고, 그 와중에 지뢰를 밟거나 박격포의 먹이가 되어 속속 전사했다.

이런 상태는 7월까지 계속되었고 주민들의 삶은 더욱 고달파졌다. 죽음의 심연으로 조금씩 내몰리는 주민들을 차마 볼 수 없었던 도카시키섬의 유지들은 집단으로 투항하기로 결의했다. 드디어 7월 13일, 70명가량의 주민이 투항했다.

그 후로 도카시키 촌장은 미군의 지시에 따라 마을 사람들에게 대피호에서 나오라고 권유하여 줄줄이 투항시켰다.

7월 15일, 미군 비행기가 일본군 진지 상공에 삐라를 뿌렸다. 삐라에는 포츠담선언의 요지가 적혀 있었고, 항복은 화살이 떨어지고 칼도 부러진 사람이 당연히 취할 수 있는 현명한 방법이라는 내용을 담고 있었다. 7월 17일이 되자 방위대원은 모두 미군에게 항복했고, 7월 19일에 이르러 비로소 일본군은 산속 진지에서 내려왔다. 지넨 소위가 군사軍使(전쟁 중에 군의 명령으로 교섭의 임무를 띠고 적군에 파견되는 사람—옮긴이)로서 선두에 섰고, 아카마쓰 대위를 비롯한 병사들은 무장을 한 채 미군이 지정한 장소로 향했다. 창백한 얼굴의 아카마쓰 대위는 끝까지 당당한 태도를 잃지 않았다.

도카시키섬의 일본군과 미군은 항복에 관한 최후 회담을 도카시키 국민학교 터에서 가졌다. 이 회담에 민간인 자격으로 참석한 사람은 국민학교의 우쿠宇久 교장 단 한 사람뿐이었다. 회담 중에 아카마쓰 대위는 통역이 굼뜬 것을 질타했다. 회담은 끝났다. 일본군은 항복했고 무장해제되었다. 항복식은 신사적인 방법으로 거행되었다. 한 사람 한 사람이 무기를 끄른 다음 미군에게 건넸다.

이리하여 오키나와 본섬 작전과 동떨어져 있던 도카시키 전선은 독특한 양상과 경과를 보이면서 오키나와섬의 항복보다 1개월 늦은 7월 19일에 막을 내렸다.

2

도카시키섬과 함께 자마미섬은 게라마열도 전쟁 지역에서 오키나와 전투 최초로 미군이 상륙한 곳이다.

자마미섬에 주둔한 장병 약 1천여 명은 1944년 9월 20일 섬에 들어왔다. 그중에는 소형 보트 12척을 갖춘 100명에 가까운 폭뢰특간대爆雷特幹隊가 있었고, 대장은 우메자와 유타카梅澤裕 소좌, 수비대장은 도쿄 출신의 오자와小澤 소좌였다. 해상특공용 보트는 자마미섬에 12척, 아카섬에 일고여덟 척이 있었지만 결국 한 척도 출격하지 못했다. 그 밖에도 섬의 청장년 100명으로 구성한 방위대가 수비를 보았다. 미군이 상륙하기 전날, 군은 광장의 충혼비 앞에 주민들을 모아놓고 옥쇄를 명령했다. 하지만 바로 그때 광장 부근에 함포탄이 떨어지는 바람에 모두 흩어지고 말았다. 그러나 촌장을 비롯한 마을사무소 공무원, 학교 교원 일부와 그 가족들은 대부분 자신들의 대피호에서 수류탄을 껴안고 자살했다.

이런 자결 외에도 포탄을 맞거나 스파이 혐의로 일본군에 살해되는 등 자마미섬 희생자는 200여 명이다. 일본군은 미군이 상륙할 무렵 두 세 군데에서 보초전步哨戰을 펼치기도 했지만, 끝까지 산속 진지에 틀어박혀 있다가 결국 전원 투항했다.

운명의 통나무배

1

이에섬에는 육군 항공대 한 개 대대(병력 약 700명)와 수비대 보병 한 개 대대(병력 약 2,300명)가 주둔했고, 비행장이 두 개 있었다. 이 섬의 서해안에 있는 중中 비행장과 고부스산ゴブス山(이에섬의 한가운데 있는 높은 산, 구스쿠야마城山를 이르며 오키나와어로는 이에닷츄伊江城山라고 한다—옮긴이) 동쪽에 있는 동東 비행장이 그것이다.

이에섬 비행장 경비를 맡은 약 500명의 방위대원은 오키나와 북부의 온나촌恩納村 · 구시촌久志村 · 히가시촌東村 · 하네지촌羽地村 등 각 촌에서 소집되었다. 처음에 그들은 서북 해안의 마자바루眞謝原에 주둔소를 설치하고 그곳에서 비행장 경비를 나갔다.

4월 16일, 이에섬을 포위한 미 함대는 격렬하게 함포를 퍼부으면서 상륙을 개시했다.

미군은 유유히 그러나 강압적으로 이에섬에 상륙하는 데 성공했다. 즉 4월 15일 상륙 준비 완료, 수륙양용 전차들의 호위를 받은 무수한 상륙용 보트가 다음 날 4월 16일 새벽녘 하마치ハマチ, 신하토바新波止場, 나가라ナガラ, 가쿠마ガクマ, 고하마小濱, 마자眞謝, 와지리ワヂリ 등 일곱 지점으로 상륙했다. 일본군은 진지에 틀어박힌 채 조금도 응전하려는 낌새를 보이지 않았다. 피 한 방울 흘리지 않고 상륙한 3만 명의 미군은 화포 수십 기 및 전투 자재를 육지로 끌어올리고 곧바로 비행장을 점령했으며, 미 전차부대는 일본군 진지에 이르는 족족 여지없이 박살냈다. 여기저기서 일본군은 최후의 저항을 하며 남은 병력을 몰아 유격 돌진을 감행했지만, 4월 22일 야간 습격을 끝으로 일주일간의 이에섬 육상전은 종지부를 찍었다. 이 전투에서 일본군 2천 명, 방위대 900명, 주민 2,200명이 전사한 것으로 추정된다.

방위대원 다이라 센데쓰平良專哲 등이 속한 방위대 본부는 원래 마자바루에 있었지만, 1945년 1월 산으로 들어서는 길목으로 자리를 옮겼다. 낮에는 공습이 심해 밖으로 나올 수 없었던 방위대는 밤이 되어서야 지뢰를 매설하고, 비행장 작업을 하고, 다코쓰보를 구축하는 일에 동원되었다. 미군 상륙 당시 그들은 야마구치山口의 본 진지에서 각 동굴 진지로 이동하고 곧바로 전투에 배치되었다.

그로부터 얼마 지나지 않아 함포는 한 뼘의 땅도 남김없이 융단폭격을 퍼부었다. 1월 17일 이에섬 남쪽 모래사장에서 가까운 진지에 있던 비행장 정비 중대 소속 병사들은 대낮에 공격에 나섰다가 공격망에 포착되어 전멸했다.

그날 저녁 다이라를 비롯한 방위대원들이 본대와 합류하기 위해 언덕에 오르고 나서야 미군이 벌써 각 고지를 점령했고, 생각보다 훨씬 많은 병력이 상륙한 것을 알게 되었다.

휘황한 불빛 아래서 미군은 점령한 비행장을 수리하기 시작했다. 그들은 밤중에 구스쿠야마로 피신했고, 가능한 한 큰 부대에 들어가 있는 게 낫다는 전장戰場의 심리에 따라 이가와 다다시井川正 소좌 부대의 진지에 합류했다. 오전 3시경 이가와 부대 장교들이 돌격을 감행했다. 이에섬 여자구호반 네다섯 명이 이 장교단의 돌격에 함께 나서기를 원했다. 마에다 세쓰코眞榮田節子(23세), 오시로 하루코大城ハル子(23세), 오완 스미코大灣壽美子(26세), 나가야마 하루코永山ハル子(24세), 사키야마 요시코崎山ヨシ子(21세) 등 다섯 명이었다. 그들은 머리카락을 자르고, 전투모를 쓰고, 군화를 신고 남장을 했다. 그리고 적십자 가방과 폭뢰, 성냥을 지니고 진지에서 뛰쳐나왔다. 야간 행동을 위해 그들은 모두 하얀 천으로 등에 동그라미 표시를 했다. 이 돌격 작전으로 이가와 소좌를 비롯한 대부분의 간부가 죽었다. 날이 밝아오자 방위대원 대여섯 명은 골짜기에 은둔한 모로에諸江 부대의 속사포 진지로 뛰어들었다. 상륙 3일째인 1월 18일 아침이었다.

미군은 학교 고지高地로 진출했다. 학교 고지는 이가와 부대와 독립기관총부대의 진지였다. 미군은 전차와 보병이 협력하는 백병전으로 전투태세를 바꾸었다. 일본군 또한 척탄통擲彈筒(박격포와 비슷한 모양으로 된 소형 유탄榴彈 발사기—옮긴이)과 중화기로 완강하게 저항하여 이에섬 최대의 격전이 펼쳐졌다. 육해공 사방에서 퍼붓는 입체적인 공격으로 이에섬을 덮고 있던 초목이 순식간에 날아가버렸다.

호기심이 강하게 발동한 다이라는 위험한 것도 잊은 채 진지에서 튀어나와 높다란 언덕으로 기어올랐다. 주변은 10여 미터 앞도 볼 수 없을 정도로 짙은 연막에 휩싸였다. 총성과 울부짖는 소리가 격렬하게 난무했고, 비행기에서 나는 폭음과 함포의 울림이 뒤섞여들었다. 진지로 돌아간 다이라는 바다를 헤엄쳐 건너 오키나와 본섬으로 갈 꾀를 냈다. 주변에 있는, 제대로 교육받지 못한 낙오된 보충병들을 긁어모아 무슨 전쟁이 되겠는가, 게다가 지휘자라고 할 만한 사람도 없는 상황이다. 그는 우선 동해안으로 가서 거기에서 오키나와 본섬으로 도망가기로 작정했다. 다행히 이에섬 출신 방위대원이 길잡이를 해주기로 했다. 동해안에 있다는 그의 가족 덕분에 상황도 마침 좋았다.

포위를 뚫고 어느 네거리까지 왔을 때 병장을 따르는 병사 네 명과 맞닥뜨렸다. 모두 새까맣게 재를 뒤집어쓴 그들은 저마다 한 손에 한 되들이 병을 들고서 물을 길러 가는 길이라고 했다. 그들을 뒤따라온 산양 한 마리가 이번에는 다이라 일행을 쫓아온다. 하얀 산양은 어둠 속에서 공격 목표가 될 우려가 있었다. 돌멩이를 들어 몇 번이나 쫓아냈지만, 던질 때만 멈춰 섰다가 돌아가는가 싶으면 다시 따라온다. 그 놈의 집요함 때문에 괜히 부아가 끓었고, 죽음의 공포 때문에 몹시 불쾌해졌다. 마침내 일행 중 한 명이 막대기를 찾아 그 자리에서 산양의 다리를 세게 쳐서 넘어뜨려 걷지 못하게 만들어버렸다. 땅거미 속에서 다리가 부러진 채 애처롭게 우는 산양 소리는 기괴하게 그들의 인상에 남았다. 뒤에서 전차 포탄이 날아들자 그들은 누렇게 익은 보리밭 가운데로 숨어들었다.

동해안 주민들은 미군이 상륙했다는 소식을 모르고 있었다. 길에서 한 노파를 만났다. "어디 가십니까?"라고 물으니, "식량을 구하러"라고 대답한다. "큰일 났어요. 적이 이미 상륙했습니다. 어서 대피호로 돌아가세요"라고 일러준다. 다이라 일행은 그들을 안내하는 시마부쿠로島

袋라는 방위대원의 가족이 머무는 대피호로 가서 머물게 되었다.

대피호 밖의 밥 짓는 작은 취사장이 불에 타버린 날 저녁 무렵 방위대원 기얀喜屋武이 곡괭이 같은 소리가 들린다며 말을 꺼냈다. 잠시 귀를 기울였지만 아무 소리도 들리지 않는다. 기분 탓으로 여기며 특별히 마음에 두지 않았다. 소총을 들고 대피호 밖으로 나가보니 총을 든 두 명의 그림자가 조용히 다가오고 있었다. 거침없이 다가오는 그들에게 "가제風!" 하고 불러 보았다.

움찔 놀란 듯한 상대방은 총을 움켜쥐고는 곧 "가미神!"라고 대답했다. 한 명은 파갑폭뢰破甲爆雷(요새 따위의 견고한 시설을 공격하는 데 쓰는 파괴력이 강한 폭뢰—옮긴이)를 지니고 있었다. 그들은 전차를 공격하러 나섰다가 시간이 지체되는 바람에 기회를 잃었다고 말한다. 저녁 무렵 누군가가 대피호 밖으로 나왔다가 잡혔다. 잡힌 사람은 노파였는데, 노파의 남편이 작살을 든 채 뛰어나와서는 눈에 핏발을 세우며 노발대발했다. 어느 누구도 그를 말릴 수 없었다.

대피호를 나온 방위대원들은 밤을 틈타 해상 탈출을 시도했다. 이리하여 1월 24일은 오키나와 본섬으로 탈출하려는 병사들이 많았다. 어떤 사람은 뗏목을 만들어 모토부반도本部半島의 비세곶備瀬崎으로 건너가려고 했다. 하지만 비세곶과 이에섬 사이의 해협은 조류가 빨라 성공이 의심스러웠다. 주변 해류에 밝은 방위대원들은 요행을 바라며 뗏목에 몸을 맡기기보다는 통나무배를 찾아보기로 했다. 한편 주민들도 탈출을 꾀하고 있었던 듯, 마침내 그들은 통나무배 한 척을 찾아왔다.

통나무배로 우선 부녀자들을 건너가게 해주고, 비세곶에는 통나무배가 많이 있을 테니, 그것들을 끌어다가 2진·3진도 탈출하기로 했다. 그러나 두 번째 탈출을 도모하던 중 초계정의 총격을 받고 통나무배가 전복되는 바람에 계획은 좌절되고 말았다.

살아남은 방위대원들은 다시 대피할 곳을 찾아 헤맸다. 이제 그들은 네 명으로 줄어 있었다. 그들은 본대의 상황과 전반적인 전황을 전혀 알지 못했다. 다시 동해안으로 돌아와보니 주민들은 그림자조차 보이지 않는다. 미군이 이미 구스쿠야마를 점령해 주민들을 대거 투항시켰다는 소식과, 방위대 중대장 지넨 소위가 포로가 되었다는 소식을 들은 그들은 깊이 절망했다.

그러나 절망 속에서도 다시 한 번 해상으로 탈출하겠다는 희망을 버리지 않았다. 밤이 깊을 무렵 대피호 근처 물가에 버려진 통나무배 한 척이 어렴풋이 그들의 눈에 띄었다. 정말이지 하늘이 도왔다고 생각하고 가까이 다가가려니 갑자기 그 옆에서 철모를 쓴 사람 그림자가 움직이며 수하를 해왔다. 엉겁결에 도망치는데 뒤에서 총알이 날아왔다. 일본군인 줄 알았지만 졸지에 당한 일이어서 총 쏘는 상대를 막을 방법이 없었다. 정신없이 도망치다가 적당한 장소를 찾아 하룻밤을 보냈다.

다음 날 대피호로 되돌아가보니 일본군이 여럿 있었다. "어젯밤 당신들이 쏜 거야?"라고 물었다. 고참으로 보이는 자가 변명하듯 말했다. "우리 중에 신병이 있어. 그중에 한 놈이 쐈나봐. 정말 미안해." 어둠 속에서 다이라 일행이 주고받는 오키나와 말을 듣고서는 침착함을 잃은 신병이 무턱대고 쏜 듯하다.

다음 날은 간조인 데다 하늘도 아주 맑았다. 산호초 위에 온전한 통나무배 한 척이 놓여 있는데 마치 바위에 묶여 있는 것 같다. 그쪽 해안 가까이로 병풍처럼 절벽이 둘러쳐져 있었고, 절벽의 측면은 수많은 자연 동굴로 홈이 파여 있었다. 그중 몇 개의 동굴은 패잔병들의 마지막

도피처였는데, 절벽 위로 벌써 미군이 바싹 다가와 있었다. 동굴 속 패잔병들의 눈에 비친 것은 140~150미터 정도 떨어진 산호초 위에 있는 통나무배뿐이었다. 통나무배와 그들이 있는 동굴 사이에는 생과 사를 가르는 눈에 보이지 않는 선 하나가 그어져 있는 것만 같았다. 만약 그 통나무배가 눈에 들어오지 않았다면 그들은 일찌감치 절망과 체념에 빠졌을지도 모른다. 하지만 살아남을 수단이 눈앞에 떠오른 것이다. 그것은 그들에게 커다란 유혹이었다.

다이라를 비롯한 네 명의 방위대원도 절벽 아래 자연 동굴 중 한 곳에서 통나무배를 바라보았다. 통나무배의 유혹은 절벽의 동굴 안에 있는 사람들에게 점차 강렬하고 필사적인 것이 되었다.

그들은 통나무배에 다다를 수 있는 모든 수단을 강구했다. 만일 배가 수중에 들어온다면 누구라도 대낮에 적진에서 필사적으로 탈출을 감행하려고 대담하게 생각했을 것이다. 도저히 해가 저물 때까지 기다릴 수 없을 성싶었다. 적이 절벽 위까지 올 거라는 것을 그들은 알고 있다. 이 해안 일대에 미 병력이 오는 것은 이제 시간문제다. 밤이 되면 저 통나무배를 둘러싸고 아군들끼리 혈투가 벌어질 것이 틀림없다. 살아남기 위해서는 구사일생의 요행을 바라야만 한다. 그러나 한 번 살아남기 위해 죽음의 위험을 아홉 번이나 무릅쓰고자 하는 자는 없었다. 그러는 사이 만조가 되어 통나무배는 물결 위로 가볍게 떠올랐다. 그때 방위대원의 이웃 동굴에서 벌거벗은 병사 하나가 뛰쳐나가 해안을 향해 달려가다가 도중에 우뚝 멈춰 서서 저쪽을 휘둘러보더니 아연실색하며 있던 곳으로 도로 뛰어들어가버렸다. 절벽 위에서 서성대는 미군의 모습을 본 것이다. 해안 동굴 속에서 그가 하는 짓을 보던 병사들은 절망에 휩싸여 유혹적인 그것을 단념하고 말았다. 20분 가까이 통나무배는 파도에 흔들리며 한가롭게 떠 있었다. 그런데 벌거벗은 일본 병사가 어디선가 또 튀어나왔다. 그는 달리지도 않고 유유히 통나무배 쪽으로 다가가더니 바위에 동여맨 그물을 침착하게 걷어내기 시작했다. 그러자 별안간 같은 모습을 한 또 다른 일본 병사가 옆쪽에서 튀어나왔다. 그때 암벽에 연속적인 총탄 소리가 울려 퍼지며 통나무배 주위로 물보라가 일었다. 절벽 위에서 미군이 총격을 가한 것이다.

통나무배 옆에서 병사 둘의 시체가 물결에 둥실 떠올랐다.

그로부터 한 시간 정도가 지나 철모를 쓴 건장한 남자 하나가 방위대원들이 있는 동굴 입구에서 안을 들여다보더니 안으로 소총을 한 발 쏘았다. 안에서 두세 발 응사했다. 총성은 그뿐, 갑자기 멈췄다. 미군이다! 이쪽에서 쏜 탄환에 죽은 것일까. 아니, 동료를 부르러 도망갔을지도 모른다. 이곳에 있다가는, … '죽는다' … '자결' … '탈출' … 순간 온갖 끔찍한 생각들이 그들의 머릿속을 맴돌았다.

바깥 상황을 살피기 위해 동굴 입구 쪽으로 나온 방위대원 우에하라上原가 "왔다!" 하고 소리치며 동굴 안으로 달려 들어왔다. 우에하라는 갑자기 포복을 하고서 입구를 향해 소총 한 발을 쏘았다. 뒤이어 다이라가 한 발을 쐈다. 바로 그때 그들은 동굴 안으로 대단한 열기와 함께 나선형으로 휘감아오는 빛줄기를 감지했다. 얼마나 시간이 흘렀을까. 점차 의식을 되찾은 다이라의 눈에 입구에서 동굴을 등진 채 무어라고 큰 소리로 이야기하는 미군의 뒷모습이 들어왔다.

그는 옆에 놓여 있는 총을 향해 손을 뻗으려 했다. 하지만 그의 손에서 힘이 쑤욱 빠지고 말았다. 1월 26일 아침이다.

제3부

중부 전선·남부 전선

미군 상륙

1

남부 미나토가와港川 해안일까, 그렇지 않으면 중부 자탄 해안·요미탄 해안일까.— 도무지 종잡을 수 없는 미군 상륙 예상 지점을 둘러싸고 군대와 주민들 사이에 그럴싸한 억측이 구구했다. 그 무렵에는 자탄촌·요미탄촌의 해안이 상륙 지점이 될 것이라는 설이 유력했다.

3월 25일. 궁지에 몰려 어수선한 분위기 속에서 현립 제1중학교 졸업식은 학교에서 꽤 멀리 떨어진 요슈養秀기숙사에서 거행되었다. 콘크리트 건물인 교사校舍는 대형 폭탄으로 무참하게 파괴되어버렸다. 전쟁 상황에 걸맞게 형식만 갖춘 졸업식은 학생인지 병사인지 구별이 안 가는 소년들을 앞에 두고 분기탱천한 내빈들의 격려사에 묻혀버렸다. 곧 현지 군대에 입대할 신병과 마찬가지로 이 소년들도 얼마 안 있어 군에서 복무하게 될 터였다.

현청 직원들은 나하시 교외 조가쿠의 방공호에 집결해 있었다. 아침이면 시마다 지사를 중심으로 본토를 향해 경건하게 머리를 조아리는 황거요배皇居遙拜(멀리 떨어진 곳에서 천황이 있는 곳을 향해 하는 절—옮긴이)를 하고, 군대의 무운장구武運長久를 빌며 감사기도를 올리는 것이 일과가 되었다. 공습 때에도 자세를 쉽게 흐트러뜨리지 않는 시마다 지사의 단정한 모습은 모든 현청 직원들을 무언중에 닦아세웠다. 부하 직원들은 많은 비난을 받았던 전임자를 대신하여 틀림없이 전쟁터가 되고 말 오키나와현으로 유유히 부임한 시마다 지사를 훌륭한 필승必勝 지사로 여기며 진심으로 맞아들였다. 그들은 시마다 지사에게 커다란 희망과 기대를 품었다. 행정기관으로서 대부분의 기능과 인력을 상실했다고는 해도 여전히 현청은 강인한 조직체를 유지했다. 마침내 3월 26일, 시마다 지사 이하 내정부內政部 직원들은 조가쿠 방공호를 떠나, 이때 이미 선발대로 마와시촌眞和志村 한타가와繁多川 구역 구릉지대 중턱에 방공호를 파고 이동한 나하경찰서와 합쳤다. 경찰부를 이끄는 아라이 다이조荒井退藏 경찰부장도 나하경찰서 방공호로 가 있었다.

섬의 교통은 공습으로 완전히 끊어져 중앙(오키나와 현청)의 지휘명령도 제때에 전달되지 못하고 정체되는 경향을 보였다. 도내島內 소개를 다그치는 지휘명령도 말단에 이르면 선동하는 경향으로 바뀌는 것으로 보아, 적이 상륙하면 가장 먼저 공격받게 될 중부 지대가 얼마나 혼란스러워질지는 상상하기 어렵지 않았다. 나카가미 지방사무소장 이게이 도쿠이치伊藝德一의 우려도 오직 이것뿐이었다. 3월 하순 이게이 소장은 군으로부터 "이곳은 곧 전선이 될지도 모르니 어서 빨리 후방으로 물러나라"는 종용을 받았다.

일찍이 시마다 지사로부터 "미군이 상륙할 경우 자네 스스로 알아서 잘 생각하고 행동해달라"는 말을 들어온 그는 '최후의 경우 현청과 합류'할 작정이었다.

3월 31일 미군이 상륙하기 전날 밤, 이게이 소장은 시마다 지사로부터 긴급한 시달을 받고 나카가미군中頭郡 내 각 촌장을 불러모아 촌장 회의를 열었다. 시마다 지사의 전달 사항은 다음과 같았다.

> '마키미나토牧港를 동서로 잇는 선은 적이 상륙함과 동시에 말 그대로 최전선이 될 가능성이 아주 높음'
>
> '건장한 주민들은 남아서 군대에 협력할 것'
>
> '여차하면 주요 서류는 모두 소각할 것'
>
> '적에게 이용될 우려가 있는 건물과 시설 등은 파괴하고, 우물은 두레박을 끊고 돌로 메울 것' 등등.

그날 모인 자탄촌, 요미탄촌, 우라소에촌浦添村, 고에쿠촌越來村 등 중부 지구의 촌장들은 이 주요 밀령을 주민들에게 전하기 위해 밤중에 자기 마을로 되돌아갔다.

4월 1일, 격렬한 공습과 함께 치열한 함포가 자탄촌·요미탄촌 일대를 뒤덮을 무렵 해산을 결정한 지방사무소 직원들은 남으로 갈지 북으로 갈지 피난처를 둘러싸고 의견이 갈렸다.

나이든 축에 속하는 사람들은 북쪽을 주장했고, 이게이 소장을 비롯한 젊은 축은 남쪽으로 가야 한다고 소리를 높였다. 4월 2일, 북쪽을 목표로 삼은 나이든 축과 헤어진 이게이 소장 등 몇몇 소장파는 곧장 니시하라西原 쪽의 방공호로 이동했다. 4월 1일 요미탄촌·자탄촌에 걸쳐 있는 해안으로 상륙한 미군이 북·중 두 비행장을 제압하면서 다음 장소로 전선을 넓혀가고 있다는 정보가 니시하라의 방공호에도 전해졌다. 자탄촌·요미탄촌의 주민들은 대부분 3월 말경까지 북부로 피난을 떠났지만, 3월 23일 이래 잦아진 공습으로 남아 있는 주민들에 대한 소개 속도가 한풀 꺾인 것을 알고 있던 이게이 소장은 두 촌의 주민들이 얼마나 놀랐을지 짐작할 수 있었다. 일본군의 수비 태세를 떠올린 그의 표정은 어두워졌다. '적은 과연 일본군이 놓은 함정에 보기 좋게 빠져들까.' 3월 중순이 지날 무렵, 적을 맞아들이기에 급급한 일본군은 방비라고 할 만한 온갖 종류의 수단을 강구했다. 나카구스쿠촌中城村 후텐마 구역 가도街道의 교량에 전차를 요격하기 위해 폭약을 설치했고, 기노완 가도 일대의 소나무 줄기에는 군인들이 부지런히 구멍을 낸 다음 관을 통해 화약을 채워 넣었다. 미군 전차가 다가올 때 일제히 소나무를 쓰러뜨려 장애물이 되게 하려는 것이다.

3월도 막바지에 다다랐고, 태양은 아직 중천에 떠 있었다. 『오키나와신보』 마키미나토 도쿠조 기자(그는 현지군에 징용되었다)는 필사적으로 군사령부 방공호를 향해 뛰었다. 그는 "당황하지 말자"고 뇌이며 일부러 어깨를 들썩이며 심호흡을 했다. 그러나 불안은 이러한 허세를 단숨에 무너뜨렸다. 가슴 언저리가 격렬하게 뛴다. 달리는 군인이라도 안색은 바뀔 수 있는 것 아닌가. 놀라서 뛰는 자신이 뭐 어쨌단 말인가. 멀리서 빈번하게 천둥치는 듯한 소리가 난다. 비행기의 폭음을 누비며 그 소리가 규칙적으로 들려온다. 3월의 산들바람이 나무들 사이로 살랑인다. 그는 이 소리를 듣자마자 슈리경찰서 방공호에서 뛰쳐나왔다. 도로에 한 여자가 사내아이의 손을 잡고 서 있었다.

"위험해요. 이런 곳을 헤매다니!"

그는 등골이 오싹했다. 남편으로 보이는 남자가 달려와 어린아이를 안아 올리며 여자를 재촉하여 뛰어갔다.

새로운 정보라도 있는지 알아보려는 생각으로 그는 군사령부 방공호를 향해 냅다 뛰었다. 슈리 제2국민학교 주변의 울창한 나무그늘로 숨어들어 있는 힘을 다해 질주했다. 보초 하나가 부동명왕不動明王(불교 8대 명왕의 하나로, 중앙을 지키며 일체의 악마를 굴복시킨다. 오른손에 칼, 왼손에 오라를 쥐고 불꽃을 등진 채 성난 모양을 하고 있다—옮긴이)처럼 서 있다. 물자 집적소가 되어버린 학교 운동장은 개미새끼 한 마리 얼씬거리지 않는다. 황급히 가려놓은 듯이 보이는 덮개의 모서리로 군수품 상자가 삐죽이 내비쳤다. 붉은 가죽 서류 가방을 든 장교가 그를 따라붙었다. 정보참모 야쿠마루藥丸 소좌였다.

"적 함대가 지척에 있는가 … ." 그가 묻는다.

"저도 잘 모르겠습니다. 이제 방금 숙소에서 나왔을 뿐입니다." 야쿠마루 참모도 보조를 늦추었다. '시내에 있는 조악한 대피호에서는 틀림없이 시민들이 불안에 떨고 있을 텐데.' 이런 생각을 하면서 방공호 안으로 들어간 그는 쿵쿵거리며 밑으로 내려갔다.

"1천 대에 가까운 미 항공기가 오키나와 상공을 뒤덮고 있으며 공격 목표는 항만과 비행장, 진지 공격 없음"이라는 정보가 들어온다.—

"감도 약함!"

"감도 약함!"—

"44부대인가!"

"포병단 본부인가!" 등과 같은 소리가 잡다하게 들린다. 병사들은 차분하게 부서에 자리를 잡고 업무를 본다. 머리 위로 바깥의 빛이 흩어져 들어오고, 누군가가 발 빠르게 들어온다.

"적기 30~40대가 슈리시를 공격하고 있습니다!" 발소리의 주인이 소리쳤다. 병사의 그림자가, 곡괭이 자국이 선명한 벽에 그림자를 비추고 있는 젊은 여자의 웃음소리를 듣는다. 하얀 셔츠를 입은 여인들의 팔다리가 그의 눈에 생생하게 비쳤다. 무거운 공기가 고여 있던 동굴은 여인의 체취로 마구 휘저어졌다. 그러나 그들은 여자답기는커녕 화장기조차 없었다. 셔츠 아래에서 숨 쉬는 젖가슴을 보았을 때 그는 슬프기까지 했다.

축축한 공기를 가슴 깊숙이 들이마시려는 여자들은 콧구멍을 한껏 벌름거렸다.

전파탐지기에 감응하는 미군 비행기의 수가 줄어드는가 싶더니 얼마 지나지 않아 적기가 퇴각했다는 보고가 들어왔다. 그와 동시에 다이토섬 수비대로부터 "미 기동부대가 보인다"는 보고가 들려왔다. 4월 22일 "울리티 · 레이테 두 방면으로부터 수송선단이 속속 북상 중"이라는 정보는 미군의 오키나와 공격을 확실하게 전해주는 것이기는 했지만, 오늘의 정보는 "아직 이상 없다"며 마키미나토 기자를 안도시켰다. 마키미나토 기자는 군사령부 방공호에서 한시라도 빨리 나가고 싶었다. 한 발 한 발 계단을 올랐다. 마지막 계단에 올라섰을 때 바깥으로부터 빛이 획 들어와 그의 눈을 찔렀다. 방공호 바깥은 해질녘의 부드러운 광선에 감싸였고, 밥 짓는 연기가 완만하게 피어오르고 있었다.

여자들은 벌써 방공호에서 나와 취사를 거들고 있었다. 봄볕에 그을린 피부의 혈관이 붉고 투명하게 보이는 건강한 두 팔로 식사에 올릴 경단을 들고서 분주히 돌아다녔다. 방공호 입구에 줄풀로 울타리를 친 변소로 너나없이 돌진했다. 수축신경이 오그라들어 걸을 때마다 불안과 함께 배설물을 밀어냈다.

위장망 아래로 의자를 들고 나온 난세이제도 수비군 제32군 참모장 조 이사무 육군 중장은 의자 등받이로 몸을 한껏 젖히고 앉았고 네댓 명의 참모가 그를 에워쌌다. 이따금 호쾌한 듯도 하고 신경질적이기도 한 그의 웃음소리가 울려 퍼졌다. 짧게 손질한 콧수염 아래에서는 굵은 여송연이 타고 있다.

"각하, 잠시 사진 촬영이 있겠습니다." 마이니치신문每日新聞 시타세 유타카下瀨豊 기자가 그의 앞에 카메라를 들이댔다.

"사진은 내일 찍지." 조 중장은 거리낌 없이 잘라 말한다.

"내일은 또 공습이 있을 텐데요"라고 기자가 말하자, "상관없어. 나는 기념촬영을 하고 싶다"며 조 중장은 예의 신경질적인 소리로 웃었다.

그는 3월 육군 인사이동에서 중장으로 진급했지만 이날은 공교롭게도 소장 계급장을 달고 있었다. '중장 계급장을 달고 사진을 찍고 싶다'는 그의 치기는, 관동군으로 있던 그가 노몬한 사건(1939년 5월부터 8월까지 몽골과 만주국의 국경 지대인 노몬한에서 벌어진 소련군과 몽골군, 일본제국의 관동군과 만주국군 사이의 전투. 당시 만주는 일본 관동군이 장악하고 있었는데, 노몬한 부근은 불분명한 국경선 때문에 분쟁이 잦았다. 1939년 5월 11일 몽골군 기병 70~90명이 노몬한 구역 동쪽 할하강을 건너오자 일본군이 이를 불법 월경越境으로 간주하여 노몬한 전투가 일어났다. 이 전투에서 소련군에게 참패한 일본군은 소련의 요구대로 할하강을 경계로 한 만주국과 몽골의 국경선을 인정하고 소련-일본 불가침조약을 맺었다—옮긴이)을 수습하기 위해 일본군 특사 자격으로 소련군 특사와 만났을 때 정신을 잃을 만큼 몹시 취해 잠들었다는 전설적인 일화와 상통하는 구석이 있었다. 그리고 신비롭고 호쾌한 그의 치기는 그를 좇는 광신자와 많은 일본군 장병에게는 일종의 구원의 신과도 같은 모습을 띠었다.

2

다음 날 4월 24일. 마키미나토 기자는 아침 일찍 오키나와신보사 방공호를 나섰다. 방공호는 군사령부에서 그리 멀지 않은 슈리성 안 옛 왕궁 배전拜殿의 왼쪽 뒤편에 있었다.

길이 약 20미터, 갱도의 폭 약 4~5미터인 방공호 안에 사방 2미터가 채 안 되는 방을 만들고, 거기에서 평판 인쇄기를 돌렸다. 갱도 양쪽으로는 활자대活字臺가 그득하게 늘어서 있었다. 군 당국은 진중陣中 신문을 발간하라고 다그쳤고, 전 직원 30명은 모든 전선의 군과 민간에 전황을 알리는 사명을 띠고서 밤낮없이 쉬지 않고 인쇄기를 돌렸다. 그들은 이虱와 불결함, 물 부족 등에 시달리면서 양초와 소형 석유 램프 빛에 의지해 문선文選, 식자植字, 인쇄 등의 일을 무리하게 계속해 나갔다. 발간한 타블로이드판 진중 신문은 1킬로미터쯤 떨어진 한타가와의 방공호에 집결한 현縣 경찰과 각 부대 병사들이 직접 배달했다. (신문 발간은 5월 25일 군사령부가 슈리 전선에서 후퇴할 때까지 계속되었다.)

군사령부 방공호에는 묘한 긴장이 감돌았다. 그날도 전날 못지않게 대부대를 이룬 미군 비행기들이 류큐열도 상공으로 엄청나게 날아들었다.

그 무렵 민간에서는 슈리경찰서가 쇼尙 후작侯爵 저택의 근처 제방에 방공호를 팠고, 슈리 시내 각 중등학교는 교장의 지휘 아래 저마다 방공호를 파 그 안에 틀어박혔다. 이들 학교는 군사교련을 담당한 배속장교를 대장으로 하는 철혈근황대鐵血勤皇隊를 조직하여 전교생을 수비 군대에 직속시켰다.

3월 23일, '미 함대 출현'.

정말로 미군은 상륙 지점으로 가장 먼저 예상했던 미나토가와 방면에 사전 폭격을 개시했다. 공포의 대상이 되었던 함포사격이 드디어 현실로 나타났다. "지넨반도 앞바다에서 미 함대 발견". 미나토가와 방면에서 전해온 정보를 손에 쥔 마키미나토 기자는 급히 그의 방공호로 돌아갔다. 비로소 듣는 함포 소리! 게다가 주력으로 발사하는 포탄 소리는 멀리서 은은하게 울리는 천둥소리 같았고, 요란하게 대기를 뭉개버리는 작렬음은 시마지리 남부를 진동시켰다.

미나토가와 부근 해안에 상륙할 것처럼 보이던 미군은 3월 27일 게라마열도를 공격했고, 전투함과 항공모함, 순양함 등 주력함이 천천히 서해안인 가데나·자탄 앞바다로 모여들기 시작했다. 하지만 미나토가와 쪽 함대도 움직이는 모양새가 심상치 않았다. 앞바다에 머물던 수송선단으로부터 쏟아져 나온 수많은 상륙용 보트들이 수백 줄의 하얀 항적을 그리면서 해변 가까이로 밀어닥치는가 싶더니 곧이어 휙, 한 바퀴 돌고는 되돌아갔다. 양동전술陽動戰術(적의 주의를 딴 데로 돌리기 위하여 주된 공격 방향과는 다른 쪽에서 공격하는 것—옮긴이)이다. 그때마다 긴장한 일본군 진지에서는 해안을 노려보며 박격포와 구포臼砲(포신이 구경에 비하여 짧고 사각射角이 큰 화포—옮긴이)를 대기시켰다.

3월 25일 자탄촌의 지방 도로에서 가장 먼저 거대한 포탄이 처박혀 작렬했고, 돌덩이와 토사가 뒤섞인 검은 연기가 치솟았다. 전날 3월 24일까지 1천여 명의 주민 대부분이 마을 뒷산 대피호로 대피했기 때문에 미 함대의 움직임을 아무도 알지 못했다. 다음 날인 3월 26일 홀연히 무리를 지어 나타난 미 함대 무리는 어렴풋이 보이는 게라마열도에서부터 멀리 솟아난 모토부반도로 이어지는 해상을, 마치 검은 소가 누워 있는 것처럼 메우다가 어둠이 내리면 어딘지 알 수 없는 수평선 저편으로 모습을 감췄다.

해안과 가까운 언덕에 있던 감시초소는 일본군에 의해 해체되었고, 병사들과 함께 있던 남녀 청년 단원들은 해산을 통고받았다.

"함포사격의 우려가 있으니 주민들은 해안으로부터 4킬로미터 이상 떨어진 지대로 물러날 것"— 3월 25일 군의 명령이 경방단을 통해 대피호에 있는 주민들에게 전해졌다. 대다수의 마을 사람들은 그날 밤 북부로 퇴거했고, 고에쿠·미사토美里·기노완·나카구스쿠 쪽도 한꺼번에 많은 사람들이 움직이는 바람에 몹시 북적거렸다. 실낱같은 희망을 가졌던 '물가전멸작전水際全滅作戰(해상에서 공격해오는 적을 물가까지 끌어들여 그곳에서 섬멸시키는 작전—옮긴이)'이나 가미카제 따위는 없었다. 미군 비행기가 난무하는 백주대낮, 맹렬한 함포의 불길이 산산이 갈라지고 흩어지는 처참한 자탄 가도와 뒤편 산길은, 갖은 고생 끝에 겨우 피난처라고 왔더니 몸을 맡길 대피호도 없는 데다 공습은 어디를 가나 마찬가지라고 체념하며 되돌아오는 주민들과, 아직도 판단이 안 서 우왕좌왕하는 가운데 우선은 피하고 보자는 피난민들이 마구 뒤섞여 혼잡하기 이를 데 없었다. 밤이 되자 피난을 떠나지 않고 남아 있던 마을 사람들은 대피호에서 빠져나와 바다에 인접한 밭과 골짜기로 고구마를 찾아 나섰다.

3월 27일 밤부터 함대에서 쏘아 올리는 조명탄은 저주받은 상륙 지점을 계속해서 퍼렇게 비추어댔다. 으르렁거리는 신음 소리를 내며 날아드는 함포탄들은 죽기 살기로 고구마를 파내는 마을 사람들 앞뒤 좌우로 마구 떨어져서는 폭발했다. 머리 위에서 퍼엉, 하고 조명탄이 쏟아붓는 환한 불빛에, 헨잔平安山 마을로 포물선을 그리며 떨어지는 포탄은 자주색으로 빛났고, 이윽고 기세 좋게 검은 토사를 날려버리는 것이 보였다.

상륙 직전인 3월 초순, 자탄촌에 배비되었던 수비군 한 개 대대가 우라소에 방면으로 빼돌려져 이동한 뒤로, 자탄 해안에는 더 이상 믿고 의지할 만한 수비 병력이 없었다. 이 때문에 주민들은 불안하기 짝이 없었고 불만에 찼다. 이런 상황 속에서 상륙 지점을 향한 함포사격은 끊이질 않았고, 4월 1일 갑자기 수를 늘린 미 항공기는 이른 아침부터 포격과 폭격으로 격렬하게 총공격을 해왔다. 주민들은 종일 대피호에 틀어박혀 옴짝달싹할 수 없었다. 상륙 바로 직전에 미군이 감행한 대규모 준비 폭격이었다.

북 비행장·중 비행장의 궤멸

1

4월 1일. 마침내 미군은 상륙했다. 대피호에 웅크리고 있던 주민들은 미군이 상륙했다는 사실을 사흘이 지난 뒤에야 알았다. 주민들은 대피호 안에서 불안에 떨며 두려워했다. 함포사격은 2~3일 동안 조금도 수그러들지 않았고, 대규모 편대가 저공비행하며 내는 소리는 귀를 먹먹하게 만들었다. 편대는 최후의 폭격을 가하는가 싶더니 어느 사이엔가 폭격을 멈추었고, 비행기에서 나는 폭음만이 희미하게 들려올 뿐이었다.

낮이 가고 밤이 찾아왔다. 마을 주민들은 여느 때와 마찬가지로 물을 긷고, 고구마를 캐고, 마을에 남아 있는 식량을 가지러 대피호를 빠져나와 길을 나섰다. 도중에 마을까지 올라온 미군 전차를 알아본 그들은 소리를 삼키며 경악했다. 당황한 마을 사람들은 허둥지둥 자신의 대피호로 되돌아갔다. 방위대에 차출되었던 젊은이들이 가족들과 작별인사를 하기 위해 대피호로 돌아가서야 그들로부터 비로소 적의 상륙 소식을 알게 되었을 만큼 대부분의 주민들은 다음 날인 4월 2일까지 미군이 상륙한 것을 알지 못했다.

소베·헨잔에 있던 해군 장거리포대 두 기는 해상에 있는 미군을 향해 한 발도 쏘지 못하고 해체되었다. 하마카와浜川에 배치되었던 독립보병 제12대대 1중대는 미군의 상륙을 알았는지 몰랐는지, 병사들이 목숨을 걸고 방공호를 넓히다가 세 방향에서 포위해오는 미 해군 부대의 맹렬한 공격을 받고 전멸했다. 헨잔 해군 포대에서 수비병과 함께 있던 자탄촌 출신 여성(의용대원) 14명은 바퀴소리를 내면서 다가오는 미군 전차를 발견하고는 자포자기하여 포대 아래쪽 바위 그늘이 드리워진 밭 가운데에 빙 둘러앉아 수류탄으로 자살했다.

노구니野國 마을 방면으로 상륙한 미군은 다음 날인 4월 2일까지 거침없이 진출하여 중 비행장에 돌입했고, 스나베砂邊 해안 일대로 상륙한 다른 부대는 미사토촌 도바루桃原 구역으로 진출하여, 아와세泡瀬를 중심으로 하는 약 4킬로미터 지점을 순식간에 확보했다. 한편 다른 미 육전대陸戰隊(해병대의 전 이름. 해군에 소속되어 상륙 작전이나 지상 작전 임무를 수행했다—옮긴이)는 험하고 좁은 이시카와石川 지구를 단숨에 차단했다. 미 상륙군은 이곳에 상륙하자마자 오키나와 본섬의 가장 잘록한 중부 지대에서 오키나와를 반으로 가르는 작전에 성공한 것이다.

미군이 상륙한 곳은 10여 군데였다. 처음 소베 해안을 중심으로 상륙하기 시작하여 3월 31일 밤부터 다음 날 4월 1일에 걸쳐 일부 병력이 이미 육지로 올라왔다. 미 상륙군 선발대는 제10군 제7사단, 제77사단, 제96사단, 그리고 해병대 제1사단과 제6사단이었으며, 당시 외신에 따르면 미군 상륙 작전 부대는 "공군기 1,500대와 함선 1,400척 이상으로 이루어져" 있었다. 해안에 접한 구릉의 대피호에 있던 주민 대다수는 이 대부대가 바로 코앞에서 상륙하는 것을 전혀 알지 못했다. 시야를 가리는 포연과 폭격 소리에 도무지 정신을 차릴 수 없었기 때문이다.

4월 3일. 아침에 자탄촌 주민들은 미군들이 대피호 밖에서 알아듣기 어려운 일본어로 외치는 소리를 들었다.

"퐈을로 나우왈라(밖으로 나오라)."

이젠 끝장났구나, 체념하고 의심에 휩싸인 채 이끌려 나와보니 벌써 많은 사람들이 미군을 뒤따라 줄레줄레 걸어가고 있었다. 일본군은 한 명도 남김없이 퇴각했고, 해안으로 난 좁은 오솔길은 포로가 된 주민들로 넘쳐났다. 미군은 스나베 해안에 재빨리 수용소를 만들었고, 4월 4일까지 1천 명이 넘는 주민들을 여기에 수용했다.

전광석화처럼 진출하는 미군의 위용은 실로 대단했다. 4월 3일 오후부터 자탄국민학교에 인접한 비행장으로 미 전투기가 기세 좋게 착륙했다.

그 후 전투 지역은 나카구스쿠촌 일대로 확대되었다. 스나베 해안 수용소는 폐쇄되었고, 수용되어 있던 주민들은 4월 5일까지 북쪽 나카구스쿠촌의 히가比嘉 · 시마부쿠로島袋 구역에 새로 급조된 수용소로 보내졌다.

2

그 무렵 북 비행장에는 약간의 병력을 보유한 항공 본부(비행장 설영

設營, 비행기 정비)와 아오야기青柳 중좌가 인솔하는, 방위대를 포함한 비행장대대가 있었다.

10월 10일 미 항공기의 대대적인 공습을 받은 북·중 두 비행장은 미군의 진격을 앞두고 비행기를 간신히 움직일 정도의 기능만 남았을 뿐 이미 비행장으로서의 생명을 완전히 상실한 상태였다. 그런데 기적처럼 이 패전의 비행장에서 구슬픈 폭음을 울리며 소형 일본기 몇 대가 저녁 하늘로 날아올랐다. 10월 26일 저녁은 마침 함포 공격이 끊어진 무렵이었다. 이 비행기들은 신기하게도 미군이 연일 퍼부어댄 공격을 피해 흠집 하나 없이 온전히 중 비행장에 남아 있던 특공기였다.

중 비행장 근처 산기슭에 건설된 항공대원 전용 위안소에서는 제32군에서 날아든 항공참모 가미神 소좌를 비롯해 비행장 관계 장교들이 모여 자살특공기 조종사로 추대된 젊은 장교들을 치하하고 위로하기 위해 출발 직전 주연을 벌였다. 유서를 다 쓴 특공대원들은 지상의 격려를 받으며 해상의 미 함선들을 목표로 비행장을 날아올랐다. 그것은 일본군 비행기가 마지막으로 사용한 중 비행장 최후의 모습이기도 했다.

"비행장이 위태로워지면 파괴하고 후퇴하라"고 했던 일본군 작전은 치열한 함포와 공중폭격 때문에 실제 행동으로 옮겨지지 못했다. 아오야기 비행장대대는 나중에 제24사단 진지에 합류할 예정이었지만 뿔뿔이 북쪽으로 후퇴했고, 아오야기 중좌는 부하 네댓과 함께 구니가미군 온나다케恩納岳(다케岳란 오키나와 말로 험준한 산을 이른다—옮긴이) 산속으로 도망쳐, 후방 교란 임무를 맡은 무라카미 하루오村上治夫 대위가 이끄는 호향대護鄕隊와 합류했다.

북 비행장(요미탄촌)에는 구로사와黑澤 부대가 있었다. 북 비행장 주변의 일본군 수비대 병력은 구로사와 소좌가 이끄는 한 개 대대로, 이 대대는 경비 중대와 보급을 담당하는 중대로 나뉘었고, 이시石 병단兵團(본토에서 오키나와로 파견된 제62사단. 이들은 가는 곳마다 여성들을 성폭행하여, 오키나와에서 악명이 높았다—옮긴이)에서 파견된 한 개 소대 약 300명과 남자 주민들로 편성된 방위대원 300명으로 구성되어 있었다. 방위대에는 북부 하네지촌 응소자 약 80명과, 방위대를 통솔하는 국민학교 교사들도 포함되어 있었다. 북부 지구 국민학교 교사는 늙은 교장과 노약자, 여교사를 제외하고 대부분이 소집되었다. 그들은 침구와 괭이를 어깨에 둘러메고 3월 10일 근무지인 하네지촌을 출발하여 걸어서 북 비행장 수비대인 구로사와 부대에 3월 12일 도착했다. 대원 가운데에는 발을 질질 끄는 절름발이 남자도 섞여 있었다.

북 비행장이 결딴나는 바람에 탄흔 수리를 맡기로 했던 방위대원 가운데 교사 팀은 구로사와 부대 지휘반으로 편입되었고, 나머지는 각 소대로 나뉘어 취사와 운반을 담당하게 되었다. 그런데 3월 28일 갑자기 이동 명령이 떨어졌다. 그들은 비장한 마음으로 윤탄자讀谷山국민학교 부근 방공호에서부터 구로사와 소좌가 있는 자키미座喜味 성터(북 비행장 북쪽) 골짜기의 횡혈호橫穴壕(가로로 길게 파서 만든 참호—옮긴이)로 이동했다.

함포와 폭탄의 공격은 날이 갈수록 격심해졌다. 이제까지 북 비행장을 수비했던 해군 고사포와 기관포대가 밤을 틈타 나하시 오로쿠 방면으로 이동했기 때문에 방치된 북 비행장은 마음껏 공격하는 미군 비행기의 놀이터가 되었고, 그 결과 활주로는 커다랗게 뚫린 구멍들로 가득 찼다.

3월 30일 잔파곶에서부터 사키하라崎原 등대에 걸쳐 띠를 이루며 바다를 가득 메운 미 함대는 좌우로 서서히 퍼져나갔다. 북 비행장 남쪽 나미히라波平 마을 일대에 매설 중이던 대전차호對戰車壕(전차나 장갑차의 전진을 막기 위하여 판 구덩이—옮긴이) 지뢰는 적이 오기도 전에 함포 공격을 받고 폭발하여, 파견 나온 이시 병단 소대는 많은 사상자를 냈다.

구로사와 소좌는 방위대원에게 부대 안에서 기르던 돼지를 잡으라고 명령했다. 한편 부대 하사관의 지휘로 '돌격'이 시작되었다. 돌격 장소는 원래 해군이 있던 방공호였다. '돌격'은 해군이 버려두고 간 통조림이나 술을 무단으로 가져오는 것을 뜻하는 말이었다. 저마다 입을 모아 옥쇄를 부르짖으며 부어라 마셔라 하는 소동이 골짜기의 방공호들로 불붙듯 번져나갔다. 그 무렵 미 함대에서 쏟아져 나온 쾌속정들은 히자강比謝川 하류에서부터 잔파곶에 이르는 해안으로 바싹 다가와, 해안에 점점이 흩어져 있는 암석과 언덕에 맹렬한 사격을 퍼붓고는 되돌아가기를 되풀이하며 상륙할 기회만 노렸다. 그날 오후 시로마다쓰조城間辰藏 대원이 속한 지휘반은 부대장으로부터 급히 폭뢰를 만들라는 명령을 받았다. 7킬로그램과 10킬로그램짜리 폭뢰 100개를 각 부대에 속한 방위대에 분배하기 위해서였다. 그는 누런색 화약을 뒤집어쓰고 작업하면서 '이렇게 해서 드디어 죽는구나 … ' 생각했다.

아직 할 일도 남아 있다. 부대 창고 방공호를 재점검하여 사용 가능한 무기를 내주는 일이다. 창고 방공호에는 단야기구鍛冶器具, 선반기계, 발전기 등이 있었다. 그 일을 끝내면 식량을 운반하는 일이 방위대원들을 기다렸다.

식량 운반은 아침부터 시작했어도 좀처럼 끝이 나지 않았다. 후퇴와 동시에 모든 물건은 폭파되었다. 그때 감시대가 전멸했다는 보고가 들

1945년 4월 13일 미군의 오키나와 상륙.

어왔다.

최후의 시간은 시시각각 다가오고 있다. 이윽고 시로마 다쓰조는 전투용 건빵을 건네받았다. 초조한 공기가 갑자기 지휘반을 휘감았다. 미군이 진지를 발견했는지 함포의 주포主砲인 듯한 거대한 포탄이 진지 근처에서 쿵쿵 작렬하기 시작한다. 횡혈호가 지진이라도 난 듯 그때마다 흔들린다. 폭격까지 더해져 진지 안으로 세차게 내리치는 폭풍이 가슴을 울린다.

4월 1일 새벽, 그토록 두렵기만 했던 미군 상륙이 시작되었다. 수송선단의 대열을 벗어난 먹구름 같은 소형 보트들이 꿈에서가 아니라, 지금 해안을 목표로 하여 성난 파도처럼 밀어닥친다. 오전 6시 미군 상륙정은 해안에 닿자마자 새까만 덩어리 같은 전차를 토해냈다. 쏟아져 나온 전차는 마치 제 세상인 양 한 치의 주저함도 없이 전차포를 계속해서 쏘아댄다. 나미히라 해안은 태고 이래의 격동으로 격렬하게 흔들린다.

얼마 지나지 않아 나미히라 해안 부근에 있던 소대 전원이 있는 힘을 다해 진지를 빠져나와 겨우 목숨만 건졌다는 보고가 들어왔다. 보급 중대는 오아시ォアシ 부근과 기나喜名 마을 동쪽 고지에서 대기하고 있을 터이다. 경비 중대는 북 비행장 북쪽 고지에서 간신히 진지를 지키고 있다.

시로마 다쓰조는 공포와 놀라움이 뒤섞인 기분을 애써 누른 채 진지에서 기어나와 이 광경을 쭉 바라보았다.

그가 자리 잡은 곳은 전선을 조망하기에 좋았다. 히자강 하구에서 잔파곶에 걸쳐 단숨에 상륙하여 무인지경을 나아가듯 계속해서 전진하는 상륙 부대의 움직임이 눈앞에서 펼쳐졌다.

구로사와 소좌가 수하의 병사들을 모두 하나로 합쳐 쏟아지는 탄환을 뚫고 기나산 해군 진지로 이동시킬 때, 방위대장이던 그는 다른 대원들과 함께 수류탄과 소총과 죽창과 급조 폭뢰를 무기로 할당받았다. 그리고 상공을 아주 낮게 비행하며 기관총탄을 쏟아붓는 미군 미행기의 탄띠彈帶 아래에서 우왕좌왕하며 골짜기를 따라 자빠지고 뒹굴 듯하며 겨우 이 진지에 다다른 것이다. 이게 전쟁의 모습이란 말인가! 게다가 상륙한 적이 유유하게 움직이는 저 모습이란…….

미군은 어떤 반격도 받지 않는다. 정석대로, 예정대로 병력을 상륙시킨 전차마저도 양륙하고 있다. 50~60대 정도의 미군 전차가 북 비행장 남쪽 평탄한 곳을 향해 내달린다. 비행장을 향해 전차포를 쏜다. 목표는 북쪽 고지인 듯하다.

전차의 후방에서 보병으로 보이는 미군들이 일렬종대로 전진한다.

이 시각 북쪽 고지에 있는 일본군 진지에서 대전차포와 기관포를 발포했다. 그러자마자 미 전투기 몇 대가 저공비행하며 일본군 진지에 폭탄을 퍼부었다. 몇 번이나 집요하게, 몇 번이나, 몇 번씩이나… .

미군 병사들이 유유히 전진하는 모습이 선명하게 보인다.

모두 소형 소총을 어깨에 메고 있다. 오전 10시. 미 전차가 북 비행장 북쪽에 일부를 정지시키는가 싶더니 다른 일부는 그들이 있는 기나 방향으로 움직이기 시작했다. 역시 그 뒤에는 소총을 멘 보병이 잇따른다. 지휘반이 있는 진지는 머지않아 전차 공격을 받고 위험해질지도 모른다.

3

상륙 첫날인 4월 1일, 오전 10시가 지나 부대는 각 소대로 야습夜襲 명령을 내려보냈다. 흰색 어깨띠에 머리띠를 두른 지휘반은 급조 폭뢰를 등에 짊어지고 기나 마을까지 온 적과 맞서기 위해 해군 진지를 나섰다. 반격하기 전 잠시 머무를 근거지는 기나 마을과 마주한 의무실醫務室 방공호다. 선발 돌격대는 진지를 나선 채 돌아오지 못했고, 작전은 실패로 끝났다. 본부는 야습을 단념하고 다음 날 아침 의무실 부근에 적이 오면 일전을 불사하기로 결정했다. 의무실 방공호 안은 부상자들의 신음 소리로 가득 찼고, 이들을 돌보느라 밤을 지새웠다.

파견된 이시 병단의 전초전은 기나, 야라屋良, 가데나의 산에 간신히 발을 붙이고 있을 뿐 아무런 소식도 들려오지 않는다.

다음 날 4월 2일 미군은 기나·미사토를 잇는 오키나와 양단兩斷 작전에 나서려는 듯 아침 일찍 기나 진지로 다가왔다. 전차가 내는 굉음에 뒤섞여 소형 포탄이 터지는 소리가 탕, 탕, 탕 울린다.

급조 폭뢰를 짊어진 병사 몇 명이 참호에서 튀어나왔다. 미군 병사는 자동소총을 허리에 대고 난사하며 우박 같은 총탄을 쏟아부었다. 폭뢰를 짊어진 병사가 목표로 삼은 전차로 뛰어들었는지 폭발하는 소리가 난다. 너무 가까이 접근한 탓인지 상공에서 날아들던 사격이 갑자기 그치고, 양쪽이 서로 주고받는 듯한 수류탄 소리가 난다. 그 소리가 간헐적으로 들려오는가 싶더니 이윽고 잠잠해졌다. 참호 밖에서 반격에 나선 사람들이 전멸했다는 증거다.

오전 11시 박격포의 포위망에 겹겹이 싸여 참호 안에 있던 사람들은 더 이상 운신할 수가 없었다.

부대장은 좀처럼 명령을 내리지 않는다. 그때 고바리小針 중대장이 무슨 생각에서였는지 부대장에게 가볍게 눈인사를 하더니 실성한 듯 참호 밖으로 뛰쳐나갔다. 몇 발짝도 떼지 않아 그의 몸뚱이는 날아온 포탄에 형체도 없이 사라졌다. 구로사와 소좌는 곁에 있던 이자와井澤라는 고참 준위에게 돌격에 나설 준비를 하라고 명령했다. 흥분한 나머지 몸이 떨리는 시로마 다쓰조는 말없이 가슴에 폭약을 품고 전의를 불태웠다.

그 시각 참호의 입구 근처는 박격포가 난무했다. 언제 슬며시 다가왔는지 미군 몇 명이 참호 위에서 모습을 드러냈다.

"미군이 … ."

무심결에 중얼거리는 그를 누군가가 뒤에서 밀어냈다. 7킬로그램짜리 폭약 상자를 안은 그와 그의 동료들, 구로사와 대장까지도 모두가 밀려나듯 참호에서 나오게 되었다. 엉망이 되어 무작정 참호 바로 위의 능선으로 올라갔다. 자동 소총탄이 정상에서부터 비 오듯 쏟아졌다. 그들은 눈을 감고서 무턱대고 수류탄을 던져댄다. 그것은 던진다기보다는 내동댕이치는 것이나 다름없었다. 문득 시로마 다쓰조는 엉덩이와 넓적다리 쪽에 타는 듯한 통증을 느꼈다. 총탄이 그의 살덩어리에 구멍을 낸 것이다. 그는 관목이 우거진 곳에 쓰러졌고, 그가 다시 정신을 차렸을 때는 주변 수풀이 빠직빠직 타들어가고 있었다. 반사적으로 몸을 굴려 옷에 벌겋게 붙은 불을 끄기 위해 안간힘을 썼다. 순간 붕하고 몸이 공중으로 떠오르는가 싶더니 수렁논 가운데로 구르며 처박혔다. 논에는 똑같은 일을 당한 병사 30~40명이 두려움으로 떨리는 사지를 버둥거리며 저마다 알 수 없는 소리로 무어라 부르짖고 있었다. 자식 이름을 부르는 소리에 뒤섞여 있는 힘을 다해 쥐어짜는 듯한 신음 소리도 들렸다. 통증에 괴로워하면서도 그는 멍하니 이 광경을 바라보았다.

거의 대부분의 병사들은 쓰러져 죽었고, 논바닥의 물은 500명에 가까운 사람들이 흘린 피로 피비린내를 풍기며 붉게 물들었다. 시로마 다쓰조는 미군 10여 명이 논으로 들어오는 모습을 보았다. 허리를 구부정하게 굽힌 그들은 논바닥을 향해 한 발 한 발 피스톨을 쏘았다. 한 발이 그를 덮쳤다. 총탄이 손가락 사이로 스쳐 지나갔다. 미군들은 갔다. 다음 날 4월 3일 아무런 부상을 입지 않은 방위대원이 그를 구조했다.

그는 요미탄촌 오아시의 구 일본군 물자 집적소 근처에 있던 미군 전차부대에 투항했다. 그리고 북 비행장 서쪽 자키미 마을의 민가로 옮겨져 미군으로부터 극진한 응급치료를 받았다. 그는 일찍이 귀에 못이 박이도록 들어서 알고 있던 '귀축鬼畜 미군'의 참된 모습을 바라보며 놀라움을 금치 못했다. 그들이 보여준 친절한 태도는 지금까지 그가 품었던 미군에 대한 생각을 완전히 뒤바꾸어 놓고 부정했기 때문이다.

일본군의 손을 떠난 북 비행장에는 수백 기에 가까운 미군기가 흙먼지를 날리며 떠들썩하게 이착륙하고 있었다.

4월 4일, 그는 10여 명의 포로와 함께 북 비행장 서쪽 일본군이 사용했던 비행기 벙커로 이송되었다.

4월 7일, 미군 트럭에 실려가던 그는 북부 나고정名護町 교다許田 부근으로 이송될 때 온나촌, 나카마仲間, 기세喜瀨, 고치幸地 일대의 해안선을 따라 수많은 미군기가 나란히 대열을 이루어 거센 포격을 가하는 것을 보았다. 미군 장거리포는 모토부반도를 뒤흔들었다.

4월 15일, 그는 나고정의 포로수용소에서 치료를 받던 중 상처가 다시 악화되었고, 미군은 그를 요미탄촌에 있는 해군 야전병원으로 옮겼다. 전시임에도 병원의 전등은 휘황찬란했고, 스피커에서는 신나는 음악이 흘러나왔다. 자국의 부상병들과 마찬가지로 친절하게 치료해주는 미 군의관 중위와 위생병들의 극진한 간호 덕분에 그는 눈에 띄게 회복되었다. 병원에는 미군 부상자가 2천 명 가까이 있었다.

4월 20일 중 비행장(야라 위치) 남단에 포로수용소가 개설되었고, 상처를 치료한 시로마 다쓰조는 이 수용소로 옮겨왔다. 그 무렵 중 비행장에는 마지막 고통스런 숨을 몰아쉬던 일본군 진지에서 쏘아대는 야포탄이 시간차를 두고 떨어졌다. —'미군이 비행장을 사용하는 것을 다른 진지에 자리 잡고 방해하는 작전이었다.'— 그러나 이 포격도 오래가지 못했다. 이따금 중 비행장 상공을 빙빙 돌다가 슬며시 들어온 자살기自殺機가 있을 뿐 그마저도 미군 지상포에 저지당해 허둥지둥 그곳을 빠져나갔다.

가미야마섬 돌격

1

줄곧 북쪽으로 피난을 떠나야 한다고 주장하는 연장자 팀과 헤어진 나카가미 지방사무소장 이게이 도쿠이치는 노다케野嵩의 방공호를 근처에 있던 일본 군대에 양보하고 부하 몇 명과 함께 4월 2일 남부로 출발했다. 도중에 오쿠마奧間를 거쳐 니시하라 마을사무소로 쓰는 방공호에 들어가 대기하기로 한 일행은 이곳에 일단 머물기로 결정하고서야 비로소 미군이 어마어마하게 진출한 사실을 알았다. 40~50명 정도 되는 피투성이 병사들이 방공호로 들어와 전선이 돌아가는 상황을 보고했기 때문이다.

전투는 이제 기유나喜友名와 오야마大山 마을 가까이에서 벌어졌다. 그 일대의 수비를 맡은 가야賀谷 부대는 이 전투에서 대부분의 병력을 잃었으며, 기노완 부근의 전투가 처음부터 고전을 면치 못하고 있다는 정보가 병사들의 입을 통해 퍼져나갔다. 군인들 사이에 섞여 있던 남녀 의용대원들은 의외로 차분한 모습으로 부지런히 부상병들을 돌보았다. 견고한 참호든 진지든, 전차를 앞세우고 마구잡이로 공격해오는 미군 앞에서는 여지없이 무너질 뿐 강력한 공군이 뒷받침해주지 않는 한 미군을 되받아치기 어렵다고 탄식하는 자도 있었고, "뭐야, 지금이라도 어떻게든 해봐야지"라고 큰소리치는 자도 있었지만, 그들은 모두 의용대원을 하나라도 더 찾아내려는 듯 방공호 안에 있는 주민들을 샅샅이 둘러보았다. 아무도 대답하는 사람이 없다.

바로 그때 무거운 침묵을 깨고 젊은 여성이 일어서면서 대답했다.

"제가 가겠습니다."

병사들은 쓴웃음을 지으며 침묵하고 말았다. 방위대에 해당하는 남성은 모두 차출되었기 때문에 방공호에는 단 한 명도 남아 있지 않았다. 이게이 도쿠이치 일행이 방공호를 출발하여 슈리시 근처 한타가와에 있는 시마다 지사의 본거지에 합류한 때는 그로부터 며칠 뒤였다.

슈리성 땅속 깊이 파인 제32군 군사령부 방공호는 10미터나 깊은 곳에 은밀히 자리 잡고 있었다. 폭은 2미터 혹은 3미터, 높이 2미터, 갱도의 총길이 약 1천 미터. 뉴기니, 사이판, 티니안섬(북마리아나제도에 있는 섬—옮긴이), 이오섬에서 겪은 쓰라린 경험을 되살려 작은 방과 천장, 벽 할 것 없이 모두 낙반을 방지하기 위해 커다란 소나무를 통째로 잘라 기둥과 서까래를 빈틈없이 둘러쳤고, 전례 없는 동굴 전투지휘소로서 최고 지휘관 이하 약 1천 명의 병력이 이곳에 수용되었다.

전투지휘소 입구는 벤자이텐(辯財天)(힌두 문화에 기원을 두고 일본의 불교적인 색채를 띤 여신으로 재물, 복, 예술 등을 관장한다. 우리나라의 삼신각처럼 많은 절과 건축물에 작은 사당처럼 자리 잡고 있다. 슈리성 앞에 있는 엔칸치

圓鑑池의 섬에 붉은 기와지붕으로 세워져 있다—옮긴이) 연못 근처로 나 있으며 갱도가 간카이몬歡會門과 슈레이몬守禮門 지하를 깊이 뚫고 서쪽으로 연결되었다. 또 하나는 남북으로 몇 개로 갈라진 갱도가 대지 속 한가운데를 달리고 그것을 잇는 십자형 갱도가 종횡으로 땅속에서 뻗어나갔다. 출입구는 다섯 군데였다. 제1갱도 입구는 오키나와사범학교 남자부에 닿아 있었고, 제2갱도와 제3갱도는 슈리 제2국민학교 교정에, 제4갱도와 제5갱도는 슈리시 긴조정金城町(기념운동장 바로 아래)에 각각 만들어졌고, 군사령관의 주거 공간과 참모장실, 각 참모들의 대기실, 작전실, 전보반실, 통신실 등이 있었다. 또한 망루로 통하는 수직갱도의 통로에는 디딤판이 설치되었고, 방공호 안에 발전기를 들여와 방공호 구석구석까지 조명을 밝혔다.

공기오염을 막기 위해 환기 통풍장치가 갖추어졌고, 제1갱도에는 장기전을 예상하고 쌀가마 더미를 쌓아놓았다. 갱도의 복도에는 사무용 책상과 의자 들이 있고, 심지 대신 알전구를 걸어둔 행등行燈에는 '필승불패'라거나 '적 격멸' 등을 큰 글씨로 나란히 써서 긴 복도를 요란스레 꾸며놓았다.

자꾸만 바뀌는 작전과 이동 등 많은 악조건에 시달리면서 원시적인 동굴 전투를 해야만 하는 각 병단과 연대에 비해 군사령부 방공호는 풍부한 군량과 구석구석 잘 갖추어진 시설의 혜택을 누리고 있었다.

그러나 이곳도 방공호 생활이 으레 그렇듯 햇빛에 대한 갈망과, 고온다습한 악조건은 다른 방공호들과 조금도 다르지 않았다.

3월 31일 오키나와 본섬 연안에서부터 약 5킬로미터 떨어진 지비시慶伊干瀨(게이세섬慶伊瀨島을 오키나와어에서 유래해 부르는 별칭이다—옮긴이)의 작은 무인도를 점령한 미군은 다음 날인 4월 1일부터 장거리 포 여러 문을 양륙하고 슈리시의 고지대 일대를 향해 맹렬하게 쏘아댔다. 군사령부 방공호 주변이 특히 심하게 공격당했다.

수직갱도 맨 꼭대기 부분에 있는 관측대로부터 가미야마神山 포대砲臺의 현황이 계속해서 낱낱이 보고되었다.

미군은 유유히 담배 연기를 피워 올리며 포를 조작하고 있었다. 그 모습이 관측기 렌즈에 비쳤다. 여유롭게, 그러나 쉬지 않고 24시간 내내 이어지는 사격은 대단히 집요하게 방공호 주변을 때렸고, 어떤 것은 사정거리가 길어져 슈리시를 넘어 아득히 먼 곳에서 작렬하기도 했다.

2

마키미나토 기자는 아침과 저녁 6시 포격이 잠잠해지는 틈을 타 군사령부 방공호와 그의 방공호를 오갔다.

전황이나 각 부대와의 교통 상태, 통신 관련 정보 등은 저녁이 되어서야 군사령부로 모아졌다. 방공호 입구는 매일 아침 북적였다. 노란색 전화선을 짊어진 통신병들이 방공호 입구에서 하늘을 쳐다본다. 한 발짝 나아가 멈칫거리다가 우르르 밖으로 나간다. 세숫대야를 든 장교가 한탄산ハンタン山 고목 뿌리에서 솟아나는 물로 아침 세수를 하려다가 이마저 출구에서 망설인다. 가미야마섬神山島에 배치된 포가 불을 뿜기 전인 새벽녘에 방공호 밖에서 세수하려는 장교가 여전히 있어서 군사령부 방공호는 어수선한 가운데서도 차분함을 유지하고 있었고, 짙푸른 거목들에 둘러싸인 한탄산 일대의 풍광은 가미야마 포의 공격

속에서도 아직까지는 으늑한 구석이 있었다.

5월 9일 그는 군사령부 방공호 입구에서 또다시 머뭇거렸다. 방공호에서 풍겨오는 이상야릇한 냄새를 그는 본능적으로 싫어했다.

방공호 입구에서 보초를 서는 병사들은 매일같이 신선한 공기를 마시며 풍성한 햇볕을 쪼일 수 있었기에 폐부를 썩어 문드러지게 할 듯한, 30도가 넘는 방공호 속의 후끈한 온도와 습기에서 놓여나 있었다. 아침과 저녁 두 차례씩 포격이 그친 수십 분 동안 밖에 나와 바깥 공기를 한껏 들이마시는 방공호 안의 병사들과 비교해 보초들은 혜택을 누리고 있었던 것이다.

마키미나토 기자는 방공호를 벗어나 하루 종일 보초들과 함께 있고 싶었다.

긴장 속에서도 허세를 부리며 위압적인 분위기로 일관한 작전실 부근 참모들의 움직임, 그리고 정보 담당 히로세廣瀨 대위와 마스나가益永 대위의 야유에 가득 찬 말, 게다가 저렇게 고온다습한 곳에서 시달리기보다는 위험에 좀 노출되더라도 스스럼없이 이야기를 나눌 수 있는 인간적인 보초들과 함께 있는 편이 그는 훨씬 좋았다.

걸핏하면 손을 봐야 하는 전화선을 찾아 총탄에 맞을 각오로 방공호를 나서야 하는 통신병의 처지를 헤아리며 '사람은 저마다 죽을 장소와 때가 조직의 명령에 따라 정해지는 것인지도 모른다'고 그는 생각했다.

그러나 보초들은 죽음을 바로 곁에 두고서도 언제나 쾌활했고, 마치 생명의 등불을 세차게 흔들어대는 생물과도 같이 죽음을 비웃으며 활달하게 움직였다. '보초들 곁에 있기만 하면 자신의 목숨도 틀림없이 안전할 것'만 같은 안도감이 그에게 신앙처럼 자리 잡았다.

취약한 방공호 입구 쪽에 대형 폭탄이라도 떨어진다면 어떤 결과가 나올지 쯤은 보초들도 알고 있었다.

마키미나토 기자가 한발 내디디며 방공호로 들어서자 그곳은 또 인간의 자유를 빼앗는 탁한 기류가 흥건히 소용돌이치고 있었다. 100퍼센트에 가까운 습기가 물방울이 되어 사람들의 살갗과 의복, 천장과 벽에 착 들러붙었다. 그것이 체온과 열기로 증발되어 소용돌이를 이루며 방공호 밖으로, 방공호 밖으로 거센 흐름을 이루면서 솟구쳐나갔다. 그는 땀으로 번들거리는 반라의 장병이 쌀가마니 위에서 자고 있는 좁은 갱도를 비비적대며 지나갔다. 갱도에는 오르막이 있고 내리막도 있었다. 가까스로 밝은 곳으로 나오니 '작전실'이라 쓰인 나무패가 천장에 걸려 있다.

그는 어느 결에 인간 벽에 내몰리면서 벽 가장자리에 있는 나무 벤치에 앉아 있었다. 옆 사람이 팔꿈치로 그의 옆구리를 쿡쿡 찌르더니 무언가 깡통을 그의 코앞으로 쑥 내밀었다. 안면이 있는 경부보警部補(일본 경찰 조직에서 경부의 아래, 순사 부장의 위에 있던 경찰관—옮긴이)가 내민 것은 우유였다. 바짝 마른 그의 목구멍으로 걸쭉하고 달착지근한 액체가 흘러내려갔다.

"고마워요. 전황 발표는 아직 없나요?"

목을 칼칼하게 하던 갈증이 부드러운 우유 덕분에 씻은 듯이 사라졌다.

"아까부터 기다리고 있는데 정보실 대위가 안 오는군요."

거기는 마침 십자로여서 사방의 갱도에서 밀려든 병사들이 그곳을 지나가려고 몹시 북적였다. 군조軍曹(일본군 하사관 계급의 하나. 오장伍長의 위, 조장曹長의 아래이며 지금의 중사에 해당한다—옮긴이) 한 명이 무리를 이룬 소년들에게 무언가를 나누어준다. 철혈근황대를 결성한 오키나와사범학교 학생들에게 신제품 철모와 수통, 그리고 방독마스크를 지급하는 것이었다.

긴 시간이 지났어도 끝내 발표는 없다. 머리 위에서 돌아가는 송풍기의 둔중한 진동이 발표를 기다리는 일 말고는 별로 할 일이 없는 그를 깊디깊은 잠 속으로 끌어들였다.

"선박공병대가 가미야마섬에서 죽기를 각오하고 돌격을 감행한다는데 … ."

병사의 목소리가 그의 잠을 뚫고 들어왔다. 가미야마 포에 대항할 만한 무기가 없는 일본군에게 그것을 잠재우려면 야간 돌격 말고는 다른 방법이 없다.

십자로 한 구석에는 거미줄처럼 둘러쳐진 군용 전화선에 은백색 수화기가 여러 개 매달려 있다. 야하라 히로미치八原博通(1902~1981) 고급 참모가 한 손으로 부채질을 하면서 떽떽거리는 목소리로 명령을 내린다.

"4월 8일 오키나와 본섬에 있는 적의 최전선은 대략 쓰하津波 남쪽과 오야마 남쪽을 잇는 선에 있으며 병력을 증강 중 … ." 마스나가 대위의 발표를 수첩에 메모한 일동은 곧바로 군사령부 방공호를 올라갔다.

며칠 뒤 어느 날 밤 가미야마 포대는 침묵했다. 슈리 고지대에 올라가보면 검은 지역이 눈 아래 펼쳐지고 오로쿠 방면에서 포를 쏘는 듯한 불길이 시야에 들어왔다.

3

미군이 침공한 지 약 열흘 뒤인 4월 1일, 마카베촌眞壁村 고하구라古波藏의 선박공병대 방공호에 있는 방위대원 가운데 바다 경험이 있는 여섯 명이 사역使役 명목으로 소집되었다. 그들은 대부분 이토만의 어부였다. 모포와 이틀 치 건빵을 건네받은 그들은 구니요시國吉에 있는 선대船隊 본부로 끌려가 중대장의 훈시를 들었다. 자신들이 수행해야 할 임무가 무엇인지 내용은 알 수 없었지만 단순한 일은 아닐 거라는 걸 방위대원들은 알아차렸다. 그들은 긴시金鵄 담배(당시의 고급 담배. 주로 천황이 내리는 하사품으로 이용되었다—옮긴이) 두 갑을 받고 이름을 기재한 다음 하사관의 인솔 아래 다카미네촌高嶺村 오자토大里에서 트럭에 실려 그날 오후 6시경 해상특공 26연대가 있는 마단바시眞玉橋 마을에 도착했다. 마단바시의 선박공병대에는 각지에서 온 방위대원들이 수두룩하게 있었다.

곧이어 준비된 긴 테이블에 술과 진수성찬이 나왔고, 천황이 하사한 담배가 그들에게 한 개비씩 건네졌다.

식탁에 앉은 그들 가까이에서 하얀 띠를 머리에 두른 하사관이 군도를 휘두르며 기합을 넣었다. 한 병사가 그들의 등 뒤에서 차례차례 하얀 어깨띠를 둘러주었다. 이윽고 대장이 훈시를 한다. "목적은 가미야마 포 돌격. 오늘 밤 즉시 출발하라"는 명령이 떨어졌다. 가미야마 포는 나하항 약 5킬로미터 해상의 산호초로 이루어진 지비시 해역의 가미야마섬에 설치된 장거리포를 말하는 것으로, 가미야마 포는 며칠 전부터 슈리 고지대를 향해 포격을 해왔다. 통나무배 아홉 척으로 구성된 돌격대는 배 한 척에 노잡이 한 명과 병사 세 명이 탔다.

그들은 나하항 어귀 쪽 미나미메이지다리南明治橋 옆 바위 뒤에서 대기하다가 9시 30분에 출발하기로 했다. 그러나 미군이 나하를 중심으로 함포탄을 거세게 퍼붓는 통에 앞서가던 통나무배가 어느 바위 그늘에 도달하려는 순간 승조원 셋 다 파편을 맞고 쓰러졌고, 결국 그날은 결행이 불가능했다.

"내가 명령을 받아오겠다." 니시오카西岡 소위는 이렇게 말하고서 다음 지시를 받기 위해 혼자서 마단바시의 부대로 돌아갔다. 선박 대장은 화가 치밀어 니시오카 소위를 질타했다.

"바보 같은 놈들. 오늘 밤에 즉시 결행하라. 일단 나섰으면 제대로 해야지, 염치없이 낯짝을 들고 돌아와? 벌써 군사령부에 오늘 밤 결행한다고 보고했단 말이다. 돌아갓!"

니시오카 소위는 기운이 빠져 돌아왔다. 그가 미나미메이지다리로 되돌아왔을 때는 벌써 오전 5시 무렵이어서 동쪽 하늘이 부옇게 밝아왔다. 명령을 이행하지 못한 데 대한 책임감 때문인지 허리에 찬 피스톨을 끄른 그는 부하에게 건넸다.

"나를 쏘아다오."

제2소대장인 조장曹長(일본 육군 하사관 계급의 최상급. 군조의 위이며, 우리나라의 상사上士에 해당한다—옮긴이)이 말했다.

"대장님. 우리가 이제 부대로 돌아갈 수 없는 이상 끝까지 목적을 완수해야 합니다. 낮에는 적당한 곳에 숨었다가 다시 시도해보자구요. 오늘 밤에 안 되면 내일 밤에라도. 식량은 어떻게든 됩니다."

날이 새자 조금은 될 대로 되라는 심정으로 니시오카 소위는 통나무배 아홉 척을 나란히 띄웠다. 그들은 발각되든 말든 신경 쓰지 않고 공습이 한창인 대낮에 항구 안을, 그러니까 미에구스쿠三重城와 미나미메이지다리 사이를 세 번이나 오가며 상륙 연습을 했다.

"좋아, 이제 됐다. 오늘 밤에 결행한다." 니시오카 소위는 말했다.

그러나 이틀째 밤도 실패했다. 역시나 미 함선이 항구로 다가오는 바람에 나아갈 수 없었다. 미에구스쿠로 감시병이 나가보았지만 함선은 동이 틀 때까지 꼼짝도 하지 않았다. 사흘째 밤 니시오카 소위는 부하들을 모두 집합시킨 다음 훈시했다.

"무슨 일이 있더라도 오늘 밤엔 정말로 결행한다. 모두 목숨을 나에게 맡겨라."

오후 8시 어두운 항구에 니시오카 소위가 울리는 낮은 벨소리를 신호로 아홉 척의 통나무배가 일제히 발진했다. 해상에는 그 어떤 장애물도 없었고 계획도 발각되지 않았다. 오전 1시경 가미야마섬에 도착하여, 맨 먼저 제1소대부터 모래사장으로 뛰어내렸다. 제2소대는 잠시 머뭇거렸지만 니시오카 소위가 독촉하자 곧 뒤따른다. 그런데 무슨 생각에서였는지 니시오카 소위는 결행 직전에 신호탄을 쏘아 올려 계획을 폭로하고 말았다. 명령을 받고 부대를 나선 지 사흘째였다. 가미야마 포는 여전히 침묵하지 않는다. 슈리 군사령부와 마단바시 특공선대特功船隊가 모두 기대했던 돌격대의 행동에 의아스러워한다. 도중에 계획이 발각되어 반격을 당했는지 아니면 의지가 꺾여 어딘가에 숨었는지, 어쨌든 돌격이 실패했다는 증거로 가미야마 포는 여전히 쩌렁쩌렁 울린다. 니시오카 소위에게 작전의 성공 여부는 문제 되지 않았다.

그들은 자신들이 보낸 3일간의 행적을 증명할 필요가 있었다. 물론 결행 전에 신호탄을 쏘아 올리는 일은 그들에게 결정적으로 불리한 상황을 초래할 게 자명했지만, 그는 자신이 가진 군인으로서의 떳떳한 명분을 아군 진지에 알리고 싶었던 것이다. 신호탄을 쏘아 올린 지 3분도 안 돼서 세 방향에서 날아온 기관총탄이 그들이 있는 해안 일대로 비 오듯 쏟아졌다. 통나무배의 노잡이들은 미친 듯이 노를 저어 배를 섬으로부터 멀리 떼어 놓았다.

섬은 곧 조명탄으로 휘황하게 밝아졌다. 적진으로 돌격해 들어가는 돌격대원들의 작고 검은 그림자가 보였다. 직경 300미터인 섬에서 잠시 동안 폭발음과 총성이 난무했다. 넉넉잡아 30분이 지난 뒤에는 반드시 해안 가까이에 배를 대기시키라고 명령했었는데 두 척만 되돌아와 해변에 배를 댔다. 그러는 사이 총성은 멎고 섬은 다시 정적에 싸였다.

생존자는 니시오카 소위를 비롯해 모두 다섯 명이었다. 마단바시의 부대로 돌아온 니시오카 소위는 다음과 같이 보고했다

"중포重砲 세 문, 중기重機 두 정 파괴, 인원 살상 다수."

4

1945년 4월 어느 날, 이토만 해안 가까운 곳의 대피호에 숨어 지내던 다마키玉城 아무개 외 예순이 다 된 늙은 어부 세 명이 느닷없이 대피호에서 잡혀 나와 모종의 임무를 부여받았다. 가미 참모가 탈출할 때 곁에서 그를 수행하며 협력하라는 것이었다. 그들은 야음을 틈타 가미 참모와 두 명의 견습 사관을 태우고 마부니촌摩文仁村 오도小渡 해안으로 갔다. 통나무배를 아단나무(오키나와 해안 근처에 많이 자라는 아열대성 식물—옮긴이) 잎 사이에 숨겨두고서 그곳에서 잠시 대기하기로 했다. 그곳에서 일주일 정도 잠복하는 동안 일본 수상기水上機가 두어 번 부근의 바다 위에 내려앉았다. 그것은 다름 아닌 가미 참모를 탈출

시키기 위한 비행기였다. 그런데 정작 탈출 작전의 주인공인 가미 참모는 배를 띄우자는 말을 뿌리쳤고, 지금은 위험하니 잠시 상황을 지켜보자며 바위 그늘에 바싹 몸을 붙이고는 바다를 노려보기만 할 뿐 움직일 생각을 안 한다. 그러는 동안 적진의 바다에 내려앉으며 아슬아슬한 묘기를 보여주던 수상비행기는 모험을 단념했는지 날아가버려 계획은 수포로 돌아갔다. 가미 참모는 이번에는 통나무배를 띄워 도쿠노섬德之島까지 가라고 명령했다. 그러나 어부들은 아무리 어르고 달래도 완강하게 거부하며 응하지 않았다.

"우리 늙은이들은 도쿠노섬은커녕 이에섬까지도 배를 저을 기력이 없시유. 게다가 지금은 우긴디 이 나이에 비 맞게 생겼시유? 이런 몸뚱이로다가는 배겨내지 못한당게유. 젊은이들로 바꿔줘유."

그 무렵 고친다촌東風平村 도모리富盛의 방위대원 방공호에서 바다 경험이 많은 젊은이 여섯 명이 차출되었다. 그들은 밤새도록 비를 맞고 질퍽거리는 낯선 산길과 밭두둑으로 안내를 받으며 마부니촌의 오도 해안에 도착했다. 그곳은 바로 가미 참모가 숨어 있는 장소였다. 이토만의 어부 출신 젊은 방위대원들이 노를 잡은 일엽편주는 마부니곶을 돌아 동해안에서 길을 잡아 북상하여 오키나와 본섬 최북단인 헤도곶邊戶岬 근처로 나갔다. 그들은 밤이면 구로시오黑潮해류를 타고 요론섬與論島, 에라부섬永良部島, 도쿠노섬으로 갔다. 때론 순풍에 돛을 달고, 때론 기력이 다할 때까지 배를 저어갔다. 그들의 모험과 고초는 상상을 초월한 것이었다. 이렇게 해서 가미 참모는 전선을 빠져나와 일본 본토로 탈주했다.

군사령부 방공호

1

슈리시를 덮은 녹음은 점차 제 빛깔을 잃어갔고, 도심의 건물들도 잇따라 무너져내려 거리의 모습은 이상스러울 정도로 일그러져 있었다. 고색창연했던 옛 도읍은 굉음과 땅울림, 아비규환으로 가득 찼고, 곳곳에 납작하게 부서져내린 건물 잔해가 언덕을 이루었다. 회갈색 구름 벽을 뚫고 갑자기 모습을 드러낸 우라소에 일대의 산들은 한층 바싹 다가온 듯했다. 4월 14일 모토부반도에 상륙한 미군은 다음 날인 4월 15일 이에섬을 송두리째 차지했다.

군사령부 방공호를 중심으로 군대 이외의 비전투원이 모여서 단체 기능을 유지하고 있는 곳은 마키미나토 기자가 속한 오키나와신보사 방공호와 한타가와에 있는 현청 방공호뿐이었다. 마키미나토(지명—옮긴이) 부근에 미 상륙군이 진출한 이후 가미야마 포 이외에도 동·북

두 해상 함대에서 쏘아대는 함포 때문에 슈리 고지대의 풍경은 점차 공포스러울 정도로 바뀌어갔다.

미친 듯이 지상을 휘저으며 냉소하는 철의 파편으로부터 몸을 지키기 위해 방공호는 절대적으로 필요하다. 하지만 방공호 안에 있는 사람들을 숨 막히게 만드는 것은 로켓탄이었다. 검고 가늘고 긴 이 쇳덩이는 방공호 속을 엿보듯 하면서 기어들어온다. 오키나와신보사 방공호는 노다野田 교장이 이끄는 오키나와사범학교 철혈근황대 방공호와 서로 이웃해 있었다. 철혈근황대원 360명은 군사령부의 지휘에 따라 돌격대, 작업대, 선전대 등 세 부대로 편입되었다. 그중 작업대는 야전축성대野戰築城隊에 소속되어 교량을 폭파하고 방공호 내부를 공사하는 일을 맡았고, 돌격대는 군사령부의 특편중대特編中隊에 편입되었다. 정보선전대는 군 정보참모 야쿠마루 소좌 이하 마스나가 대위와 히로세 대위의 지휘 아래 각 촌村의 전선戰線에 있는 주민들의 대피호를 찾아가 전황을 전해주었다. 익찬회 지부 조직부장 다바타 가즈무라田端一村가 대원들을 데리고 남부 각 촌의 전선을 이리저리 바삐 돌아다녔다.

오키나와사범학교 남자부 학생들로 이루어진 보초들은 차례차례 함포탄 파편에 쓰러졌다. 한밤중에 용기를 내서 과감하게 돌격하는 학생들이 가면 갈수록 늘어났다. 그들 대부분은 끝내 돌아오지 못했다. 고친다東風平라는 음악 교사가 작곡한 사기를 돋우는 노래를 전 대원이 목청껏 합창하니 그 노랫소리가 방공호 안에 울려 퍼졌다.

그러나 그 노래들은 만가輓歌처럼 애조를 띤 것이어서 노래를 부르는 대원들은 하나같이 눈물을 글썽였다.

노다 교장은 전 대원의 신뢰를 한 몸에 받았다. 몸에 꼭 맞는 국민복을 단정하게 차려 입은 그는 긴장을 늦추지 않았지만, 온화한 얼굴에 언제나 미소를 띠며 침착한 태도를 보였다.

부하인 나카무라仲村 오키나와사범학교 남자부 부장이 멀리 일본으로 도망쳐가고 니시오카 가즈요시西岡一義 오키나와사범학교 여자부 부장이 은밀히 손을 써서 군사령관의 수행원이 되는 바람에 두 부장을 잃은 노다 교장은 오키나와사범학교 남자부와 오키나와사범학교 여자부 두 학교의 학생들을 이끌어야 했다. 게다가 한쪽은 철혈근황대로, 다른 한쪽은 종군간호사로 전선에 자신들을 내맡긴 상태였다. 그토록 훌륭하다는 노다 교장도 이따금 비통함에 사로잡혀 먹구름이 드리운 듯한 얼굴로 깊이 생각에 잠기는 모습을 보이는 때가 있었다. 그의 심기를 알아차린 기자들이 한마디 한다.

"니시오카는 나쁜 작자입니다."

이 말에 노다 교장은 분한 기색을 감추지 못하고 대답했다.

"아주 지독한 놈이지요. 학생들을 이렇게 아무렇지도 않게 내버려두고 군에 찰싹 들러붙어 넉살좋게 온갖 진수성찬을 얻어 처먹고 있겠지 생각만 하면 아주 넌더리가 납니다. 그놈은 아무리 보아도 괴이쩍은 구석이 있다고 이전부터 생각했었지요. 요즘 같은 때에 가르치는 학생들이 죽어나가든 말든 아랑곳 않는 놈은 교육자 축에도 못 낍니다. 나카무라든 니시오카든 그렇게 못돼 처먹은 놈들을 부하로 둔 내가 정말 운이 없지요. 나는 죽기를 각오하고 있습니다만 그전에 누군가에게는 이 일을 유언으로 남기고 싶습니다."

오키나와신보사 방공호와 오키나와사범학교 방공호는 가장 깊은 곳에서 바로 연결되어 있었다. 방공호가 슈리 고지대 중에서도 높은 지형인 성터에 있었기 때문에 이들 두 방공호는 가미야마 포의 표적이 되었다. 방공호를 가려주던 숲이 포탄에 사라지자 하늘을 향해 열려 있던 두 방공호의 입구는 직격탄을 맞았다. 그중 한 발은 방공호 바로 위 바위에 명중하여 동굴을 뒤흔들었다. 방공호 안은 화약 냄새가 가득했고, 폭풍막이 돌담을 무너뜨리고 불어닥친 폭풍 때문에 활자대가 쓰러졌다. 방공호에는 여자들도 뒤섞여 있었는데 50~60명이 서로 포개지듯 빽빽이 들어차 있었다. 이런 와중에 물을 길어오고, 취사를 하고, 똥오줌을 누어야 했다. 방공호 안에 있는 사람들은 허탈감과 긴장감을 번갈아가며 경험했다. 누구나 서로 애쓰면서도 사소한 것에 화를 내곤 했다. 평화로운 시절에 불렀던 노래들을 몇 번씩이나 되풀이했다. 그 노랫소리가 함포 소리와 어우러져 전쟁의 비가悲歌로 바뀌었다.

전쟁이 격화되고 방공호 생활이 계속되면서 젊은 여자들은 점점 여성스러움을 잃어갔다. 달거리가 끊어져 생리적으로 남자처럼 바뀌었다.

남자들은 허리 신경이 마비되기라도 한 듯 여성에게 품기 마련인 훈훈한 생명감마저 잃었다. 감정은 점점 무뎌지고 신경은 날카롭게 곤두섰다. 남녀를 구별할 수 있는 것은 오직 외모와 옷차림과 목소리뿐이었다. 여성적인 매력이 조금도 남아 있지 않고 사라져버려, 상상이나 꿈에서조차 이성을 그리지 못하는 냉혹한 현실 속에 갇히고 말았다.

가장 두려웠던 것은 볼일을 보다가 포탄에 맞는 일이었다. 그 모습은 보지 않아도 누구나 상상할 수 있었다. "엉덩이를 까고 있다가 죽는 건 생각만 해도 싫다"고들 했다. 그런 반면 사람들은 탐욕에 사로잡힌 추한 동물처럼 먹을 것을 찾아 코를 벌름거렸다. 손때 묻은 거친 주먹밥은 변의를 일으켰고, 볼일을 보는 것은 사람을 위험에 빠트렸다. 참을 수 있을 만큼 참았지만 불안과 함께 복부에서부터 가슴 언저리로 변의가 치밀어 오른다. 방공호의 출구 쪽에서는 밴드를 풀고 아랫도리

끈을 느슨하게 한 사람들이 탄이 떨어지는 것을 살핀다. 같은 생각을 하는 몇 명이 방공호 출구에 몽킨다. 변소는 방공호 밖 통로의 막다른 곳에 산병호散兵壕(넓게 벌려 배치된 병사들이 전투에 이용하기 위하여 판 참호. 주로 경화기 사격을 위한 설비가 되어 있으며 사수射手의 엄호 및 교통에도 이용한다—옮긴이)처럼 파여 있었다. 네댓 명은 언제나 엉덩이를 내리고 나란히 앉아 있다. 배설물이 넘쳐 통로까지 흘러 발 디딜 곳조차 없을 정도다. 남자들과 나란히 젊은 여자가 웅크려 앉아 있다. 용변을 본 여자들은 날쌔게 방공호로 뛰어들어가 방심한 상태로 고쟁이를 추슬렀다.

2

날이 밝기도 전에 마키미나토 기자는 방공호를 뛰쳐나왔다. 바다에 잿빛 미 주력함들이 떠 있는 게 보였다. 주력함은 끊임없이 옆구리에서 다갈색 연기를 내뿜으며 육지로 포를 쏘아댄다. 함포탄은 주로 나카마, 마에다前田, 이시미네石嶺 등 후방 가까이에 떨어진다. 또한 나카니시仲西, 우치마內間, 다쿠시澤岻를 잇는 선상線上에도 뿌연 연기가 자욱했다. 그는 500미터 남짓 떨어진 군사령부 방공호로 가려는 참이다. 아카기赤木와 가주마루榕樹(벵골보리수의 일종으로 오키나와에 서식하는 나무들. 오키나와를 상징한다—옮긴이) 숲은 흔적도 없이 사라졌다. 숲을 이루던 나무들은 포탄에 갈가리 찢겨나갔고, 쓰러진 나무줄기들이 장애물이 되어 가로놓여 있었다. 쇠약해질 대로 쇠약해진 몸으로 장애물들을 하나하나 넘어가려니 몹시 괴로웠다. 방금 전까지 땅속의 양분을 빨아들였던 덩굴뿌리들이 발에 휘감긴다. 흙투성이가 되어 드러난

나무뿌리는 탄이 얼마나 포학했는지를 고스란히 말해주었다. 왼편 슈리성 정전正殿은 조각난 기왓장들이 산더미를 이루었다. 슈리성뿐 아니라 박물관과 오키나와사범학교와 공자묘孔子廟도 불에 타 재로 변했다. 한탄산에서 내려가는, 포석 깔린 완만한 비탈길은 파괴된 흔적으로 멀미가 날 듯이 돌더미가 쌓여 있다. 성채의 돌담은 하루가 다르게 무너져내렸고, 온몸을 삼켜버릴 듯한 커다란 구멍이 숭숭 난 채 앞쪽으로 쭉 이어졌다.

매캐하게 돌 타는 냄새가 코를 찌른다. 파란 바다 색깔이 옆으로 설핏 그의 눈을 스쳐 지나가고, 해상의 미 함선이 그를 노려보는 듯이 바짝 다가왔다. 하늘과 땅 모두 엷은 아침노을에 휩싸였고, 벌써부터 상공에는 관측기가 한 대 두 대 떠다닌다. 한걸음에 달린다. 피융, 하고 총탄이 그의 머리를 스쳤다. 이시미네 쪽에서 적이 쏘는 탄환이 틀림없다. 오른편 잿빛 풍경 속에서 붉은 꼬리를 끌며 예광탄이 날아든다. 깜짝 놀라 엎드렸다. 누군가의 두 손이 공중에서 춤을 춘다. 돌과 돌 사이 움푹 파인 곳에서 철모가 움직인다.

"무얼 하고 있나?"

"전화선을 보수 중이오."

신음하는 듯한 목소리가 대답했다. 상관하지 않고 내처 달린다. 아니 달린다기보다는 느릿느릿 온몸을 앞으로 옮길 뿐이다. 말이 동강난 채 돌 위에 구른다. 2~3일 전에 본 떠돌이 말이다. 한탄산까지 단숨에 내달린다. 제1갱도의 입구가 눈앞에 다가온다. 병사의 시체가 보인다.

"정보는 좀 입수했는가?"

보초가 거꾸로 그에게 묻는다. 보초는 전선이 돌아가는 상황을 알지 못하는 모양이다. 그래, 이제는 전방도 후방도 없을 테지.— 마키미나토 기자는 이루 말할 수 없었던 마음속의 분노와 불안이 순식간에 안도감으로 바뀌는 것을 의식했다.

이 무렵 군사령부 방공호 입구는 방공호를 겨냥한 함포의 위협까지 더해져 몹시 혼잡했다.

방공호 입구는 열기 덩어리를 토해냈다. 온갖 더러운 공기가 증기로 바뀌어 갱도 벽과 철모를 적셨다. 사람이든 물건이든 방공호 안 모두가 땀을 뒤집어썼다. 완만하게 경사져 입구로 통하는 갱도는 밖이 가까워짐에 따라 안에서 밀려나온 건조한(글쓴이의 착오인 듯하다. 앞에서는 방공호 안이 습도 100에 가까운 고온다습한 곳이라고 했다—옮긴이) 열기와 바깥에서 밀려들어온 차가운 공기가 충돌하며 서로 뒤섞여 구토를 불러일으킬 듯한 기류를 형성했다. 기류는 소용돌이치며 피부를 간질였고, 열기와 함께 코와 입을 통해 체내로 들어와서는 끈끈한 점막처럼 장벽臟壁에 들러붙는 듯했다.

아키타秋田 사투리를 쓰는 오장과 또 다른 병장이 진흙투성이 총을 들고 줄곧 방공호 입구에 서 있다.

"뉘김메?"

아키타 출신 오장의 수하는 아직은 제법 먼 함포의 작렬음에 묻혔지만 탄에 쫓겨 뛰어들어온 연락병은 총알같이 대답했다.

"포병단 소속입니다. 명령 수령과 보고를 위해 왔습니다."

위장망을 어깨에서부터 주룩 늘어뜨린 병사의 눈은 이상하게 희번덕였다.

"탄착 지점은 어떻습메?"

"슈리성 남쪽에 집중하고 있습니다."

둔중한 발사음 뒤에 신음처럼 이어지는 울림은 저 멀리 방공호 상공으로 몇 줄기씩이나 탄도를 그린다. 미적지근한 지하수에 잠긴 작은 레일에 발이 걸리지 않도록 일렬로 늘어선 통신병들이 군홧발 소리를 내며 몇 분마다 방공호 밖으로 전화선을 수리하러 나선다. 각 병단의 연락병과 병사 들이 오가는 갱도는 운신하기 어려울 정도로 부산했다. 뿐만 아니라 "통풍에 각별히 신경 쓰라"는 참모장실의 명령 때문에 할 일 없는 장병이 냉기를 찾아 돌아다니는 것마저 엄격하게 금지되었다.

끊임없이 엄습하는, 머릿골을 쑤시는 듯한 둔중한 폭발음의 진동. 방공호 속 업무에서 해방되어 "통풍기를 감시하는 일을 맡았다"며 웃는 기무라木村 참모. 시큼하게 뜬 쌀가마니 무더기. 밤 없는 낮. 낮 없는 밤. 그때가 참으로 낮이었다고 생각했던 가망 없던 저물녘. 장화를 벗고 지카타비地下足袋(노동자들이 신는 작업화로 왜버선 모양에 고무창을 대었다—옮긴이)로 바꿔 신은 야쿠마루 참모와 나가노永野 참모의 얼굴. 무리지어 있던 젊은 조선인 여자들. 화장기가 들떠 번들거리던 그들의 얼굴. 양미간을 찌푸린 채 부채로 바람을 일으키며 아무렇게나 작전명령을 내리는 야하라 고급 참모의 신경질 섞인 목소리. 우글거리는 주변 사람들에게 눈길도 주지 않고 거드럭거리는 초인적인 그의 거동. 신문기자와 경찰 부원이 몰려 있는 대기실로 오자 "이건 또 뭐야? 허여멀건한 얼굴이나 하고서들 말이야!"라며 고함을 치는 대본영에서 파견 나왔다는 항공참모 가미 소좌. "저 참모는 술만 마셨다 하면 성가시게 우리한테 추근대서, 조심해야 해요"라며 서로 소곤거리는 여성 요원들. "신문기자도 경찰관도 스파이가 아니라는 보장은 없다"고 말하는 음험한 정보 담당 마스나가 대위. 갱도의 출구에 생매장된 위수병의 시체를 파내는 위수병. "파내는 중에 묻히지 마라!"며 절규하는 늙은 중위. 알전구에 성냥개비를 대고 불을 붙이려는, 전선戰線에서 도망쳐온 장교. 탐욕스러운 취사 군조. 물방울이 떨어져내리는 것도 아랑곳하지 않고 곯아떨어진 병사. 밝게 비추는 전등 아래서 머리를 흔들어대며 통풍기의 주둥이에 금붕어처럼 입을 대고 바깥 공기를 들이마시는 조 중장. 등에 충의忠義라고 쓴 우시지마 중장의 속옷을 빌려 입은 여자. 방공호의 분위기를 바꾸기 위해 군사령관의 대화 상대가 되기를 자처했다는 니시오카 오키나와사범학교 여자부 부장 겸 제1고등여학교 교장. 입정 사납게 사정없이 욕하는 정보 담당 히로세 대위. "굿 모닝인가? 굿 이브닝인가?" 말하며 싱글벙글거리는 우시지마 사령관. "구원하러 오는 비행기는 없나?"라며 비분한 나머지 탁자를 치는 스즈키鈴木 병단장. 그 뒤로 이어지는 병단장 회의. 막료 회의. 술자리.—

대기실에 모든 멤버가 모였다. 초췌한 모습으로 온 무네사다 도시토宗貞利登 아사히신문朝日新聞 나하 지국장, 시모세下瀨 마이니치신문每日新聞 특파원, 노무라野村 마이니치신문 나하 지국장, 거기에 '지사'라고 쓴 완장을 찬 시마다 지사와 아라이 경찰부장도 가세했다.

지나가면서 위세 좋은 목소리를 내쏟던 가미 참모도 조용히 말없이 모두의 곁을 지나쳤다. 가미 참모는 중요한 작전 임무를 위해 대본영으로 날아가게 되어 단신으로 오키나와를 벗어날 터였다. 그러나 기회를 잡지 못하고 군사령부 방공호에 되돌아와 있었다.

일동은 이날의 발표를 기다렸다. 며칠 전 다나바루棚原 전선까지 나갔던 시모세 기자가 돌아올 때는 한 되들이 술병으로 병나발을 불면서 탄환이 쏟아지는 속을 헤치고 돌아왔다.

"적이 오키나와 본섬에 상륙한 지 이미 40여 일. 물량에 구애받지 않고 밤새도록 쏘아대며 파고드는 치열한 함포 공격 아래, 여섯 개 사단 약 10만의 대적을 떠맡은 우리 정예가 분투하는 모습은 참으로 귀신도 곡하게 할 만한 점이 있다 … ." 방공호의 알전구 아래서 가쁜 숨을 몰아쉬며 받아 적고 있던 무네사다 아사히신문 지국장은 깊은 한숨을 토하더니 한동안 눈을 감고서 멍하니 있었다. 충실한 종군기자인 그는 막판까지도 본능적으로 원고지를 붙들고 늘어졌다. 하지만 과연 격전장이 되어버린 이 섬으로부터 본토 아사히신문사로 보내는 '무네사다 특파원 발' 전선戰線 기사가 무사히 도착할 수 있을까.

노무라 마이니치신문사 나하 지국장은 엉터리 군사령부의 전황 발표에 혀를 차며 사정없이 비난했다.

5월 22일, 현지군은 미군이 요나바루與那原에 진출했다고 발표했다.

이날 군사령부는 슈리 주변에 남아 있는 비전투원은 일찌감치 이동하라는, 명령인지 뭔지도 알 수 없는 애매한 지시를 시마다 지사에게 내렸다.

3

아메쿠天久-나하 전선에서 맞붙은 적과 아군의 중기관총 소리가 들려왔다.

마키미나토 기자가 있는 방공호에서는 "비전투원인 신문 관계자가 더 이상 슈리에 남아 있을 필요가 없으니 빨리 슈리를 탈출하여 남쪽으로 피하라"는 이야기가 급하게 모아졌다.

오키나와사범학교 방공호에 있던 철혈근황대원 가운데 절반 이상이 돌격대원으로 동원되었다. 남부 지구 각 촌의 대피호에 전황을 전해주던 정보선전 담당 지하야千早 부대도 움직일 수 없게 되자, 부상한 반원班員들을 들것에 실어 하에바루南風原 야전병원으로 운반하는 일을 맡게 되었다.

진중 신문을 가지러 오는 병사들도 더 이상 눈에 띄지 않았고, 비전투원으로 구성한 슈리시 주변 민간 단체들은 대부분 해산하고 도시를 탈출해 남부로 향했다.

노무라 마이니치신문사 지국장과 무네사다 아사히신문사 지국장, 시로세 특파원도 모두 거취를 결정해야만 했다. 세 사람은 슈리를 탈출한 뒤에도 군사령부와 행동을 같이하기로 의견을 모았다. (노무라 마이니치신문사 지국장을 제외한 두 명은 나중에 마부니 해안에서 전사한다.)

명맥을 이어가던 슈리 주변 진지에 기대를 접은 군사령부가 시마지리 최남단으로 최후의 퇴각 작전을 펼칠 무렵 요나바루와 인접한 운타마무이運玉森 고지가 미군에게 넘어갔다.

미국 측은 다음과 같이 보도했다.

> 5월 22일 요나바루를 점령한 미국 제10군 제7사단은 남쪽으로 1,100미터 전진했다. 언덕 하나를 점령한 제6해병사단은 거센 비바람을 무릅쓰며, 언덕으로부터 날아오는 적의 탄환을 뚫고서 아사토강安里川을 건너 하구에서 900미터 떨어진 슈리-나하 북부에 침입했다.

5월 24일. 슈리성 동쪽 석조 성문에서 곧장 남단 해안선으로 이어지는 몇 킬로미터에 달하는 외길이 가까스로 명맥만 유지됐을 뿐이다. 멀리서 포위했다고는 해도 슈리의 고지 일대는 완전히 미군의 포위망에 갇혀버렸기 때문에 만일 군사령부가 슈리시를 탈출하고자 한다면 이 혈로를 이용해야만 하는 처지가 되었다.

어서 빨리 군사령부가 이동하는 방법을 알아내야만 한다.

마키미나토 기자는 이날 동료 셋과 함께 군사령부의 동굴 방공호를 향해 오키나와신보사 방공호를 나섰다.

그들은 슈리성 정전 터 너른 마당을 가로질러 아카타赤田 성문을 지나 긴조정 옆 제5갱도 입구에 이르는 코스를 택했다. 그가 늘 다니던 코스는 발걸음을 허락하지 않았다. 석문 근처 우물 주변은 뱀처럼 몸부림치는 불길과 굉음이 요란하다. 우물 터는 그와 동료들이 숨이 막힐 듯한 공포와 싸우며 물을 긷던 곳이다. 박격포가 무너진 성벽을 넘어 평탄한 분지에서 미친 듯이 떠돈다. 비탈진 언덕에는 포연이 자욱하게 일어 시야를 차단했다. 그 뿌연 연기 속에서 두세 명씩 무리지은 사람들이 나아가고 있었다. 박격포가 계속해서 그곳으로 떨어졌다. 그러나 그들은 여전히 뿌연 연기를 뚫고 걸어간다. 어깨에 둘러멘 멜대가 무거운 짐 때문에 휘어졌다. 그들은 방공호에서 함께 지내던 그의 동료들이었다. 처자를 동반한 가족 단위의 사람들이 마키미나토 기자 일행보다 앞서 고지대 위의 방공호를 출발한 것이었다.

포연을 날려버릴 듯 비가 내렸다. 거세게 몰아치는 포악한 철의 파편으로부터 생명과 육체를 지켜내기 위해 몸부림치며 뒹구는 사람들에게 행인지 불행인지 하늘은 비를 내려주고 있다. 전장은 부드러운 빗소리에 감싸였다. 그것은 어쩌면 철의 바람鐵風이 휘몰아치는 공포 속의 부드러운 빗소리이리라.

제5갱도의 보초는 방공호 안에 숨어 있었다. 군사령부는 이루 말할 수 없이 기묘한 분위기에 휩싸여 있었다.

야간작업에서 돌아온 병사들은 흐물흐물 늘어지기 시작하더니 허옇게 곰팡이가 핀 채 늘어선 쌀가마나 매달아놓은 침상 위에 웃통을 벗은 몸으로 깊이 곯아떨어졌다. 모든 것을 잊을 수 있는 잠은 방공호 안에서 사람들이 현실로부터 도피할 수 있는 유일한 수단이다.

80여 개의 계단을 내려가는 경사진 갱도를 사람들은 오아시스라고 불렀다. 전등이 없는 어두컴컴한 갱도를 지나면 소독약 냄새가 코를 찌르는 의무실을 거쳐 열쇠 모양으로 된 몇 개의 통로가 나온다.

거기서부터 장병들은 별천지에 이른 것을 피부로 느끼고 알아챘다. 그곳에는 차가운 공기와 물이 있었다. 흐르는 지하수와 멀리 포연 속에서 끌어들여온 펌프 한 대는 천 수십 명의 목숨을 지탱해주었다. 사람들은 기회만 생기면 언제나 물이 있는 이곳으로 몰려들었다. 그리고 물을 한 움큼 급히 떠서 피부를 씻어냈다. 반합과 양동이를 휴대한 병사들이 장사진을 이루며 언제까지고 하염없이 서 있었다.

경사진 갱도로 이어지는 지층의 색깔은 어느새 바뀌어 있었다. 그곳은 토층이 완전히 화석화하여 천장에서 맺힌 구슬 같은 물방울이 희미하게 반짝였고 소름 끼치는 냉기가 돌았다. 어디선지 기세 좋게 물소리가 들려왔다. 80여 개의 계단은 3단으로 나뉘어 있었다. 어두컴컴한 계단을 따라 바닥으로 내려가는 곳에는 침대가 있었다. 지하수는 점점 판자로 차올라 침대를 적시고 잠자는 병사들의 등을 적셨다. 온갖 냄새들이 뒤섞여 바닥으로 내려앉았다. 지하수에 젖어들 수 있는 병사들은 군사령관보다 행복했다. 장화나 지카타비가 뒤엉킬 때마다 입자가 고운 진흙이 철버덕거리는 소리를 내며 튀었다.

냉기를 찾아 헤매느라 혈안이 된 참모나 하사관, 장교들은 비누 냄새를 풍기는 차가웠던 수건이 열탕에 집어넣었다 뺀 것처럼 금세 뜨거워질 것을 알면서도 자신들의 근무 장소로 돌아와야만 했다.

위수병은 "통로를 막지 말라"며 몰려든 이들을 향해 끈질기게 고함쳤다. 종일토록 혹사당한 나머지 펌프는 때때로 물을 뿜어내는 일을 멈추곤 했다. 스패너를 든 펌프 수리 담당이 절망스럽게 외치며 스패너를 움직였다. 물을 길러 온 병사들은 펌프 수리병이 방심한 틈을 타 졸졸 흐르는 호스 끝에다가 뜨거운 입술을 바짝 갖다 댔다.

그는 야시장과 같은 갱도를 지나갔다.

"쳐부수고야 말리라."

"포탄 곁이 나의 무덤."

"보잘것없는 몸으로 천황의 방패 되리."

이런 글귀가 쓰여 있는 행등 앞으로 웃통을 벗은 장교와 하사관이 피부를 녹일 듯한 열기에 휩싸여 이리저리 움직인다.

"남묘호렌게쿄南無妙法蓮華經 … ." 누군가 소리 내어 외는 독경 소리와 미친 듯이 두드리는 큰북 소리가 들려온다.

"이동이다." 사람들이 낮은 소리로 외쳐댄다. 장병들이 이동 준비를 하느라 몹시 분주할 거라고 그는 생각했다.

아니나 다를까 정보 담당 마스나가 대위는 군사령부가 이동한다는 사실을 완강하게 부인했다.

"누구한테서 그런 이야기를 들었나?"

"군사령부가 이동한다면 어쨌든 군사령관을 만나보고 싶습니다!" 초췌한 무네사다 아사히신문사 지국장이 외쳤다.

군사령관실 쪽 갱도. 이곳은 방공호의 심장부인 만큼 다른 갱도와 달리 정연하다. 기무라 참모가 커다란 화로 곁에 누워 뒹굴고 있다. 그곳은 다다미가 깔려 있었다.

미소 띤 우시지마 군사령관이 나타났다. 그의 명령에 따라 며칠 전 이곳을 떠나 쓰카잔津嘉山 방공호로 옮겨간 필사병筆寫兵(히메유리姬百合 학도병은 문서를 필사하게 한다는 명목으로 집안 좋고 외모 출중한 여학생들 가운데서 뽑아 여러 일을 시켰다—옮긴이)을 비롯해 여자들이 없는 이곳 분위기는 따분하고 삭막해 보였다. 특히 식사와 시중 일체를 여자들에게 맡겨왔던 우시지마 군사령관은 쓸쓸하게 웃고 있었다.

이별을 고하는 모두에게 재회를 약속한 뒤 그는 "수고했다"는 한마디만 건넨 채 사령관실에 틀어박혔다.

야쿠마루 참모가 지도를 펼치고 미군의 진격로를 가리키며 설명했다.

"머지않아 적군은 병력을 소모하고 손을 들게 될 것이다."

군사령부가 옮겨갈 새로운 위치는 극비에 부쳐졌지만 병사들이 소곤거리는 '마부니'라는 소리에 마키미나토 기자와 다른 기자들은 군사령부가 옮겨갈 곳이 미未점령지구인 남부 끝자락이라는 걸 대충 짐작할 수 있었다.

남으로 남으로

1

5월 24일 오전 2시, 오키나와신보사 방공호에서 모두가 한자리에 모였다. 쇠사슬에서 풀려났다는 안도감과 함께 앞길에 가로놓인 재난과 전율이 모두의 표정에 드러났다.

"탈출 이외에는 방법이 없다." 도요히라豊平 편집국장이 외쳤다. 그는 전쟁의 앞날을 예견했다.

"단체 행동을 취할지 뿔뿔이 흩어질지 어느 쪽으로든 결정해야 한다. 하지만 어쨌든 다카미네高嶺 사장을 중심으로 끝까지 함께 행동하자." … 비장한 논의를 마치고 잠시 뒤에 이곳을 출발하기로 했다.

깊은 밤 방공호에서 끊임없이 돌아가던 인쇄기는 방공호 깊숙한 곳에 들여다 놓았고, 땟국이 흐르는 손끝에서 춤추던 활자들은 땅속 깊이 묻었다. 조금 남은 식량을 배급받고 저마다 등짐을 졌다. 오키나와사범학교 서무과장 가네시마 유메이兼島由明가 일행에 합류했다. 동행을 권유받은 노다 오키나와사범학교 교장은 "차마 학생들을 남겨두고 갈 수는 없다"며 거절했다.(그는 마부니 해안에서 전사戰死했다.)

낮까지만 해도 취사장이었던 입구 쪽 작은 방엔 밥공기와 솥이 뒹굴었다. 누군가가 들어와 바지를 내렸다. 모두가 돌아가면서 취사장 자리에서 볼일을 보았다. 사지와 머리를 옥죄던 쇠사슬이 스르르 풀려나간 것만 같았다.

네다섯 명이 한 조를 이루어 차례차례 방공호를 벗어났다. 안으로 무너져내린 폭풍막이용 돌더미 위를 기어올라 질서 있게 빠져나온다.

근처의 불타지 않고 남아 있는 나무들 그림자가 조명탄에서 쏘아내는 희푸르스름한 빛에 흔들린다. 아카타 성문 석벽에 달라붙어 전방의 낮은 구릉지대를 보니 능선 위로 격렬한 화염이 타올랐다가 스러진다.

하에바루 쪽을 향해 환한 비탈을 단숨에 뛰어갔다.

한타가와의 방공호.—슈리시 고지대 동남쪽, 오키나와 현청이 본거지를 둔 마와시촌 한타가와 구역— 이 골짜기 지대에도 함포에서 불어온 철의 폭풍이 사정없이 몰아쳤다. 시마다 지사는 3월 26일 소베의 방공호를 빠져나와 슈리 시내 민간 대피호에 들어가 있다가 4월 25일 저녁 같은 계곡 중턱에 자리 잡은 경찰부 방공호에 합류했다.

현청의 모든 직원이 한곳에 무사하게 모였는가 싶었는데 "방공호를 넘겨주고 나가라"는 청천벽력 같은 군의 지시가 떨어졌다.

"군대가 판 방공호라면 몰라도 우리가 독자적으로 만든 방공호를 이렇게 손쉽게 가로채는 것은 도저히 납득할 수 없다."—작전상 부득이하다고 을러대는 군의 사자使者에게 시마다 지사는 한 가지 제안을 했다. 방공호를 요구한 나하 선박공병대 본부로 정식 사절을 보내겠다는 것이었다. 사절이 지니고 갈 용건은 다음 두 가지였다.

"방공호를 양도하는 조건으로 현청 본부를 나가도長堂에 있는 군 방공호로 이동하게 할 것, 현청이 확보해둔 식량은 운반하기 어려우므로 한타가와의 식량은 그대로 남겨두고, 나가도에 있는 군량을 현청이 활용하도록 허락할 것."

협의를 하려면 누군가가 사절로 나서야 한다. 시마다 지사는 사절을 물색하듯 일동을 건너다보았다. 모두가 서로 약속이라도 한 듯 시선을 내리깔았다.

바로 며칠 전 이 방공호로 옮겨온 나카가미 지방사무소장 이게이 도쿠이치는 신참이 으레 그렇듯 거리낌 없이 얼굴을 쳐들고 있었다. 그런데 뜻밖에도 나카소네仲宗根 관방주사官房主事가 그의 이름을 불렀다. 그가 사절이 되기로 매듭지어져 다음 날 아침 일찍 출발하기로 했다. 후루고 진사쿠古鄉甚作 농무과장 외 한 명이 그와 동행하기로 했다. 겨우 몇 킬로미터밖에 안 되는 거리였지만 그곳은 포탄망이 촘촘하게 펼쳐져 있었다.

오전 7시 이게이 도쿠이치와 다른 두 명은 한타가와 방공호를 나섰다. 목표로 한 조가쿠의 방공호에서는 야마 병단 전투부대에 편입된 특설 제6연대 제7선박수송사령부 소속 히라가平賀 중좌가 지휘하는 나하 수비대가 총안이 있는 진지를 구축하고 있었다. 두 시간이나 걸려서 그들은 무사히 목적지에 도착했다.

"이런 포탄 속을 뚫고 어떻게 여기까지 왔는가? 자, 용건은 나중이다." 히라가 중좌는 세 사람의 무모한 행동에 놀라워하며 파인애플 통조림을 열어 반겼다. 용건은 해결되었고, 시마다 지사가 낸 제안대로

하기로 했다.

"돌아갈 때는 정신 바짝 차리도록. 도중에 네거리나 삼거리가 나오면 눈을 딱 감고 과감하게 달려라. 피융 피융, 하고 발사할 때는 다섯 발째가 위험하다." 히라가 중좌가 주의를 주었다. 그가 말한 대로 세심하게 주의하면서 귀환 길에 올랐다. 도중에 밭에서 신선한 채소를 뽑아 베어 먹었다.

4월 24일, 시마다 지사는 군사령부로부터 새로운 명령을 받았다.

"비전투원은 즉각 슈리를 떠날 것."

시마다 지사는 이 일에 관해서 전부터 생각해왔던지라 군으로부터 정식으로 요청을 받은 지금은 조금도 주저할 이유가 없었다.

시마다 지사는 곧바로 미점령지구의 시장市長·정장町長·촌장村長들을 모아 긴급 회의를 열기로 했다.

경찰부원이 소집장을 돌렸다.

소집장을 받아든 시장·정장·촌장들은 저마다 마을 방공호를 떠나 탄환을 뚫고 속속 한타가와의 현청 방공호로 모여들었다.

4월 27일 오전 1시, 이토만 경찰서장 우에하라 게이와上原敬和가 이토만정, 마카베촌, 마부니촌의 각 촌장 일행 일고여덟 명과 함께 한타가와의 작은 시냇물을 끼고 위쪽으로 완만하게 넓어지는 골짜기의 저지대를 거슬러 올라 맨 먼저 도착했다. 골짜기에는 죽음을 무릅쓰고 길을 나선 사람들을 치하하고 위로하기 위해 음식을 마련하려고 현청 여직원들이 물을 긷는 모습이 보였다. 새벽녘 비탈을 올라오는 모습이 상공의 조명탄에 띄엄띄엄 드러났다. 동쪽 하늘에 샛별처럼 보이는 것이 반짝일 무렵 철모와 각반으로 몸 채비를 단단히 하고서 마와시촌, 오로쿠촌, 마카베촌, 마부니촌, 기얀喜屋武(오키나와현 하에바루촌에 있는 기안喜屋武과 오키나와 본섬 최남단에 있는 당시 이토만정(현재 이토만시)의 기얀喜屋武은 한자 표기와 발음이 같다—옮긴이), 다마구스쿠촌玉城村, 지넨촌, 나하, 슈리 등의 각 시장·정장·촌장들이 모여들었다.

전대미문의 전장戰場에서 열린 시장·정장·촌장 회의는 미친 듯이 휘젓는 소란스러운 폭격과 폭격, 그리고 광기 속에서 진행되었다.

등불이 흔들리는 어두컴컴한 넓은 방공호가 사람들이 뿜어내는 훈김으로 가득하다. 시마다 지사, 아라이 경찰부장, 각 과장들과 현청 직원, 시장·정장·촌장과 그들의 수행원, 부근 주민 등 무려 100명에 가까운 사람들이 가득 들어찬 가운데 회의가 시작되었다. 오키나와신보사의 오야마大山 기자는 시·정·촌 회의를 취재하기 위해 이틀 전부터 이곳에 와서 대기하고 있었다. 그는 사람들 사이에 끼여 벌써부터 몽롱해진 의식을 불러 깨우려고 분투 중이었다.

회의 첫머리에 군사령부 정보주임 마스나가 대위가 일어서서 경고했다.

"적의 출혈은 점점 더 커지고 있다. 일본군은 매일 투혼을 사르는 돌격으로 대대적으로 물량 공세를 퍼붓는 미군의 간담을 서늘하게 만들고 있다. 하지만 유감스럽게도 비전투원 가운데 이적 행위를 하는 자가 있다. 군용 전화선을 절단하려고 하거나, 방공호 입구에서부터 전쟁은 진 것이나 다름없다고 외치면서 사기 저하를 노리는 등 반역 행위를 하는 자가 적지 않다. 여러분 중에서는 이러한 비국민이 나오지 않도록 경계심을 가져주기 바란다."

시마다 지사는 일본 본토에서 온 격려 전보문을 일동에게 펴 보였다. 오야마 기자는 정열과 무감동의 구분이 아슬아슬하게 무너지려는 듯한 시마다 지사의 입에서 조용히 흘러나오는 말을 받아 적었다.

눈 아래로 내려다보이는 골짜기 중턱 근처를 미군기가 휘익 앞질러 빠져나간다. 미친 듯 시끄러운 비행기의 금속음과, 로켓탄이 함포탄과 앞을 다투어 끊임없이 방공호를 뒤흔드는 통에 종종 회의를 진행할 수 없을 정도였다.

"주민들에게 만족스러운 대피호를 제공하라, 필사적으로 식량 증산을 꾀하라." "전쟁 중 연명할 전장 식량은 기장으로 제한한다." 농무과장인 후루고 진사쿠가 지론을 폈다.

"달밤을 이용하여 고구마를 심으라"는 등 의견이 구구했다.

회의장은 해상전의 과장된 전투 성과를 알리는 대본영 발표와 함께 묘하게 들뜬 분위기 속에서 수도 나하시의 부시장 가네시마 가게노리兼島景範가 시장으로 임명되었다. 시장의 부재를 이유로 단행한 시마다 지사의 임기응변식 특별 조치는 새로운 시장에게 감격을 불러일으켰고, 회의장은 한층 침통하고 숭고한 분위기로 가득 찼다. 오후 6시 날이 저물 무렵 회의는 끝났다. 시장·정장·촌장들은 출구에 모여 함포 공격이 뜸해지는 때를 헤아리고서는 삼삼오오 자기가 머무는 대피호를 향해 죽음의 협곡을 내려갔다.

민간 행정을 담당할 기능을 잃은 한타가와 방공호는 점령되지 않은 지역의 주민들을 정비하여 새로운 전력화戰力化를 꾀하는 방법밖에 없다는 데 의견을 모았다. 이에 따라 경찰부의 경비대와 협력하여 신속하게 후방을 지도하는 정신대挺身隊를 결성하게 되었다.

정신대는 식량증산반과 사기앙양반으로 나뉘었다. 구보타久保田 토목과장, 우라사키 준浦崎純 사무관은 사기앙양반 반원 몇 명을 데리고 도미구스쿠촌 나가도 구역에 본부를 마련했다. 이게이 도쿠이치, 후루고 진사쿠, 나리아이 요시카타成合義賢 토목기사 등이 식량증산반이 되어 남쪽 각 지구와 미점령지구를 순회하기로 결정되었다. 현청 방공호에 합류한 현 의회 의원 아오키 마사히데青木雅英는 현청 여직원들이 모두 포함된 감시대원과 함께 한타가와 방공호를 출발했지만 골짜기의 비탈을 내려가다가 박격포의 집중사격을 받고 죽었다.

한편 사토 료조佐藤了藏 기사는 별동대를 편성하고, 반원 여섯 명을 모아 마카베촌으로 향했다. 그들은 선발대의 임무를 띠고 방공호를 정비하는 임무를 맡았다.

2

5월 24일 오전 5시, 검은 목닫이(남학생들이 주로 교복으로 입던 스탠딩 칼라를 말한다—옮긴이) 옷으로 몸을 감싸고 철모를 쓴 시마다 지사는 아라이 경찰부장, 나카소네 관방주사 외 다수의 현청 직원들과 함께 한타가와 방공호를 나와 고친다촌 시타하쿠志多伯 구역에 있는 야전 중포대野戰重砲隊 방공호로 향했다. 야전 중포대가 이동하면서 비게 된 자리에 들어가기 위해서였다. 마침 우기로 접어든 진흙탕 전선을 건너 일행이 목적지에 도착할 무렵 슈리 전선은 더욱 패색이 짙어지고 있었다.

그로부터 닷새 뒤인 5월 29일, 슈리시 군사령부 방공호에서는 군 작전지휘를 맡은 한 부대가 하에바루촌 쓰카잔 구역의 병기창 방공호로, 다른 한 부대가 군사령부가 새로 자리 잡은 마부니촌의 해안 동굴로 각각 이동하기 시작했다.

군사령부 수뇌부는 슈리에서 퇴각할 때 병력을 새롭게 배치하고자 하여 야마 병단(제24사단)을 이동시키기로 하고 야마 병단의 잔여 전투 병력을 구니요시·요자與座 전선에, 스즈키 혼성여단과 이시 병단의 잔여 전투 병력을 야에세八重瀨, 나카자仲座, 하나시로玻名城 능선에 배치했다. 그러나 슈리 고지대와 그 주변에서 비참한 전투를 거듭하는 가운데 일본군이 의지하던 각 병단의 주 전력은 이미 바닥난 상태였다. 4만 명에 가까운 사상자는 각 진지의 방공호와 그 주변에 버려졌고, 가까스로 걸을 수 있는 사람들은 퇴각 작전이라 이름 붙인 지리멸렬한 전투에 가담해야만 했다. 퇴각 작전을 따르는 각 병단도 함포 공격을 무릅쓰고 한밤중에 이동했다. 남으로 남으로 하염없이 내려가는 병사들은 도로 위에 넘쳐났고, 별 하나 보이지 않는 밤하늘 아래 산과 들판에 주민들과 뒤섞여 굼실거렸다.

그 무렵 미국 측은 다음과 같이 보도했다.

> 5월 27일 제7보병대는 지넨반도에서 요나바루를 굽어보는 약 90미터 절벽을 강습強襲했다. 이 강습은 제74사단 제184연대에 의해 오자토촌 요나바루 구역에서 남쪽으로 약 1.8킬로미터 떨어진 곳에 있는 5킬로미터 정도의 구불구불한 전선을 따라 이루어졌다. 나하시의 다른 곳에서는 비 때문에 전투를 일시 중지했다. 해병대가 나하 전투에 전차와 보병부대를 투입하기 위해 아사토강을 건너지르는 다리를 떠내려 보냈다. 오키나와의 제6육전대는 나하시의 교두보를 확대하여 중앙부 457미터, 오른쪽으로 657미터, 왼쪽으로 91미터 전진했다.

이처럼 미국 측은 일본군 수비대의 퇴각은 거들떠보지도 않고 남부 중심 지대를 착착 접수하며 빠른 속도로 진출하는 미군의 모습을 전했다.

3

5월 25일 심야. 슈리성을 탈출한 오키나와신보사 일행은 다카미네 사장과 도요히라 편집국장, 구시켄具志堅, 오야마, 이나미네稲嶺, 나카모토仲本, 시마부쿠로, 요기與儀, 마키미나토 등 기자와 그들의 식구들도 함께 슈리시 사키야마정崎山町에서부터 비탈을 내려왔다. 슈리시 주변에 이렇게 큰 경사면이 있었는가 싶게 갑작스레 지형이 변해 있어 일행은 진로를 찾는 데 애를 먹었다.

비탈에서 요나바루 가도를 가로지르는 에라강永良川은 우기여서 물이 불어 있었다. 강물 소리가 어슴푸레한 풍경을 더욱 묘한 정적에 휩싸이게 했다. 등 뒤에서 일행을 뒤쫓던 장교와 몇 명의 하사관과 병사들이 외친다.

"다리 근처는 위험하다! 단숨에 건너!"

이 말을 듣고 일행도 엉거주춤하게 자세를 낮춘다. 개구리가 울어댄다. 마키미나토, 나카모토, 오야마, 그리고 시마부쿠로 등 네 명이 잔걸음으로 선두를 끊는다. 도로가 오른쪽으로 굽었다. 왼쪽 언덕 저편에서 탕! 하고 발사음이 들렸다. 순간 네 사람의 눈앞에서 불꽃이 튀었다. 요란한 작렬음.

"지근탄至近弾을 맞았다!"

서로 이름을 불러 찾으며 일어나 달린다. 살아 있다. 연기 속에서 정신을 잃었나 싶었던 한 사람이 비칠거리며 일어섰다. 마키미나토 기자는 허리에 파편을 맞아 바지에 피가 흘러내린다. 모두가 등짐을 잃어버리고 말았다. 뒤에서 따라오는 사람들의 안부가 잠시 걱정스럽다. 그때 또 한 발. 이번에는 눈앞 도로에서 작렬했다. 엎드린다. 일어서자

시마지리 도모리에 있는 '시사(오키나와어로 '사자'를 의미)' 주위에서 일본군의 동태를 살피는 미군들. 시사에는 탄흔이 남아 있다.

마자 다시 뛰기 시작한다.

"호 … 방공호는 어디 있나!"

재빨리 길가에다 흙으로 쌓아올린 방공호 같은 것을 찾아낸다. 돌파를 단념하고 그곳으로 기어들어간다. 흙더미에서 얼굴이 벗겨진 장교가 "위생병, 위생병!" 하고 외친다. 조금 전에 본 병사다. 방공호는 좁았고, 가운데에서 병사 두 명이 널브러져 자고 있었다. 누런색 촛불에 떠오른 방공호는 진지 중 하나였다. 머지않아 아침 햇살이 비쳐들면 비행기가 날 것이다. 그들은 10분도 지나지 않아 방공호를 나섰다.

하에바루 가도.— 뿌연 가도는 함포가 광란하며 내지르는 포효로 뒤덮였다. 이윽고 일행은 안전해 보이는 숲으로 둘러싸인 하에바루촌 기얀 구역의 작은 방공호로 들어갔다. 그런데 다카미네 사장이 보이지 않았다.

이때 다시 새로운 사태가 벌어져 모두가 공포에 사로잡혔다.

"적은 이미 마을 앞 1.5킬로미터 지점까지 와 있다"고 알리며 방공호로 뛰어든 병사 하나가 한숨과 함께 절망스러운 눈을 맥없이 내리깔았기 때문이다. 안면이 있는 남자가 일행의 무사를 기원하며 하얀 주먹밥을 나눠주었다. 주먹밥은 내일이면 해산해야 하는 하에바루 야전병원의 마지막 배식이라고 설명했다. 방공호 위로 박격포가 떨어지기 시작했다.

야마카와山川 구역 마을의 도로에서 이어지는 작은 길로 길게 줄지어 나서는 일행의 앞뒤로 황린탄黃燐彈 두 발이 떨어졌다. 일행은 비 때문에 뿌옇게 보이는 도로에 엎드린다. 모두 무사했다. 다행히 파괴를 피한 야마카와 마을을 벗어나 산을 하나 둘 넘어가면 고친다 가도가 나오는 방향이었다.

날이 저물어 기얀 구역의 방공호를 나선 일행의 다음 목적지는 시마다 지사 등이 있는 시타하쿠의 방공호였다.

함포 소리가 잠시 그쳤다. 식구들을 데리고 비를 피하는 주민들이 길가 외딴집에 가득 들어찼다. 피난민들은 지니고 있던 흑설탕을 일행이 지닌 성냥과 바꾸었다. 그들은 불씨를 구하는 데 어려움을 겪고 있었다. 멀리 도로 좌우로 펼쳐진 논으로 함포탄이 맹렬히 떨어지더니 작렬했다.

뿌옇게 보이는 민가에서 여전히 사람들이 지근탄도 아랑곳하지 않고 완강히 버티고 있는지, 도로에는 사람 그림자도 찾아보기 힘들다. 주민들은 대부분 민가에 자리 잡고 눌러앉아 있었다. 다카라高良 구역을 지나자 삼거리에 커다란 구멍이 패여 있다. 폭탄이 만들어 놓은 듯한 구덩이에는 빗물이 가득 고여 있었다. 큰 구덩이를 돌아가는 사람들의 초조한 듯한 모습이 그림자가 되어 수면에 비쳤다.

"놈들이 밤낮없이 포탄을 쏘아대는데 개중에는 가짜도 많다더라. 포탄에 넝마 쪼가리 따위를 채워 넣은 게 많은가 봐."

사람들을 웃게 만들지도 못하는 억측이 이때만큼은 하나의 위안거리가 되었다. 모두가 더러워 얼굴 표정을 알아볼 수는 없었지만, 비는 무릎까지 빠지는 진창 속에서 흙투성이가 된 몸을 반짝이는 눈만을 남기고 씻어주었다.

탄환 섞인 빗속을 걸어가는 사람들은 완전히 웃음을 잃어버렸지만, 저절로 떠오르는 생각 때문에 경련이 이는 얼굴에는 씁쓸한 미소가 떠올랐다.

그들은 빗속을 걸어가다가 사방에서 함포탄이 쏟아지는 바람에 놀라 엉겁결에 뒤돌아본다. 그러고는 살아 있는 입상立像에 마음이 놓여 미소에 가까운 표정을 짓는 것이다.

앞사람의 배낭이 걸음을 옮길 때마다 흔들린다. 뒤에는 공포에 떨며 미소 짓는 사람이 있다.

회한과 파멸의 숙명, 체념과 방심, 그리고 죽음의 미소. … 비로 무너진 둑방 위에는 급히 만든 무개호無蓋壕가 몇 칸 간격으로 늘어서 있었고, 그 안에는 숨겨둔 수많은 무기가 비에 젖은 채 방치되어 있었다. 일본군 야포野砲였다. 어리석게 빛나는 포구砲口는 진흙으로 보기 흉하게 꽉 막혀 있었다. 모멸과 분노의 감정이 뒤섞인다.

손수레를 끄는 병사도, 아이를 데리고 있는 여자도, 산더미 같은 짐을 등에 진 남자도, 이 지상을 방황하는 인간이라면 그 누구라도 온몸을 짓누르는 고통을 견디며 진창과 죽음의 무게에 숨가빠하지 않을 수 없다. 이것은 숙명일까. 아니다, 전쟁이다. 생사의 기로에 서는 전쟁이다. 하지만 설령 정의와 자유와 사랑을 위해 싸우는 전쟁이라 하더라도 지옥 같은 이 고통은 어째서 우리를 엄습해 그치지 않는가 … . 이런 생각이 일동의 머릿속에서 어른거렸다.

이날 저녁, 드디어 구릉지대로 나왔다.

"야전 중포대 방공호다!"

—아무것도 없이 텅 빈 동굴 좌우로는 떨어지는 물방울로 기묘한 소리를 내는 드럼통들이 나란히 줄지어 서 있고, 깊고 어두운 갱도가 커다란 아가리를 벌리고 있었다.

군사령부의 규모에 못지않은 이 방공호에는 주민과 병사 들이 한 쪽 벽에 침상을 매달아놓고 널판을 깔아 생활하고 있었다. 통로는 물길로 바뀌었고 안에서 쏟아져 나오는 누런 물줄기가 사람들의 넓적다리까지 차올랐다.

4

일행은 가까스로 방공호를 찾아들어가기는 했지만 금방 다시 그곳을 나와야 했다. 다른 곳으로 옮겨갔던 야전 중포대의 젊은 장교가 다시 "방공호를 넘겨달라"며 시마다 지사에게 교섭을 해왔기 때문이다.

"야전 중포대에 새로운 명령이 떨어졌기 때문에 내일 이 방공호 근처에 야포로 진을 펼치고 적을 공습해야 한다. 비전투원은 적이 반격하는 집중사격을 얻어맞지 말고 일찌감치 다른 곳으로 이동하는 것이 좋다"는 것이 이유였다.

일행과 떨어졌던 다카미네 사장은 한발 앞서 방공호에 도착하여 굶아떨어져 있었다. 그는 도중에 혈안이 된 일본군에게 스파이로 몰려 총에 맞을 위험에 처하기도 했다. 시마다 지사는 부대장실이었던 비좁은 방에서 책상다리를 하고 앉았다. 아라이 경찰부장은 우울한 표정으로 얼굴을 푹 숙인 채 입을 열지 않았다. 그의 얼굴은 깎아낸 듯 살이 빠져 "그가 아니면 군과 교섭을 감당할 수 없다"는 찬사를 받으며 뛰어난 수완을 발휘했던 지난날의 모습은 조금도 찾아볼 수 없었다. 제복을 입고 일본도를 찬 모습은 번민에 사로잡힌 그와 어울리지 않았다.

방공호 안에는 오기미大宜見 위생과장과 경찰 간부가 있었다. 최고 관리자인 시마다 지사의 위엄도 유지되었고, 위계질서도 경찰부에서만큼은 엄격히 지켜졌다.

포탄이 작렬하는지 거대한 방공호가 땅속에서부터 요동쳐 올라오듯 세차게 흔들렸다.

마키미나토 기자는 군사령부 정보주임 마스나가 대위의 억양이 없는 목소리를 듣고서 깜짝 놀랐다. 어째서 그가 이런 곳을 찾아왔을까. 그는 부하 사카이酒井 군조와 나란히 앉아 있었다. 탁류에 두 발을 힘없이 늘어뜨린 마스나가 대위는 머리를 숙이고 되는 대로 드문드문 말을 던졌다.

"군사령부는 당신들이 슈리를 떠난 지 얼마 지나지 않아 이동하기 시작했다. 소관도 그러는 도중이다."

그는 피로에 전 기색이었지만 작고 음험한 두 눈만은 여전히 반짝였다. 자신의 의무를 수행하고 주어진 운명을 받아들이는 신비한 인간의 숭고함 따위는 그에게서 털끝만치도 찾아볼 수 없었다. 그는 생명의 위협에 잔뜩 겁을 집어먹고 눈만 번득이는 비루한 동물에 지나지 않았다.

마스나가 대위는 언제나 입이 걸게 오키나와인을 헐뜯었다.

“경찰도, 신문기자도, 아니, 오키나와 놈들은 하나같이 스파이다 …”라며 입버릇처럼 폭언을 퍼부었다. 질 게 뻔한 전쟁터에 끌려나온 자신의 비운이 오키나와 사람들의 잘못 때문이라고 착각한 그는 오키나와 출신 병사와 간부들에게 증오에 가득 찬 욕설을 퍼붓곤 했다. 그는 군사령부의 전황 발표를 고의로 늦추고 함포 공격이 뜸해지는 오후 6시 무렵의 저녁 시간을 비워두고서는 공포로 일그러진 신문기자들의 면전에다 폭언을 끼얹는 것이었다.

5월 27일 새벽, 시타하쿠의 방공호를 출발하기로 했다. 마스나가 대위와 사카이 군조는 그날 밤중에 모습을 감추었다.

밤새 계속해서 내리는 비로 방공호 입구에서는 통신대로 편입된 현립 공업학교 학생 소년병들이 배수 공사에 매달렸다. 오기미 위생과장에게 병구완할 틈도 주지 않고 이틀 밤낮을 내처 잔 다카미네 사장은 원기를 되찾은 상태였다. 시마다 지사는 부하들과 함께 가네구스쿠촌兼城村의 우후구스쿠무이大城森로 가게 되었는데, 일행은 우선 다카미네촌 부근에서 방공호를 찾을 수 있어서 새벽에 시타하쿠의 방공호를 나섰다.

철화鐵火 지옥

1

비행기에서 나는 폭음은 들려오지만 하늘이 낮게 내려앉아 두터운 구름층에 갇힌 비행기는 보이지 않았다.

5월 27일 새벽 시타하쿠의 방공호를 나온 오키나와신보사 일행이 이날 저녁 무렵 파괴된 흔적으로 어지러운 다카미네촌 제당공장 앞 진흙탕 지대를 건널 때에는 세차게 흐르는 물소리가 났다. 함포는 아직 활동하기 전이었고, 아득히 먼 산 너머 저편에서 함포탄이 터지는 듯 둔중한 굉음이 들려올 뿐이었다.

며칠 동안 내린 비로 물살이 빨라진 요자강에는 구릉에서 사람들이 내려와 물을 긷고 있었다. 태평하게 몸을 씻는 주민들과 병사들도 보였다. 불에 타 앙상하게 서 있는 나무와 민가의 잔해, 그리고 붉은 돌담은 함포탄과 폭탄이 대지를 가혹하게 휩쓸고 간 증거였지만, 눈앞에 펼쳐진 숲은 숨이 막힐 듯 아름답게 푸르른 빛을 뿜어내고 있었다. 처참한 광경만을 계속해서 보아온 일행은 아침 기운으로 촉촉히 젖어든 숲의 풍경을 신비롭다는 듯 바라보았다. 다카미네촌 요자 마을이었다.

일행은 이것이 한순간의 안심이며 정적이라는 것을 일종의 예감으로 잘 알고 있었다.

갑자기 쩌르르 공기를 가르며 날아드는가 싶더니 대지를 번쩍 들어올리는 듯한 작렬음이 난다. 한 발은 이어서 여러 발을 불러들인다. 이윽고 구릉을 치며 떠돌고, 논밭을 도려내며 가로지르고, 저주를 퍼붓듯 대기를 뒤흔들고, 미친 듯 불을 지르는 성난 파도가 된다. 정적은 순식간에 성난 아우성으로 바뀌었다. 산양의 한갓진 울음소리가 짓눌린 뇌관雷管과도 같은 답답한 공기를 두려워하는 듯이 떠돈다.

"어서 대피할 곳을 찾아 들어가지 않으면 위험해." 예감이 일동을 바짝바짝 내리누른다. 몸을 휘돌며 초조감이 치밀어 오른다.

일행이 몇 명씩 갈라져 대피호를 찾아 구릉지대를 기어오르기 시작한 바로 그때 정말로 첫 번째 포탄이 작렬했다.

대피호를 찾다가 되돌아온 이들의 보고는 한결같았다. 결국 일행이 모두 들어갈 수 있는 대피호는 한 개도 발견할 수 없었다는 절망적인 이야기였다.

"어쩔 수 없다. 흩어져서 먼저 자리 잡은 대피호 한 귀퉁이로 비집고 들어가는 수밖에."

구릉의 대피호는 무덤을 다시 고친 것이어서 많은 사람들이 들어갈 수 있는 곳은 하나도 없다.

두세 명씩 흩어져 마침내 모두가 무덤의 대피호로 들어갔을 때 예감대로 포탄이 밤의 장막을 가르며 격렬하게 요자 마을 일대를 강타했다.

"이제부터 식량은 어떡한다?"— 기아를 앞두고서 살고자 하는 본능은 저마다의 마음속에 추한 환상을 불러냈다.

비탈에는 이토만경찰서와 나하 헌병 분대의 방공호가 서로 이웃해 있고, 조금 떨어진 곳에는 밤낮으로 드르륵거리며 허무한 소리를 내는 수동 발전기 한 대를 갖춘 해군 통신대 방공호가 있었다. 그 외에는 대부분 피난 온 주민들이 대피호를 차지했고, 비탈 끝자락에 자리 잡은 몇몇 대피호에는 안면이 있는 인사들이 가족들과 함께 코를 베어가도 모를 정도로 캄캄한 어둠 속에서 기거했다.

2

이 일대 남부 전선에는 벌써부터 기아가 찾아왔다. 주민들이 지내는 비탈의 대피호에는 날이면 날마다 전선을 빠져나왔다는 하사관과 병사들이 무리를 지어 찾아왔다. 그들은 상처를 입은 데다 식량마저 지니고 있지 않았다.

미군이 상륙하기 전 나하 부두에 산처럼 쌓아놓았던 탄약과 뒤섞여 주민들을 놀라게 만들었던 그 군수품, 그중에서도 특히 산더미를 이루던 식량은 어디로 사라진 것일까. '이것만 있으면 방위군 전부가 1년 6개월 동안 지낼 수 있다'던 방대한 식량은 군사령부 소속 다마 부대가 관리하고 있었다.

군량, 의복, 잡화 등을 포함하는 군수 자재 더미들은 미군이 상륙하기 전 각 지역으로 분산하여 폭격으로 인한 피해를 막고자 했다. 병사들이 화물창이라 부르던 본부는 쓰카잔에 있었고, 그 밖의 다른 집적소는 요기與儀, 고쿠바國場, 하에바루, 나가도, 쓰카잔 등 다섯 군데에

별도로 설치했다. 숲과 골짜기에 띄엄띄엄 시트로 덮은 물자 더미들은 나뭇가지나 풀로 가려두었고, 집적소 한 곳마다 약 500개에 가까운 더미가 물품별로 분류되어 있었다. 슈리 고지대 주변을 지키는 부대들은 탄환 세례를 무릅쓰고 물자를 받으러 와야만 했는데, 슈리 · 요나바루 · 하에바루 방면의 진지는 하에바루 집적소에서, 나하 방면의 부대는 요기에서, 마와시 · 슈리 부대는 고쿠바에서 각각 군량을 수령했다. 군량을 수령하던 초기에는 각 부대에 남아 있는 아직 멀쩡한 트럭 몇 대를 가지고 군량을 운반했지만, 전쟁이 격화하면서 차량 운반을 포기하고 40~50명의 병력을 차출하여 등짐으로 무거운 군량을 날랐다.

4월 중순 무렵부터는 군량을 받으러 오는 병사들이 "이제 전선에 필요한 것은 건빵과 수류탄밖에 없다"고 말하는 상황이 되었고, 각 집적소도 물자 더미를 노리는 미군기 때문에 기껏해야 건빵만을 확보해 놓았을 뿐이다. 집적소마다 산을 이루던 물자 더미들은 로켓탄과 함포 공격으로 하루하루 무너져내렸다. 낮에는 군량 수령이 불가능하여 야간으로 한정했으며, 어쩌다가 트럭을 가지고 와도 대개는 목적지에 다다르기 전에 박격포의 희생물이 될 뿐이었다.

4월 하순경 한타가와 방면의 부대에서 조선인 군부軍夫 약 70명이 때마침 빗발처럼 쏟아지는 총알을 무릅쓰고 마지眞地 출장소에 군량을 받으러 왔다. 지체 없이 수령 작업을 하던 바로 그때 그들 한가운데로 박격포 몇 발이 떨어졌다. 부근은 갑자기 죽음의 신음 소리가 이어지는 지옥으로 변해버렸고, 군부들은 성난 일본군 하사관의 고함에도 아랑곳하지 않고 이리저리 흩어져 도망가버리고 말았다.

5월 중순, 각 부대의 군량 수령은 뚝 끊어졌다. 만족스럽게 물자를 갖추지 못한 요자 · 하에바루 집적소는 식량을 확보하기 위해 전전긍

긍하는 상황이 되었고, 경리부장인 대좌는 마침내 화물창 부대원(쓰카잔)에게 후퇴 명령을 내렸다. 각 화물창은 퇴각하기 전에 자신들의 손으로 물자를 남김없이 태워 없앤 뒤 5월 26일 구시카미촌具志頭村(당시에는 구시찬촌으로 읽혔으며 1953년 구시카미촌으로 읽는 법이 바뀌었고, 2006년 고친다정東風平町과 합병되어 야에세정八重瀬町이 되었다. 이 책에서는 구시카미촌으로 표기를 통일했다—옮긴이) 아사토安里 구역에서 후퇴하기 시작했다.

그 후 아사토에 집결했던 병력은 이시미네로 이동하기로 하고 전투대에 남아 있던 병력과 합쳐 급히 편성한 부대 약 200명이 가지오梶尾 소좌의 지휘 아래 아사토를 출발했다. 그러나 그들은 목적지인 이시미네 부근에 도착했을 때 슈리를 돌파한 미군이 고쿠바 부근으로 침입하여 자동소총으로 싸라기눈이 퍼붓듯 공격해오는 바람에 전멸하고 말았다. 이리하여 구호대와 전투대로 나뉜 군량창 대원들은 고메스米須 부근과 아사토 부근에서 전멸하거나 해산했고, 전 방위군이 목숨줄로 의지하던 군량 보급원은 5월 중순 끊어지고 말았다.

다카미네촌 요자 구역의 주민 대피소는 부대를 잃고 전선을 방황하는 병사들을 진심으로 환대했다. 주민들의 식량이 얻어걸린 병사들은 "적의 전차를 도륙 내고 적병을 해치웠다"며 주민들을 열광시키기도 했지만 호의에 익숙해진 병사들은 차츰 겸손함을 잃고 위압적인 태도로 식량을 요구했다.

이토만경찰서 방공호에서는 현미를 빻는 절구 소리가 그쳤다. 헌병대 방공호에서는 대원들이 빙 둘러앉아 있고, 분대장으로 보이는 이가 수류탄 사용법을 설명하고 있었다.

5월 28일 밤. 사령부 군의관 사토 중좌와 가카즈嘉數 군의관이 마키

민간인 수용소를 향해 걷고 있는 지역 주민들.

미나토 기자가 있는 이토만경찰서 방공호에 들어와 휴식을 취했다. 두 사람은 마부니로 가는 중이었다. 파초포芭蕉布로 만든 주민 옷을 걸치고 몸빼 바지를 입은 야마모토山本 헌병대장이 불쑥 나타났다. "이곳은 안전한가?"라며 대원들에게 물었지만, 기운이 빠진 그는 얼마 안 있어 비탈을 내려가 어디론가 정처 없이 사라졌다.

어느새 설치해 놓았는지 비탈 아래쪽 밭에서 일본군 구포臼砲 한 발이 불붙었다. 고구마 덩굴로 위장해놓은 진지는 발사할 때 길게 깔리는 연기 때문에 슬며시 장소가 드러났다. 10여 분마다 쏘아 올리는 발사음은 차례차례 전면의 구릉에 닿고는 메아리가 되어 돌아왔다. 몇 발째부터는 미 전투기가 낮게 빙빙 돌며 진지를 수색했다. 구포는 열 발이나 쏘았나 싶더니 이내 다른 곳으로 옮겨갔다.

그날 밤부터 해군육전대원이 비탈에 넘쳐났다. 그들은 오로쿠에 진을 쳤던 오타 미노루大田實 해군 소장 휘하 병사들로 '급거 남쪽 지역으로 이동'하는 중이었다. 쉰 줄이 다된 늙은이가 대부분인 그들은 무기 대신 해군용 비스킷을 등짐에 가득 채우고 있었다. 잠시 그쳤던 비가 호우로 바뀌어 함포 터지는 소리와 빗소리가 뒤섞이며 방공호를 휘감았다. 방치된 부상병의 신음 소리가 끊어졌다가는 다시 이어지며 비를 뚫고 방공호 안에까지 들려왔다.

"군의관 나리, 어서 … 치료 좀 … 해주세요 … !" 환자는 되풀이하며 빗속에서 절규했다. 군의관과 간호사 두세 명이 있는 이웃 야전병원 방공호는 너무 비좁아서 들것에 누운 환자들이 그대로 바깥에 방치되어 있었다. 붕대와 약품이 없어 팔이 뒤틀려 뽑혀나간 중상자에게도 고작 빨간약이나 발라주는 게 치료의 전부였다.— 방공호 안에 있던 마키미나토 기자는 이제나저제나 마음 졸이며 절규가 그치기만을 기다렸다. 빗속에서 환자가 울부짖는 소리는 새벽까지 이어졌다. 아침이 되자 병원 방공호에서 수류탄 터지는 소리가 들려왔다. 들것에 누워 있던 중상 환자가 수류탄으로 자살을 시도했지만 정작 본인은 조금도 다치지 않고 곁에서 자던 경상輕傷 환자가 죽었다.

5월 29일 밤. 요자 부근 야마 병단 사령부에서는 이 부대 참모 스기모리杉森 소좌를 중심으로 군민협의회가 열렸다. 민간인 측에서는 시마다 지사, 아라이 경찰부장, 나카소네 관방주사, 사토 특고과장特高課長(정치운동이나 사상운동을 단속하기 위한 경찰 부서—옮긴이)과 각 경찰서장이 참가했다. 협의 결과 경찰부는 경찰경비대를 한층 강화하고, 부근의 전선 진지에서 탄약 운반 지휘에 따르면서 오로쿠촌·도미구스쿠촌·구시카미촌 등 각 촌 이남의 주민들을 지넨반도로 가도록 유도하기로 했다. 주로 남자 주민들로 구성된 의용대원이 탄약을 나르기로 했다.

"해당 촌을 즉각 떠나라." 군의 명령은 전선을 떠돌던 주민들에게는 등 뒤에서 총을 겨누는 것이나 다름없었다.

"이제 여기를 떠나 어떡하라구 … . 어디에 가든 마찬가지 아닌가." 주민들은 피난 가는 것에 진저리를 쳤다. 주민들이 머문 대피호마다 누구를 향한 것인지 알 수 없는 불안과 원망의 소리가 자자했다. 어쨌든 "비전투원은 지넨반도로 가라"는 강제 명령에 따라 주민들은 의심을 가득 품은 채 이동하기 시작했다.

3

지넨반도.—

3월 23일 함포사격이 시작되면서 지넨촌 사무소는 이 지역 수비대인 이노우에井上 부대의 방공호에 합류했다. 촌장은 이노우에 부대장의 명령에 따라 병력을 보충하고 식량을 보급하는 임무를 맡게 되었다.

군대에 직접 협력할 수 없는 마을 주민들은 3월 중 부대 방공호 부근의 산자락으로 대피했고, 4월 초부터는 사시키佐敷 언덕 위로 속속 이동하기 시작했다. 남자들로 구성된 방위대는 산 위에 자리 잡은 부대에 릴레이식으로 식량을 날랐다.

미군이 상륙하기 전 3월 중순 무렵, 이 마을에서는 세 명의 희생자가 일본군에 의해 제물로 바쳐졌다. 세 사람 모두 이노우에 부대장의 노여움을 산 나머지, 마을 사람들에게 본보기를 보여줘야 한다는 명목으로 죽임을 당한 것이다. 마을 사람인 요나시로 이세이與那城伊淸는 부대와 함께한 어느 공개석상에서 일본군의 고사포 명중률이 나쁜 이유가 대체 무엇인지를 따져 물었다는 이유로 처형당했다. 마에시로 쓰네아키前城常昂는 부대에 납품한 땔감의 비용을 청구했다는 이유로, 촌회村會 의원 오시로 시게마사大城重政는 부대의 병사들이 마을 주민들의 가축을 무단으로 약탈한 것을 강력히 항의했다는 이유로 사살되었다. 이노우에 부대장이 언도한 극형의 죄명은 "스파이로 의심된다"는 것이었다.

5월 5일. 나카구스쿠만을 가득 메운 미 함대의 포격을 정면으로 뒤집어쓴 이노우에 부대 진지는 잠시도 버티지 못하고 순식간에 궤멸되었고, 방위대원을 포함한 수비대는 식량과 탄약을 모두 써버리고 그날 밤 패주하기 시작했다. 그중 대다수는 남부 기얀 방면으로 향했다. 방위대원 오시로 세이토쿠大城盛德 외 다섯 명은 5월 17일 밤 목숨과도 같은 고구마를 지니고 해안으로 필사적인 탈출을 시도했지만 해상에 주둔한 미군 소함정에서 쏘아대는 기관포 때문에 꼼짝할 수 없었다. 억새밭을 차폐물로 삼아 간신히 몸을 숨기고 날아오는 불화살이 그치기만을 기다렸다. 갑자기 공기를 가르며 떨어진 박격포 때문에 그는 왼손을 다쳤고, 해안으로 가는 산길을 헤매다가 또다시 박격포의 집중사격을 받았다. 이토카즈絲數 마을 쪽에서 날아오는 뜨거운 불덩이로 보아 지상포가 함포와 협력하고 있다는 것을 알 수 있었다. 가까스로 해안으로 나와 모래사장을 디딘 그는 엄청나게 많은 병사들의 시체를 보았다. 시체는 엎드린 채 파도에 둥둥 떠다니거나 모래사장에 구르고 있었다.

5월 18일 미나토가와에 겨우 이르렀다. 하지만 도저히 육로로 도망치는 것이 어렵겠다고 직감한 일행 세 명은 바다로 뛰어들었다. 오우奧武와 미바루곶新原崎 앞바다 약 6킬로미터를 죽기 살기로 헤엄친 세 사람이 안간힘을 쏟아 올라간 곳은 햐쿠나百名 마을이 있는 절벽 아래 해안이었다. 그들은 해안 바로 위에 있는 어느 민가의 닫힌 문을 두드렸다. 처음에는 도움을 청하는 그들의 목소리를 듣고도 집 안에서 아무 반응이 없었지만 곧 벌거벗은 방위대원이라는 것을 알아본 주인은 그들을 극진히 돌보았다. 다마구스쿠촌 햐쿠나 마을에는 이미 미군 야전병원이 세워졌고, 주민들은 일찌감치 미군의 보호 속에서 새로운 생활의 첫발을 내디뎠다.

4

3월 22일 이후 미 함선은 오키나와 주변 해역에서 경계 활동을 폈다. 오키나와 본섬 동해안에서도 서해안 상륙 작전에 호응한 함선이 해안으로 천천히 다가가 공격하고는 먼 바다로 대피했는데, 그들 함선 가운데 일부가 나카구스쿠만 깊숙이 침입해 들어온 것은 4월 15~16일경이었다.

나카구스쿠만 안의 동쪽 바다는 특별히 바텐馬天이라고 불렸는데, 이 바텐 해안의 사시키촌에서는 45세 이하 15세 이상 남자들은 모두 방위대로 소집되었고, 50세 이상 16세 미만은 의용대가 되어 전투에 직접 참가하지는 않아도 촌장의 지휘에 따라 측면에서 작전을 지원해야만 했다. 그리고 여자, 어린이, 병자, 불구자들만 비전투원으로 남았다. 의용대 조직은 촌의 행정조직이 그대로 전투 협력 태세로 옮겨간 것이었다. 4월 15일 아침, 촌에서 소집되어간 방위병이 소속한 일본군 부대로부터 군량을 보충하기 위한 고구마 4천 근(1,500킬로그램. 한 근은 375그램이다 —옮긴이)을 공출하라는 명령이 전달되었다.

의용대 본부('촌 사무소'를 개칭한 것)는 즉시 각 지구의용대로 그 명령을 하달했고, 그날 오전 중으로 각 부대는 본부에 할당량을 공출하도록 지시했다. 당시 주민들은 언덕의 경사면을 파서 만든 지하 대피호에서 생활하고 있었고, 때때로 저녁 무렵이면 마을로 내려와 저녁거리나 다음 날 먹을거리를 마련하기도 했지만 낮 동안은 땅속 구덩이에서 함포가 터지는 굉음과 싸우며 보냈다. 지상 전투는 섬의 남부에 집중되었고, 중부 서해안에 상륙한 미군 지상부대의 포격 거리가 가까워옴에 따라 동해안 일대를 향한 바다로부터의 함포사격마저 잦아졌기 때문에, 공출 명령에도 식량은 좀처럼 모아지지 않았다.

그래서 각 의용대원들 중 일부를 본부로 소집하여 곤란을 겪는 식량의 공출, 운반 작업에 투입하기로 했다. 시시각각 다가오는 최전선의 긴박한 분위기 속에서, 시끄러운 소리와 성난 함성 속에서 이러한 노역을 위해 사람들을 집단적으로 움직이려면 상당한 희생정신이 필요하다. 잔뜩 겁을 집어먹은 사람들을 일떠세우고, 적극적으로 움직이게 하려면 속이 빤히 들여다보이는 공허한 명령과 더불어 그것을 수행할 만한 정열과 책임감 또한 불러일으켜야만 한다. 그것은 목숨이 위급한 상황에서 용쓰는 최후의 몸부림이나 마찬가지였다. 여자와 노약자 들까지 닥치는 대로 투입해 조직한 의용대는 거센 바람처럼 점차 포격이 몰아치는 지상을 개미처럼 기어서 다마구스쿠촌 가키노하나垣花의 일본군 부대로 식량을 날랐다. 야간작업인 데다가 비가 추적추적 내리는 밤길을 9시 무렵부터 다음 날 새벽 3시까지 꼬박 걸어야만 했다. 특히 젖먹이를 등에 업고 20킬로그램 가까이 나가는 고구마 자루를 머리에 인 채 진흙탕과 빗속을 헤쳐 나가는 젊은 아낙의 모습은 전장의 가혹한 현실 속에서도 더욱 비장함을 자아냈다.

5월 28일, 미군이 트럭 두 대에 나눠 타고 사시키촌으로 들어왔다. 바텐 해안과 맞닿은 요충지에 서둘러 진지를 구축하는 모습이 의용대 본부 방공호에서도 생생하게 보였다.

사시키 촌장은 "비전투원은 지넨반도로 피난하라"는 일본군의 명령을 주민들에게 즉시 전달하여 신속한 조치를 취했고, 촌장을 비롯한 대표자들은 상황의 추이를 살피기 위해 의용대 본부가 있는 곳에 머물렀다. 다음 날인 5월 29일 오전 10시경 미군 병사 15~16명이 사시키 가도를 유유히 걸었다. 의용대 본부 방향으로 다가오는 것이다. 시시각각 그들이 다가오는 것을 방공호 안에서 마른침을 삼키며 주시했다. 의용대 본부 방공호에서 약 1천 미터밖에 떨어지지 않은 곳에서 그들은 전진을 멈추었다.

상륙 이후 사시키촌 안에 머물던 촌민 대부분이 지넨반도 쪽으로 피난한 뒤였다. 그 무렵 결국 촌장과 일행은 인접한 지넨촌으로 피난할 것을 결의했다. 미군이 상륙한 이래 전투 상황이 절박해지는 것을 알면서도 마음속 어딘가에는 아직 여유가 있었다. 그랬는데 결국 온 마을을 송두리째 넘겨주고 몰래 피난할 수밖에 없는 촌장 일행의 마음속에는 형용할 수 없는 온갖 감회가 갈마들었다. 태어나서 살아온 땅에 대한 애착이 어떤 것인지 그제서야 그들은 통감했다. 그들은 그동안 지낸 대피호와 작별했다.

사시키촌에 마지막까지 머물렀던 의용대 본부 사람들은 미군 병사가 사시키촌으로 침입하자 인접한 지넨촌으로 퇴각했다.

도중에 우에하라上原 구역 부근 대피호에 주민들이 남아 있다는 것을 알고서 그들에게 상황이 긴박함을 알리고 대피할 것을 권했다. 머리 위로는 미군기가 어지러이 돌아다니고 있다. 상공에서 발견하지 못하도록 지형지물을 이용하여 몸을 숨기면서 지넨촌 시키야志喜屋 언덕으로 찾아갈 수 있었다. 그러나 필사적으로 대피할 곳을 찾았지만 눈에 띄지 않는다. 시키야 구역 일대는 나카가미, 슈리, 나하, 시마지리 등 각지에서 온 피난민들이 배회하고 있었다. 그들은 끝내 동굴을 찾아내지 못한 채 비행기를 피해 돌담 아래나 바위 사이, 숲속 등 몸을 감출 수 있을 만한 온갖 지형지물을 이용해 땅에 납작 엎드리기도 하고 나무에 매달리기도 했다.

본부 대원들은 시키야에서 더 나아가 야마자토山里와 구시켄具志堅에까지 가서 방공호를 찾아 헤맸지만 간신히 발견한 방공호에는 먼저 들어온 사람들이 그득했다. 하는 수 없이 지넨촌 지넨 구역에서 응달진 산자락 한 곳을 택해 임시방편으로 급조한 방공호에 사흘간 몸을 숨겼다. 6월 4일 오전 10시 무렵이었다. 미군은 지넨의 고지대 위 일대를 타고 넘어 구시켄 마을까지 다가왔다. 마을의 혼란과 동요는 차마 눈 뜨고 볼 수 없을 정도였고, 어쩔 줄 모르고 쩔쩔매는 피난민들은 산비탈 쪽으로 우르르 밀려들었다.

사시키촌 의용대원들은 지넨촌 의용대 본부와 합류하기 위해 절벽을 등진 지넨촌 본부 방공호를 향해 암석을 기어올랐다. 이곳에도 피난민은 들끓었다.

몸빼 차림에 군도를 차고 다카미네 전선을 떠돌던 야마모토 헌병대장은 그런대로 여기까지는 잘 도망쳐왔지만 여전히 그는 피난민들 사이에 섞여 있었다.

몸빼를 입고 철모를 뒤집어쓴 야마모토 소좌의 이상야릇한 모습은 단연 이채를 띠었다. (그러나 그는 전선을 헤매던 끝에 칼로 자살하고 만다.)

그런 야마모토 소좌가 "일본은 승리하고 있다. 사시키를 떠도는 미군 패잔병들이 채소가 모자라 구하러 온 것이다. 그런데 뭐가 무서워 도망 다니는 거냐"며 피난민들을 질책했다. 피난하는 주민들을 위로하며 안정시키는 것처럼 보였지만 실은 야마모토 자신도 주민들 틈에 끼어 있는 패잔병에 지나지 않았다. 그의 말 속에는 어떤 위엄도 없었고, 아무도 야마모토 소좌와 상대하려 하지 않았다.

사시키촌 의용대를 통솔하던 다이라 가메조平良龜造 촌장은 혼란을 수습하여 단체 행동을 계속해 나가는 것은 도저히 불가능하다고 보고 의용대와 마을 주민들에게 자유롭게 행동하도록 지시했다. 교육자였던 그는 지금까지 과감한 지시를 내려왔지만 워낙 솔선수범하는 훌륭한 지도자였기에 마을 사람들 사이에서 신망이 두터웠다.

5월 29일, 사시키촌을 떠나던 날 다이라 촌장은 눈물을 머금고 아버지를 집에 남겨두었다. 80세 노령인 그의 아버지는 무슨 일이 있어도 마을을 떠나지 않겠고 태어난 곳에다 뼈를 묻겠노라 강경하게 주장했다. '고령의 아버지를 모시고 전장을 떠돌더라도 살아남는다는 보장도 없고, 오히려 고초만 겪게 될 뿐이다. 더군다나 나는 촌민을 끝까지 책임져야 한다 … .' 그는 이렇게 생각한 끝에 아버지를 모시고 떠나는 일을 단념했다. 그는 아버지와 세 시간 가까이 조곤조곤 이야기를 나눈 다음 하직 인사를 했고, 그의 아버지는 "살아남아서 수치스러울 일일랑은 아예 하지 말라"며 엄하게 훈계를 하고서 작별 인사를 건넸다. 다이라 촌장은 이 일을 측근들에게 되풀이해서 말하곤 했다. 가지런히 몸단장을 하고 의관을 갖춘 그의 시체가 지넨촌 서쪽 야트막한 언덕의 바위 그늘에서 발견된 것은 촌민들이 자유행동을 하고 나서 며칠이 지난 뒤의 일이었다.

5

"저 능선 하나만 넘으면 … ."

안개비로 사방이 온통 뿌연 가운데 오키나와신보사 일행은 물이 들어찬 밭을 묵묵히 걸어갔다.

5월 30일. "비전투원은 즉시 떠나라"는 군의 포고령에 따라 다카미네촌 요자 구역 비탈에 있던 방공호를 나선 지 약 한 시간, 확실한 목적지도 없이 생사를 타인에게 내맡긴 채 앞으로도 단체 행동을 계속하겠다는 일행이 막연하게나마 품은 희망은 '아직 적이 들어오지 않은 다마구스쿠촌, 그리고 … 물이 풍부한 지넨반도'였다. 구름 사이로 보이는 파란 하늘에는 관측기가 날고, 쿵쿵 소리를 내며 쏘아 올려진 함포의 탄도 방향이 해안 쪽이라는 것을 알려주었다. 언덕을 넘자 넓은 논이 일행의 시야에 들어온다.

마키미나토 기자가 뒤를 돌아다보니 도요히라 편집국장의 얼굴이 보인다. 내리감은 눈에는 이 세상이 종말을 고하는 것을 꿰뚫어보기라도 한 듯 체념의 빛이 어려 있다. 앞에서는 마에다 무네노부前田宗信가 마치 공중에 뜬 것처럼 휘청거리며 걷고 있다.

"또 온다아아!"

발사음이 들린 지 몇 초 만에 포악한 덩어리가 안개비를 뚫고 날아들었다. 맥이 탁 풀린 일행은 논두렁길에서 허청거린다. 만일 그 한 발이 눈앞에서 터진다면 쇠약해진 몸뚱이는, 피는, 풀을 물들이고, 풀 사이를 누비고, 빗물과 함께 흘러갈 것이 틀림없다. —(그것은 그런대로 좋은 결과를 가져오지 않겠는가!)— 곧 눈앞에서 한 발이 터졌다. 검은 파편이 철썩철썩 일제히 수면을 강타했다.

"부채 대형으로 쏘는구나." 능선을 넘어서면서 일행은 걸어온 곳을 돌아다보았다. 잔뜩 찌푸린 구름이 떠다니며 감싸고 있는 흐릿한 언덕길을 두 그림자가 힘껏 내달리고 있다.

"단숨에 달려 내려와라!" … 뒤를 잇는 수난자들이 무사하기를 간절히 빈다. 앞서 뛰는 남자는 아이를 등에 업고 있었다.

일행은 구릉에 둘러싸인 분지로 나왔다.

"너희들은 누구냐. 어딜 가는 거냐?" 일행을 스쳐 지나가는 병사 하나가 고함쳤다.

"적이 가까이에 있으니 이 주변을 얼쩡거리지 마라." 다시 또 꾸짖는 소리가 날아왔다. —이미 병사도 믿을 수 없었다.— 흉악한 그 눈빛은 일행을 오싹하게 만들었다.

안개비 속에서 불쑥 들것이 나타났다.

"이 주변에 야전병원은 없습니까?"

숨을 몰아쉬며 방위대원으로 보이는 네 사람이 일행에게 물었다.—이제 와서 야전병원이라니, 그런 게 어디 있어.— 빈사 상태로 들것 위에 누워 있는 중상자보다 들것을 운반하는 네 사람이 더 염려스러웠다. 안개가 걷히고 시냇물 소리가 선명하다. 함포가 다시 멀리서 가까이서 정확한 시간차를 두고서 비 온 뒤의 정적을 휘저었다. 일행은 번쩍 정신이 들어 뿔뿔이 흩어져 엎드린다. 마키미나토 기자와 시마부쿠로 기자가 야트막한 둑방에 파놓은 자그마한 대피호를 찾아냈다. 빗방울이 내리치는 대피호 입구에는 침상이 통로 가득히 놓여 있었고, 안쪽에는 젊은 여자와 아비인 듯한 늙은이가 가만히 무릎을 감싸 안았다. 늙은이와 여자는 두 사람을 보고 흠칫 놀라는가 싶었는데 여자가 거리낌 없이 기뻐했다. 곧이어 여자가 밥그릇에 찬밥을 담아 두 사람에게 내밀었다. 노인은 경계를 게을리하지 않고, 누워서도 줄곧 두 사람이 하는 모양새를 지켜보았다. 화약심지 냄새에 뒤이어 노인이 손수 말아 피우는 담배 냄새가 두 사람에게는 평화로운 향기가 되어 사무치게 다가왔다.

젊은 여자가 턱을 치켜들어 통로의 침상을 가리켰다.

"조선인 군부들입니다."

그들은 전쟁터로 바뀐 오키나와섬에 끌려와 소처럼 혹사당하다가 결국 버림받은 것이다. 대피호 안에서 여자는 외부 세계와 차단된 채 기묘한 생활을 계속해왔다. 마키미나토 기자는 찬밥을 허겁지겁 먹는 동행을 남겨두고 대피호 입구로 나왔다. 침상에 누워 있는 남자들은 신음하듯 한숨을 토해내고는 침상을 삐거덕거리며 몸을 뒤척였다.

일행은 완만한 비탈을 올라갔다. 콘크리트로 만든 곳간이 하나 서 있는 비탈은 끝없이 계속되는 듯했다. 넓은 곳으로 나가자 커다란 나무가 갈가리 찢겨나간 채 쓰러져 수북이 쌓여 있었다. 돌로 에워싼 가축우리에는 남녀가 뒤섞인 채 피난민들이 새까맣게 모여 있었다.

"어디로 가야 좋겠습니까?"

그중 한 명이 물었다. 머리카락이 덥수룩한 중년 남자를 가운데에 두고 기력을 잃은 듯한 여자들이 어깨를 맞대고서 앉아 있었다.

"다마구스쿠촌에는 이미 적들이 들어왔습니다."

"우리는 지금 돌아가는 중입니다."

… 피난민들도 일행이 넘어온 저 마의 언덕을 다시 넘을지도 모른다.

파괴된 구시찬국민학교 부근에서 일행은 지넨반도로 가는 걸 단념했다. 일행과 딱 마주친 나카가미 지방사무소장 이게이 도쿠이치는

"다마구스쿠촌은 절대로 안 된다. 적들이 잔뜩 들어와서 그놈들한테서 소총을 맞기까지 했다"며 그들에게 알려줬다.

일행은 이번에는 오른쪽에 우뚝 솟은 야에세다케八重瀬岳를 지나 구시카미 마을에 들어갔다. 마을은 거의 온전하게 모습을 유지하고 있었고, 반가운 민가들이 처마를 나란히 맞대고 있었다. 민가에는 병사들과 주민들이 가득했다. 그곳은 북쪽 지넨반도로 가는 사람들과 남쪽으로 일단 갔던 사람들이 되돌아가는 도중에 휴식을 취하는 장소가 되어 있었기 때문에 사람들이 풀어내는 갖은 억측과 헛소문이 넘쳐났고, 그것들이 뒤섞여 어지럽고 불안한 분위기를 키웠다. 사람들은 앞으로 어떻게 행동해야 할지 결정하지 못했다.

일행은 마을 변두리인 구시카미 고원으로 향했다. 좌우로 부옇게 안개 벽이 둘러쳐져 있었다. 잡초와 바윗돌만이 막막하게 이어진 고원지대로 난 외줄기 길. 마키미나토 기자는 그때 일행을 스쳐 지나간 병사를 보고 구시카미 마을의 민가에서 들은 이야기가 퍼뜩 떠올랐다.

"일본 병사 군복을 입은 스파이가 전선에 출몰하고 있다. 특히 혼자 걷는 병사를 엄격히 경계해야 한다. 방심하고 있다가는 스쳐 지나가자마자 주민과 병사를 가리지 않고 바로 뒤에서 쏜다." …

털북숭이 수염투성이에 움푹 팬 눈구멍에서 기이하게 번득이던 눈빛이 마음에 걸려 그는 순간 뒤를 돌아다보았다. 병사복도 동시에 뒤돌아보고 안 그런 척 시치미를 떼는 듯한 태도를 보였다. 어깨에서부터 등줄기를 타고 흐르는 묵직한 전율. 일행이 몰아쉬는 가쁜 숨소리와 발소리만이 들려오는 것 말고는 일체가 허무로 가득한 정적이었다.—

오키나와섬 최남단에 가까운 마카베촌, 이 남쪽 끄트머리에 찾아든 사람이라면 누구라도 우선 신비한 착각에 빠져들었다. 산의 표면을 부드럽게 감싸는 류큐소나무 숲, 조용한 가랑비에 피어나는 소철 군락, 그 모든 것은 온통 초록빛으로 젖었고, 양배추와 껍질콩, 기장과 고구마가 드넓은 밭 가득히 자라고 있었다. 이러한 풍광이 자못 평화 그 자체인 것처럼 사람들의 눈길을 다정하게 사로잡았기 때문이다.

그런데 마카베 마을은 사람들이 서로를 부르느라 부산했고, 파괴되고 남은 민가에는 피난민들이 속속 떼를 지어 들어와 쉬고 있었다. 밥 짓는 연기가 솟아올랐다. 그리고 병사들이 총을 들고 가축을 쫓아다니는 모습 … . 이 모두가 웬지 기이하게도 쓸쓸한 활기마저 자아내고 있었다.

6

최후의 운명을 향해가던 일본군은 이런 와중에 마지막 방어선을 쳤다. 제24사단이 요자다케與座岳부터 서쪽 해안에 걸쳐 진을 쳤고 스즈키 혼성여단이 야에세다케에서, 제62사단은 정면인 남부 해안에서 각각 수비를 맡았다. 수비하던 많은 병사들이 박살 나고, 부상을 입은 패잔병이 되어 수천 명의 비전투원과 뒤섞여 마카베촌과 마부니촌으로 속속 흘러들어왔다.

"오키나와의 미군은 동해안 지넨반도를 차단하고 3킬로미터를 진격, 나하 비행장 주변에서 계속 전투 중 … ." 미국 쪽은 보도를 통해 이즈음의 소식을 전했다.

6월 2일, 오키나와신보사 일행은 방공호를 찾아 마카베 마을에서 10여 정町(대략 2~3킬로미터. 1정町은 60간間, 1간은 1.818미터다—옮긴이)

떨어진 이시키伊敷 마을로 향했다.—

그 무렵 연대와 대대를 잃어버린 병사들은 다른 부대로 전속하라는 명령을 받았다. 그들은 무기도 없이 네댓 명씩 짝을 지어 처자식이 딸린 주민들과 전선을 떠돌았다. 방위대원은 유일한 무기인 수류탄을 건네받고 병사들이 명령하는 대로 움직였다. 방위대원이 하는 일은 대부분 위험한 취사와 물 긷기 등이었으며, 병사들이 '돌격'이라고 부르는 식량 찾기에서도 전과물戰果物을 운반하는 데 동원되었다.

—비가 그치고 안개가 걷혀 상공에 떠 있는 적기가 큰 무리의 병사들을 발견이라도 하는 날에는 만사가 끝장이다. 민가에 있던 피난민들은 이런 예감에 사로잡혀 겁에 질린 채 우왕좌왕했다. 운이 좋아 대피호에 제대로 안착한 사람을 제외한 많은 주민들은 반쯤 부서진 민가나, 불길을 뿜으며 포탄이 지나가 검붉게 그을린 돌담 그늘에 몽켜 있을 따름이었다. (몇 시간만 지나면 평화로운 이 마을도 순식간에 아비규환의 지옥으로 바뀌고 말 것이다). 불길한 생각에 사로잡혀 잔뜩 겁먹은 일행이 도도로키轟 동굴로 향했을 때는 벌써 땅거미가 전쟁터에 슬금슬금 밀려들고 있었다. 일행은 전차의 진격을 방해하기 위해 쌓아올린 돌담 바리케이드를 몇 개나 피해 언덕 한복판에 떡하니 커다란 아가리를 벌리고 있는 원통 모양의 거대한 자연 동굴을 찾아들었다. 주민들은 이 자연 동굴을 도도로키 동굴 대피호라고 불렀다.

도도로키 동굴

1

5월 28일, 구시카미촌 사무소 앞 도로 가에 난 후쿠기福木 가로수를 뒤로하고 철모를 쓴 사람 일고여덟 명이 주저앉아 있었다. 피난민이라고도 할 수 없는 그들은 함포사격이 없는 것을 다행으로 여겼다. 시마다 지사보다 한발 먼저 한타가와 방공호를 나선 그들은 현청 후방정신지도대後方挺身指導隊의 일부인 증산반을 이끌던 나카가미 지방사무소장 이게이 도쿠이치, 나리아이 요시카타 토목기사 등 일곱 명이었다.

그들은 방공호를 출발한 이래 여기저기 떠돌기만 했지 정신지도 같은 일은 엄두도 내지 못했다. 어떻게 하면 몸을 안전한 곳에 둘 수 있을까 하는 문제에 급급했을 뿐 처자식 딸린 피난민들과 마찬가지로 이 방공호에서 저 방공호로 삶과 죽음 사이를 정처 없이 오갔다. 지금은 시마다 지사가 있는 본부와 연락도 끊어지고, 전날까지 지낸촌 방공호에 있다가 사시키촌에 벌써 적이 들어왔다는 정보를 듣고서 왔던 길을 급히 되짚어가는 중이었다. 다음 목적지가 요자·나카마의 방공호로 결정되었지만 피로가 극에 달해 녹초가 된 일행은 감각이 마비된 듯 말을 듣지 않는 발을 쉬려고 그곳에 주저앉아버린 것이다.

이게이 도쿠이치는 타는 듯한 갈증을 풀기 위해 벌떡 일어나서 우물로 발을 옮겼다. 도로를 사이에 두고 우물이 있었다. 늘어진 고무줄처럼 피로에 찌든 여섯 명은 그의 뒷모습을 우두커니 바라다보았다. 바로 그때 섬광이 일더니 포탄 터지는 소리와 함께 신음 소리가 났다. 피융, 하고 산을 넘어오는 듯한 탄도 소리가 일곱 명의 귓전을 때렸다. 모두가 앉아 있는 나무 바로 위에 함포탄이 떨어져 작렬했다. 일순 뭉개진 듯 아무도 움직이지 않았지만 얼마 안 있어 저마다 낮은 신음 소리를 내며 허겁지겁 땅 위를 돌아다녔다. 그때 이게이 도쿠이치는 물을 마시려는 중이었다. "위험해!" 외치는 소리와 동시에 그는 도로를 한걸음에 내달렸다.

눈을 맞은 나카하라仲原가 멍하니 원래 있던 자리에 붙박여 있고, 입가를 다친 구니요시國吉가 얼이 빠져 눈을 돌렸다. 왼팔을 심하게 다친 나리아이 토목기사와 오른쪽 다리를 맞은 야마카와山川가 얼크러져 앉아 있었다. 나리아이 토목기사의 왼팔이 어깻죽지에서부터 축 늘어져 건들거렸다. 팔은 가까스로 피부에 붙어 있었다. 이게이 도쿠이치는 재빨리 자신의 배낭 속을 휘저었다. 파편으로 발기발기 찢긴 모포 안에서 작은 손거울이 산산조각 나 땅 위로 흩어졌다. 거울이 엉망이 되었다. 그는 나리아이 토목기사가 다친 것도 잊고 무언가를 열심히 찾았다. (녹슨 나이프가 배낭에 … 들어 있었다.) 손거울을 남겨주고 소개疏開한 아내의 얼굴이 쏜살같이 그의 뇌리를 스쳤다.

“나리아이의 몸뚱이를 잡아라!” 그는 엉겁결에 외쳤다. 의식과 신경이, 손과 눈이 제멋대로 움직였다. 나이프의 녹슨 날이 나리아이 토목 기사의 어깨와 팔을 연결하고 있는 얇은 기름막 같은 살을 갈랐다. 그는 몸뚱이와 분리된 팔을 곁에 두고서 다리를 다친 야마카와에게로 다가갔다.

“들것! 들것을 가져와!”

이게이 도쿠이치는 낮게 소리치며 낡은 유카타를 벅벅 찢어서는 나리아이와 야마카와의 상처를 둘둘 싸맸다. 들것은 없었다.

“아무 집이나 들어가서 얼른 문짝 두 장만 떼와!” 그는 소리를 지르면서 이들 두 사람의 응급처치를 어떻게 하면 좋을지 궁리했다.

‘사무소 방공호에는 부상병들이 있으니 틀림없이 군의관도 있을 것이다’라고 그는 생각했다.

두 명의 중상자를 실은 널빤지 들것은 도로 가까이로 떨어지기 시작한 함포탄 때문에 번번이 꼼짝할 수 없었다. 사무소 방공호로 교섭하러 갔던 사람이 돌아와서 보고했다.

“방공호에는 의사가 한 명도 없다. … 유감스럽게도 부상자들만 가득하다.”

일행은 마을에서 떨어진 도로변 깊숙이 자리 잡은 민가로 환자를 옮겼다. 한 가닥 희망을 품고 오시로大成 숲의 본부 방공호에 갔던 연락책도 차가운 대답을 전하기는 마찬가지였다.

“운 좋게 본부를 찾아내기는 했지만 제 코가 석 자나 나온 본부도 부상자 건에 대해서는 난색을 표합니다.”

이게이 도쿠이치는 둘이나 되는 중상자를 내버려두고 갈 수 없어서 그대로 민가에 남아 부상자들을 치료하기로 마음을 굳혔다.

민가 주변에서 꿋꿋하게 큰 가지를 펼친 후쿠기 나무는 공습하는 미군기의 눈을 용케 속여줄 것 같았지만 이것도 단순한 위안 이상의 역할을 하지는 못 했다. 어떤 방호물도 없이 함포탄이 설치는 곳에서, 언제 증상이 호전될지 알 수도 없는 중상자를 떠안는 것은 무모함을 넘어 그들 스스로의 생명을 시시각각 갉아먹는 것과 다름없었다. 중상을 입은 나리아이 토목기사와 아마카와는 민가로 옮겨지자마자 환부에 구더기가 들끓었다. 절대 안정을 취해야 함에도 드러난 신경에 구더기가 닿았는지 환자들은 고통으로 뒤틀린 창백한 얼굴을 실룩이며 몸부림을 쳤다. 살아 있는 인간을 먹어 치우는 어마어마한 구더기들은 갈수록 늘어나 마침내 두 사람의 온몸을 덮었다. 치료에는 다시 악조건이 더해졌다. 환자와 간호인 들 사이에 함포와 박격포가 터졌기 때문이다. 반쯤 익은 죽을 담은 식기를 환자들의 머리맡에 놓아둔 채 일행은 그 자리를 떠야만 했다.

환자들은 먹을 것보다도 온몸에 들러붙은 구더기를 떼어내 달라고 애원했다. 솔가지를 가져다가 구더기를 때려 떨어뜨렸지만 하루가 지나면 다시 구더기가 환자의 온몸에 꿈틀거렸다. 그런데도 환자들은 살고자 했다. 부근 방공호에서 이게이 도쿠이치의 요청을 받고 민가까지 찾아온 군의관은 환자들을 힐끗 보자마자 "가망 없다"고 선고를 내렸다. "완치되더라도 2개월은 걸린다"고 그는 덧붙였다. 군의관의 말에 그들은 절망했다. 환자가 치유될지, 그때까지 모두가 환자들과 마찬가지로 쓰러질지 둘 중 하나다 … .

"모두 고생하는 건 알겠지만 이런 환자에게 매여 있다가는 결국 가망이 없게 될 뿐이다. … 전선의 병원에서는 혼자 걸을 수 있는 환자를 제외한 중환자에게는 독약을 먹이거나 주사로 한 방에 죽이는 방법을 쓴다. 환자는 구더기가 치료한다. 구더기 요법이라는 말도 있으니까." 지나가다가 민가에 들러 휴식을 취한 병사들은 하나같이 충고했다. 그 뒤 민가 부근에서 함포가 터져 다들 부근의 대피호로 대피한 후에 민가로 돌아와보니 두 사람 다 죽어 있었다.

6월 2일 아침 나리아이와 야마카와의 시신을 수습한 다음 이게이 도쿠이치 일행이 대피한 구시카미의 좁아터진 대피호로 80여 명의 병사가 왁자지껄 떠들어대며 우르르 몰려들었다.

"여기에서 우두머리가 누구냐!"

그들 가운데 온전한 꼴을 한 병사는 한 사람도 없이 발을 끌고 서로 어깨를 부축해주면서 들어왔다. 그들은 기관총 부대에서 살아남은 자들로, 똬리를 틀고 앉아서는 소리 높여 서로를 부르고 큰소리치는가 싶더니 콩알만 한 작은 램프를 둘러싸고 걱정스럽게 지도를 살피면서 "구니가미 돌파"라는 둥 구구하게 중얼거리곤 했다. 그들 중 다수는 대피호 안의 주민들을 등지고서 드르륵 계급장을 억지로 잡아떼서 내팽개치곤 했다.—

일행이 함포를 피하기 위해 다음으로 들어간 방공호에는 200명 가까운 병사들이 갱도 가득 누워 있었다. 그때 그곳은 본부에서 전하는 명령이라는 기괴한 소문으로 시끌벅적했다.

"사이판에 있던 오키나와 포로들이 잠수함으로 몰래 이 섬에 상륙했다. 이놈들은 어느 놈 할 것 없이 다들 미군 스파이다. 이놈들 특징은 거시기에 털이 없고 붉은 손수건과 작은 손거울을 지녔다." 이게이 도쿠이치는 이런 곳에서 지체하다가는 위험하다고 직감했다. '그러나 스파이 운운하는 말을 듣자마자 당황해서 방공호를 떠나는 것은 그들의 의혹에 기름을 들이붓는 것과 같다'고 생각한 그는 의혹의 눈이 자신들을 향하기 전에 선수를 쳐야 한다고 결심했다. 과연 병사들은 부대의 명령대로 그들의 과거와 신분을 심문하고서 앞으로의 일정을 꼬치꼬치 캐물었다.

가까스로 상대의 의혹은 풀었지만 "떠나려면 오늘 오후 6시 정각을 기해 떠나라. 떠날 때는 사전에 보고하라"는 명령을 받았다. 그리고 그들이 앞으로 가게 될 코스까지 시시콜콜 지시했다.

"해안으로 가지 말고 반드시 육로의 중앙으로 갈 것!"

하지만 그곳은 하나구스쿠花城, 요자, 나카마를 지나가는, 죽음의 마귀가 날뛰는 마의 코스였다.

2

6월 2일 저녁 무렵 이게이 도쿠이치 일행은 시마지리군 마카베촌 이시키 마을에 피로에 찌든 발을 디뎠다. 그곳에는 패잔병과 방위병을 비롯해 수만 명이 넘는 피난민들이 들어와 혼란스럽게 산재한 대피호에서 숨을 죽인 채 머물고 있었다. 기괴하게 부풀어 오른 남쪽 땅끝이었다.

'도도로키 동굴'은 이시키의 언덕 중턱에 있었다. 직경이 약 18미터나 되는 원통형 입구는 분화구처럼 큰 아가리를 쩍 벌리고 있었다. 옛날에 도적들이 숨어 살았다는 동굴 주변으로 소름끼치는 귀기가 감돌았다. 수직으로 뚫린 천연 갱도는 둘레가 비바람에 씻겨나간 채 빛바랜 오래된 산호초로 뒤덮여 주황색 이빨을 드러내놓고 있었다. 나선형으로 된 좁은 통로가 내부의 암벽을 따라 조성되어 약 9미터 정도나 뻗어 있었다. 어두운 갱도 아래로 내려가자 거대하게 솟아난 암반에 크고 작은 무수한 바위 혹들이 발 디딜 곳 없이 붙어 돌기를 이루고 있었다. 중앙의 암반 위에는 늙은 소나무 몇 그루가 자라 언덕 중턱에서부터 마디가 불거졌고 울퉁불퉁한 고목의 우듬지가 그 머리를 내밀고 있었다.

처음 얼마 동안은 노송에서 뻗어나온 가지들이 원통형 입구를 반 이상이나 덮어 천연 위장망 역할을 해준 덕에, 전쟁에 겁먹은 1천 수백 명을 무자비한 철화鐵火의 위협으로부터 잘 지켜주고 있었다. 위쪽 동굴에는 사토 특고과장, 오기미 위생과장, 그리고 다카미네 슈리서장이 있었다. 물이 땅속을 뚫고 빠져나가 해안으로 흘러 들어간다는 수도호水道壕(물길이 있는 참호—옮긴이)에는 이게이 도쿠이치 일행 외에도 미야기宮城·스미자키隅崎 두 경부警部와 경찰부원들이 있었다. 이미 한 횡혈호에는 선박공병대 대원들이 있었다. 이게이 도쿠이치가 있는 곳에는 인근 마을 사람들과 남부 전선 일대를 방황한 끝에 이곳을 찾아 들어온 처자식 딸린 주민들이 이제부터 한층 더해질 기아와 병, 불안과 싸워 나가면서 계속해서 살기 위해 북적이고 있었다.

이게이는 도도로키 동굴에 도착한 다음 날인 6월 3일 시마다 지사와 오래간만에 다시 만났는데 시마다 지사는 한타가와 방공호 이후로 활기를 잃지 않았고, 아라이 경찰부장은 지독한 설사병에 걸려 하루 종일 볼일을 보느라 정신이 없었다. 그 무렵은 연일 비가 내리고 있었다. 흘러내리는 차가운 물이 발을 딛기 어려운 울퉁불퉁한 바닥 틈에 괴었다. 끈적끈적한 습기가 주변을 집요하게 에워싸고 있었다. 주민들은 기아 상태 일보 직전이었다. 먹을 것이 보잘것없어 누구나 얼굴이 누렇게 떠 있었다. 주민들은 다리를 절룩이고 기우뚱대며, 허우적허우적 나선형 통로를 통해 원통형 동굴 밖으로 빠져나왔다. 그리고 기장과 고구마를 간신히 끌어안고서 숨을 헐떡거리면서 돌아왔다.

하지만 이러한 주민들의 식량 찾기도 병사들의 호통으로 저지당했다. 결국 주민들은 이제까지 원통형 바닥 가에서 해왔던 식량 취사마저 금지되어, 붉게 충혈된 눈을 부릅뜬 채 심야에 좁은 동굴 안에서 밥을 짓고 고구마를 익혔다. 주민들은 전쟁이 어떻게 돌아가는지 전혀 알지 못한 채 입구를 스치고 날아가는 미군기의 폭음에 가만히 귀를 기울이다가 하늘을 올려다보며 전율했다. 어떤 시각이 되면 미군 관측기가 원통형 동굴 바로 위 상공에서 가만히 움직이지 않았다. 동굴 안에서 두세 명씩 조를 짜고 있던 해군병 몇 무리가 그곳을 나선 뒤 돌아오지 않았다. 회색 방열복에 도기로 된 수류탄을 지닌 그들은 오타 소장이 이끄는 해군육전대원들이었다.

그들은 동굴의 가장 위쪽(원통형) 처마 모양의 굴에 틀어박혀 있었다. 그들은 다른 육군(선박공병대원, 아카쓰키曉 부대)과 주민들이 비행기와 함포의 공격을 무릅쓰고 채소나 고구마를 캐러 나가는 모습을 거들떠보지도 않고 대형 해군용 비스킷을 가득 욱여넣은 나무상자를 부둥켜안고서 밤낮없이 빈둥거리며 배를 깔고 엎드려 있었다. 주위 사람들은 질투와 선망, 증오가 서린 눈길을 그들에게 보냈다. 5월 말 그들은 남부로 이동하라는 명령을 받고 본래 육군이 있던 기존 진지에 머물고 있었는데, 갑자기 오로쿠 옛 진지로 복귀하라는 명을 받은 것이었다.— 그 무렵 그들이 목표로 한 진지에서 그리 멀지 않은 가가미즈鏡水 일대에서부터 비행장 남쪽 지구 근처에 이르는 해안에 새로운 미군 부대가 상륙했고, 침공 부대는 전차를 선두로 이토만 가도를 돌진해 갔다.

경찰경비대에 해산 명령을 내린 시마다 지사는 6월 14일 오전 5시

아라이 경찰부장, 나카소네 관방주사, 경찰부원 나카무라 겐코仲村兼考 경부보警部補를 동반하고 도도로키 동굴을 출발했다. (시마다 지사는 가카즈·오도小渡 두 부하가 마부니까지 따라가려는 것을 완강하게 거절했고, 그 후 마부니 해안에 있는 군사령부 전투지휘소 방공호 동굴에서 가까운 해안 동굴에 들어갔지만 이 해안 부근이 미군 최후의 맹포격을 받는 바람에 시마다 지사와 아라이 경찰부장이 숨어 있던 동굴은 파괴되어 암반에 깔려버렸다.)

3

시마다 지사가 출발한 뒤 원통형 동굴은 매일 음울한 비가 내렸다. 불도 피울 수 없게 된 동굴 안의 사람들은 완전히 구금된 꼴이 되었다. 동굴 부근에 떨어지는 포탄이 점차 수를 늘려 암벽에 명중하는 파괴음이 무시무시하게 동굴을 뒤흔들었다. 바깥을 날아다니는 포탄과 튀어 다니는 물건들이 내는 소리가 뒤섞여 사람들은 점점 횡혈호 깊숙이 숨어들었다. 암반에 쓰러진 시체가 썩은 내를 풍기고 쉬파리 떼가 꼬여 들었다.

어느 날 원통형 동굴 바로 위에서 떠돌던 잿빛 구름의 표면에 피를 흘리는 듯한 낙조의 잔영이 비스듬히 동굴로 비쳐들었다. 또한 이제까지 미친 듯이 날뛰던 포탄이 언제 그랬냐는 듯이 뜸해져 있었다. 모든 소리가 완전히 끊어진 가운데 이따금 정적을 깨고는 미군기의 폭음이 높고 낮게 울려 퍼졌다.— '전선을 떠돌던 사람들은 모두 스러져 마지막 잔영이 섬을 비추고 있다. … 푸른빛을 찾아볼 수 없이 불타 문드러진 땅 위에는 썩은 시체와 백골이 가득 찼고, 그래서 미군조차도 차마 볼 수 없게 된 이 섬을 내버려두고 황급히 섬에서 철수한 것은 아니었을까?'— 동굴 속 사람들은 몸뚱이를 조각조각 찢어발겨 날려버리고 산산이 불어닥치는 철화의 공포가 물러가자 이번에는 갑자기 허기가 밀려들어 상상과 망념의 포로가 되었다.

"너구리몰이(원문은 우마노리馬乘. 우마노리란 벙커, 기지 등의 입구에 화염 공격을 가하여 기지나 벙커 안에 있는 사람들을 모두 죽이는 공격 전법이다—옮긴이)다!"

그때 고함치는 듯한 병사의 소리가 들려왔다. 갑자기 쿠구궁, 무언가 단단한 것이 바위에 격렬하게 부딪히는 소리와 함께 연기가 나면서 강렬한 불덩어리가 원통형 동굴로 굴러떨어져 내렸다. 순식간에 원통형 바닥은 불지옥으로 바뀌었다. 빠직빠직하는 물건들이 타는 소리에 뒤섞여 화르륵 하고 불길이 공기를 가르는 소리가 났다. 동굴 입구는 시뻘건 섬광과 창백한 빛줄기와 검은 연기가 요란스럽게 교차했다. "끝이다. 이렇게 죽는구나." … 사람들은 생각했다. 눌어붙는 냄새와 휘발성 연기가 훅 끼쳐왔다. 사람들은 한발 한발 안으로 깊숙이 다가붙었다. 이게이가 등진 거대한 바윗덩이가 열기를 막아주었다. "살고 싶어. 이따위 전쟁에서 죽다니." … 그의 상념은 불처럼 타올랐다.

원통형 동굴 바닥에서 소용돌이치는 열기와 목구멍을 막는 연기를 피하려고 남녀노소, 병사를 가리지 않고 모두가 차츰 그가 있는 수도호 쪽으로 모여들었다. 발을 딛기 어려운 암벽의 경사면을 깊이 내려가자 캄캄한 가운데 물 흐르는 소리가 난다. 폭이 2미터쯤이나 될까. 수심 1미터 남짓한 차가운 물길이 가늘게 끝이 갈라진 동굴 틈새를 따라 흐른다. 기묘한 땅속 개울은 동굴 안의 주민들에게 유일한 물 공급원이며 씻는 곳이기도 했다.— '땅속 개울을 따라가다 보면 혹시나 적이 한 명도 없고 인기척이 없는 어딘가 한적한 해안으로 나갈 수 있을

지도 몰라.'— 이런 한 줄기 희망도 우기 중에 불어나 세차게 흐르는 물소리에 티끌이 되어 스러졌다. 물길에 대한 희망이 사라졌다면 유일하게 남은 방법은 비교적 얇은 천장 벽을 찾아 깨고 나가는 수밖에 없다. 이게이는 자신의 생각을 사람들에게 납득시키기 위해 이리저리 동굴 안을 돌아다녔다. "2미터만 파면 바깥으로 나갈 수 있다." 그가 순간적으로 생각해낸 방법에 동의한 사람들은 적은 식량과 석유, 성냥과 곡괭이 등을 가지고 이게이가 있는 곳으로 모여들었다. 이리하여 필사적인 작업이 시작되었지만 이틀도 지나지 않아 등이 꺼지고 식량도 떨어졌다. 한 가닥 희망을 걸었던 탈출은 헛수고로 돌아갔다. 맨 먼저 시력이 완전히 둔해졌다. 원통형에서 가까운 동굴 쪽에 있던 두세 명이 기분 나쁜 낙반의 울림과 함께 구더기처럼 뭉개졌다.

탈출 작업을 중지한 이게이는 그의 동료들과 함께 물가의 너럭바위로 기어올랐다. 시력이 약해진 그의 눈에 여기저기에서 식사를 준비하는 불이 도깨비불처럼 희미하게 비쳤다. 모두가 얼마 남지 않은 식량으로 밥을 짓고 있는 것이다. 달랠 길 없는 비참한 분노가 치밀어 올랐다. '탈출, 투항, 그리고 죽음' …. 하지만 하루라도 좋다. 허락만 된다면 단 하루라도 살고 싶다. 그는 혼란스러웠다.

"잠들면 안 돼. 자다가는 그대로 죽어버린다고." 온몸을 휘젓는 어떤 암시가 그를 일깨운 듯, 곁에서 죽음과도 같은 깊은 잠에 빠져들려는 동료들의 뺨을 세차게 때리기 시작했다. 화들짝 놀라 얼얼한 뺨을 만지며 현실로 끌려 돌아온 사람들은 다시 생각난 듯이 혀끝에 올려놓은 콩을 우물우물 씹었다. 걸핏하면 넘어지려는 상반신을 지탱한 이게이의 손은 바위 표면 움푹 패인 곳에 고여 있는 물에 잠긴 채였으나 그의 손바닥과 손가락에는 시체에서 떨어져 나온 여자의 머리카락이 휘감

도도로키 동굴에서 구출되는 주민들.

졌다.

동굴 안의 사람들 중 죽음에 임박한 사람들은 도랑이 있는 곳으로 기어와서는 움직이지 않았다. 많은 사람들은 물을 마시기 위해 물속에 얼굴을 파묻은 채 손발을 허우적대다가 그대로 기절했다. 죽은 엄마의 등 뒤에 업힌 아기가 힘없이 버르적대며 칭얼대곤 했다. 이들 시체가 물에 불어 썩은내를 풍겼다. 귀를 기울이자 공포스러울 정도로 고요한 저 안쪽에서 물소리가 용솟음쳐온다. 거기에 뒤섞여 사람들이 두런거리는 소리와 신음 소리가 …, 그리고 아이들 소리가 난다. 그때 어떤 목소리가 울렸다. "누구냐, 불을 피우는 자가! 적이 위에 와 있는데 … 날로 먹어!" 목소리의 주인공은 주민복을 입고 일본도를 찬 냉혹하고 광포한 패잔병이었다. 썩은 살과 구더기, 피와 똥오줌이 질척하게 서로 뒤섞여든 오물이 바위틈을 타고 아래쪽으로 흘러내려왔다. 이게이는 퍼뜩 생각난 듯 네 명의 빰을 세차게 때렸다. 낮게 으르렁거리듯 나는 노기에 찬 소리는 채 목소리가 되어 밖으로 나오지 못하고 목 안에서만 울릴 뿐이었다. 바로 그때 확 불빛이 일렁인다. 빛은 둥근 고리를 그리고 넓게 퍼져 동굴 안으로 꺾여들었다. 회중전등이다. 동시에 사람들이 부르는 소리가 들려왔다.

"모두 동굴 밖으로 나와요! 나와도 전혀 위험하지 않아요. 미군들은 우리를 구하려는 것입니다!" 익숙하게 들리는 저 목소리의 주인은 위쪽 굴에 있던 오키나와 출신 해병이었다. 이게이는 동료들을 거세게 흔들어 깨웠다.

부연 연기가 동굴 바로 위 공중에 희미하게 떠돌고 있었다. 강렬한 외부의 빛에 힘없이 동공이 풀린 동굴 안의 사람들이 원통형 밑바닥에서 기어나왔다. 위쪽에서 밧줄 한 가닥이 던져졌다. 동굴 위쪽에서 미군의 새된 영어가 들려왔다. 그곳에는 기관총을 들이댄 미군 병사가 있었고, 바깥에 몇 명의 미군 병사들이 동굴 안에 있는 사람들을 구출하려고 애쓰는 모습이 모두의 눈에 이상하게 비쳤다. 여자와 아이들이 미군의 지시에 따라 제일 먼저 밧줄 끝에 매달렸다.—

다른 동굴과는 달리 음산하고 비참해 보이는 도도로키 동굴을 발견한 미 소탕 부대는 처음에는 언덕 중턱에 아가리를 벌리고 있는 이 동굴 안에 계속 저항하는 일본군이 있다고 생각하여 공격을 가했지만, 괴로운 나머지 연기 속을 기어올라온 주민들을 발견하고는 급히 공격을 멈추고 구출에 나섰던 것이다. 사토 특고과장은 끝까지 그곳에서 나오지 않았다. 살아남은 선박공병대 병사들도 수도호를 통해 탈출했다. 이리하여 6월 21일 낮 이시키 마을 근처의 거대한 동굴은 최후를 맞았다.

달밤의 투항

1

여기는 이시키 마을. 도도로키 동굴에서 약 2킬로미터 떨어진 마카베촌의 한 마을이다. 미군은 시시각각 이 마을로 바싹 다가오고 있었다. 남부 전선에서 유일하게 남은 마지막 지점. 그 밖에 기얀과 마부니도 최후의 운명 앞에 서 있었으나 어쨌든 여기는 오키나와 전투가 막바지를 향해가고 있는 양상을 유감없이 보여주고 있었다. 주민들도 병사들도 자신들의 운을 온전히 하늘에 내맡긴 채 대피호에 웅크리고 앉아 절망, 분노, 허무, 체념의 생활을 이어갔다. 그렇다. 주민들은 분명히 절망하고 있었다.

그런데 기묘하게도 죽음과 절망의 심연을 향해 나아가는 그들을 간신히 구해준 것은 향수였다. 사람들은 평범하지만 안온한 생활이 얼마나 소중한 것인지를 피비린내 나는 전장에 내몰려 절망의 구렁텅이에 떨어지고 나서야 비로소 절감했다. 오키나와 천 년의 역사는 가난했지만 지극히 평온했었다. 단조로운 섬의 풍광, 풍파 없이 밋밋한 나날, 그곳에서 부모와 자식이 대대로 평화로운 호흡을 계속해왔었다. 밤낮없이 퍼부어대는 냉혹하고 비정한 포탄에 의해 무참히 파괴되고 유린되어버린, 변모한 주위 풍경. 그곳에는 평화로웠던 시절의 편린이 조금이라도 남아 있었고, 사람들은 그것을 알아보고는 하염없이 그리워한다. 이 향수가 사람들의 마음을 얼마나 평화롭게 누그러뜨린 것인가?

오키나와신보사 일행이 이시키 마을의 밭 한가운데서 운 좋게 석회암 동굴을 찾아 겨우 한숨을 돌린 때는 시마다 지사가 머물던 도도로키 동굴이 6월 21일 궤멸되기 10여 일 전 저녁이었다. 이시키 마을에는 함포 공격으로 불이 났다. 저녁이 되자 모두가 대피호에서 기어나온다. 물을 긷고, 연료를 찾아 나서고, 고구마를 캔다. 미군이 부여해준 자비로운 한 시간, 이 시간만큼은 하나같이 온갖 종류의 포탄이 그치고, 사람들은 살아났다는 생각에 안도의 숨을 내쉰다.

이 시간은 시신을 묻는 시간이기도 하다. 니혼마쓰二本松 야전병원에서 들것에 실려 나온 시체가 밭에 내려진다. 고구마를 캔 흔적이 있는 밭이 시체를 삼킨다. 서둘러 덮은 흙 속에서 죽은 사람의 손바닥이 삐죽 나와 방치되어 있는 것이 눈길을 끈다. 이윽고 또다시 함포가 공격을 개시한다. 편대를 이룬 미군 전투기 석 대가 비끼는 석양을 받으며 낮은 하늘을 유유히 지나간다.

도도로키 동굴이 있는 언덕은 헐벗은 능선을 검게 드러낸 채 얼마 안 있어 바닷속으로 잠길 태양의 잔영에 희미한 보랏빛 자태를 하고 누워 있다. 이 시각이면 삼라만상이 선명한 그림자를 부조처럼 새겨 또렷하게 눈에 들어온다. 풀잎 하나하나, 불에 탄 나무줄기, 들판의 논두렁길, 우거진 관목. 인간의 고뇌를 아랑곳하지 않고서 자연은 유구한 아름다움을 담아내고 있다.

또한 이 시각이 되면 대피호가 없는 사람들은 민가의 돌담이나 그늘, 소철나무 숲 그늘에서 튀어나와 대피호를 찾느라 정신이 없었다. 미처 피할 곳을 찾지 못한 듯한 중년 여인이 오키나와신보사 방공호 안으로 비집고 들어오려 했다. 그녀의 말에 의하면 그녀는 세 살배기 사내아이를 안고 이제까지 마카베의 대피호에 있었다고 한다. 그런데 적이 가까이 왔다는 말에 부모들이 요란스레 쩔쩔매는 바람에 그녀의 아이를 비롯한 서너 살배기 아이들 셋이서 일제히 울어댔다. 그때 패잔병 세 명이 "애새끼들 좀 닥치게 해! 적에게 발각된단 말이다!"라며 고함을 쳤고 일본도와 총검을 들이댄 채 대피호 가까이에 있는 연못에 "아이들을 던져버리라"고 위협했다. 부모들은 어쩔 수 없이 어린아이들을 연못에 밀어 넣었다. 위로 기어오르려는 아이들은 머리를 눌러 익사시켰다. 무시무시한 이야기였지만 그 누구도 여자의 이야기를 거짓말이라고 생각하지 않았다. 기얀 산성山城의 대피호에서는 어린아이들이 울어대자 병사들이 부모를 협박해서 세 명의 아이에게 주사를 놓고 숨을 멎게 했다. 패잔병 때문에 사랑하는 아이를 잃어버린 여인은 반미치광이처럼 초점 잃은 눈길로 대피호 안을 뚫어지듯이 바라보다가 허둥지둥 모습을 감추었다.

그때 작은 빈 깡통을 손에 든 중년 남자가 나타났다. 초췌한 남자는 학생들과 동료 직원들을 놓친 히가 현립 공업학교 교장이었다. 그 역시 "좀 들어가게 해달라"며 애원했지만 방공호는 더 이상 한 사람도 수용할 여지가 없었다. 그는 떠돌이처럼 정처 없이 떠나갔다. 또다시 한 남자가 찾아왔다. 현립 제1중학교 철혈근황대 소속 도미하라富原 교사였다. 도요히라 편집국장의 죽마고우로 마지막 인사를 하러 왔다는 그는 호주머니에서 구겨진 담배쌈지를 꺼내놓으며 제1중학교의 마지막 모습을 전했다.

"후지노藤野 교장 이하 제1중학교 철혈근황대원 100명은 유서를 남기고 해산했다."

도미하라 교사 등은 여기에 오기 며칠 전 도미구스쿠촌 빈保榮茂이라는 마을의 대피호에서 미군이 가까이 다가왔다는 것을 알고 미리 준비한 머리카락과 함께 유서를 써서 항아리에 넣어 땅속 깊이 파묻었다.— 그 후 마부니촌으로 가서 단 한마디를 남기고 그는 떠나갔다. (이 집단 유서는 종전終戰 4년째인 1949년 11월, 살아남은 같은 학교의 나카하라 서기가 병상에서 자식 두 명에게 남긴 유언에 따라, 표시해 놓은 바위틈에서 발굴되었다. 유서는 한결같이 학교 이름이 쓰인 봉투에 담겨 너덜너덜하게 삭아 있었지만 "다시 한 번 부모님을 뵙고 싶었다"는 이별의 정이 간결한 문구 사이에 적혀 있었다. 후지노 교장 일행은 마부니까지 달아났다가 바위 그늘에 피신해 있던 중 함포에 맞은 같은 학교 배속장교와 함께 최후를 맞았다. 도미하라 교사는 복부에 무차별 총상을 입고 혼절해 있다가 미군에게 구출되었다.)

아침 6시가 지나면서는 한 발짝도 방공호 밖으로 나갈 수 없게 되었다. 방공호 입구를 가린 사탕수수 잎사귀 틈새로 초여름 햇볕이 내려앉는다. 악몽과도 같은 함포와 폭음이 들려온다.

"어쩐지 수상쩍은데 … ? 상황이 좀 이상해"라고 누군가가 말했다. 조금 전 '밭 가운데서 방위대원처럼 보이는 두 사람이 소총으로 무장한 적에게 쫓기고 있었다'는 것이었다.

그러고 보니 포탄과는 달리 모기 소리만 한 소총탄이 방공호 앞의 밭을 비스듬히 날아갔던 것이다. 소총탄이 날아온다는 것은 적군이든 아군이든 전선이 좁아졌다는 증거다.

전선을 단축한 일본군이 친 최후의 방어선을 미군은 차례차례 분쇄하며 군사령부가 있는 위치(마부니촌)에서 그리 멀지 않은 이웃 마카베촌으로 침입했고, 선두로 나아가는 전차는 요란한 무한궤도 소리와 함께 일찌감치 마카베촌을 뚫고 지나 고메스 부근으로 난입했다.

방공호 안에서는 사람들이 제각각 과거의 행복했던 시절을 떠올린다. 먹는 이야기가 기묘한 환각을 불러일으키고, 무엇에 홀리기라도 한 듯 입에 거품을 물고 떠들어댄다.

"담배나 좀 피웠으면." 보랏빛 담뱃잎이 피워 올리는 연기의 유혹은 피하기 어렵다. 종잇조각에 마른 솔잎을 말아 불을 붙인다. 알싸한 연기에 담배의 환각을 좇는다. 파편을 맞아 상처 입은 턱에서 고름을 짜내는 사람, 이를 짓눌러 잡는 사람. 모두가 이의 소굴이 된 옷을 벗어 방공호 밖으로 내던진다. 죽음의 길동무에 걸맞게 낡아빠지고 구깃하니 더러운 윗도리에 햇살이 눈부시게 내리쬔다. 한 줄로 늘어선 이들이 솔기에서 빠져나오는가 싶더니 윗도리를 가로질러 사탕수수 잎으로 옮겨간다. 밝은 곳을 꺼리는 동물답게 빛을 피해 땅 위의 그늘로 내려간다.

수상관측기가 움직이고 있다는 것을 알려주기라도 하듯 독특한 폭음이 고요한 전장을 성마르게 휘젓는다.

그날 밤 일본군 하사관 한 명이 오키나와신보사 방공호로 뛰어들어왔다. 하사관은 본토에 남겨둔 처자식에 대해 말하고는 이 전쟁은 글렀다며 한숨을 토했다. 그는 허리춤의 가죽 가방에서 긴시 담배를 꺼내 일행에게 대접하고 나서 "만약 당신들이 어딘가로 이동할 때는 나도 주민인 것처럼 해서 데려가달라"고 애원했다.

2

니혼마쓰 야전병원은 해산을 알렸다. 낯익은 방위대원 셋이 오키나와신보사 방공호 입구에 나타나서 쉬게 해달라고 부탁했다. 방위대원들은 총을 부둥켜안은 채 한나절 내내 죽은 듯이 잠을 자더니 실컷 잤다는 듯 어딘가로 모습을 감추었다. 그들은 총을 버리고 부근의 밭에 대피호를 팠다. 이시키 마을에서 우연히 가족들과 맞닥뜨린 뒤 더 이상 병사 노릇을 그만두고 식구들과 함께 전장의 주민 생활로 들어가려고 한 것이었다. 6월 18일 다카미네 사장은 모두를 상단의 방공호로 불러 모았다. 비통한 그의 표정이 어둑어둑한 등불에 일렁인다. 모두 상대의 표정을 읽지 않으려고 눈을 내리깐다.

"내가 보기에 이 정도라면 적이 가깝다. … 이 전쟁에서 질 거라는 것을 인정하는 수밖에 없다. … 하지만 우리는 어디까지나 비전투원이다. … 옥쇄할 필요는 없다. … 문제는 이제부터 어디로 이동하느냐는 것이다. … 옮겨갈 곳에 대해서도 모두의 의견을 모아 오늘 밤 안에라도 결행해야겠다."

다카미네 사장은 일행의 연장자로서 무언가를 결정할 생각이었다. 식량도 얼마 남지 않은 데다 미군을 지척에 둔 채 모두가 계속 여기에 머무르는 것은 더 이상 불가능한 일이다. 이 남단까지 내몰려 바다를 등진 채 새삼 어디에서 활로를 찾을 수 있겠는가. 만약 지넨반도 일부가 아직 적에게 점령당하지 않았다 해도 누가 보증할 수 있으랴. 게다가 저 죽음의 방황을 또 계속하자는 생각에는 동의하기 어렵다. 죽이 되건 밥이 되건 나는 이곳에 남고 싶다. 마키미나토 기자는 그렇게 생각했다. 하지만 의견은 정리되었다.

"다마구스쿠촌으로 가자. 탈출은 되도록 빨리. … 다마구스쿠촌에도 어쩌면 적이 들어와 있는지 몰라. … 그렇다 해도 지금은 그런 생각으로 머뭇거릴 때가 아니다." … 비전투원은 빨리 지넨촌이나 다마구스쿠촌으로 가라던 야마 병단 참모의 권고가 무엇을 의미하는지 모두의 뇌리에 암시처럼 떠오른다. 그러면 지넨반도로 가는 길은? … 도중에 길이라도 잃어버린다면 자진해서 포탄의 먹잇감이 되러 가는 꼴이나 다름없지 않을까? 상황이 허락하면 한시라도 빨리 탈출해야 한다고 의견이 모아지기는 했으나 이번에는 생소한 여정이 새로운 위험 요소가 되어 일동의 앞을 가로막았다. 이웃 방공호에 있던 구장을 불러 지넨반도로 가는 과정을 물어보았지만 모두가 납득할 만한 명쾌한 설명을 듣기는 어려웠다. 그 고장 토박이인 그조차도 지형이 급변한 상황에서 일행이 가야 할 길을 알려주기에는 역부족이었다.

그날 밤은 포성이 한 번도 들리지 않았다. 묘하게 예감을 띤 외딴 섬의 밤, 어쩐지 전장의 한 모퉁이인 이시키 마을을 불길한 침묵이 언제까지나 감싸고 있을 것처럼 보였다.

동행인 가네시마 오키나와사범학교 서무과장이 몸에서 한시도 떼지 않고 지니고 있던 교육조칙 사본을 불에 태웠다. 슈리에 남겠노라며 탈출하지 않은 노다 교장과 헤어진 이래 그가 책임지고 지키던 소중한 사본이 눈앞에서 재가 된 것이다. 그는 자신을 지탱해주던 버팀목이 무너지듯 안도와 허탈이 섞인 일종의 멍한 상태에 빠져들었다. 다음 날 6월 19일, 드디어 이곳을 떠나기로 결정한 일동은 두 명의 취사 당번을 남겨두고 선잠에 들었다. 이때 마침 밭두렁길 쪽에 나 있는 방공호 바로 위에서 두런거리는 말소리가 들려왔다.

"물을 길러 가시나? 괜찮을라나?"

남자가 말했다. 그러자 중년 여자의 목소리가 대답했다.

"이가 버글버글한 옷을 입은 녀석들이 딱해서요. 밤중에는 우물도 비어 있고 하니, 빨래나 좀 하려고 … ."

여자의 발소리가 따각따각하고 급하게 지나간다. 바로 그때 쾅쾅, 하고 박격포 터지는 듯한 연속음이 두 사람의 대화를 짓뭉갰다. 방공호 바로 위를 휘감는 듯한 탄착음이 밤의 대기를 갈갈이 찢어놓았다. 방공호가 흔들린다. 숨 막힐 듯한 정적이 참다못해 마침내 파열한 것이다. 신음 소리가 났다. 다시 밤의 정적이 찾아왔는가 싶더니 낮은 신음 소리가 절규로 바뀌었다. 도저히 사람의 소리라 할 수 없는 듯한 신음 소리다. 그 소리는 새벽녘까지 계속되다가 이윽고 잦아들었다.

"저건 … 빨래하러 간다던 그 여자 목소리다."

안에서는 휘몰아치는 철편과 열풍을 막아주는 두터운 방공호를 철석같이 믿고 있는 사람들이 내일이라는 탈출의 날을 잊으려 애쓰면서 납을 삼킨 듯 무거운 잠에 빠져들었다. 그러나 육체를 떠난 신경은 잠을 자는 듯하면서도 전장의 밤을 응시하려는 듯 보였다. 지친 뇌는 더욱 예민해진 채 깊은 잠을 이룰 수 없었고 불만족스러운 선잠만을 허락하며 일동을 깊은 어둠 속으로 끌고 갔다.

다음 날 6월 19일, 구장이 방공호에 실려왔다. 한밤중에 방공호의 열기를 피하려고 출구로 나갔다가 불시에 떨어진 박격포에 희생된 것이다. 물론 한밤중에 들려온 목소리의 주인은 복부에 구멍이 난 구장이었다. 이날도 전날과 마찬가지로 입구를 가리고 있던 사탕수수 잎을 총탄 같은 것이 스치고 지나갔다. 그 대신 포탄은 떨어지지 않았다.

"나를, 나를, 야전병원으로 데려다주게, … 너희들 … 나를 죽일 셈인가 … ."

구장이 마지막 남은 힘을 쥐어짜 절규하고 있을 때 전차에서 나는 굉음 같은 소리가 들려왔다.

"있다, 있어! 적이 나타났다."

입구에서 숨을 죽이고 바깥 상황을 살피던 하사관이 작은 소리로 외쳤다. 미군 병사들이 삼삼오오 도도로키 동굴이 있는 언덕 중턱으로 올라오는 광경이 모두에게 또렷이 비쳤다.

"죽여, 빨리 구장을 죽여버리라고! 어차피 내버려두어도 죽을 텐데 저렇게 아우성치다가는 적에게 발각되고 만다고."

패잔병이 낮은 소리로 을러댔다. 체념한 구장의 가족들이 물을 찾았다. 물을 담은 밥그릇이 손에서 손으로 건네어져 구장의 베갯머리에 도달했다. 숨죽여 흐느끼는 구장 부인의 울음소리는 방공호의 분위기를 심란하게 했다. 전차가 바퀴 소리를 내며 도도로키 동굴이 있는 언덕으로 올라오는 소리가 들렸다. 패잔병은 양손에 수류탄을 하나씩 움켜쥔 채 드러누웠다. 허탈한 눈이 천장을 노려본다.

"놈들이 오면 수류탄을 까버리겠어." 그는 어깨를 들썩이며 숨을 몰아쉬었다.

"그런 말은 그만하시지. 이쪽은 비전투원들이라고!" 누군가가 하사관에게 쏘아붙였다. 총탄에 발을 맞은 교다許田가 지니고 있던 수류탄을 부여잡았다.

"멍청아, 그런 건 그냥 버려! 너를 업고서라도 여기서 함께 나갈 테니까." 마키미나토 기자가 타일렀다.

"여러분, 탈출할 때는 저를 내버려두고 가세요. … 저는 천천히 뒤따라가겠습니다." 그는 모두가 탈출을 논의하던 밤에 혼자서 걸을 수 있는지 여부를 살그머니 시험해보았지만 좀처럼 잘되지 않는다는 것을 알았던 것이다.

열아흐레 달과 조명탄이 전장을 비춘다. 한밤중의 이시키 전쟁터, 오키나와신보 일행은 네 팀으로 나누어 이시키 마을 밭의 방공호를 빠져나가기 시작했다. 풀밭을 지나는 밤바람이 서늘하게 모두의 뺨을 어루만지고 쿵쾅대는 동맥의 고동이 몸에 울린다. 조명탄이 펑 하고 밤하늘에 메아리치며 터진다. 그것이 몽환적인 푸른빛을 흩뿌리면서 완만한 호弧를 그리며 지상으로 내려온다. 달은 붉고도 작다. 전방의 검은 능선 일대에서 쏘아진 포탄은 불꼬리를 단 채 난무하고, 이윽고 탈출하는 사람들의 머리 위를 아득히 지나쳐 전방의 산자락으로 떨어진다. 사람들은 몸을 잔뜩 숙인 채 잽싸게 풀밭을 달린다. 풀이 스치며 사락사락 소리를 낸다. 마카베촌의 마을을 왼편에 두고 나아가다가 갑자기 앞길이 막혀버린 일행은 딱 멈춰 섰다. 절벽에 맞닥뜨린 것이다.

그들이 가닿은 벼랑 아래에는 도로인지 밭인지 분간이 안 되는 드넓은 지대 가득 미군 전차가 회전한 듯한 두 줄기 바퀴 자국이 시커멓게 달빛을 빨아들이고 있다. 저 앞쪽에서 떠들썩한 이야기 소리가 들려온다. 높직한 언덕 아래에서 때마침 찬바람을 쐬는 듯한 주민의 그림자를 발견한 그들은 두려움을 없애려는 듯이 외쳤다.

"다마구스쿠촌으로 가려면 어느 쪽으로 가면 됩니까?"

그들의 물음에 곧바로 절벽 아래쪽에서 목소리가 날아들었다.

"다마구스쿠촌에 간다고? … 그만두게나! 저 언덕의 불이 당신들한테는 보이지 않는단 말인가? 당신들은 대체 뉘시오? 내려와요들. 여기는 벌써 미군 점령지가 되었단 말이오."

모든 게 끝났다. 그들은 그 자리에 풀썩 주저앉았다. 절벽 아래에는 주민들이 새까맣게 모여서 이야기를 나누고 있었다. 그 남자의 말에 따르면 오늘 아침에 미군 전차가 이곳을 통과했고, 주민들에게는 다음날 아침 나하 쪽으로 가라고 일러주었다는 것이다.

육체를 덮치던 포탄의 공포가 물러가자 이제는 새로운 전율이 모두의 앞길에 인정사정없이 들씌워져 왔다. 먼저 나선 세 사람의 행방이 묘연한 채 거의 반 시간이 지난 후에는 일행 모두가 언덕 위에 집결했다. 그들은 높지막한 이 언덕 위에서 벙어리가 되어 웅크리고 있었다. 날이 밝으면 미군에게 붙잡힐 것이 틀림없다. '투항' … 그것을 부정하는 목소리와 긍정하는 목소리, 괴로워 몸부림치는 탄식 소리 … . 포탄이 모두의 머리 위에서 대기를 할퀴며 꿈같은 야경을 꿰뚫고 날아갔다. 맞은편 경사면에서 몇백 줄기인지 알 수 없는 붉고 가는 예광탄 다발이 공중으로 솟구치더니 완만한 호를 그리며 멀리 검은 능선을 목표로 하여 사라져간다. 밤바람이 언덕 위의 일동을 들까부르고는 지나간다. 언덕 바로 아래에는 자그마한 대피호가 무수히 있는지 대담한 불빛이 밭을 훤히 비추었다.

자유롭게 온몸을 흠뻑 감싸오는 밤바람의 중량감. 광활한 하늘. 전장의 온갖 사건과 색채와 소리 들이 잡다하게 뒤섞여들어 갑자기 둑을 터뜨린 듯 넘치는 격류가 되어 모두의 머릿속을 덮쳐왔다. 용케도 여기까지 잘 견뎌왔다는 감회 때문인지 줄곧 긴장했던 신경이 누그러져 흐물흐물하게 풀어져내렸다. 일행은 철모를 버리고 둘렀던 각반을 풀어버렸다. 마키미나토 기자는 팔에 두르고 있던 빛바래고 쭈글쭈글하게 구겨진 종군 완장을 떼어내 찢고는 땅속 깊이 파묻었다.

방위소집병 이야기

1

오키나와 중부 나카구스쿠촌 기샤바喜舍場 마을 일대는 아리무라有村 소장이 이끄는 보병 제64연대가 수비를 맡고 있었다. 아리무라 소장은 미군 상륙 직전까지 잠시 동안의 안온을 혼자 유유자적하듯 민가 한 채를 빌려서 지냈다.

2월도 중순이 지난 어느 날, 아리무라 소장의 부관이 다른 곳으로 옮겨가자 후임을 뽑는 회의가 민가에서 열렸다. 개회 전 잡담을 나누는 자리에서 장교 하나가 별난 의견을 내놓았다.

"소장님의 신변을 보살펴드릴 여자가 한 사람쯤 필요하오."

이 의견은 즉각 다른 장교의 진지한 반대에 부딪혔다.

"하필이면 오키나와 본토 한복판에서 그런 멍청한 짓을 할 수 있는가!" 격하게 군기軍紀를 거론한 이는 우에다上田라는 젊은 중위였다. 줄

곧 잠자코 있던 아리무라 소장은 회의가 끝나자 바로 우에다 중위를 부관으로 임명했다.

섬의 단조로운 진중 생활에 무료함을 달래기 위해 여성에게 시중들게 하는 장성급들이 많았는데 아리무라 소장은 그것을 최후까지 물리친 일인이었다. 그의 온화한 풍모와 관대한 태도는 주민과 군대 간의 메울 수 없는 간극을 매번 훌륭하게 중재하는 안전장치가 되었다.

아리무라 부대 진지도 결국 3월 23일 공습을 받았다.

나카구스쿠촌 기샤바국민학교 교감 다이라 고이치平良幸市는 학교가 폐쇄되는 바람에 잠시 가족들과 북부로 피난했다가 3월 27일 가족들과 헤어져 홀로 다시 기샤바로 돌아왔다. 도중 며칠 동안 내린 비로 질퍽해진 구니가미 가도는 전쟁에 쫓겨 급히 북으로 북으로 향하는 남부 주민들로 끝없는 장사진을 이루었다. 3월 27일 오후 다이라 교감이 기샤바 마을에 들어왔을 때 마을은 텅 비었고 주민들은 대부분 뒷산에 있는 대피호로 피신했다.

그 무렵 남자 주민을 대상으로 제62사단에서 발부한 방위소집 영장이 기샤바 마을에도 날아들었다. 영장을 지닌 장교 하나가 마을 안의 대피소를 샅샅이 조사하고는 그것을 나누어주러 다녔다. 살던 마을로 돌아오자마자 다이라 교감은 방위대에 소집되었다. 영장을 받은 사람들은 약 80명으로 곧바로 마을 광장에 집합할 것을 명령받았다. 대원들을 대충 건너다본 장교는 장중한 어조로 다음과 같이 말했다.

"여러분은 명예로운 방위소집에 솔선해서 지원했으므로 앞으로는 전투원이 되었다는 각오로 군에 협력해주길 바란다."

그러나 대원으로 내몰려 나온 사람들은 모두 훈시 중에 나온 '솔선 지원'이라는 말에 내심 미심쩍어했다. '대체 80명이나 되는 이 사람들

가운데 과연 한 사람이라도 방위대에 지원한 사람이 있을까?', '이건 틀림없이 무언가가 잘못되었을 것이다'라고 생각했지만 '군명軍命'이라는 저항하기 어려운 위압에 그 누구도 항의하는 사람이 없었다. 하지만 역시 다이라 교감은 가만히 있지 않고서 말했다.

"나는 교사입니다. 학교가 폐쇄되어 어린이들을 일단 학부모들에게 돌려보냈습니다만 앞으로 저에게는 교사로서 할 일이 남아 있습니다. 방위소집만큼은 면제해주십시오."

그러자 장교는 일언지하에 잘라 말했다.

"평상시라면 그래도 좋다. 그러나 이번 전쟁은 먹느냐 먹히느냐 하는 전쟁이란 말이다. 이런 때 모두가 군명에 깨끗이 복종하고 일을 시끄럽게 만들지 말도록."

나중에 다이라 교감은 이 소집이 기만적인 것이었다는 것을 알았다. 가야賀谷 부대에 있던 소위 하나가 방위대원 지원이 마치 촌민의 결의에 따라 이루어진 것처럼 부대장에게 멋대로 지원 명부를 만들어 제출했던 것이다.

방위대는 편성되었고, 다이라 교감은 오장 계급장을 달고 취사반장을 떠맡게 되었다.

"너희들은 지원병이니까 솥과 냄비 같은 식기류는 알아서 준비하고 식량도 일주일 치 정도는 각자 마련해오라"는 명령을 받았다. 다이라 교감은 잠시 망연자실했지만 방위소집병 대다수가 예전에 가르치던 학생들이어서 상황은 그 자리에서 정리되었다.

"자, 그럼 일주일 치 식량을 집에 가서 구해와라. 다섯 시간가량 여유를 주겠다." 그는 부하 대원들에게 말하고서 일단 해산시켰다.

다이라 교감은 나카요시仲吉 교장에게 작별인사를 하기 위해 그의 대피호를 방문하기로 했다. 교장의 대피호에서는 의견이 분분했다. "나하는 안전하다. 나하로 가기로 하자"는 나카요시 교장의 말에 그의 늙은 아버지가 "나하는 오히려 위험하니 슈리로 가자"며 강하게 반대했다. "우선 군 진지 부근으로 가시라"는 다이라 교감의 권유에 따라 그날 밤 일동은 모두 군 진지 부근의 방공호로 갔다.

다이라 교감은 집합 시한을 지키려고 애썼지만 포탄이 너무나도 격렬하게 쏟아져 밖으로 한 발짝도 나설 수 없었다. 결국 그곳에서 하룻밤을 보내기로 하고 끝없이 퍼부어대는 함포의 폭발음에 귀를 기울였다. 급하게 소란스러운 발소리가 나고 몇 사람이 대피호 안으로 뛰어들어왔다. 부하인 방위소집병들이었다.

"포탄이 무섭게 쏟아지는 바람에 집합 시간을 놓쳐버렸다. 기운을 차려서 함께 나서자." 다이라 교감이 늦은 것을 사과하듯이 말하자 대원들은 대답했다.

"이젠 갈 필요가 없습니다. 모인 사람들은 그대로 전선으로 끌려갔습니다. 참으로 못할 짓입니다. 총도 쏠 줄 모르는 사람들을 병사들보다 먼저 전선에 내보내다니요. 너무나 어이없는 짓에 질려 저희는 그만 도망쳤습니다."

다이라 교감은 무겁게 고개를 끄덕이고는 자신도 남쪽으로 내려가야겠다고 마음먹었다.

4월 1일 촌의 주재 순사가 미군이 상륙했음을 알리며 마을 사람들은 속히 다른 곳으로 떠나라는 군의 명령을 전했다. 산 쪽의 대피호는 주민들이 피난 준비를 하느라 떠들썩했다. 다이라 교감은 곧 고향인 니시하라촌을 향해 길을 나섰다. 출발 직전 상상했던 것만큼 위험하지는 않았다. 대부분의 교량은 일본군이 직접 파괴한 상태였다. 함포 소리가 은은하게 울려 퍼졌다. 그는 니시하라촌 운타마무이에 있는 조상의 묘를 열고 지인 몇 명과 함께 그곳에서 한 달 가까이 지냈는데 이곳에서도 피난 소동이 벌어졌다. 4월 30일 운타마무이를 출발했다. 그 무렵부터 갑자기 심해진 탄우彈雨 속을 방황하기를 며칠, 그는 5월 3일 남부 구시카미촌의 마을로 들어섰다. 그곳에서도 소집영장이 기다리고 있었다. 바야흐로 슈리 북쪽 오나가翁長 부근까지 미군이 진출했고 구시카미촌 일대는 공포로 내몰릴 참이었다.

구시카미촌 마을은 피난민들로 발 디딜 틈이 없었다. 이들 피난민 가운데 남자란 남자는 모조리 끌려가야만 했다.

가족들과 마지막 작별인사를 한 사람들은 시커멓게 불탄 구시찬국민학교 교정에 집결했다.

"꾸물거리다가는 함포가 온다고!"

부대로부터 편성 명령을 받아온 하사관 하나가 고함을 치면서 200명에 가까운 인원을 세 개의 부대로 편성했다. 다이라 교감은 40명의 부하를 건네받고 한 팀의 대장 역할을 떠맡게 되었다. 대원 가운데에는 예순에 가까운 수척한 노인도 섞여 있었다. 맨 처음 명령은 "너희들은 지금 즉시 야에세다케에 있는 부대 방공호로 가라. 임무는 가면 알게 된다"는 식으로 내려졌다. 지척에 바라다보이는 야에세다케의 울퉁불퉁한 모습은 전장戰場에서 굼실거리는 인간들을 비웃기라도 하듯 우뚝 솟아 있다. '포탄이 이렇게 엄청나면 목적지에 도착할 때까지 대부분이 죽을지도 모른다'는 생각을 하면서 그는 부대원들을 이끌고 서둘러 야에세다케로 갔다. 일동이 야에세다케 기슭에 있는 부대 방공호에 도착하자마자 그곳 사람들은 "너희들을 부른 적이 없다"며 다짜고짜 야단을 치면서 그들이 방공호로 들어가는 것을 막았다. 그리고 얼마 지나지 않아 "다이라 소대는 하나시로 방공호로 이동하라"는 명령이 떨어졌다.

하나시로 방공호는 빗물이 들어차 있었다. 흔들리는 촛불이 만들어내는 희미한 그림자와 함께 어둡고 끔찍한 광경이 떠올랐다. 갱도 양벽에는 3단으로 침상이 설치되어 있었는데, 맨 위와 두 번째 단에서는 병사들이 뒹굴고 있었다. 가장 아랫단에는 군량이 물에 잠긴 채 방치되어 있었다. 다이라 소대가 그곳에서 부여받은 임무는 취사와 물 긷기, 그리고 방공호에 고인 물을 밖으로 퍼내는 일 등이었다.

"너희들은 이제부터 기스지宜壽次 진지의 방공호로 가기로 결정되었다. 어서 출발을 서둘러라!"— 갑자기 새로운 임무가 떨어졌다. 5월 21일 다이라 소대장은 함포가 쏟아지는 가운데 목적지로 향했다. 대원들은 함포와 박격포를 맞고 차례차례 쓰러져 고작 14~15명만이 남게 되었다. 전선을 떠도는 주민들은 여전히 도로 위에 넘쳐났고 피난민들의 입을 통해 미군이 슈리 교외인 벤가다케辯ヶ岳를 공격하고 있다는 사실을 알았다.

기스지 진지에 가자마자 그들은 곧바로 교량을 수리하라는 명령을 받았다. 일본군이 파괴한 것을 퇴각을 편리하게 하기 위해 "원래대로 복구하라!"는 엄명이었다. 고개를 숙이고 교각에 못을 내려칠 때는 정신이 하나도 없었다. 금방이라도 공기를 가르며 포탄이 떨어지는 것은 아닐까 하는 생각에 다이라 소대장은 제정신이 아니었다. 핏발 선 눈을 부라리며 젊은 여자가 지나간다. 그 뒤로 피가 스민 붕대가 머리에 둘둘 말려 있는 병사와 옷이 찢긴 채 넓적다리를 누더기로 처맨 부상병이 작업하는 방위소집병들을 힐끗 쳐다보는가 싶더니 허둥지둥 지나쳐 갔다. 야마카와다리山川橋 부근은 금세 함포탄의 집중사격에 휩싸였다.

교량 수리를 마치자 또다시 새로운 임무가 그들을 기다리고 있었다. 대수롭지 않은 듯 내려온 그 명령은 "벤가다케와 슈리의 두라지산虎頭山 진지의 방공호로 식량과 탄약을 운반하라"는 것이었다. 전원이 알몸뚱이가 되었다. 군복 바지의 아랫단을 묶어 주먹밥과 탄약 상자에서 꺼낸 총탄을 가득 채워 넣었다. 등짐 자루에도 채울 수 있을 만큼의 식량과 탄약을 채워 넣었다. 이 결사행에는 살아남은 부대원 가운데 가장 어린 열일곱 살가량의 소년도 섞여 있었다. 그들은 기어서 위험지대를 돌파했다. 밤하늘을 뚫고 포탄불이 내달리고 귀를 먹먹하게 만드는 작렬음이 그들이 나아가는 산과 들에 울려 퍼졌다. 목적지로 삼은 방공호는 좀처럼 나타나지 않았다. 진지를 빠져나왔는지 병사 두세 명과 마주쳤지만 그들도 진지를 알지 못했다. 끊임없이 내쏘는 조명탄의 밝은 빛에 의지하여 가까스로 두라지산에 다다랐지만 어디에서 어떻게 떨어져나갔는지 대원은 이제 다섯으로 줄었다. 이렇듯이 전선에서 고생을 하던 중 다이라 대장은 극심한 각기병에 걸리고서야 비로소 부하와 함께 방공호 안에서 근무하게 되었다.

그가 들어간 방공호는 부상병으로 가득했고 유언비어가 난무했다.

"방위소집병은 하나시로로 이동하라"는 명령을 다시금 받은 그는 남은 부하들을 모아보려 했지만 퍼붓는 함포 때문에 여의치 않았다. 고작 부하 네댓 명만을 데리고 방공호에서 대기하고 있으려니 이번에는 "마카베촌 부대로 가라"는 명령이 내려왔다.— 살아 움직이는 인간들과 뒤섞여 도로 위에는 피난 가는 도중에 공격을 받아 죽은 주민들의 시체가 무수히 널브러져 있었다. 썩어 문드러져 강렬한 시취屍臭를 풍기는 시체들과 죽은 사람이 머리를 들고 있다고밖에 생각할 수 없는, 빈사 상태의 사람들이 뒤엉켜 있었다.

시체에 몰려든 파리 떼가 사람 발자국 소리에 놀라 날아오르는가 싶더니 다시 날갯짓을 하면서 시체에 딱 들러붙어 떨어지지 않았다. 도로에 시커멓게 웅크리고 있는 것은 이들 무수한 파리 떼가 그려내는 인간의 검은 형상이었다. 그것이 멀리서 보면 검은 석탄처럼 번득였다. 여전히 피부의 생기를 잃지 않은 시체도 있었다. 어린아이에게 팔베개를 하고 있는 엄마, 짐 위에 피로한 듯 몸을 기대고 있는 젊은 남자.

목적지인 부대를 찾을 때까지 다이라 교감 일행은 한 번도 대피호에 피신할 수가 없었다. 언덕이나 밭 가운데에 있는 그 어떤 대피호에도 상처를 입고 으르렁대는 사자 같은 패잔병들이 그득했다. 어디서든 칼을 빼든 병사가 주민들을 쫓아내려고 했다.

다이라 고이치와 그의 부하들은 간신히 목적지인 부대의 방공호에 도착했다. 그들은 돌격용 수류탄을 건네받았고 중환자에게는 청산가리가 주어졌다. 급조한 폭뢰가 모아졌다. 이때 다이라 대장은 공포에 떠는 어린 소년 대원의 모습을 보고 흠칫 놀랐다. 불타는 듯한 소년의 눈빛은 무언가를 호소하는 듯했다.

"돌격에 나서기 전에 마지막으로 마시는 물이다. 자, 물을 마시고 싶은 사람은 나를 따라와라." 그는 외치면서 곁에 있는 수통을 들고 일어섰다. 소년과 다른 대원들도 그의 뒤를 따랐다. 다이라와 그의 부하들은 방공호를 빠져나오자 정신없이 내달렸다.

저녁놀이 진 하늘 어딘가에서 기관총 소리가 났다. 모두 포복을 하면서 무턱대고 앞으로 나아갔다. 진로가 끊어지고 언덕 정상이 나왔다. 바로 눈 아래 저지대에는 미군 텐트가 있었다. 그곳은 이미 미군의 점령 지역이 되었던 것이다.

방위소집은 4월 10일 공습 직후부터 각 시·정·촌을 통해 등록된 16세 이상 45세까지의 남자를 동원했다. 소집된 사람들은 각각 가장 가까운 부대에 배속되어 비행장 작업이나 축성 작업 등 사역을 나가야 했고, 전투가 격렬해질 무렵에는 각 방공호에서도 쫓겨나다시피 하여 무기 하나 지니지 못한 병사가 된 채 빗발치는 탄환 속에서 노역과 전투에 종사했으며, 9,019명의 전사자가 나왔다.

우시지마 사령관과 조 참모장의 최후

1

막료들이 애를 태우는데도 우시지마 사령관은 탄환이 빗발치듯 쏟아지는 시키나識名의 비탈길을 평소와 다름없이 유유히 내려갔다.

쓰카잔까지 가는 것을 두고 측근들이 "지금은 위험하니 잠깐 대피하시라"고 몇 번이나 권유했어도 그저 미소를 지을 뿐이었다. 그리고 길을 가는 도중에 버려진 병사의 시체 곁은 그냥 지나쳤지만 주민들의 시체나 부상자가 있는 곳을 지날 때면 한동안 걸음을 멈추고서 눈을 감았다.

"여러분도 참 고생이 많군요." 그의 입에서 나지막이 새어나오는 말소리가 측근에게도 잘 들려왔다. 쓰카잔부터 군사령관 일행은 트럭을 타고 곧바로, 나머지 사람들은 이틀 동안 걸어서 마부니에 도착했다.

마부니 고지 방공호는 원래 야마 부대가 있던 곳으로 자연 암석을 뚫어 동굴 진지를 절반 정도 완성시켜 놓았던 것을 5월 중순경부터 선

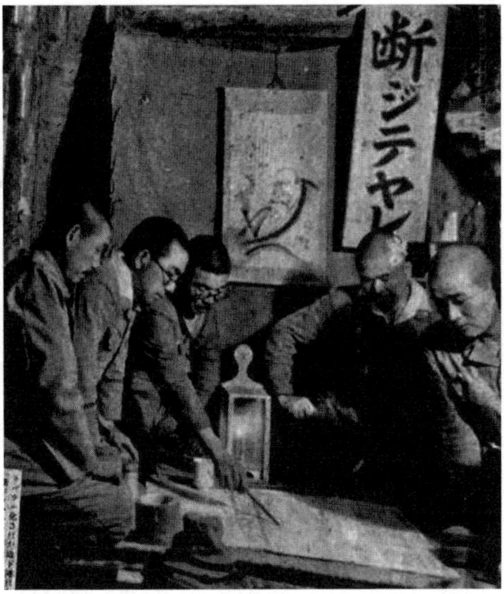

1945년 작전 회의를 하고 있는 제32군 사령부. 맨 왼쪽이 우시지마 미쓰루 사령관이며 중앙에 조 이사무 참조장이 지휘봉을 쥐고 설명하고 있다.

발대가 가서 다시 확장한 것이었다. 오키나와 최남단 해안에 자리 잡은 방공호는 바위산 중턱을 비스듬히 관통했다. 갱구는 두 개로 그중 하나는 마부니촌 쪽으로, 다른 하나는 해안 쪽으로 나 있고 동굴 중간 부분에서 언덕 정상으로 통하는 수직갱도가 있었다.

동굴은 지하 깊이 약 6미터에 길이가 80미터 정도였다. 내부는 높이 약 180센티미터, 폭 약 180센티미터 남짓이었다. 그 안에 군사령관과 참모장만이 서로 마주보며 널빤지로 두른 사방 약 1.8제곱미터 정도의 작은 방을 썼고, 통로는 한 사람이 빠듯하게 지나갈 수 있을 정도로 좁았다.

참모장과 군사령관 모두 이곳에 오고부터는 변소에 갈 때만 모습을 드러낼 뿐 널빤지를 두른 작은 방에서 책을 읽거나 낮잠만 잤다.

수직갱도를 제외하고 갱도의 양 입구 중 마부니촌 쪽으로 향한 것은 참모실로, 바다 쪽으로 난 것은 부관실로 사용되었다. 참모실에는 고급 참모 야하라 대좌, 작전참모 나가노 소좌, 후방참모 기무라 중좌, 그리고 야쿠마루 정보참모 등이 있었고, 부관실에는 고급부관 구즈노葛野 중좌, 차급부관 사카구치坂口 대위, 사령관 전속부관인 요시노吉野 중위, 조 참모장의 전속부관 마사키正木 소위가 있었다.

마부니촌 부근까지 미군 전차가 밀어닥칠 듯한 상황이 되고부터 참모실 근처 갱구는 돌을 채워 넣어 폐쇄시켜버렸다.

해안을 바라보는 부관실 방공호 입구에는 막료 취사장이 있어 그곳에서 매일 밤이면 300미터 아래쪽에 있는 우물로 병사들이 물을 길러 나갔다. 이 동굴로 오고 나서 20일 가까이 군사령관이나 참모장의 생활에는 그다지 눈에 띌 만한 변화가 없었다.

다만 두 장군 모두 매일 아침 히가比嘉라는 이발사를 불러 면도를 하고 매주 이발을 하는 등 슈리 이후의 습관을 계속 이어갔다.

우시지마 사령관은 때때로 히가에게 이렇게 말을 건네곤 했다.

"어떤가, 내 수염이 좀 뻣뻣해졌지? 자네 눈에는 내가 몇 살쯤 된 것 같나? 한번 맞춰봐."

"네, 각하의 연세는 쉰아홉 살 그 근처가 아닐까요?"라고 히가 이발사가 말하자 우시지마 사령관은 어깨를 들썩이며 크게 웃어댔다.

"음, 맞았네, 맞았어. 하하하."

때로는 부관이나 당번병에게 자기 자랑을 늘어놓기도 했다.

그는 틈만 나면 부하들을 칭찬하기를 즐겼고 결코 이름만 부르며 하대하지도 않았다.

"나의 부관님은 일을 참 잘하셔. 우리 당번병들도 그렇고." 입버릇처럼 이렇게 말하곤 했다.

6월 17일 무렵부터 참모들이 자주 우시지마 군사령관에게 인사를 하러 왔다. 한번은 견장을 떼고 비무장 상태가 된 야쿠마루 참모가 사령관에게 인사를 하고는 곧 구니가미 돌파를 염두에 두고, 메카루銘苅 군조와 오키나와사범학교 생도를 길잡이 삼아 동굴을 빠져나갔다. 뒤이어 같은 차림의 나가노 참모와 유카타를 입은 기무라 중좌도 모습을 나타냈다.

"각하, 다녀오겠습니다." 만감을 담아 짧게 인사하자 우시지마 사령관은 따뜻하게 말을 건넸다. "건강하게 잘 다녀오게."

6월 19일경 야하라 참모가 또 인사를 하러 왔다.

"각하, 먼저 실례하겠습니다"라고 말하자 우시지마 사령관은 야하라 참모의 안색에서 무언가를 읽어냈는지 갑자기 이렇게 말했다.

"가지 말게. 죽으면 안 돼. 일단 수치를 참고 살아남게."

"네. 그럼 실례하겠습니다"라며 야하라 참모는 물러났다.

그 후 역시 마찬가지로 나가노 참모가 인사하러 왔다.

"각하, 돌파할 작정입니다만."

"자네는 승산이 있는가? 돌파할 자신이 있는가 말이야."

"… ."

"자신 없으면 그만두는 편이 좋아. 살아서 치욕을 당할 테니까."

동굴이 너구리몰이를 당한 것은 6월 22일 정오 가까이였다.

고급부관이 수직갱도 가까운 바위 아래에서 위병장인 요시노 중위의 모습을 보고서 물었다.

"이봐, 수직갱도는 누가 지키고 있는가?"

"위병사령衛兵司令인 하마카와浜川 군조가 있습니다."

"바보 같은 놈, 가장 중요한 수직갱도에 하사관 한 놈만 두는 게 어딨

나? 네가 가서 지휘해." 요시노 중위가 갱도를 올라갔을 때는 마침 갱구에 황색 소이탄처럼 보이는 것이 내던져진 직후였다.

보초들의 어깨나 등판은 누런 인광으로 불이 붙었다.

하마카와 군조는 위로 올라온 요시노 중위에게 "요시노 중위님, 불이 붙어 기분이 안 좋으니 잠시 옷을 벗고 오겠습니다"라고 말하고 갱도를 내려갔다. 바로 그때 쾅 하고 귀를 멀게 만드는 작렬음과 함께 우르르 병사 네다섯 명이 얼굴을 아래로 한 채 수직으로 떨어졌다. 수류탄을 던져 넣은 것이다. 동굴 안은 소란스러워졌다.

수직갱도 근처에서 누군가가 외쳤다.

"비켜, 비켜, 비켜! 자결이다! 비켜, 위험하다고!" 바로 그 순간 굉음이 울렸다.

전보반장인 소좌가 참모장과 군사령관의 처소로 달려갔다.

"지금 사키야마 아키코崎山章子 외 세 사람이 자결했습니다. 각하께 알려달라는 전언을 보고하러 왔습니다."

사키야마, 나칸다카리仲村渠, 그 밖에 슈리 출신 여자 두 명 등 젊은 여자 사환들이 죽었다는 것이 보고되었다.

오른손을 붕대로 처맨 사카구치 대위가 칼을 뽑아들고 어두운 동굴에서 두세 번 휘둘렀다.

"각하, 이제야 간신히 칼을 쥘 수 있게 됐습니다." 그는 기뻐했다. 우시지마 사령관과 몇몇 사람들은 자결할 날을 이틀 전쯤부터 늦추고 있었던 것이다.

할복 때 목을 쳐주는 역할을 맡은 사카구치 대위는 오른쪽 손목에 부상을 입고 있었다. 함포탄이 동굴 바로 위로 떨어지던 때 바위 조각에 그의 손이 접질렸었다. 퉁퉁 부어올라 손가락조차 구부릴 수 없을 정도였지만 이제 겨우 칼자루를 쥘 수 있게 되었다. 하지만 왼손으로 칼날 아래를 잡고 오른손은 가볍게 갖다 받치는 정도였다.

이윽고 우시지마 사령관도 조 참모장도 중장 제복을 입고서 모습을 드러냈다. 조 참모장이 말했다.

"그동안 정말 감사했습니다."

"네, 천만의 말씀." 평온한 목소리로 우시지마 사령관이 대답했다.

"지금까지 제가 각하께 여러 가지로 작전에 관한 것을 건의드렸는데 그때마다 각하께서는 아무 말씀 없이 그것을 받아들여주셔서 일하기가 참 편했습니다."

"아니, 그러는 편이 좋겠다고 나는 생각했다네. 하하하."

"먹을 수 있는 것은 전부 이곳으로 내와라." 우시지마 사령관은 말했다. 동굴 안에 있던 파인애플 캔이 사령관실에 나란히 놓였다.

파인애플 깡통을 전부 열고 포크를 집어 든 우시지마 사령관은 그곳을 지나가는 장병과 여자 사환, 중학생 들 하나하나에게 포크로 파인애플을 찍어 내주었다. 먹으라는 것이다. 양손을 공손하게 내밀고 받으려 하자 "아니, 아니다. 입을 벌리란 말이다. 입을 벌려"라고 말하며 일일이 입속에 넣어주었다.

6월 21일 저녁 무렵 고급부관 가즈노葛野 중좌가 사전에 누구누구는 남도록 하라는 지시를 했을 것이다. "남는 사람은 전부 관리부 방공호로 내려가라. 내일 아침 내가 내려가서 지시를 할 테니까 그때까지는 전보반장 오노大野 소좌의 지휘를 받아라. 위쪽에는 적이 있다. 현재 수직갱도 입구는 너구리몰이를 당했으므로 단체 행동은 위험하다. 모두 각개 전진하라"고 명령했다.

2

관리부 방공호는 병사들이 돌격에 나섰는지 텅 비어 있었다.

날이 밝아오자 관리부 방공호에 미군이 찾아왔다. 화염방사기 때문에 동굴 안은 숨 막힐 정도로 연기가 자욱했고 동굴 주변 초목들은 무섭게 타들어가는 소리를 내고 있었다.

미군 한 명이 갱도 입구에 얼굴을 들이밀고서 안을 들여다보았지만 어두운 동굴 속에서 풍겨오는 분뇨와 시취에 얼굴을 찌푸리며 머리를 두세 번 흔들더니 그대로 떠나갔다.

6월 23일 저녁 오노 소좌가 명령했다.

"구와에桑江 군조와 야마다 상등병, 히가 군속은 부관부 방공호로 가서 알리고 와라."

바다로 나 있는 부관실 가까운 갱도 입구 쪽은 함포 공격으로 암석이 무너져 발 디딜 틈도 없을 정도였다. 그곳을 기어올라 어두운 동굴을 향해 구와에 군조가 외쳤다.

"보초, 보초!"

안에서 대답 대신 덜커덕거리며 총을 다루는 소리가 들려왔다.

"에라, 이놈들아, 허튼짓하지 마라. 구와에 군조다!"

"아, 구와에 군조님이십니까?"라며 고급부관 가즈노 소좌(위에서 여러 차례 언급된 가즈노 중좌를 말하는 듯하다—옮긴이)의 당번인 기무라 상등병이 튀어나왔다.

"실은 오늘 아침 날이 밝기 전에 각하의 유해를 매장할 생각으로 방공호를 나서려는데 미군 병사들이 '보초, 보초' 하며 다가왔습니다. 아마 그중에는 일본계 2세도 섞여 있었던 것 같습니다"라고 설명했다. 주위를 둘러보니 과연 전투를 한 흔적이 있고 시체가 뒹굴고 있었다.

"실은 오노 소좌님의 명령으로 관리부 방공호에서 왔는데, 고급부관님은 계신가?"

"고급부관님 이하 모두가 각하의 뒤를 따라 자결하셨습니다." 기무라 상등병은 대답했다.

나와라!

1

연일 밤낮없이 미군이 퍼부어대는 어마어마한 양의 무기에 맞서 동굴 이외에는 몸을 부릴 장소가 없는 남부 전선 주민과 일본 장병에게 북부 구니가미는 이 섬에 남아 있는 유일한 안전지대이자 피난처로 여겨졌다.

폭음과 아비규환과 황폐와 시취와 피비린내로 휩싸인 남부에 비해 첩첩산중 녹지대는 격렬하게 쏟아지는 함포탄을 틀림없이 막아주는 역할을 할 것이다. 또한 산골짜기를 깊이 내려가면 유수한 자연은 너른 품을 열고 전쟁에 지친 인간을 품어줄 게 틀림없다. 목이 타들어가는 갈증에 시달리는 짐승처럼 자기의 몸뚱이를 잠시나마 안전하게 붙들어두고 싶어 하는 생존 본능에 헐떡이는 사람들은 포격이 멈춘 틈을 타 선잠을 자는 사이에도 구니가미를 찾아가는 헛꿈을 꾸었다.

그러나 남부 전선에 있는 20만 명 가까운 사람들이 꿈에도 그리워하는 구니가미에도 4월 7일 미군 제6해병부대가 상륙했다. 마을을 버리고 산으로 피난한 사람들은 톤보기(미군의 포병 직협기直協機. 직협기는 미군이 사용하던 정찰기의 하나로 근접 항공 지원용이다. 태평양전쟁 당시 사용된 전투기로 잠자리(일본어로 톤보)를 닮았다 해서 붙인 별명이다—옮긴이)가 등에처럼 이리저리 낮게 날아다니고 함포탄이 나고名護 시가에 떨어지는 것을 보았다.

피난민용 식량(건빵) 제조를 맡은 농업조합연합회는 하네시촌 야마다하라山田原에 본거지를 두고 식품가공 공장을 운영하고 있었다. 공장 직원인 고메스 세이이치米須精一는 4월 1일 재료 원료를 운반하기 위해 사람이 살지 않는 마을에 들어갔다가 묵직하게 울려 퍼지는 대포 소리를 처음으로 들었다.

그는 처자식 셋을 데리고 직장 동료의 집에 의탁하고 있었다. 그러나 동료라고는 해도 오랫동안 신세를 지기에는 그의 마음이 편치 않았다. 비축해둔 귀한 식량을 세 식구가 축내는 꼴이 되기 때문이다. 남에게 폐를 끼치느니 차라리 온 식구가 굶어 죽는 게 낫다고 생각한 그는 줄곧 만류하는 동료를 뿌리치고 이 집을 떠나기로 결심했다. 그리고 며칠 뒤 야마다하라 산기슭에 있는 피난 가옥을 찾아 그리로 옮겼다.

오키나와가 미군의 수중에 들어갈 때까지 대부분의 오키나와 사람들은 온갖 고초를 겪어야 했지만, 그는 헤맬 틈도 없이 들입다 막다른 곳으로 내몰렸다. 4월 13일 아침 식구들과 물을 긷고 돌아오는 길에 좁은 길모퉁이에서 장대 같은 미군 세 명과 딱 마주친 것이다.

파랗게 질려 두려움에 떠는 식구들을 보며 그들은 미소 지었다. 미군은 형식적으로 자동소총을 들이대고 있을 뿐이었다. 그들 가운데 한 명이 다가오더니 무서워하는 아이의 머리를 커다란 손으로 어루만졌다. 다른 미군이 주민들의 동향을 물었다. 고메스 세이이치의 엉터리 영어 실력이 금세 힘을 발휘했다.

"미군의 적은 일본군이지 주민들이 아니다."

"오키나와 사람들은 어째서 산에 숨어 있는가?" 미군이 물었다.

"그건 미군을 무서워하기 때문이다." 고메스가 대답했다.

"그런 걱정은 필요 없다."

"당신이 힘을 써서 주민들을 산에서 데리고 내려올 수는 없는가?"라고 미군은 말했다. 처음 만난 그들이 이렇게 얄궂은 대화를 어지럽게 주고받는 사이에 또 다른 미군 하나가 곧바로 되돌아가 담배와 레이션(군대의 휴대 식량—옮긴이)을 들고 와서 식구들한테 권했다.

미군은 이사가와伊差川 승마장에 진을 치고 있는 미 제1 및 제6해병사단 포병대 대원이었다.

고메스 세이이치 가족이 미군 병사와 불가사의하게 마주치고 나서 며칠 뒤 산속 주민들은 식량을 보충하기 위해 밤이 되자 슬그머니 산을 내려와 마을로 들어섰다. 마을에서 그들은 고메스 가족이 무사하다는 것을 알게 되었고, 미군이 소문과는 다르게 주민들에게 친절할 뿐만 아니라 위해를 가하지도 않는다는 것을 알았다. 주민들은 반신반의하며 산으로 올라갔다. 하지만 이틀이 지나고 사흘이 지나는 사이에 그들은 점점 대담해졌다. 4월 21일 새벽 주민들이 숨어 있는 산속에서 느닷없이 요란한 기관총 소리가 났다. 미군 한 무리가 나타나더니 산속을 샅샅이 뒤졌다. 미군은 일본군 패잔병이 주민들 사이에 섞여 들어간 흔적이 있다고 말했다. 동시에 마을도 미군의 조사를 받았다. 해가 떠오르자 주민들은 삼삼오오 산에서 내려왔다. 마을 앞 밭두둑에 일본 병사 시체 일곱 구가 나란히 누워 있는 것을 그들은 비로소 목격했다. 미군은 주민들에게 산을 내려와 다이라田井等 마을에 새로 만든 수용소로 가라고 명령했다. 짐 보따리와 가재도구 등을 챙긴 주민들이 그들을 태우러 온 미군 트럭에 올라 출발하게 되었다. 미군은 주민들이 떠난 뒤를 가늠하여 마을의 집들을 불태웠다. 맹렬한 불꽃에 휩싸인 마을을 뒤로하고 주민들은 무표정에 가까운 얼굴을 하고 트럭 위에 늘어섰다.

북부 지대에서는 독립 혼성여단의 잔여 병력을 이끌었던 우토 다케히코宇土武彦 대좌를 사령관으로 한 우토 부대가 모토부반도에 상륙한 미 공격군에게 쫓기고 있었고, 야에다케八重岳도 미군의 수중에 넘어갔으며, 나머지 부대는 나고 동쪽에 있는 다노다케多野岳(오키나와어로는 다뉴다케라고 한다—옮긴이)에서 사력을 다하고 있었다. 같은 시각 이에섬의 일본군 수비대도 상륙한 미군에 맞서 제대로 대응 한번 못 해 보고 점점 파멸의 길로 접어들었다.

고메스 등이 다이라수용소에 수용되었을 때는 이미 800명에 가까운 주민들이 남녀별로 보호를 받으며 평온한 집단생활을 하고 있었다.

5월 1일, 일본어를 구사할 줄 아는 미군 장교가 수용소에 와서는 "남자 10명을 즉각 차출하라"고 말했다. 고메스도 그중 한 사람으로 뽑혔다. 모두 13명의 오키나와인이 앞으로 미군의 지휘를 받으며 모종의 특수한 임무에 착수한다는 것이다. 목적지는 남부 전선, 30분 뒤에 출발한다고 발표가 났을 뿐 임무의 내용에 관해서는 일체 비밀에 부쳐졌다. "출발할 때까지 가족을 만나고 와도 좋다"는 허가가 떨어졌지만 고메스는 식구들에게 말하지 않고 나설 결심을 했다. '포로가 된 데다가 적과 함께 행동하게 되었다'는 생각에 그의 표정은 일그러져 있었다.

미군의 친절한 태도에 당혹스러워하면서 트럭에 올라탔다. 그리고 수용소 사람들의 야릇한 격려 속에서 수용소를 출발했다.

나고정에 있는 MP부대에서 1박, 다음 날 나카도마리仲泊와 히가시온나東恩納를 지나 드디어 최초의 목적지인 미 해병 부대 제6사단 본부(미사토촌 노보리가와登川)에 도착했다. 이곳에서 고메스 외 두 명이 한 팀을 이루어 다른 임무를 띤 사람들과 함께 미 해병대 자동차로 다이라가와平良川에 있는 해병 제29연대 본부로 보내졌다. 도중 지바나知花에서 다이라가와로 이어지는 도로는 폭 10미터에 가까운 대로로 변해 있었고, 가마보코蒲鉾(흰살생선을 잘게 갈아 밀가루를 넣고 뭉친 다음 익혀서 굳힌 어묵의 일종. 찌거나 굽거나 튀겨 먹는다—옮긴이)처럼 둥그런 모양의 큰길이 몸을 휜 채 평탄하게 남쪽으로 뻗어 있었다. 미군이 상륙 직후 신속하게 도로망을 확대하고 정비하기 시작한 이야기를 듣고서 차에 타고 있던 오키나와인들은 깜짝 놀랐다. 주위의 풍물이 온통 바뀌어 있으니 이게 어찌된 일인가! 산의 오두막집에서 산속 동굴로 도마뱀처럼 이리저리 옮겨 다니며 비참한 피난 생활을 이어왔던 그들 앞에 갑자기 훤하게 트인, 인공적으로 격변한 섬의 모습을 보며 그들은 감탄사를 연발했다.

해병 제29연대 본부에 도착한 그들은 넬슨 중위의 지시에 따라 곧바로 다음 목적 지점으로 가기 위한 준비에 들어갔다. 고메스 일행은 거인이 입을 법한 해병의 푸른 제복과 셔츠, 구두, 모자, 철모 등을 지급받았다. 넬슨 중위는 착용법과 함께 한바탕 훈시를 늘어놓았다.

"여러분은 이제부터 미군을 따라 남부 전선으로 출발한다. 목적은 여러분의 동포를 전쟁으로부터 구해내는 일이다. 일본군의 선전선동에 속아 헛된 항전을 계속하다가 희생되는 오키나와 주민들이 안타깝다. 여러분은 이렇게 중대한 임무를 띠고 출동하는 미군에게 협력해주길 바란다. 여러분의 활약이 클수록 죽음의 덫에 걸린 오키나와 주민들을 한 명이라도 더 개죽음에서 구해낼 수 있을 것이다"라며 비로소 그들의 목적을 명확하게 말해주었다.

넬슨 중위는 출발에 앞서 그들 세 사람을 연대 본부 장병 및 제1중대, 제2중대, 제3중대 장병들과 대면시키기 위해 그들과 함께 연대 본부 안을 한 바퀴 돌았다.

"모두에게 여러분의 얼굴을 잘 기억하게 해두지 않으면 적으로 오인할 우려가 있기 때문이다"라고 중위는 설명했다.

그들은 태어나서 처음으로 해병대 제복을 입었다. 미군이 나누어준 옷은 너무 볼품없이 커서 손목을 덮은 소맷부리를 넬슨 중위가 위로 걷어 올려주었다. 넬슨 중위를 대장으로 하는 주민 수색구조반은 고메스 세이이치 외 오키나와인 두 명과 미군 병사들로 구성되어 드디어 남부 전선으로 출동하게 되었다.

기와지붕의 민가 한 채가 수색구조반에게 숙소로 배당되었다. 미군 병사 여덟 명이 특별히 호위를 목적으로 가세했다. 그곳에서는 고메스를 비롯한 오키나와인도 미군과 똑같이 급여를 받고 미군식 진중 생활을 시작했다. 몇 킬로미터만 남쪽으로 가면 30만에 가까운 적군과 아군이 서로 뒤엉키거나 혹은 대치한 채 피 터지는 싸움을 하는 전장이라고 생각하자 미 군복을 입은 오키나와 출신 세 사람의 심경은 무어라 설명할 수 없을 만큼 착잡해졌다. 무엇 하나 부자유스러울 게 없고 쾌적하다고 해야 할 생활이 오히려 어두운 그림자에 둘러싸인 것처럼 불안했다. 그들 오키나와인이 지급받는 급여는 미군이 상륙한 이래 굶기를 밥 먹듯 하며 지내온 그들이 어리둥절할 정도로 많았다. 고기, 과

일, 과자류, 담배 등등 대체로 평화로운 시절에나 식탁에 오를 법한, 게다가 깔끔하게 처리된 온갖 산해진미가 산중 피난 생활로 잃어버린 그들의 미각을 무섭게 자극했다. 그들의 머릿속에 완강하게 둥지를 틀고 떠나지 않는, 정체를 알 수 없는 불쾌감은 —번뇌라고 할 정도로 심각하지는 않았지만 저마다 자신의 기분을 충분히 규명하지 않으면 풀리지 않는 종류의 대가일 것이라고 고메스 등은 생각했다. 하지만 넬슨 중위든 다른 미군 병사들이든 그들의 얼굴은 무엇 하나 거리낄 게 없는 인간다운 자유로움으로 빛나고 있지 않은가.

5월 9일 주민 수색구조반은 해병 제29연대와 함께 마키미나토로 이동을 개시하고 유쿠이다케ユクイ岳라 부르는 언덕의 기슭에서 하룻밤을 보내게 되었다. 일본군의 포탄 공격에 대비하여 구덩이를 파고 야영 준비를 마쳤을 때는 저녁 무렵이었다. 이제 전선과 바로 이웃한 지점인 만큼 일본군의 공격에 대비해 경계할 필요가 있었다.

일본군은 최후의 요충지인 슈리 전선에서 교착 상태에 빠진 채 미군의 맹공격을 받아 맥을 못 추었다. 주력인 제62사단조차 겨우 명맥을 유지하고 있었다. 때마침 우기에 접어들어서 진창이 되어버린 전장을 질퍽거리며 미군이 조금씩 앞으로 나아가고 있다는 정보가 전선前線에서 들어왔다.

전선 지대로 바뀐 야영지에서 보낸 첫날 밤, 고메스 등 세 사람은 도무지 잠을 이룰 수 없었다. 일본군이 쏜 야포탄이 부근으로 날아들어서는 작렬했다.

"지금 우리의 생명을 노리고 있는 것은 일본군이 쏘는 포탄이다."

아이러니와 공포, 그리고 분노에 사로잡힌 세 사람은 텐트 안에서 잠 못 이루는 밤을 보냈다. 그런데 한밤중에 또 다른 사건이 일어났다.

해안 쪽에서 격렬하게 기관총을 쏘는 소리가 났기 때문이다.

"이크, 일본군의 역상륙이다!"

두근두근 뛰는 가슴을 지그시 누른 세 사람이 가스 랜턴에 얼굴을 들이댔을 때는 오전 2시 무렵, 격렬하던 기관총 소리가 끊어졌다. 공포스러웠던 밤이 지나고 차츰 아침이 밝아왔다.

"일본군 포로를 잡았으니 잠깐 오라."

다음 날 아침 연락을 받고서 고메스가 본부로 달려가보니 간밤에 미군이 사로잡은, 기진맥진하여 죽을상이 된 일본군 병사가 한 명 앉아 있었다. 그는 우에마上間 아무개라는 구다카섬久高島 출신 병사였다.

며칠 전 우에마와 그의 동료들은 상관으로부터 요미탄 앞바다에 있는 미 함선들에 돌격을 감행할 것을 명령받았다. 그들은 나하항에서 폭뢰를 싣고 들어온 보트를 몰고 출발했지만 도중에 미군 감시선에 발각되었고 보트는 격침되었다. 다른 병사들은 배와 운명을 함께했으나 그는 뛰어난 어부였기 때문에 헤엄쳐서 작은 만의 해안으로 가닿아 간신히 목숨을 건진 것이다. 꼬박 사흘 낮과 밤을 아무것도 먹지 못한 그는 천신만고 끝에 앞에 놓인 식사를 게걸스럽게 먹어치웠다.

"너무 지나치게 먹다가 배탈이 나지 않도록 하라." 넬슨 중위는 주의를 주었다.

나흘간 굶주렸던 배를 가득 채운 그는 미군과 함께 있는 고메스의 행동을 도무지 이해할 수 없다는 듯 바라보았다.

"당신은 일본계 2세인가?"

남부 전선에서는 미군이 일본군 포로를 전차 바퀴로 깔아뭉개고 아녀자들을 닥치는 대로 욕보인다는 소문 일색이었기 때문에 우에마는 의아하다는 듯 물었다. 고메스의 열띤 설명을 듣고서야 그는 겨우 납득할 수 있었다. 그리고 북부에 피신시켜둔 노모의 안부를 걱정했다. 하지만 이 일도 고메스의 설명을 듣더니 금세 안도하는 기색이 되어 미군이 이끄는 대로 후방 수용소로 이송되었다.

다음 날부터는 수색에 박차를 가했다. 썰물이 빠져나간 듯한 전선은 황량하게 파괴된 흔적만이 눈에 띌 뿐 부근의 대피호라는 대피호에는 일본군 패잔병도 주민들도 모습을 찾아볼 수 없었다. 다만 나카니시 비행장 부근 자연 동굴이 아무래도 수상쩍어서 일행의 관심을 끌었다.

"나와라!" 고메스가 외쳤다.

그의 목소리가 텅 빈 동굴에 울려 퍼질 뿐 아무런 반응이 없다. 넬슨 중위의 눈짓에 따라 고메스가 한쪽 발을 동굴 안으로 들여놓았다. 미적지근한 공기에 섞여 송장 썩는 냄새가 심하게 코를 찔렀다. 시취는 동굴 안 횡혈에 무수히 널브러져 있는 시체에서 풍겨 나오는 것이었다.

지챠쿠勢理客에서 다쿠시를 잇는 선에 최전선을 폈던 미군이 다시 전진하면서 제29연대 본부는 곧 지챠쿠와 다쿠시 사이에 있는 언덕 그늘에 주둔했다. 일본군은 미군에게 떠밀려 슈리-나하 선으로 후퇴했기 때문에 그들이 주둔했던 부근의 진지는 모두 사람이 빠져나가고 텅 비어 있었다. 지챠쿠에서는 사람이 있을 만한 동굴을 발견했다.

"나와라!" 그곳에서도 고메스는 외쳤다.

바로 2~3일 전까지만 해도 일본군 진지였던 만큼 그곳에서는 세심한 주의를 요했다. 넬슨 중위가 앞장섰다. 그는 어깨에 멘 자동소총을 풀어서 고메스에게 건넸다. 그러고는 한 손으로 권총을 쥐고 다른 한 손으로 회중전등을 깜박이면서 안으로 들어갔다. 고메스는 넬슨 중위의 뒤를 따라가면서 자신이 이 젊은 미군 장교의 심리를 읽으려 한다는 것을 깨달았다. 만약 이 오키나와 포로가 복수심에 사로잡혀 있었다면 절호의 기회다. 그러나 인간적인 애정과 신뢰로 무장한 넬슨 중위는 총을 든 등 뒤의 포로를 조금도 의심하지 않고서 유유히 동굴 깊숙이 들어간다. 넬슨 중위는 위험하다고 여기면 언제라도 오키나와 사람인 고메스 등을 동굴 바깥에서 기다리게 하고서 자신이 선두가 되어 나아갔다. 동굴은 깊어서 막다른 곳에 이르렀는가 싶으면 다시 오른쪽으로 꺾어져 계속 이어졌다.

"나와라!" 고메스가 외쳤다.

"네."

어쩐지 기분 나쁜 침묵을 깨고 희미한 목소리가 들려왔다. 온몸을 귀로 삼아 두 사람이 계속해서 나아가자 사람 목소리가 아래쪽에서 급히 울려 퍼져왔다.

"불을 켜라." 큰소리친다.

"다쳐서 한 발짝도 움직일 수 없습니다. 미안하지만 그쪽에서 불을 켜주지 않겠습니까?" 가냘프기 짝이 없는 목소리가 대답했다. 가만히 숨을 죽이고 내부를 살핀다. 번쩍하고 앞쪽 벽에 빛이 비쳤다. 그곳에는 동굴 바닥 쪽으로 우물과도 같은 수직갱도가 있었고, 등불은 그곳에서부터 반사하고 있었다. 부상병인 듯한 이가 웅크리고 있었다. 고메스는 미군 네댓 명과 함께 부상병을 위로 끌어올렸다. 그는 발을 다쳐서 일본군에게서 버림받은 것이다. 부상병은 동굴 밖에서 미군에게 응급처치를 받고 후방의 야전병원으로 이송되었다.

2

일행은 다시 남쪽으로 나아갔다. 슈리 쪽에서 쏘는 야포탄이 떨어지기 시작했다. 고메스와 행동을 함께해온 A가 갑자기 심한 설사를 하는 데다 T와 B가 신경쇠약으로 도저히 움직일 수 없다며 넬슨 중위에게 휴식을 청했기 때문에 세 사람은 모두 후방인 오야마로 돌려보내졌다. 결국 오키나와 사람으로는 고메스가 혼자 남아 미군과 계속 종군하게 되었다.

5월 24일, 서해안의 미 제6육전대는 나하시 소겐지崇元寺의 동쪽에, 동부 전선에는 미 제96보병부대가 슈리시 이시미네정石嶺町의 동쪽 고지 일대에 진출했다.

일행은 묘지에 진을 쳤다. 고메스만이 따로 묘지 밖에 간단한 잠자리를 마련하여 자겠다고 주장했다. 넬슨 중위 이하 미군 병사들은 대부분 묘혈 안에서 묵었고, 납골 항아리는 바깥으로 내보냈다. 비를 막기 위해 납골 항아리에는 정중하게 비옷을 씌웠다. 넬슨 중위의 이야기에 따르면 사단본부로부터 그렇게 하라는 명령이 내려온 것이다. 우기를 맞아 그들 일행이 머무는 곳에 갑자기 홍수가 밀어닥쳤다.

"미군이 묘지를 망쳐놓았으니 오키나와 사람인 당신은 오죽 화가 나 있을까 싶네." 넬슨 중위는 위로하듯 고메스에게 말을 걸곤 했다.

미군은 마침내 아사토강을 돌파했고, 그들 일행은 아사토하치만궁安里八幡宮(하치만신八幡神을 모신 신사로 일본 전역에 4만 4천여 개가 있다—옮긴이) 부근까지 진출했다. 넬슨 중위는 대피호에서 대피호로 눈부시게 수색 활동을 이어가던 중 일본군이 쏜 기관총탄에 다리를 맞았다.

대피호를 수색하는 활동은 나하 시내에서도 전개되었다. 5월 28일 일본군 일부는 소베 일대의 평지로 내몰렸고, 조가쿠 진지에서는 히라가 중좌가 지휘하는 선박 부대가 잔류하며 필사적인 항전을 계속했다. 그 때문에 수색구조반은 앞길이 가로막혀 둑방 뒤에 웅크리고서 일본군의 기관총탄을 피했다. 연일 계속되는 비로 둑을 넘은 물이 밭두렁마저 타 넘었고, 부근의 밭과 땅에서 뒹굴던 일본군의 썩은 시체에서 기어나온 무수한 구더기가 물살에 떠내려와 그들의 바지와 손발에 사정없이 기어올랐다.

나하시를 가로질러 흐르는 구모지강久茂地川 뒤편 묘지에는 고메스가 짐작한 대로 많은 주민들이 틀어박혀 버티고 있었다. 전황을 전혀 알지 못하는 주민들은 고메스와 미군의 설득에도 완강하게 머리를 저으며 한 발짝도 나서려 하지 않았다.

"우리를 힘으로 끌어내 미군에게 넘겨줄 작정이라면 차라리 당신 손으로 죽여주시오"라며 거부했다.

고메스는 준비해두었던 레이션과 담배를 주고 천천히 설득해보았지만 무슨 수를 써도 말을 듣지 않는다. 하는 수 없이 그는 미군 병사가 써준 영문으로 된 증명서를 그들에게 급히 건네며 말했다.

"이곳은 전투 지역입니다. 만일 이곳에서 빠져나가지 않을 거면 나중에 미군에게 이 증명서를 보여주세요."

다른 묘지도 상황은 마찬가지였다. 그런데 뜻밖에도 설득 작업이 효과를 거두었다. 사람들은 공포와, 사지에서 탈출할 수 있다는 한 가닥 희망을 붙들고 줄줄이 묘혈을 빠져나왔다. 그들은 도마리타카하시泊高橋 부근까지 인도되었고, 그곳에서 미군이 보낸 트럭에 실려 안전지대로 이송되어갔다. 가키노하나 마을 뒤편 언덕에서는 패잔병들이 여전히 완강하게 저항하고 있어서인지 박격포탄과 중기관총 탄환이 날아와 일행이 진출하는 데 몹시 애를 먹였다.

해군 근거지 사령부를 중심으로 한 부근의 대피호에서는 400명 가까운 주민들이 구출되었다. 이들 주민은 미군의 선도로 논두렁길을 누비고 언덕 등성이를 돌아 한 곳에 모였다. 수십 일 만에 우러러보는 햇빛에 눈이 부신 듯 실눈을 뜨고서 멍하니 그 자리에 서서 못이 박힌 것처럼 꼼짝하지 않았다. 버석버석 메마른 얼굴과 손발 등 피부는 누렇게 떴고, 눈만이 이상하게 번득이고 있었다. 대부분의 노인은 손발이 검푸르죽죽하게 부어올랐고, 여자들의 머리는 거친 수세미처럼 부스스했다. 오랫동안 씻지 못해 더러운 몸에서는 때와 기름에 전, 숨 막힐 듯한 냄새가 코를 찔렀다. 너덜너덜한 몸뻬는 몸을 감싼 시늉만 하고 있다. 젊은 여자의 손바닥은 이를 눌러 죽인 핏자국으로 시커멨고, 한쪽 팔과 발목이 나간 경상자는 약 대신 화농을 막을 생각으로 바른 날된장과 잎담배 아래에서 보랏빛 고름이 상처 부위에서 가득 터져 나와 구더기가 들끓고 있었다. 기관총탄을 정통으로 맞은 텅 빈 눈구멍에 넝마 조각을 쑤셔 넣은 중년 남자와 파편에 엉덩이 절반이 떨어져나간 여자가 태연한 얼굴로 미군의 응급처치를 받았다. 지닐 수 있을 만큼의 짐은 전부 지녀도 좋다고 말하는 미군의 지휘에 따라 다시 대피호로 돌아간 주민들도 있었다. 보행이 불가능한 중상자 가운데에는 "설령 비전투원일지라도 절대로 적에게 포로가 되어 추한 모습을 보이지 마라"고 외쳤던 병사와, 군복을 벗어던지고 주민 옷을 걸친 병사들도 있었다. 주민들은 미군이 공중에서 살포한 삐라의 문구가 사실이라는 것을 비로소 알게 되었다. 주민들 틈에 끼여 있던 패잔병들은 곧바로 미군에게 발각되어 주민들과 갈라졌다.

삐라에는 다음과 같은 문구가 적혀 있었다.

동굴 대피호에 숨어 있는 주민들은 즉시 동굴에서 나올 것.
나올 때는 모두 함께 나올 것.
지닐 수 있을 만큼의 소유물을 지니고 나올 것.
나올 때에는 길을 따라서 가까운 해안도로를 택해서 올 것.
낮에 걸을 것, 절대로 일본군과 함께 걷지 말 것.
야간 보행을 하거나 일본 군인과 함께 있다가는 일본군으로 오인받아 총탄에 맞을 위험이 있다.
미군을 보면 적대 행위를 하지 말 것.
또한 도망가지 말 것.
두려워하지 말고 그들을 부르고 기다릴 것.
미군은 여러분 모두를 안전한 장소로 데리고 가서, 충분히 식량을 주고, 음료수와 약과 살 집을 줄 것이다.

그 뒷면에는 지프가 달리는 대로 위로 끝없는 장사진을 이루며 안전지대로 서둘러 피난하려는 주민들의 행렬을 촬영한 사진이 인쇄되어 있었다.

미군 점령 지역에는 진격 부대의 바로 뒤를 이어 넬슨 중위 일행이 따랐다. 미군의 최전선은 오로쿠에서 고시하라後原로 길어졌고, 일본군은 겨우 남부 전선의 사방 5킬로미터 남짓한 지점으로 내몰렸다. 고메스는 넬슨 중위에게 이끌려 우텐다落平 언덕 위에 우뚝 솟은 기암괴석 주변에 걸터앉아 눈 아래 펼쳐진 광경을 바라보았다. 흙은 깊게 패여 새로운 토층이 드러나 있었고, 곳곳에 불에 타 문드러진 잿빛 흙이 햇빛에 말라 있었다. 무리를 이룬 미군 전차들이 흙먼지를 일으키면서 일본군 진지로 보이는 전면을 향해 전차포를 쏘아대며 나아가고 있는 모습이 보였다. 무한궤도가 굴러가며 피워 올리는 누런 먼지 사이로 포복을 한 채 나아가는 미군 보병도 보였다. 전방에서 M4전차 한 대가 갑자기 번쩍하더니 시뻘건 불길을 뿜어 올리며 타오르기 시작했다. 고메스는 파노라마처럼 펼쳐지는 전장을 눈을 떼지 않고 지켜보았다. 그리고 자유롭고 안전하게 전쟁을 바라보는 자신과는 반대의 입장에 있는 동포들의 모습을 떠올렸다.

일행은 무심코 전에 빠뜨린 우틴다 후방에 있는 대피호들을 수색하기 시작했다. 원래 난요南陽 양조장이었던 곳에서 가까운 어느 대피호 입구에서 한 소녀가 목을 다친 채 쓰러져 있었다.

소녀의 가족 다섯 명은 동네 사람 10여 명과 함께 오로쿠 구역 후방 일본군 고사포 진지 아래 대피호에서 피난하고 있었다. 하필 그날따라 세수를 하겠다며 소녀의 엄마가 그녀를 데리고 대피호를 나서자마자 엄마는 날아온 포탄 파편에 순식간에 하복부를 맞고 약 한 시간 뒤에 목숨을 잃었다. 소녀의 가족들은 비처럼 퍼붓는 포탄 속에서 엄마의 시신을 묻으려다가 엄습하는 공포에 사로잡혀 서로 부둥켜안고서 떨었다. 그때 대피호 밖에서 귀에 선 목소리가 흘러 들어왔다.

"미군이다!"

소녀의 아버지는 순간 당황했지만 전부터 각오하고 있었기 때문에 자결을 결심하고 재빨리 수류탄을 꺼내 안전핀을 뽑았다. 터지지 않았다. 초조한 나머지 석유를 끼얹고 성냥을 그었다. 그러나 이번에도 수류탄은 터지지 않았다.

아버지는 애가 닳아 돌연 식칼을 꺼내들었다. 소녀는 아버지를 말리려 했지만 너무 늦었다. 갑자기 가해진 공격으로 대피호에서는 시커먼 연기가 무시무시하게 피어올랐다. 그때 아버지는 소녀의 왼쪽 목 부위를 칼로 베었다. 소녀는 깜짝 놀라 소리쳤고, 소용돌이치는 연기 속에서 신음하는 아버지와 동생들의 소리를 들으면서 왼쪽 목을 꼭 누른 채 피투성이가 되어 필사적으로 대피호를 뛰쳐나왔다. 일주일 뒤 소녀가 혼수상태에서 깨어나 보니 자신이 미군에게 안겨 있었다. 미군 병사는 그녀의 목 부위 상처에 하얀 가루약을 뿌려주었다. 그는 소녀가 입은 상처가 생각보다 깊지 않은 것을 알고서 응급처치를 마친 뒤 상냥하고 친절한 태도로 그녀가 자결하려고 한 이유를 물었다.

소녀는 데루야 미사에照屋みさえ(11세)라고 자기 이름을 대고, "아버지가 나를 죽이려 했다"며 미군의 심문에 대답했다. 그녀의 아버지는 오로쿠에서 도축업을 했다. 미군 일행은 고메스의 통역으로 이 참극을 비로소 알게 되었고, 헛된 죽음을 안타까워하며 격하게 분노를 표출했다. 소녀는 곧 후방에 있는 미군 야전병원으로 이송되었다. 일행은 그날 오로쿠촌의 왼쪽 해안가로 나아갔다. 전방 도미구스쿠 성터에 있는 일본군 진지에서 이따금 기관총이 뿜어내는 불꽃이 눈에 뜨였다. 일행이 낮은 돌담에 바짝 붙어 일본군이 쏜 탄을 피하고 있으려니, 일본군 군복을 입은 17세가량의 소년 두 명이 미군에게 이끌려왔다. 고메스가 심문한 끝에 그 둘은 나카가미 출신이며, 공작병으로 일본 해군에 징용되었다는 사실이 밝혀졌다. 그들은 일본군 진지에서 탈주를 기도한 끝에 미군의 손에 넘어온 것이었다. 두 소년은 구출되었다는 기쁨에 들떠 고메스에게 애원했다.

"무슨 일이든 할 테니 아저씨 곁에 있게만 해주세요."

고메스에게서 이 이야기를 들은 넬슨 중위는 만족스러운 표정으로 소년들에게 물었다.

"너희들, 저 앞에 있는 진지에 가서 일본군을 항복시켜 이리로 데려올 수 있겠나?"

두 소년은 경직된 얼굴을 바르르 떨며 힘차게 고개를 끄덕였다. 진드기처럼 진지 방공호에 들러붙어 애처로운 저항을 이어가는 일본군을 소탕하기 위해서는 쌍방이 헛된 시간과 피를 대가로 치르지 않을 수 없다. 넬슨 중위는 전례 없는 이 계획을 신속하게 본부에 전했다. 두 소년은 백주대낮에 일본군 사이에서 자신들의 모험을 거침없이 감행했다. 먼저 마이크로 다음과 같이 방송했다.

"지금 홍백기를 들고 그쪽으로 가고 있는 두 소년은 우리 미군이 보낸 사자使者다 … ."

방송과 함께 일본군 진지를 공략하던 모든 포격이 약속이라도 한 듯 딱 그쳤다.

한 소년은 밭 가운데를 지나, 다른 한 소년은 해안으로 난 오솔길을 걸어 일본군 진지를 향해 나아갔다. 일본군이 쏘는 탄을 피하려는 것인지 둘 다 몇 번이고 구르듯 하며 땅 위를 포복하는 모습이 눈에 들어왔다. 공격대도, 고메스 일행도 모두가 이 가련하고 용감한 소년들에게서 눈을 떼지 못했다. 소년들의 모습이 점점 작아지더니 일본군 진지 입구 가까이까지 다가갔다. 진지에서 일본 병사 몇 명이 나와 소년들을 에워싸고 무언가 옥신각신 실랑이를 벌이는 모습이 보였다. 그러더니 방공호 안으로 사라졌다가 다시 소년들 앞에 무리지어 나타났다. 일본군은 소년들 뒤를 따라 이쪽으로 다가온다. 그들은 양손을 치켜들고 있다. 부드럽고 아련한 노을 속에서 고조되었던 1막은 끝이 났다. 넬슨 중위는 환하게 미소 지었다.

미군은 오로쿠촌 우에하라에 최전선을 펼쳤고, 일행은 수색을 계속했다. 일행이 해군 군수부의 방공호 앞까지 왔을 때, 방공호 안에서 사람 목소리가 새어나왔다.

"밖은 안전하다! 위해를 가하지 않을 테니 모두 나와라!" 고메스는 외쳤다.

음산한 정적이 감도는 방공호에서는 아무런 반응이 없었다. 마지막으로 투항을 권유해보기로 했다. 그때 방공호 안에서 총성이 울렸다. 총탄이 방공호 벽에 퍽 하고 부딪히는 소리가 났다. 수색구조반의 노력에도 아랑곳하지 않고 일본 해병들이 안에서 발포한 것이다. 무거운 정적이 한참 이어지는가 싶더니 시끄러운 폭발음이 들리고 뒤를 이어 신음 소리가 새어나왔다. 바로 직전 미군에게는 무턱대고 질러대는 이상한 소리로 들렸지만, 고메스는 그 소리가 자결하기 전에 일본 병사들이 "천황 폐하 만세!"라 외치는 소리라고 생각했다. 그것은 몇십 명이나 되는 사람들이 외치는 비장한 목소리였다.

"자결이다!"

넬슨 중위를 비롯하여 미군들은 또다시 몹시 안타까워하며 혀를 내둘렀다.

아시미네安次嶺의 대피호에서는 설득이 효과를 거두어 안에 있던 일고여덟 명의 주민이 대피호 밖으로 나왔다. 젊은 여자가 양쪽 손과 발을 다쳤다. 나뭇가지를 지팡이 삼아 간신히 걷는 것을 가엾게 여긴 넬슨 중위가 고메스에게 업어줄 수 없겠느냐고 말했다. 고메스는 이런 부상자를 둘러업고서 몇 번이나 기상대 언덕까지 뛰어올라가야만 했다. 어디에서랄 것도 없이 일본군이 쏘아대는 기관총탄이 날아들었기 때문이다.

오로쿠촌 우에하라 일대의 대피호에서는 하루 평균 500~600명 정도의 주민이 밖으로 나왔다. 젊은 여성들은 하나같이 수류탄을 남몰래 지니고 있었다.

오로쿠 전선의 수색 작업은 점점 매듭이 지어졌고, 일행이 전투부대의 뒤를 따라 가네구스쿠촌에 도착했을 무렵, 그곳에서는 하나씩 하나씩 잇따라 무너진 일본군 진지와 엄청난 양의 동굴이 일행의 손길을 기다리고 있었다. 일행은 요행히 화재를 면한 민가 한 채를 찾아내고, 오랜만에 실내에서 쉴 수 있었다. 민가에는 예순이 다 되어가는 노인이 누워 있었다. 고메스는 필사적으로 이 노인을 설득했지만, 그는 완강하게 거부하며 집을 떠나려 하지 않았다.

"나를 억지로 끌고 가려거든, 차라리 나를 죽여라, 이놈들아!"라며 마구 고함을 질렀다.

고메스가 몹시 애먹는 것을 보더니, 넬슨 중위는 한 가지 방책을 생각해낸 듯 다짜고짜 우격다짐으로 노인의 손발을 꽁꽁 묶어버렸다. 한시라도 빨리 노인을 후방으로 보내기 위해서는 마지막 수단을 취해야 했다. 기둥에 묶여 마구 소리를 질러대던 노인은 이내 기진맥진해졌다. 그는 자살하는 데 쓸 낫을 찾으려고 이리저리 두리번거렸다. 넬슨 중위는 고메스에게 눈짓을 하고서 노인을 자신의 지프에 태웠다. 시오히라潮平 수용소로 가는 도중 고메스는 노인의 손목에 묶여 있는 새끼줄을 풀고 담배에 불을 붙여 건넸다. 노인은 정신이 나간 얼굴로 담배만 연거푸 빨아댔다.

6월 18일 미군 전차는 마카베촌에 진출했고, 일본군의 조직적인 저항은 이미 절망적인 상태에 있다는 것을 미군을 따르는 고메스도 잘 알았다.

"오키나와 남단 기얀곶에는 틀림없이 일본군과 함께 쫓기는 주민들이 있을 것이다. 그들을 이대로 내버려두었다가는 일본군의 그릇된 선

전선동에 넘어가 자살하고 말 것이다"라며 고메스는 넬슨 중위에게 오키나와 주민들을 구출해줄 것을 간청했다. 그의 말을 뒷받침해줄 만한 정보가 비행 부대로부터 나왔다.

"남쪽 해안southern beach에서는 아직도 많은 주민들이 동굴 안에 숨어 있다"는 무전 연락이었다.

3

우기에서 완전히 벗어난 류큐열도의 초여름 하늘은 높고 맑았으며, 저 멀리 아득한 파도 사이로 기얀곶이 바라다보였다. 그것은 이곳이 전쟁터라고는 생각할 수 없을 만큼 아름답고도 평화로운 풍경이었다. 고메스는 약속한 게 있으며, 지금은 미군 쪽에 있으면서 자신이 앞으로 취할 행동에 대해서 한 치의 의심이나 모호함도 없었다.

일행이 탄 배는 목표로 삼은 기얀곶 해안으로 다가갔다. 넬슨 중위는 몸을 일으켜 나서려는 고메스를 제재하고서 뱃머리의 철판을 손가락으로 가리키며 거기에 숨으라고 말했다. 확성기가 준비되었고, 고메스는 천천히 심호흡을 하고 나서 육지를 향해 큰소리로 외쳤다. 바닷새가 날아오를 뿐 아무런 반응도 없다.

"일본 병사든 주민이든 모두 동굴에서 나오십시오!"

"이쪽에서 상륙용 보트를 띄울 테니 여러분은 두려워하지 말고 보트에 올라타십시오!"

이때 준비된 보트가 모선母船을 벗어나 해안을 향해 미끄러져 나갔다. 동시에 검붉게 바랜 아단잎 그늘과 파도가 들이치는 동굴에서 이따금씩 사람 그림자가 어른거리는가 싶더니 수십 명이나 되는 사람들

미군의 포로가 된 수비군이 보트에서 해안의 동굴을 향해 메가폰으로 투항을 호소하고 있다.

이 나와 바닷가에 쭈뼛거리며 늘어섰다.

"왼편, 동쪽 입구를 향해 걸어가십시오. 저희들이 보트를 그곳에 댈 테니까요"라며 마이크가 외쳤다. 그러나 사람들은 해안으로 다가가는 보트에서 미군들이 움직이는 것을 보더니 약속이라도 한 듯이 모두 그 자리에서 무르춤했다. 그는 열심히 온갖 이야기를 마이크에 대고 쏟아부었다. 혹은 애원에 가까운 말을 쏟아내기도 하고, 혹은 간청하는 말을 하기도 했다. 별수를 다 써서 절충이 최고조에 달했나 싶은 순간, 침묵하던 군중이 천천히 동쪽으로 움직이기 시작했다. 이번에는 고메스가 넬슨 중위를 향해 외쳤다.

"나를 보내주십시오. 겁에 질린 사람들은 처음 보는 미군을 두려워하니까요."

얼마 안 있어 해안에 닿은 보트를 향해 "되돌리라"는 수기신호를 보냈다. 그때 동쪽으로 걸음을 옮기던 군중이 갑자기 다시 무언가에 의해 앞길이 가로막힌 것처럼 일제히 멈춰 섰다. 어디에서 나타났는지 일본군 병사 수십 명이 총을 겨누거나 두 팔을 크게 벌리고서 주민들을 막아 세우는 것이었다. 일본군이 지닌 무기가 위협적으로 번쩍였다. 배에서는 모두가 깜짝 놀라 숨을 들이마셨다. 넬슨 중위의 명령으로 상갑판 위에 있는 기관포가 뱅그르르 방향을 바꾸어 일본군을 겨냥했다.

"위험해요! 비전투원인 주민들이 있단 말입니다!"

분노에 불타서 설득하는 고메스의 목소리가, 그러나 간곡히 타이르듯 나직하게 확성기를 통해 흘러나왔다.

"전쟁은 이미 끝난 것이나 다름없습니다. 여러분이 정말로 훌륭한 일본 군인이라면 불쌍한 주민들을 사지에서 몸소 구해내는 것이 마땅합니다. 하지만 여러분이 지금 하고 있는 행위는 일본혼에 어긋나는 잘못된 행위입니다. 한시라도 빨리 위험에서 벗어나고자 하는, 비전투원인 주민의 행동을 지금 여러분이 방해하고 있다는 것을 이쪽에서는 잘 알고 있습니다. 제발 길을 열어 주민들을 안전한 곳으로 이끌어주십시오. 그리고 여러분도 어서 주민들과 같이 배에 올라타십시오. 미군은 결코 여러분을 미워하지 않습니다."

잠시 뒤에 일본 병사들은 양쪽으로 길을 열었다. 설득이 주효했던 것이다. 고메스는 모선으로 되돌아온 보트 한 척에 날듯이 뛰어올랐다. 보트가 다시 오자 주민들은 후미 쪽을 향해 줄을 지어 천천히 이동하기 시작했다. 새파랗게 질린 수백 명의 얼굴이 흔들리며 다가왔다. 그들 가운데 고메스의 지인이나 절친한 사람들도 더러 보였다. 그들의 지친 얼굴이 불안하게 일그러진 채 다가왔다. 그로부터 몇십 분이 지난 뒤 수백 명에 달하는 주민들은 LCI(보병 상륙용 보트. 제2차 세계대전

때 미국 육해군이 사용했다—옮긴이)의 밑바닥에 실렸다. 그리고 마음을 놓고 잠자코 있는 사람들 사이를 바삐 오가며 미군 병사들이 차가운 물을 나누어주었다. 60여 일 남짓 계속되었던 고메스의 미군 종군 업무는 이제야 끝이 났다.

제4부

히메유리탑

여학생 종군

태평양전쟁이 긴박한 국면에 접어들면서 전시체제의 거센 파도는 거침없이 학원가를 휩쓸었다. 1944년 7월 이후 하루걸러 한 번꼴로 군 동원 작업에 나간 오키나와사범학교 여자부와 제1고등여학교 학생들은 할당받았던 진지 구축도 예정대로 마무리를 지은 데다 정신적으로도 한층 차분함을 되찾은 터라 얼마 남지 않은 학교생활을 아쉬워하며 소녀다운 감상에 젖어들었다.

다음 해(1945년) 3월 22일 밤, 학교 안에 있는 기숙사에서 졸업생 송별회가 열렸다. 졸업식을 2~3일 앞두고 열리는 이 송별회는 기숙사 생활 중에 치르는 가장 큰 연중행사이자 아가씨답게 예쁘게 차려입을 수 있는 날이다. 하지만 때마침 울린 공습경보로 송별회장 주위에는 새카만 커튼이 둘러쳐졌고, 회장은 불안을 달랠 길 없어 침묵에 휩싸이곤 했다. 다음 날 3월 23일, 마침내 올 것이 오고야 말았다. 오전 7시가 지나면서 슈리·나하 쪽에서 사이렌이 불안하게 울렸다. 이날 미나토가와 앞바다에서 최초의 함포사격이 퍼부어진 것이다. 지독하게 길고 조마조마한 하루였다.

그리고 다음 날 3월 24일, "적이 상륙할 공산이 크다", "구다카섬으로 함포가 떨어지기 시작한다", "나하 정면으로 함포사격이 예상된다"와 같은 정보가 잇달아 전해지면서 공습은 더욱 잦아졌고, 맹렬한 함포사격으로 섬은 끝 모를 불안에 흔들렸다.

그날 학교에 가지 못하고 현립 제2중학교에서 가까운 조가쿠의 방공호에 있던 오키나와사범학교 여자부 교사 나카소네는 나하경찰서 경찰관으로부터 미나토가와 방면에서 함포사격이 있다는 보고를 받고 요기의 농사시험장을 가로질러 학교로 서둘러갔다. 아사토역 근처에 있는 서쪽 방공호로 가자, 거기에는 벌써 니시오카 부장과 나카이마 스케하치仲井間助八 교사의 지도 아래 제1고등여학교 전교생이 모여 공포에 떨고 있었다. 오키나와사범학교 여자부 학생들은 어디로 간 것일까. 학교 동편의 방공호로 가자, 그곳엔 이미 아무도 없었다. 시키나의 고사포부대 방공호로 피신했다는 것을 알게 되었다. 어수선한 기분으로 서둘러 시키나에 가보니 그곳에는 니시히라西平 · 이와모토巖本 두 교사와, 나카소네 교사 등과 함께 오키나와사범학교 여자부 학생들이 있었다. 시키나의 방공호는 이 여학생들이 동원되어 땀 흘려가며 작업한 끝에 구축한 것으로 폭격에도 견딜 수 있을 만큼 훌륭했다.

모교의 방공호에 불안을 느낀 그들은 재빨리 시키나의 방공호로 달려간 것이다. 부대에 사정을 이야기하자 선선히 받아들여주었다.

여학생들은 자신들이 판 방공호라는 감회도 있는 데다, 내부 구조도 익숙하게 알고 있었고, 또한 5개월에 가까운 노동의 결과를 맛보는 것이 기뻐서, 제집에라도 돌아온 것처럼 재잘대며 방공호 안을 돌아다

히메유리 학도대로 동원되기 전인 1944년 봄에 노다 교장을 둘러싼 오키나와사범학교 여학생들.

넜다.

"오호라, 염치없는 학생들이라고 생각했더니, 그랬군요! 여러분이 판 것이로군요? 그렇다면 내 집이라 생각하고 적당한 방공호를 찾을 때까지 마음 편히 지내요."

여학생들의 무람없는 태도를 나중에서야 이해한 그곳의 대장은 따뜻하게 말을 건넸다. 그러나 그날 저녁 급히 동원 명령이 내려오는 바람에 소녀들은 공습이 끊어진 틈을 타 일단 학교 기숙사로 되돌아갔다. 거기에서 일동은 군에서 내려온 정식 명령을 받고 육군 병원 전속으로 종군하게 되었다. 그날 밤 9시 서둘러 각자의 짐을 챙긴 그들은 야음을 틈타 하에바루 육군 야전병원을 향해 길을 나섰다. 출발에 앞서 오키나와사범학교 여자부 부장 겸 현립 제1고등여학교 교장인 시즈오카현靜岡縣 출신의 니시오카 가즈요시는 교내 사택 마당에 오키나와사범학교 여자부와 제1고등여학교 학생들을 모아놓고 일장 훈시를 늘어놓았다. 그러고 나서 마지막으로 다음과 같이 의미심장한 말을 했다.

"나는 이제 제32군의 명령에 따라 군사령부 참모실로 가게 되었다. 여러분은 선생님들과 함께 전력을 다해 군에 협력해주길 바란다. 나도 함께 가고 싶지만 군의 명령이라서 어쩔 수 없다. 어디에 있든 국가를 위해 힘쓰는 것은 마찬가지다. 모쪼록 힘내주길 바란다."

그리고 그는 여학생 한 명 한 명과 악수를 나누고 일동을 격려했다.

미군이 상륙할 가능성이 점점 높아지는 그때, 긴장된 분위기 속에서 니시오카 부장으로부터 악수를 받은 학생들은 감격에 겨워 어쩔 줄 몰랐다. 그러나 직원들은 니시오카 부장이 참모실로 가기 위해 갖은 수를 썼다는 사실을 알고 있었기에, 이런 상황에서 학생들을 자신들에게 떠넘기고 혼자서 가장 안전한 슈리 군사령부로 피난하려는 그의 무책임한 태도를 납득하기 어려웠다. 그는 당시 그의 사택을 담당하던 오키나와사범부속(국민학교)학교 여자부 선생인, 야에야마 출신의 메카루銘苅라는 독신 여성을 데리고 이미 슈리의 동굴에 가 있었다.

그날 밤 10시, 저마다 배낭을 짊어지고 오키나와사범학교 여자부 150명, 제1고등여학교 50명 총 200명의 학생이 직원 15명의 인솔 아래 히메유리姬百合(제1고등여학교의 교지명인 '오토히메乙姬'와 오키나와사범학교 여자부의 교지명인 '시로유리白百合'를 합쳐 '히메유리'라고 했다—옮긴이)학사를 출발했다. 대오를 이룬 그들은 10월 10일에 있었던 공습으로 초토가 되어 잔해만 무성한 나하를 돌아보면서 시키나 동쪽의 작은 비탈길을 내려갔다. 낮의 공습도 잦아들었고, 구름이 엷게 끼어 으스름하고 조용한 달밤이었다. 학생들은 지금 대이변이 일어나고 있다는 것을 전혀 눈치 채지 못한 채 오히려 신바람이 나서 발걸음도 밝고 경쾌했다.

그러나 즐거웠던 학교생활에 이어지는 것은 캄캄한 운명의 길이었다. 희미한 달빛은 싸움 전야, 죽음의 무대를 조용하고 쓸쓸하게 비추고 있었다. 앞뒤에서 서로 친구의 이름을 부르면서 겨우 이치니치바시一日橋 근처의, 하에바루로 통하는 큰길로 나오자, 그곳은 라이트를 끈 군용 트럭과 이동하는 부대, 피난하는 주민들이 나하 방면에서 속속 밀려들고 있었고, 침묵 속에서도 무언가 소란스러운 분위기가 여학생들을 오싹하게 만들었다. 그 흥분은 저절로 그들의 가슴에도 전해졌다. 고옹고옹 멀리서 치는 우레와도 같은, 또는 큰북을 울리는 듯한 소리가 드문드문, 그러나 끊임없이 들려온다. 그때마다 그들의 심장 뛰는 소리도 함께 높아졌다. 그저 알 수 없는 초조감에 쫓기면서 묵묵히 걸어갔다.

자정을 지나 하에바루 야전병원 숙소에 도착했다. 그들이 3개월 정도 교육을 받았던 친숙한 삼각형 모양의 막사다. 대개 군 간호사로 징용된 여학생들은 오키나와사범학교 여자부 본과 2학년생과 1학년생이었고, 예과생의 경우는 기숙사에 남았다. 그리고 그들과 마찬가지로 기숙사 생활을 하고 있던 것은 제1고등여학교 4학년과 3학년 학생 일부였다. 집에서 통학하던 여학생들은 전쟁이 시작되면서 각자 집으로 돌아가 가족들과 함께 행동하게 되었다. 종군간호사로 응소한 여학생들은 그해 1월 무렵부터 하에바루의 삼각 막사에서 교육을 받았다. 교육 기간 동안 매일 학교 기숙사에서 하에바루까지 약 8킬로미터 남짓한 거리를 걸어다니며 강의를 듣거나 임상 공부를 했다.

하에바루국민학교가 육군병원 본부가 되어, 그곳에서 약품을 보관하고 일부 환자를 수용했다. 삼각 막사란 그 주위에 있는 몇 개의 병동을 가리키는데, 막사는 초가지붕을 얹은 작은 집으로, 마루도 깔지 않은 땅바닥에 야전용 침대를 나란히 늘어놓았을 뿐 그야말로 조잡하기 이를 데 없는 곳이었다. 여섯 개 동으로 이루어진 삼각 막사는 산비탈의 움푹 패인 곳을 이용하여 대충 얼기설기 지었고, 그 밖에 욕실, 세탁실, 취사를 위한 부엌이 별도로 있었으며, 곳곳에 박아 넣은 펌프도 있어서 물을 쓰는 데 불편함이 없을 정도로 어느 사이엔가 설비되어 있었다. 그러나 하에바루촌 기얀 마을 동쪽에 있는 이 육군병원은 약 4천 명을 수용할 만한 규모로 방공호를 구축하고 있었지만 이 당시까지는 아직 공정의 4분의 1도 진척이 없었다. 우선 여학생들은 방공호를 할당받았다.

방공호에는 물이 들어차 있어 진흙탕에 무릎이 빠지고, 추위는 뼛속까지 파고들었다. 처음에는 앉을 수조차 없어서 낮 동안 내내 서 있다가 저녁이 되어 모기처럼 성가시게 울어대는 비행기의 폭음이 멎으면 그때서야 방공호에서 뛰어나와 취사를 하고, 식량을 나르고, 방공호를 위장하고, 방공호의 내부 설비를 손보는 등 야간 행동을 활발하게 시작했다. 그곳에 도착하고서 2~3일 동안 병원 업무라고 해봐야 가끔 약품을 운반하는 것이 고작이었지만, 식사를 준비하는 일만은 그들이 도맡아야 했다. 밤에는 삼각 막사에서 잠을 자고, 낮에는 공습이 있을 때마다 방공호로 대피했다.

처음 얼마간 그들은 아무런 임무가 없었다. 여학생들이 얼마만큼 쓸모가 있을지 알 수 없었기 때문에 오히려 그곳 사람들은 그들을 귀찮아하기도 했고, 그들이 병원 식량을 바라고 들어온 것은 아닌가 하고 오해하기도 했다. 군의관 중에는 '이렇게 많은 여학생들을 데리고 와봐야 아무 소용이 없구나'라는 표정을 짓는 사람도 있었다. 이리하여 하에바루에 온 지 엿새째인 3월 29일 오후 10시부터 형식뿐일망정 졸업식이 엄숙한 분위기에서 거행되었다. 원래 제1고등여학교 및 오키나와사범학교 여자부의 졸업 예정일은 3월 25일이었지만, 정세가 급격히 나빠져 졸업 예정자들이 곧바로 종군 학도 간호사로 소집되는 바람에 졸업식이 하루하루 자꾸만 연기된 것이다. 그날 미군은 게라마열도에 상륙했고, 다른 한편으로 가데나 앞바다에서 함대가 가데나 해안선 및 중 비행장 일대에 거센 포격을 가했다. 게다가 미나토가와 방면 해상에서는 상륙용 보트가 대대적으로 양동작전陽動作戰에 나섰다.

낮에는 각지에서 공습이 잦았던 탓에 졸업식은 밤을 틈타야만 했다. 졸업식은 밤 10시경부터 약 한 시간 반에 걸쳐 치러졌다. 살풍경한 야영지의 막사 안에 두 개의 촛불이 켜지고, 50명가량의 졸업생과, 졸업식에 참여해도 좋다는 허락을 받고 간신히 좁은 장소에 설 수 있게 된 20~30명 정도의 재학생이 역시나 흥분을 억누르지 못한 채 뺨에 홍조를 띠었다. 노다 교장 이하 교사 몇 명, 슈리 군사령부 참모실에서 달려온 니시오카 오키나와사범학교 여자부 부장, 내빈으로 육군병원장, 학부형 대표 제2오자토국민학교 교장 긴조 와신金城和信, 다마 부대의 사토 경리부장 등이 조용히 배석했다. 멀리서 천둥치는 듯한 함포 소리와 일본군의 것인지 미군의 것인지 알 수 없는 탄환의 작렬음이 삼각 막사 주변의 밤공기를 뒤흔들었고, 여태껏 경험한 적이 없는 피아의 포성에 긴장과 공포를 느끼면서도 졸업식은 끝까지 엄숙하게 진행되었다. 내빈과 교사가 각각 축사와 훈시를 했다. 노다 교장은 학생들에게 교육자가 갖추어야 할 기본 강령을 이야기한 다음 짧지만 의미심장한 전별사로 끝을 맺었다.

"장차 교직에 헌신하게 될 여러분들은 교양 있는 여성의 전형이 되어야 합니다. 어떤 고난이 닥치더라도 언제나 인간의 사표라는 자각을 잊어서는 안 될 것입니다."

전별사는 그 당시의 긴박한 상황과 딱 들어맞지 않는 부분도 있었지만, 그것은 평상시와 전시를 가리지 않고 교육자라면 반드시 갖추어야 할 신념을 토로한 것이었다. 사방을 커튼으로 둘러친 토방 안에서 일렁이는 어두침침한 촛불이 사람들의 얼굴을 비장하게 비추고 있었다.

졸업장이 건네지고 마침내 졸업식은 끝났다. 사람들은 흩어졌고, 정리정돈은 졸업생들의 몫이었다. 졸업식이 끝난 직후 말할 수 없는 허전함이 그들을 엄습했다. 그것은 채워지지 않는 바닥 모를 공허였다. 저 멀리 밤하늘은 붉디붉게 타오르고 있었다.

하에바루 육군병원

1

비전투부대인 야전병원은 그 성격과 기능상 포화가 미치지 않는 후방에 위치하는 것이 상식이다. 그러나 오키나와 전투는 이러한 상식을 뛰어넘었다. 그것은 병원의 구성을 보아도 알 수 있었다.

제32군 휘하의 부상병 치료를 담당한 다마 18803부대, 다시 말해 이 운명의 야전병원은 처음 미군이 상륙하기 이전에는 규모도 작았으며, 나카구스쿠만 육군병원(요나바루정與那原町)이라고 불렸다. 그러던 것이 '미군이 반드시 상륙'할 가능성이 더욱 확실해진 1945년 3월 초순, 수용 설비를 급속하게 확충하면서 이 병원도 10만 장병을 대상으로 하는 대규모 야전병원의 성격으로 바뀌었고, 위치도 남부 중심 지대인 하에바루로 바뀌었다. 그 당시 군은 군적의 유무에 상관없이 섬의 의사들을 대거 소집하고 이들에게 단기 교육을 실시한 다음 곧바로 군의관으로 배치했다. 나하시 도마리泊에서 개업 의사로 있던 나카모토 쇼에이仲本將英 군의관 대위를 비롯한 18명의 의사가 그들이었다. 간호사들도 오키나와의 가정이나 사설 병원에서 징용된 면허증 소지자가 대부분이었다.

하에바루 야전병원에 여학생들이 종군간호사로 응소할 당시만 해도 마음이 좀 불안하기는 했지만, 그들은 병원 일을 무언가 낭만적인 것과 결부지어 환자 곁에서 당직 간호사가 소설을 읽어주는 광경 등을 떠올리곤 했다. 게다가 그들이 왔을 때만 해도 환자가 적어서 야전병원의 상황은 이러한 기대를 만족시켜줄 것처럼 보이기도 했다.

오히려 병원 측에서 보면 여학생들은 있으나마나한 존재였다. 그들이 때때로 하는 일이라곤 이런저런 잡다한 일들이 고작이었다.

처음에는 일부 학생이 간호를 도왔을 뿐 200명 중 다수는 방공호 파기 작업과 위생용품을 운반하는 일에 투입되었다. 낮에는 미군 비행기가 빈번하게 날아와 방공호에서 한 발짝도 나가지 못했기 때문에 밤이 되어서야 겨우 기어나와 작업에 매달리곤 했다. 야간작업은 2교대였고, 교대 시간은 밤이 깊은 새벽 1시에서 2시경이었다. 방공호 안은 찌는 듯이 더워 밤에는 삼각 막사에서 잠을 잤다. 조명탄이 터지는 위치가 점점 높아지는 만큼 탄착 지점도 더욱 가까워졌다. 게다가 야간 공습도 격렬해져서 삼각 막사가 위험하다고 판단한 그들은 완전히 두더지 같은 생활을 하기 시작했다.

그들은 세 개의 횡혈호로 옮겨가 그곳에서 각자 필요한 일을 하러 다녔다. 삼각 막사 부근의 산을 깎아내고 몇 개의 방공호를 만들었다. 병원은 원래 본부, 외과, 내과, 전염 병동으로 이루어져 있었는데, 전투가 시작되고 전선에서 실려오는 외과 환자가 증가하자 종래의 외과를 제1외과로, 내과를 제2외과로, 전염 병동을 제3외과로 변경했다. 외과 하나에는 약 12병동이 있었고, 각 병동마다 방공호가 배당되었다. 방공호마다 크기가 달라서 큰 것은 100명 내외를, 작은 것은 12~13명 정도를 수용할 수 있었다. 방공호 파기 작업은 그해 1월경부터 시작되었다. 방공호는 위생병과 간호사, 그리고 원기를 회복한 환자들이 팠는데, 이 지역에서 전투가 시작되고 나서도 작업은 계속되었다. 여학생들도 이곳으로 오자마자 방공호 파기 작업을 거들었다. 이 무렵까지는 아직 전선으로부터 부상병이 실려오지 않았다. 병원에는 몸이 약한 내과 환자들뿐이었기 때문에 여학생들은 야전병원의 실상을 알지 못했다. 그저 병원은 바쁜 곳이거니 여겼다.

병원에는 왠지 때아닌 긴장감과 번잡스러움이 감돌았다. 그 긴장과 번잡스러움은 군의관과 위생병과 간호사와 보초들의 걸음걸이와 안색에서 여실히 드러났다. 그러나 번잡한 가운데에도 믿음직스러울 만큼 침착하게 저마다의 일에 전념하는 듯했다. 학생들도 그러한 분위기 속에서 바쁜 와중에도 비교적 침착했다. 환자들은 완성되지 않은 방공호에 수용되어 있었다. 당연히 수용 인원이 급격하게 늘어날 것을 예상하고 방공호 확장 작업에 박차를 가했다. 방공호 안에서 파낸 흙을 삼태기에 담아 둘러메고 환자를 넘어 입구로 나른다. 그들은 이런 작업을 학교에서 봉사 활동을 하는 기분으로 해냈다.

"이슥한 밤 달빛 어스름한데, 아가씨들은 전쟁의 한복판에서 방공호를 파누나."

어떤 교사는 어느 날 작업을 마치고서 수첩에 써넣은 일기에 이렇게 여유로운 단카短歌(일본을 대표하는 전통적인 시가의 하나로, 5구 31음절의 정형시—옮긴이) 등을 끼워 넣기도 했다.

이때 갑자기 특공기가 출동했다는 소식이 전해졌고, 전투 성과 발표에 이어진 병원 안의 떠들썩함과 동요가 여학생들의 가슴에 파동처럼 밀려와 커다란 소용돌이를 이루었다. 여기저기 방공호에서 "만세!"를 외치는 소리가 들려온다.

학생들은 이 상황을 어떻게 받아들여야 할지 알 수 없다는 듯 그저 멍한 표정이었다. 캄캄한 밤하늘에 쓸쓸하게 멀어져가는 폭음, 그 폭음에 이어지는 대공포화의 연속음과 큰 울림, 그리고 아득히 먼 하늘을 태우는 불기둥을 볼 때, 앞길이 창창한 청년의 젊은 육체가, 그 순결한 혼이, 한 발 탄환과 함께 스러져가는 풍경만이 여학생들의 뇌리에 깊이 새겨지는 것이었다.

섬을 에워싼 몇백 척이나 되는 군함 한복판으로 고작 두세 기가 날아가 꽂히는, 인간의 수준을 훌쩍 뛰어넘는 행동의 비장함에 비해 그들의 희생은 너무나도 컸고, 그 희생이 승리의 결과를 가져다주리라는 순진한 기대를 걸기에는 그들이 처한 현실에 신뢰가 가지 않았다. 미군은 하루가 다르게 함대를 늘려갔고, 투쟁이 격렬해질수록 전선은 점차 축소되었다. 수를 헤아릴 수 없을 만큼 빽빽한 함선이 섬 주위를 에워싸고 대담하게 접안하여 버젓이 만으로 들어오는가 하면, 밤이면 휘황하게 전등을 밝히고 낮에는 수평선 저쪽에서 포탄을 쏘아댄다. 움막 안에 있는 여학생들도 그 광경을 선명하게 상상할 수 있었다. 왜냐하면 밤이면 좁은 섬 양쪽 바다 저편 하늘이 붉게 타올랐고, 낮이면 치명적인 포탄이 현실이 되어 날아들었기 때문이다.

공중에서 병사들이 눈부시게 활약하는 것과 마찬가지로 지상의 최전선에서는 보병이 날 듯 뛰어다녔다. 그러나 이렇게 눈부신 활약에 이어지는 것은 음울하고 비참한 병원 침대였다.

그들이 배속된 야전병원도 점차 최악의 상황으로 내몰리고 있었다.

학생들이 이곳으로 온 지 일주일밖에 지나지 않은 4월 1일, 미군 일부가 자탄에 상륙했고, 그로부터 며칠 뒤 오키나와 중부에서는 격렬하게 전투가 전개되었다.

병원에서 근무하는 그들에게도 각지의 상륙 상황과 미군 진출 소식이 들려왔다.

상륙군을 맞아 중부 각 전선의 전투는 점점 치열해졌고, 전쟁의 불길은 더욱더 번져 희생자가 급격히 늘어났다. 4월 중순이 되면서 전선의 부상병들이 하에바루 야전병원으로 속속 실려왔다. 이에 따라 병원도 본격적으로 전쟁터로 바뀌었고, 따라서 학생들도 곧 그 중심으로 휘말려 들어갔다.

우라소에촌 마에다 전선에서 부상자가 가장 많이 나왔다. 최전선에서 남쪽으로 후퇴할 때 가장 가깝고 큰 곳이 하에바루 병원이었기 때문에 중부 모든 전선에서 대다수의 부상자가 이곳으로 실려왔다.

미군의 전파탐지기가 워낙 정교한 데다 함포와 공습의 위협마저 도사리고 있었고, 도로가 여기저기 파괴되어 트럭이 다닐 수 없었기 때문에 어쩔 수 없이 부대의 전우들이 들것으로 부상자들을 실어 날라야만 했다. 하지만 그 들것이라는 것도 전투가 심해지면서 부상자가 늘어나 턱없이 부족하게 되어 겨우 대나무나 막대기 두 개에다가 모포를 갖다 댄 것이 많았다. 슈리 부근 전선에서부터 하에바루 병원으로 부상자를 실어 나르는 일에는 이루 말할 수 없는 위험과 어려움이 따랐다. 슈리 전선에서 야전병원까지는 약 8킬로미터 정도 떨어져 있었고, 멀리 우라소에촌 마에다 고지 부근 최전선에서는 약 12~16킬로미터 정도의 거리가 있었다. 시키나·한타가와에서 가장 위험한 고지대를 넘고 울퉁불퉁한 돌투성이 길을 걸어 들것으로 부상당한 전우를 실어 나르는 병사들의 모습은 완전히 기력이 다해 숨이 끊어질 듯했다.

게다가 도중에 포탄이 비처럼 쏟아져 끊임없이 죽음의 위험에 노출되었고, 부상병을 나르는 병사들 가운데서도 수많은 사상자가 나왔다.

부상자라 해도 대단히 운이 좋은 몇 퍼센트만이 어렵사리 병원에 다다를 수 있었고, 애써 병원으로 옮겨졌다 해도 한 시간도 지나지 않아 죽는 사람도 있었다. 개중에는 전혀 가망이 없는 사람도 있었다. 예컨대 병원 가까이에서 다친 사람은 배가 갈라져 창자가 들것 옆으로 전부 비어져 나와 있었다. 그런 경우 창자를 뱃속으로 밀어 넣고 봉합하더라도 피를 워낙 많이 흘려 살아나지 못했다.

2

여학생들의 방공호는 셋으로 나누어져 있었고, 그들은 그 안에서 날마다 똑같은 일을 되풀이했다. 방공호를 넓히는 작업, 본부와의 연락, 식량 운반, 부상병 간호.— 이와 같은 일들이 당번 교대제로 이루어졌다. 특히 학생들이 간호를 맡게 되어 처음으로 부상병들과 접촉하게 되었을 때 그들은 하나같이 일종의 정신적인 충격을 받았다. 그 무렵까지 부상병을 간호하는 일은 오로지 오키나와사범학교 본과 1학년과 예과 3학년 학생들이 도맡았고 나머지는 잡역에 종사했다. 여학생들의 최초의 체험— 그 광경을 마주친 사람은 제1외과가 있는 방공호에 처음으로 간호를 도우러 간 어떤 여학생이었다.

마침 그녀가 있던 곳의 옆 치료실에는 다 죽어가는 중환자가 마지막 가쁜 숨을 몰아쉬고 있었다. 5분 … 10분 … 어쩐지 쓰라린 마음에 가만히 시간을 새기듯 기다리는 사이에 마침내 부상자의 숨이 멎어버린 것을 알아챘다. 처음으로 사람이 죽는 것을 본 그녀는 이루 말할 수 없이 불안해졌다. 처음 얼마간은 소독을 하고, 옷을 갈아입히고, 수술을 하면서도 아무런 감정 없이 오직 기계적으로 움직이는 간호사들을 보고 너무 놀라워서 존경스럽기만 했다.

그러나 자신들도 머지않아 그런 식으로 익숙해져갈 것이라고 생각하니 무섭고 비참해지기까지 했다. 그때 환자 중 한 명이 옆 병실에서 외쳤다.

"간호사! 간호사!"

간호사가 눈에 띄지 않아 그녀는 자신을 부른 것이라 여기고 자석에라도 이끌리듯 흠칫거리며 옆 병실로 발을 옮겼다. 병실을 들여다본 바로 그 순간 이러한 광경에 익숙하지 않았던 그녀는 하마터면 그곳에서 되돌아갈 뻔했다. 그때 어느 환자가 그녀를 불러 세웠다.

그곳은 처참한 연옥이었다. 어깨부터 손가락 끝까지 새하얀 석고로 두른 사람, 기관지가 파열되어 목구멍에서 끊임없이 쌔액쌔액 소리가 나는 사람, 탄환이 흉부를 관통해 숨을 쉬거나 말을 할 때마다 등에 난 구멍에서 거품이 부글거리는 사람, 뇌에 이상이 생겨 옷을 다 벗어버리고 마구 소리를 지르는 사람 … 어두운 방공호, 촛불에 비친 광경은 도저히 이 세상의 모습이라고는 생각할 수 없을 만큼 끔찍했다. 무의식중에도 등골이 오싹하고 저도 모르게 다리가 바들바들 떨렸다. 그날 밤은 친구들에게 이야기할 기력도 없었고 끝내 잠을 이룰 수도 없었다.

어떤 여학생은 양손이 없는 환자에게 불려갔다. 그 환자의 머리맡에는 곰팡내 나는 주먹밥 한 덩이가 굴러다니고 있었다. 여학생은 주먹밥을 경건하게 그의 입으로 가져갔다.

"이제부터 식사 시간에는 언제나 올게요"라고 그녀는 약속했다. 이런 일은 여기에 온 모든 여학생들이 한 번씩은 겪어야 하는 것이었다.

부상자가 많아지면서 학생들의 부담도 커진다. 그들은 사역과 간호로 정신없이 바빠 몸을 혹사했다. 그러나 부상병 간호를 처음 맡은 그들은 작은 일에도 감동했고, 지나칠 정도로 부상자들을 가엾게 여겼다. 가슴 아픈 광경을 보면 언제나 눈물을 흘렸다. 하지만 그러한 동정은 실제로는 아무런 효과가 없었다. 처참한 병원에서 그런 감정에 사로잡히는 것은 위험했다. 그들의 건강은 하루가 다르게 나빠졌다. 인솔 교사들이 걱정한 것이 바로 그 점이었는데 아니나 다를까 어느 날 군의관이 "방법이 없습니다. 학생들이 지나치게 친절해요"라며 주의를 주었다. 결국 '아무런 효과도 없는 동정'이라는 얘기였다.

미 항공모함을 벗어난 함재기는 연달아 들고나면서 종일토록 유유히 상공을 선회하며 상세하게 정찰을 한 다음 정확한 지점에 폭탄을 투하해, 지상의 어떤 것에도 미동을 허락하지 않겠다는 듯 압도적인 모습을 보여주었다. 짙은 그늘을 드리운 관목 수풀과 부드러운 풀빛이 순식간에 사라지고, 사방의 푸른 언덕은 풀 한 포기조차 남아 있지 않은 초토로 바뀐다. 삼각 막사도 지금은 사람 하나 없이 지상에 모습을 드러낸 채 사방이 파괴되어가는 가운데에 홀로 서서, 피할 수 없는 자신의 차례를 무표정하게 기다리고 있는 것처럼 보였는데, 얼마 지나지 않아 차례차례 무너져 자취를 감추었다. 앞쪽으로 야트막한 언덕에 일본군 야포 진지가 하나 감춰져 있었다. 가랑비가 내려 뿌옇게 보이는 음울한 하늘 아래서 그곳만은 연기가 자욱하게 피어오르고 있었다. 함포와 공중폭격이 그곳에 집중하고 있는 것이다.

공격하는 쪽이 일방적이지 않다는 것을 증명이라도 하듯 이따금 야포 진지에서 묵직한 발사음이 나는가 싶더니 4~5분 뒤에는 귀를 먹먹하게 만드는 집중사격이, 일본군의 그것과는 현격한 차이가 나는 엄청난 분량의 철탄이 진지에 퍼부어져 그곳은 순식간에 검은 연기로 뒤덮여버렸다.

4월 중순경부터 전쟁은 한층 더 격렬해졌다. 총을 멘 병사와 말이 끄는 포차가 하에바루 가도를 지나가는 때가 있다. 그러나 그것은 이름뿐인 군대에 지나지 않았다. 이 무렵부터 "돌격"을 외치는 소리가 부쩍 늘었다. 실제로 병원에서도 돌격대가 조직되었다. 날이 저물면 언제나 방공호를 찾아와 그날그날의 전황을 들려주는 기관총 부대의 모리森 소위와 나카무라中村 소위라는 이들이 있었다.

어느 날 두 소위가 무장을 하고서 학생들의 방공호에 들어왔다. 작별인사를 하러 온 것이다. 긴장한 얼굴 표정에 비해 그들의 태도와 동작과 목소리는 착 가라앉아 있었다. 장교들의 몸에서는 젊음과 힘이 한층 더 빛나는 것처럼 보였다. 그들의 모습이 보이지 않을 때까지 여학생들은 방공호 입구에서 손을 흔들며 그들을 전송했다. 그들도 연신 뒤돌아보며 한 손을 들어 그에 응답했다. 사라져가는 저편으로 젊은 육체를 기다리고 있던 탄막이 … 그 모습이 그들의 뇌리를 스쳤다.

돌격대는 10명 정도가 한 조가 되어 나갔다가 운이 좋을 때는 두세 명이 살아 돌아오거나, 때로는 전멸할 때도 많았다.

그 후 이 두 소위의 소식은 끝내 들을 수 없었다.

그 무렵 병원 보초와 약품 운반, 식량 운반 등의 일을 담당하던 위생병들 중에서도 급격히 줄어든 병력을 보충하기 위해 전선으로 출동하기도 했다. 그로 인해 얼마 남지 않은 위생병들과 육군 간호사와 여학생들이 병원 일을 맡아야만 했다.

오키나와 출신의 젊은 현역 초년병들이 있었다. 이들은 끊임없이 야단을 맞는 바람에 기가 죽어 있었다.

"향토방위는 너희들이 맡아야 한다. 오키나와는 너희 섬이 아닌가" 라는 등의 잔소리를 들으며 환자를 실어 나르고, 먼 곳으로 보고를 하러 다녀와야 하고, 병원 주변을 경계하는 등 곤란하고 위험한 일들은 모두 그들이 도맡아야 했다.

전투가 치열해지면서 최전선으로부터 부상자가 속속 실려왔고, 얼마 지나지 않아 방공호는 꽉 찼다.

기세 좋게 퍼붓는 함포를 뚫고 부상한 전우를 들것에 떠메고 왔어도 수용할 곳이 없어 방공호 앞에서 오도 가도 못하고 쩔쩔매곤 했다.

"신음하는 전우를 눈 뜨고는 차마 볼 수 없어 목숨 걸고 여기까지 데려왔는데 들어갈 수조차 없다는 말인가?"라며 일본도를 빼들고서 비분의 눈물을 흘리는 하사관도 있었다. 그러나 달리 손을 쓸 방법이 없어 한데다 전우를 내버려둔 채 치를 떨며 그곳을 떠나갔다. 이때부터 위생병과 간호사들도 감당하기 어려운 과로로 인해 쓰러질 지경이었다.

4월 말경에는 모든 방공호에 가능한 한 부상자를 전부 욱여넣었지만 막상 지금까지의 인원만으로는 간호 업무를 온전히 해낼 수 없어 여학생 200명 전원이 각 방공호에 배치되어 부상병을 돌보는 일에 전념하게 되었다.

지금까지 여학생들만은 세 군데 방공호에 모여 있어서, 그곳에서 각 근무 장소로 교대로 나갔고, 비번이 되면 친한 친구들과 얼굴을 마주할 수도 있었다. 그러던 것이 본부 방공호와 제1외과 방공호, 제2외과 방공호, 제3외과 방공호로 배치되어 부상자들의 신음 속에서 일을 하고, 잠을 잘 수밖에 없었으며, 그 때문에 학생들은 우연히 함께 배속된 학우 이외에는 친구들을 볼 수 없게 되었다.

각 외과 방공호에는 수간호사 두 명씩과 간호사 한 명, 거기에 학생 몇 명이 배정되었다. 여학생들이 각 방공호에 배치된 그날은 마침 연일 내린 비로 길이 질퍽거렸고 칠흑 같은 밤이었다. 고작 40~50미터 또는 200~300미터밖에 떨어지지 않은 산 중턱을 이동하여 배속된 각 외과 방공호의 제 위치에 닿기 위해 바깥을 걸어가는 짧은 시간 중에도 기분 나쁜 소총의 유탄이 빈번하게 귓가를 스쳤다. 제2외과 제20호로 가기 위해 40명가량의 학생을 요나미네與那嶺 교사와 우치다內田 교사가 인솔했다.

새로운 방공호는 어느 곳이나 숨 막힐 듯한 고름 냄새로 혼이 빠질 지경이었다. 입구에서 가까운 통로 한쪽에 2단식 침상이 안쪽으로 쭉 이어졌고, 수간호사, 간호사, 위생병, 군의관의 치료실, 환자 순으로 자리가 정해져 있었으며, 19 · 20 · 21 관통 방공호가 교차하는 십자로의 한 모퉁이가 제2외과 여학생들의 대기실로 배정되었다. 그곳에 짐을 부리기가 무섭게 그들은 일을 하기 시작했다.

3

방공호 안은 그야말로 생지옥이나 다름없었다. 새로운 환자는 일단 군의관이 있는 방공호에서 진찰과 수술을 받은 다음 들것에 실려 각 방공호로 옮겨졌다. 군의관은 사흘에 한 번 방공호들을 순찰하고 부상자의 붕대를 갈았다. 손을 쓸 수 없을 정도로 심하게 다친 많은 환자의 붕대를 갈아주는 일은 예삿일이 아니었다. 거의 모든 환자의 상처에는 구더기가 들끓었다. 산 채로 구더기에게 먹히고 온 몸에 구더기가 기어다닌다. 주먹밥을 먹는 부상병의 얼굴 위로 두세 마리가 가로질러 가기도 한다.

군의관이 오면 환자들은 크게 기뻐했다. 그러나 하루라도 늦게 올라치면 "어서 군의관을 데리고 와라. 붕대를 갈아달라"며 졸라댄다.

붕대를 갈아주는 일도 나흘에 한 번, 닷새에 한 번, 엿새에 한 번으로 점점 주기가 길어졌다. 치료도 제대로 할 수 없었을 뿐만 아니라 구더기가 점점 늘어나고, 숨이 막힐 듯한 냄새와 신음 소리, 게다가 정신이 이상해진 환자들의 아우성 등으로 방공호 안은 그야말로 아비규환의 지옥도로 바뀌었다. 수술실에서 일하는 학생들은 하룻밤 새에 80명의 절단을 도와야 했고, 잘라낸 병사들의 넓적다리를 번쩍 둘러메고는 묻으러 갔다. 때로는 전투로 살기등등하고 난폭해진 남정네들이 고함을 질러대는 바람에 눈물을 흘리기도 했지만, 진심을 다하는 소녀들의 극진한 간호는 얼마나 저 거칠어진 병사들의 마음을 달래주었을까.

"학생!"

"변기! 변기!"

"붕대 좀 갈아줘!"

학생들은 끊임없이 자신들을 불러대는 소리를 들어가며 시키는 대로 순진하게, 익숙하지 않은 일을 쉬지 않고 해냈다. 그리고 죽어가는 환자의 침대 옆에서 어머니를 대신해 유언을 듣고, 누이를 대신해 유품을 맡아주기도 했다.

전선에서 전투가 격렬해짐에 따라 날마다 수많은 부상자가 방공호로 실려 들어왔고, 그때마다 몇 명인가가 죽어나갔다. 방공호마다 매일 네다섯 명씩 나오는 사망자의 유해는 그들이 수습하여 묻었다.

칠흑같이 어두운 밤, 겨우 열예닐곱 살밖에 안 된 여학생 둘이서 시체를 떠메고 간다. 드디어 병사의 유해를 짊어진 채 함포탄에 맞은 여학생도 생겼다. 피와 냄새로 뒤범벅된 비참한 방공호 안의 현실에 직면한 그들은 식구들 생각을 잊고, 목숨을 부지하겠다는 생각조차 잊은 채, 자애롭고 정성 가득한 마음이 되어, 하루하루 사라져가는 병사들의 목숨을 품으려는 듯이 보였다. 잇달아 죽어가는 병사들의 머리맡을 지키며, 이틀이든 사흘이든 계속 간호를 하는 학생마저 있었다. 방공호 안의 생활은 점점 이루 말할 수 없을 만큼 참담한 지경으로 치달았다. 무엇보다 악취를 견뎌내기 힘들었다. 약품과 고름과 오물과 땀이 뒤범벅이 되어 풍기는 냄새. 환기마저 되지 않아 공기는 아주 혼탁했다.

환자의 배설물도 변기에 담아두었다가 바깥으로 내가도 괜찮은 때를 가늠해서 잽싸게 뛰어나가 버리고 들어왔다. 종종 여학생들은 죽어가는 병사들이 마지막으로 내뱉는 말들을 들어야 했다. 그 말은 대개 "어머니"였다. 어떤 여학생은 죽어가는 병사가 "천황 폐하 만세!"라며 희미하게 세 번 외치는 소리를 들었다고 말했다. 어느 병사는 평소에는 온순하게 말없이 있다가 한번은 한 여학생에게 면도칼을 빌려달라며 말을 건넸다. 여학생이 의아한 표정을 짓자 "수염을 깎으련다"고 대답했다. 자꾸만 졸라대는 통에 왠지 불안해하며 면도칼을 찾아 건네주자, 병사는 수염을 말끔하게 깎고 나서 눕더니 이렇게 말했다.

"나는 이제부터 좋은 곳으로 갈 거야. 자, 이불을 좀 덮어다오."

몇 시간 뒤 그는 계속 어머니를 부르면서 의식이 혼미해져갔다. 또 부상자 가운데는 "학생, 우리가 이기고 돌아가게 되면 나 좀 고향에 데려다 주라"라면서 농담 같기도 하고 위로 같기도 한, 종잡을 수 없는 말을 하는 사람도 있었다.

부상자와 악취에 대한 혐오와 공포가 어느 사이엔가 사라지고, 학생들은 점차 침착하고 진지해졌다. 능숙하게 일처리를 하는 군 간호사들의 모습을 지켜보며 놀라워하던 그들도 어느 사이엔가 그 모습을 조심스럽게 닮아갔다. 그러나 간호사들의 태도에 자연스럽게 동화해가면서도 학생들은 전적으로 사무적인 태도를 취하지 못했다. 자신의 고통을 잊은 헌신적인 봉사가 환자에 대한 동정과 미세한 배려가 되어 고스란히 드러났다.

"이따위 육군병원이 세상천지 어디에 있단 말인가! 죽어서도 잊지 못할 거야." 부상병 중에는 이렇게 분노를 터뜨리는 자도 있었다.

"너, 군인 아니야? 끙끙대지 좀 마!"

"일찌감치 뒈져버려라." 하루 종일 신음하는 환자가 있을라치면 같은 처지에 놓여 있는 환자가 시끄럽다면서 이렇게 소리치기도 했다.

"뒈진 놈은 빨리 치워버려!" 바깥이 위험하기 때문에 죽은 사람을 방공호에 그대로 둘라치면 또 이렇게 호통을 치기도 했다. 여학생들은 시체를 모포로 둘둘 말아 방공호 입구까지 나른다. 구덩이를 파고 시체를 묻는 일은 병사들이 했지만 때로는 그들도 거들어야 했다. 이런 작업은 날아오는 포탄 속에서 하루에도 몇 번씩이나 계속되었다.

밖에서 요란스럽게 날아다니는 포탄에도 아랑곳하지 않고 방공호 안에서는 이런저런 이야기가 오가기도 했다. 식구들 이야기, 지나간 이야기, 그리고 전쟁에 대한 이야기. 전쟁 이야기만 나왔다 하면 으레 낙관적인 전쟁 성과만을 부풀리곤 했다. 이런 분위기는 오키나와 전투가 끝나는 날까지 계속되었는데, 그들이 허위 선전에 넘어가 군의 실력을 과신하거나 지원군에 대해 헛된 믿음을 가진 것이 여기에서도 고스란히 드러났다. 그러나 낙관적이고 기세등등한 이야기도 부상을 입지 않은 건강한 위생병이나 간호사나 경상자들 사이에서나 오갔을 뿐, 전선에서 부상을 입고 후송된 병사들은 완전히 비관적이었고 패전을 강하게 예감하고 있었다.

그런데 가끔 여학생들은 비교적 가벼운 부상을 입은 환자들로부터 전선의 상황을 전해들을 때가 있었다. 그 가운데 인상적인 이야기가 두세 가지 있었다. 예컨대 육탄공격반으로 선발되었을 때의 끝없는 쓸쓸함이 그것이다. 다코쓰보에 혼자 있으라는 명령을 받았을 때 대부분의 병사는 잠들어버린다. 적병의 발소리나 전차가 굴러가는 소리에도 눈을 뜨지 못할 때가 있다. 그가 피로에 찌들어 잠이 들어서가 아니다. 또 최전선에서 여유를 부리며 잠이 들어버릴 만큼 강심장이어서도 아니다. 그것은 쓸쓸해서다. 도저히 일어나 있을 수 없는 쓸쓸함 때문이다. 다코쓰보에 혼자 남겨졌을 때의 외로움이란 어떻게 해도 말로는 표현할 길이 없다.

또 이런 이야기도 있었다. 슈리 서쪽 다쿠시 전선에서 일어난 일이다. 어느 박격포 진지 가까이로 미군 전차 한 대가 다가왔다. 그곳은 좁다란 외길이었고, 그 길 끝에는 전차호戰車壕가 있었다. 일본군 진지에서는 절호의 기회라 여기고 육탄공격병을 한 명 내보내기로 했다. 그 많은 사람 가운데서 특별히 희생자로 뽑힌 사람이 오키나와 출신의 어느 초년병이었다. 그는 육탄 공격의 요령도 모르는지 급조 폭뢰에 불을 붙이는 방법과 전차를 공격하는 요령을 간략하게 설명하는 분대장의 이야기를 고분고분하게 들으며 그저 네, 네 했다. 이윽고 그는 급조 폭뢰를 안고서 진지에서 튀어나갔다. 그는 자세를 낮추고 지물지형을 이용하면서 전차가 오고 있는 도로로 가까이 다가갔다. 진지 쪽에서는 분대원들이 차폐물 뒤에 숨어 마른침을 삼키며 육탄 공격 광경을 주시했다.

놀랍게도 이 초년병은 전차가 가까이 다가올 때까지 도로에서 5미터밖에 떨어지지 않은 밭의 움푹 들어간 곳에 엎드려 있다가 행동을 개시할 시간이 임박하자 벌떡 일어나 앉더니 두 손으로 한쪽 발을 부여잡고서 열심히 신발 밑창에 붙어 있는 진흙을 판자 쪼가리 같은 것으로 긁어내고 있다.

"자세가 높다!"

누군가가 저도 모르게 튀어나오려는 이 말을 간신히 삼켰다. 넋을 놓고 그저 멍하니 보고 있는 자, "이게 어떻게 된 일이냐"며 어이없는 표정을 짓는 자.— 그러나 모두, 도무지 사람이 할 수 있는 일이라고는 생각할 수 없는, 대담한 행동을 하는 이 초년병에게서 시선을 떼지 못했다.

전차가 앞에 다가온 순간 그는 앉은 채, '야스쿠니상자靖國箱(나라를 평안케 하는 상자라는 뜻—옮긴이)'라고 불리는 급조 폭뢰의 신관信管(탄환, 폭탄, 어뢰 등에 장치하여 필요한 조건에 따라 폭약을 터뜨리는 기폭 장치—옮긴이)을 군화의 징으로 두들기더니, 급히 지면을 박차고 일어서서는 전차 뒤로 돌아갔다. 뛰쳐나왔다고는 하지만 특별히 거세게 돌진하는 것 같지도 않았다. 이윽고 전차는 3미터 깊이의 구덩이와 마주치고는 뒤로 돌지 못하고 잠시 정지해 있었다. 초년병은 전차가 당연히 후퇴할 것을 예상하고 캐터필러 뒤쪽에 폭뢰를 던져 넣었다.

그와 동시에 재빨리 몸을 돌려 이번에는 마치 다른 사람처럼 도약하면서 후퇴했는데, 그가 깊이 3미터 정도의 구덩이로 거꾸로 굴러떨어지는 것을 진지에 있는 전우들은 분명히 보았다. 그리고 동시에 어마어마한 굉음과 함께 전차는 기우뚱하고 옆으로 나동그라졌다. 초년병은 즉시 진지로 뛰어들어와서는 "반장님, 해냈습니다!"라며 간신히 한마디 내뱉더니 분대장의 가슴에 기대며 와락 눈물을 쏟아냈다.

초년병은 기쁨과 공포가 마구 뒤섞인 표정으로 눈물을 흘리며 흥분했다. 무모하기도 하고 숭고하기도 한, 급조 폭뢰를 내던지기까지의 동작에 비해 도망갈 때는 작은 사슴처럼 겁이 많았던 그는 이런 일에 뽑힌 자가 갖는 특유의 심리로 가공할 고독감에 사로잡혀 있던 것이리라.

4

"학생, 학생!"

"학생은 참 친절하구먼."

이런 소리가 환자들 사이에서 들려오면서 병원 방공호 안은 차츰 분위기가 밝아졌다. 여학생들은 일하고 있을 때면 아주 딴 사람이 된 것 같았다. 육체적인 노역과 주어진 임무에 대한 책임감을 가지고 군과 함께 전쟁을 몸소 겪어내고 있는 것이었다. 그것은 그야말로 무언가에 쫓기는 듯한 고된 노동의 연속이었다. 한번은 여학생 하나가 포탄을 맞고 되튄 토사에 파묻히는 바람에 있는 힘을 다하여 흙을 삽으로 퍼낸 다음 끌어내 살려내기도 했다. 또 한 번은 직격탄을 맞아 환자, 간호사, 위생병 할 것 없이 12~13명이 한꺼번에 희생되기도 했다.

그 밖에 여학생들은 식사를 받아오고, 물을 긷고, 환자의 분뇨를 처리하고, 간단한 주사를 놓고, 환자의 붕대를 갈아주고, 야간에 들것을 운반하는 일 등을 했으며, 또 방공호 안의 온갖 잡다한 일들을 도맡았다. 그러나 그 일들은 도저히 끝이 날 것 같지가 않았다.

특히 하루에 두 번 있는 식사 수령은 가장 위험한 일이었다. 시도 때도 없이 함포사격이 이어지다가 정해진 시각만 되면 잠잠해진다. 그 시간은 오전 4시에서 5시, 오후 6시에서 7시 사이로 오전과 오후 각각 한 시간가량씩이었는데, 이때가 하루 중 가장 바쁜 시간이다. 식사 수령, 시체 처리, 물 긷기 등 온갖 일들이 그들을 기다리고 있었다. 이 시간에 병원 전체에 식사를 나눠주는 일도 그들이 맡은 일이었다.

취사장은 하에바루촌 기얀 마을 쪽, 그러니까 병원에서는 400~500미터나 떨어진 곳에 있었다. 포탄이 쏟아지는 와중에 작은 언덕을 하나 넘고 울퉁불퉁한 길을 지나, 간장통을 짊어지고 반합을 손에 들고서, 엎어지기도 하고 구르기도 하며 400미터 남짓 가면, 기얀 마을의 민가가 나오고, 민가 부근에 군 취사장이 있다. 그곳에서는 밥 짓는 연기가 자욱하게 피어오르는 가운데 취사병들이 큰소리로 떠들면서 밥을 푸고 있었는데, 멀리서 가까이서 끊임없이 들려오는 포탄 소리가 그들의 떠들썩한 소리를 지우곤 했다. 취사장은 가장 위험한 장소여서, 종종 희생자가 나오기도 하고 솥이 부서지는 일도 생겨, 사람들은 날마다 마을 안을 이리저리 전전해야 했다.

여학생들은 밥을 타러 갈 때마다 취사장이 어디로 옮겨졌는지를 찾아야 한다. 가끔은 함포사격이 워낙 거세어 밥을 짓지 못하는 바람에, 한데에서 한 시간 반 이상을 기다리기도 했다. 밤중에 두 번을 오가면서 다음 날 치를 수령해오는데, 방공호로 가지고 돌아오면 주먹밥으로 만들어 9시나 10시 무렵까지 전부 분배했다. 식사는 우메보시나 쓰쿠다니佃煮(작은 물고기나 조개, 다시마 같은 해조, 메뚜기 같은 곤충 따위를 간장과 설탕 등으로 조린 음식—옮긴이)를 곁들인 죽이나 밥이었다. 함포 공격이 거세어 바깥으로 나가지 못할 경우, 학생들이 시신을 처리하느라 정신이 없을라치면, 부상자들은 "밥 줘!", "밥은 언제 타오는 거야?"라며 계속 보챘다.

상황에 따라 때로는 한 번에 두 끼 분량을 가지러 가는 일도 있고, 하루에 한 끼로 끝나는 일도 있었다. 중상자, 특히 입이나 얼굴을 다친 사람은 죽을 먹었는데, 그들은 언제나 배고픔을 호소했다. 손이 없는 환자와 일어나지 못하는 환자는 학생들이 밥 먹는 것을 도와준다. 몹시 위험한 상황에서도 취사장에서 가져온 밥통은 깨끗이 씻어서 되돌려줘야 했으며, 잘못 씻었다가는 취사병에게 꾸지람을 듣는다.

혼자서 걸을 수 있는 환자나 위생병들은 한정된 분량으로는 도저히 허기를 채울 수 없었다. 그래서 그들은 안전할 때 방공호를 빠져나가 사람이 없는 민가나 근처 밭에서 이런저런 식량을 긁어모아, 약품을 쌌던 상자나 민가에서 뜯어낸 널빤지로 불을 지펴 익혀 먹었다.

식사 수령.— 이 위험한 일을 날마다 여학생들 중 몇 명인가는 꼭 떠맡아야 했다. 그때마다 '이번엔 누구와 누구'라고 당번을 지명하고, 그들을 방공호 밖으로 내보내야 하는 인솔 교사들의 마음은 무겁기만 했다. 학생들의 생명을 책임져야 한다는 의무감 때문에 그들이 식사를 받아 안전하게 돌아올 때까지 안절부절못했다. 학생들이 무사히 돌아오면 다행이라며 가슴을 쓸어내렸다. 여학생들은 교사의 명령에 순종했다. 어떠한 위험한 일에도 싫은 기색을 내비치지 않았다.

가혹하기 그지없는 전쟁터에서 운명을 함께하는 사람들의 마음은 하나가 된다.

식사 수령은 위험하지만 또한 즐겁기도 한 일이다. 그들은 같은 야전병원에서 일을 해도 다른 방공호에서 일어나는 일에 대해서는 전혀 알지 못했다. 취사장에 모여서야 비로소 서로의 소식을 안다. "잘 지내다가 다음에 또 만나자!"라고 서로 격려하며 헤어진다. 취사는 병원에 속한 취사병 외에 민가의 여자들이 함께했는데, 주변이 위험해지면서 여자들은 자취를 감추었다. 그곳에 오십 줄의 아주머니가 있었다. 그 아주머니는 거친 취사병들에 뒤섞여 목이 쉬도록 소리를 지르며 다부지게 취사를 돕고 있었다. 근처 마을에 살던 그녀는 "군에 도움이 되고 싶다"면서 명목상 군속이 되었고, 그녀의 딸 또한 군 간호사여서 엄마가 있는 이곳으로 종종 식사를 받으러 왔다. 어느 날 밤 아주머니가 크게 다쳤고, 사흘 뒤에 끝내 목숨을 잃었다. 딸이 동료들의 도움을 받아 어머니를 묻었다.

5

식사 수령도 그렇지만 물 긷기도 위험하기는 마찬가지였다. 우물 몇 개가 각 방공호에서 40~50미터 정도 떨어진 곳에 있어서, 그곳에 가려면 공습과 함포 공격이 잠잠한 틈을 재빨리 포착해야 한다. 우물에 가면 땀으로 찌든 옷을 빨아 방공호 근처에 널어놓고서 풀을 덮어두지만, 포탄 때문에 누더기가 되어버리기도 한다. 환자 옷은 퇴원해 방공호를 나가는 병사의 것만 세탁했다. 또 몸이 더러워져 못 견딜 정도가 되면 밤에 기슭의 시냇가로 목욕하러 갔다.

그러는 가운데 여학생들 중에도 희생자가 나왔다. 4월 26일에는 사

쿠가와 요네코佐久川米子가 제1외과 방공호 입구에서 총기에 맞았고, 그 후 우에치 사다코上地貞子, 가카즈 야스코嘉數ヤス子와 동급생들이 잇달아 쓰러졌다. 또 전염 병동에서는 시마부쿠로 노부코島袋ノブ子가, 시키나 분원分院에서는 도쿠다德田·이시가키石垣 두 교사 및 아자마 도미코安座間トミ子, 나미히라 세쓰波平セツ 등이 전사하고, 마에자토 시게코眞榮里シゲ子, 그 밖에 이시카와 기요코石川淸子, 야마시로 요시코山城芳子, 가리마타 기요狩俣キヨ, 도카시키 료코渡嘉敷良子, 나카무라 하쓰코仲村初子 등이 중상을 입었다. 그들은 자신의 신변에 시시각각 닥쳐오는 불길한 죽음의 그림자가 두려워 몸서리를 쳤다.

4월 28일, 하에바루 병원의 중상 환자 일부가 병원에서 5킬로미터 정도 떨어진 다마구스쿠촌 후나코시船越 근처의 이토카즈 분실로 옮겨지고, 여학생 12~13명도 따라가게 되었다. 각 방공호에서 들것에 실은 환자를 트럭이 있는 본부 앞까지 데리고 갔는데 가깝게는 50미터, 멀게는 200미터 정도의 거리였다. 길은 몹시 울퉁불퉁했고 비로 질퍽거려 혼자서 걷기에도 힘들 만큼 미끄러웠다. 들것을 든 가녀린 팔이 떨어져나갈 듯이 아팠다. 그사이 포탄이 떨어지는 바람에 몇 번씩이나 엎드린다.

"학생, 괜찮아? 이봐, 위험해! 숨어! 숨으라니까!" 환자 중에는 학생들을 걱정하며 이렇게 외치는 이도 있었다. 다음 날 4월 29일은 천장절天長節(히로히토裕仁 천황의 생일. 천황이 바뀔 때마다 날짜가 바뀐다. 2019년 5월 1일 나루히토德仁 천황이 즉위하여 현재는 나루히토 천황의 생일인 2월 23일을 천황 탄생일로 기념한다—옮긴이)이어서 병사들은 자신들이 받은 하사품을 여학생들에게도 나눠주었다.

하루하루를 피로와 싸워가며 아무것도 생각할 겨를이 없는 그들에게는 이날도 헛된 기대 속에 덧없이 지나갈 뿐이었다. 교사들은 누가 학생들에 대해 마지막 책임을 져야 하는지 의문을 품었다. 결국 만일의 경우 학생들을 어떻게 처치할 것인가 하는 문제다. 이와 관련하여 군에서는 아무 생각이 없었다. 군은 그저 명령권만 행사하고 있을 뿐, 마지막 책임은 인솔자에게 맡긴다고 언명했다. 교사들은 골머리를 앓았다. 대체 언제까지 군과 행동을 함께해야 한단 말인가! 때가 되면 내팽개쳐지지는 않을까?

6

슈리성에 있는 군사령부도 완전히 위기에 빠졌다는 정보가 전해질 무렵, 야전병원 치료실에는 매일 밤 100여 명의 부상병이 전우의 등에 업히거나 부축을 받아, 또는 들것에 실려 쏟아져 들어왔다. 얼굴이 온통 피범벅이 되어, 눈도 제대로 뜰 수 없는 몰골을 한 병사가 혼자 기어 들어와서는 치료를 다 마치기도 전에 죽어버린 일도 있었다. 조금 차도가 있는 병사는 강제로 방공호에서 나가야 했다. 그러나 전선은 지휘 계통마저 무너진 채 지리멸렬한 상태였다. 그들은 비치적거리며 위험한 방공호 밖으로 나가 스스로 갈 길을 선택해야 했다.

여학생들은 자기 몸을 혹사시키면서도 정신을 바짝 차리려고 애를 썼지만 언제나 간절히 원한 것은 잠이었다. 잠시라도 틈만 나면 눈을 붙이고 싶었다. 식사 시간에 누가 깨우더라도 대개는 밥을 먹기보다 잠을 자고 싶어 했다. 잠들었다 하면 일어날 때까지 정신없이 곯아떨어졌다. 그들은 2단으로 나뉜 곳의 위쪽에 모여 잠을 잤는데, 가끔 땅바닥으로 굴러떨어져도 모를 정도로 깊이 잠든 사람도 있었다. 방공호 안은 모기와 벼룩 천지였지만, 온몸의 피로는 살갗의 감각을 마비시켰다. 때때로 공포가 엄습할 때 말고는 피로의 연속이었다. 심신이 지치고 쇠약해진 나머지, 아가씨답게 발그레했던 뺨은 어느새 사라지고 임산부처럼 낯빛이 누렇게 떴다.

방공호 안은 오키나와말로 쟈가루ジャーガル 토질이라고 불리는 무른 적토赤土를 파내고 여기저기에 기둥을 세워 받쳤고, 상층부의 두께가 얇은 곳은 천장에 판을 붙이고, 상하 2단으로 칸막이를 댔다. 숨 쉬기 어려운 수송선 밑바닥 같은 이곳에는 하루 종일 램프를 켜놓아야 했다. 출입구는 좁은 데다가 돌로 포탄 방벽을 쳐놓고 나뭇가지로 위장을 하여, 겨우 한 사람이나 드나들 수 있을 정도였기 때문에 빛은 거의 들어오지 않았다. 낮에 방공호 밖으로 나설 때면 어질어질 현기증이 났다. 바깥의 빛은 눈부셨다. 그만큼 햇빛이 그리웠고, 신선한 공기를 들이마시기 위해 때때로 입구 쪽으로 나간다.

"위험해! 안으로 들어오란 말이야!" 그때마다 누군가가 이렇게 호통을 쳤다.

환자는 널빤지를 댄 간단한 침대에 모포를 깐 뒤 눕혔고, 한쪽으로는 겨우 다닐 수 있을 정도의 통로가 있었다. 방공호 안은 좁은 통로를 빼고는 부상병들이 땅바닥 위에 콩나물시루같이 꽉 들어차 있어서 이상한 냄새와 탄산가스로 가득했다. 안쪽에서는 불을 켜면 금세 꺼졌다. 가라앉은 공기를 몰아내기 위해 다마요세玉代勢 교사가 고안해낸 '방공호 속 환기법'을 활용한다. 윗도리를 벗어 들고 누군가가 조용히 선창하는 노래를 따라 부르면서 윗옷을 흔들어 방공호 안의 공기를 몰아내고 바깥 공기를 끌어들이는 이 방법은 30분 이상 지속해야 겨우 환기를 시킬 수 있다. 힘들어하는 학생들을 위해 노래를 함께 불러준다. 그럴 때 곧잘 부르는 노래는 「승리의 날까지」나 모교의 고친다 교사가 작곡한 「이별의 노래」 등이었다. 아름다운 합창은 학생들에게 활기를 불러일으켰고, 공포와 고통과 불안을 몰아냈으며, 단체 생활을 하는 소녀들에게 있을 법한 명랑한 분위기를 감돌게 했다. 그럴 때면 지친 장병들의 얼굴에서도 희미한 미소가 저절로 번졌다. 그런데 이런 환경에서 단체 생활을 하다 보면 모두가 끈끈한 공통 감정으로 맺어지기 마련이지만, 때로는 솟구치는 듯한 감상의 파도에 휩쓸리기도 한다. 학생들이 부르는 「특공대」 같은 노래를 듣고 있노라면, 가슴을 저미는 듯한 쓸쓸함이 힘겨운 토굴 속 사람들의 가슴을 무겁게 내리눌렀다. 여학생들이 부르는 합창에 맞추어 기력을 되찾은 환자들이 합세한다. 그들은 군가와 유행가의 센티멘털리즘에 취해 가혹한 전쟁의 현실로부터 잠시나마 벗어나고 싶어 했다.

진창길을 지나

오키나와의 우기는 침울한 전장을 잿빛으로 감싸왔다.

6월이 가까워질 무렵 전황은 더욱 급박해졌고 야전병원도 혼란 상태에 빠졌다. 전선이 점점 뒤로 밀리면서 야전병원은 5월 26일 하에바루에서 철수하여 결국 시마지리 남단 마카베촌까지 이동하기에 이르렀다.

그날 종일 내리던 가랑비는 출발할 즈음 천둥과 번개를 동반한 큰비로 바뀌었다.

혼자서 걸을 수 있는 환자들은 병사와 간호사, 또는 여학생들이 호송했지만, 몇백 명이나 되는 중상 환자는 데려갈 수가 없어서 결국 처리해버렸다. 도저히 걸을 수 없을 것 같은 환자는 시끌벅적한 주위의 분위기를 감지하고서 "대체 어디로 가는 거냐"며 자꾸만 물었다.

여학생들이 짐을 꾸리는 것을 보고서 중상병이 묻는다. "학생들도 가나? 우리는 안 데리고 갈 셈인가?"

“아니요, 아무 데도 안 가요. 물 길러 가요”라고 그들은 대답한다. “아니요, 우린 빨래하러 가요”라고 대답하기도 한다.

“거짓말하지 마. 다 알고 있어!” 중상병은 굳어진 표정으로 얼굴에 경련을 일으키며 여학생들을 노려보았다. 어느 여학생이 중상병의 질문에 곤혹스러워하자 군 간호사가 단념한 듯 이렇게 말했다.

“명령입니다. 선발대를 호송하고 나서 다시 모시러 오겠습니다.” 그러자 중상 환자가 힘없이 고개를 끄덕이며 수긍했다.

“그렇습니까 … .” 남겨진 병사들의 통한은 말로 다 표현할 수 없을 만큼 견디기 어려운 것이었다.

“이걸 먹으면 나을 거예요 … ”라며 남겨질 병사들에게 승홍정昇汞錠(염화제2수은 알약—옮긴이)을 한 알씩 나눠주었다. 그것이 독약이라는 것도 모른 채 삼키는 사람도 있었다. 자신의 운명을 알고 건네받은 자살 수단을 그대로 이용한 사람도 있었다. 또 어떤 환자에게는 치명적인 주사를 놓기도 했다.

이런 일들은 슈리시 대부분이 미군의 수중에 들어가고 슈리성 안에 있던 일본 군사령부가 오키나와 전투 최후의 진지인 마부니 동굴로 철수하는 것과 거의 동시에 벌어졌다.

이렇게 참담하고 혼란스러운 분위기 속에서 병원장의 명령에 따라 야전병원도 철수가 진행되었다.

여학생을 인솔하는 한 교사는 미처 빠져나가지 못하고 남아 있는 사람은 없는지 각 방공호를 둘러보고 마지막으로 본부 방공호로 향했다. 본부에는 본부 소속 조장이 혼자 있었다. 윗도리도 걸치지 않고 속옷만 입은 그는 아무도 없는 병실 침상에 벌렁 드러누워 끊임없이 담배 연기를 천장에 뿜어대고 있었다.

남부 전선에서 붙잡혀 수비군 병사의 손을 잡고 해안선 후방을 향해 가고 있는 여자 학도병.

"함께 몰려다녀서는 위험하다. 작은 단위로 조를 짜서 가라. 집합지는 마카베다."

여학생들은 군의관이 통솔하는 대로 부상병을 부축하여 토사가 쏟아져내리는 방공호 밖으로 나갔다. 야마카와다리 삼거리는 함포의 집중 공격을 받아 시체가 겹겹이 널려 있었고 썩는 냄새가 진동했다.

공기는 찌는 듯하다. 비에 젖은 옷 속에서 끈적거리는 땀이 자꾸만 살갗을 타고 흘러내린다. 싸움에서 패배한 사람들은 음울한 비 때문에 한층 더 고통스러웠고 초조한 압박감이 몰려왔다.

고친다에서 시마지리 최남단으로 통하는 도로는 우왕좌왕하는 주민들로 혼란스럽기 짝이 없었다. 날이 저물어 그러먼Grumman(미국의 그러먼항공우주산업사가 제작한 항공기—옮긴이)의 집요한 공격이 잠잠해지자 여기저기 대피 장소에서 마구 기어나오기 시작한 피난민들은 어떻게든 오늘 밤 안으로 다시 몸을 숨길 만한 곳을 찾아야 한다는 생각에 마음이 다급해졌다.

도로변의 일본군 진지는 이미 궤멸하여 눈을 씻고 보아도 보루 하나 보초 한 명 남아 있지 않았다. 이따금 탄약을 수송하는 짐수레가 덜거덕거리며 지나갈 뿐이었다. 그사이에도 다시금 생각났다는 듯 박격포와 함포가 굉음을 토해냈다. 놀라서 몸을 엎드릴 때마다 몇몇 목숨이 스러졌다. 사람들은 더욱 혼란에 빠져 죽기 살기로 피난처를 찾았다. 이런 주민들과 뒤섞여 여학생 한 무리가 묵묵히 행진을 계속해갔다. 날카로운 포성이 울리면 재빨리 엎드렸다가 곧바로 일어나 다시 말없는 행진을 이어가곤 했다. 그러고는 처절한 싸움의 한복판으로 내몰리듯 다가갔다.

환한 조명탄이 비 내리는 하늘로 끊임없이 솟구쳤다. 저 멀리 요자다케·야에세다케가 검게 떠올랐다. 조명탄의 섬광이 번쩍일 때마다 여학생들은 엉겁결에 목발을 짚고 있는 병사의 허리를 부축한 손에 힘을 주곤 했다. 병사들과 마찬가지로 여학생들도 옷과 머리가 온통 진흙투성이였다. 얼굴은 통증과 피로 때문에 경련이 이는 듯 일그러졌지만 바짝 긴장한 눈만은 아름다운 물방울을 받아 반짝이고 있었다.

그리고 환한 조명탄 불빛 아래에서 주위를 둘러보다가 친구의 모습을 발견하면 자신이 아직 살아 있다는 사실을 절절히 느끼며 새삼 온몸이 따뜻해졌다. 그러고는 지금 막 지나온 길을 흠칫흠칫 뒤돌아보는 것이었다.

저 멀리 오른편으로 높지막한 언덕이 시뻘건 불길 속에서 선명하게 떠오른다. 부상병들은 한 발짝도 내딛지 못할 만큼 몹시 지쳐 있었다. 그러나 가까스로 걸을 수 있는 환자는 대부분 꾹 참고서 뒤따라왔다.

또 중상을 입은 학우는 들것에 실리기도 했다.

병원을 출발할 때는 잘 갖추어졌던 대오가 야마카와 근처에 이르러서는 뿔뿔이 흩어지게 되었다. 그들은 환자의 손을 끌기도 하고 쓰러진 병사에게 주사를 놓기도 하면서 마라톤경주를 하듯 길을 재촉했다.

조명탄이 끊임없이 솟아올랐지만 한밤중 진흙탕 길을 뚫고 나가기란 여간 어려운 일이 아니었다. 그들은 붕대를 잘라 이정표로 삼고 간신히 연락을 유지하면서 소규모로 몇 개의 조를 짜서 어렵사리 진창길을 빠져나갔다.

어떤 조는 수간호사, 위생병, 간호사 각 한 명에 여학생 두 명, 부상병 네 명이었다. 환자들은 하나같이 혼자 걸을 수 없었기 때문에 모두가 부축하여 고친다 부근까지 갔다. 그곳에 당도했을 때 길가에 버려진 리어카를 발견한 그들은 중상자를 태우기로 했다. 여학생 등에 기대어 연신 미안하다고 말하는 사람도 있었다.

어느 부대의 병사들일까.

"이봐, 정신 차려. 기운 내라고!" 조명탄 속에서 들것에 전우를 싣고 가면서 그를 격려하기도 한다.

이날 밤 오시로 노부코大城ノブ子가 다카미네촌 요자강 가에서 넘쳐흐르는 맑은 물에 입을 댄 채 함포를 맞고 쓰러졌다.

여학생들은 옷가지와 식량을 욱여넣은 배낭을 짊어지고, 위생용품을 담은 구급가방을 어깨에 멘 채, 퍼붓는 빗속에서도 부상병들을 챙기면서, 남으로 남으로, 전선이 후퇴해가는 섬의 남쪽 끝자락을 향해 힘겹게 나아갔다.

제5부

떠도는 죽음

제3외과의 최후

1

여학생들은 고메스 부근에서 어렵사리 동굴을 찾아냈다. 그곳은 천연 석회암 동굴로 이미 많은 섬 주민이 대피 중이었고 숨 막힐 정도로 불결한 공기로 꽉 차 있었다. 그들은 이 암담한 동굴로 피로에 지친 몸을 간신히 옮겼다. 박격포와 함포가 쏘아대는 탄환이 동굴 근처에 비처럼 쏟아졌다. 낮에는 동굴 깊숙이 자리를 옮겨 포격과 폭격을 피했다. 석회암 동굴은 지하 수십 미터나 깊이 뚫려 있었다.

어느 날 밤 누군가가 고구마를 캐러 갔다가 밭에서 우연히 손에 잡힌 종이 쪼가리 한 장을 주워왔다. 그것은 미군 비행기에서 뿌린 선전용 삐라였다.

일본은 이미 패했다. 너희들은 즉시 항복하라. 미군은 결코 잔인한 짓을 하지 않는다.

동굴에 있던 사람들이 술렁였다. 그들은 지칠 대로 지쳐 있었다. 몸도 마음도 암흑의 지하 생활을 더 이상 버텨내기 힘들었다. 미군은 점점 가까이 다가왔다. 폭탄이 동굴 입구의 바위 조각들을 날려버렸고, 사람들은 더욱 깊은 곳으로 숨어들었다. 모두가 숨을 죽인 채 고통스럽게 침묵하고 있었다. 그때 갑자기 익숙하지 않은 굉음이 지축을 울리며 지나갔다. 전차다. 한 대가 지나가면 또 한 대가 지나갔다. 동굴 안에서 귀를 바짝 세운 그들의 주먹 쥔 손이 진땀으로 축축했다. 바로 그 순간 동굴 입구에서 엄청난 폭발음이 일었다. 그들은 굶주림과 어둠과 숨 막힐 듯한 침묵 속에서 그저 벌레처럼 웅크리고 있었다.

병적으로 날카로워진 신경은 가혹하게 고문당하고 있었다. 어떤 노파가 갑자기 벌떡 일어나 메마른 소리로 크게 웃기 시작하더니 동굴 안을 빙빙 돌다가 뾰족한 바위 모서리에 머리를 들이받고는 두꺼비처럼 뻗어버렸다. 제발 죽여달라며 하루 종일 신음하던 한 부상자는 어느 결에 돌처럼 차갑게 굳어버렸다. 드디어 동굴 안의 사람들에게 죽을 것인지 항복할 것인지를 결정해야 할 때가 왔다. 그때 몇몇 사람이 동굴을 떠났다. 남은 사람들은 아무런 감정 없이 멍한 눈길로 그들을 전송했다. 여학생들은 변해버린 서로의 모습을 새삼스럽게 돌아보았다. 새 둥지처럼 헝클어져 어깨를 뒤덮고 있는 머리칼, 더께가 앉고 진흙투성이가 된 얼굴, 뒤룩뒤룩 희번덕이는 눈, 빼빼 말라 날카롭고 뾰족해진 뺨과 턱, 원숭이처럼 말라비틀어진 손, 날카롭고 새카만 손톱, 고목처럼 비쩍 마른 정강이, 불가사리처럼 생기 없는 발 … , 그리고 그런 몸뚱이를 덮고 있는 더러운 옷가지 … . 여학생들은 처음으로 눈물을 흘렸다.

"죽자. 모든 게 끝이다. 최소한 깨끗하게 죽자."

그들의 마음속으로 한 줄기 맑은 빛이 흘렀다. 소녀들이 이 동굴에 들어온 지 2주일쯤 지난 6월 중순 어느 날, 쇠약해질 대로 쇠약해진 그들의 귀에도 입구 쪽에서 무언가가 활활 타는 소리가 무시무시하게 들렸다. 동굴 입구에서 울창하게 번성하던 짙푸른 열대림이 불타고 있었던 것이다.

2

6월 18일, 본부 소속 학생들은 방공호가 파괴되는 바람에 다른 세 개의 외과에 배치되었다. 야마시로 노부코山城信子의 언니도 종군간호사로 동원되어 있었는데, 노부코가 제3외과에 배치되고서야 비로소 언니와 함께 지낼 수 있게 되었다. 전투는 하루가 다르게 치열해졌고 노부코와 동료들도 더욱 불안해졌다. 본부의 명령 수령— 의지할 것이라곤 그것밖에 없었다. 오직 본부의 명령에 그들의 운명이 달려 있었다. 그날 밤 본부에서 명령을 수령한 다마요세 교사가 동굴인 제3외과 방공호로 돌아왔다. 지금의 역경을 어떻게든 타개할 만한 반가운 소식을 기대한 학생들의 긴장한 눈길이 다마요세 교사 주위로 쏠렸다.

"전황이 끝내 나빠져 우리는 동원에서 해제되었다. 그러나 간호사 채용 시험 합격자는 군이 책임진다. 만약 군과 행동을 함께하려는 사람이 있으면 자유의사에 맡긴다. 기타 교직원과 학생들은 즉시 해산한다."

다마요세 교사는 침을 꿀꺽 삼킨다. 아무도 말을 꺼내는 사람이 없다. 버림받은 것이다. 이제 모든 의무에서 풀려나 통제받는 행동은 끝났다. 교사가 조용히 입을 열었다.

"내일 날이 밝으면 행동을 개시하자. 오늘 밤 신변을 정리하고 대기하라. 의지할 곳이 있는 사람은 그곳으로 가라. 전선을 돌파해서 구니가미로 갈 사람은 그렇게 해라. 이런 상황에서 딱히 뭐라고 해야 할지 모르겠다. 각자 알아서 행동하도록 … ."

그러나 한 사람도 움직이려고 하지 않았다. 모두가 입술을 꽉 깨물고 잠자코 있었다. 방공호 안에는 수류탄을 허리에 차고 철모를 쓴 채 기관총과 소총을 손질하기에 여념이 없는 위생병들이 있었다. 여학생들은 식량을 나누어 가졌다. 언제든 떠날 수 있도록 준비하기 시작했다. 그들은 종군복을 벗고 교복으로 갈아입었다. 모교의 자랑인 벚꽃배지를 가슴에 달고서 그날, 짧은 여름밤을 뜬눈으로 새웠다. 친한 동무들끼리 삼삼오오 한데 모여 소곤거리며 서로 이야기를 나눈다. 위생용품과 식량을 챙겨서 당장이라도 떠날 채비를 했다. 노부코와 동무 네다섯 명은 함께 구니가미로 가기로 했다. 미군의 경계선을 뚫고서. 그리운 고향 마을과 부모님, 그리고 형제들이 떠올랐다. 노부코는 오로지 언니가 마음에 걸렸다.

"언니, 발은 괜찮아? 걸어도 아프지 않겠어?" 언니는 가만히 고개만 끄덕였다. 그러나 그날은 아무도 방공호를 나서지 않았다. 가까이에서 전차 소리가 들려온 것이다. 미군 전차 … . 그리고 멀리서 확성기를 통해 흘러나오는 방송, 여자 목소리였다. 유창한 일본어였다.

그날 밤 마지막으로 해산 모임을 가졌다. 그것은 마지막 학예회를 겸한 것이었다. 죽음을 결의한 여학생들은 명랑하지만 냉정했다. 저마다 즐겨 부르는 노래를 부르고, 마지막으로 「바다에 가면」을 합창했다.

그리고 다음 날 아침 함포 공격이 뜸해지는 틈을 이용하여 탈출하기로 약속하고서 몇 시간이 지났을까. 입구 사다리에서 "적습敵襲!"이라는 날카로운 소리가 캄캄한 동굴 벽에 크게 울려 퍼졌다. 갑자기 피가 거꾸로 치솟는 듯 공포가 파도처럼 밀려왔다. 위생병의 목소리 같았다. 그 외침을 듣고 모두 손을 더듬거리며 깊숙한 곳으로 기어들어갔다. 세찬 물살이 바위를 때리듯 입구로부터 멀리 동굴 속 안전한 바위 뒤편으로 흘러가 한 곳에 모였다.

방공호인 동굴 입구 쪽에서 미군으로 보이는 사람들의 말소리가 들려왔다. 전율이 등줄기를 타고 흘렀다. 그때 드르륵 자동소총이 내갈긴 탄환이 동굴 안으로 날아들었다. 그 소리가 휑한 동굴 안에서 귀를 멀게 할 정도로 울렸고, 무수한 총탄이 암벽에 맞고 튀어나가는 소리가 피를 얼어붙게 했다. 모든 상념이 일시에 멈추고 한 덩이 주검처럼 모두가 쥐 죽은 듯 드러누웠다. 손끝 하나 까딱할 수가 없었다. 곧 동굴 안에는 고약한 화약 냄새가 꽉 들어찼고 매캐한 연기가 밀려들어왔는데, 그것은 마치 두꺼운 층을 이룬 것처럼 보였다.

그들은 이제야말로 죽었구나 하고 생각했다. 그런데도 의식은 말짱하다. 죽음이라는 것을 또렷이 응시할 수 없다. 그러는 와중에 눈도 뜰 수 없고 입도 벌릴 수 없을뿐더러 목구멍은 찌르는 듯 아프다. 그렇게 숨 막히는 고통 속에서 선생님을 부르는 소리, 동무를 찾는 소리, 어린아이 우는 소리가 들려왔다. 거기에 병사들이 질러대는 소리가 뒤섞인다. 비로소 죽음을 직감한 그들에게 공포와 고독의 벽으로 가로막혀 있던 서로의 감정이 점차 가중되는 고통으로 미친 듯이 거세게 흘러넘쳤다. 그것은 마치 서로의 존재를 확인함으로써 공포와 고독으로부터 도망치려는 몸부림과도 같았다. 노부코는 어둠 속에서 필사적으로 언니를 찾았다. 사람, 사람, 사람들이 포개져 있다. 아무리 애를 써도 도저히 찾을 수 없다.

"호카마外間 선생니임! 나가요! 우리 여기에서 나가요!"라며 외치는 갈라진 목소리.

"으으, 죽겠네. 다마요세 선생님 … ." 그때 다른 방향에서 누군지 모를 여학생의 목소리가 들렸다. 여기저기에서 고친다 선생님, 아라가키新垣 선생님, 오야도마리 지요親泊千代 선생님 … 학생들이 선생님을 부른다. 머리가 무거워진다. 코와 목이 아파서 견딜 수가 없다. 양손으로 얼굴을 가렸지만 점점 숨이 가빠진다. 부드러운 머리카락이 노부코의 손에 닿는다.

"누구?"

"야마시로 미치코山城道子."

두 사람은 무의식적으로 손을 잡고서 동굴 입구를 향해 손을 더듬으며 나아갔다. 자욱한 연기가 비로소 눈에 들어왔다. 동굴 입구를 빽빽하게 뒤덮었던 수목이 시퍼런 불길과 함께 맹렬한 기세로 타오르고 있었다. 그 불길이 동굴 안에 자욱한 연기를 전하고, 지옥불 … 그리고 무시무시하게 뜨거운 바람. 이따금씩 두세 발의 총탄이 날아들어 바로 곁에 있는 바위를 맞고 튕겨나갔다. 살아날 가능성은 사라졌다. 바위와 사람들과 부딪치면서 다시 동굴 깊숙이 기어들어갔다. 그런 상황에서 정신이 아찔해지고 다리가 후들거렸다. 누군가의 등이 인광처럼 푸른빛을 내며 타올랐다. 수통의 물로 적신 수건을 입에 댄 채 서서히 의식을 잃었다. 가까이서 들리는 어린아이의 울음소리.

"엄마, 엄마. 우리 아빠한테 가자."

"그래, 그래. 아빠한테 가자. 우리 아가도 함께." 엄마인 듯한 목소리가 말하는 것 같았다.

여학생들의 무거운 머리에 누군지 모를 얼굴, 얼굴, 얼굴이 떠올랐다. 공포라기보다는 아무도 모르게 죽어간다는 서글픔이 모두의 가슴을 파고들었다. 마지막으로 본 학교의 모습이 헛것처럼 스치고 지나갔다. 그로부터 몇 시간, 아니 며칠이 지났는지 모른다. 아무런 고통도 없이 의식이 또렷해졌다. 한낮의 환한 햇살이 부드럽게 동굴로 스며들어왔다. 특별히 아픈 데는 없지만 왠지 온몸이 나른하다. 그리고 몹시 갈증이 난다. 물을 마시고 싶다. 이곳저곳에 사람들이 쓰러져 있다. 누군지 확인할 기력도 없다. 동굴의 최후였다. … (생존자 중 한 사람인 야마시로 노부코의 수기를 바탕으로 알게 된 제3외과 최후의 모습이다.)

같은 방공호에서 살아남은 구시具志 수간호사의 말에 따르면, 적어도 몇 명은 살아남았지만 그곳을 나가서 포탄에 희생된 것 같다. 그녀는 의식을 되찾고 나서도 일주일 동안 동굴 안에 있었다. 어쨌든 밖은 저승사자가 날뛰는 전장이다. 다행히 동굴 안에는 해군용 건빵과 통조림이 있었고, 죽은 사람의 수통으로 목을 축일 수 있었다. 시체가 겹겹이 쌓여 악취가 진동하는 동굴에서, ―살이 썩고 구더기가 들끓는 속에서, 여자 혼자 캄캄한 동굴 속에서 일주일이나 지낸 것이다. 어느 날 밤 그녀는 달빛 속으로 뛰쳐나왔다. 갈 곳도 정하지 못하고서 방황하는 순간 어디에선가 날아든 소총탄에 그녀는 허벅지 안쪽을 맞고 말았다. 쓰러지는 순간 네 발쯤 되는 총탄이 가슴 근처를 아슬아슬하게 스쳤다. 그녀는 씩씩하게 자신의 상처를 처치하고 밭으로 기어들어가 안전한 곳에 몸을 옮기고 그날 밤 혼수상태에 빠졌지만, 다음 날 미군에게 발견되었다.

제3외과는 6월 19일 새벽에 이하라伊原의 동굴 방공호를 탈출하기로 했었다. 그러나 불행하게도 기회를 놓치고 마침내 6월 18일 오전 10시 여학생 32명, 직원 네 명, 간호사 17명, 취사부炊事婦 네 명, 기타 일본군과 민간인 다수의 전사자를 낳았다. 이 방공호에서 기적적으로 살아남은 여학생은 겨우 야마시로 노부코, 모리시타 루리코守下ルリ子, 오시로 요시코大城好子, 자하 지요코座波千代子, 가네시로 모토코金城素子 등 다섯 명이다.

전쟁이 끝난 지 1년, 이 섬에 종횡으로 뻗어 있는 하얀 산호초의 길을 미군 지프와 트럭이 엄청난 모래 먼지를 일으키면서 질주한다. 끝나야 할 것은 모두 끝났고 시작될 것은 모두 시작되었다. 잔잔한 평화와 힘찬 건설의 분위기가 섬을 감쌌다. 소녀들이 죽은 동굴은 모두 정리되었고 이곳저곳에 검게 그을린 자국만이 간신히 눈에 띌 뿐이다. 섬사람들은 여학생들의 명복을 기원하며 방공호였던 동굴 부근에 '히메유리탑姫百合の塔'을 세웠다.

운명에 따라

여학생 무리는 하에바루 병원을 빠져나와 시마지리 남단 이토스糸洲 근처에서 가까스로 동굴을 발견했다. 그들이 탈출할 때 대부분의 환자들을 처치해서 동행한 환자가 적었으므로 여기까지 왔을 때는 비교적 한산했다. 그 대신 학생 종군간호사의 지위도 흔들리기 시작했다. 그들은 또 대부분 식량을 가져오지 않았기 때문에 한동안은 제각기 알아서 식량을 마련해야만 했다.

전쟁터에 땅거미가 질 무렵 학생들은 네댓 명씩 짝을 지어 근처 밭으로 고구마를 찾아 나섰다. 밤새도록 찾아 헤맨 끝에 고작 한 끼분 고구마를 구해온 적도 있었다. 한편에서 짝을 이룬 몇몇이 어렵사리 먹을거리를 구해와 동굴 안에서 어찌어찌 연기를 피우고 있을 때, 또 한편에서는 함포와 조명탄이 터지는 밤의 전쟁터에서 여전히 더듬거리며 먹을 것을 찾느라 헛수고를 하기도 했다. 이렇게 양식을 찾아 나선 지 닷새째 되던 날 다카에스高江洲라는 여학생이 포탄 파편에 다치는 바람에 위험천만한 이 일은 일시 중지되었고 이후로는 안전한 시간을 택해 신중하게 움직여야 했다.

전황은 이렇게 하루가 다르게 절박해졌고 이른 아침과 저녁에는 정해진 시각에 박격포가 쏟아졌으며 시시각각 탄착점이 가까워지는 것을 실감할 수 있었다.

'오늘도 무사했다'며 새삼 놀라워하면서 학생들은 가까스로 살아남은 자신을 대견해했다. 하지만 대부분은 마음속에 '언제 죽을지 모른다'는 생각이 점점 확실하게 자리 잡아갔다.

최후의 날은 뜻밖에 빨리 찾아왔다. 6월 18일 오후 2시경 제2외과 방공호 총안 가까이에 있던 한 여학생이 동굴 바로 위쪽 아주 가까이에서 영어로 말하는 소리가 들린다고 알려왔다. 그 소식을 듣는 순간 모두 낯빛이 하얘졌다. '드디어 최후의 순간이 왔구나.' 긴장과 공포 속에서 꽤 오랜 시간을 어두운 동굴 깊숙한 곳에 쭈그려 앉아 이제나저제나 조바심치고 있는데 말소리는 그대로 멀어져갔다. 그날은 해가 질 때까지 뭐라 말할 수 없는 기분으로 동굴 속에 웅크리고 있다가 밤이 되어서야 간신히 동굴을 빠져나왔다. 짙은 어둠 속에서 삼삼오오 짝을 지어 이리저리 헤매다가 고메스 부근에서 간신히 새 동굴을 찾았을 때는 벌써 동이 터오고 있었다.

하루라도 목숨을 부지하겠다는, 아니 죽을 기회를 제대로 잡는 그날까지는 살아 있어야겠다는 헛된 몸부림에 지친 그들은 새로 발견한 훌륭한 자연 동굴로 된 방공호 안에서 안도의 한숨을 내쉬었다. 시마지리 전투 최종 단계의 역사적인 2~3일 동안 학생들이 극도의 긴장 속에서 죽을 장소를 찾아 방황한 것은 한 편의 인간 행동의 기록이다. 그들이 새로운 방공호에서 안도의 한숨을 내쉬기가 무섭게 뜻밖의 사태가 발생했다.

"학생 동원을 해제한다"는 전혀 생각지도 못한 명령이 내려와 그들을 망연자실케 한 것이다.

날이 밝아 6월 20일, 한 무리의 여학생들은 동굴을 벗어나 서로를 격려하면서 오키나와 최남단인 기얀곶으로 향했다. 그러나 가는 도중 아단나무가 무성한 곳에 이르렀을 때 날이 저물어 그곳에서 하룻밤을 보내기로 했다.

마침 달빛이 유난히 밝은 밤이었다. 시마지리 동쪽 끝 미나토가와 방면에서는 밝은 달빛 아래 조명탄이 희미한 빛을 발하며 쉼 없이 떠돌고 있었다. 어디에서 쏘아대는 것일까. 함포 소리가 이제는 아주 가까이서 가벼운 여운을 남기면서 한밤의 공기를 뒤흔들었다.

그들은 달빛에 이끌려 파도 소리가 들리는 쪽으로 걸어갔다. 이윽고 가까이로 파도가 밀려오는 모래사장이 나왔다.

몹시 목이 마르다. 오로지 물 생각만 하고 있을 때 마침 두세 명의 병사가 그들 곁을 지나갔다. 학생들 중 하나가 병사를 불러 세웠다.

그리고 물이 있으면 좀 달라고 했다. 병사 중 한 명이 말없이 허리에 찬 수통을 풀어서 여학생 한 명에게 건네주고는 그대로 가버렸다. 수통을 흔들어보니 80퍼센트 정도가 차 있었지만 뚜껑을 열고 마시려고 보니 썩은 물이었다. 아마도 그 병사는 죽는 순간 마지막으로 입을 축이려고 그것을 마시지도 않고 지닌 채 며칠이나 걸었으리라. 여학생 여섯 명은 물을 나누어 마셨다.

물을 달게 마신 그들은 말할 수 없이 상쾌해졌다. 다음 날 6월 21일, 소총 소리가 아주 가까이서 들려왔다. 그들은 마침내 최후의 시간이 왔다는 것을 직감했다.

해안에는 커다란 바위가 하나 있었는데, 학생들은 그 바위를 방패 삼아 주위를 두세 번 빙빙 돌았다. 그러나 우스꽝스러운 이 동작은 소총 발포자의 시계視界를 벗어나려는 반사적인 몸짓이었다. 그들의 안면 근육은 극도로 긴장했고, 심각하고 진지한 표정은 가면처럼 움직임이 없었다. 그리고 창백한 얼굴에 이따금 경련이 일었다.

바위 한 귀퉁이에서 움푹 팬 곳을 발견하자 그들은 지니고 있던 수류탄을 꺼내들고서 얼굴을 마주보았다. 그들 중 하나가 "자결은 아직 이르다"며 놀라움에 제대로 말을 듣지 않는 입술을 뗐다.

"이 기회를 놓치면 언제 죽으려고?" 다른 한 명이 말했다.

이윽고 분별 있어 보이는 또 다른 목소리가 침착하게 말했다.

"살아만 있으면 죽을 기회는 얼마든지 있어."

이리하여 잠시 옥신각신 입씨름을 했지만 이내 잠잠해졌다. 모두가 깊은 침묵 속으로 무겁게 빠져들었다.

생각하면 그들은 종군 학도로 응소한 이래 자신의 운명을 믿거라 맡기고 군과 선생님의 명령에 한 치의 의심도 없이 따르기만 해왔는데, 이제 학도 동원이 해제되면서 의지할 곳이 사라져버려 자신의 운명을 스스로 선택해야만 하는 상황이 되었다. 자신의 운명을 선택하기 위한 '자유'의 무게에 짓눌려 어찌할 바를 모르고 저마다 삶과 죽음 사이에서 헤매지 않을 수 없었다.

그때 마침 5미터밖에 떨어지지 않은 눈앞에서 해안선을 따라 몇백 명이나 되는 주민들이 포로가 되어 줄줄이 걸어가는 것을 그들은 바위 뒤에서 수류탄을 품은 채 훔쳐보았다. 학생들은 죽은 듯 납작 엎드려 실눈을 뜨고서 그쪽 방향을 몰래 바라보았다.

2~3미터 떨어진 풀숲에 병사 둘이 그들과 마찬가지로 죽은 척 쓰러

져 있었다.

병사 하나가 살짝 얼굴을 들더니 벌레처럼 기어가는 목소리로 말했다. "괜찮으니까 저 사람들한테 가서 합류해." "너희들은 여자라서 죽이지 않을 거야. 틀림없이 별일 없을 거야." 여학생들은 가만히 고개를 저었다.

그것은 자신들의 결단을 명확하게 보여준 것이었다. 그들은 최후의 순간에 살아남을지도 모른다는 불안을 선택하기보다 평소 신앙처럼 간직하고 있던 운명을 보다 단순하게 긍정하고 싶었다.

죽음의 신에 들린 그들은 자신들이 엎드려 있던 장소에서 일어나 새로운 불안 속으로 뛰어들 힘조차 없었다.

이윽고 사람들이 시야에서 사라졌다. 그러나 시시각각 다가오는 죽음에 대한 초조와 공포는 여전히 남아 있었다. 그들은 다시 '자결'을 이야기했다.

"어떻게든 버틸 수 있을 때까지는 버텨보자. 어쩔 수 없는 최후의 순간이 오면 수류탄을 터뜨리자"라고 의견을 모았다.

이윽고 그들은 이 위험한 장소를 떠나 아단나무 숲으로 숨어들었다. 오키나와 전투 최후의 일선一線에서는 도처에 이러한 죽음의 방황이 있었다. 한번은 일본도를 지닌 한 장교를 발견하고는 칼로 목을 베어 달라고 애원하기도 했다.

그 장교는 조금 감동한 표정을 짓더니 이윽고 여덟 명은 너무 많다면서 그들의 요청을 거절했다. 또 한 번은 병사를 보고서 소총으로 자신들을 쏘아달라고 졸랐다. 그러나 부탁 받은 병사는 탄환이 모자라다며 퉁명스럽게 대답했다.

그 후로 그들은 근처에 소총탄이 떨어져 있지 않은지 한동안 찾아다녔다.

그들은 맨 처음 찾아갔던 바위에서 그리 멀지 않은 곳에서 이틀이나 빙빙 헤매고 다녔다. 죽을 기회는 언제든 찾을 수 있을 거라고 단순하게 생각한 그들에게 죽을 기회는 오지 않았다. 그들에게 찾아온 기회라고는 그저 다음 날 또는 그다음 날 부상당하여 쓰러져 있다가, 또는 갑작스러운 미군의 출현에 망연자실해 있다가 결국 붙잡히는 일뿐이었다.

여학생의 수기

구다 쇼코久田祥子의 수기를 바탕으로 또 다른 학생들의 상황은 어떠했는지 그들의 행동을 거슬러 가보도록 하자.

1

6월 17일 제1외과 고하구라 미쓰코古波藏滿子 등이 이하라의 동굴 방공호 입구에서 함포에 직격당해 즉사했다는 소식에 우리는 더욱 비장해졌다. 나도 언제 그와 같은 운명이 될지 모른다. 어차피 죽을 바에는 고하구라 일행처럼 직격탄을 맞고 단숨에 하찮은 티끌로 사라지고 싶다는 생각뿐이었다. 6월 19일 미군이 코앞까지 다가왔다. 줄곧 도망 다니던 방위대 일행이 "미군이 바로 요 앞 나미히라까지 왔다"며 허둥댔다. 그날은 유달리 박격포 공격이 심했다. 저녁때 나와 같은 마을에 살았던 이사伊佐라는 방위대원이 무릎을 다친 채 우리가 있는 동굴로

수비군의 동굴 안에 수제 폭탄을 던지는 미군 병사.

기어들어왔다.

"여러분의 간호 덕에 나는 안심하고 죽을 수 있을 것 같습니다. 내가 죽으면 고향 사람들에게 잘 말씀드려주세요. 여러분도 여기까지 왔으니 이미 단단히 각오는 하고 있겠지만 제발 순순히 포로가 되지는 말아요"라며 신음하면서도 꿋꿋한 소리로 말했다. 다행히도 그는 사촌동생인 운텐 유코運天祐子가 같은 장소에 있어서 한결 마음이 편한 듯했다. 무릎을 싸맨 붕대를 전부 풀어내더니 피가 흐르는 대로 내버려두었다. 무척 목이 말랐지만 공교롭게 물이 한 방울도 없다. 고구마 껍질을 벗겨 내밀자 몹시 고마워하며 먹더니 남은 것을 자신의 모자 속에 넣으며 "이건 죽을 때 먹겠다"고 말했다. 그때 제3외과 방공호가 너구리몰이를 당하고 있다는 정보가 있었다. 이제 이런 곳에서는 한시라도 머물러 있을 수 없다. 모두가 구급상자를 하나씩 들고는 우왕좌왕했다. 다들 죽기 살기로 병원 방공호를 벗어나려고 했다.

"이봐, 부상자 따위는 신경 쓰지 마. 부모자식이라도 이런 상황에서는 버리고 가야 해!"

학생들이 부상자를 두고 어쩔 줄 몰라 하는 것을 보고 인솔자 중 한 사람인 데루야照屋 선생님은 꾸짖듯이 호통을 쳤다. 그는 방공호 안에서도 걸핏하면 전쟁은 이미 진 거라고 주장하여 학생들을 침울하게 했었다. 하지만 낮에는 마음만 조급해질 뿐 어떻게 해도 방공호 밖으로는 나갈 수 없었다.

어두워지고 나서부터 두세 명씩 짝을 지어 병원 방공호를 빠져나갔다. 오랫동안 동굴 안에서 생활한 나는 밖으로 나간 적이 그다지 없었기 때문에 방향을 종잡을 수 없었다. 어둠 속을 더듬어 나와 그저 앞사람의 뒤를 바짝 따라갔다. 높지막한 곳을 간신히 기어올랐나 싶었는데 눈 깜짝할 사이에 곧장 포탄에 패인 커다란 구덩이 속으로 굴러떨어지기도 했다. 지형을 알 수 없는 곳을 20분 정도 달리기도 하고 기어가기도 하는 도중에 여학생인 듯한 검은 그림자 하나가 옆에서 튀어나왔다.

"누구…?"

내가 여자라는 걸 알고서 상대방도 안심한 듯했다. 기어들어가는 목소리로 서로의 이름을 말했다. 제2외과에서 근무하는 다마나하玉那覇였다. "동굴이 너구리몰이를 당해 다카에스 미요高江洲美代가 죽었다"고 그녀가 말했다. 나는 그녀의 손을 잡고서 걸어 나갔다. 바로 그 순간 박격포 지근탄 두세 발이 덮쳐왔다. 다리를 다친 나는 포탄이 몸 가까이로 날아들 때마다 엎드리기가 힘들었다. 가까스로 이하라 근처에서 동굴을 찾아내어 고생 끝에 그곳에 다다를 수 있었다. 동굴에서는 군의관과 학교 선생님, 그리고 12~13명 정도의 학교 친구가 희미하게 촛불을 밝히고 있었다. 입구 가까이 바위가 움푹 팬 곳에서 우에즈 기요코上江洲清子가 어딘가를 다친 듯 괴로워하며 누워 있었다. 이 동굴 방공호에는 구비된 식량이 전혀 없었다. 다케자와竹澤 오장과 세 명의 학생, 그리고 간호사 넷이 방금 빠져나온 나미히라의 방공호로 다시 돌아가 쌀을 날라오지 않으면 안 되었다. 나도 가세했다. 미군이 가까이까지 와 있지만 밤에는 들킬 염려도 적고 포격도 드물다. 위험을 무릅쓰고 나미히라 방공호로 되돌아가보니 여자 셋이 남아 있었다. 아까 다 함께 탈출할 때 기회를 놓친 듯하다.

다나하라棚原 간호사가 다쳐서 일어나지 못하는 걸 보고 차마 그녀를 혼자 내버려두고 갈 수 없었을 것이다. 책임감이 강한 우에하라 수간호사와 구니요시 간호사가 다나하라 간호사를 앞에 두고 앉아 있었다. 그 곁에는 하에바루에서 요시다吉田 간호사가 데리고 온 '유키짱'도 있었다. 아직 대여섯 살밖에 안 돼 보이는 아이는 완전히 생기를 잃고 누워 있었다. 어린 유키짱을 보니 애처로워 견딜 수가 없었다. 들고 갈 수 있을 만큼 식량을 챙기고, 남아 있던 그들도 모두 데리고 가기로 했다. 상처를 입은 다나하라는 덧문짝戶板에 실어 모두가 번갈아가며 옮겼다. 다리를 절며 들것을 드는 일은 고통스러웠다. 몇 번이나 넘어질 뻔했다. 쏟아지는 박격포를 피하면서 새로 찾아낸 동굴로 돌아갔을 땐 이미 먼동이 터오고 있었다.

동굴에 도착하니 어쩐지 술렁이며 불안한 공기가 감돈다. 사정을 알아보니 학도 동원이 해제되었다는 것이다. 학생들은 지금까지 죽음의 위험에 끊임없이 노출되면서도 정신만큼은 어떤 신념 때문에 긴장의 끈을 늦추지 않았었다. 그런데 이제 와서 새삼스럽게 달아날 수도 없고 숨을 수도 없는 궁지에 몰린 채, 앞으로는 "각자가 알아서 행동하라"는 갑작스러운 지시를 받게 된 것이다. 이번에야말로 의미 없는 희생과 죽음의 공포 속에 내동댕이쳐진 것이나 다름없다. 이제부터는 믿고 의지할 것이라곤 아무것도 없이 쓸쓸한 전장을 홀로 떠돌지 않으면 안 된다. 이제까지 참고 버텨왔던 우리의 헌신적인 마음과 행위가 모두 물거품이 되어버리고 말았다. 무엇보다도 죽는 것이 무서워졌다. 선생님이 계신 곳에 모여 있는 친구들이 있는가 하면, 이제부터 어쩌면 좋겠느냐며 물방울이 뚝뚝 떨어지는 어두운 동굴 속에서 속삭이는 친구들도 있었다. 동굴 안쪽에는 중상자가 많았다. 어둡고 깊숙한 저 안쪽에서 누군가 이상한 목소리로 내 이름을 부른다.

"구다, 구다!"

"나도 데리고 가. 나도 데려가줘!" 몇 번이나 울부짖는다.

지넨 요시코知念芳子였다. 안에는 간다 사치코神田幸子, 하마모토 하루코浜元春子, 이시카와 기요코 등이 나란히 누워 있었다. 그들은 조용히 아무 말이 없었지만 그들 가운데 이시카와가 힘겹게 나에게 말을 걸어왔다. 오랜만에 이시카와의 목소리를 듣게 되어 무척이나 반가웠다.

"이시카와, 괜찮아?"라고 물어보았지만 어두운 동굴 속에서는 얼굴을 도무지 볼 수 없었다.

"으음 … 구다. 넌 괜찮니?" 그녀가 말했다. 우리는 하에바루 야전병원에서 오가며 마주쳤을 뿐 그 후로는 뿔뿔이 흩어져 후퇴했기 때문에 서로의 생사를 전혀 알 수 없었던 것이다.

"어때? 상처는 괜찮아?" 내가 물었다.

"아물고는 있지만 아무래도 나는 못 갈 것 같아. 단념했어"라며 대답하는 품이 평소와 다름없이 침착했다. 이시카와는 자신의 곁에 있던 여동생 모토코礎子를 달래며 동굴을 빠져나가라고 했다.

"나카에마仲榮間 선생님 일행도 나갔다잖아. 길도 모르는 곳을 너 혼자서 어떻게 갈 수 있겠니? 나는 걱정하지 마. 빨리 다른 사람들과 함께 선생님 뒤를 따라가." 이시카와는 주저하는 동생을 타이르듯 꾸짖으며 줄곧 이렇게 말했다.

"내일은 어떻게 될지 알 수 없지만 가는 데까지는 가볼게." 마침내 동생 모토코는 어쩔 수 없다는 듯 언니의 충고를 받아들여 이곳을 탈출하기로 결심했다.

"응, 그래야지. 니시히라 선생님을 만나거든 한 번 더 뵙고 싶었지만 어려울 것 같다고 말씀드려줘. 그럼 건강하고, 모두에게 안부 전해줘." 이시카와 기요코는 조용조용 동생에게 일렀다. 퍼뜩 무언가 머릿속을 스치고 지나갔다. 아마도 그녀는 그때 이미 죽음을 각오했을 것이다.

이시카와와 헤어져 동굴을 나서려다가 요나미네 선생님과 마주쳤다. 선생님은 우리가 있는 동굴 방공호로 뛰어들어왔다. 5월 26일 이후로 모습을 보이지 않던 오시로 시즈大城靜도 함께였다. 내팽개쳐져 의지할 사람도 없이 불안해하던 참에 고향 선생님을 어렵사리 만나자 모두가 용기백배했다.

"선생님, 우리 마을 사람들 모두 함께 가요." 내가 말했다.

"그래, 그러자꾸나." 선생님이 대답했다.

동굴은 빠져나가려는 사람들과 피난해 들어오는 사람들로 뒤죽박죽이었다. 질서는 사라지고 여학생과 간호사, 그리고 병사들이 서로 먼저 나가려고 앞을 다투었다. 엎치락뒤치락하며 우리도 동굴을 빠져나와서 몇 걸음 내딛는데 투두둑, 하고 박격포가 집중포화를 퍼부어댔고, 그 바람에 몇 명이 다쳤다. 모두가 나가려던 발길을 돌려 다시 우르르 안으로 기어들어간다. 동굴 안에서는 살기등등한 병사들 소리가 들린다.

"빨리 나가지 못해! 그렇게 떼거리로 입구를 틀어막고 있으면 어쩌잔 거야!"라며 고함친다. 안팎에서 죽일 듯이 몰아쳤다. 떠밀리듯 동굴을 나왔다고 생각한 순간 또다시 동굴 입구 가까이에서 박격포가 울린다. 안으로 들어가자 "나가. 나가라니까!"라며 호통을 친다. 이렇게 들어갔다 나오고, 나갔다가 들어오기를 서너 차례, 무시무시한 박격포 세례를 받는 동안 "데루야 선생님이 맞았다!" … 잠시 뒤 "나카소네 선생님도 다쳤다!"라고 말하는 소리가 들렸다. 데루야 선생님은 팔을 다친 듯했다. 동굴 안에서 쓰러져 괴로워하고 있는 선생님은 동굴을 빠져나가려는 많은 사람들에게 짓밟히고 말았다. 두세 명씩 결사적으로 탈출하려는 사람들의 뒤를 쫓아 이번에는 모두 우르르 한꺼번에 동굴을 나간 것이다.

동굴에는 다친 친구들이 여전히 남아 있어서 나는 차마 떨어지지 않는 발길을 어쩌지 못해 망설이고 있었다. 마침 그때 히가 진료주임과 후쿠시마福島 군의관, 우에하라 수간호사, 구니요시 간호사 등 대여섯 명이 막 동굴을 나가려던 참에 나를 보고는 "함께 나가자"고 말했다. 그 말에 나는 무심코 이끌려 그들과 함께 이하라 동굴을 나섰다. 우에하라 수간호사도 지금은 무척이나 쇠약해져 있었다. 언젠가 하에바루 병원에서 폭격으로 방공호가 무너졌을 때 몸소 삽으로 흙을 퍼내 생매장당한 병사를 구해내고, 실룩이며 경련을 일으키는 병사들에게 하나하나 주사를 놓던, 공습 아래서도 냉정함과 진지함을 잃지 않았던 수

간호사의 모습이 눈에 선하다. 침착하면서도 책임감이 강한 이토만 출신의 여장부, 젊은 수간호사님! 제1외과 간호사와 학생들을 지휘하고, 언제나 맨 앞에서 부지런히 움직이던 수간호사님의 늠름한 모습은 어디로 사라진 것일까. 그녀는 이제 자기 몸조차 지탱하기 힘들어 구니요시 간호사 등의 어깨에 기대어 야마시로의 비탈길을 숨 가쁘게 올라가고 있었다.

우리들은 그사이 수간호사와 구니요시 간호사 일행을 놓치고 비탈을 올라가는 사람들의 꽁무니를 무작정 따라갔다. 정찰기가 머리 위를 날고 있었다. 비탈을 오르고 보니 눈앞에 바다가 펼쳐졌다. 해안에서 200미터나 될까 싶은 곳에 검은 배가 떠 있었다. 이때만큼 뼈저리게 오키나와가 좁다고 느낀 적은 없었다. 쭉 앞으로 나아가는 많은 사람들 틈에서 요나미네 선생님의 모습이 보였다.

우리는 아단나무 숲으로 숨어들었다. 빽빽한 아단나무 숲속에 민간인들이 오두막을 지어 고구마를 잔뜩 쟁여두고서 피난을 떠난 곳을 발견했다. 우리는 걸음을 멈추었다. 오시로 시즈, 무라타 도시코村田俊子, 운텐 유코, 다마키 후미玉城文, 그리고 우에치 쓰루上地ツル와 나를 포함한 여섯 명은 잠시 후 아단나무 숲에 숨어 함포 소리를 들었다. 갑자기 비행기가 초저공비행으로 다가오더니 머리 위 아단나무 잎을 흔들고 지나갔다. 바로 그 순간 귀를 먹먹하게 하는 소리가 아단나무를 뒤흔드는가 싶더니 오른쪽 엉치에 묵직한 통증이 느껴졌다. 손을 대보니 무언가 미적지근하고 끈적끈적한 것이 만져졌다. 엉겁결에 "맞았다!"며 필사적으로 소리를 질렀는데 생각보다 상처는 깊지 않았다. 기관총탄이 엉덩이 쪽을 스친 것이다. 우리는 아침부터 저녁 무렵까지 같은 장소에 머물렀다. 낮에는 피난민들이 많이 모여 있었지만 날이 저물 무렵에는

그 주변 오두막에 있던 사람들과 우리 여섯 명밖에 남지 않았다.

"기얀곶이 어디지요?" 누군가가 꿈에서 깨어난 듯 잔뜩 겁먹은 목소리로 옆 사람에게 물었다.

"여기가 바로 기얀이요." 질문 받은 사람이 대답했다.

그들의 대화가 얼마나 실없고 한심해 보였던지 … . 이제는 더 이상 도망칠 곳도 없다. 막다른 섬 끝까지 왔다는 것을 절감했다. 뒤에는 바다뿐이었다. 우리는 다시 한없이 이어질 것만 같은 아단나무 숲속으로 발을 들여놓았는데, 얼마 지나지 않아 또다시 요나미네 선생님과 다바田場 일행과 마주쳤다. 도망갈 곳이 없어 모두가 그저 해안 근처 똑같은 장소를 빙빙 배회할 따름이었다. 그날의 싸움이 끝나고 총포 소리가 그쳤다. 왠지 으스스하고 조용한 저녁 무렵이었다. 빽빽한 아단나무 숲 들머리에 있는 바위 그늘에 하에바루 병원 10호실에서 함께했던 나하 출신의 야마자토 사치코山里幸子가 있었다. 그녀는 야마시로에서 부상을 입고 여기까지 왔다고 말했다. 그녀의 어깨와 등은 상처투성이로 피부가 말이 아니었다. 그녀는 히가 진료주임과 우에하라 수간호사 등과 줄곧 함께 있다가 그들의 마지막까지 지켜보았다고 했다.

그때 나카소네 선생님과 제1고등여학교의 다이라 마쓰시로平良松四郞 선생님 일행이 우연히 우리가 있는 곳으로 다가왔다. 뜻밖의 해후였다. 이런 전쟁터에서는 두세 시간 만에 사람을 만나도 반가운 법이었다. 아직도 살아 있는가 싶어서였다. 우리는 또 기얀 남쪽 방향에 튼튼한 동굴이 있다는 말을 듣고는 날이 완전히 저물기를 기다렸다가 선생님들과 함께 그곳을 찾아 나섰다. 나카소네 선생님은 "얘들아, 어디 가서 물 좀 길어다가 어떻게든 밥을 지어다오, 배가 고파 죽겠구나. 동굴을 찾아놓을 테니까 그때까지 밥을 부탁한다"라고 말씀하셨다. 그 말씀에 우리는 하루 종일 물 한 모금 마시지 못하고 그곳에 주저앉아버리고 만 친구 다섯 명을 남겨두고서 모두 반합을 들고 물을 길으러 갔다. 벌써 달이 떠올랐다.

푸르스름한 달빛 속에 야마시로의 언덕은 우리를 덮치기라도 할 듯이 다가왔고, 시커먼 아단나무 숲은 무슨 괴물이라도 숨어 있을 것만 같이 무시무시해 보였다. 우리는 동굴을 찾아 열심히 나아가는 선생님들 뒤를 따라 100여 미터 남짓 갔다. 무릎까지 빠질 듯한 들판의 풀숲을 헤치면서 무작정 걷고 있으려니 몸에서 갑자기 힘이 빠지고 피로가 몰려와 잠시 소나무 그루터기에서 쉬기로 했다. 나는 그때 모교의 도서관 사서였던 시로마城間 선생님과 함께였다. 바로 옆에서 시체 한 구가 달빛을 받으며 큰대자로 누워 있었다. 인간의 주검! 비참하고도 두려운 감정이 갑자기 밀려들었다. 아무도 모르게 풀숲에 버려진 주검이다. 나는 비로소 절실하게 깨달았다. 이곳까지 오면서 이보다 더욱 비참한 시체를 얼마나 많이 보아왔는지 모른다. 그러나 이제야 비로소 '아무에게도 알려지지 않은 채 버려진 주검'이라는 생각이 또렷하게 떠올랐다. 아아, 달빛 아래 주검이여! 나도 모르게 저절로 합장하고 싶어졌다.

어렵사리 기운을 차려 다시 아단나무 숲을 걷기 시작했다. 아단나무가 빽빽하게 들어찬 곳까지 갔다. 좁아서 아무도 지나갈 수 없을 것만 같은 곳에 한 사람이 겨우 다닐 만한 외줄기 길이 보였다. 3미터쯤 높이로 무성하게 자란 아단나무 잎 사이로 흘러드는 달빛을 의지해 성큼성큼 앞으로 나아갔다. 해안으로 나왔을 때 갑자기 조명탄이 해안 일대를 대낮처럼 환히 비추었다. 얼마 지나지 않아 또다시 주변은 어두워졌고, 타다 남은 조명탄만이 빠직빠직 불쾌한 소리를 내면서 아단나무 숲으로 떨어졌다. 그러나 조명탄은 잊을 만하면 한 번씩 해안을 비추고 사라졌다. 그러는 사이 한 개 소대 규모의 병사들이 서쪽에서 와서 동쪽으로 가려는 것처럼 보였다. 그들은 우리 앞을 지나쳐갔다.

"어디로 가시나요?" 우리가 말을 걸어보았지만 아무런 대꾸가 없었다. 조명탄이 솟아올라 터질 때마다 그들은 모래 위에 바짝 엎드리곤 했다. 말 없는 침묵 속에 그들은 서둘러 지나갔다. 뒤에서 또 비슷한 행색을 한 병사 두세 명이 다가왔다. 그들 중 한 명이 비로소 친절하게 "전선을 돌파하는 중"이라고 말해주었다. 물을 찾고 있으려니 어느 바위 뒤에서 누군가가 조용히 불을 피우고 있었다. 가만히 살펴보니 부상병이었다. 그는 절름거리는 다리를 끌면서 근처에 흩어져 있는 나무쪼가리와 나뭇잎들을 주워 모아 불을 지피고 있었다. 파도가 들이쳐 해안가로 떠밀려온 작은 물고기를 잡아 굽는 듯했다.

"함께 드시렵니까?"

병사는 친절하게 웃으며 이렇게 말했다. 그가 내미는 생선구이 냄새란! 아아, 몇 달 만에 혀끝에 닿는 신선한 생선의 맛인가! 눈물이 날 만큼 기뻤다. 나는 병사와 이런저런 이야기를 나눴다. 그는 이에섬 사람이었다. 나는 다쳐서 불편한 그를 위해 죽을 끓여주었다. 땔감다운 땔감이 제대로 없어서 불이 잘 붙지 않아 죽은 좀처럼 끓지 않았다. 나는 그가 일러준 대로 바위 위에 고인 물을 길어왔다. 그때 나와 함께 있던 시로마 선생님은 그 부상병과 함께 전선을 뚫고 구니가미 쪽으로 가자고 말을 꺼냈다. 하지만 나는 선뜻 내키지 않았다. 친구를 다섯씩이나 남겨두고서 어떻게 떠난단 말인가. … 게다가 그들은 모두 하급생인데. 도저히 그들을 내버려두고 갈 수는 없었다. 나는 어떻게든 돌아가지 않으면 안 될 것 같았다. 내가 물을 길어오기만을 목이 빠지게 기다리고 있을 그들을 떠올리면 도저히 그럴 수가 없었던 것이다. 부상병과 함께 구니가미로 가겠다는 시로마 선생님과 헤어진 나는 혼자서 불안해하며 원래 왔던 방향으로 되돌아갔다. 과연 모두가 걱정하며 내가 돌아오기만을 기다리고 있었다. 그동안 동굴을 찾아 나섰던 나카소네 선생님과 다이라 선생님도 돌아와 계셨다. 반합에 길어온 물로 죽을 끓여 드리니 선생님들은 무척이나 좋아하셨다.

2

우리는 요기를 한 다음 나카소네 선생님 일행이 찾아놓은 동굴을 향해 곧장 출발했다. 낮에 아단나무 숲속에서 만났던 요나미네 선생님은 그새 어디로 갔는지 모습이 보이지 않았다. 새로 찾은 동굴로 가는 동안 우리와 좀 떨어져 걷고 있던 다이라 선생님은 줄곧 "이시카와, 이시카와!" 하며 목이 쉬어라 학생 이름을 불렀다. 선생님과 함께 다녔던 제1고등여학교 학생 하나를 잃어버리고 말았다는 것이다. 한 줄로 선 우리는 풀숲을 이리저리 돌아 마침내 목적지인 동굴에 도착할 수 있었다. 동굴은 파도가 들이치는 곳 아주 가까이에 있었다. 그곳에는 벌써 헤시키平識 선생님이 와 있었다. 선생님은 우리를 절벽 같은 자연 동굴로 안아서 내려주었다. 모두가 동굴에 안전하게 자리를 잡았을 즈음엔 날이 훤하게 밝아오고 있었다. 그곳에는 여학생 외에도 병사와 민간인들이 많이 모여 있었다.

다음 날 정오 무렵이었다. 미군 배 한 척이 동굴 앞 기슭에서 부르면 닿을 만큼 가까운 바다 위를 두세 번가량 오락가락했다. 입 밖에 내지는 않았지만 동굴에 있던 사람들은 모두가 이루 말할 수 없는 불안에 휩싸였다. 바로 그때 배가 동굴 바로 맞은편에서 멈췄다. 그러더니 점차 우리 쪽으로 다가왔다. 누구 하나 입을 열지 않았다. 마치 화석이라도 된 듯, 아니 그대로 화석이 되어버렸으면 좋겠다는 듯 바위에 철썩 달라붙었다. 배에서 사람들이 움직이는 모습까지 또렷하게 보였다. 무언가 사다리로 보이는 것을 내리는 듯했다. 그리고 시끌벅적 알아들을 수 없는 이야기를 지껄이는가 싶더니 이윽고 말소리가 들려왔다.

"헤엄쳐서 와라. 헤엄쳐서 건너와라!"

처음 듣는 목소리. 불안하고 섬뜩해서 한마디 말도 할 수 없었다. 그때 이제껏 침묵을 지키고 있던 사람들 사이에서 동요가 일었다. 모두가 웅성대기 시작했다. 누군가 도망칠 작정으로 절벽을 기어오르기 시작하자 모두가 그 뒤를 따랐다. 아무리 서둘러도 한 사람씩밖에 오를 수 없는 곳이다 보니 초조하기 짝이 없었다. 절벽을 오르는 내내 등에 소총을 맞고 공중제비를 하는 듯한 착각에 사로잡혔다. 가까스로 절벽을 기어올라 아단나무 숲속으로 도망쳐 들어갔다. 이번에는 뒤에서 또렷하게 일본말이 들렸다.

"아픈 사람들도 제발 데리고 가줘요!"

아단나무 숲속에 붉은 종이 뭉치가 떨어져 있었다. 종이에는 커다란 글씨로 「목숨을 구하는 삐라」라는 제목이 적혀 있었다. 그날은 아단나무 숲속에서 이를 잡으면서 하루 종일 시간을 보냈다. 저녁에 다시 배가 오더니 확성기를 통해 두 번씩이나 반복해서 말했다.

"밤에는 뿔뿔이 흩어지지 말고 모두 해안 가까이로 나오세요. 돌아다니는 것은 안 됩니다. 내일 아침에 데리러 올 테니 9시까지 바닷가로 나오세요."

우리는 병사들에게 끈질기게 졸라댄 끝에 간신히 수류탄 하나씩을 손에 넣었다. 수류탄은 안전핀이 빠진 것이었지만 못을 질러 넣으면 터질 거라고 병사들이 가르쳐주었다. 이제는 아무런 걱정 없이 죽을 수 있겠구나 생각했다. 친절한 병사들과 함께 아단나무 마른 잎을 긁어모으고 나뭇가지에 반합을 매달아놓고서 밥을 지었다. 그날 밤 우리는 숲에서 한뎃잠을 잤다. 다음 날은 전날 말했던 것처럼 아침 일찍부터 배가 해변 가까이 다가와서는 포로로 수용한다는 방송을 했다. 대략 한낮 무렵 남녀노소 할 것 없이 전쟁에 진 비참한 사람들이 큰 무리를 이루어 동쪽으로 동쪽으로 나아갔다. 그때 열두세 살쯤 되어 보이는 귀여운 여자아이가 대열에서 벗어나 혼자 헤매고 있었다. 이야기를 들어보니 난리통에 부모님이 돌아가셨다고 한다. "나는 포로가 되고 싶지 않아요"라고 말하는 아이를 보니 애처로워 눈물이 날 것만 같았다. 아이는 이토만국민학교에 다닌다고 했다.

그날은 다시 나카에마 선생님과 기요하라 유清原夕 등과 함께 보냈다. 나카에마 선생님과 함께 걸어가던 여학생 두세 명이 전선을 뚫고 구니가미 쪽으로 간다고 말하고서 어디론가 가버렸다. 그러자 바로 그 뒤에서 이제까지 우리와 함께했던 사와다佐和田와 시타지下地도 갑자기 생각났다는 듯 "전선을 뚫고 가자"고 말하더니 대열을 벗어났다. 아무도 말릴 수 없었다. 모두가 몽유병에 걸린 사람들처럼 이리 모였다 저리 흩어졌다 할 뿐이었다. 이번에는 어느새 우리 대열에서 전선을 뚫고 나가자는 이야기를 하는 상황이 되었다. 모두가 저항할 의지를 잃어버린 터라 누군가가 무언가를 강변하면 우르르 그것에 떠밀려 갔다. 특히 운텐과 우에치, 다마키 등이 강경하게 전선을 뚫자고 주장했다.

그때 나카소네 선생님이 말씀하셨다.

"나는 열두세 명이나 되는 너희들을 데리고 도저히 미군 진지를 뚫고 나갈 기력이 없다. 나 자신도 얼마나 더 견뎌낼 수 있을지 알 수가 없다. 너희들을 도와주는 건 어림도 없는 일일 테니 네다섯 명씩 짝을 지어 가거라."

"전선을 돌파하자. 전선을 돌파하자!"

모두가 목소리를 높였다. 우리는 막다른 곳에 몰려 죽음을 응시하고 있었다. 전선 돌파! 전선을 돌파하는 과정에서 겪을 수 있는 위험한 상황은 우리 머릿속에는 없었다. 그저 성공할지도 모른다는 막연한 요행에 희망을 걸고 있었는지도 모른다. 그 소란스러운 상황 속에서 나는 쓸쓸하게 홀로 남겨질 나카소네 선생님을 발견했다. 나카소네 선생님은 박격포에 고막이 찢어진 데다 하에바루를 떠날 때부터 이질로 고생을 한 터라 몹시 수척했다. 기분 때문인지 비통한 나카소네 선생님의 표정을 보고 있자니 나카소네 선생님의 모습이 점점 희미해지는 것만 같아 조바심이 났다. 나는 얼른 생각을 고쳐먹었다. 이제까지 믿고 따랐던 선생님이다. '그래, 나카소네 선생님과 함께라면 죽어도 좋아. 절대로 후회하지 않을 거야'라며 각오를 다졌다. 나는 친구들의 제안을 끝까지 거부했다. 누가 뭐라 해도 완강하게 응하지 않자 모두들 뜻밖이라는 표정을 지었지만, 이윽고 나의 의중을 헤아렸다는 듯 다들 입을 꾹 다물어버렸고 단단히 별렀던 계획은 그대로 흐지부지되어버리고 말았다. 포기한 것이다. 단념한 것이다. 전선을 돌파하겠다며 앞서 떠났던 나카에마 선생님이 무슨 수를 써도 소용없다며 그날 저녁 우리가 있는 곳으로 돌아왔다. 같은 목적으로 떠났던 친구들 또한 두세 명씩 동쪽에서 또는 서쪽에서 우리가 있는 곳으로 돌아왔다.

"모두가 실패하고 돌아오는구나. 이젠 다 틀렸다. 오키나와사범학교 여자부와 제1고등여학교 학생들은 모두 바위에 자신의 이름을 새기고 죽도록. 그러면 나중에 언젠가는 세상 사람들이 우리를 추모해주겠지. 히메유리학사라는 이름은 언제까지나 전해질 것이다." 나카소네 선생님이 말했다. 우리는 아름다운 꿈을 그렸다. 기뻤다. 기꺼이. 그렇다, 기꺼이 … . 뜨거운 것이 뺨을 타고 흘렀다. 부모님이 어딘가에 살아계신다면 울면서 나중에 나의 최후를 자랑스러워하실까.

나카마 사치코仲間幸子와 아사토가 흠뻑 젖어서 찾아왔다. 해안을 벗어나려고 바다에 들어가 탈출을 시도했지만 소용없었다고 말한다. 너무나 목이 말라 무라타 도시코와 반합을 들고 해안으로 나가 바위에 고여 있는 소금기 많은 물을 떴다. 그 김에 그 주변에 떨어져 있던 콩을 주워 모았다. 바다에서 목욕을 하는 병사도 있었다. 오늘이야말로 마지막이라는 절박함이 사무치게 다가왔다. 이 무렵에는 누구나 드러내놓고 해안에서 불을 지펴 밥을 지었다. 모두가 속으로 오늘이 마지막 날이 될지도 모른다고 생각했다. 지니고 다니던 쌀을 거의 털어 밥을 했다. 그리고 콩을 삶아 커다란 주먹밥을 만들었다. 주먹밥 두 개씩을 들고서 근처 잔디밭으로 나갔다. 달이 휘영청 밝았다. 배부르게 밥을 먹어보는 게 몇 달 만인지 모른다 … .

이제 미련은 없었다. 여태 정신없이 도망 다니던 일이 우습기만 했다. 후쿠치 기요福地キヨ, 야마자토 미요山里美代, 가키하나 히데코垣花秀子, 다바 소노에田場其枝, 기요하라 유, 나카마 사치코, 다마키 후미, 우에치 쓰루, 운텐 유코, 오시로 시즈, 무라타 도시코, 아사토 요시安里ヨシ, 나 이렇게 13명의 친구는 달을 쳐다보며 「바다에 가면」을 합창했다. 내일은 기얀 앞바다에서 물에 젖은 시체가 될지, 잡초가 우거진 곳에 버려진 시체가 될지, 길어봤자 2~3일이면 끝날 일이라고 생각하며 혼신을 다해 노래했다. 감개무량했다. 인생 고작 20년. 조국을 위해 죽을 수 있다는 감격이 소용돌이쳤다. 그러고 나서 우리는 그리운 모교의 교가를 불렀다. 수없이 많은 가여운 학우들이 이와 똑같은 생각을 하고서 죽어간 것이다. 교가를 부르고 나서 이번에는 이별의 노래인 「눈에 선하네目に親しい」를 함께 불렀다. 다바는 아름다운 목소리를 뽐내며 독창을 했다.

노래 부르기가 끝나자 노래를 부르느라 지친 모두는 달을 바라보며 말을 잃고 말았다. 가없는 바다는 달빛을 받아 반짝였다. 모두가 달을 쳐다보며 저마다 생각에 잠겼다.

다음 날 6월 23일 아침은 매우 조용했다. 탕탕, 소총 소리만 간간이 들려올 뿐이었다. 그렇게 조용하면서도 어째 기분 나쁠 정도로 평화로운 해안에 병사 두세 명이 나타나더니 전선을 돌파하겠다며 서로 이야기하고는 어디론가 사라져갔다. 다음 날 정오 무렵 태양은 중천에 떠 있었다. 아단나무 숲속에서 무언가 웅성거리는 소리가 나더니 "귀를 막아!"라는 말소리가 들린다. 그러자마자 탕, 하고 날카로운 한 발의 총소리가 아주 가까이에서 들려왔다. 무슨 일인가 싶어 엉겁결에 뛰어가 보니 풀숲에서 병사 하나가 하늘을 향해 누워 있었고, 얼굴에서는 붉은 피가 관자놀이를 타고 흘러내려 풀밭을 적시고 있었다. 그 곁에는 표정이 굳어진 병사 둘이 권총을 쥔 채 서 있었다. "고구마를 캐러 나왔다가 총탄을 맞았다. 어차피 병원도 없어 치료도 못 받고 죽게 될 테니 차라리 지금 죽여달라며 애원하는 바람에 … ." 총을 든 병사는 말했다. 쓰러진 병사는 몇 번이나 어깨를 들썩이며 가쁘게 숨을 몰아쉬었다.

"너무 힘들어하는군 … ." 병사가 말했다.

"이 친구는 심장만 뛰고 있을 뿐이지 더 이상 의식이 없어. 도저히 딱해서 못 보겠어. 한 발 더 쏘아주자." 다른 병사가 관자놀이에 총구를 댔다. 다시 붉은 피가 콸콸 솟구쳤다. 두 병사는 죽은 병사의 얼굴에 묻은 피를 닦아주고, 어디에서 구했는지 감색 바탕의 여성용 기모노로 머리끝에서부터 발끝까지 덮어준 다음 눈을 감고 잠시 묵념했다. 그러고는 아무 말 없이 어디론가 떠나버렸다. 정찰기가 날아왔다. 너무 낮게 날아서 비행기에 타고 있는 사람의 벗은 모습까지 보였다. 무라타와 둘이서 마실 물을 찾으려고 반합을 들고 나섰지만 샘은 좀처럼 보이지 않았다. 하는 수 없이 또다시 짠물을 길어와야 했다. 돌아오는 길에 왼쪽으로 장교처럼 보이는 덩치 큰 남자가 서 있다. 마지막 총공격에서 한판 붙어보려고 패잔병을 모으는 중인가 보다 생각했지만 아무래도 모양새가 이상하다. 철모도 이제껏 보아온 것과는 다르다.

"지금 보니까 꽤 친절해 보이는데? 담배가 없다면서 저쪽에 가서 가져다주겠다는군." 일본군 네댓 명이 나누는 이야기가 아주 가까이에서 들렸다. 그때서야 비로소 덩치 큰 그 남자가 미군이라는 것을 알았다. 태어나서 처음으로 미군을, 아니 외국인을 보았다. 미군은 두 명이었고, 일본군은 10명 남짓했다. 적을 보면 일당백으로 공격해야 한다고 배운 일본 병사가 고작 두 명의 미군을 상대하고 있었는데 그 누구도 어떻게 해보려는 기색이 없었다. 나는 한시라도 빨리 일행에게 알려주려고 단숨에 아단나무 숲으로 내달렸다. 그런데 오른쪽에서도 40~50명가량의 미군이 소총을 손에 들고 다가오고 있었다. 나는 그들에게 들키고 말았다. 그들은 추격할 생각도 없이 어슬렁어슬렁 "걸어 나오라", "걸어 나오라"라는 말만 되풀이했다. 절체절명의 순간! 나와 도시코는 바위 위에 걸터앉았다. 우리 곁에 있던 후쿠치는 얼빠진 표정으로 손에 수류탄을 쥐고 서 있었다. 다른 학우들은 순순히 미군 쪽으로 걸어갔다. 친구의 이름을 서로 부른다.

"도시코, 나와!"

"후쿠치!"

"구다, 얘들아, 어디에 있니!"

우리는 무심코 소리가 나는 쪽으로 걸어갔다. 후쿠치도 손에 쥔 수류탄을 아단나무 사이에 감추어두고서 숲에서 걸어 나왔다. 나카소네 선생님이 미군과 말하고 있다. 고막이 찢긴 선생님은 연필을 쥐고서 열심히 무언가를 캐묻고 있는 듯하다. 그 둘레에서 여학생들은 불안하게 선생님을 지켜보고 있다.

"선생님, 미군들이 뭐라는 거예요?"

"친절한 사람들 같다. 물과 먹을 것을 주겠다는구나."

학생들은 여전히 걱정스레 물었다.

"선생님, 우린 언제 죽게 될까요?"

"선생님이 죽어도 좋다고 할 때 죽는 거야. 죽는 건 마음만 먹으면 언제든 죽을 수 있지."

나중에 알게 된 사실이지만 우리가 물을 길러 간 사이에 나카소네 선생님과 다른 친구들은 자결을 꾀했던 것이다. 미군이 가까이 다가온 것을 안 학생 두셋이 "지금이 죽을 때"라며 막무가내로 선생님을 졸랐다. 선생님도 정말로 이제는 마지막 순간이라며 수류탄을 꺼내 들었다. 모두가 선생님을 중심으로 둥글게 둘러앉았다. 선생님은 학생들의 얼굴을 쭉 둘러보다가 그중에 두 명이 공포에 질려 벌벌 떠는 모습을 보고서 마음을 바꾸었다. 아직 결심이 서지 않은 아이들이 있다고 생각하며 학생들에게 말했다.

"잠시 기다리자꾸나."

그리고 모두가 마음을 가라앉히기 위해 눈을 감았다. 바로 그때 미군에게 발각된 것이다. …

10명 남짓한 일본 병사와 민간인 수십 명은 사방에서 미군의 경계를 받으며 해안 근처로 무거운 발걸음을 옮겼다. 모래사장에서 가까운 넓은 풀밭으로 나왔을 때 미군은 일동을 멈추게 했다. 그리고 지름 50미터 정도의 원형을 만들고서 모두 그 안으로 모이게 했다. 그들은 모두 삼엄한 경계 속에서 총을 겨누고 말했다.

"이 중에 병사가 있으면 솔직하게 나와라."

그때였다. 모여 있던 사람 중 한 병사가 느닷없이 수류탄을 꺼내 재빨리 돌에 부딪혀 불꽃을 일으키더니 그것을 가슴에 꼭 껴안고서 땅바닥으로 쓰러졌다.

풀섶의 주검

1

마카베에 도착했을 때는 동쪽 하늘이 희붐하게 밝아오면서 개구리가 울어댔다. 와서 보니 숨을 만한 데가 없어 모두가 당황했다. 그러나 사흘째 되던 날 마침내 동굴을 찾아내 제1외과는 이하라 동남쪽에 있는 동굴과 나미히라 마을 전방의 동굴로, 제2외과는 마카베와 이토스, 제3외과는 이하라의 동굴에 각각 자리 잡았다. 그 밖에 야마시로에 본부가 있었고, 이하라 동남쪽 민간 대피호에 조금씩 수용되었다. 하지만 끝내 환자를 수용할 만한 적당한 곳을 찾지 못해 부득이하게 육군병원을 해산해야 하는 상황에서 환자들에게 "각자 원대로 복귀하라"는 명령이 떨어졌다. 슈리는 이미 함락되었고, 군은 뿔뿔이 흩어져 너나할 것 없이 떼를 지어 시마지리로 퇴각하고 있는 마당인지라 설령 기운을 차린 환자라 해도 원대복귀는 불가능한 일이었다. 해산 당시 이미 식량이 바닥나 병원은 환자들에게 단 한 끼도 배식할 수 없는 상태였다. 이리하여 허허벌판에 놓이게 된 환자들 가운데 그나마 기력이 있는 사람은 화재를 면한 민가에서 잠시나마 대피할 수 있었지만 대다수는 그대로 쓰러지고 말았다. 전선의 각 부대가 슈리를 버리고 시마지리로 퇴각했기 때문에 남아 있던 병력과 비전투원인 주민들은 급기야 시마지리의 고립 지대로 내몰리게 되었고, 6월 중순 구니요시, 요자, 야에세를 잇는 최후의 저항선이 무너지자 그물에 쫓기는 물고기 떼처럼 병사와 주민들이 뒤섞여 구시카미, 마부니, 기얀, 마카베 등의 들판에서 갈피를 못 잡고 우왕좌왕했다.

물론 살아남은 여학생들은 수많은 주민들과 함께 모두 이 그물에 걸려들어 점차 오도 가도 못하는 지경이 되고 말았다. 6월 10일 저녁 제1외과의 마단바시 후지코眞玉橋藤子가 여동생과 둘이서 나미히라 마을로 물을 길으러 갔다. 도중에 길가에서 몸뻬 차림을 한 젊은 여자가 쓰러져 있는 것을 보았다. 그녀는 다친 복부를 위로 하고서 상처 입은 자리를 모포로 덮고 눈만 껌벅였다. 상처는 참혹했고, 모포와 그것을 누르고 있는 손을 비집고 창자가 흘러나왔다. 그녀는 그곳을 지나치던 자매를 보더니 계속 사정했다.

"제발 물 좀 주세요. 물 … 물 … 한 모금만 마시면 아 … 죽어도 여한이 없겠어요 … ."

포탄이 비 오듯 쏟아지는 바람에 가까운 마을인 나미히라 마을에서 물을 길어오는 데에만 한 시간이 더 걸렸다. 돌아오는 길에 여자가 쓰러져 있던 장소로 다시 와보니 그녀는 벌써 숨을 거두었다. 뒤돌아본 순간 지금 막 물을 길어온 나미히라 마을로 함포가 두세 발 연거푸 떨어지면서 엄청난 폭발음과 함께 민가의 목재와 무성한 방풍림이 하늘

높이 솟구쳤다. 허겁지겁 그곳을 떠난 지 채 5분도 지나지 않아 그들은 머리와 배에 아찔한 충격을 느끼며 앞으로 고꾸라졌다. 전방 140~150미터쯤 되는 곳의 고구마 밭에 함포탄이 떨어진 것이다. 손 하나 까딱할 수 없을 정도로 힘이 빠지고, 머릿속이 하얘진 순간 온몸이 들썩 떠오를 정도로 불쾌한 소리를 내며 토사가 등에 쏟아져내렸다.

이 주변은 지금까지 다녔던 장소와는 달리 무언가 독특한 전쟁터의 냄새가 감돌았다. 포탄 사이로 뚜렷이 생명을 의식하면서 걷고 있지만 주위는 왠지 단말마와 흡사한 지독한 긴장감에 휩싸여 있고 분위기도 얼어붙어 있다. 걸어가는 중에도 인상적인 장면 몇 개가 강렬하게 뇌리에 박혔다. 입고 있던 바지와 함께 오른쪽 넓적다리가 다 날아간 일본 병사가 흙투성이가 된 채 양쪽 팔꿈치와 왼쪽 발로 몸을 끌면서 밭 가운데로 기어들어갔다. 철모 아래에서 형형하게 빛나는 두 눈은 가공할 의지력에 불탔고, 살기 위해서인지 죽음의 고통에서 벗어나기 위해서인지 온몸으로 죽을힘을 다해 기었다. 썩은 내가 일대에 진동하고 어디선지 뜨뜻미지근한 피비린내가 흘러든다.

포탄에 깎여 새하얗게 된, 약간 경사진 곳이 있었다. 그 비탈면에 등을 기대고 두 발을 앞으로 모으고서 앉은 다리를 한 자세로 검게 눌어붙은 무언가가 있었다. 그런데 그 근처에 포탄이 떨어져 한동안 검은 물체는 하얀 연기에 자욱이 덮여버렸다. 연기가 사라지자 검은 물체는 다시 모습을 드러냈다. 여전히 새하얀 비탈에 등을 기대고 앉은 모습이다. 바로 그때 그것이 무엇인지 확실하게 알게 되었다. 그것은 철모를 쓴 병사의 시체였다. 이목구비도 뚜렷하고, 죽은 지 오래되지는 않은 듯 아무 데도 썩지 않았다. 옷도 그리 낡지 않았다. 하지만 잠시 뒤 시체는 조금 전에 본 것처럼 다시 시커메졌다. 얼굴이며 옷이며 할 것

없이, 철모와 군화에 이르기까지 파리 떼가 빈틈없이 새카맣게 달려들었다. 겉은 멀쩡해 보여도 파리들은 몸속의 썩은 내를 맡고 모여드는 것이다. 몸이 무너지자마자 수많은 구더기가 들끓어 몸을 해체해버리는 것이다. 처참한 상황은 전쟁터 그 어디를 가더라도 따라다니는 법이지만 여기까지 와서 이 지경에 이른 부상자와 시체를 보고 있자니 고독이 가슴을 저미도록 밀려왔다. 이즈음 여학생들의 옷차림은 제각각이었다. 몸뻬에 운동화나 군화를 신은 학생도 있었고, 군복을 입고 군화와 군모까지 착용하고서 마치 여군과 같은 모습을 한 학생도 있었다.

일본군이 마부니 전선까지 후퇴했을 무렵 어느 날 본부가 자리한 야마시로 동굴 방공호에 있던 여학생들이 입구의 철제 선반 가까이에서 젖은 학교 서류를 말리고, 해가 저물 때쯤 서류가 말랐는지 보러 갔다. 서류는 마구 찢겨 있었다. 병사들이 서류를 뜯어다가 불쏘시개로 쓴 걸 알고서 여학생 중 한 명이 병사들에게 버럭 성을 냈다.

"여기에 있던 건 중요한 학교 서류라고요! 불쏘시개 따위로 써서는 안 되지요!"

그곳에는 소위 한 명에 병사 네댓 명이 있었는데, 이 말을 듣더니 병사 한 명이 비아냥대는 말투로 이렇게 내뱉었다.

"도대체 니들은 우리가 전쟁에서 이기기라도 할 거라고 생각했단 말이냐? 어휴, 아주 대단하시군. 학교 서류 따위가 다 뭐야, 내다 버려! 한심한 놈들 같으니."

그 무렵 본부 방공호에 박격포탄 세 발이 연거푸 떨어지는 바람에 입구 가까이에 있던 15~16명이 그 자리에서 죽고, 한꺼번에 20명 이상의 부상자가 생기는 불상사가 일어났다. 어떤 방위대원은 가슴 위가 전부 날아가고 몸이 갈가리 찢겨 차마 눈 뜨고는 볼 수 없는 모습으로 죽었다. 이때 육군병원장 사토 대좌도 전사했다. 저녁이 되어 함포사격과 공습도 그치고 톤보기가 날아다니며 정찰을 하는 동안 자리를 옮기거나 식량을 구하러 나서는 주민들은 자신의 모습이 드러나는 것도 전혀 개의치 않고 버젓이 땅 위를 걸어 다녔다. 그 무렵은 초여름에 가까운 저녁 하늘을 배경으로 무수한 잠자리가 날아다녀 왠지 평화로운 분위기가 감도는 시간이었다. 그때 여학생들이 있는 동굴에 근황대에서 활동하는 중학생 두세 명이 다가왔다. 철모에 각반을 두른 그들은 무기 하나 들고 있지 않았다. 숨을 만한 동굴을 발견하지 못한 그들은 이리저리 동굴을 찾아다니던 중 병사들에게 끌려가 탄환 나르기와 사역에 동원되었던 듯 "우리는 죽어라 일만 해서 피로에 절고 절었다"며 억울함을 하소연했다.

6월 18일 병원 본부로부터 "병력은 적당한 곳에 전투 배치하고 여학생들은 즉시 해산하라"는 명령이 떨어졌다. 6월 18일 제2외과가 있는 이토스 동굴 방공호는 너구리몰이를 당했는데, 밤이 되어서야 간신히 위험한 동굴을 빠져나왔고, 제1외과는 6월 19일 오전 3시를 기해 이하라 동남쪽 동굴에서 해산했다. 그때 나라현 출신 니시히라 교사는 학생들에게 다음과 같이 말했다.

"우리에게 남은 방법은 동해안을 통과하거나, 서해안을 통과하거나, 아니면 중앙을 돌파하는 세 가지 방법밖에 없다. 출신지가 같은 사람들끼리 한데 모여서 가라. 그리고 통과하는 마을 사정을 잘 아는 사람이 길 안내를 해라. 절대로 포로가 되지는 마라."

이때 슈리 동굴 사령부 참모실에 있던 니시오카 오키나와사범학교 여자부 부장은 병원 본부가 있는 야마시로 동굴 방공호에 와 있었다. 이런 작은 섬에서는 어디에 피신하더라도 안전한 장소가 있을 리 만무하다. 군사령부 방공호가 위험해지자 그는 당황한 나머지 슈리에서 도망쳐 나와 시마지리에서 다시 학생들과 합류했다. 게다가 그는 자신이 이제까지 책임자이기라도 했던 것처럼 이렇게 말했다.

"드디어 여러분의 종군이 끝났다. 유감스럽지만 나는 이제부터 여러분과 따로 행동을 취해야겠다. 나는 구니가미로 간다. 니시히라 선생, 학생들을 부탁하오."

파렴치하게 지껄이는 니시오카 부장의 말을 듣고 심복으로서 그를 가장 잘 따랐던 니시히라 교사는 입술을 달싹이며 무언가를 말하려 했지만 끝내 아무 말도 하지 못했다. 학생들은 니시오카 부장의 배신을 뼛속 깊이 증오하며 저주의 눈길로 그를 쏘아보았다. 학생들과 헤어진 니시오카 부장은 언제나 함께 다니는 오키나와사범부속학교의 젊은 여자 교원인 메카루와 같이 다마시로玉城 마을에 있는 어느 여학생네 집 대피호에 숨기 위해 자취를 감추었다.

2

6월 19일 오전 10시 무렵, 제1외과 여학생 네다섯 명이 방공호를 탈출하여 아단나무가 무성한 기얀 해안 쪽으로 걸어가다가 백기를 손에 든 주민들이 밭 가운데를 가로질러 오른편 도로 쪽으로 달려가는 것을 보았다. 밭 가운데로 나 있는 외길에 멈춰선 미군 전차에서 미군 하나가 덮개를 열고서 머리를 내밀고 있었다. 조금 걷다 보니 고구마 밭 한가운데에 여학생 하나가 쓰러져 있다. 달려가 보니 오마스 대위의 여

동생이었다(오마스는 요나구니섬與那國島 출신으로 과달카날에서 전사했고, 전공戰功 표창장을 받는다). 넓적다리에 기관총탄을 맞은 것이다.

"나는 이제 글렀어. 어서 여기에서 도망쳐!" 그녀는 급우들에게 도망치라고 간절히 말했다. 그들이 그곳을 떠날 때 반 친구 하나가 자신이 지니고 있던 일본도를 그녀 곁에 두고 갔다.

기얀 해안에서는 미군 함선이 대대적으로 방송을 하고 있었다.

"엉뚱한 곳에 숨지 말고 나와라!"

"어두워지면 위험하다, 환할 때 나와라!"

조금이라도 움직일라치면 이렇게 소리를 쳤다.

"거기 움직이는 사람도 나와라!"

그들은 제각각 방공호를 빠져나왔지만 기얀 해안에서 다시 선생님과 급우들을 만났다.

6월 22일은 쾌청했다. 해안 가까이에서 만난 교사들은 바위에 걸터앉아 한 시간 가까이 학생들을 어찌할 것인지 의견을 나누었다.

"어쨌든 이 주변은 화염방사기로 불바다가 될 게 틀림없다. 오늘 밤 안에 이곳을 벗어나지 않으면 위험하다." 나카소네 교사가 말했다.

멀리 마부니 쪽에서 포연이 보였다. 그 모습을 지켜보면서 그들은 어제 6월 21일 오후 2시, 같은 기얀 해안에서 제1고등여학교의 다이라 마쓰시로 교사와 그가 인솔했던 학생 10명이 함께 자결하고 말았다는 이야기를 주고받았다. 그 일행에서 살아남은 어느 여학생을 통해 비로소 이 사실이 알려진 것이다. 목이 너무 말라 물을 찾기 위해 자리를 비운 사이에 이런 일이 벌어진 듯, 그 여학생은 "그렇게 일이 다급하게 돌아가리라고는 전혀 생각하지 못했다"고 말했다.

6월 23일 오후 4시 무렵 같은 기얀 해안에서 병사 세 명과 여학생 10

명이 모여 자결을 논의했다. 병사 중 반장으로 보이는 사람이 물었다.

"너희들 정말로 죽을 수 있겠나?"

"네!" 모두가 이구동성으로 대답했다.

"정말로 죽을 수 있단 말이지?" 그는 엄중하게 다시 물었다.

"네, 죽겠습니다." 대답은 한결같았다.

"정말이지? 딴말하기 없기다?" 하사관은 끈질길 정도로 몇 번이나 물었다.

그때마다 대답은 "네!"였다.

"그렇다면 짐을 정리하고 둥글게 모여서 죽자. 병사들은 안으로 들어오고 나머지는 빙 둘러 앉아라."

그는 자신의 팔목에 찬 시계를 끌러 한 여학생에게 건네주고는 잠시 골똘히 생각하더니 갑자기 큰소리로 외쳤다.

"잠깐!"

그러고는 이제까지 상냥했던 태도가 순간 돌변하여 무시무시한 모습으로 바뀌었다.

"이봐, 여자들은 다 꺼져! 안 꺼지면 전부 다 베어버리겠어!"

그는 칼을 빼들고 난폭하게 굴기 시작했다. 모두가 그 기세에 눌려 반사적으로 벌떡 일어나 아단나무 숲으로 뛰어든 순간 등 뒤에서 굉음과 함께 수류탄이 터졌다. 돌아다보니 모래 위에 세 사람의 시체가 끔찍하게 널브러져 있었다.

제1외과, 제2외과, 그리고 본부에서 근무하던 여학생 100여 명은 해산 후 기얀 해안 동굴이나 바위 그늘, 아단나무 숲속 또는 멀리 마부니와 마카베 벌판을 헤매다가 자결하기도 하고 길가에 쓰러지기도 했는데, 많은 사람들은 문자 그대로(해군가 「바다에 가면」의 가사 그대로—

옮긴이) 물에 빠져 죽거나, 우거진 풀숲에 버려져 최후를 맞았다. 여학생과 교직원을 합해 모두 백수십여 명이 희생되었다. 상처 입은 부상병들을 돌보기 위해 목숨을 바친 그들은 결코 전투원이 아니었다. 히메유리 배지와 적십자 마크를 가슴에 단 여학생들의 모습은 한없이 애처롭기만 했다.

동굴의 요정

1

오키나와섬 최남단에 있는 이하라 고원지대의 소나무 숲 바위 그늘에 죽은 듯이 검은 입을 벌리고 있는 자연 동굴이 몇 개 있었다.

그 자연 동굴 중 하나인 이하라 동굴 방공호에는 종군 여학생, 간호사, 병사, 중상 환자, 남녀 주민 80여 명이 숨어 있었다. 야전병원이 해산하고 일본군이 조직적인 저항을 포기한 무렵이었다. 동굴에 있던 사람들 가운데 대부분은 오키나와사범학교 여자부와 제1고등여학교의 여학생들이었다.

그들 중 상태가 온전한 사람은 단 한 명도 없었다. 우에즈 히로코上江洲ヒロ子는 이곳에 왔을 때부터 고질병인 심장각기를 앓으며 온몸을 송곳으로 찌르는 듯한 격심한 통증에 끊임없이 시달리고 있었다. 하마모토 하루코는 얼굴을 다쳐 죽은 듯이 누워 있을 뿐이었다. 이시카와 세

쓰코石川節子는 이곳으로 온 지 며칠 뒤 동굴 안으로 떨어진 박격포탄에 다리를 다쳤다. 이시카와 기요쿄는 하에바루를 떠날 당시 함포에 다리를 맞고 들것에 실려왔다. 지넨 요시코는 머리를 다쳤다. 다섯 사람은 전쟁 전 모두 한 기숙사의 같은 방에서 지냈고 사이도 좋았다. 가지고 있던 식량은 많지 않았지만 처음에는 병원 위생병들의 지휘에 따라 질서정연하게 공동 취사가 이루어졌다.

"인원을 세야 하니 모두 머리를 움직이지 말도록. 하나 둘, 셋 … ." 동굴 안에서 북적이는 사람들의 머릿수를 익살스러운 목소리로 헤아리던 병사도 더 이상 이 세상 사람이 아니었다. 그 목소리는 무겁게 가라앉기 쉬운 동굴의 분위기를 밝게 북돋아주는 것이었는지도 모른다. 그런 공동 취사도 5월 30일까지만 계속되었다.

6월 18일 미군이 화염방사기로 동굴을 공격한 날부터 동굴은 순식간에 처참한 분위기에 휩싸이고 말았다.

동굴 방공호는 세 개의 석회암 동굴로 나뉘어 있었는데, 암벽 아래쪽으로 각 석굴을 연결하는 통로가 나 있었다. 통로로 쓰이는 구멍은 한 사람이 겨우 드나들 수 있을 정도였다.

마지막으로 우에즈 히로코와 이시카와 세쓰코가 '동굴의 요정'처럼 불가사의한 생활을 시작한 세 번째 동굴에는 물이 고여 있었다. 화염방사기 공격을 받은 첫 번째 동굴의 경우 바위 표면이 불에 그을린 데다가 동굴 안은 바싹 말라 있었다. 적의 습격을 무서워한 사람들은 공격을 받은 그날 밤 첫 번째 동굴을 버리고 다음 석굴로 자리를 옮겼다. 치료는커녕 먹을 것조차 제공할 수 없는 중상자만 두 번째 동굴로 옮겨졌다.

"군의관님! 주사를, 제발 주사를 좀 놓아주세요 … ." 야전병원에서 실려와 끊임없이 호소하던 병사와, 주위는 아랑곳하지 않고 신음하며 울부짖던 남자가 차례차례 죽어갔다. 시체는 밤이 되면 병사들이 동굴 밖으로 내가서 묻거나 첫 번째 동굴로 옮겨두기도 했다. 적의 환영幻影에 시달리는 두 번째 동굴의 사람들은 이웃한 첫 번째 동굴에서 풍겨오는 지독한 시취에 괴로워했다.

6월 18일 정오 무렵 첫 번째 동굴에서 사람 소리가 났다. 무언가를 부지런히 찾아다니는 듯한 어지러운 발소리가 텅 빈 동굴에 울려 퍼졌다. 회중전등 불빛으로 보이는 푸른 광선이 휘익 좁다란 통로를 스쳐 지나가곤 했다.

"적이다!" 우에즈 히로코 일행은 직감했다. 그때 두 번째 동굴에는 북부 출신 방위소집병 네댓 명과 주민 예닐곱, 병사 네댓 명, 그리고 우에즈 히로코를 비롯해 부상을 입어 거동이 어려운 여학생 다섯 명이 남아 있었다. 대부분의 병사와 기력이 남아 있는 여학생들은 공격이 있던 날 밤 이곳을 탈출해버린 터였다.

두려움으로 돌처럼 굳어버린 그들은 조용히 숨을 죽이고서 첫 번째 동굴 상황을 살폈다. 꽤 오랫동안 그러고 있으려니 사람들의 그림자가 소리 없이 조금씩 일렁이며 팔다리를 움직이는 것처럼 보였다. 잠시 후 옆 동굴에서 들리던 목소리가 그치고 발소리도 사라졌다. 그때였다. 내내 억눌려 있었던 듯 카랑카랑한 아이의 울음소리가 갑갑했던 동굴의 정적을 깨트렸다. 모두가 기겁하여 소리가 난 쪽을 쳐다보았다. 우에즈 히로코도 그쪽으로 힘없이 고개를 돌렸다. 네다섯 살가량 된 사내아이의 입을 한 손으로 꾹 틀어막은 병사가 두리번거리며 주위 사람들에게 애원하는 듯한 눈초리를 보내는가 싶더니 나지막한 목소리로 을러댔다.

"쉿, 울지 마! 적이 바로 저 밖에 있단 말이다. 죽여버릴까 보다."

당혹스러운 이성과 혼란스러운 공포가 어수선하게 뒤섞여오면서 동굴에는 서서히 살기가 차올랐다.

"이봐요, 제발 … 누가 좀 도와줘요. … 우리 … 모두가 … 떼죽음을 당할 수는 없잖아!"

병사는 낮게 부르짖으면서 동시에 양손을 움직이고 있었다. 그의 얼굴에 진땀이 흘렀다. 우에즈 히로코는 눈을 질끈 감았다. 그리고 희미한 등불 속으로 떠오른 광경을 떨쳐내려 힘껏 도리질했다. 처음에는 병사도 두 팔로 아이를 안고서 달래려고 애를 썼었다. 하지만 이윽고 사내아이는 아무런 움직임이 없더니 병사의 품 안에서 축 늘어졌다. 병사가 엉거주춤 일어서서 허리띠에 끼워둔 수건을 빼내는 것을 본 순간 그녀는 그만 눈을 감아버리고 만 것이다.— 사내아이의 엄마가 며칠 전 '식량을 찾으러' 나섰다가 돌아오지 못해 병사는 건빵 등으로 아이를 달래면서 무던히도 애를 썼는데 … .

정오 무렵 줄기차게 들려오던 전차포 소리도 갑자기 뚝 그치고, 비행기의 폭음과 부근에서 쏘아대는 기관총 소리만 들려올 뿐이었다.

밤. 병사와 방위대원 들이 서둘러 반합에 밥을 지어 먹는 것을 지켜보던 우에즈 히로코가 그들이 있는 곳으로 기어가 밥을 얻어왔다. 이시카와 세쓰코의 다리에 입은 부상은 고름이 멎고 검붉은 딱지 아래에 새살이 차오르면서 아물어갔다. 그녀만이 식욕을 조금 되찾았다.

"자, 뭐라도 먹지 않으면 죽게 된다고. 조금이라도 좋으니 제발 이것 좀 먹으렴." 우에즈 히로코가 친구들에게 먹을 것을 주었지만 이시카와 세쓰코만이 조금 입에 댔을 뿐, 다른 세 명은 맥없이 고개를 저었다.

그리고 2~3일이 지난 어느 날 저녁 하마모토 하루코의 몸은 차갑게 식었다. 선박공병대의 제복과 비슷한, 후줄근해진 카키색 교복 윗도리에 몸뻬를 두른 그녀는 아무런 표정도 없이 누워 있었다. 잔잔한 무늬가 박힌 감색 천으로 된 그녀의 몸뻬는 여학생들이 종군에 나서게 되자 그녀의 엄마가 자신이 입던 옷을 가지고 만들어 종군에 나서기 전날 밤 그녀에게 입힌 것이다. 그런 몸뻬가 지금은 진흙과 피와 고름으로 범벅이 된 채 하루코의 가냘픈 몸뚱이를 감싸고 있다. 살아남아 있는 네 사람에게 동무의 죽음은 아무런 느낌도 불러일으키지 않았다.

한마디 작별인사도 없이 아무도 모르는 가운데 젊은 생명을 마감한 동무의 죽음이 견디기 어려웠다기보다는 얼굴을 알아볼 수도 없을 정도로 크게 다친 그녀의 표정 없는 마지막 모습에 오히려 마음이 놓이는 듯했다. 이때 곁에 누워 있던 또 다른 여학생의 입에서 맑디맑은 목소리가 흘러나왔다.

"웬 아이가 보았네 … 들에 핀 장미화 … ."

그녀는 깊이 잠든 상태에서 노래하고 있는 것처럼 보였다. 바위 벽에 기댄 두 다리도, 가슴 위에 올려놓은 두 손도, 그리고 머리도 전혀 움직이지 않고 노래를 부른다. 어두운 동굴이 너무나도 싫은 그녀의 영혼은 밝은 슈베르트 곡에 자신을 싣고 환한 고원을 떠돌고 있는 건 아닐까.

"아, 요시코가 노래를 하네."

우에즈 히로코는 벌떡 일어나 앉아 가만히 동무의 얼굴을 들여다본다. 그녀가 부르는 노래 선율이 동굴 안에 흘렀다. 머리에 입은 상처가 점점 깊어지더니 급기야 그녀는 정신이 이상해지고 말았다. 지넨 요시코는 노래를 멈추고는 "물, 물, 물 좀 주세요!"라고 말했다.

"그래, 알았어. 지금 물을 가져다줄게. 조금만 기다려줘."

히로코가 그녀의 귀에 대고 소리쳤다. 그녀는 물을 구하기 위해 앉은걸음으로 첫 번째 동굴까지 기어가 보았지만 화염방사기의 맹렬한 열기에 바짝 말라서 고여 있는 물이 없었다. 남아 있는 물이라고는 시체가 있는 동굴 입구 쪽 웅덩이에 고인 물밖에는 없었다. 그녀는 단념하고 되돌아와 구급 가방에서 탈지면을 꺼내 머리 가까이 천장 석회암 동굴의 뾰족한 곳을 타고 떨어지는 물방울을 오랜 시간을 들여 적셨다. 히로코는 세 명의 친구 입술에 탈지면에 적신 물을 흘려 넣었다. 그리고 며칠 뒤 방공호에는 네 명의 여학생과 대여섯의 병사와 방위대원들만 남게 되었다.

유일한 식량은 생쌀이었다. 쌀을 씹는 것조차 거부했던 이시카와 기요코는 살이 빠져 피골이 상접한 몸으로 누워 있었다. 그녀는 하마모토 하루코의 뒤를 따르듯이 하루코가 죽은 지 일주일째 되는 날 밤 어느샌가 숨을 거두었다.

"군인 아저씨들, 제발 부탁드려요! 이 친구들을 저쪽으로 좀 옮겨주세요!"

두 사람이 맞은편에 있는 병사들에게 필사적으로 매달렸지만 그들은 멀뚱거리기만 할 뿐 두 사람의 애원에 귀를 기울이려 하지 않았다. 아무리 애를 써보아도 둘이서는 죽은 동무들을 옮길 수 없었다. 살아남은 세 사람에게 이번에는 피로와 허기가 뒤섞인 나른한 졸음이 몰려왔다.

"군의관님! 저 환자는 파상풍에 걸렸는지도 몰라요. 어서 빨리 주사를 좀 놓아주세요. 링거, 링거는 없나요? 이대로 내버려두었다가는 영영 나을 것 같지 않아요, 수간호사님, 수간호사님! 저는 다리를 다쳐 걸을 수가 없어요 ….” 갑자기 지넨 요시코가 큰소리로 횡설수설했다.

“이봐, 학생! 조용히 좀 못 하겠나! 그렇게 소리를 지르다가는 들켜 버린다고!” 병사가 화를 냈다. 곁에 있던 이시카와 세쓰코가 헛소리를 하는 지넨 요시코를 흔들자 잠잠해지는가 싶더니 곧바로 또 노래를 부르기 시작했다.

“웬 아이가 보았네, 들에 핀 장미화, 갓 피어난 어여쁜, 그 향기에 반해서 ….”

학교 음악실이 그녀의 몽롱한 의식에 떠올랐는지 지넨 요시코는 눈을 감은 채 노래를 불렀다. 진흙탕과 눈물로 뒤범벅이 된 그녀의 얼굴이 잠시 발그레하게 환해졌다. 우에즈 히로코는 부기가 빠져 조금씩 몸을 움직일 수 있게 되었다. 그녀는 첫 번째 동굴에 누워 있는 죽은 남자의 머리맡에 놓여 있던, 현미가 담긴 양동이를 떠올리고서 그것을 가져왔다. 가져온 쌀로 방위대원이 여학생들에게 밥을 지어주었다. 며칠 만에 그들의 위가 먹을 것을 받아들이자 몸에서 조금씩 힘이 솟아나는 것 같았다.

“아무것도 먹지 못하면 끝장이야. 이제부터는 무엇이든 먹을 것을 찾아야겠어.” 우에즈 히로코가 말했다. 두 동무의 시신은 결국 둘이서 옆 동굴로 옮기기로 했다. 그들은 있는 힘을 다해 허리에 힘을 주고서 죽은 동무를 들어 올리려 했지만 아무런 소용이 없었다. 두 사람은 먼저 야윈 편인 하마모토 하루코의 시신을 질질 끌고 갔다. 이시카와 기요코를 옮길 때 바위 모서리에 그녀의 갈래머리가 걸렸다. 말이 없는 이 친구는 그들의 손에 이끌려 울퉁불퉁한 바위 사이를 몇 번이고 돌아나가야 했다. 그리고 엎어지기도 했다.

“함께 있고 싶어. 언제까지나 함께 있고 싶어. 하지만 어쩔 수 없구나, 기요코. 참아, 조금만 참아주렴." 울음을 삼켜가며 두 사람은 동무의 시신을 끌었다. 머리가 바위틈에 걸려 무리하게 잡아당길라치면 무심하게 잠들어 있는 듯한 백랍같이 하얀 얼굴이 살아 있기라도 하듯 일그러졌다.

동무들의 시신을 첫 번째 동굴로 옮겨놓고 한숨 돌린 두 사람은 함께 있던 나이가 지긋한 병사가 오늘 아침에 한 이야기를 떠올렸다. 그리고 그 말뜻을 진지하게 생각해보았다.— "괜찮아. 미군은 결코 여자를 죽이지 않을 거야. 여학생들은 아무 문제없어. 어서 빨리 여기서 나가는 게 좋을 거야."

우에즈 히로코는 울부짖으며 "엄마!"를 찾았다. 구니가미로 소개疏開한 엄마와, 같은 전장에서 방위대원으로 있는 아버지가 문득 떠올랐다. 어쩌면 엄마는 어딘가에 분명히 살아 계실 거야. 아니 꼭 살아 계셔야만 해! 엄마를 다시 만날 수 있을까?— 갖가지 상념이 오갔다. 두 사람은 나란히 바위에 기댔다. 졸음이 몰려온다.

"웬 아이가 보았네, 들에 핀 장미화 … ."

지넨 요시코가 다시금 노래를 부르기 시작했다.— 이하라의 깊숙한 이 동굴에는 이제 여학생 둘과 시체들만이 남아 있을 뿐이다. 지넨 요시코는 6월 24일 슈베르트 곡을 부르다가 끝내 숨을 거두고 말았다.

밥을 지어주던 방위대원도, 그리고 병사들도 모두 이하라 동굴에서 모습을 감추었다. 두 사람은 너무나도 무서워 세 번째 동굴로 자리를 옮겨갔다. 날이면 날마다 바위 위에 나란히 앉아 생쌀을 씹어 먹으며 잠을 잤다. 외부와 완전히 단절된 두 사람의 기묘한 동굴 생활이 어둠 속에서 계속되었다. 어느새 시간은 그들의 의식에서 사라지고, 통로 구멍으로 어렴풋이 비쳐드는 햇살로 낮이 되었다는 것을 알아챘다.

두 사람은 날마다 이 빛으로 밤낮이 갈마드는 것을 알았다. 끝 모를 고독감이 엄습해왔다.

"우리 노래 부르자!"

우에즈 히로코가 제안했다. 두 사람의 합창 소리가 높아지며 텅 빈 동굴에 울려 퍼졌다. 알고 있는 온갖 노래를 다 부르고 나자 으스스한 정적이 그들을 감쌌다. 가만히 귀를 기울여보니 땅속에서 올라오는 듯한 벌레 울음소리가 들려왔다.

"아, 벌레가 우네 … ."

누군가가 손을 힘껏 잡아당기기라도 하듯 두 사람은 일어나 더듬거리며 앞으로 나아갔다. 동굴 바깥의 어둠 속 공기에 실려 가늘지만 아주 선명한 음악 소리가 들려왔던 것이다. 온갖 장애물을 기어 넘어 두 번째 동굴에서 빠져나왔다. 손과 발을 몇 번이나 바윗장에 부딪히고 여기저기 긁히면서 두 사람은 마침내 첫 번째 동굴을 벗어났다.

"음악 소리야!" 두 사람은 약속이나 한 듯이 모기만 한 소리로 탄성을 질렀다. 온 하늘에 흩어진 별들이 긴 은하의 물결 속에서 반짝이고 있었다. 오래도록 접하지 못했던 써늘한 밤공기가 그들을 감쌌다. 멍하니 배를 깔고 엎드린 그들의 귀에 또다시 경쾌한 음악 소리가 흘러들었다. 두 사람은 동굴 입구에서 정신없이 곯아떨어졌다. 그들의 처지와는 아무런 관계도 없는 듯한 흥겨운 음악이 바람에 실려 한참 동안 흐르고 있었다.

2

이하라 동굴에서 해안으로 내려가는 저지대에서는 미군이 일찌감치 막사를 짓고 있었다. 두 사람이 들었던 음악 소리는 초여름 밤을 즐기는 미군의 노천 영화관에서 들려온 재즈였다.

어느 날 아침 동굴 밖에서 두 사람은 미군이 뿌린 듯한 일본어로 쓰여진 소형 신문을 주워들었다. 그리고 신문에서 진귀한 사진을 발견하고서 놀란 표정으로 서로의 얼굴을 바라보았다. 사진의 주인공은 그들의 기억에도 선명한 '어른이 된 템플(셜리 템플(1928~2014). 1930년대 폭발적인 인기로 세계를 휩쓸던 아역 배우다. 「하이디」, 「소공녀」 등 그녀가 출연한 영화는 히트를 쳤고, 그녀의 이름을 딴 의류와 인형 등도 인기를 끌었다—옮긴이) 양'이었다. 갑자기 온몸에 힘이 솟구치는 듯했다.

"불을 찾아서 남은 쌀로 밥을 해 먹자!"

다음 날 두 사람은 들키지 않으려 조심하면서 불씨를 찾아 동굴 근처를 열심히 돌아다녔다. 무언가 두 발로 꾹꾹 땅을 짓밟듯이 눌러대던 이시카와 세쓰코가 느닷없이 소리를 질렀다.

"이것 좀 봐! 불이 있어. 여기가 따뜻해."

우에즈 히로코가 달려들어 땅 위를 자세히 살펴보았다. 누군가가 쓰레기를 모아 불을 지핀 듯, 소복하게 쌓인 잿더미를 막대기로 열심히 헤집자 새빨간 숯불이 나왔다. 그들은 동굴 근처에서 나무 쪼가리와 마른 잎을 긁어모아 동굴로 돌아와 연기가 나는 것도 모르고 현미밥을 지었다. 사흘 뒤, 그러니까 이하라의 동굴에 들어온 지 42일째 되던 날 새벽, 두 사람은 결심하고 마침내 동굴을 나섰다. 뼈만 남아 있는 동굴 입구의 시신과 세 동무의 유해에 합장한 그들은 무작정 해안을 향해 걷기 시작했다. 이윽고 바다와 이어지면서 고원高原이 끝나는 비탈에서 그들은 뜻밖에도 전선에서 헤어졌던 친구와 마주쳤다. 다마나하 사치코玉那覇幸子와 중학생인 그녀의 남동생이었다.

"아이고, 살아 있었구나!" 이들 남매는 물을 길으러 나온 참이었다.

"애들아, 우리가 있는 곳으로 가자. 그쪽에는 사람들이 많아서 든든해." 다마나하 사치코는 두 사람을 이끌었다. 우에즈 히로코와 이시카와 세쓰코가 그곳에 가보니 어두운 동굴 안에는 여기저기에 백골이 수북이 널려 있었다. 그곳은 다마구스쿠촌 이토카즈의 제1외과 방공호에서 우에즈 히로코 등과 함께 나온 하에바루 야전병원 제3외과 학생들이 숨어 있던 방공호(히메유리탑)였다. 백골은 오키나와사범학교 여자부와 제1고등여학교의 종군 여학생, 부상병과 적십자 간호사 들의 모습이 변한 것이었다. 백골과 함께 지내는 두 사람의 기묘한 생활이 여기에서도 다시 시작되었다. 여학생들 이외에도 두 명의 위생병과 살아남은 간호사 두 명이 더 있었다. 동굴 밖은 마침 미군의 쓰레기장이 되어 있었다.

7월 초순 어느 날 밤 그녀들이 있는 동굴에 한쪽 팔이 없는 젊은 일본군 장교가 나타났다. 그리고 곧 장교도 일행과 함께 생활하게 되었다.

그 무렵 미군의 함포와 중포重砲는 어느새 멎었고, 일본 본토를 공습하기 위한 B29기의 폭음이 연일 섬을 뒤흔들어놓았다. 기얀 일대에는 투항을 거부한 일본 병사들이 무리지어 여기저기에서 근근이 목숨을 이어가고 있었다. 여학생들이 '외팔이 중위님'이라고 불렀던 그가 어느 날 오장 한 명을 데리고 와서는 "미군의 동태를 살피고 오겠다"는 말을 남긴 채 떠났다가 다음 날 아침에야 돌아와 모두에게 "투항하자"는 말을 불쑥 던졌다. 영어를 할 줄 알았던 그는 투항을 결심하고서 스스로 미군을 찾아갔던 것이다.

8월 22일 낮 우에즈 히로코 일행은 다른 장병들과 함께 미군에 투항했다.

심신이 모두 지친 그들이 미군의 따뜻한 보호 아래 편히 쉬며 생활하기 시작한 무렵 오키나와 공방전은 끝을 고했다. 미 제7군 포병대장 에드먼드 B. 에드워드 대령은 "83일에 이르는 오키나와 전투에서 미군은 총 175만 톤의 포탄을 투하했다"고 발표했다.

평화를 바라며

히메유리탑의 유래

6월 23일, 우시지마 미쓰루 사령관과 조 이사무 참모장이 최후를 맞이한 시마지리 최남단 마부니산에 포연이 잦아들고 마침내 약 3개월 동안 이어진 오키나와 전투는 막을 내렸다. 포로가 된 일본 병사와 오키나와섬 주민 들은 모두 미군에 의해 일정한 지역에 수용되었고, 처참하기 그지없는 시마지리 들판에는 사람의 그림자 하나 얼씬거리지 않았으며, 10여 만에 이르는 시체가 비바람 속에서 통곡하는, 소름끼치는 황량한 벌판이 되고 말았다. 이렇게 반년이 지나갔다.

전쟁으로 뿔뿔이 흩어졌던 시마지리군 마와시촌의 살아남은 주민들이 이동하라는 명령을 받고 마부니촌 고메스 부근 해안에 일단 집결한 것은 오키나와 전투가 끝난 지 7개월 뒤인 1946년 1월 25일이었다. 그때까지 오키나와섬의 여러 미군 수용소와 마을에 흩어져 있던 촌민들이 고메스 해안에 모였을 때 그들의 수는 고작 8천 명에 지나지 않았다. 마치 악몽에서 깨어난 듯 서로를 바라보는 얼굴에는 아직껏 전쟁의 공포가 사라지지 않았고, 그 표정에는 구사일생으로 살아남은 사람만이 알 수 있는 눈물겨운 생존 의지가 역력했다.

살아 남아 가까운 사람들과 다시금 만날 수 있게 되었다는 이루 말할 수 없는 감격이 모두의 가슴에 새삼 밀려들었다. 동시에 가까운 사람들과 사별한 슬픔 또한 가득했다. 그들이 죽어가던 순간의 장면이 아직 생생한데, 그런 사람들이 썩어 해골이 되어 나뒹구는 전장,— 시마지리 남단에 모인 촌민들의 머릿속에는 아찔한 화약 연기 냄새와 끔찍하게 죽어간 수많은 시체와 부상자 들의 모습이 마치 어제 일처럼 또렷하게 남아 있었고, 그 위에 저마다 지나온 고난에 찬 날들이 겹쳐졌다. 지나고 보니 그것은 그야말로 한순간의 악몽과도 같았다.

마와시촌 주민들이 고메스 해안에 집결하기 이틀 전인 1월 23일, 당시 이토만 지구대장 브래너 대위는 제2오자토국민학교 교장인 긴조 와신을 촌장으로 임명했다. 다음달 2월 2일, 긴조 와신 촌장은 모두가 가슴에 품고 있으면서도 그 누구도 밖으로 드러내지 못했던 생각을 곧바로 촌민에게 호소하여 공감을 불러일으켰다.

긴조 와신 촌장은 현재 우리가 알고 있는 위령탑을 건립할 것을 처음으로 제안했다. 오키나와 전투가 끝난 그 순간부터 이러한 생각은 그를 무겁게 짓누르고 있었던 것이다. 일생을 교육계에 바쳐온 그는 수많은 젊은 학생들과 무고한 남녀노소, 그리고 광신적인 사상에 휘둘린 전도유망한 청년들이 전쟁터에 휘몰아치는 무정한 바람에 백골을 드러낸 채 이름도 없이 헛되이 썩어가야만 하는 비운을 보고서, 구원받지 못한 그들의 영혼을 위해 경건한 기도를 올리지 않을 수 없었다. 그리고 즉각 부촌장인 베노키 에이조邊野喜英長 이하 지역 유지들의 동의를 얻어 위령탑 건립에 착수한 것이다. 위령탑은 약 한 달 만에 완성되었다. 많은 사람들의 봉사로 진행된 이 공사에는 연인원 1,807명이 함께했다.

이 위령탑에 고메스 부근에 흩어져 있던 일본 병사와 오키나와 도민, 그러니까 오키나와 전투에서 사망한 모든 사람들의 뼈와 유해를 모아 합사合祀했다. 위령탑을 세우면서 우선 촌 대표자들에게 자문을 구했고, 이어서 촌민들과 협의한 결과 모두가 흔쾌히 동의하여 서둘러 납골대納骨隊를 조직했다. 처음에는 한 사람당 가마니를 두 장씩 들고 유골을 수습하러 나섰다. 그러나 5~6개월이 넘게 지났음에도 시신 다수가 생전의 모습을 그대로 간직한 미라의 모습이어서 수습이 어려워지는 바람에 다시 들것을 만들어 운구해야 했다. 당시에는 자유로운 통행이 금지되어 있었기 때문에 시신을 수습하여 모아둘 수 있는 지역은 고메스 학교 주변 약 2킬로미터로 제한되었다. 봉안된 영령은 모두 2,800여 위位였다. 그 무렵 고메스 일대는 골목길과 담장 아래, 물가, 동굴, 풀숲 등 그 어디에나 무수한 시체가 그대로 방치되어 있었다. 사람들은 소식이 끊긴 부모형제, 지아비와 처자식의 최후를 확인하기 위해 시신을 볼 때마다 다 해진 옷을 뒤집고 호주머니를 뒤져 유품을 찾았다.

1946년 4월 7일, 브래너 대위가 이토만 지구대장을 그만두고 미국으로 귀국할 때 송별회 명목으로 합사제合祀祭를 지냈다. 당시 전사자를 추모하려면 특히 미군 쪽의 눈치를 볼 수밖에 없었던 것이다.

합사제는 그날 오전에 촌민들끼리 모여 지냈고, 오후에는 촌민들이 연극을 공연하여 죽은 자의 영혼을 달랬다. 위령탑을 세우고 나서 곧바로 히메유리탑 건립에 착수했다.

히메유리탑은 오키나와 전투에서 죽은 모든 여학생의 영혼을 기리

히메유리탑.

기 위한 것인데, 그중에서도 희생자가 많았던 오키나와 현립 제1고등여학교와 오키나와사범학교 여자부가 그 이전부터 히메유리학사라 불리던 데에서 이름을 딴 것이다. 야전병원 간호사로 종군한 여학생들이 특히 집단으로 전사한 최후의 격전지 이하라 자연 동굴 방공호 터에 탑을 세우게 되었다.

마부니는 마와시촌 사람들이 자신들의 마을로 돌아갈 때까지 잠깐 동안 모여 있던 장소였는데, 오키나와 여자 교육의 최고 학부였던 히메유리학사가 마와시촌에 있었던 것과 관련지어 생각하면 참으로 기이한 인연이었다. 히메유리탑은 2주 만에 완성되었다. 완성하자 마와시고등학교 학생들을 중심으로 하여, 함께할 것을 희망해온 이토만고등학교 학생들이 자리를 같이했다. 그리고 마을 사람 모두가 모여 합사를 지냈다.

위령탑을 건립할 당시 제1고등여학교 및 오키나와사범학교 여자부 학생들이 전몰한 현재의 히메유리탑 위치는 명확하지 않았었다. 촌민들이 고메스에 집결하자 긴조 와신 촌장의 부인은 즉시 그 장소를 탐문했다.(그녀의 두 딸은 모두 히메유리 학도대로 참여했다가 전사했다.) 경찰의 허가를 얻어 C.P.(민民·경警)와 함께 20일 가까이나 발이 부르트도록 헤맸지만 끝내 찾을 수 없었다. 그러던 중 생존자 중 한 명인 이라하 후미코伊良波文子가 지넨촌 햐쿠나에 있는 아메리카육군병원에서 간호사로 근무한다는 사실을 알아내고, 3월 중순 고메스에서 햐쿠나까지 찾아가 상세하게 당시의 일을 물어보았다. 그리하여 제3외과 방공호의 위치가 어렵사리 밝혀졌고 방공호가 있던 자리에 히메유리탑이 세워진 것이다.

고메스 부근에는 야전병원 방공호가 넷이 있었다. 본부, 제1외과, 제2외과, 제3외과가 그것이다. 각 방공호마다 여학생들이 배치되어 있었는데, 거의 전멸하다시피 한 곳은 제3외과다. 제3외과 방공호에서 살아남은 사람은 겨우 세 명이었다.

고메스 부근까지 퇴각했을 때 야전병원은 사방으로 흩어져 있던 병사들과 여학생들을 우선 제1외과 방공호에 전부 모은 다음 본부 방공호, 제1외과 방공호, 제2외과 방공호, 제3외과 방공호로 각각 분산 배치했다.

제3외과 방공호는 위에서 지하로 들어가는 우물 모양의 자연 석회암 동굴로, 내려가는 도중에 바위가 튀어나온 곳이 있었다. 갱구에서부터 그곳으로 세 개의 소나무 기둥을 걸쳐놓았고, 돌출부에서 다시 동굴 바닥 쪽으로 소나무 기둥을 연결하여 그것을 다리 삼아 출입했다.

1945년 6월 18일 제1외과 방공호에서 50미터 전방에 미군이 나타났다는 보고가 들어왔다. 제1외과 방공호와 제2외과 방공호는 거리가 가까웠기 때문에 서로 정보를 주고받아 그날 당장 방공호를 빠져나와 피난길에 올랐다. 그러나 이들 두 방공호와 150미터쯤 떨어져 있었기 때문에 통지를 받을 수 없었던 제3외과 방공호는 다음 날인 6월 19일이 되어서야 비로소 미군이 가까이 왔다는 것을 알았다. 제3외과는 6월 20일 새벽 탈출하기로 결정하고, 6월 19일 밤 마지막으로 해산식을 열었다.(「제3외과의 최후」에서는 6월 18일 밤에 해산식을 열고, 6월 19일 새벽에 탈출하기로 결정했다고 나와 있으나, 원서 그대로 둔다—옮긴이) 저마다 잘 부르는 노래로 장기자랑을 하고, 끝으로 음악 교사인 고친다 선생의 선창으로 「바다에 가면」을 합창한 뒤 각자 짐을 챙겼다.

제3외과 방공호에서 여학생들과 운명을 함께한 교사는 다음과 같다. 고친다 교사, 오야도마리 지요 교사, 오쿠자토奧里 서기, 아라가키 교사, 다마요세 교사.— 생존자가 말해준 내용을 바탕으로 그날 밤 광경을 상상해보면 그야말로 등골이 오싹하도록 귀기가 감돈다. 적과 아군이 200~300미터 남짓한 거리를 사이에 두고 대치한 최전선 저 깊숙한 방공호 안에서 새벽 탈출을 꾀하며 장기자랑을 하다니! 저녁 무렵 함포 공격이 잠시 멎은 사이에 남은 적을 소탕하러 온 미군은 밤이 되면서 곧바로 후방으로 쑥 물러났을 터였다. 그 틈을 이용하려면 밤새 함포의 집중사격을 받는 방공호를 도저히 빠져나갈 수 없다. 결국 일정 시간 포성이 그치는 새벽녘을 이용하여 탈출하는 수밖에는 없었다. 여학생들은 한 사람 한 사람 일어나서 노래를 불렀다. 노래 부르는 장소가 비참한 동굴 안쪽일수록 무대는 한층 비극적이었다. 그 장면은 스러져가는 히메유리학사가 마지막으로 빛나는 장면이었으며, 그 노래는 순정한 소녀들이 부르는 슬픔에 찬 만가였다. 우에마 미치코

上間道子라는 학생이 부른 나니와부시浪花節(일본 전통 음악의 하나. 로쿄쿠浪曲라고도 한다. 주로 서민적 의리와 인정에 호소하는 작품이 많으며, 소재는 가부키 등 여러 장르에서 따오거나 그 시대의 시사적인 내용을 포함하기도 한다—옮긴이)는 특히 감명 깊었다. 이렇게 능숙하게 로쿄쿠를 잘 부른 것은 노래 부른 사람의 마음이 그만큼 맑았기 때문이리라. 또한 노래를 감명 깊게 들은 사람들의 마음도 마찬가지였으리라. 나니와부시를 들은 사람들은 더욱 비장해졌고, 마지막으로 「바다에 가면」을 함께 부를 때는 분위기가 절정에 달했다.

'히메유리탑', 다시 말해 제3외과 방공호가 있던 자리는 당시 마와시 촌장 부인이, 전쟁이 끝난 뒤 지넨촌 햐쿠나의 아메리카병원에서 간호사로 있던 이라하 후미코에게 물어보고서야 찾아냈고, 훗날 제1외과 방공호의 생존자인 우에즈 히로코에 의해 전멸 직후의 상황이 밝혀졌다. 촌장 부인은 제3외과 방공호를 찾아내 그 안에 있던 여학생들의 뼈를 수습하여 유족들에게 전했다. 그 후 방공호 부근에 있던 뼈를 모아 방공호 안에 들였고, 또 마을의 농부가 일하다가 밭에서 발견한 뼈들도 이곳에 들여놓았다. 히메유리탑 공사가 마무리될 즈음 마와시촌으로 이동한다는 이야기가 돌자, 사람들 사이에서 이동하기 전에 일을 끝내자는 이야기가 나와 곧바로 건아의 탑健兒之塔을 건립하게 되었다. 당시 오키나와사범학교 남자부 학생들이 마부니에서 자결한 곳에 세운 건아의 탑은 오키나와사범학교 남자부 학생뿐만 아니라 오키나와 전투에서 죽어간 모든 남자 중학생의 영혼을 위로하기 위한 것이었다. 앳된 청소년들이 잠들어 있는 건아의 탑을 건립하는 데에는 약 일주일이 걸렸다.

그 외에 훗날 의료단은 여학생 이외의 종군간호사를 기리는 탑을 건립했다. 종군간호사 144명은 여학생들의 지휘자이자 동료로서 최후까지 고생을 함께했던 것이다. 그리고 제2고등여학교 동창회는 다카미네촌 구니요시 앞 언덕에 '시라우메탑白梅塔'을 세웠고, 슈리고등여학교 동창회는 슈리 교사校舍 터에 '즈이센탑瑞泉塔'을 세웠다. 이 탑들은 각각 종군했다가 전쟁에 희생된 여학생들을 추모하기 위한 것이다. 마와시촌은 1946년 4월 4일, 도미구스쿠촌 가카즈嘉數로 이동하면서 히메유리탑과 건아의 탑에 저마다 추도가를 새겼다.

무덤 속 베개 딱딱하더라도 いはまくら 固くもあらむ
편히 잠들기를 기원하노라 安らかにねむれとぞ祈る
함께 공부한 우리는 學びの友は

—히메유리탑

남쪽 바위 끝까지 버티다가 みんなみの岩の果てまでまもりきて
산산이 흩어진 용의 아들들이여 散りにし龍の子
구름 위로 오르리 雲わきのぼる

—건아의 탑

오키나와 본섬 최남단, 사방 어디서든 바다를 가까이 볼 수 있는 손바닥만 한 땅에서 일본군과 미군 병사 수십만과 비전투원인 섬사람 이십몇 만이 뒤섞이고, 지상·공중·해상에서 어마어마한 철鐵의 물량을 퍼부었으며, 대대적인 자연 파괴와 인간 살육을 자행함으로써 비참하기 그지없는 지옥도를 펼쳐 보인 경우가 세계 전쟁사상 일찍이 있었던

가. 미국의 한 잡지에 이런 글이 실렸다.

황량한 저 절벽은 평범한 절벽으로 보일지도 모른다. 하지만 저곳에서 일어났던 갖가지 일들은 역사에 기록되어 후세에 전해질 것이다. 저 절벽의 다코쓰보에 웅크리고 있던 사람들의 경험은 장래 위대한 소설문학을 매장하고 있는 것이다.

아! 이리하여 미군이 '태평양의 게티스버그'라고 불렀던 그곳에 그토록 맹렬했던 철의 폭풍은 잦아들고, 깊은 상처로 만신창이가 된 섬에 다시 평화가 찾아들었다.

철화鐵火와 굉음의 교향악 속에서 수만 명은 불꽃처럼 흩어지고 사라졌으며, 사나웠던 회오리바람은 잠잠해졌다. 그리고 이제는 보일 듯 말 듯 눈에 잘 띄지 않는 묘표만이 다시 일어나서는 안 될 저 비극의 기념비가 되어 적막한 해변에 영원히 남아 있게 되었다.

제6부

호쿠잔北山에 몰아친 비극

북으로 북으로

1

미 기동부대가 오키나와열도 수역에 나타났을 때 오키나와 중부·남부 지역 주민들은 오키나와 본섬 북부로 소개되었다. 일본군이 오키나와 본섬 중부와 남부에 진지를 구축하고 그곳을 주요 전장戰場으로 결정했기 때문이다. 1944년 10월 10일, 생각지도 못한 갑작스런 대공습에 타격을 받은 나하 시민들이 정신없이 피신한 일이 있었던 터라 이번 소개는 비교적 조직적으로 이루어졌다. 소개 업무를 맡게 된 구니가미 지방사무소는 나고정 아가리에東江국민학교에 터를 잡고 일본군을 위한 식량 공출과, 지역별로 소개민을 할당하는 일을 맡기로 했다. 소개사무소의 일부는 나고에서 구시촌으로 가는 도중에 있는 기타메이지산北明治山의 현유림縣有林으로 이동했다. 그곳에 흩어질 염려가 있는 나하도서관의 향토 관련 문헌을 보내기도 하고, 비상식량을 마차로 운반하기도 했다.

소개자들의 수하물은 가데나까지는 기차로 옮기고, 그곳에서 아라가키新垣버스, 히라오平尾버스(당시 버스 운송회사들—옮긴이), 슈리 시영버스를 이용하여 나고의 소개疏開 본부로 운송했다. 군용 트럭도 일부 동원되었다. 산더미 같은 소개용 짐짝들과 노약자들을 실은 이들 자동차는 저공비행하는 B24기의 그림자를 피해가면서 산 중턱과 해안선을 필사적으로 누비고 다녔다. 1945년 3월 24일 정오, 함재기 편대가 나고정의 상공에 모습을 드러내더니 로켓포를 퍼부었다.

이윽고 비행기는 사라지고 세무서 청사가 불길을 내뿜으며 타오르는 것을 보면서 인근 산에 피신했던 사람들이 순식간에 폐허로 변해버린 시가로 되돌아왔다. 깨지고 부러진 기왓장과 목재가 어지러이 널려 있는 시가는 차마 눈 뜨고 볼 수 없을 만큼 참담했다.— 갑자기 제3고등여학교 강당에서 천장을 뚫고 불기둥이 치솟았다.

왔다, 또 왔어! 넋이 나간 듯 당황한 사람들이 올려다본 푸른 하늘에는 그러나 무언가 있음직한 그림자도 보이지 않는다. 누군가가 "시한폭탄인가 봐. 별거 아니야"라고 말했다.

그날부터 공습이 쉴 새 없이 이어졌다. 또한 요미탄 해안에 퍼붓는 함포의 굉음이 지축을 울리는 듯했다.

북부의 산중과 마을의 요소요소, 피난민이 통과할 만한 곳에는 먹을 것도 없이 몰려드는 사람들을 위해 '비상 급식소'가 마련되었다. 비상 급식소는 현청의 지휘에 따라 조직적으로 만들어졌다.

오키나와에서 전쟁이 벌어질 것이 확실해지면서 현청은 주민들을 일본 본토로 소개했다. 하지만 해상이 위험해지면서 섬 밖 소개가 사실상 어려워지자 북부로 소개 계획을 세웠다. 그리고 각 정町·촌村의 소개지를 구니가미군의 각 촌으로 지정하여, 어느 촌의 몇백 명은 어느 촌으로, 하는 식으로 소개 인원도 확정해 놓았다. 피난민용 오두막을 짓는 데 필요한 목재를 얻기 위해 현청은 비용을 들여 구니가미 지방사무소를 통해 북부 산림에서 목재를 벌채하게 했다. 이렇게 전쟁에 대비했기에 미 기동부대가 갑자기 섬을 포위하고, 함포를 퍼붓고, 함재기를 출격시키고, 해병대 일부를 양륙시키는 상황에 경황없이 허둥대기는 했지만 비교적 정연한 소개가 이루어졌다. 피난 지구로 지정된 북부 각 촌은 산속에 대피용 오두막을 짓고, 집단 소개를 받아들일 준비를 했다. 그러나 중부 지구가 전쟁터로 바뀌면서 섬은 남북으로 나뉘고, 현청과 군사령부와의 연락이 두절되어 소개를 담당하는 말단 기관까지 제 기능을 상실하고 통제 불능 상태가 되었다.

특히 중부의 상륙 지점 부근인 요미탄촌과 자탄촌 일대에서 빈손으로 도망쳐온 피난민 대부분은 아무것도 지닌 게 없었다. 더욱이 그 무렵부터 북부는 지역 주민과 피난민 들이 뒤섞이는 바람에 맨몸뚱이인 난민들을 위한 소개 업무가 원활하지 못했다. 뿐만 아니라 피난민을 위한 '비상 급식'도 혼잡스러운 북새통 속에서 어느새 흐지부지돼버려 그들에게 식량을 보급하는 일은 점점 어려움을 겪었다.

마침 그 무렵 공중에서 삐라가 뿌려졌다. 경찰관과 경방단원 들은 혈안이 되어 삐라를 주웠다. 「주민들에게 고함」이란 제목이 붙은 삐라에는 붉은 잉크로 다음과 같은 글이 쓰여 있었다.

> 가까운 시일 내에 이 섬에서 격렬한 전투가 벌어질 것입니다. 전장 근처에 남아 있는 사람은 누구든 미군이 일본군을 향해 쏘는 소총탄, 대포탄, 로켓탄과 폭탄을 피할 수 없습니다. 그러니 어서 빨리 안전한 곳으로

대피하십시오. 또 낙하산부대도 조심하십시오.

집으로 돌아갈 수 있는 안전한 때가 오면 미 군사령부는 여러분에게 알려드리겠습니다. 미군은 가능한 한 여러분의 생명과 재산과 가옥 등에 손해를 끼치지 않도록 주의하겠습니다.

우리는 여러분에게 예전처럼 평화로운 생활이 가능하도록 해주고 싶습니다.

그러니 여러분은 최대한 빨리 전쟁이 벌어지는 곳을 피해, 각자 집에 돌아가도 좋다는 소식이 있을 때까지 기다려주시기를 … .

4월 6일 나고에 함포가 쏟아졌고, 다음 날인 4월 7일 미군이 기타메이지산까지 진출했다는 소식이 전해졌다. 그러자 소개민뿐만 아니라 지역 주민들도 당황하기 시작했다.

5월 초 무렵에는 다음과 같은 삐라가 산중에 뿌려졌다.

여러분이 선택할 수 있는 길은 다음과 같은 것 말고는 없다.

1. 쓸데없이 저항하다가 그대의 젊은 청춘을 버리고 어떠한 즐거움도 없이 이 세상을 하직하는 것.

2. 미군에게 와서 음식물과 물을 지급받고, 다친 곳을 치료받는 것.

잘 생각해보라. 삶과 죽음, 어느 쪽을 택할 것인가 … .

그러나 일본군이 끊임없이 퍼붓는 선전선동에 세뇌된 주민들은 미군에 대한 극심한 공포에 떨며, 난리를 피하기 위해 들판을 내달리고 골짜기를 넘어 산속 깊숙이 몰려들며, 앞을 다투어 피난 행렬을 이어갔다.

2

미군이 상륙하기 2개월 전부터 오키나와 전투가 끝나기까지 5개월 동안 '어진영御眞影(천황의 사진—옮긴이)'과 함께 헤맨 한 무리의 사람들이 있었다.

'어진영.'— 어진영의 북부 소개에 관해서는 10월 10일 나하 대공습이 있던 날부터 줄곧 갖가지 소문이 떠돌았다. '어진영'은 다음 해 1945년 1월 초부터 모든 섬의 각 중등학교와 국민학교 교장 또는 교육계 대표자 들을 나고 북쪽 약 12킬로미터 지점에 있는 이나미네국민학교에 모아들이고 있었다.

그 무렵 불안 속에서 쫓기듯 소개를 서두르던 피난민들은 북부 산중과 해안 근처 도로변에서 목에 하얀 띠를 두르고 두 손으로 '어진영'을 떠받든 침통한 사람들과 용케 마주치고는, 길을 비켜주며 공손하게 사진을 전송하곤 했다.

그 사람들은 그 뒤로도 5개월간 비바람과 전화戰禍로부터 '어진영'을 지켜내기 위해 침통한 그 표정을 거둘 수 없었다.

2월 초 현縣 당국은 '어진영' 봉호奉護를 위한 상임위원을 임명했다. 현 당국과 군은 '어진영' 보관에 관한 갖가지 지시를 내렸다. 상임위원들은 만일의 경우 '어진영'을 처리할 수 있는 권한을 위임받았고, 전황에 따라 적절한 판단을 내리기 위해, 점점 어려워지는 식량난에 허덕이며 모든 방법을 동원하여 봉호소를 지켜야 했다.

3월 7일경 봉호소는 이나미네국민학교에서 하네지촌 겐카강源河川 상류 약 12킬로미터 산속으로 자리를 옮겼다. 그 무렵 산기슭은 모여드는 피난민들로 인해 축제라도 벌이는 것처럼 혼잡하기 그지없었다.

이 방면으로 쏘아대는 미군의 포격은 오전 9시에 시작하여 정오가 되면 딱 그쳤다가 다시 오후 1시부터 4시까지 이어진다. 그리고 때때로 미군이 산중 소탕 작전을 벌인다. 밤이면 봉호소에서 잠을 자고 있는 상임위원들 귀에 멀리서 큰북을 울리는 듯한 고사기관포 소리가 들려올 때도 있었다. 특공기의 급습이었다. '어진영'을 사수한다는 특별 임무를 띤 이들에게도 식량문제는 다른 피난민들 못지않았다.

봉호소에서는 매일 아침 황거요배를 거행했다. 천장절인 4월 29일에는 배하식拜賀式을 거행하고, 소리 높여 「기미가요君が代」(일본 국가國歌로 제2차 세계대전 후 폐지되었다가 1999년 일본 국가로 법제화했다. 가사는 다음과 같다. "천황의 통치 시대는 천년만년 이어지리라. 돌이 큰 바위가 되고 그 바위에 이끼가 낄 때까지"—옮긴이)'를 불렀다. 주변 상황이 위험해지자 상임위원 중에는 낮에는 '어진영'을 들고 산속으로 피신했다가 밤이 되어서야 봉호소로 돌아오는 사람도 있었다.

상임위원들은 하나같이 봉두난발인 데다 텁수룩하게 자란 수염 때문에 마치 산적 같았다.

이 무렵 미군의 보호를 받던 피난민들이 해안 근처에 마을을 만들고 있다는 소문이 들려왔다.

6월 28일 신자토新里 상임위원이 연락차 왔다가 대본영이 발표한 정보라면서 제32군이 궤멸했다는 사실을 알렸다. 좌중은 모두 할 말을 잊은 채 침울해졌다. 6월 30일, 마침내 최후의 결단을 내리기로 했다. 상임위원들은 방공호 안에 단을 설치하고, 모든 섬의 각 학교에 걸려 있던 '어진영'을 단 위에 '받들어 모셔' 놓고서 형식을 갖추어 식을 거행하고, 「기미가요」를 불렀다. 그리고 상임위원 한 사람이 첫 번째 사진에 불을 붙였다.

상임위원장이 먼저 오열하자 이에 이끌리기라도 하듯 다른 상임위원들도 모두 통곡했다. 저 멀리 골짜기에서 쏘아대는 함포 소리가 쿠웅쿠웅거리며 무시무시하게 들려왔다.

산악전

1

모토부반도의 어깨에 해당하는 곳에 위치하여, 완만하게 굽은 흰모래 가득한 해안선과 형세 좋은 푸른 산에 둘러싸인 나고정은 약 1만 명 인구를 거느린 북부 제1의 도회지였다.

전쟁의 어두운 예감이 강하게 거리를 감싸고 있었다. 1944년 9월, 평화로운 섬에 비로소 죽음의 각인을 새긴 10월 10일 대공습이 있기 직전 어느 날, 한 무리의 장병이 세상에서도 기기묘묘한 모습을 하고서 사람들의 이목을 피하듯 이 거리에 들어섰다. 검게 기름범벅이 된 옷을 입고 머리를 흰 붕대로 처맨 사람, 응급처치한 팔을 목에 고정시킨 사람, 피부란 피부가 모두 푸르뎅뎅하게 부풀어 오르고, 화상으로 짓물러 물집이 가득한 얼굴. 녹초가 되어 피로에 절었지만 눈만은 애처롭게 빛났다. 싸움 한 번 제대로 못해보고 패잔병 신세가 된 장병들은 위험천

만한 해상에서 간신히 목숨만 건진 채 목적지인 오키나와에 도착했다.

6월 29일 군용선인 도야마마루富山丸는 4,500명의 독립 혼성 제44여단 병력과 군수품을 싣고 오키나와로 항해하던 도중 도쿠노섬 해역에서 미 잠수함의 공격을 받아 약 4천 명의 병력을 잃었고, 가까스로 죽음을 모면한 우토 다케히코 대좌 이하 500명이 고생 끝에 가까스로 오키나와에 다다른 것이다.— 9월 10일 나고정 현립 제3중학교에 이렇게 살아남은 장병들로 꾸려진, 우토 대좌가 이끄는 구니가미 지대支隊 본부가 설치되었다. 미 잠수함의 공격으로 무기와 탄약, 그리고 다수의 병력을 잃은 부대는 여단이라는 이름만 남아 있을 뿐, 이제는 머리도 손발도 잘려나간 약해빠진 부상자 집단에 지나지 않았다.

제32군 작전 수뇌부는 중부·남부의 복곽 진지에 주력을 숨겨두고, 지형을 이용하여 적에 맞선다는 작전 방침을 세운 터였다. 첩첩산중인 북부 구니가미 지대地帶에 주력을 배치하고 장기 지구전을 모색할 경우, 미군이 산악지대에 포진한 일본군을 상대하지 않고 남부 지대를 단숨에 점령해, 일본 본토를 치기 위한 발판으로 삼을 것이라고 예상한 것이다. 작전 방침이 그러했기 때문에 무너진 제44여단의 남은 병력을 그대로 구니가미 지대支隊로 재편하여 북부 일대의 수비를 맡도록 했다.— 제32군은 지대 본부를 편성하면서 주민을 전력화하고자, 병적에 있던 하사관병 약 800명을 구니가미 지구 각 촌에서 현지 소집하여 보충 부대에 충원하고, 또 청년의용대원 약 200명, 방위대원 약 400명, 중등학교 학생들로 조직한 철혈근황대원 약 400명을 더해 가까스로 약 3천 명의 산악 부대를 구성했다. 지대장 우토 대좌 휘하에는 세 개 대대가 편성되었는데, 그 가운데 이가와 다다시 소좌가 이끄는 한 개 대대 800명은 이에섬을 수비하기 위해 모토부반도를 떠났고, 사토佐藤 소좌가 이끄는 약 800명은 모토부반도의 주요 진지에 배치되었다. 오자키尾崎 소좌가 이끄는 또 다른 한 개 대대는 중부·남부를 지키는 스즈키 혼성여단과 미타美田 부대로 각각 편입되어 북부를 떠났고, 그 밖에 독립공병대, 독립기관총대, 비행장 설정대設定隊 등이 배비되었다. 구니가미 지대支隊 본부에는 히라야마平山 중위가 지휘하는, 중포를 보유한 직속 특별중포대가 있었고, 나카가와中川 중위를 대장으로 한 전파탐지기대, 기요스에清末 대위가 이끄는 연대포連隊砲, 그리고 니시메西銘 중위가 이끄는 구니가미 특별경비대가 있었다. 그리고 통칭 '아카쓰키 부대'라고 불리는 해상특공대와 선박공병대, 오키나와 근거지 사령부에서 파견한 시라이시白石, 쓰루타鶴田, 야마네山根 각 부대의 어뢰정과 특수잠항정대特殊潜航艇隊가 운텐항에 배비되어 지대에 배속되었다.

3월 초 무렵 동중국해 쪽으로 튀어나온 모토부반도의 중심을 차지하고 있는 산악지대에서는 우토 대좌가 이끄는 구니가미 지대가 산골짜기와 산 중턱에 진지를 구축하기 시작했다. 북부 주민 중에서 차출된 방위대원들은 우토 부대 본부, 이가와 대대, 사토 대대, 그리고 히라야마 부대를 비롯한 그 외의 부대에 배치되었다. 그들은 전투가 시작되기 전까지는 주로 방공호 파기와 군량을 운반하는 일 등에 동원되었다. 이리하여 모든 병력은 산속 진지로 자리를 옮겼다. 진지는 모두 해발 120미터 남짓한 고가산呉我山, 가쓰우다케嘉津宇岳, 마부산眞部山, 야에다케 일대의 산들에 구축되었고, 모든 군의 신뢰를 한 몸에 받고 있는 히라야마 부대가 고이 간직하던 중포 두 문은 야에다케 아래쪽 덴다강テンダ川 파초밭에 포진하고서, 이에섬을 공격의 발판으로 삼으려

는 적에 대비하여 해상의 이에섬을 겨누었다.

하네지촌 나카오시仲尾次 출신 미야기 세이도쿠宮城城德 병장은 지대를 편성할 당시 보충 부대의 일원으로 나카지마中島 부대에 편입되었다. 3월 초 지대 본부의 전투지휘소가 야에다케에 설치되었다. 그는 경리장교 나카지마 대위의 명령을 받고 경리 업무를 보던 중 뜻밖의 전략을 눈치 챘다. 지대 전원의 식량 보급과 관리에 관한 군의 의중이 일개 병장의 업무에서도 뻔히 들여다보였던 것이다. 다시 말해 "미군이 상륙하여 북부로 밀려들어올 경우, 전투 결과에 따라 하네지 일대의 산들은 적의 후방으로 바뀔지도 모른다"는 것이었다. 하네지촌 마키야眞喜屋에 쌓아둔 8개월 치의 식량 가운데 3개월 치를 다노다케로 옮기라는 제32군사령부의 명령이었다.— '전쟁을 시작하기도 전에 벌써 군은 진지를 포기하는 작전을 포함시켰단 말인가!' 적의 후방이 될 경우 수비군은 게릴라전으로 전환하고, 게릴라 부대가 활동할 것에 대비하여 식량 일부도 다노다케로 옮겨놓으라는 것이다. 니시메 중위가 이끄는 특별경비대는 다노다케로 군량을 옮겼다. 군량을 어깨에 짊어지고 갖은 고생을 다한 끝에 대원들은 운반을 마칠 수 있었다. 3월 중순의 일이었다.

4월 5일, 미군은 나고시 요후케世富慶 해안에 상륙했다. 상륙한 지 며칠도 안 돼 미군은 나고와 다이라를 잇는, 모토부반도의 폭이 좁은 지역을 눈 깜짝할 사이에 차단하고, 4월 8일 전초부대가 일찌감치 나키진촌今歸仁村 고가吳我 해안을 뚫고 와쿠가와湧川 및 고가 마을 근방까지 진출했다. 마찬가지로 나고 서북쪽의 야부屋部 해안에 전차와 함께 상륙한 미 군부대는 시로가네다리白銀橋 부근을 통과하여 이즈미伊豆味의 전선에 도달했다. 이보다 며칠 앞선 4월 5일, 모토부반도 주민들은 공포에 질린 마음을 달래며 산속의 동굴이나 계곡으로 숨어들었다. 모토부정 일대의 주민들과 인근 마을 주민들은 3월 22일에 있었던 공습으로 도로와 마을 건물이 모두 부서지는 바람에 그 후로 대부분이 이즈미, 이노하伊野波, 도구치渡久地 일대의 산속을 근거지로 하여 노숙을 하거나 대피소에서 생활하기 시작했다.

방위대원 중에는 "군량이 많지 않으니 각자도생하라"는 명령을 받고서 식구들과 합류한 사람도 있었다. 산에서 살아가는 주민들은 포탄에 날아가거나 갈가리 찢기는 공포가 아직 심하진 않았지만, 닥쳐오는 적의 환영에 끊임없이 시달렸다. 그들은 우왕좌왕하며 산속 밀림을 떠돌거나, 가족과 친지 들끼리 뭉쳐 골짜기에서 북적였다. 이윽고 주민들 귀에 "이즈미와 고가 사이에 적이 진출한 것 같다"는 정보가 전해졌고 이를 뒷받침하듯 날카로운 포성이 울렸다. 산중으로 전차포를 퍼부어댄 것이다. 요후케에 상륙한 미군 전차는 단숨에 이즈미로 진출하여 그곳에서 격렬하게 포를 퍼부었다. 세 방향에서 상륙한 미군을 맞이하여 등 뒤에 적을 두게 된 모토부정의 주민들은 어쩔 줄 몰라 쩔쩔매며 이노하에 자리 잡은 울창한 정글에 둘러싸인 거대한 데리산テリー山 동굴 속으로 대피했다. 모토부반도 서북쪽에 위치한 이에섬, 민나섬水納島, 세소코섬瀬底島 해협에 주둔하고 있던 미 함대 무리 가운데 일부가 갑자기 움직이려는가 싶더니, 4월 12일 아침 모토부항 안으로 침입하기 시작하여 대담하게도 어항 안벽岸壁에 소함정을 갖다 대고는 그날 낮까지 상륙을 마쳤다. 산속에 있던 주민들에게도 그 모습이 훤하게 보였다. 상륙한 미군은 유유히 도구치 동쪽 마을사무소에 숙영 준비를 하고, 전분공장 부근에 재빨리 포를 설치했다.

4월 13일 오전 10시 무렵부터는 이에섬과 민나섬 부근 함대에서 퍼붓기 시작한 크고 작은 함포탄이 이즈미산 오른쪽 일대의 산맥을 겨냥하여 종일 신음하듯 소리를 내며 작렬하더니, 짙은 안개와도 같은 포연이 뿌옇게 깔리며 산마루와 계곡 깊숙이 파고들었다. 육상에서는 이즈미 방면의 전차포가 이따금씩 쿠웅쿠웅 포격을 가했다. 야비쿠屋比久와 우후구스쿠무이에 있는, 해군육전대가 보유한 카농포(영어로 캐넌 cannon이며, 가농포加農砲라고도 한다. 제2차 세계대전 당시 일본군이 운영한 견인포로, 정식 명칭은 '92식 10센티미터 가농포九二式十糎加農砲'이지만, 실제 구경은 105밀리미터다. 일본군이 보유한 야전용 견인포 중에서 사정거리가 가장 길어서 테러용으로 94식 산포와 함께 사용했다—옮긴이) 두 기는 이에섬 부근 해상의 함포에 맞서는 시늉이라도 하듯 근근이 불을 뿜었다. 하지만 무시무시한 답례가 갑자기 해상에서 쏟아져 들어오는 바람에 카농포는 그대로 침묵하고 말았다. 산중에서는 일본군과 미군 척후가 주고받는 총포 소리가 메아리가 되어 요란스럽게 골짜기에 울려 퍼졌다.

나고·야부 두 해안에 상륙한 미군은 모토부항에 상륙한 부대와 합쳐 4월 16일 야에다케·마부산 일대를 포위하기 시작했다. 전날 아침 모토부반도 일대의 산꼭대기와 산 중턱에서는 바다를 뒤덮은 미 함선에 둘러싸인 이에섬의 맑은 자태가 바라다보였고, 이에섬 중앙부에 깎아지른 듯한 삼각형 모양의 이에닷츄(구스쿠야마)가 한가로운 표정으로 바다 위를 내려다보듯 우뚝 솟아 있었다. 산마루 언저리에 뭉게구름이 점점이 떠다니고 있었다. 하늘은 낮게 내려앉아 있었다. 하지만 잘 보면 미군기가 무리를 지어 멀리 이에닷츄 상공을 선회하다가 이에섬 중앙부로 다가와서는 검은 알갱이 같은 폭탄을 투하하고 있었다. 난무하는 미군기가 햇빛에 번쩍이는가 싶더니 드드드드 무시무시하고 요란한 소리가 모토부반도까지 울려왔다. 곧 섬 전체가 포연에 휩싸였다. 해협으로부터 불덩어리가 몇 줄기씩이나 쏟아지고, 함포가 쏘아대는 끝없는 폭음이 울려 퍼져 섬은 마치 몸서리라도 치는 것 같았다. 이에섬 상륙을 준비하는 포격이었다. 그날 맞은편 모토부반도에서는 주민과 일본군 장병 들이 뒤섞인 채 시시각각 좁혀오는 미군의 포위망 속에서 괴로워 신음하며 깊은 산속 밀림을 한없이 방황했다.

이즈미의 어느 일본군 진지 부근에 각반을 두르고 전투모를 쓴 중년 남자가 녹초가 된 채 발을 끌며 나타났다. 그는 하얀 천으로 두른 납작한 사각형 상자 같은 것을 목에 걸고 앙상한 두 팔로 상자를 소중하게 품고 있었다. 진지 입구에 서 있는 보초를 발견하자, 그는 안도의 한숨을 쉬며 보초에게 부탁했다.

"잠시 쉬어갑시다."

"어디서 오는 겁니까?" 보초가 물었다.

남자는 하소연하듯 머뭇거리며 눈을 번득이기만 할 뿐 말이 없었다.

"지역민은 군 진지에 들어갈 수 없습니다." 보초가 대답했다. 반쯤은 예민하게 경계하는 표정이었다. 하지만 보초가 거절했는데도 남자는 막무가내로 그곳에서 움직이려고 하지 않았다. 산속 어느 곳이든 주민들이 피하기 어려운 재액은 일본 군대를 사이에 두고 통에 두른 녹슨 철테 모양의 올가미처럼 가로놓여 있었다. 남자는 모토부국민학교 교장 데루야 다다히데照屋忠英였다. 그는 산속을 헤매던 중 날아든 박격포탄에 아내를 잃고 망연자실하여, 홀로 '어진영'을 껴안고서 어찌할 바를 몰랐다. 일본군 진지로 가기만 하면 어쩌면 무사히 봉호 임무를 완수할 수 있을지도 모른다고 생각했다. 보초는 도무지 말을 들어주려

하지 않았다. 데루야 교장이 아예 체념하고 그곳을 떠난 직후 갑자기 박격포탄이 진지 부근으로 쏟아져 들어왔다. 보초의 급보에 진지가 소란스러워지기 시작했다.

"아무래도 이상하다고 생각했었는데 … 틀림없이 저놈 짓이다. 스파이가 틀림없어."

데루야 교장은 등 뒤에서 쏘는 권총탄 세례를 받고 거의 벌집이 되다시피 했다. 그는 비틀거리며 일어섰다.

"오해야 … 오해라구 … ." 괴로운 숨을 쥐어짜며 부르짖었지만 그 소리는 들리지 않았다. 그는 피투성이가 되어 주민들이 있는 골짜기까지 기어왔다.

"오해야. 내 잘못이 아니야 … ." 이렇게 떠듬거리다가 그는 숨을 거두었다. 데루야 교장은 스파이로 의심을 받고 졸지에 희생된 것이다.

2

류큐소나무와 모밀잣밤나무가 울창하게 자라고, 덩굴과 가시나무와 소철로 뒤덮인 골이 깊은 야에다케는 지세가 험한 밀림이었다. 산은 1만 명에 가까운 일본군 장병과 주민을 품고서 길게 누워 있었고, 산꼭대기는 주변 산들을 거느리고 우뚝 솟아 있었다. 험준한 중턱에는 우토 대좌가 지휘하는 구니가미 지대 본부의 동굴 진지가 있었고, 골짜기나 완만한 저지대에는 급조한 막사가 있었다. 짚으로 엮은 거적으로 둘러친 막사에서는 우토 대좌가 여자 셋의 시중을 받으며 불편함 없이 진지 생활을 하고 있었다. 전쟁의 와중에도 우토 대좌의 막사에는 여인의 반지르르한 소지품들이 흩어져 있었다. 우토 대좌는 매일같이 허우대 좋은 체구를 억지로 구부정하게 웅크린 채 돗자리에 앉아 있었다.

"이봐, 구마다熊田, 진지가 적에게 발각될까 걱정이군. 그때는 모든 게 끝장이야. … 북 비행장과 중 비행장도 어이없이 무너져버렸어. 내가 보기엔 닥쳐올 일이 너무나 훤하네." 우토 대좌는 곁에 있는 구마다 부관에게 겁에 질린 눈초리로 이렇게 말한 적이 있었다.

"비행기가 적다 보니 전쟁이 이렇게 힘들군요." 구마다 부관은 대답하며 우토 대좌의 심중을 살피더니 아무런 말이 없다. 그 뒤로 서로 침묵하고 만다. 이런 일이 몇 번이고 되풀이되었다.

활활 타오르는 기름바다에서 죽기 살기로 헤엄쳐야만 했던 비운의 여단, 그 속에서 살아남은 우토 대좌. 불에 덴 상처가 낫자마자 북부 산중을 수비하러 나서야 했던 이 중년의 상관이 구마다 부관은 왠지 측은했다. 우토 대좌는 최고 지휘관으로서 이 섬에 온 우시지마 중장과는 육사 동기생이었다.

"상황이 어쩔 수 없을 때는 옥쇄하는 수밖에 없다. 각오를 단단히 한다면 싸움은 어떻게든 할 수 있다. 그렇지, 구마다." 그는 야릇하게 울리는 소리로 너털웃음을 터뜨렸다. 술기운이 돌면 옥쇄를 부르짖는 우토 대좌도 한 가지 믿는 구석이 있었다. 그것은 지대 직속 히라야마 부대의 중포였다.

"내 임무는 이에섬을 수비하는 것이다. 이에섬에 손을 뻗치려는 적을 방해하려면 히라야마의 중포 말고는 다른 방법이 없다"라며 버릇처럼 부하에게 말하곤 했다. 그 중포는 히라야마 대위의 지휘 아래 야에다케 파초밭에 포진해 있었다. 포 두 문에 병력 약 200명이었다.

4월 11일, 구니가미 지대 본부가 있는 야에다케는 미군에 포위당했다. 이제까지 늪과도 같은 정적의 밑바닥에 가라앉아 있던 산기슭은 갑자기 소란스러워졌다. 미군 전투기는 산꼭대기를 스칠 듯 말 듯 아슬아슬하게 날아다니며 나무 우듬지를 파르르 떨게 하면서 여기저기에 기관총탄을 퍼부었다. 기관총 소리가 끊임없이 울리며 미군과 일본군 사이에서 소규모 보초전이 시작되었다. 우토 대좌는 전투지휘소가 위험에 직면한 것을 알아차리고서 구마다 부관을 불러 서둘러 본부의 이동 방안을 모색하도록 명했다.

"본부가 공격을 당해서야 말이 안 되지. 각 중대를 지휘하기 위해서라도 마부산 부근으로 본부를 옮겨야겠어."

그는 결단을 내리고서 각 산에 있는 휘하 중대에 전투를 잠시 멈추도록 통보했지만 혼란스러운 상황에서 연락이 제대로 닿지 않았다. 우토 대좌는 내심 중대를 선발하여 한밤중에 산속을 이동시키는 것은 몹시 어려운 일이므로 가능하면 각 중대가 전투를 벌이고 있는 사이에 은밀하게 본부를 옮기는 것이 상책이라고 생각했다. 그런데 막상 본부를 정비하여 출발하려고 하자 이 소식을 전해들은 각 중대, 특히 나카지마 부대에서 불만 섞인 소리가 터져나왔다. 결국 이런 소동 때문에 본부 이동은 중지되었다.

파초밭 포진지에서 본부로 걸려온 전화선을 타고 히라야마 중위의 격앙된 목소리가 카랑카랑 울렸다.

"공격을 개시해도 좋겠습니까? 공격하기에는 절호의 기회인 것 같은데 본부 쪽에서는 어떻게 생각하십니까? 이쪽에서는 갈겨버리고 싶습니다." 포격 개시를 재촉하는 전화가 끊임없이 본부 진지로 걸려왔다. 그러나 우토 대좌는 이런저런 핑계를 대면서 확실한 대답을 하지 않았다. 파초밭 진지에서는 장병들이 절치부심하며 이제나저제나 명령이 떨어지기만을 기다렸다.— 고심참담, 저 무거운 포를 어렵사리 산중까지 모셔다놓고서는 눈 뜨고 뻔히 보면서 한 발도 제대로 쏘아보지 못하고 적의 먹이가 되다니, 도대체 어쩌자는 것인가? 게다가 지금 쏘지 않으면 기회는 영영 사라져버린다. 히라야마 대장의 고뇌와 초조함도 여기에 있었다.

"슈리 군사령부에 포격을 개시할 시기를 타진하고 있지만 통신이 여의치 않으니 지금 당장 이쪽에서 뭐라고 명령을 낼 수는 없잖나.— 게다가 열댓 발 포격하다 보면 진지가 발각될 위험이 있다. 그러니 쏘는 건 좀 기다려라." 이런 하나마나한 대답이 파초밭 진지로 돌아왔을 뿐 여전히 두 문의 포는 침묵을 지키고 있었다. 그 후 히라야마 부대 포진지는 미군에 발각되어 집중 공격을 받고는 한 발도 쏘지 못한 채 그대로 궤멸하고 말았다.

4월 12일 낮, 반역 행위라 할 만한 소동이 야에다케 진지에서 벌어졌다. 웃통을 벗은 하사관 한 명이 마구 소리치면서 취사장으로 난입했다.

"도대체 우토 대좌는 여자만 끼고 틀어박혀서 어떻게 전쟁을 치른단 말인가? 저런 쓰잘머리 없는 상관은 일본 군대의 수치다. 도저히 살려 둘 수 없다!" 이렇게 외치며 손에 들고 있던 수류탄을 취사장에 내던졌다. 수류탄은 터지지 않았다. 여자들이 놀라서 도망쳤다. 하사관은 기요스에 대위 휘하의 보병 포반장 마쓰다松田 오장이었다. 그는 만취 상태였다. 그 소식을 듣고 야에다케 수비대장 우류瓜生 중위가 달려왔다.

"뭐하는 짓인가, 마쓰다 오장! 그 태도는 뭐냔 말이야!" 화를 내며 소리쳤다.

우류 중위의 질책을 받고 그는 고개를 숙이는 듯했지만 에두르지 않고 직설적으로 말했다.

“우토 대좌님의 행동은 지나칩니다. 해도 해도 너무합니다.”

“그만해. 아무리 술을 마셨다고 해도 상관에 대한 마쓰다 오장의 반역 행위는 용서할 수 없다. 이봐, 미야기 병장. 니들이 이 녀석을 총검으로 결딴내버렷! 찔러, 찌르라니까! 못 알아들었나?” 그는 곁에 서 있던 미야기 병장에게 명령했다. 미야기 병장은 잠시 주춤했다. 마쓰다 오장은 비틀거리는 몸을 가누려 애쓰면서 고개를 수그린 채 말이 없었다.

“좋아, 니들이 못하겠다면 내가 직접 찔러주지.” 우류 중위는 말이 끝나기가 무섭게 일본도를 빼들고 마쓰다 오장의 어깻죽지를 깊이 내리쳤다.

“내 손에 걸린 놈들은 모두 극락행이다!” 이렇게 내뱉은 우류 중위는 괴로워하는 마쓰다 오장의 모습을 피하기라도 하듯 창백한 얼굴을 씰룩거리며 그 자리를 떴다. 우류 중위는 승려 출신이었다.

마부산·야에다케 무너지다

야부 해안에 상륙한 미군이 4월 15일부터 마부산·야에다케 일대에 걸쳐 맹렬한 공격을 퍼붓자 구니가미 지대의 각 중대는 지리멸렬해졌다. 진지도 차례차례 점령당했다. 마부산에서는 사토 소좌 휘하 6중대 시가키志垣 중위가 제3중학교 학생들로 이루어진 철혈근황대와 함께 분투했다. 하지만 장비라고 해봤자 보잘것없었던 수비군은 미 전차포에 대항하여 폭뢰 공격과 수류탄으로 간신히 맞서야 했다. 미군은 낮이면 해상과 상공에서 합동작전을 펼쳐 산중의 일본군 진지를 공격했고, 밤이 되면 멀리 후방으로 물러나 출격하지 않았다. 각 부대에 배속된 방위대원과 철혈대원들이 지닌 무기도 죽창, 급조 폭뢰, 그리고 서너 명에 한 자루씩 지급받은 소총이 고작이었다.

현립 제3중학교 3학년생 약 150명은 기관총대와 척탄통대와 통신대에 배속되어 있었다. 이외에도 마부산에는 상급 5학년생 50명가량이 더 있었다. 3월 27일, 이 학교 배속장교인 다니구치谷口 중위가 지휘하여 학생 700명을 네 개 중대로 편성하고 우토 지대로 배속시켰다. 이 중학생 병사들은 처음에는 각자의 희망에 따라 종군했었지만 마부산에서 부대가 재편성될 때에는 어느새 반강제적인 분위기로 바뀌어 있었다. 미군이 상륙하자 하급생인 1학년생들은 해산을 명령받고 자유롭게 되어 그들의 부모형제와 함께 지낼 수 있었다. 소년병들은 철모 대신 흰 띠가 둘러쳐진 교모를 쓰고 금빛 단추를 단 교복을 입은 채 종군했다. 유일한 무기인 소총은 두 개 중대에 약 20정이 있었고 경기관총은 두 정뿐이었다.

산등성이를 타고 계곡 깊숙이 누비며 산중으로 들어온 미군은 일본군 진지를 향해 우레와 같이 박격포와 기관총을 퍼부어댔다. 그들은 화염방사기로 밀림을 불태워버리고 쓰러뜨리면서 바싹바싹 다가왔다. 시뻘건 화염의 혓바닥이 풀을 핥고 수목을 남김없이 태워버렸고, 골짜기 시냇물에는 몸의 반이 검게 그을리고 문드러진 일본 병사들이 물을 찾아 기어 내려왔다. 깊이 가라앉아 있던 산등성이의 공기는 포탄에 갈가리 찢겼고, 산은 작렬하는 소리와 연기에 뒤덮였으며, 온갖 굉음이 한꺼번에 뒤섞여들어 골짜기에 울려 퍼지면서 산속에 있던 사람들의 간담을 서늘하게 했다. 이 와중에도 혈기 넘치는 철혈근황대원들은 진지를 뛰쳐나가 산등성이를 기어올라 소총으로 응사했다. 그들이 있는 산등성이 맞은편에서는 좁은 골짜기의 저지대를 사이에 두고 커다란 산비탈이 불쑥 나타나듯 덮쳐왔다. 그 비탈로 병사 수십 명이 나타났다. 적인지 아군인지 판별할 수 없는 거리였다.

"아군이다!" 외치는 소리에 용기백배한 대원들은 더욱 힘을 내서 산꼭대기의 적에게 계속해서 소총을 쏘기도 했다. 몇 초 뒤 맞은편 비탈의 아군은 그들의 머리 위로 무시무시할 정도의 속도로 박격포를 퍼부어댔다. 아군이 아니라 미군이었다!

급조 폭뢰를 지니고 전차 공격에 나선 세 명의 철혈근황대원은 무성한 가지 속에 숨어 있다가 접근하는 전차에 몰래 폭뢰를 던졌지만 터지지 않았다. 일이 틀어졌다고 생각하는 찰나 뒤늦게 폭발한 폭뢰의 불길에 내몰리게 된 그들은 혼비백산하여 진지로 도망쳐왔다. 모두 큰 화상을 입었다.

산속의 방공호에는 실려온 부상병들의 신음 소리가 가득했고, 비릿한 피 냄새가 진동했다. 밤이 되자 각 부대의 진지에서 결성된 돌격대가 삼삼오오 짝을 지어 출행했다. 돌격에 나서는 병사들은 출발에 앞서 돌격용으로 남겨둔 술을 들이켜고는 수류탄만을 지닌 채 떠났다. 돌이 많은 야에다케에는 암층 사이사이에 참호를 파놓았는데 포탄으로 무너져내리는 바람에 희생자를 낳았다. 밤이 되자 어김없이 산꼭대기에서 미군이 스피커로 내보내는 커다란 소리가 쩌렁쩌렁 온 산을 울렸다.

"여러분, 어서 투항하십시오!"

4월 16일 야에다케에 있는 나카지마 부대의 모리야마森山 소위는 미야기 세이도쿠 병장과 우에치 병장을 데리고 술을 마신 다음 진지를 나섰다. 모리야마 소위는 머리가 벗겨진 예비 소위였다. 그들은 별빛에 의지해 골짜기 사이로 난 익숙한 산길을 걸어 고가치古我知로 나가려고 했다. 자포자기한 상태에서 돌격을 감행하려는 것이다. 언덕을 오르고 보니 앞쪽에서 중기관총 소리가 들렸다. 새빨간 예광탄이 쉴 새 없이 어지럽게 날아올라 밤하늘을 밝혔다.

"겁나게 쏘아대는군."

어둠 속에서 모리야마 소위의 떨리는 목소리가 들려왔다.

"고가치의 아군 진지에서 쏘는 겁니다." 미야기 병장이 대답했다.

써늘한 산의 공기가 양쪽의 총성에 찢겨 부르르 떨었고, 전방의 산에 부딪힌 총성은 다시 세 사람의 머리 위를 엄습하듯 세차게 되돌아왔다.

"아까 우리 부대에서 저쪽으로 돌격에 나섰는데, 저건가 보군."

"전혀 짐작이 안 가는데?" 모리야마 소위가 말을 맺기도 전에 앞쪽 비탈에서 무리를 이룬 사람들이 뿌옇게 떠올랐다. 세 사람이 깜짝 놀라 숨을 죽이고서 전방을 주시하자 여자 목소리도 들려오고 사람 그림자도 어른거렸다.

"어느 부대 소속인가?" 모리야마 소위가 작은 목소리로 날카롭게 외치자 어둠 속에서 대답이 날아왔다.

"본부다!"

우토 대좌와 구마다 부관의 본부 장병들에 섞여 병원 간호사와 부상병들도 있었다. 우토 대좌가 밤을 틈타 본부와 함께 마부산을 빠져나가는 중이었다. 그들은 캄캄한 산속에서 길을 잃고 헤매고 있었다. 그 후 모리야마 소위 일행이 야에다케로 돌아와보니 방공호는 텅 비어 있었다. 나카지마 부대도 그날 밤 하네지촌 다노다케를 향해 떠났다. 밀림 속에 묶어두었던 30마리에 가까운 군마軍馬는 출발 전에 처치해버렸는지 모두 죽어 있었다. 희미한 촛불이 켜진 방공호 깊숙이에는 남겨진 중상자들만이 신음하고 있었다. 모리야마 소위 일행은 결국 나카지마 부대의 뒤를 따르기로 했다. 그들은 풀 위에 쓰러져 있는 덩어리를 발로 찼다. 그러자 시체라고 생각했던 것이 부스스 일어났다. 철혈근황대원인 제3중학교 학생들이었다.

"<u>으으으으</u>…." 그들은 신음하며 상반신을 일으키고서 기어코 자세를 갖추었다. 진지로 돌아가던 길에 피로와 배고픔으로 혼절하여 그대로 곯아떨어졌던 것이다. 그들 곁에는 폭뢰 상자가 널브러져 있었다. 같은 모습의 소년들이 여기저기에서 죽은 듯이 자고 있었다.

"이봐, 여기에서 이러고 있다가는 죽게 된다고!"

새벽이 되자 나카지마 부대 세 사람은 제3중학교 학생들과 함께 야에다케 기슭에 숨어들었다. 날이 밝은 산정에서는 기관총 소리가 났다. 산꼭대기에는 도망칠 기회를 놓친 해군육전대원이 아직 틀어박혀 있었다. 해군 병사는 모두 운텐항에 있던 시라이시, 쓰루타, 야마네 각 특공선대特功船隊와 특수잠항정대의 남은 병력이었다. 이들 해군 부대는 미군이 상륙하기 전 3월 중순에 공습을 받고 무너졌고, 그 뒤로 육군과 함께 지상 전투에 참가했다.

모리야마 소위 부대는 낮 동안 야에다케 산기슭 밀림에 숨어 있다가 어둠이 내려앉을 무렵 출발했다. 야에다케에 남아 있던 병사들은 그날 미군의 공격을 받고 전멸했다.

구니가미 분원의 최후

마부산 깊숙한 골짜기에 소나무와 짚으로 만든 제법 큰 삼각 막사가 호젓하게 서 있었다. 도구치 세이이치渡口精一 군의관 대위가 이끄는 야전병원 구니가미 분원이었다. 이 병원에서는 견습 사관 오시로大成 군의관과 종군간호사 넷, 그리고 현립 제3고등여학교 10명과 위생병들이 300명에 가까운 환자를 돌보며 고투 중이었다. 마부산 주변이 미군에 겹겹이 포위되고부터 밤이면 건잡을 수 없이 많은 중상자들이 들것에 실려 들어왔다.

먼저 입원하고 있던 선박공병대의 경상자들은 중상자가 밀려드는 바람에 하는 수 없이 병원을 떠나야만 했다. 퇴원을 강요받고 풀이 죽은 경상자들은 지급받은 총을 지팡이 삼아 절름거리며 섭섭한 듯 골짜기의 병원을 떠났다. 하지만 퇴원한 환자들이 갈 곳은 이미 없었다. 징용으로 종군한 기시모토 히사코岸本久子 간호사는 좀처럼 사라질 성싶지 않은 어지럼증에 시달리면서 포탄에 팔다리를 다친 중상자들의 절단 수술을 거들어야 했다. 수술은 밤낮없이 닷새나 계속되었다. 절단 수술을 받다가 사망하는 환자도 많았다.

여학생들은 잘라낸 팔다리를 어깨에 걸머지고 나르며 시체 묻는 일을 도왔다. 환자 하나가 죽어 묻고 온 지 4~5분도 안 지났는데 숨 돌릴 새도 없이 한 여학생이 "환자가 사후경직을 일으켰다"며 다급하게 보고했다. 몸이 굳은 환자를 다른 곳으로 옮기자마자 이번에는 곁에 있던 환자가 곧바로 신음하더니 숨을 거두었다. 그런데 이상하게도 이 골짜기 병원 환자들 몸에서는 구더기가 한 마리도 끓지 않았다.

4월 16일, 아침부터 야전병원 부근은 요란한 탄환에 휩싸이고 말았다. 도구치 군의관 대위는 막사 뒤쪽 방공호로 서둘러 환자들을 옮기라고 명령했다. 혼자서 걸을 수 있는 환자는 급히 서둘러 퇴원할 것을 명령받았고, 움직일 수 없는 중환자들에게는 모르핀 주사를 놓았다. 기시모토 히사코가 옷가지를 챙기러 가면서 머뭇거리자 낌새를 알아차린 환자들은 "우리도 데려가 달라!"며 울며불며 애원했다. 병원을 해산하는 분위기가 전류처럼 환자들에게 전해졌던 것이다. 갑자기 소란스러워진 방공호 안은 "아프다! 아프다!"며 울부짖는 소리와 "볼일을 보고 싶으니 변소에 데려다 달라!"며 외치는 소리로 가득 찼다. 기시모토 히사코는 황급히 자신의 소지품을 챙겨 서둘러 방공호를 나서려고 했다. 그러자 환자 한 명이 필사적으로 외쳤다.

"나를 좀 데리고 가줘. 간호사 양반, 날 좀 데려가 달라고! 제발 … 부탁입니다 … ." 그는 이를 악물며 잽싸게 상반신을 일으키면서 매달려 왔다. 창백한 병사의 허옇게 뒤집힌 눈이 원망스러운 듯 번뜩였다. 자신이 어떻게 행동해야 할지 판단이 안 설 만큼 그녀의 머릿속은 텅 빈 것만 같았다.

남겨진 환자들의 머리맡에는 주먹밥과 건빵이 놓였다.

바깥으로 나서자 막사는 반쯤 무너져 있었고 포연이 소용돌이치고 있었다. 갈가리 찢기는 섬광 속에서 박격포가 미친 듯이 휘돌았고, 폭탄이 작렬하는 가운데 카랑카랑한 쇳소리로 서로의 이름을 부르는 여학생들의 목소리가 들려왔다. 모두가 뿔뿔이 흩어져 기다시피 하여 골짜기를 빠져나갔다. 기시모토 히사코는 가까스로 걸을 수 있을 정도인 안면이 있는 군조를 부축하고서 2인 3각을 하듯 뒤엉켜 골짜기를 헤맸다. 이윽고 산꼭대기부터 날이 밝아왔다. 산을 하나 넘으니 산 중턱 숲에서 무리를 이룬 동료 간호사들이 걸을 수 있는 환자를 부축하면서 기슭으로 내려가는 모습이 보였다. 그녀가 넘어온 산은 야에다케였다. 다시 계곡을 따라 내려가던 히사코는 그곳에서 얼어붙은 채 전방에 시선을 붙박았다. 100미터도 채 떨어지지 않은 듬성듬성한 나무들 사이에 자리 잡은 허연 묘지의 벌어진 입구 안에서 총구가 불을 내뿜는 것을 발견했기 때문이다.

"앗, 우리를 겨누고 있어요!"

순간적으로, 그리고 무의식적으로 그녀는 군조의 몸을 잡아당겨 쓰러뜨리듯 하면서 함께 엎드렸다. 뜨뜻미지근한 무언가가 그녀의 얼굴을 타고 흘렀다. 금방이라도 숨이 넘어갈 듯한 가쁜 숨결 속에서도 무언가 가락이 흘러나왔다. 군조가 해군가 「바다에 가면」을 가냘프게 부르기 시작했다. 군조의 노랫소리가 갑자기 잦아들자 그녀는 응원이라도 하듯 자신의 목소리를 보태 소리 내어 노래를 불렀다. 아직 살아 있다. 혼미해지는 의식 속에서 그녀는 자신도 총탄에 맞은 것을 알았다. 머리와 팔 한쪽, 그리고 다리가 마비되어갔다.

희미한 화약 냄새가 그녀의 코끝을 스쳤다. '나는 살았고, 병사는 죽었다.' 눈물이 뺨을 타고 흐르는 것이 느껴졌다. 군조는 마지막 힘을 쥐어짜 일어나려고 했지만 그대로 계곡으로 굴러떨어지고 말았다. 그녀가 퍼뜩 정신을 차렸을 때 커다란 손이 자신의 팔을 잡고 있었다.

'맥을, 아아, 맥을 잡고 있구나. 적은 나를 죽이지 않았어.' 그녀의 의식은 다시 까무룩 아득해졌다. 기시모토 히사코가 쓰러져 있는 것을 미군이 발견하여 마키미나토의 미 해군병원으로 옮겨놓은 것이었다.

떠도는 병사

적이 포위한 동안 혼란에 빠져 있던 구니가미 지대의 각 부대는 4월 16일 밤부터 야에다케·마부산 일대의 산속 진지를 하나씩 포기하기 시작했다.

우토 대좌는 그날 밤 본부를 정리하고 마부산을 출발했다. 지상 전투에 참가했던 해군 부대도 우토 지대 본부의 퇴각 소식을 듣고 야에다케 산정에서 내려와 이즈미 서북쪽 산속으로 숨어들었다가 밤이 되어서야 나카지마 부대에 합류했다. 병력을 모아보니 패배한 사토 대대는 희생자가 많아 겨우 호향대인 기노시타木下 부대와 학생 부대가 모여 있을 뿐이었고, 그 밖에 히라야마 중포대가 무너지고 통신대의 남은 병력이 우글대는 오합지졸에 지나지 않았다.

모두 1천 명쯤 되었다. 게다가 대부분이 부상자였다. 급히 만든 들것에 누워 부상병들이 신음했고, 철혈근황대원은 급우끼리 다친 사람을 번갈아가며 부축하고서 대열을 따라갔다. 4월 17일 밤, 이 대부대는 깊은 밤을 틈타 이즈미 산속을 통과했다. 기관총과 소총과 탄약 등 무거운 짐들은 버렸다. 나키진촌 고가산 마을을 지나 차밭을 지날 무렵 날이 밝았다. 나카지마 부대에 합류한 해군 일부 가운데에는 "나카지마 대장은 순 책상물림 같아", "이런 부대에 있어봤자 별 볼일 없다"며 중대 명령을 따르지 않는 자도 나왔다.

다음 날 4월 18일, 아무리 밤이라고는 해도 하네지로 가기 위해 장사진을 친 대부대가 무사히 통과했을 리가 없다. "3분의 1 정도만 무사히 도착해도 성공"이라는 불길한 수군거림이 대열에 파도처럼 넘실대고 있었다.

4월 19일 아침과 낮을 고가산 산속에서 보낸 대열은 다시 행동을 개시했지만, 도중에 철혈근황대와 호향대인 기노시타 부대가 제멋대로 행동하기 시작하더니 대열에서 빠져나갔다. 고가산 산속에 들어섰을 때, ―'약초밭藥草園'을 돌파하자!―며 좀처럼 물러서지 않는 장교들 사이에서 당황한 나카지마 대위가 망토로 바람막이를 하고 성냥을 그어 열심히 지도를 살폈다. 그때 나고 출신 장교가 "이곳 지형은 내가 잘 아니까 코스 결정은 내게 맡기라"고 하여 비마타ビーマタ 쪽으로 길을 잡았다. 대열이 어둠을 뚫고 비마타라고 생각한 지점에 다다르자 갑자기 전방 어둠 속에서 거센 기관총 소리가 일었고, 뜻밖에 허를 찔려 적에게 노출된 대열은 쏟아지는 탄환 속에서 갈팡질팡했다. 하는 수 없이 대열은 다시 후방으로 되돌아가지 않을 수 없었다. 비마타에는 미군이 진지를 만들어 주둔하고 있었다.

4월 20일 밤, 사상자를 처리할 겨를도 없이 고가치산을 출발했다. 야간으로만 제한된 모든 산중 행군은 대열 사이에서 의심을 낳기 십상이었다.

"부대를 비마타로 유도한 것은 스파이가 꾸민 짓이다", "멍청이한테 길 안내를 맡기면 안 된다" 따위와 같은 소리가 대열에서 울렸다.

"아직도 멀었어? 하네지가 그렇게도 먼가?"라는 외침도 들려왔다.

그때 하네지촌 출신 미야기 병장이 "고가를 지나 나카오시로 나가는 것이 가장 가깝고 안전한 방법"이라며 나카지마 대장에게 말했다. 하지만 벌써 마을사무소에는 미군이 들어와 있었다. 대열은 미군 진지가 보이는 하천을 따라 서둘러 도로로 나왔다. 어둠 속에서 도로가 어렴풋하게 떠오르고 있었다. 살갗에 축축하게 와닿던 밤공기는 어느새 으스스한 아침 빛을 머금고 있는 듯했다. 마치 상처 입은 짐승처럼 밤의 지표면에서 꿈틀대는 긴 행렬은 줄어들었다가는 뿔뿔이 흩어지며 늘어나고 또다시 줄어들면서 앞으로 나아갔다. 행렬이 중도에서 끊어지자, 저 뒤쪽에서 요란하게 폭발하는 소리가 났다. 순간 불꽃이 타오르면서 대열을 비추더니 다시 캄캄해졌다.

"이게 무슨 소리야?

"해군용 폭탄을 누군가가 실수로 터뜨렸다!" 멀리 뒤쪽에서 이런 소리가 들려왔다. "선두는 멈추라"는 명령이 전해지고 잠시 쉬는 시간이 되었다. 줄지어 걷던 병사들은 무거운 식량을 짊어진 채 쓰러지듯 땅바닥에 드러누워 잠을 잤다. 초췌와 피로와 불안이 뒤섞인 괴로운 신음 소리가 주변을 덮었다. 이 참담한 대열에 이번에는 난데없이 박격포탄이 날아들었다. 신음하며 괴로워하는 중상자와 시체 들을 뒤로하고 대열은 다시 말없는 행진을 이어갔다. 기습 포격에 후방 대열이 무너져버렸고 행렬은 또다시 끊어지고 말았다. 그러는 사이에 대열은 약 500명으로 줄어들었다.

4월 21일 낮, 다이쿠마타大工又의 산속으로 숨어든 부대는 오랜만에 밥을 짓기 시작했다. 신경이 날카롭게 곤두선 병사들은 아무런 무기도 지니지 않은 채 뿔뿔이 흩어져 나무 그늘에서 밥을 짓기 위해 불을 지폈다.

연락 임무를 띤 미야기·우에치 두 병장은 호향대 유이油井 소대가 있는 장소를 찾아 골짜기를 돌아다니다가 바위 그늘에 앉아 있는 한 무리의 사람들을 발견했다. 우토 대좌와 구마다 부관, 에노키하라榎木原 조장 등 몇 명이었다. 우토 대좌가 이끄는 본부는 4월 17일 낮 이미 마부산을 떠나 나카야마中山(나고 소재)로 들어가 그곳 나무 그늘에서 낮잠을 자고 있었다. 그러던 중 갑자기 미군이 권총을 쏘아대는 바람에 우토 대좌는 탄환을 맞고 손가락을 다쳤다. 다음 날 4월 18일 낮 우토 대좌 일행은 하네지 고가치산 속을 헤매면서 내내 박격포에 쫓기다가 4월 19일 약초밭을 빠져나왔고, 4월 20일이 되어서야 겨우 나카지마 부대가 있는 다이쿠마타에 도착한 참이었다. 우토 대좌는 나카지마 부대의 하사관(원서의 오류인 듯하다. 바로 위에서 병장이라 했다. 병장은 구 육해군 계급의 하나로 상(등)병의 바로 위 계급이다—옮긴이) 둘을 발견하자 순간 놀랐지만 이내 안색을 바꿔 그들을 반겼다.

"지대장님!" 미야기 병장이 소리치자, 우토 대좌는 당황하여 손사래를 쳤다.

"언제 왔나? 나카지마 대위와 함께 왔는가?"

"나카지마 대위님은 지금 대대를 이끌고 다이쿠마타에서 조금 떨어진 산속에서 숙영 중입니다."

"그런가. 그거 잘 됐네." 그는 안심한 듯 말하고서 급히 위엄을 갖추었다.

"지대장 명령이다. 오늘부터 너희들은 지대 본부에 속할 것을 명한다. 알겠나? 나카지마 대위가 오면 여기로 그를 불러오도록!"

우토 대좌는 계급장을 감추기라도 하려는 듯 위장망을 깊게 드리우고 장교 망토로 앞섶을 꼭 여민 채 서 있었다. 그의 뺨은 홀쭉하게 여위어 있었다. 호향대 유이 소위 이외에 대원 몇 명이 우토 대좌 앞으로 불려갔다. 우토 대좌는 야에다케의 전말을 간단하게 설명하고는 다시 말투를 바꿔서 유이 소대 소속 대원들에게 훈시했다.

"야에다케 전투는 참으로 어려운 싸움이었다. 하지만 나는 무사히 임무를 완수했다고 본다. 이제부터는 부대의 남은 병력으로 모조리 적의 후방을 교란한다. 나는 뒤따라갈 테니 우토 대좌와 협력하라고 무라카미 대위에게 전달하도록 하라."

유이 소대에서는 민간인 복장을 한 병사 두 명이 연락을 하기 위해 차출되었다. 호향대장 무라카미 대위는 하네지촌 다노다케에 포진하고 있었다. 우토 대좌 본부를 포함한 대열이 그곳을 출발할 때의 일이었다. 허기를 더 이상 참을 수 없었던 우에치·미야기 두 병장이 산에서 가까운 민가 한 채를 들여다보니 마침 노파가 한 명 있었다. 노파는 가지고 있던 돼지고기와 흑설탕 덩어리를 그들에게 건네주었다. 그것을 받아든 두 병장이 민가를 나오자, 미야기 병장은 우토 대좌를 떠올리고서 선뜻 제안했다.

"조금 베어 먹기는 했지만 이 흑설탕을 우토 대좌님께 드리자."

두 병장이 내민 흑설탕을 신기한 듯 손에 받아든 우토 대좌는 베어 문 흔적이 있는 흑설탕 덩어리를 볼이 미어져라 허겁지겁 입에 넣고서 우물거리며 웃었다.

"고맙네, 당분이 부족했었는데 말이야."

—나카지마 대위의 지휘로 대열은 다시 대오를 정돈했고, 밤이 되자

언제나처럼 심야의 행진을 시작했다. 하네지오강羽地大川을 건너면 목적지인 다노다케는 가깝다.— 그 무렵부터는 멋대로 대열을 이탈했던 병사들이 어느 사이엔가 잇달아 대열에 복귀하고 있었다. 그 때문에 병력은 원래대로 1천 명 가까이를 헤아리게 되었다. 4월 22일, 날이 밝으면서 우토 지대는 피곤에 지친 다리를 끌며 다노다케에 도착했다.

야에다케·마부산을 포기한 지 일주일 째 되는 날, 우토 대좌의 생각과는 달리 따로 노는 수족처럼 전투력을 완전히 상실한 패잔 부대는 줄줄이 적의 눈길을 피해 20킬로미터 남짓한 길을 뚫고 가까스로 새로운 비극의 지점에 도달했던 것이다.

호향대(게릴라)

1

북부에는 대본영의 직접 지도를 받아 행동할 예정인 두 개의 비밀 부대가 있었다. 미군이 상륙하기 전인 1944년 11월 15일, 평상복 차림의 젊은 남자 여섯 명이 다노다케를 비롯해 북부 일대의 산에 잠입하여 은밀히 실지 답사를 했다. 무라카미·이와나미巖波 대위와 스가에菅江, 기노시타, 다케나카竹中, 유이 소위 등 이들은 모두 24~25세의 청년 장교들이었다. 무라카미 하루오 대위는 육사 제53기였고 나머지는 모두 간부 후보생 출신이었다. 오키나와로 오기 전까지 게릴라 전술과 스파이 전술에 관한 특수교육을 받은 여섯 명은 처음 제32군사령부 정보부에서 부대 편성과 진지 선정 준비에 들어갔다.

비밀 부대인지라 부대 편성도 현지에서 행할 터였다. 군대 교육을 받은 우수한 하사관과 그 지역 출신 청소년들을 의용대 명목으로 모집

하고, 하네지촌 다노다케에서 네 개 중대로 이루어진 제3유격대를 편성하여 무라카미 대위의 지휘 아래 두었다. 제4유격대(세 개 중대)는 이와나미 대위가 지휘하는 본진을 온나촌 온나다케에 두었다. 제3유격대는 병력 약 600명, 제4유격대는 약 500명이었다. 간첩 활동을 막는다는 의미에서 이들 두 유격대를 호향대라 불렀다. "자기 향토는 자신의 손으로 지킨다"는 것이 군이 오키나와인에게 부여한 대의명분이었다. 의용대에 지원한 청소년들은 무라카미 대위의 지도에 호응하듯 사명감에 불타 청춘의 젊은 피를 무모하게 불살랐던 것이다. 처음 모토부정 이즈미 서북쪽 다낭가タナンガ의 산에 포진할 무렵 무라카미 대위는 그곳에 글방을 열어 소년 대원들을 모아놓고 가르쳤다.

"나는 너희들에게 군인 정신만을 불어넣지는 않겠다. 오직 훌륭한 인간이 되길 바라는 마음에서 너희들을 교육하는 것이다." 그는 입버릇처럼 말하며 소년들과 뒹굴며 함께 잠을 잤다. 머지않아 제3유격대는 다노다케로 이동했다. 비밀 진지인 다노다케 진지가 완성된 것은 미군이 상륙하기 2개월 전인 1945년 2월 초였다.

미군이 상륙하자 제3유격대는 다노다케 진지에 틀어박혀 숨죽이고 있었다. 다노다케에서 그리 멀지 않은 하네지촌과 구시촌 사이에 있는 히토쓰다케一ッ岳에는 무전 통신을 담당하는 유격대 소속 쓰루기劍 부대가 있었다. 기타北 대위가 지휘하는 이 무전반無電班은 산속 깊이 횡혈을 파고 잠복 중이었다. 무전반은 오키나와 전투의 상황을 끝까지 지켜보고 최후로 대본영에 타전할 특수한 책임을 맡고 있었고, 무라카미 대위와는 시종일관 극비리에 연락을 주고받았다.

4월 8일, 미군은 다노다케에 들이닥쳤다. 다노다케를 미심쩍게 생각했는지 상공에서 끊임없이 탐색을 하던 미군은 그때까지도 북부 지구의 일본군 소재를 확실하게 포착하지는 못 한 상황이었다. 미군은 낮에는 맹렬하게 포격과 폭격을 가했고, 밤이 되면 해류처럼 밀려들어와 산을 훑었다. 4월 8일에는 일찌감치 겐카源河 임도林道, 나카오시 마을 후방, 가와카미川上 임도, 이사가와 임도 등 네 곳에 미군 척후병이 침입하기 시작했고, 가와카미 마을 후방에서 유격대와 미군 사이에 소규모 교전이 있었다. 하지만 유격대의 임무가 주로 적의 통신기관과 탄약 집적소를 파괴하는 이른바 후방교란이었기 때문에 게릴라부대와 미군이 대놓고 전투를 벌이는 일은 없었다. 민간복 차림의 호향대원은 유일한 무기인 폭뢰를 지니고 진지를 빠져나와 오우라만大浦灣에 있는 미군 물자 집적소와 교다의 드럼통 집적소를 습격하여 폭파하려고 했다.

한편 미군 상륙과 거의 동시에 제3유격대에서는 기쿠치 소위가 혈혈단신으로 이헤야섬伊平屋島에 잠입했다. 그는 이헤야국민학교에 교묘히 교사로 위장하고 들어가 자신을 미야기 선생이라고 소개했다. 그는 미군이 이헤야섬에 비행장을 건설하려고 할 경우 시한폭탄으로 비행장을 파괴할 목적으로 대기하고 있었다. 그 무렵 제3유격대 본부에는 오키나와신보사 북부지사 전 직원이 함께 있었다. 북부로 소개한 남부 주민 대부분과 북부 주민들에게 소형 신문을 발행하여 전황 뉴스를 전하기 위해서였다.

하네지촌 이사카와 구리광산 터에 평판인쇄기를 들여놓고 막 일을 시작하려던 차에 미군의 공격을 받은 우에치 가즈후미上地一史 기자와 자야스座安 감사, 히가 료키치比嘉良吉, 이사카와 쇼에이伊差川昌永 등 네 사람은 하는 수 없이 등사판 신문을 발행하고자 했다. 나중에 무라카미 부대 본부 부근에 주둔하며 쓰루기 부대의 무전 정보와 우토 부대와 유격대가 제공하는 북부·중부·남부의 전황을 산속 주민들에게 전했으며, 다노다케가 함락되고부터는 갱지에 복사한 뉴스를 배포했다. 그들은 일본군과 주민들이 하산하는 7월 4일 전날까지 이 진중 신문을 발행했다.

2

4월 22일, 다노다케 진지는 적에게 고스란히 노출되고 말았다. 많은 피난민들과 우토 부대 장병들이 산속으로 밀려들었기 때문이다. 그중에는 중부 요미탄 비행장에서 후퇴한 비행장 특설 제1연대장 아오야나기 중좌 이하 연대 장병들도 섞여 있었다. 우토 부대는 방위대에 해산을 명하고 그들이 지니고 있던 무기와 탄약을 회수했다. 나카지마 대위는 하네지산에 흩어져 있던 식량을 산속의 장병들에게 분배했다. 현미 800포대, 건빵 350캔, 그리고 약간의 부식물이었다.

유격대의 무라카미 대위는 우토 대좌가 이끄는 병사들이 산속에 들어오면서 잇따라 발생하는 주민과 병사들 사이의 미묘한 갈등과 함께 북부 수비 전군全軍에 균열이 생기는 것을 극도로 우려했다.

하네지산에 비축해둔 군 식량을 보고 굶주린 주민들이 달려드는 데다, 우토 부대 장병들이 식량을 빼앗는 등의 소동이 산속 곳곳에서 벌어지는 것을 안 무라카미 대위는 부하인 데루야 군조를 불러 본부 주변 나무 기둥에 "패잔병은 출입을 금한다"는 경고문을 크게 써서 붙이도록 명령했다. 우토 대좌를 중심으로 요격 태세를 한층 더 다잡긴 했지만, 우토 부대 장병들은 이미 패잔병이나 다름없었다.

4월 23일 아침부터 다노다케 정상 상공에 톤보기가 낮게 날면서 끊임없이 폭격을 퍼부어댔고, 지상에는 박격포탄이 쏟아져 들어왔다.

박격포와 함포가 쏟아질 때마다 산속의 나무들은 갈가리 찢겨나갔고, 줄기와 가지가 잘려나가는 바람에 산 중턱의 진지 막사는 상공에 훤히 모습을 드러내고 말았다.

제3유격대 본부의 산속 막사는 날아가버렸고, 남은 상진常鎭(졸속으로 교육을 받고 투입된 병사—옮긴이)들이 총과 수류탄과 죽창을 들고 돌격에 나섰다.

패전

1

우토 대좌는 구마다 부관과 상의하여 "병사들은 겐카 개간지에서 식량 증산을 도모하고, 장기 지구전에 대비하여 현지에서 자급자족하라"는 명령을 내리고, 장병들에게 사흘 치 식량을 지급했다. 포격으로 뿌연 연기가 휘감아 도는 산속에 갑자기 비가 내리치기 시작했다. 잿빛으로 가라앉아 있던 비구름이 짙은 안개로 바뀌어 깊은 골짜기를 떠돌기 시작했다. 깊은 산속 부엽토에 피어난 곰팡이 냄새에 더해 이번에는 송장 썩는 내가 피어올랐다. 비가 갠 사이에는 한숨 돌린 주민들이 양지바른 곳을 찾아 자리를 잡고 이 잡기에 열중했다. 산속 여기저기에서 별안간 도깨비시장이 열려 임자 없는 말을 잡은 고기를 사고팔았다. 멀리 남쪽 하늘이 붉게 타오르고 함포 소리가 쿠웅쿠웅 울렸다. 비는 그쳤다가 한바탕 다시 퍼부었다. 흠뻑 젖은 주민들은 저마다 아이들 손을 잡고 노인을 감싸면서 포격을 피하려 골짜기에 모여들었다. 다노다케 정상에는 차례차례 미군 진지가 구축되기 시작했다. 낮이 되면 느닷없이 산속에서 요란한 총포 소리가 울려 퍼지기도 했으며, 생각지도 못한 가까운 거리에서 기관총탄이 날아들기도 했다. 당황한 주민들은 포탄에 쫓겨 장병들과 함께 산골짜기를 헤매고 다녔다. 이렇게 소동이 벌어지는 와중에 우토 대좌는 다노다케를 빠져나가 더 북쪽으로 도망갈 작정을 했다. 각 부대에서는 "뭉치지 말고 부대별로 따로 행동하자"는 의견이 나왔지만 우토 대좌는 이 의견을 묵살했다.

"또 후퇴인가!"

"정말 지겹군. 우리는 언제쯤 한 곳에 자리를 잡을까." 울분에 사로잡히고 불안에 시달린 장병들은 전황이 나아지지 않자 먹을 것이나 찾아다니게 되었다.

정상에서는 전투가 벌어졌고, 일본군은 겨우 척탄통으로 대응했다. 사상자가 속출했다. 밤이 되면 각 부대는 잔여 병력을 모아 대열을 점검했다. 중상자는 산속에 남게 되었다. 미야기 병장은 경리부의 기밀서류를 불태우고 골짜기에 공금을 묻었다. 부대가 대열을 점검할라치면 시체가 발에 채였다. 사열 장소를 마련하기 위해 시체는 떠메다가 덤불 숲속에 던져버렸다. 다 들고 갈 수가 없어 병사들이 버린 쌀이 계곡 바닥을 허옇게 메웠다. 골짜기를 뒤흔들며 수류탄 터지는 소리가 들려왔다.

"뭐냐! 적의 습격인가?"

"아닙니다! 중상자가 수류탄으로 자폭했습니다." 이런 소리들이 나무들로 빽빽한 숲속에 공허하게 울렸다. 흠뻑 젖은 대열이 서서히 움직이기 시작하자 땅바닥에 쓰러져 있던 병사가 힘없는 눈빛으로 곁에 있는 쌀자루를 가리키며 수류탄과 바꿔달라고 애원했다. 뿌리에 걸려 넘어지고 서 있는 나무에 머리를 부딪히며 캄캄한 비탈을 미끄러져 내려가면서 대열은 한 걸음 한 걸음 앞으로 나아갔다. 그 모습은 행진이 아니라 마치 상처 입은 짐승이 골짜기에서 꿈틀대며 방황하는 것과도 같았다. 비바람이 몰아치는 가운데 날이 밝으면서 아침 한기가 들이닥쳤다. 희붐한 아침 햇살이 어슴푸레하게 대열을 비추었다. 대열은 구시촌 미하라三原의 산자락으로 접어들었다. 4월 24일 새벽이었다. 우토 대좌는 전날 밤 본부와 함께 대열에서 벗어나 하루 먼저 다노다케를 출발했다.

미하라에 도착한 우토 대좌의 장병들은 마른 가지와 낙엽을 긁어모아 밥을 짓기 시작했다. 그들이 자리 잡은 곳은 깊은 산에 빽빽한 나무들이 우거진 기슭이었다. 근처에는 주민들도 다수 있었다. 오랜만에 집단을 이룬 일본 군대를 직접 보고서 기쁨에 들뜬 주민들 중에는 부대 뒤에 바싹 붙어가려고 조바심을 치는 사람도 있었다. 이날 밤 대열은 미하라를 출발하여 겐카 마을을 지나, 4월 25일 아리메有銘의 산속까지 갔다. 그곳에 도착하자 우토 대좌는 "부대가 왔으니 이제는 괜찮다"고 부근 주민들에게 알리도록 했다. 인근 농가에서는 기쁜 나머지 돼지 두 마리와 푸성귀 등을 본부에 공출했다.

막연한 희망의 불씨를 살리기라도 하듯 주민들은 더욱 증산에 힘쓰기 시작했다. 미군은 북부 산중으로 숨어든 일본군 패잔병 소탕 작전을 개시했는지 미하라의 산까지 척후병이 들어왔고, 그 때문에 어떻게든 주민들과 접촉하려 하는 일본 군대와의 사이에서 비극이 일어나기도 했다. 미하라에 들어온 미군 세 명과 이야기하는 주민을 보고 분노한 덴쇼바토傳書鳩 부대 준위는 미군과 내통했다고 확신하고서 나하에서 피난하여 해안 근처 오두막에서 살고 있던 일가족을 아이들까지 권총으로 사살했다.

아리메의 산을 떠난 부대의 패잔병들은 4월 27일, 후쿠치마타산福治又山으로 들어갔다. 그 당시 우토 대좌의 진용은 온나다케에서 패주해 온 현립 농림학교 학생 철혈근황대원 약 20명을 이끄는 이 학교 배속 장교 쇼켄尙謙 소위와 해군 패잔병 등을 포함해 약 800명가량이었다. (온나다케에 포진해 있던 이와나미 대위의 제4유격대는 진지가 멀리 떨어져 있었기 때문에 다노다케의 아군과는 모든 연락이 끊어진 상태로 있다가 4월 15일 미군에게 포위당해 결국은 궤멸했다.)

그날 정오 무렵 마침 계곡 물가에서 밥을 지으려던 때였다. 한꺼번에 피로가 몰려왔는지 부대의 병사들은 싱싱한 풀 사이로 타오르는 연기가 숲속 나무들 사이를 누비며 조용히 피어오르는 것을 방심한 채 바라보고 있었다. 반합의 밥이 익어가는 것을 지켜보면서 누더기가 된 윗도리를 벗어 이를 잡는 병사도 있었다. 톤보기가 상공에 떠서 움직이지 않고 상황을 가만히 지켜보았다. 쇼켄 소위는 군도를 가랑이에 끼고서 벌렁 드러누워 자고 있었다. 나무들 사이 움푹 팬 땅바닥에 학생들도 잠들어 있었다. 바로 그때였다. 갑자기 빠직 하는 소리와 함께 서 있는 나무줄기를 찢어발기는 한 발이 날아들었다. 그러고는 두두두 두두, 하는 소리로 바뀌었다. 별안간 기관총탄이 날아든 것이다. 화약 연기가 자욱한 가운데 벌떡 일어날 틈도 없이 박격포가 터졌다. 산등성이 숲이 부르르 떨고 포탄이 쿵쿵거리며 골짜기를 메우면서 세차게 튀어 올랐다. 조용하던 풍경이 삽시간에 지옥으로 바뀌었다. 살아 있던 육체가 시체가 되어 어지럽게 흩어졌다. 다른 곳에서는 척탄통으로 맞섰지만 아무 소용이 없었다. 이런 소동을 뒤로하고 우토 대좌는 혼자서 산속으로 도망쳐 들어갔다.

미군의 공격이 그치고, 날이 저물자 산속에서 장교들이 모여 회의를 했다. 작전 주임 야마모토 중위는 "이런 상황에서 전쟁은 불가능하다"고 힘주어 말했지만 우토 대좌는 이 의견을 무시했다. 하루 지난 4월 29일, 부대는 헨토나邊土名를 목표로 내려갔다. 다노다케까지 갔을 때 야마모토 중위는 비통한 목소리로 "식량을 실은 일본 기범선이 아와安和 해안에 도착했다고 하니 제가 급히 가서 식량 보급을 강구해보겠습니다"라는 말을 남기고서 모습을 감추었다. 그는 다시 돌아오지 않았다. 마부산에 진지를 구축할 당시 작업이 지지부진하자 노무자들을 마소 부리듯 했던 거친 성격의 그는 우토 대좌의 분명치 않은 태도를 참지 못하고 독자적으로 행동하기로 마음먹은 것이다.

다노다케에는 미군이 쓰다 버리고 간 갖가지 물건들이 뒹굴고 있었다. 며칠 전까지 미군이 주둔했다는 증거였다. 이것들을 발견하고 미군부대가 가까이에 있다는 것을 알아차린 우토 부대 장병들은 전진을 단념하고 후쿠치마타로 되돌아갔다. 심약한 우토 대좌는 결국 야마모토 중위가 주장했던 '분산 행동'을 받아들였다. 약 25명씩 모둠을 구성한 전 부대 장병들은 앞으로 산속에서 자구책을 강구하기로 하고 흩어졌다. 우토 대좌는 미야기·우에치 두 병장을 포함하여 지리에 밝은 오키나와 병사들을 본부로 불러 모았다.

"때가 될 때까지는 가능한 한 게릴라 전술로 적과 대치하면서 자구책을 강구하자."

패잔병들은 오키나와섬의 북단인 히가시촌, 구시촌, 오기미촌大宜味村 등 각 촌의 산속으로 이동하기 시작했다.

우토 대좌의 본부 일행은 4월 30일, 가와다川田를 넘어 히가시촌 게

사시慶佐次 산속으로 들어갔다. (그들은 종전까지 이 산속에서 숨어 살았다.)

본부 역시 25명으로 구성되어 있었다. 미야기 병장은 본부 정보를 담당했고, 우에치 병장은 식량을 조달하는 일을 맡았다. 우토 대좌는 산속 막사에서도 변함없이 여자와 함께 있었다. 여자는 사소한 인연으로 우토 대좌와 알게 되었는데, 어쩌다가 우토 대좌의 치다꺼리를 맡게 되었다.

"우리는 시간을 끌고 있는 것이다." 우토 대좌는 부하들을 대할 때마다 이 말을 태연하게 반복하곤 했다. 뺨은 누렇게 패이고 겁먹은 눈은 끊임없이 번뜩였지만, 오랜 군대 생활로 다져진 그의 몸 어딘가에서 사람을 위압하는 힘이 여전히 배어 나왔다.

미야기 병장이 제3유격대와 정보를 주고받기 위해 길을 나서기 전에 잠시 우토 대좌의 막사에 들르니 우토 대좌가 무언가를 적은 쪽지를 건넸다.

"히라야마 부대는 헤도곶 미군 전파탐지기 부대에 돌격을 감행했지만 전쟁 결과는 미확인 상태임. 구니가미 지대는 모토부반도로 방향을 틀고 나서 무라카미 부대와 협력하여 곳곳에서 유격전을 펴고 있지만 산속에서 식량문제로 어려움을 겪고 있다. 비행기나 잠수함을 이용해 시급히 식량을 보급해주기 바란다"라고 적혀 있었다.

"이 쪽지를 무라카미에게 건네주고 대본영에 보고하도록 당부해주게." 우토 대좌는 이렇게 말하고는 막사 안으로 들어갔다. 미야기 병장은 쪽지를 받아든 무라카미 대위가 어떤 표정을 지을지 떠올려보았다. 우토 대좌에 대한 신뢰감은 조금도 없다. 부하들은 우토 대좌를 업신여기며 면종복배했다. '그것도 모두 대좌가 얼뜨기이기 때문이야.' 미야기 병장은 주민들에게서 받은 식량을 돌격의 결과라고 속이고, 남은 통조림 두세 개를 갖다 주었더니 좋아 어쩔 줄 모르며 먹어치우던 우토 대좌의 얼굴을 떠올리고서 쓴웃음을 지었다. 그뿐만 아니라 우토 대좌는 "여자의 소재를 알게 되면 이곳으로 데리고 와달라"며 마부산에서 헤어진 여자의 일에 대해 내내 걱정하며 신신당부하곤 했다. 미야기 병장은 이제 와서 정보입네 하고 위엄 있는 명령을 내리는 어리석은 우토 대좌에 대한 반감을 키우며 이런저런 궁리를 하다가 '그래. 식구들이나 한번 보자'고 결심했다. 그는 겐카로 피난했다는 식구들이 무사한지 한시라도 빨리 보고 싶은 마음에 밤길을 도와 급히 다노다케 산길을 내달렸다. 하지만 가는 도중 단단히 먹었던 마음이 흔들리고 느슨해져 생각을 거듭한 끝에 결국 그는 정보 연락 임무를 수행했다.

무라카미 대위는 다노다케 진지를 떠난 이래 사람들의 이목을 피해 줄곧 겐카강 상류 숯가마 속에서 혼자 틀어박혀 있었다.

"자, 들어오지." 무라카미 대위는 입구에서 기다리는 미야기 병장에게 언제나처럼 거리낌없이 큰 소리로 말을 건넸다.

"정보 연락으로 수고가 많네. 자네 같은 사람이 우토 대좌의 부하라니 참으로 안타깝군. 어떤가, 호향대로 오지 않겠나." 그는 이렇게 말하며 웃었다. 무라카미 대위는 권총을 곁에 두고서 돗자리 위에 책상다리를 하고 앉아 있었다. 옴이 올라 짓물러터진 손발을 미야기 병장이 애처로운 듯 쳐다보는 것도 개의치 않고 무라카미 대위는 뜻밖의 이야기를 전했다.

우토 대좌가 4월 17일 마부산·야에다케 진지를 포기한 이래, 북부 수비군인 구니가미 지대와 남부의 군사령부 사이의 통신은 완전히 끊어진 상태였다. 불과 120킬로미터 정도의 거리를 두고 북부·남부의 전쟁 양상은 전선을 넘어 전해오는 종잡을 수 없는 풍문에 의지하는 수밖에 없었다. 아오야기 중좌가 전한 북 비행장·중 비행장 이남의 상황은 알고 싶어도 알 수 없었고, 북부 주민들과 군대는 그저 떠도는 유언비어에 일희일비할 따름이었다. 다노다케에서 패주하면서 통신용 암호 사본을 유실했기 때문에 무라카미 대위는 북부의 상황도 보고하고 암호 사본도 받아올 겸 부하들에게 결사대를 꾸리게 해 슈리 군사령부에 파견했다. 나키진촌 출신 쇼키타諸喜田 병장과 젊은 호향대원 일곱 명은 주민들이 입는 파초포로 만든 옷을 입고 구시촌 아부安部 해안에서 통나무배로 출발했으며, 도중에 해상에서 무리를 이뤄 득시글대는 미 함선 사이를 뚫고 여덟 명 모두 슈리 군사령부에 무사히 도착했다. 그들은 다시 바다를 건너 일주일째 되는 날 무사히 돌아왔다. 목숨을 건 이 일을 통해 뜻밖의 이야기를 들을 수 있었다. 그 내용은 "구니가미 지대장 우토 대좌를 파면하고, 구니가미 지대는 즉각 아오야기 중좌의 지휘를 받도록 하라"는 것이었다.

무라카미 대위는 미야기 병장에게 장황하게 이야기를 늘어놓고서 명령서를 보여주었다.

"이게 바로 그거다." 무라카미 대위는 미야기 병장이 보는 앞에서 명령서를 불태우고는 살짝 웃었다. 그러고는 "우토 대좌에게는 구두로 전하라"고 말했다. 미야기 병장은 이 명령과 남부의 정보를 얻어가지고 곧장 히가시촌 산속으로 돌아왔다. 군사령관의 명령이라고는 해도 우토 대좌에게 직접 알리는 것은 가혹하다는 생각에 구마다 중위에게 파면 소식을 전하기로 했다. 고전을 면치 못하고 있는 군사령부가 우토 대좌의 행동을 지휘관에게 있을 수 없는 일종의 태만으로 간주하고 분노하여 처벌한 것은 당연했지만, 그에게는 이 소식을 전할 용기가 없었다.

군사령부의 처단을 알게 된 우토 대좌는 처음에는 아무래도 납득이 안 된다는 묘한 표정을 지었다. 5월 24일의 일이었다.

"무라카미 대위는 아오야기 중좌의 지휘 아래 들어간다지만, 우리는 모두 누구의 지휘에 따라야 합니까?" 곁에 있던 히가 군의관이 말했다.

"무라카미는 내 부하야." 우토 대좌는 한마디 내질렀다.— 11월 1일 우토 대좌는 군복을 갖추어 입고 칼을 차고서 산을 내려왔다. 그는 다이라 지구 미 군정관 메리스 대위에게 투항했다.

쉰 줄에 가까운 중년의 나카지마 모시로中島茂白 대위는 7월경 우에치 병장과 병사 몇 명을 데리고 히가시촌 게사시 해안에서 통나무배를 타고 몰래 오키나와를 빠져나갔다. 대본영에 오키나와의 정황을 알린다는 것이 그 목적이었다. 쓰루기 부대를 이끌던 기타 대위는 산속에서 미군의 저격을 받았고, 이로써 무전반은 궤멸했다.

2

모토부반도의 북단을 차지하고 있는 나키진촌에 4월 1일 미군이 상륙하면서 모든 촌민은 뒷산 대피호로 피난했다. 촌사무소는 부근의 대피호에 연락원을 두고 각 피난소와 연락을 취했다. 이 무렵 이곳으로는 이에섬, 기노완, 니시하라를 비롯해 남부에서 피난민들이 몰려들었기 때문에 나키진촌은 모토부정에 쌓아두었던 식량영단食糧營團(제2차 세계대전 중 설립된 공공사업을 하는 특수 재단으로 식량영단, 주택영단 등이 있었다—옮긴이)의 쌀을 약 이틀에 걸쳐 들여와 소개자들에게 분배했다. 하지만 쌀은 사흘도 가지 않았다. 4월 10일 미군 전차가 이마도

마리今泊 해안에 나타났다. 고가, 이즈미의 구릉지대에 진을 치고 있던 일본군은 잇따라 미군에 포위되었고, 이미 4월 7일에는 이즈미 산속에 있던 호향대에서 많은 희생자가 나왔다. 4월 8일, 일본군은 대부분 야에다케로 이동하기 시작했다. 마을에서 가까운 해안선 일대에 미군이 계속 전차를 투입하면서, 비전투원인 주민들은 이즈미의 좁아터진 산골짜기로 점점 내몰리기에 이르렀다. 미군과 일본군 사이에 낀 주민들은 이러지도 저러지도 못 하는 처지가 되었다.

이리하여 모토부반도 지구의 전투다운 전투는 4월 20일에 이르러 모두 끝났다. 미군은 산속에 있는 주민들에게 "어서 산에서 내려와 생업에 종사하라"고 명했다. 5월 2일 마침내 미군은 각 촌의 구장들을 다마시로구玉城區의 민가에 모아놓고 촌의 생산과 복구 계획을 세우게 하고, 하루라도 빨리 계획을 실행하라고 명했다. 그 무렵 운텐항에 있던 해군 특수잠항정대 와타나베 대위는 밤이 되자 부하 몇 명과 함께 미군의 눈을 피해 마을로 들어왔다. 산속에 숨어 있던 병사들 대부분은 주민들이 입는 옷을 걸치고 새끼줄을 허리띠로 삼아 매고 있었다. 와타나베 대위는 챙이 달린 검정 육전대 모자를 쓰고 일본도를 차고 있었다. 그는 마을 주민들에게 먹을 것을 요구하러 왔다.

"미군과 내통하는 놈은 매국노다. 살려두지 않겠다." 그는 이렇게 엄포를 놓고는 다시 산으로 돌아갔다. 5월 12일 밤이었다. 경방단장 자하나 요시무쓰謝花喜睦의 가족은 와타나베 대위의 부하로 보이는 사람이 앞마당에서 자하나를 부르는 소리를 들었다. 자하나는 이끄는 대로 끌려갔다가 끝내 돌아오지 못했다. 다음 날 아침 그는 밭 가운데에서 시체가 되어 뒹굴고 있었다. 시신은 일본도에 베인 흔적이 있었다. 이어서 마을에서 통역을 맡았던 다이라 고키치平良幸吉가 무슨 이유에서인지 자하나와 마찬가지로 죽임을 당했다. 전투가 끝나고 간신히 한숨 돌린 마을 주민들에게 이번에는 산속에 있던 일본군이 새로운 공포의 대상으로 떠오르기 시작했다. 와타나베 대위는 주민의 살해 리스트를 작성해서 지니고 있었다. 그는 미군과 일본군 사이에 끼여 허덕이는 주민들을 아랑곳하지 않고 매일 밤처럼 주민이 있는 지구에 모습을 드러냈다.

종전이 얼마 남지 않은 7월 16일, 나키진촌 다마시로구 출신 요나미네 세이코與那嶺靜行와 그의 아내, 그리고 동생 세이세이靜正가 불려 나가 참살당했다. 이어서 나가타 세이도쿠長田盛德와 다마키 나가모리玉城長盛가 여전히 살기등등한 와타나베 대위의 일본도에 희생될 참이었지만, 얼마 안 있어 미군이 하네지촌·구시촌에 촌민들을 수용하면서 둘은 가까스로 죽음을 피할 수 있었다. 와타나베 대위의 살해 리스트에는 5월 2일, 미군의 명령에 따라 열린 구장 회의에 참가한 사람들 이름이 적혀 있었다. 전운이 휘돌고 간 난토南島(류큐열도)의 밤하늘 별빛 아래로 몰아닥친, 호쿠잔北山(14세기에 개국한 것으로 추정되는 류큐제도 북쪽에 있었던 왕국으로, 오키나와어로는 잔호쿠山北라고 한다. 현재의 나고시를 중심으로 한 오키나와 본섬의 북반부에 해당한다—옮긴이)의 피바람이었다.

무사도武士道여, 잘 있거라

1

오키나와 전투가 끝나고 10여 일이 지난 7월 3일 호향대는 해산했다. 대원들은 미군의 보호 아래 있던 마을 사람들 사이로 잠입하여 귀순하기도 했지만, 무라카미 대장 곁에 남아 있던 곤도近藤 군조를 제외하고 남아 있던 장병들은 모두 북부 산중에 흩어지고 말았다. 패색이 완연해진 오키나와 전투에서 계속 임무를 수행하는 것이 무의미하다고 생각한 무라카미 대위는 조직을 해산하고 부하들에게 생사를 선택할 자유를 준 것이다. 그 자신은 산속에 막사를 짓고 농사를 지을 궁리를 하며 평소와 다름없이 생활했다. 당시 북부 산중에는 우토 부대 패잔병들이 주민을 살해하고 식량을 약탈하는 등 많은 사건이 일어나고 있어, 이들 패잔병에 대한 주민들의 감정이 악화되던 때였다는 것을 감안해보면, 무라카미 대장에 대한 젊은 대원들의 목숨을 건 봉사가 전쟁이 끝난 뒤까지 계속된 것은 이례적이었다. 전쟁통에 오키나와가 커다란 희생을 치르면서 주민들 사이에서 군대와 군인에 대한 반감이 노골적으로 드러난 뒤로도 대원들은 변함없이 무라카미 대위를 우러르며 마음속 깊이 따랐다.

그 무렵 나고의 아가리에바루東江原 산에는 무라카미 대위, 곤도 군조 외에 하마다浜田라는 경찰관 출신 젊은이가 있었다. 그 지역 사정에 밝은 그는 산에서 내려가 갖가지 소식을 확인하곤 했다. 하마다가 무라카미 대위와 합류한 것은 1945년 7월 말, 즉 오키나와 전투가 끝나고부터 다음 해 1월 3일 무라카미 대위가 산을 내려가 야카屋嘉의 수용소로 향하기 바로 전날까지였다. 이전 대원들은 나고 부근뿐만 아니라 멀리 기노자宜野座 부근에서부터 험한 산길을 달려와 무라카미 대위를 위해 이런저런 편의를 보아주는 한편, 그와 함께 유쾌하게 이야기를 나누며 2~3일씩이나 머무는 사람도 있었다. 무라카미 대위 또한 변장을 하고서 몰래 각 대원들의 집을 방문하여 그들을 격려했고, 청년다운 패기와 열정을 토로하며 장래에 대해 이야기를 나누곤 했다. 그는 산속 막사에 가미다나神棚(일본의 고유 신앙인 신토 제의에 따라 집집마다 신에게 제사드리는 장소를 마련해 설치해둔 제단—옮긴이)를 만들어, 전우인 쓰루기 부대의 기타 대위와 스가이須貝 소위의 머리카락, 전사한 부하 대원들의 머리카락, 그리고 전몰자 명단을 모두 그곳에 모셔두고서 아침저녁으로 예배를 드리고, 식사 때마다 밥 한 그릇을 올리는 것을 거르지 않았다.

8월 중순 어느 날, 그때까지 여전히 히토쓰다케에서 무선기를 지니고 숨어 있던 쓰루기 부대와 연락이 닿은 곤도 군조가 무라카미 대위에게 뜻밖의 소식을 전했다. 마침 마을에 내려갔던 하마다가 산속 막사로 돌아오자 무라카미 대위는 침통한 표정으로 놀라지 말라며 하마다에게 말을 건넸다.

"놀라지 않겠습니다." 하마다가 대답했다.

"전쟁은 이제 끝났다." 이 한마디를 내뱉고 입을 다문 그는 곤도 군조에게도 하마다에게도 더 이상 아무 말도 하지 않은 채 무언가 깊은 생각에 빠져 괴로워하는 듯했다.

"이봐, 아랫동네에 내려가봐야겠어." 무라카미 대위는 산 아래 마을을 찾아가 옛 대원들과 만나기도 하고 기분이 상쾌해지면 산속 막사로 되돌아오곤 했다. 어느 날 그는 하마다에게 이렇게 말했다.

"나는 전쟁에 대한 군의 책임을 깊이 생각해보았다. 이제부터 국가는 평화적으로 재건해야 한다고 생각한다. 하지만 나로서는 받아들이기 어려운 점이 있다. 도무지 이해할 수 없는 게 있다고. 지금까지 무슨 일이 있어도 나는 언제나 그 상황에서 최선의 조치를 취해왔다. 이렇게 고민해본 건 처음이다. 왜 이렇게 마음을 정하는 게 어려운지 … ." 그의 표정은 어두웠다.

2

전쟁이 끝난 해 10월 2일, 우토 대좌는 산속 곳곳에 남아 있던 부하들에게 연락을 취해 이사가와에 집결할 것을 명하고, 군복 차림으로 부대 전체의 항복을 청했다.

이야기는 거슬러 올라간다. 북부 주둔 미군은 나고다케 북쪽 아가리에바루 부근 산속에 여전히 항복할 뜻이 없는 일본군 장교가 있다는 것을 알았다. 장교의 인품을 전해들은 미군은 어떻게 해서든 그를 설득해 하산시키려고 했다. 이런 상황에서 소탕 작전과 같은 거친 방법을 쓰다가 이쪽에서 헛되이 희생자를 내서는 곤란하다. 산속에 얼마나 많은 패잔병이 있는지도 알 수 없다. 더욱이 그들을 산속에 내버려두면 먹을 것이 떨어져 항복해올지도 모르지만, 거꾸로 그들을 자결로 내몰 가능성도 없지 않다. 이런 까닭으로 가능한 한 미군은 그들을 안전지대로 유도하기 위해 무력이 아닌 인도적인 방법을 취하려고 애쓰며 느긋하고 끈기 있게 대처했다.

미군은 먼저 패잔병들이 있는 산자락 민간 마을에 가서 선무공작宣撫工作을 펼쳤다. 근처의 주민들을 불러 담배와 초콜릿을 주면서 친절과 호의를 보이고는 되돌아가기를 되풀이했다. 때때로 주민을 시켜 무라카미 대위의 처소로 담배를 들려보낸 적도 있었다. 산기슭 곳곳에다 대나무에 편지를 끼워 세워두기도 했다. 이런 일은 집요하리만치 계속되었다. 편지에는 다음과 같이 다양한 내용이 친절한 문구로 가득 차 있었다.

즉 일본이 포츠담 선언을 수락했다는 것. 더 이상 반항적인 태도를 보이는 것은 무의미하다는 것. 자신의 장래와 국가의 장래를 위해 항복하는 것이 유일하고도 현명한 길이라는 것. 또 일본군이 군사적인 행동을 포기하고 군대를 해체한 이상, 항복은 불명예스러운 것이 아니며 오히려 바람직하다는 것. 이제부터는 군인이 아니라 일본 국민의 한 사람으로서 매사를 고려하는 편이 좋다는 것. 더욱이 일본의 우수한 청년이 전멸하게 되면 누가 미래의 일본을 재건할 것인가라는 것.

종전 다음해인 1946년 1월 3일의 일이다. 그날 점심 식사를 마친 무라카미 대위, 곤도 군조, 하마다 등 세 사람은 한동안 멍하니 말이 없었다. 배를 채우고 난 터라 머리가 텅 빈 것 같은 시간이 흘렀다. 이윽고 무라카미 대위는 "오늘 밤 모처럼 일주일 만에 아랫동네에 내려가볼까?"라고 말하고서 회중시계를 꺼내보았다. 짧은 바늘이 2시를 가리키고 있었다. 최근 들어 그의 태도에는 안절부절못하는 듯 초조한 기색이 역력했다.

무너져가는 자신의 모습을 응시하는 듯한, 쉽사리 지울 수 없는 번민이 그의 내부에서 강렬하게 그를 괴롭히는 것처럼 보였다. 무언가 그의 심경에 변화가 일어났음에 틀림없었다.

이제까지 그는 일본 군인의 전통을 끝까지 고수하려는 신념에 찬 사람으로 곤도 군조와 하마다의 눈에 비쳤었다. 일본 군대의 성서라 할 수 있는 조전操典(교련의 제식制式, 전투의 원칙과 법칙 등를 규정한 교범敎範을 예전에 이르던 말—옮긴이) 강령에서 군의 근간이라고 하는 장교의 전형을 그에게서 보아왔던 것이다. 전선이 흐트러지고 전투가 점점 참담해지는 상황에서도 솔선수범하는 그는 부하들이 보기에 언제나 태산처럼 듬직했다. 또한 그는 약자를 배려하는, 전통적인 옛 무사의 좋은 품성을 갖추고 있었다. 멸사봉공의 철학을 따르는 그의 언행은 언제나 꾸밈없고 솔직했으며, 위험한 상황에 처해서는 명랑하고 대담했다.

그런데 재기 불능 상태에 빠진 듯한 지금 그의 모습은 어떠한가! 오키나와의 전쟁 국면이 완전히 절망적인 상황으로 내몰렸을 때, 그의 곁에 있는 것만으로도 곤도 군조와 하마다는 얼마나 많은 불안을 떨쳐버렸던가. 그 모든 것이 얼마나 쓸데없는 기우처럼 여겨졌던가. 하지만 요즘 들어 무라카미 대위는 두 사람에게도 도저히 말할 수 없는 복잡한 문제와 대결하고 있는 듯 혼자서 괴로워하고 있다. 이제까지 그는 그 어떤 희로애락의 감정도 부하들에게 내비치지 않았었다. 그런데 그의 깊은 고민을 두 사람도 최근에 확실하게 알아차릴 수 있게 되었다. 두 사람은 그 고민을 깊이 이해할 수 있을 것도 같고, 또 전혀 이해할 수 없을 것 같기도 했다. 이 청년 장교의 인간적 매력에 흠뻑 빠져 있던 곤도 군조와 하마다도 입장은 달랐지만, 그보다 연배가 높고 사회적인 경륜을 갖춘 그들이 보기에도, 객관적인 상황에 대처하는 그의 태도에는 수긍할 만한 점이 있었다.

하지만 곤도 군조는 하마다나 무라카미 대위와는 달리 군대의 이념 ism을 곧이곧대로 받아들이고 있었다. 그러나 그가 몸에 익힌 것은 이데올로기라기보다는 오랜 군대 생활을 통해 밴 훈련과 규율이었다. 그런 점에서 그의 생각은 무라카미 대위보다 확실했고, 새로운 상황에 대해 강한 반발심을 품고 있었다. 때때로 무라카미 대위가 번민하는 이유를 그가 젊은 탓으로 돌리며 반은 존경의 눈길로, 반은 동정의 눈길로 바라보던 곤도 군조는 또, 종종 곤경에 처한 일본 병사가 지금까지 보여준 완강한 —그것을 돌파하려면 그들을 비극적인 결과로 이끄는— 벽을 치고 있었다.

무라카미 대위의 경우 그 단단한 벽이 흔들리고 있었다. 그 또한 오랫동안 규율을 익히고 훈련 생활을 해왔으며, 그 역시 일본 군대의 전통에 대한 신념과 이데올로기를 지니고 있었다. 그를 이제까지 지탱해 주던 사상의 벽이 무너져내린, 종전조칙終戰詔勅(1945년 8월 15일 전쟁이 끝났음을 알린 히로히토 천황의 메시지—옮긴이)을 들은 그날부터, 그는 자신이 고수해온 사상과 함께 인간적으로 패배해야만 하는지, 아니면 다시 살아가기 위해 새롭게 사상적인 무장을 해야 하는지 그것을 해결해야만 했다. 그 사상은 지금까지 무기나 제복과 함께 제공된 단체의 전통적 이데올로기가 아니라, 그 자신의 내부에서 이끌어내야만 하는 것이었다. 이 전형적인 일본 군인의 내부에서는 일본 군대에 대한 신앙과도 같은 최후의 견고한 보루가 붕괴해가고 있었다. 그와 동시에 새로운 사상을 이끌어내기까지는 얽히고설킨 갖가지 사상적 경로와 모순이 가로놓여 있었다.

요 일주일간 그는 산속 막사에 틀어박혀 있었다. 일본이 전쟁에 지고, 다시 새해가 밝았다는 사실이 그의 마음을 송두리째 흔들어놓았음에 틀림없다. 그러던 그가 오늘은 점심을 먹고 나더니 전에 없이 마을에 내려가보아야겠다는 뜻을 내비쳤다. 해결하기 어려운 문제에 부딪히면 일단 그 문제를 접어두고 기분전환을 꾀하곤 하는 그의 버릇을 곤도 군조와 하마다도 익히 알고 있었다. "그럼 아직 훤하지만 한번 나가볼까"라고 말하며 그가 자리를 털고 일어서려고 할 때였다. 막사 뒤편 숲속에서 어지러운 발자국 소리가 났다.

'누가 나무하러 왔나'라고 생각하며 막사를 나오려는데, 이제까지 무라카미 대위에게 서너 차례 사자使者를 보내 하산을 권고하던 기무라 대위와 일본 병사 두 명이 모습을 나타냈다.

"무라카미, 오랜만이오." 가볍게 손인사를 하고서 기무라 대위 일행은 무턱대고 막사 문간으로 들어와 앉았다.

"무라카미, 자네는 본토의 상황을 잘 몰라." 기무라 대위가 말을 꺼내자 욱하고 화가 치민 무라카미 대위가 거칠게 대꾸했다.

"이봐, 알지 못하는 것들은 당신들이야. 내가 한마디 하지. 나와 당신들과는 견해가 아주 달라. 몇 번을 말해도 똑같다. 돌아가! 어서 돌아가라구!"

"곤도! 성가신 자들이 왔으니 돌려보내!" 무라카미 대위는 부엌에서 부스럭대고 있는 곤도 군조에게 내뱉듯 말하고서 일어섰다. 기무라 대위는 말을 붙여볼 엄두도 내지 못하고 난감한 표정으로 앉아 있다가 작심한 듯 품에서 편지 한 통을 꺼냈다.

“무라카미 대위, 이건 야하라 참모께서 보낸 편지요.” 야하라라는 말에 무라카미 대위는 멈칫했다. 그는 착잡한 심정으로 기무라 대위가 들고 있는 편지를 쳐다보았다.

“고급 참모께서 아직 살아 계셨단 말인가?” 그의 입에서 탄식이 흘러나왔다. 그는 급히 편지를 뜯어 짤막하게 적혀 있는 문장을 두어 차례 훑어보고는 그대로 눈을 감았다.

무라카미 대위 귀하

귀관들의 용감한 싸움에도 불구하고 종전조칙이 내려졌다. 이것은 냉엄한 사실이다. 현재 일본에는 수많은 인재가 필요하다. 조칙을 받들어, 갱생하는 일본을 재건하는 데 힘쓰는 것이야말로 유익한 일이라고 생각하며 귀관의 하산을 기다린다.

야하라 대좌

그의 어깨를 짓누르던 무거운 짐이 갑자기 사라지는 듯한 느낌과 동시에 온몸에서 힘이 빠져나갔다.

“무라카미, 우리는 이렇게 돌아가지만, 실은 미군 선무반 쪽 사람도 와서 지금 뒤편 숲에서 기다리고 있네. 별러서 왔으니 한번 좀 만나주지 않으려나?” 무라카미 대위는 무표정하게 끄덕였다.

“만나보기는 하겠지만 몇 번을 만나도 매한가지요. 당분간 산을 내려갈 일은 없어. 그렇다고 어디로 도망가지도 않겠네.”

“그렇다면 만나주기만 해주시지.” 기무라 대위는 이 좋은 기회를 놓쳐서는 안 된다고 생각하며 재빨리 뒤편 숲속을 향해 손을 쳐들었다.

무라카미 대위는 막사로 들어가 독립대장 표식이 달린 제복을 차려입고 나왔다. 미군 장교 한 명과 일본인 2세 통역이 바스락거리는 낙엽을 밟으며 다가왔다. 아무도 몸에 무기를 지니지 않았다.

"이분은 무라카미 대위입니다."

"무라카미, 이분은 미군 선무반 담당 장교입니다." 기무라 대위가 소개하자, 무라카미 대위는 가볍게 목례했다. 미군 장교는 시종 미소를 지었다.

"무라카미 씨, 귀하는 도조 히데키만큼 유명한 분입니다. 나는 당신을 잘 알고 있습니다." 서툰 일본어로 이렇게 말하며 그는 무라카미 대위에게 악수를 청했다. 상대방이 뜻밖에도 아직 소년티를 벗지 못한 홍안의 젊은이라는 걸 확인한 미군 장교는 적잖이 호기심과 친근감을 보였다.

"무라카미 대위, 이분은 당신을 걱정해서 온 겁니다. 그러니 지금 당장은 아니더라도 2~3일 안으로 산에서 내려와주십시오. 그동안 먹을 것은 제공하겠다고 합니다." 일본인 2세 통역이 미군 장교의 뜻을 전했다.

"어떤가? 조건이 있으면 조건을, 이유가 있으면 이유를, 뭐든 좋으니 말해보시게." 기무라 대위는 사이를 두지 않고 이렇게 말했다. 잠자코 듣고만 있던 무라카미 대위는 결심한 듯 말했다.

"좋소. 그렇다면 조건이 있소. 당신이 통역해주시오." 이 말을 전해들은 미군 장교는 미소 지으며 "오케이, 오케이!"를 연발했다.

"그렇다면 말하겠소.

하나, 전사한 나의 부하 70여 명이 아직 부모님의 품으로 돌아가지 못하고 있다. 그들이 남긴 머리카락을 돌려보낼 때까지 나를 자유의 몸으로 둘 것.

둘, 나는 수많은 오키나와인을 전사하게 했다. 나는 일본 본토로 돌아가지 않고 오키나와에 뼈를 묻겠다. 이곳 사람이 되어 여기서 뭔가 내가 할 수 있는 봉사를 평생토록 하고 싶다.

셋, 이상의 일을 해내며 살아갈 수 있도록 나에게 최소한의 농경지를 제공해주기 바란다.

이상 세 가지요."

무라카미 대위는 단정한 태도로, 자신이 악의는 없지만 의연한 의지의 소유자라는 걸 말해주는 대담하고 솔직한 눈길을 미군 장교와 통역에게 번갈아 보내면서 또박또박 말했다.

"잘 알겠습니다. 하지만 나 혼자 결정할 수는 없습니다. 일단 오늘은 돌아가서 대장님께 당신의 뜻을 전하겠습니다." 통역의 말에 한마디 한마디 열심히 귀를 기울이던 미군 장교는 이렇게 말한 다음 내일 대장님과 함께 와서 마저 이야기하겠다고 덧붙였다.

"상담은 언제 어디서 할까요?" 무라카미 대위가 되물었다.

"내일 이맘때 당신이 희망하는 장소에서 하기로 합시다." 미군 장교가 대답했다.

"그럼 내일 2시가 좋겠습니다. 여기서 기다리겠습니다." 쌍방의 대화가 마무리되었다. 산은 쓸쓸하리만치 고요했다. 미군 장교 일행을 돌려보낸 무라카미 대위는 오늘 있었던 일을 천천히 되짚었다. 그러자 마음이 무거워졌다. 이제까지 굳이 알려고 하지 않았던 것, 알고 싶었던 것, 알면서도 어쩔 수 없다고 생각했던 것들이 차례차례 떠오르며 그에게 최후의 결심을 하도록 몰아갔다.

엷은 이내가 가라앉은 저물녘의 초겨울 산은 적막하기 그지없었다.

막사에서 숲을 벗어나 100여 미터쯤 내려가면 하네지오강 상류 협곡에 이른다. 매일같이 이 골짜기로 내려가 시냇물에 몸을 씻고 아가리에바루 마을 쪽으로 산책을 한 뒤 막사로 되돌아오는 것이 무라카미 대위의 일과였다.

그는 저녁 빛이 나무 틈새로 비쳐드는 가파른 숲을 내려가고 있었다. 목욕을 마치고 아가리에바루 마을이 내려다보이는 비탈을 내려가던 그는 황량하기 짝이 없는 1천 평 정도 규모의 다락밭에 눈길을 주며 걸음을 멈추었다. 그는 이곳을 둘러보는 일도 이번이 마지막이 될지도 모른다는 생각에 야릇한 기분에 휩싸였다. 전쟁이 한창일 무렵 전투에 방해가 될 정도로 이곳에 모여든 주민들의 모습이 그의 눈에 선했다.

"그랬었지." 문득 그는 야카 수용소에서 기무라 대위와 함께 미군 선무반을 따라온 병사를 떠올렸다.

"바로 이 근처야, 내가 그놈을 후려갈긴 곳이."

식량 강탈! 식량문제로 자신이 그렇게 마음 썼던 주민들은 지금 미군의 보호 아래 있다.

막사로 돌아오자 그는 저녁 준비로 바쁜 곤도 군조를 불러들이고, 가미다나에서 쓰루기 부대의 기타 대위, 스가이 소위 및 부하대원들의 머리카락을 꺼내놓고는 조용히 합장을 했다.

"곤도, 자네는 내일 산을 내려갈 텐가?" 무라카미 대위는 앉음새를 고쳤다.

"대장님과 함께하겠습니다."

"이제 우리 관계는 대장도 부하도 아니야. 자네와 나는 똑같은 인간이다. 그러니 자유롭게 행동해도 괜찮아. 원하는 게 있으면 말해보게. 또 이런 경우 우리가 무엇을 어떻게 해야 할지 자네가 생각한 게 있으면 들려주게. 군대에서는 내가 윗사람이지만 사회에서는 자네가 선배이지 않은가."

"대장님은 살아남으실 작정입니까?"

"물론 살아야지. 조칙에 부응하려면 살아야 한다."

"대장님은 오늘 일을 어떻게 생각하십니까?"

"내가 요구한 것이 받아들여지리라고는 생각하지 않는다. 하지만 무언가 돌아오는 대답은 있을 테지. 그들도 약속은 지킬 거야."

"대장님은 일단 본토로 돌아가서 일본의 실상을 보고 난 다음 오키나와로 돌아와 이 땅에 뼈를 묻을 생각은 없습니까?"

"그럴 수만 있다면야 가장 좋지. 하지만 그런 일은 없을 거야. 지금 내가 가장 알고 싶은 것은 일본 본토의 실상이다. 두 번째로 오키나와의 운명, 세 번째는 자네와 나의 운명이다. 물론 자네는 내가 목숨을 걸고서라도 지켜주겠다. 그러나 나는 전범 혐의에서 벗어날 수 없을 것이다. 직업군인이니까 말이야. 하지만 곤도, 오늘 보여준 미군 장교의 태도는 호의적이었어. 어쩌면 세 가지 요구 가운데 첫 번째 요구는 들어줄지도 몰라. 야하라 참모님의 편지를 읽고 나는 마음의 짐을 내려놓았어. 참모님도 야카에 계신다. 곤도, 내가 지금까지 괴로워했던 것은 국민에 대한 군인의 책임 때문이다. 이제까지 모든 희생을 국민에게 강요하면서 군인인 나 자신은 끊임없는 우월감에 사로잡혀 있었지. 하지만 이제는 잘 알겠어. 우리는 이대로 죽어서는 안 될 것 같아. 죽음으로써 국민에 대한 책임을 벗어나려고 하는 건 오히려 안이한 사고방식이다." 무라카미 대위는 자문자답하는 것처럼 보였다.

"곤도, 승리하리라 생각하고 죽어간 기타 대위 이하 많은 사람들과 우리 중 누가 더 행복할까."

"그건 입장에 따라 다릅니다. 다시 말해 죽은 사람들의 입장, 살아서 괴로워하는 사람들의 입장, 유가족의 입장이 다 다르겠지요. 그러나 패배함으로써 모든 것이 무의미해졌습니다." 지난 몇 년 일본군 장교였던 무라카미 대위는 조용히 눈을 감았다.

"어쨌든 내일 준비도 있고 하니 얘기는 이쯤에서 그만하지. 내일 오후 2시면 모든 게 결판나겠지. 나는 이제 아랫동네로 내려가서 내일 손님들에게 대접할 것을 좀 마련해와야겠어. 이제부터 먹을 것을 구하러 간다. 그리고 나고에 가서 통역을 좀 부탁해야겠어. 자네는 막사를 좀 치워주게."

다음 날은 활짝 개어 푸른 하늘 아래로 다노다케 산정이 작지만 선명하게 능선을 드러내고 있었다. 무라카미 대위, 곤도 군조, 하마다 등 세 사람은 아침 일찍부터 일어나 부지런히 움직였다. 지금까지 어두운 그림자를 드리우던 산속 막사 입구의 관목을 잘라내고, 낙엽을 긁어모아 태웠다. 산속 막사의 가미다나에는 기타 대위 이하 전사자들의 머리카락을 지니고 갈 수 있도록 준비해놓았다. 곤도 군조는 요리에 전념했다. 무라카미 대위가 부탁한 통역은 그가 여태껏 친하게 지내온 나고에 사는 히가라는 사람이 하기로 했다. 그에게는 정오 무렵 막사에 와달라고 이야기해두었다. 10시쯤 준비를 마치고 가벼운 아침 식사를 한 세 사람은 한숨 돌렸다. 무라카미 대위는 군장을 갖출 생각이었다. 하지만 군도와 권총은 필요하지 않아 작은 뒷산에 묻었다. 그리고 최후의 시간이 다가오자 고이 간직해두었던 제복을 꺼내 가슴에 독립대장 표식을 바꿔달았다.

"곤도, 어떤가. 시간이 아직 한참 남았으니 카드놀이나 할까?"

"대장님, 만약 저들이 오늘은 아무렇지도 않은 듯 다가왔다가 갑자기 습격이라도 하면 어떡하지요?"

"걱정 말게. 저들은 확실히 약속을 지킬 테니까. 곤도, 요즘 나는 어떻게든 동심으로 돌아가려고 애쓰고 있네. 상대를 의심해서는 안 돼. 내가 그들에게 거짓 없는 마음을 전했으면 그것으로 됐다. 단지 그뿐이야. 나는 요즘 바보처럼 자꾸만 사람이 그리워. 누군가와 하루 종일 이야기하고 싶네. 인간 세상이라든지 구름 위라든지 하는 이야기가 왠지 모르게 쓸쓸하게 와닿는단 말이야. 야하라 참모님의 편지와 미군 장교의 태도를 보면서 나는 문득 사람이 그리워졌다네." 그는 한숨을 크게 몰아쉬었다.

"곤도, 우리가 이렇게 산속에 틀어박혀 있는 동안에도 세상은 급변하고 있다. 우리가 지금껏 지켜온 것은 이제 껍데기에 지나지 않아. 이 허물을 벗어버리지 않고서 우리는 그저 산속에 틀어박혀 있었던 거야. 그 누구도 지금의 우리를 어찌할 수 없어. 우리를 요리할 수 있는 천하제일의 요리사는 우리의 마음뿐이야. 부끄럽게도 나는 육사에 입학한 이래 우국지사를 자처하며 우쭐했었지. 그것이 잘못됐다는 것을 이제는 알겠네." 이렇게 말하고서 드러누운 무라카미 대위는 더 이상 아무 말이 없었다.

얼마 지나지 않아 막사 왼쪽에서 사람의 발자국 소리가 나더니 통역을 하기로 한 히가가 얼굴을 내밀었다. 히가는 싱글거리며 다가왔다.

"참으로 수고가 많으시군요."

"벌써 12시가 다 됐군요. 곧 올 테지요."

"보시는 바와 같이 준비가 끝났습니다."

"곤도, 뭐 없을까? 히가 씨가 가볍게 드실 만한 게 있으면 좋겠는데 말이야."

"아니오. 보시다시피 저는 도시락이 있습니다."

"기타 대위에게 올릴 것을 곧 준비해주게. 우린 미군 장교가 오면 그 때 함께하지."

히가는 최근에 있었던 이런저런 일화를 들려주었다. 주로 영어를 알지 못하는 사람들이 낭패를 본 이야기였다. 무라카미 대위, 곤도 군조, 하마다는 웃으며 들었다. 이야기가 끝나자 무라카미 대위는 한숨 자야겠다며 옆으로 드러누웠고, 곤도 군조는 카드로 점을 쳤으며, 히가는 종전 후 발간된 타블로이드판 『우루마신보うるま新報』를 뒤적였다.

"헬로, 헬로!" 인기척을 내며 그들이 다가온 것은 오후 3시가 다 되어서였다. 대체로 어제 왔던 사람들인데, 일본인 2세 통역과 기무라 대위의 얼굴도 보였다.

"무라카미 씨. 약속 시간에 늦어 미안합니다. 실은 대장님을 모시고 오려고 기다리고 있었습니다만, 대장님이 본부에서 온 연락을 받고 나가시는 바람에 사정이 이렇게 되었습니다. 대장님은 반드시 일이 잘 풀리도록 조처할 테니 이야기를 잘 전해달라고 하셔서 우리만 왔습니다. 당신이 어제 하신 말씀은 대장님 독단으로 결정할 수는 없는 것이기 때문에 군사령부에 품의하여 세 가지 요구가 반드시 관철되도록 할 테니 그 뜻을 전해달라고 하셨습니다."

"제기랄, 어처구니가 없구먼. 애들 장난도 아니고 말이야." 취사장에서 덜그럭거리며 곤도 군조가 혼자서 투덜거렸다.

"그래서 귀관은 나를 어떻게 하시겠다는 말씀입니까?" 무라카미 대위의 질문은 냉랭했다.

"당신이 산을 내려가서 대장님께 직접 말씀드리는 것이 유리할 것입니다."

곤도 군조는 여전히 툴툴거리고 있다. 무라카미 대위는 히가를 돌아보며 일본인 2세 통역이 자신의 말을 제대로 전하고 있냐고 물었다.

"미군 장교의 이야기와 다르지 않습니다." 히가가 대답한다. 무라카미 대위는 조용히 일어섰다.

"곤도, 나는 믿는다. 점심 준비는 그만하고 어서 빨리 채비하게." 곤도 군조는 어떤 커다란 힘에 이끌리기라도 하듯 무라카미 대위의 말대로 움직였다.

잠시 후 전사자들의 신위神位를 품에 안은 무라카미 대위 일행은 미군 장교를 따라 묵묵히 골짜기로 난 좁은 산길을 내려갔다.

제7부

주민의 수기

이타라시키 조키(板良敷朝基)의 기록

산

1

불쑥 내민 얼굴! 순간 심장이 오그라드는 듯했다. 그 사내는 빛을 등지고 있었기 때문에 안에서는 순간적으로 그의 얼굴을 분간할 수가 없었다. 그는 아무런 말없이 천천히 안을 살폈다.

"아니 영감, 뭐하는 거요!"

미군이 아니라는 걸 알아보고 안심한 도야마當山 씨가 큰소리로 따져 물었다.

"야아, 모두들 여기 계시는구먼. 제법 괜찮은 곳이군. 하지만 여기는 물이 차는 곳이라 큰비라도 내리는 날에는 지내기가 쉽지 않을 텐데?"

"댓잎을 잔뜩 깔았으니 괜찮을 거요."

"서까랫감을 구해다가 걸치고 그 우에 판때기라도 깔지 그랴."

"우리가 들어올 때부터 판자가 충분히 깔려 있었습니다. 그 위에 댓

잎을 깐 겁니다." 나는 옆에서 말을 거들었다.

"그랬구먼. 허기야 마을 사람들도 여기에 들어와 있었으니."

"그래, 그 사람들은 어찌 되었습니까?"

"여기도 있을 곳이 못 됐지. 바로 위에까지 미군이 들어왔으니 말이여."

이곳은 산봉우리의 임도에서 제법 내려와 있는 데다 상당히 깊숙한 곳이어서 괜찮겠다 싶었는데, 마을 사람들이 떠날 정도면 역시 위험지대로 바뀌었는지도 모른다. 이제 곧 우기로 접어들면 비를 피하기에 맞춤한 곳이라고 생각했지만, 이곳마저 위험하다면 어디론가 옮겨가야만 한다.

그는 풍채가 좋아 보였다. 우람한 가슴을 감색 옷으로 갑갑할 정도로 감쌌고, 얼굴을 뒤덮은 구레나룻 사이로는 어린아이 같은 두 눈이 반짝였다.

"영감님, 무슨 새로운 정보는 없습니까?" 내가 물었다.

"새로운 정보? 사람들이 죄다 나만 보면 그걸 묻는구먼. 암, 얼마든지 있고 말고. 헌데 그건 나중에 얘기하기로 하고. 실은 내가 쇠고기를 좀 가지고 왔는데, 사줄 텐가?"

영감은 풀더미로 싼 큼직한 고깃덩이를 꺼내들고서 눈앞에 보여주었다.

"영감님은 푸주한이요?"

"아닐세. 산속에서 소를 먹일 수는 없는 노릇이니 허는 수 없이 잡았지."

"이 귀한 걸! 사야지요. 한 근(600그램)에 얼마요?" 도야마 씨가 밖으로 나와 말했다. 부인과 아이들도 졸졸 뒤따라 나왔다.

"말고기가 한 근에 14~15엔은 하니까 20엔이면 되겠네."

내가 주문하자 영감은 재빨리 허리춤에서 칼을 꺼내들고는 되는 대로 고기를 잘라 건넸다.

이렇게 숯가마에 틀어박혀 있다 보면 바깥세상은 어떻게 돌아가는지 알 수 없게 된다. 이제는 쇠고기를 먹을 일 말고는 영감한테서 정보를 들을 일만 남았다. 흥정이 끝나고 내가 입을 열었다.

"포성이 끊어진 듯한데 모토부 쪽 싸움은 대체 어찌 되었습니까?"

"일본군이 진 것 같어."

"역시 그랬군요. 이에섬 주변에 떠 있던 미 함선이 어쩐지 생긴 것부터 무시무시해 보이더라니."

"영감님, 오쿠마와 도바루 쪽은 어떻습니까?" 이번에는 도야마 씨가 물었다.

"헨토나까지 미군들로 그득해. 도저히 들어갈 수가 없으니." 이렇게 말하고서 그는 품에서 무언가 자그마한 물건을 꺼냈다.

"어제 마을에 내려갔다가 미군한테 딱 걸렸지 뭐야. 어휴, 내 평생 그렇게 무서웠던 적은 처음이라니까. 나는 이제 꼼짝없이 죽었구나 생각하고 땅바닥에 퍼질러 앉아 살려달라면서 손이 발이 되도록 빌었지. 그러고 있는데 걔들이 나를 잡아 일으켜 세우고서 열심히 뭔가를 말하는데 당최 알아들을 수가 있어야 말이지. 그러더니 미군 하나가 이걸 내 손에 쥐여주더라구. 억지로 건네준 거라 손에 쥔 채 걸음아 날 살려라 도망쳐온 거야. 다른 사람한테 보여주니까 이게 과자라는데, 참말인가?"

우리는 조심스럽게 그 물건을 살펴보았다. 아니나 다를까 초콜릿이다. 그는 초콜릿을 품에 고이 넣고서 남은 고기를 작대기에 꿰어 떠날 채비를 했다.

"이제 갈라네. 다들 조심하게나."

우토 부대가 패배했다고 생각하니 왠지 꺼림칙하다. 명색이 황군皇軍 정예라는 자들이 겨우 일주일 만에 무너졌다는 것은 아무리 생각해 보아도 이해할 수가 없다.

간나漢那에서 야키니쿠焼肉(우리나라의 불고기와 비슷하며 고기구이의 통칭이기도 하다—옮긴이)를 먹은 뒤로 한 번도 고기 맛을 본 적이 없었기 때문에 생고기를 눈앞에 두고서는 영감이 전해준 불길한 소식도 어느새 잊어버리고 말았다.

된장은 점점 귀해져서 더욱 아껴 먹어야 했고, 된장에 들어 있는 염분이 지금은 몹시 중요했다. 소금이 떨어진 지 이미 닷새, 우리는 소금을 손에 넣기 위해 사방팔방으로 애를 써보았지만 소용없었다. 해안에는 미군이 진을 치고 있었기 때문에 바닷물을 길어올 수도 없었다.

모처럼 손에 넣은 쇠고기도 맛을 낼 수가 없었다. 우리는 큼직한 냄비에 물을 가득 부어 여러 번 나누어 끓인 다음 그날은 국물만을 마시기로 했다. 하지만 그것은 도저히 먹을 만한 게 못 됐다. 지독한 냄새가 코를 찌르고 맛도 시큼했다. 토하지는 않았다.

포성은 멀리서 끊임없이 천둥처럼 울렸지만 어느 사이에 익숙해졌다. 비행기의 폭음은 한순간도 귀에서 떠나지 않았고, 이따금 미군 척후대가 공격하는 소총 소리가 가까이에서 들려오기도 했다.

그 밖에 졸졸 흐르는 시냇물 소리, 휘파람새나 이름 모를 산새들이 지저귀는 소리, 나무들이 술렁이는 소리 … 이따금 울창한 숲속 깊숙이에서 어린아이가 우는 소리만 희미하게 들려올 뿐 인기척이라고는 전혀 찾아볼 수 없었다. 대체 피난민들은 다 어디로 갔을까. 우리가 모르는 사이에 어딘가 안전한 장소로 피신한 것인지, 어쩌면 우리만 뒤처진 것은 아닌지, 우리가 있는 곳은 기이할 정도로 조용했다.

불안해진 나는 아침을 먹은 뒤 도야마 씨에게 말을 건넸다.

"상황을 살피러 나가볼까요?"

"나도 그렇게 생각하고 있던 참이오. 밥하고 함께 먹게 쇠고기든 말고기든 사오기도 해야겠고 … ."

"구하기 상당히 어렵겠지요?"

"아니요, 냇물을 따라가다 보면 사람들과 마주칠 거요. 히지강比地川 근처 구스야마산楠山에는 자탄과 요미탄에서 온 사람들이 꽤 있다고 했으니 거기까지 가봅시다. 말고기쯤은 틀림없이 있을 거요."

대화를 마친 두 사람은 신속하게 나설 채비를 했다. 부인과 아이들에게는 자신들이 돌아올 때까지 근처 덤불숲에 숨어 있으라고 말해두고 숯가마를 나섰다.

나흘 내내 쇠고기를 먹어서 발걸음은 확실히 가벼웠다. 오랜만에 산길을 걸어서인지 푸르른 숲을 보니 눈도 환해지는 듯했고, 무엇보다도 초여름의 생기가 온몸을 휘감는 듯했다. 산마루에 오르니 머리 위로 온통 파란 하늘이 펼쳐졌고, 거침없이 흘러내리는 계곡물이 눈 아래로 내려다보이는 절벽 위에 섰을 때에는 마음마저 후련해져 잠시나마 전쟁의 고달픔을 잊을 수 있었다.

그러나 곧 다시 신변의 위험을 느끼고는 온몸이 굳어진다. 귀에 선 소리에 놀라기도 하고, 헛디딘 제 발소리에 간담이 서늘해져 걸음을 멈추기도 한다. 바위 그늘에 숨어 귀를 기울이기도 하고, 눈을 크게 뜨고 앞으로 나아가다가 우리는 한 청년과 마주쳤다.

그는 평상복 차림이었는데, 보아하니 방위대원인 듯하여 말을 걸었다.

"무슨 새로운 정보라도 있소?"

"특별한 정보는 없습니다. 당신들은 뭔가 아는 게 없습니까?"

그의 반문에는 대답하지 않고 나는 재우쳐 물었다.

"우토 부대가 패했다는데 그게 정말이오?"

"그렇지 않습니다. 나도 우토 부대 소속입니다."

성실해 보이는 청년의 퉁명스러운 말투가 믿음직스러워 다시 물었다.

"대체 모토부 전투에서는 어느 쪽이 이겼단 말이오?

"우리는 미군에게 상당한 손해를 입혔습니다. 이제부터는 게릴라전입니다. 산악전에서는 절대로 지지 않을 겁니다. 우리는 명령이 떨어지기를 기다리고 있습니다. 우리는 언제든 집결할 준비가 되어 있습니다."

듣고 보니 그럴듯하다. 산악전이라면 남쪽에서도 상당한 성과를 거두었고, 우토 부대가 그 때문에 옥쇄하지 않고 건재하다는 이야기를 듣고 우리는 몹시 기뻤다.

우리 두 사람은 우토 부대의 건투를 빌며 청년에게 작별인사를 하고 곧장 서쪽으로 향했다.

얼마 뒤 우리는 요란한 소리가 울려 퍼지는 히지강 본류로 나왔다. 물살은 몹시 빨랐고, 자칫하면 발이 빠질 것 같다. 양쪽 물가에는 동백꽃이 흐드러지게 피었고, 그 나뭇가지 사이를 날며 휘파람새가 지저귀고, 물은 시리도록 맑고, 환한 하늘은 드넓게 펼쳐져 있고 … . 전쟁에 찌든 몸이 맑고 신선한 산기운으로 아주 말끔해지는 것만 같았다.

도중에 무리지어 있는 피난민들도 자주 마주쳤다. 그들은 물가의 바위 그늘이나 동굴 등에서 숨어 지내고 있었다. 그들은 한결같이 비렁뱅이 행색인 데다 초췌한 기색이 역력했고, 피난민 특유의 우울한 표정이었다.

이들 혈거인穴居人들은 공포스러운 전쟁이 어찌 될 것인지 이제는 아무도 궁금하지 않은 듯하다. 그들은 승패와 포탄도 아랑곳하지 않을 정도로 지치고 굶주려 있었던 것이다. 그리고 곁에서 굶어 죽어가는 사람이 나와도 그들을 돌아보지 못한다. 더욱이 그런 일들이 예사롭다. 다른 사람이 의리 없고 몰인정한 것을 책망할 여유조차 없게 되는 것 또한 궁지에 몰린 인간의 모습이다.

만약 우리 앞에 공통의 위험이 한꺼번에 밀려올 경우, 충동에 사로잡힌 누구가에게는 용기, 희생, 극기 등과 같은 고상한 정신도 작동하겠지만, 눈앞에 다급한 위험도 없이 서서히 압박해오는 굶주림 앞에서는 아무리 고매한 정신의 소유자라도 동물적으로 바뀌지 않을 수 없다. 이것이 굶주린 인간의 모습이고, 또 우리 피난민들의 모습이었다.

이윽고 우리 두 사람은 목적지인 구스야마산에 도착했다. 그곳은 이름이 보여주듯(구스야마산은 녹나무楠가 많아서 불린 이름이다—옮긴이) 녹나무가 울창했고, 자탄촌과 요미탄촌 주변에서 온 사람들이 녹나무 사이 여기저기에 대나무를 이어 지붕을 덮은 오두막을 짓고 살고 있었다. 놀랍게 말 네다섯 마리도 매여 있었다.

“안녕들 하십니까!” 어느 오두막 앞에서 두 사람이 말을 건넸다.

머리가 닿을 정도로 지붕이 낮은 오두막 안은 사물을 분간할 수 없을 정도로 어두웠고, 대자리 위에는 사람과 짐들이 빼곡하게 들어차 있었다. 차분한 그들의 모습으로 보아 이곳에서 오랫동안 자리 잡고 있는 듯했다.

안에서 수염이 덥수룩한 사내가 나왔다.

"어디서 오셨습니까? 혹시 나하 쪽 아닌가요?"

"네, 저희는 나하 사람입니다. 여기서 4킬로미터쯤 떨어진 곳에서 왔습니다. 댁들은 어디에서 오셨는지요?" 도야마 씨가 말했다.

"우리는 기노완에서 왔습니다. 자탄과 요미탄에서 온 사람도 많구요."

"여기 머문 지 오래되셨습니까?" 내가 물었다.

"4월 13일 히지 마을이 미군에 포위되는 바람에 그날 밤 마을을 빠져나와 그때부터 쭉 이곳에서 지내고 있습니다.

"우리도 그날 밤 도바루 마을에서 빠져나왔습니다. 헌데 여기는 미군이 안 왔습니까?"

"웬걸요, 몇 번씩 왔었지요. 저 건너편 평지까지요. 하지만 여기까지는 오지 않았습니다. 소총을 몇 발 갈기고는 그냥 되돌아가더군요."

"무섭지는 않으십니까?"

"사람이 많아서 괜찮습니다. 하지만 말이 발각되면 큰일이지요. 모두가 그걸 걱정하고 있습니다."

이때 도야마 씨가 용건을 꺼냈다.

"이 주변에서 말을 잡지는 않았습니까?"

"여러 차례 잡았지요. 산에서는 먹이를 줄 수가 없는 데다 걸리적거리기 십상이라서요. 지금 바로 요 앞 개울에 가보시지요. 하지만 가져갈 임자들이 다 정해져 있을걸요?"

두 사람이 막 떠나려고 하는데 기모노를 입은 서른 중반의 여자가 병을 들고 달려왔다. 여자는 느닷없이 내 앞에 복숭아빛 액체가 들어 있는 그 병을 들이대며 물었다.

"이걸 상처에 발라도 될까요? 좀 봐주세요."

우리 둘은 대답하기가 곤란해 그대로 텁석부리 사내가 알려준 곳으로 갔다.

그곳에서는 그야말로 보는 사람들로 하여금 공포를 불러일으키는 광경이 펼쳐지고 있었다.

말 한 마리를 나무에 단단히 묶어놓고서 10명에 가까운 텁석부리들이 물가에 발을 담근 채 무시무시하게 손에 식칼을 쥐고서 피를 뒤집어쓴 채 바삐 가죽을 벗기는 참이었다.

가죽이 벗겨져나간 말은 시뻘건 고깃덩어리로 바뀌었다. 뚝뚝 떨어지는 피는 개울가를 붉게 물들였고, 그것이 흘러내려 급물살을 타는 냇물과 합쳐져 소용돌이쳐 흘러가고 있었다.

한 사내가 팔을 뻗어 대가리를 잘라냈다. 두 팔은 물론 머리 꼭대기부터 발끝까지 온통 피를 뒤집어쓴 그 사내의 모습은 도무지 이 세상 사람 같아 보이지 않았다. 바위 위로 떨어진 대가리에서 흐릿한 빛을 발하는 눈이 으스스하게 허공을 바라보고 있었다.

텁석부리들은 끔찍한 작업을 마치자 끈적끈적하게 피칠갑을 한 식칼과 손발을 씻기 시작했다. 아까부터 그들의 모습을 다소 겁먹은 표정으로 지켜보던 두 사람은 이 기회를 틈타 흥정을 시작했다. 지붕을 이는 게 업이라서 어지간히 담이 큰 도야마 씨도 이번에는 조심스럽게 말을 꺼냈다.

"다들 대단하십니다."

"이거라도 먹지 않으면 다 굶어 죽는다우." 새끼줄로 허리띠를 삼은 사내가 털이 부숭부숭한 정강이를 씻으며 대답했다.

“조금만 더 참고 고생하십시다. 그때까지는 다들 힘을 내자구요. 이런 생활이 언제까지나 계속된다면 도저히 견뎌내지 못할 테니까요.”

“그건 그렇지. 이봐요, 그런데 그쪽은 동해안이 열렸다는 말을 들은 적 있수?”

“들어보았습니다. 발 빠른 사람들은 벌써 떠났다던데 … .”

사실 그 이야기는 두 사람도 금시초문이었지만 그들에게 맞장구를 치느라 도야마 씨가 되는 대로 아무렇게나 말한 것이다.

그 사내가 말을 이었다.

“여기서도 젊은 친구들이 사흘 전에 떠났다우.”

이 말에 갑자기 가슴이 뛴 나는 조바심치며 물었다.

“그래서 그 사람들은 돌아오지 않았나요?”

“그렇다우.”

“그렇다면 해안이 뚫렸는지도 모르겠네요. 가망이 없다면 돌아왔을 테니까요.”

내 말에 흥미를 느꼈는지 모두가 이쪽을 바라보았다.

“아니여, 붙잡혔는지도 모르지!” 기모노를 입은 사내가 내뱉듯 말했다.

“그런 일은 없을 겁니다. 어쨌든 이틀이나 사흘 뒤에는 알게 되겠지요.”

“정말 그래. 더 이상은 견디기 힘들어. 이러다가는 모두 죽고 말 거야. 어찌됐든 나는 고향땅에서 죽고 싶네.” 뒤쪽에 있던 백발노인이 조용히 말했다.

그들은 아직도 일에 매달리고 있었다. 참다못한 도야마 씨가 다급하게 용건을 꺼냈다.

"여러분, 실은 고기를 나누어 받고 싶은데, 적선하는 셈치고 어떻게 좀 도와주십시오."

그들이 하나같이 거들떠보지도 않고 묵묵히 일을 계속하자, 상황이 좋지 않다고 판단한 도야마 씨는 한층 애처로운 말투로 말을 이어 갔다.

"제비 새끼 같은 어린놈들은 잔뜩 있는데 먹을 것이 없답니다. 어른들이야 어떻게든 참을 수 있지만 새끼들이 불쌍해서요."

"이곳에도 애들은 많다우. 전부 다 임자가 정해져 있다우." 얼마간 시간이 흐르자 새끼줄 허리띠가 퉁명스럽게 대답했다.

"아이고, 그런 말씀은 마시고요. 어떻게든 조금이라도 아량을 베풀어주시지요. 돈은 드리겠습니다."

"시방 돈이 뭔 필요가 있단 말이오." 대가리를 자른 사내가 냅다 소리를 질렀다. 말문이 막힌 두 사람은 그 자리에 주저앉아 지구전을 펼치기로 했다. 이 수법은 여러 번 성공한 경험이 있었기 때문이다.

두 사람이 움직일 기색이 없는 것을 알아챈 노인이 성가시다는 듯 말했다.

"이봐요들, 꼭 필요하다면 다리나 가져가시오. 고기는 안 된다구."

"다리에도 살점이 솔찬히 붙어 있다니까!" 다른 사내가 말을 거들었다.

엄청 무거운 다리를 짊어진 두 사람은 자신들의 모습이 그야말로 진귀한 구경거리가 될 것이라 생각하며 쓴웃음을 지었다.

해가 중천에 떠올랐을 때 지친 두 사람은 터벅거리며 숯가마로 돌아왔다.

산속의 밤은 평온했다. 그토록 극성스럽던 비행기도 멀어지고, 지금은 벼락치는 듯한 포성과 이따금 콩 볶는 듯한 총성이 아득하게 들려올 뿐이다.

눈을 부릅떠도 아무것도 보이지 않는다. 색채도, 기복도, 원근도 없는 텅 빈 세계다. 죽음과도 같은 암흑에 휩싸여 있자니 갖가지 끝 모를 상념이 파고든다.

그러는 중에 한 생각이 가슴을 파고들었다. 구스야마산에서 들은 이야기가 사실일까? 만약 그게 사실이라면 지금 이렇게 우물쭈물하고 있을 때가 아니다. 해군은 해상섬멸전을 주장했고, 육군은 물가섬멸전을 주장하지 않았던가! 그리고 일본 본토의 판도에 속하는 이곳 오키나와의 패배는 곧바로 일본의 패배를 의미한다고 조 이사무 참모장도 말하지 않았던가! 내일은 좀더 자세한 정보를 들으러 나가보자 … .

이제 잠은 달아났다. 꼬리에 꼬리를 물 듯 공상은 공상을 낳았고, 드디어는 일본군의 안내를 받으며 시마지리를 향해 구니가미 가도를 따라 나아가는 피난민들의 모습을 그려보는 것이었다.

2

하루에 두 끼만 먹어도 쌀은 푹푹 줄어들어 이러다가는 열흘도 못돼 동이 나지 싶었다. 설상가상으로 아이들은 더욱 식욕이 왕성해져 어른들 몫까지 넘보는 지경이 되었다. 어른 아이 할 것 없이 먹을 것은 똑같은 양으로 나누었지만 무서운 속도로 제 몫을 먹어치운 아이들은 어른들이 먹는 모습을 게걸스럽게 훔쳐보곤 했다.

어떻게 된 일인지 식량이 줄어들수록 먹는 속도도 빨라지는 듯한데, 이는 인간이 동물과 조금도 다르지 않다는 증거다. 다른 사람을 흘깃거리며 먹는 꼴은 개나 고양이와 전혀 다를 바 없었다.

그래도 우리는 아직까지 굶주릴 정도는 아니었다. 하지만 머지않아 굶어 죽게 될지도 모른다는 공포심은 우리가 이미 기아 상태에 빠져들었다는 착각마저 불러일으켰다. 어른들의 이런 상태를 민감한 아이들이 알아채자마자 상황은 걷잡을 수 없게 되었다. 그들은 자나 깨나 먹는 것에만 정신이 팔려 있어서 아무리 먹을 것을 주어도 성에 차지 않았다.

결국 우리에게 두 가지 불안이 동시에 다가왔다. 하나는 예의 식량 문제다. 일본군이 우리를 구원해주리라는 확실한 보장이 없는 한 최소 20일 치 식량을 확보해두지 않으면 위험하다. 하지만 어디에서 먹을 것을 구해온단 말인가? 산속에는 입에 넣을 만한 것이라고는 아무것도 없다. 뿐만 아니라 해안선은 차단되어 있는 데다 이제는 전과 달리 미군이 진을 치고 있는 곳에 다시 들어가는 위험을 감수할 엄두가 안 난다. 그렇다고 이 숯가마에 틀어박혀 굶어 죽기를 기다려야 한단 말인가? 아직은 이르다. 어떻게든 방법이 있을 것이다. 또 다른 불안은 쇠고기를 팔던 영감이 남기고 간 불길한 이야기와 아키코秋子 자매가 들었다는 발자국 소리, 그리고 어젯밤의 총성 … . 이것들은 대체 무엇을 의미할까? 이곳이 점점 위험해지고 있다는 징조는 아닐까?

심사숙고 끝에 동해안 행을 떠올렸다. 우리는 구급 자루에서 지도를 꺼내놓고 의논하기 시작했다

"여기에 눌러앉아 있을 수만은 없어요. 식량은 떨어져가고, 시시각각 위험은 닥쳐오고." 내가 먼저 말을 꺼냈다

“정말 그렇소. 어디로든 가야 할 텐데.” 도야마 씨가 대꾸했다.

“저도 좋아요!” 아키코가 기다렸다는 듯이 맞장구쳤다.

“지금 우리가 있는 동서의 선이 대략 16킬로미터는 될 겁니다. 지도를 보아도 여기가 폭이 가장 넓은 곳입니다. 중앙에 있는 요나하다케與那覇岳는 삼림지대여서 숨기에는 안성맞춤인 장소로 보여요. 동해안 쪽으로 가면 다카에嵩江, 아라카와新川, 아와 등 이렇게 세 마을이 있습니다. 나도 아직 안 가봤지만 아주 후미진 마을이라더군요. 피난민들도 아마 거기까지는 가지 않았을 겁니다. 어때요, 그곳으로 가볼까요? 한 이틀은 걸리겠는데 … .”

“아니, 아이들이 있으니 못해도 나흘은 걸릴 거요. 곧 떠납시다.”

성미가 급한 도야마 씨는 아이들을 채근하여 출발 준비를 시켰다.

우리의 짐은 다음과 같다. 군대 모포 석 장, 배급받은 인조섬유 모포 한 장, 알루미늄 찜솥 한 개, 도바루 마을에 살짝 들어가 집어온 외제 철 냄비 한 개, 쌀 한 자루, 뚜껑 달린 대바구니 한 개, 붉은 칠을 한 목기와 사기그릇 등 약간, 한 되들이 간장 한 병, 양철통 두 개, 수통 한 개, 기저귀와 옷가지 등을 싼 보퉁이 하나, 그 외에 각자의 구급낭.

이들 짐을 다섯으로 나누어 꾸린 다음 어깨에 둘러메고 등에 지고, 머리에 이기도 한다.

나는 필요 없게 된 외투와 셔츠 등을 모포에 둘둘 말아 넣고 짊어지기로 했는데, 수척해진 몸으로 감당하기에는 상당한 무게다. 도야마 씨는 쌀자루를 어깨에 지고 아이의 손을 잡았고, 도야마 씨의 큰딸 아키코는 밥그릇 따위를 바구니에 담아 손에 들었다. 둘째 도요코豊子는 보따리를 머리에 인다. 셋째 야스코安子는 냄비를, 부인은 막내를 품에 안았고, 일곱 살짜리 아들과 다섯 살짜리 아들은 맨손이다.

이렇게 채비를 마친 우리는 저마다 손에 지팡이를 짚고 출발했다. 도야마 씨는 예전에 산에서 지낸 적이 있어서 앞장서서 길잡이 노릇을 했다. 산에 특별한 재능이 있는 그는 산짐승처럼 산속 지리에 밝았고, 아무리 깊은 곳에 들어가서도 길을 잃는 법이 없었다. 물의 흐름, 산의 기복, 나무의 생김새, 별 따위를 살펴보고 방향을 판단했다. 물을 찾을 라치면 아무리 미세하게 흐르는 시냇물 소리도 귀신같이 알아들을 수 있었다. 별 하나 없는 캄캄한 밤길에도 등불을 켜지 않았다. 그의 설명에 따르면 인간의 눈은 어떤 어둠에도 익숙해지게 마련이고, 등불에 의지하다 보면 결국 눈이 쓸모없어지고 만다. 한 치 앞도 보이지 않는 짙은 어둠 속에서 그는 얼굴을 땅바닥에 바싹 대고 나아갈 길을 찾곤 했다.

이리하여 점점 깊숙이 들어갈수록 길은 더욱 험해졌고, 그 무렵부터 띄엄띄엄 피난민 무리가 눈에 띄기 시작했다.

남자들은 수염과 머리가 자라는 대로 내버려두어 한눈에 나이를 짐작하기 어려웠다. 피로와 굶주림으로 얼굴은 흙빛이었고, 움푹 파인 눈구멍에서는 열병 환자에게서나 볼 수 있는 희번덕거리는 두 눈이 튀어나와 있었다. 복장은 대개가 평상복 차림이었는데 그렇게 누추할 수가 없었다. 오랜 피난 생활을 거듭한 탓에 저절로 그렇게 되기도 했지만, 만일을 위해 가능한 한 늙수그레하고 추레해 보이도록 한 것이다.

여자들 행색도 마찬가지였다. 마구 헝클어진 머리 위에 보따리를 이고, 말라비틀어진 몸을 구깃구깃한 옷가지로 감싸고 앞뒤로 아이들을 안고 업은 모습은 애처롭기 그지없었다.

더욱 가련한 이들은 노인과 아이 들이었다. 허리가 굽은 늙은이들이 지팡이를 짚고서 한 걸음 한 걸음 비치적거리며 걷는 모양은 차마 눈 뜨고 보기 힘들었다. 아이들 꼴을 보고 있노라면 원숭이가 절로 떠올랐다. 무슨 일이 일어나고 있는지 전혀 알지 못하는 그들은 미군에게 발각되면 죽을지도 모른다는 두려움 때문에 무턱대고 다른 사람 뒤를 쫓아가기에 급급했다.

사람들은 점점 동정심을 잃어갔다. 아무리 끔찍한 일을 목격하더라도 그들은 반응을 보이지 않았고 도리어 자신의 무탈함에 마음을 놓는 듯했다. 이렇게 그들은 만족할 줄 모르는 이기주의자가 된 것이다.

이들 피난민을 보면서 지금 나의 꼬락서니가 어떨지 거울을 보듯 알 수 있었다.

나는 새삼 나 자신의 모습을 돌아다보았다. 무릎께는 양쪽 다 커다랗게 구멍이 뚫려서 무릎이 튀어나와 있고 엉덩이 쪽으로 찢어진 곳은 수건으로 기웠지만 그 둘레로 벌써 새로운 구멍이 나 있다. 셔츠는 가슴팍이 찢어져 늑골이 비어져 나왔다. 나 역시 일개 피난민에 지나지 않았다.

우리는 병사들과도 마주쳤는데 그들의 행색 또한 피난민들과 다르지 않았다. 특히 방위대원들은 무기 하나 없고 군모도 쓰지 않은 데다 대부분 맨발이었다. 입고 있는 군복과 피난 짐다운 짐이 없는 것을 보고서야 그들이 병사라는 것을 알아볼 수 있었다.

해가 상당히 서쪽으로 기울어서야 우리는 취사를 할 겸 잘 곳을 찾기 위해 골짜기 아래로 내려갔다.

그곳은 소택지沼澤地여서 여기저기에 물웅덩이가 있었고, 거울 같은 수면으로 저녁 빛을 담은 검은 나무 그림자가 비치고 있었다. 쌀을 씻고 있는 사람, 몸을 닦고 있는 사람, 천 쪼가리를 빨고 있는 사람, 마른

가지를 줍고 있는 사람, 멍하니 앉아 있는 사람 등 10여 명의 피난민이 그곳에 머무르고 있었다.

이윽고 잠자리를 마련한 우리는 밥을 짓기 시작했다.

산에서 자는 기분은 어떨까? 보금자리를 찾는다는 표현이 이런 경우 얼마나 적절한지 알 수 있다. 보통 평평한 곳에서 잠자던 우리가 산속에서 그런 곳을 바라기는 어려웠다.

경사진 곳이나 울퉁불퉁한 곳에서는 잠을 자더라도 피로가 풀리지 않는다. 옆으로 미끄러지기도 하고 아래로 떨어지기도 하며 밤새 뒤척이기 일쑤다. 아홉 명이나 되는 사람이 한 덩어리가 되어 서로 뒤엉켜 있는 모양은 마치 갓 태어난 강아지들 같았다.

이런 상황에서도 자신이 어디에서 자는지 알 수 없을 정도로 곯아떨어질 때가 있는데, 그러다가 퍼뜩 깨어났을 때의 공포는 더욱 잊을 수 없다. 몸으로 덮쳐오는 듯한 나무 그림자와, 나뭇잎 사이로 설핏 반짝이는 별빛이 몽롱한 의식을 생생한 현실로 되돌려놓는 것이다.

드디어 고달픈 아침이 밝아온다. 잠에서 깨자마자 우리는 피난길을 걱정해야 하고, 굶주림에 대한 불안으로 짓눌린다. 이런 상태에서 짐을 꾸리고 정처 없는 발길을 옮긴다. 삼시 세끼의 구별도 없이 어쩌다 머무는 곳에서 끼니를 때우기 때문에 걸어가는 중에는 하루에 한 끼로 끝낼 때가 많았다.

아이들도 닥쳐올 굶주림을 이해했는지 언젠가부터 먹을 것을 달라고 졸라대지 않았다. 상황이 이렇게 되자 모두가 예민해졌고, 특히 도야마 씨는 걸핏하면 불끈하여 모두가 입을 다물게 되었다. 그래도 아이들은 배고픈 나머지 걸어가면서 칭얼댄다. 그러면 가엽던 마음은 어느새 노여움으로 바뀌면서 내 몸을 쥐어뜯고 싶을 만큼 섬뜩한 충동에 휩싸이는 것이었다.

우리는 그날 해가 떨어지기 직전에 바다가 보이는 드넓은 구릉지대까지 갈 수 있었다.

남북으로 길게 뻗어 있는 완만하고 부드러운 능선에는 관목이 무성했다. 임도는 의외로 넓었고 계획적으로 조림된 지역이라는 것을 한눈에 알 수 있었다.

언덕 전방으로는 아득한 대양이 펼쳐졌고, 해상에는 환영처럼 하얀 미군 함선이 떠다니고 있었다. 하늘도 제대로 안 보이는 빽빽한 밀림에서 빠져나온 우리에게 그 광경은 대단히 극적으로 다가왔다. 우리에게는 색채나 형태가 중요하지 않았다. 멀리까지 탁 트인 풍경이야말로 오랜 시간 우리가 기다려왔던 것이다. 이제 맘껏 볼 수 있게 된 풍경 앞에서 우리는 넋을 잃었고 급기야는 어지럼증을 느낀 것이다.

해안이 보이지 않아 물가는 바로 절벽으로 이루어졌을 거라 생각했다. 우리는 무엇보다 먼저 바닷물을 길어야 한다는 생각에 황급히 산을 내려갔다.

그곳은 과연 절벽이었다. 놀랍게도 바로 눈앞에 소형 미군 함선 한 척이 정박해 있었다. 지극히 평화로운 이 광경에 우리는 무서움도 잊은 채 넋을 놓고 바라보았다.

음악처럼 들리는 파도 소리는 귀를 간질였고 진한 바다 냄새는 향수를 불러일으켰다.

"아, 배가 터지도록 바닷물을 마시고 싶어!"

"어떻게든 물을 길어올 방법이 있지 않을까?"

"어휴, 물이 저렇게나 많은데!"

"이제 곧 마시게 해주마."

바로 그때 갑작스러운 굉음이 무시무시하게 귀청을 때렸다. 순간적으로 땅바닥에 엎드렸다. 그 소리가 맑은 공기 속을 헤집으며 이 산 저 산 메아리치다가 사라지더니 얼마 안 있어 다시 정적에 휩싸였다.

바로 앞에 있는 함포에서 쏜 것이다. 잠시 후 또 한 발!

"목표가 여기가 아닌 것 같다. 위험하니 어서 여길 뜨자."

우리는 원래 왔던 길로 되돌아갔다.

그리고 바다가 바라다보이는 맨바닥에서 조용한 하룻밤을 보냈다.

다음 날은 다카에 마을로 내려갔다. 산자락에 띄엄띄엄 있던 민가는 모조리 불태워졌고 주변 다락밭에는 양배추가 남아 있었다. 우리는 오래도록 푸성귀다운 푸성귀를 먹지 못한 터라 아직 속이 차지 않은 양배추 잎을 뜯어내 허겁지겁 입에 우겨넣다가 곧바로 뱉어내고 말았다. 너무 써서 먹을 수가 없었던 것이다.

그곳에서 조금 가다 보니 고구마 밭이 나왔다. 잔뜩 기대를 품고 캐보았지만 고구마는 없다. 누군가 먼저 캐낸 것 같았다. 차례차례 손바닥만 한 밭뙈기를 캐나갔지만 어디에도 고구마는 없었다. 지독한 절망감에 쫓기면서 우리는 계속해서 아래로 내려갔다.

이윽고 다리가 보이는 곳에서 걸음을 멈추었다. 다리 위에 사람들이 바글댄다. 이곳에 도착하고 나서 처음으로 보는 사람들이다.

"다리 위에 사람들이 있는 모양이군요." 내가 말했다.

"굉장히 많아 보이는군. 왜들 움직이지 않지?" 도야마 씨는 다리에서 눈길을 거두지 않았다.

갑자기 탕! 하고 총성이 울려 퍼지는가 싶더니 피융, 하고 총탄이 귓가를 스쳐갔다. 빠앙, 빵 빵, 피융, 피융 … 발밑으로 총탄이 쏟아진다. "위험해! 도망쳐라!" 다다다, 빵빵빵. "간격을 두어!" "몸을 낮춰!" 쉿쉿,

피융 피융. 총알이 너무 낮게 날아온다. 쉭쉭, 하고 총탄이 풀숲으로 파고든다.

"안 맞았어! 얼마 안 남았다!"

"아키! 괜찮니?"

"힘들면 짐을 버려!"

등에 짊어진 짐 때문에 힘겨워하면서도 가파른 비탈을 죽기 살기로 기어올라갔다. 아이들이든 누구든 어찌 되었든 간에 오로지 앞으로 돌진했다.

마침내 총성이 멎었다. 걸음을 멈춘다. 심장이 터질 듯 두방망이질 한다. 뒤처졌던 사람들이 하나둘 기어왔다. 모두 무사했다.

"못 올 곳에 왔나 보다. 그나저나 무사해서 다행이다. 히지산比地山으로 다시 돌아가야겠어." 도야마 씨가 숨을 헐떡이며 말했다.

숯가마가 괜스레 그리워졌다. 멀리 여행을 떠나와 집을 그리워할 때의 그런 심정이다.

"숯가마로 돌아갑시다." 내가 말했다.

기쁨에 들뜬 아이들의 눈이 반짝였다.

3

숯가마는 변함없이 그대로였지만 주변의 공기는 이전과 달랐다. 왠지 소란스러운 데다 피난민의 왕래도 잦아 무슨 일이 일어나고 있는 것만 같은 분위기였다.

아니나 다를까 놀라운 소문이 사람들 사이에 파다했다. 나카가미를 수비하는 이시 부대의 한 지대가 마침내 구니가미 지역으로 진출하여 바야흐로 이시카와 주변에서 격전을 벌이고 있으며, 다른 한편 우라소에의 동서를 연결하는 전선에서 동굴에 틀어박혀 있던 일본군이 귀갑龜甲 전술이라는 이름 아래, 자신들은 출격하지 않고 미군이 습격해오기를 기다렸다가 출혈 작전에 나섰으며, 이 작전에 걸려든 미군은 막대한 손해를 입고 점령지인 구니가미 진지를 포기하고 나카가미 전선으로 되돌아갔다는 것이다.

동해안이 사실상 텅 비어 있다는 사실을 정찰에 나섰던 다수의 병사들과 피난민들이 증명해주었다.

소문을 들은 피난민들은 무리를 이루어 속속 산을 내려갔다. 어떤 사람들은 뿔뿔이 흩어져서, 어떤 사람들은 삼삼오오 짝을 지어 밤낮없이 길을 걸었다. 그리고 한 사람도 돌아오지 않았다.

4월 26~27일경 큰비가 내렸다. 흠뻑 비를 맞아가며 빗속을 걸어가는 피난민들의 모습은 전송하는 사람들에게 안타까운 마음을 자아냈다.

4월 29일은 천장절을 맞이하여 일본군이 대대적인 행동에 나설 것이라는 소문이 파다했던 대망의 날이다. 활짝 갠 쾌청한 날씨였다. 우리 수중에 남아 있는 식량은 얼마 되지 않았고, 아무리 아껴 먹어도 일주일 뒤면 바닥이 날 터였다. 어떻게든 해안선으로 나갈 때까지는 식량이 있으면 좋겠고, 나중에는 길을 가다가 고구마를 캐 먹기로 하자. 이렇게 의견을 정리하고 출발했다.

종전이 바로 코앞으로 다가왔다는 것을 굳게 믿은 우리에게 굶주림이나 척후병 따위는 더 이상 문제가 되지 않았다. 우리는 단숨에 산 정상의 임도로 나왔다.

기조카산喜如嘉山 근처에서 미군이 가설해 놓은 전화선을 발견했다.

미군 진지에 발을 들여놓은 건 아닐까 하는 불안감으로 황급히 그곳을 지나치려고 했지만 나무에 걸쳐진 으스스한 전화선 몇 가닥은 때로는 높고 때로는 낮게 우리가 가는 곳이면 어디까지나 이어져 있을 것처럼 보였다.

예기치 않게 우리는 세 갈림길에서 더 이상 움직일 수 없었다. 바로 눈앞에 시뻘건 피가 묻은 지혈대가 버려져 있다. 색깔로 보아 사용한 지 얼마 되지 않은 듯하다. 20미터쯤 나아가니 그곳에 소총 탄약통이 흩어져 있었다. 긴장하면서 다시 30여 미터 나아간 우리는 가공할 만한 광경을 목격했다.

바로 길가에 병사 한 명이 죽어 있었다. 그는 엎드린 자세로 두 다리를 쭉 뻗고서 오른손을 아래로 비스듬히 하고 왼손을 머리 위에 올리고 있었다. 머리 주변 풀숲에는 거무튀튀한 피가 흥건했다.

처음 보는 전사자의 모습이다. 이런 숲속에서 홀로 죽다니 … . 몸뚱이를 아무 데나 내버려두어서야 … . 소문은 거짓말이다. 아무것도 모르는 그의 가족은 지금 어디서 무엇을 하고 있을까. 불쌍한 모습에 가슴이 에여왔다.

산속 깊숙이 들어서면서부터 섬뜩한 전화선은 보이지 않았지만, 길이 차츰 좁아지는 데다 우거진 나뭇가지와 잎들이 앞길을 막는 바람에 걷기가 쉽지 않았다.

그날 오후 해가 거의 질 무렵 어느 시냇가로 나왔다. 양쪽 시냇가에는 피난민과 병사, 철혈근황대, 호향대 등이 빽빽이 들어차 저마다 밥을 짓고 있었다. 우리도 그곳에서 그날 일정을 마치고 적당한 곳에 짐을 부린 다음에 하루 식사를 해결하기로 했다.

한참 식사를 하는데 새로 떼를 지어 물가로 내려오는 군인들이 보였다. 14~15명 정도로 보이는 그들은 장교가 대부분이었고 그 가운데에는 좌관급佐官級(대좌, 중좌, 소좌 등의 계급으로 우리나라의 대령, 중령, 소령 등 영관급에 해당한다—옮긴이) 장교도 섞여 있는 듯했다. 우리 앞을 지나가면서 그들 가운데 장교 하나가 누구에게랄 것도 없이 이렇게 말했다.

"군량이 없어서는 싸울 수 없다. 고구마를 징발하라."

위압적인 그의 계급장과 지휘도指揮刀에 존경의 눈길을 보내면서 나는 물었다.

"무슨 새로운 정보라도 있습니까?"

"있다. 첫째는 구시까지 길이 열렸다. 둘째, 시마지리 남부 해안에 아군 한 개 사단이 역상륙에 성공했다. 뭐 이런 정도다."

그는 병사들에게 명령을 내리기라도 하는 말투로 이렇게 말하고서 덧붙였다.

"조금만 더 고생하자."

고급장교를 포함하여 권위 있는 이 장교의 단호한 말에 어찌 의문을 품을 수 있겠는가. 텐1고天一號 작전(텐고天號 작전은 태평양전쟁 당시 태평양 전역에서 일본 제국 해군이 마지막으로 벌인 대규모 작전이었다—옮긴이), 대본영이 직접 지휘하는 웅혼한 대작전이 바야흐로 전개되려는 것이다! 아마 모르긴 해도 신묘한 책략 아래 세찬 물줄기와도 같은 총공격이 시작되리라. 우리는 감격한 나머지 눈물을 떨구고 말았다.

인간이란 참으로 불가사의한 존재여서 그 어떤 비참한 상황에 처하더라도 희망을 잃지 않는다. 결국 소용없다는 것을 알면서도 언제나 요행을 바란다. 자신에게 불리한 것에서는 멀어지려 하는 반면 유리한 것에는 도리에 맞지 않아도 가까워지고 싶어 한다. 그것은 좋은 결과로 이어지기도 하고 좋지 않은 결말에 이르기도 했다. 만일 우리에게서 희망이나 요행을 바라는 마음이 없었다면 그런 어려움을 극복할 수 없었을 테고, 반대로 사태를 솔직하게 인정하는 냉정함과 용기가 있었다면 또한 그렇게까지 고생하지 않았을지도 모른다.

한 개 사단의 역상륙 소식을 듣자마자 나는 온몸에 이상한 기운이 솟구치는 것을 느꼈다. 이 희소식을 듣고 마음이 들뜬 우리는 한시라도 빨리 시마지리로 달려가고 싶어 다음 날 날이 새기도 전에 일어나 밥을 지었다. 배를 채우고 도시락을 준비하여 쉬지 않고 걸어갈 생각이었다.

전쟁이 끝을 보이는 지금 두려운 것은 아무것도 없다. 당당하게 걸어가는 것이다. 개선 행진이라도 하는 듯한 기분에 젖은 나는 모포로 잘 싸두었던 국민복 윗도리와 전투모, 각반을 꺼내서 입고, 쓰고, 둘렀다.

오랜만에 아침밥을 먹어서인지 사지는 원기를 되찾았고 남쪽을 향해 걸어가는 발걸음은 가벼웠다.

그토록 험하던 산길도 정오가 되면서부터는 한결 수월해졌다. 그다음부터는 길도 훨씬 넓어지고 시야가 트여 험준한 고개가 첩첩이 이어지는 절경을 한눈에 볼 수 있었다.

"도와주세요. 날 좀 도와줘요!" 돌연 발 아래쪽에서 한 여자가 울부짖었다. 우리가 서 있는 곳의 왼쪽 낭떠러지 아래서 난 소리였다. 소리가 난 쪽으로 다가가 내려다보니 숲속에 무언가 움직이는 게 보였다.

"무슨 일입니까!" 우리가 말을 걸어보았다.

"제발 … 잠깐만 … 날 좀 도와줘요!"

목소리의 주인공이 숨을 헐떡이며 수풀을 헤치고 모습을 드러냈다.

그는 60대 중반의 살결이 희고 통통한 노파였다. 거의 은발에 가까운 헝클어진 머리카락에 옷은 젖어 있었고, 일어날 수 없는지 양손을 앞으로 뻗고 헤엄치는 듯한 자세로 기어나왔다.

"물! 물 좀! 제발 물 좀!" 이 말만 하고 나서는 가래 끓는 소리만 낼 뿐이었다.

도야마 씨가 수통을 가지고 내려간 뒤에도 가래 끓는 소리는 계속되었다.

나뭇잎을 꺾어 수통의 물을 담아 건네주니 노파는 부들부들 떨리는 손으로 받아 단숨에 들이켰다.

"한 번만 더 줘요." 다시 이어서 말한다. 다시 또 "한 번만 더!" 몇 번이나 계속 주어도 갈증이 가시지 않았다는 듯한 모습이다. 하는 수 없이 도야마 씨가 말했다.

"이제 없어요, 할머니."

산꼭대기에는 물이 없다. 이런 곳에서 물이 떨어지면 골짜기 아래로 내려가야만 하는데 피로에 지친 사람에게는 쉬운 일이 아니다. 우리는 이전에도 이런 경험이 있었기 때문에 수통을 다 내줄 수는 없었다.

"이렇게 부탁드리우. 제발 한 번만 더. 나는 여태 내 오줌을 받아 마셨다우." 다소 기력을 차린 노파는 두 손을 모아 간청했다.

"있다면 드리겠지만 정말 없어요."

노파는 몇 번이나 두 손을 모으며 끈질기게 매달렸다.

"정 그렇다면 미안하지만 물 좀 떠다 주시구랴. 제발."

"이런 곳에 물이 어디 있을라구요."

"있어요, 있어. 바로 저기 물이 있잖아요. 봐요, 물소리가 들려요."

노파는 필사적으로 외쳤다. 미쳐서 헛것이 들리는지도 모른다. 아키코가 위에서 소리쳤다. “아버지, 할머니께 주먹밥을 드릴까요?”

“그래 가져오거라, 딱 하나만!”

그사이에 내가 물었다.

“할머니, 대체 어떻게 된 일입니까?”

“나는 여기서 이렇게 닷새나 있었다우. 그동안 아무것도 먹질 못했어요. 빌어먹을 아들놈의 새끼가 금방 데리러 온다고 하구선 여기다가 나를 이렇게 내버려두고 갔지 뭐유.”

“아드님과 둘만 계셨습니까?”

“웬걸요, 손주가 네 놈이나 있었지.”

“할머니는 나하에서 오신 듯한데, 나하가 어느 쪽이지요?”

“마쓰시타에 우리 집이 있어요. 사령부 앞쪽이지요.”

“성함이 어떻게 되세요?”

노파는 이름을 알려주고는 “거기서는 모두가 나를 알지요”라고 말한다.

아키코가 주먹밥을 가지고 내려오자 도야마 씨가 그것을 받아 노파에게 건넸다.

“이걸 드세요. 한꺼번에 다 드시지 마시구요. 토할지도 모르니 아주 조금씩 꼭꼭 씹어가며 이틀에 걸쳐서 드세요.”

“뒤에서 계속 피난민이 올 테니 부탁해서 물이든 뭐든 얻어 드세요.” 내가 덧붙여 말했다.

“고마워서 이거 어쩐데요. 이 은혜는 정말로 백골난망입니다.” 노파는 주먹밥을 받아들고는 몇 번씩이나 고개 숙여 고마움을 표했다.

이것이 전쟁이다. 자식을 살리기 위해서는 부모를 버려야만 하는 일도 있을 것이다. 부모를, 자식을, 형제를 죽게 만드는 참사, 이것이 전쟁의 실체다. 노여움과 슬픔이 동시에 가슴에 밀려와 나는 또다시 나 자신을 마구 쥐어뜯고 싶은 충동에 사로잡혔다.

전쟁에 비참함과 희생은 따르기 마련이다. 이런 상황에서 쇠약한 신경으로 어떻게 살아남을 수 있으랴. 지금은 무엇보다도 내 목숨을 생각해야만 한다. 마음속으로 이렇게 되뇌며 걸어가기는 하지만, 곧 다시 죽어가던 노파의 모습이 눈앞에 어른거린다.

내일이나 모레쯤이면 저 숲속에서 숨을 거두겠지. 그것도 캄캄한 밤에. 숨을 거두면서 노파는 자식과 손주 들의 이름을 부르겠지. 하지만 누가 대답할까? 밤에 우는 새가?!

아무도 입을 떼지 않았다. 어린아이들조차 마음이 아팠는지, 아니면 겁에 질렸는지 슬퍼 보이는 표정으로 제 부모 곁에 착 달라붙어 걸어갔다.

서서히 땅거미가 내려앉으면서 나무들은 한쪽 면이 검게 물들어왔다. 멀리 보이는 산들은 어슴푸레한 그림자를 드리웠고, 부드러운 능선 위로는 연보랏빛이 스민 하늘이 펼쳐졌다.

밤이 깊었지만 걸음을 멈출 수는 없었다.

앞으로 나아갈수록 산에서 뒤처진 사람들도 더욱 많아졌고, 덤불숲 여기저기에서 신음 소리가 새어나왔으며, 시취가 풍겨오기도 했다. 이런 상황에 위협을 느끼며 우리는 악몽에서 빠져나오려고 성큼성큼 길을 재촉했다. 무시무시한 밤이었다.

다음 날 정오 무렵 우리는 이름 모를 마을이 내려다보이는 고개로 나왔다. 호수처럼 드넓게 펼쳐진 밭 가운데로는 개천이 흐르고 있었다. 개천을 따라 쭉 늘어선 나무들 위쪽으로 드문드문 인가가 남아 있었다.

다카에 마을을 떠난 이래 사람들이 사는 마을을 처음 보는지라 반갑기 그지없었다. 그러나 평화로운 들판은 개미 새끼 한 마리 얼씬거리지 않는 적막강산 같았다. 우리는 그곳에 짐을 풀었다.

잠시 후 식사를 마친 우리는 흐려지는 하늘을 염려하며 궁싯거리고 있었다.

바로 그때 갑자기 아이들이 소리쳤다.

"앗! 군인이다! 군인들이 와요!"

설레는 마음에 벌떡 일어서서 아이들이 가리키는 쪽을 바라보니 총을 멘 병사 네댓이 물가를 따라 천천히 걸어오고 있었다.

"방위대원들 같은데 … ." 잠시 후 도야마 씨가 말했다.

"그런 것 같네요." 내가 대답했다.

"마침 잘 됐구먼. 이쪽으로 오는 것 같으니 무슨 새로운 정보라도 있나 물어봅시다."

우리는 마음 놓고 식후의 포만감을 즐기며 둘러앉아 있었다.

누가 먼저 발견했는지는 모르지만 기겁하고 외치는 소리에 고개를 들어 바라보니 그곳에 이상한 차림을 한 미군이 있었다.

경악한 우리는 짐을 챙길 겨를도 없이 빈손으로 허겁지겁 우거진 덤불 속으로 뛰어들었다. 관목에 느닷없이 머리를 부딪히고 손발이 걸리는가 하면 옷가지마저 찢기면서 걸음아 날 살려라 하고 무작정 위쪽으로 뛰었다.

도야마 씨와 나는 함께였지만 다른 사람들은 어디로 피했는지 알 수 없었다.

잠시 후 벌렁거리던 가슴이 가라앉자 도야마 씨가 나무 위로 올라가 주변을 살피고 내려와서 말했다.

"조사라도 하는지 짐들을 뒤지는구먼. 쌀자루를 흩뜨리면 이젠 끝장인데 … ."

짐 중에서도 유달리 눈에 띄는 것이 쌀자루여서 필경 못쓰게 만들어버릴 거라고 생각하니 등골이 오싹했다.

우리는 한참 동안 숨죽이고 가만히 있었다.

얼마 안 있어 비가 내리기 시작했다. 잠깐 동안은 나무 아래서 그럭저럭 비를 피할 수 있었지만 빗줄기가 점점 거세지자 굵은 빗방울이 나뭇잎에서 뚝뚝 떨어져내려 몸을 적시기 시작했다.

지금쯤 마누라와 자식들은 어찌 되었을까. 이 전쟁통에 헤매고 있는 나를 생각하고 있으리라. 이런 꼬락서니를 마누라가 본다면 어떤 표정을 지을까. 시마지리에 남겨두고 온 동료들도 떠올랐다. 어쩌면 지금쯤 그들은 일본군 후방에서 안전한 생활을 하고 있지는 않을까. 시마지리 후방에서는 사람들이 밭을 갈고 있다는 소문도 있지 않은가. 생각이 여기에 미치자 갑자기 가슴이 철렁 내려앉으면서 나만 뒤처진 것만 같아 불안해졌다. 시마지리! 시마지리! 아, 어차피 죽을 거라면 고향 가까이에서 죽고 싶다, 그리운 이들과 함께.

도야마 씨가 또다시 나무 위에 올라갔다가 내려와서 말했다.

"미군은 사라졌는데 짐들이 제멋대로 널려 있구먼."

"쌀자루는 있습니까?"

"확실하지 않소."

"가서 확인해볼까요?"

"아직은 일러요."

그러고 나서도 꽤 오랫동안 숨죽이고 있다가 이윽고 빗줄기가 가늘어진 틈을 타 그쪽으로 갔다.

짐은 마구 헤집어져 있었고 전부 흙탕물을 뒤집어썼다. 걱정했던 쌀자루는 원래 있던 곳에 그대로 있었다.

두 사람이 짐들을 점검하고 있을 때 도야마 씨의 부인과 아키코 등 아이들이 물에 빠진 생쥐 꼴로 돌아왔다. 그들은 추워서 벌벌 떨면서도 쌀자루가 그대로 있는 것을 보고 기뻐했다.

"저기요, 병사들이!" 또다시 야스코가 소리쳤다.

이젠 놀라지도 않았다. 그만큼 녹초가 된 것이다. 그래도 자세를 낮추고 야스코가 가리키는 곳을 바라보았다.

부옇게 내리는 빗속에 칼을 차고 총을 멘 미군 병사 네댓 명이 마을로 들어가고 있었다.

"들키지 않도록 조심들 해라. 여기까지는 오지 않을 테니까 괜찮아." 도야마 씨가 소리를 낮추어 말했다.

"구시까지 길이 뚫렸다는데도 이런 곳에 미군이 있다는 게 어째 이상한데요." 내가 말했다.

"패잔병 아닐까?"

"패잔병치고는 너무나 침착한데요?"

"아니, 피곤해서 그렇게 보일지도 모르지."

"어서 피합시다." 곁에 있던 도야마 씨 부인이 걱정스럽게 말했다.

우리는 흙탕물에 흠뻑 젖어 무거워진 짐들을 허둥지둥 꾸린 다음 저마다 자기 짐을 짊어지거나 둘러메고서 원래 왔던 길로 되돌아갔다.

4

길을 잃고 헤매던 우리는 꼬박 이틀 동안 깊게 상처 입은 짐승처럼 산속을 이리저리 떠돌아다녔다. 이틀 동안 헛돌다가 사흘째 되는 날 아침 마침내 우리는 눈에 익은 길로 들어섰다.

"사람이 죽어 있다!"

"어디?"

"저기!"

아이가 가리키는 곳을 바라보니 시커먼 덩어리가 길가 붉은 땅 위에서 뒹굴고 있다.

"안 돼! 가지 마!" 아버지가 소리쳤음에도 아이들은 검은 물체 쪽으로 달려갔다.

"살아 있다! 살아 있어요!" 야스코가 이쪽을 향해 손짓하며 소리쳤다.

"헉!" 나도 모르게 탄식이 흘러나왔다.

아, 며칠 전에 보았던 노파가 아닌가! 이 무슨 말도 안 되는 상황이란 말인가, 모든 게 헛수고였단 말인가! 도야마 씨가 어이없다는 듯 말했다.

"이거 참 난처하게 되었구먼. 이렇게 제자리로 돌아와버리고 말았으니 말이야."

그로부터 이틀 뒤 저녁 무렵 우리는 다이라만이 멀리 바라다보이는 지점으로 나갔다. 지도를 찾아보니 우리가 있는 곳은 가와타川田 마을의 정북쪽에 해당하는 산속이었다. 이대로 내처 가면 다이라 마을로 이어질 거라는 생각에 밤길을 무릅쓰고 계속 산길을 가기로 했다.

가는 도중 운 좋게도 산사람을 만났다. 그는 그곳 태생인지 그곳 지리에 훤해 우리 질문에 대해 다음과 같이 알려주었다.

해안선은 자유롭게 다닐 수 있게 되었다는 것. 해안선으로 나가기 전에 도로 하나를 건너야 한다는 것. 그 도로로 나가기까지가 어렵다. 무릎이 빠지는 늪지대를 통과하면 차밭이 나오고 그곳에서 곧장 도로로 나서게 되는데, 초행자에게는 아주 어려운 코스다. 다행히 길 안내를 일삼아 하는 사람이 있으니 그 방법을 쓸 것. 낮에는 미군이 도로를 오가므로 밤이나 새벽을 선택할 것.

날이 아주 어두워졌을 때 우리는 산사람이 알려준 습지대로 나왔다. 무릎이 빠질 정도는 아니어서 길을 잘못 들어선 것은 아닐까 싶어 성냥을 그어 켜보니 역시 사람이 지나다닌 발자국이 무수히 찍혀 있었다.

그곳을 지나쳐 조금 더 가자, 이번에는 물살이 느린 작은 개울과 만났다. 거기서부터는 더 이상 길이 없었고, 개울이 길 노릇을 했다.

진흙이 쌓인 개울 바닥은 앞으로 나아갈수록 더욱 깊어졌고, 두 발이 푹푹 빠지는 바람에 걷는 게 여간 어렵지 않았다. 무릎까지 빠졌을 때는 온몸이 그대로 빨려들어갈 것만 같았다.

밤이 깊어서야 차밭을 발견했다. 조금 더 가자니 밭가에 오두막이 한 채 있었다. 오두막 안에는 이상하게도 등불 아래 한 남자가 앉아 있었다.

곧바로 안내를 부탁하며 사정을 말하여 함께 가기로 했다.

곧 날이 새려는지 하늘은 부옇게 밝아왔고 부드러운 바람이 얼굴을 어루만졌다.

길잡이 사내를 앞세우고 한동안 밭두렁길을 따라가니 숲속을 흐르는 작은 개울이 나왔다. 언제 끝날지 모르는 구불구불한 개울을 따라 무릎까지 적셔가며 철벅철벅 걸어갔다.

얼마 지나지 않아 땅 위로 올라섰다. 길잡이 사내가 처음으로 입을 열었다.

"곧 도로로 나서게 될 테니까 소리가 나지 않도록 조심들 해요."

남자의 말에 잔뜩 긴장한 채 성큼성큼 걸어가는 동안 날이 어슴푸레 밝아오면서 주위의 풍경이 눈에 들어왔다.

우리는 도로 가의 밭을 걸어갔다. 100여 미터 앞쪽에 희끄무레한 도로가 떠 있는 듯했다. 그곳만 통과하면 더욱 안전한 지대로 들어간다고 생각하니 가슴이 두근거렸다.

"서둘러요들. 나는 여기서 그만 돌아갈라요." 어째 긴장한 목소리로 이렇게 말하고서 길잡이 사내는 우리를 남겨둔 채 총총 사라져갔다.

한달음에 도로로 다가가 몇 분 동안 주위를 살펴보았지만 쥐 죽은 듯 조용하기만 하다.

"가자!"

도야마 씨의 말이 떨어지기가 무섭게 우리는 잽싸게 몸을 날려 도로를 내달렸다. 폭이 10미터도 채 안 되는 도로가 이때만큼 넓어 보인 적도 없었다. 길둑을 성큼성큼 건너는 동안 오른편에 산으로 들어가는 길이 보여 모두가 재빨리 그곳으로 들어섰다.

숨을 헐떡이며 한참을 들어가니 길섶에서 쉬던 피난민들이 우리를 이상하다는 듯 쳐다보았다. 그들 중 한 명이 일어나서 말했다.

"무슨 일이라도 났습니까?"

"지금 막 도로를 뚫고 건너왔습니다." 도야마 씨가 숨이 차 말했다.

"미군 같은 건 없어요. 도로 한가운데로 곧장 간 사람도 있다니까요.”

이 말에 우리는 맥이 빠지면서도 한편으로 마음을 놓았다.

“얼마 안 있으면 나미노우에 축제(매년 5월 17일 나미노우에궁에서 풍어와 풍년을 기원하며 거행하는 축제—옮긴이)로군요.”

“그렇군. 이제 일주일 정도밖에 안 남았구먼.” 도야마 씨가 아련함이 묻어나는 말투로 말했다.

“아빠, 나미노우에 축제 때까지는 나하로 돌아갈 수 있는 거지요?” 사내아이가 곁에 달라붙으며 말했다.

“그럼, 나하에서 축제를 꼭 볼 수 있어야 할 텐데 … .”

둥둥 울리는 큰북 소리, 꽃수레, 무사들의 행렬, 신을 모신 가마를 멘 사람들의 영차영차 하는 소리 … 그런 장면들이 눈앞에서 어른거리면서 왠지 마음이 부풀어 올랐다.

오월의 태양이 찬란하게 머리 위를 비추었고, 신록의 나무는 더없이 선명했으며, 풀숲의 열기로 주변은 후텁지근했다.

“야아, 아리메 마을이다!”

바로 눈 아래 강어귀처럼 보이는 들판이 펼쳐져 있고, 들판을 가로지르며 개천이 흘렀다. 개천을 따라 새하얗게 이어진 도로 주변으로 민가가 띄엄띄엄 흩어져 있었다.

“이젠 물을 마실 수 있겠네요.”

“채소도 먹고!”

“고구마도! 아, 먹고 싶다, 고구마!”

“그래, 그래. 우린 이제 살았어. 이제부터는 고구마를 캐 먹으면서 나하로 가는 거야.” 도야마 씨가 환하게 웃으며 말했다. 그러고는 말을 이었다.

"아리메에는 친척들이 살지. 옛날 폐번廢藩(1871년 8월 29일, 지방분권의 성격이 강한 261개의 번藩을 폐지하고 전국을 부府와 현縣으로 일원화한置縣 근대 일본의 중앙집권 정책 중 하나다. 류큐 왕국은 1879년 '류큐 처분'을 통해 일본에 강제 병합되면서 오키나와현이 된다—옮긴이) 당시 낙향한 큰 숙부의 자식들이지. '신도야마新當山'라는 학교가 있었는데 말이다, 예전엔 그곳을 서당처럼 열고 아이들을 가르쳤다는구나. 곧 찾아가게 될 거야."

마을은 피난민들로 들끓었다. 길가의 집은 거의 마룻장과 벽판이 뜯겨져 나가고 기둥만 달랑 남아 간신히 집 모양을 유지하고 있었는데 그곳 역시 피난민들로 가득했다. 그곳은 산에서 내려오는 피난민들의 중간 휴식처가 되어 있었다.

얼마 뒤 도야마 씨의 친척 집을 찾아냈다.

그날 밤 우리를 위해 염소를 잡았다. 그 맛이란 말로는 이루 다 표현할 수 없을 정도였다. 우리는 체면이고 부끄러움이고 다 잊은 채 걸신들린 듯 먹어치웠다.

"먹는 거야 얼마든지 먹어도 괜찮아요. 하지만 이렇게 오랜만에 기름기가 들어가면 탈이 날 수도 있으니 살살 좀 들어요." 주인이 주의를 줄 정도였다.

그날 밤 우리는 오랜만에 지붕 아래서 잠자는 호사를 누릴 수 있었다. 부드러운 마룻장의 감촉이란 … , 그것은 딱딱하고 울퉁불퉁한 맨바닥에서 잠을 자온 사람이 아니라면 결코 알 수 없는 느낌이었다.

그 부드러운 감촉을 즐기면서 등의 온기가 마룻바닥에 전해질 무렵 나는 깊은 잠에 빠져들었다.

새벽같이 일어나는 데 익숙해진 우리였지만, 다음 날 아침은 덧문

틈새로 강렬한 햇살이 파고들 때까지 내처 잤다.

그런데 아무리 눈을 뜨려 해도 눈이 떠지질 않는다. 어디에서 어떻게 잠들었는지조차 알 수 없는 몽롱한 상태에서 습관처럼 절박감이 되살아나 어떻게든 일어나보려고 기를 썼지만 사지에 못이 박힌 듯 움직일 수 없다. 주위에서 사람들의 말소리가 들리고 도야마 씨의 큼직한 손이 내 어깨를 세차게 흔들었을 때에야 비로소 내 의식은 현실로 돌아왔다. 일단 일어나 앉았지만 내 몸은 요동하는 배 위에서 평형을 잃은 듯 흔들렸고, 한 번 떴지만 내 눈은 눈부신 빛에 다시 감겨버리고 말았다.

몸 상태가 아무래도 이상해서 그대로 가만히 있자니 잠시 후 자세는 안정되고 눈도 뜰 수 있게 되었다.

놀랍게도 모두 얼굴이 부어 마치 신장병에라도 걸린 듯했다.

"얼굴이 왜 그래요? 많이 부었네요." 나는 깜짝 놀라서 도야마 씨에게 말했다.

"자네 얼굴도 부었구먼." 도야마 씨는 손가락질하며 대답했다.

"어째 이래 됐을까요? 지붕 밑에서 잠을 자서 그런가?"

"어제 먹은 염소 기름기 때문인가 본데? 영양가가 너무 높았나 보네."

피난민들은 벌써 떠나기 시작했다. 따가운 햇볕 아래 뿌연 먼지를 일으키며 개미 떼처럼 줄지어 나아가는 그들의 모습을 보자니 가슴이 벅차올랐다.

점심때쯤 우리도 피난 행렬에 끼어들었다. 오랜만에 밟아보는 가도는 탄탄대로였다. 이 길이 한 걸음 한 걸음 시마지리로 이어진다고 생각하니 찌는 듯한 더위도 아랑곳없었고 무거운 짐도 무거운 줄 몰랐다. 우리는 오로지 기쁨에 들떠 나아갔다.

기스지 마을로 들어섰을 때 도로 한가운데에서 구더기가 들끓는 피난민의 시신이 보였다. 조금 더 가니 또 한 구가 있었다. 죽은 지 얼마 되지 않은 듯 도로가 꽉 차게 손발을 쭉 뻗고 누워 있는 시신은 사람이 지나가는 것을 막으려는 것처럼 보였다. 이런 살풍경에도 우리는 눈 하나 꿈쩍하지 않았다. 우리 자신의 행복에 흠뻑 취해 있었던 것이다.

해가 떨어지기 직전 우리는 호젓한 산간 마을에 들어섰다. 그곳에서 하룻밤 묵을 요량으로 어떤 집에 들어갔다. 그 집에는 주인 가족 외에도 많은 피난민들이 들어와 있었고, 헛간에는 부상한 병사들이 있었다.

우리가 보잘것없는 식사를 하는 동안 저 안쪽에서는 예순 줄의 대머리 노인이 주인을 상대로 이야기를 나누고 있었다.

식사를 마친 나는 노인에게 말을 걸었다.

"구시까지 뚫렸다는데 그게 사실입니까?"

"그려, 사실이여. 어쩌믄 시방 긴金武까지 열렸는지도 몰러."

그의 대답에 기분이 좋아진 나는 잇달아 궁금한 것들을 물었다. 그는 이렇게 말했다.

"시마지리에 일본군 한 개 사단이 역상륙을 했다는구먼. 이 정보는 권위 있는 장교한테서 들은 거니께 믿어도 좋을 겨. 또 하나는 거 뭣이냐 히틀러가 죽었다더만."

히틀러가 죽었다는 말은 금시초문이었다. 그의 죽음은 독일의 패배를 뜻하는 것이고 물론 일본에도 좋을 게 없다. 하지만 이렇게 불리한 정보까지 함께 들려오는 것으로 보아 한 개 사단이 역상륙했다는 주장도 사실일 거라 여기고 한결 마음을 놓았다.

무리를 이룬 피난민들이 계속해서 대낮의 해안도로를 따라 장사진을 이루며 갔지만 미군 비행기는 이상하게도 기총소사를 하지 않았다. 그러자 피난민들은 이렇게 말했다.

"우리한테 신경 쓸 겨를이 없나 보네요."

미군이 떠나간 자리에는 엄청나게 많은 빈 깡통이 불에 타 버려져 있거나 묻혀 있었다. 개중에는 더러 내용물이 들어 있는 것도 섞여 있어서 피난민들은 그것들을 뒤지면서 걸어갔다. 그리고 이렇게 말했다.

"이놈들은 무엇 때문에 이렇게 허둥지둥 떠났을까?"

우리가 오우라에 다다랐을 때 길가에 골조만 앙상하게 남은 집이 한 채 있었다. 피난민들은 그곳에서 끼니를 마련하고 있었다. 그 집 맞은편은 해안으로 난 널따란 밭이었는데, 그곳에서 미군이 주둔했었는지 텐트용 재료와 새끼줄 등이 널려 있었다.

피난민들은 그 밭에서 고구마를 캐고 있었다. 우리도 합세했다. 돌처럼 단단한 땅바닥에 작대기를 찔러 파내기 시작하자 큼지막한 고구마가 줄줄이 딸려 나왔다. 한 시간도 채 안 돼 모래주머니에 한 가득 채울 수 있었다.

우리는 고구마를 바닷물로 삶아 되새김동물처럼 꾸역꾸역 입에 우겨넣었다.

이렇게 한눈을 팔아가며 쉬엄쉬엄 헤노코邊野古로 왔다. 그곳에서 우리는 행진을 멈추었다. 마을에는 민가가 적잖이 남아 있었다. 그곳은 사방에서 밀려들어오는 피난민들 때문에 혼잡하기가 마치 도떼기시장 같았다.

집이란 집은 모두 발 디딜 틈도 없을 만큼 사람과 짐짝 들로 가득 찼고, 헛간과 축사까지 들어차고도 넘쳐난 사람들은 처마 밑이나 나무

그늘에 자리를 잡았다.

그런 와중에 피난민들 사이에 갖가지 정보와 소문이 퍼져나갔다. 가장 확실한 정보는 이 마을이 종착지가 되었다는 얘기였다. 다음으로 갈 구시 마을에는 아직 미군이 주둔하고 있으며, 그곳에는 많은 포로들이 수용되어 있다는 것이었다. 신기하게도 그곳에서는 목숨과 식량을 보장받은 사람들이 설탕마저 다시 만들기 시작하면서 안락하게 생활하고 있다는 것이었다. 그럼에도 피난민들은 굶주림에 허덕이며 이제나저제나 길이 열리기만을 목이 빠지게 기다렸다.

피난민들은 메뚜기 떼가 들판을 덮치듯 마을 전체를 마구 휩쓸어버리면서 입에 넣을 수 있는 것은 무엇이든 먹어치웠다. 마침내 무시무시한 기아 상태가 시작되었다.

갑자기 식량 쟁탈전이 일어났다. 여기저기에서 드잡이가 시작되었다. 길가에는 늙은이와 아이가 하나둘 죽어나갔다. 어떤 이는 절망한 나머지 포로가 될 것을 각오하고 앞으로 나아갔고, 어떤 이는 뒤로 되돌아갔다. 그럼에도 피난민들은 계속 밀려들었고 마을은 더욱더 혼잡해졌다.

이틀째 되던 날 오후, 미군 소형 자동차가 다가왔다. 숨을 곳을 찾지 못한 우리는 해안으로 내달렸다. 오른쪽으로 불거져 나온 곳이 다행스럽게도 우거진 숲이어서 그곳으로 숨어들었다. 총성은 들리지 않았다.

잠시 후에 또다시 자동차 소리가 났다. 트럭이다. 트럭은 일단 마을에서 정차했다가 북쪽으로 갔다.

그로부터 약 한 시간 뒤 앞서갔던 소형 자동차와 트럭이 앞서거니 뒤서거니 하며 돌아오는 것이 보였다. 마침 도로에는 피난민 네댓 명이 걸어가고 있었다. 놀랍게도 그들은 도망칠 기미를 보이지 않았다.

트럭은 그들 앞에서 멈췄다. 어찌 될까 숨죽이며 지켜보고 있으려니 운전석에서 미군이 내려와 피난민들을 도와 차에 태운다.

"이게 어떻게 된 일이지?" 도무지 이해할 수 없었던 나는 중얼거렸다.

"포로가 되려고 작정을 했나?" 도야마 씨가 앞쪽에 눈길을 떼지 않고 말했다.

"안됐네요. 전쟁이 아직 결말도 안 난 판국에."

밤이 돼서야 우리는 마을로 돌아갔다.

피난민들은 미군이 자신들에게 위해를 가하지 않았을 뿐만 아니라 집집마다 돌며 과자와 담배를 두고 갔으며 아이들을 껴안아주기도 했다고 말한다. 그 말을 듣고서 내가 괴이쩍다는 표정을 짓자 도야마 씨가 이렇게 말했다.

"어쩌겠어, 방법이 없지. 두고 봐, 이제 모두 끌려갈 테지."

과연 다음 날 우리는 전날 숨었던 그 곳에서 대부분의 피난민들이 트럭에 실려가는 것을 지켜보았다. 트럭은 잇달아 다가와서는 사람들을 실어 날랐다.

드디어 위험이 바로 코앞까지 들이닥친 것이다. 이렇게 된 이상 되돌아가든지 아니면 산을 타고 가는 코스를 잡든지 둘 중 하나를 택해야 한다. 그전에 산속 상황은 어떤지 일단 살펴봐야겠기에 우리는 오후가 되자 산의 입구 쪽으로 갔다.

그곳도 피난민과 병사 들로 북적였다. 우리는 병사들에게 정보를 물었다.

그들 이야기에 따르면 온나다케에는 아오야나기 중좌가 지휘하는 조직적인 한 개 대대가 동해안을 점거할 목적으로 행동을 계속하고 있으며, 구니가미의 병사들이 이 대대에 합류하기 위해 긴산金武山을 돌파하려 했지만 미군의 경계가 삼엄해서 몹시 어려움을 겪고 있었다.

식량과 기력이 다 떨어져 오도 가도 못하는 신세가 된 병사와 피난민 들은 넋이 나간 사람처럼 물가나 땅바닥에 앉았거나 누워 있었다.

"안 되겠네요. 되돌아갑시다." 나는 맥이 풀려 중얼거렸다.

도야마 씨의 입가에 절망적인 쓴웃음이 떠올랐다.

"드디어 올 데까지 다 왔구먼."

그 뒤로도 꽤 오랜 침묵이 흐른 끝에 그가 입을 열었다.

"내일까지 기다려볼까?"

다음 날 아침 오랜만에 가까이서 포성이 울렸다. 포성을 들으니 시들한 몸속 어딘가에서 돌연 기운이 되살아났고, 죽기야 하겠는가 싶은 생각에 용기가 샘솟았다.

한동안 정확한 간격을 두고 터지는 폭탄 소리가 가까운 산에서 들려오더니 이내 불길이 치솟았는지 무시무시한 소리가 부근에서 일었다.

얼마 지나지 않아 불은 도로 가까이까지 번져왔다. 뜨거운 바람이 마을을 휘감았고, 불티는 해안과 도로와 민가와 사람들 머리 위로 떨어져 내렸다.

"이젠 잠시도 지체할 수 없어요. 돌아갑시다!" 내가 소리쳤다.

산불에 깜짝 놀란 우리는 단숨에 오카와大川 마을까지 되돌아갔다. 그곳에서부터 발걸음은 흐트러졌다. 절망과 굶주림과 피로로 발은 납덩이를 매단 것처럼 무거웠다.

이리하여 굶주림이 기다리는 산으로 … .

굶주림

그토록 기대를 걸고 찾아든 데니야天仁屋 마을도 굶주린 피난민들로 차고 넘쳤다. 앞으로 식량을 구하는 데 몹시 어려움을 겪게 되리라는 것은 불 보듯 훤했다.

우리에게 남은 식량이라고는 외제 포대 자루에 한가득 들어 있는 고구마뿐이었다. 이젠 다시 돌아갈 수도 없고 그렇다고 달리 갈 곳도 없다. 도무지 어찌할 바를 몰라 우리는 날이 저물도록 하염없이 길가에 앉아 있었다.

이런저런 궁리 끝에 내가 입을 열었다.

“앞으로는 점점 더 굶주릴 일이 많을 겁니다. 하지만 근처 밭이라도 찾아봐야 하지 않겠어요. 이대로 굶어 죽기만 기다릴 수는 없지 않습니까. 자칫하다가는 … .” 나는 말을 끊었다. 잠시 후 다시 말을 이었다.

“여기는 확실히 안전지대 같습니다. 마을 사람들이나 피난민들을 보아도 알 수 있어요. 우선 이곳을 근거지로 삼고 먹을 것을 찾아 나서는 겁니다."

"여기까지 온 이상 이제 어디로도 갈 수 없네." 도야마 씨가 다가오더니 삐쩍 마른 내 어깨를 다정하게 감싸 안았다. 그리고 계속 말을 이었다.

"자네를 고생시켜 미안허이. 조금만 더 고생헙시다. 서로 힘을 합쳐 어떻게든 버텨보자구!"

그의 다정한 태도와 말은 오히려 나를 더욱 불안하게 했다. 고집 세고 외곬이어서 이제껏 한 번도 이런 모습을 보여준 적 없는 그가 급작스럽게 부드러워진 건 결국 자신감을 잃었다는 뜻이다.

데니야의 소학교는 병사들과 피난민들로 넘쳐나는 데다가 지저분하기 짝이 없었다. 그래서 우리는 해안 기슭에 자리한 이웃 스쿠나スクナ 마을로 옮겨가 제당소로 쓰였던 마을 어귀의 반쯤 허물어진 작은 오두막에서 지내기로 했다.

그날부터 우리는 굶기를 밥 먹듯 하게 되었다. 첫날은 고구마 썬 것과 고구마 잎 삶은 것으로 배를 채웠고, 다음 날은 2킬로미터 떨어진 해안에서 바닷물을 길어와 맛있는 고구마 죽을 끓였다. 나흘째 되던 날 수중에 있던 식량은 거덜났고, 닷새째에는 온종일 발품을 팔아서 10근(3.75킬로그램—옮긴이) 남짓한 고구마를 손에 넣을 수 있었다.

여성용 외출복과 신사복이 고구마 10근으로 바뀌는 것을 보았다. 이불은 고구마 20근의 값어치밖에 안되었다. 거의 아무것도 없는 우리는 물물교환은 엄두도 내지 못했고, 얼마 없는 돈도 종이 쪼가리나 마찬가지로 쓸모없다는 것을 알게 되었다. 이윽고 우리는 몇 개 안 남은 고구마를 잘라 국을 끓여 먹어야 했고, 고구마 잎을 주식으로 삼아야 했다.

일주일째 되는 날 벼락을 동반한 큰비가 퍼부었다. 오두막 안으로 빗물이 흘러들어 짐과 옷가지가 모두 흠뻑 젖었다.

우리는 비가 그치기를 기다렸다가 오두막을 나섰다. 조금 가자 길가에 집 한 채가 나왔다. 피난민들이 들어차 있었지만 비집고 들어갔다. 다른 때 같았으면 거절당했을 테지만 흠뻑 젖은 아이들을 보고 동정심이 일었는지 아무도 시비 거는 사람이 없었다.

그 집은 농가치고는 꽤 큰 편이어서 남향으로 다다미 10장 크기의 객실과 여덟 장 크기의 거실이 있었고 마루를 쭉 두른 듯했다. 거실 한 쪽에는 농가에서나 볼 수 있는 넓은 토방이 딸려 있었다. 이 두 개의 방 뒤쪽으로 다다미 네 장 반짜리 방 두 칸이 있었는데, 그중 동쪽 방은 광으로 쓰고 있었다. 본채 서쪽에는 염소 우리와 돼지 우리가 앞뒤로 나란히 있었고, 좁은 뜰과 길을 경계 지은 흙담 주위로 대나무가 무성했다.

이 집 식구들은 산속 깊숙한 곳에 마련해둔 오두막에 피신한 터라 살림살이는 아무것도 남아 있지 않았다. 그 텅 빈 객실과 거실에 방위대원 일고여덟 명과 피난민 대여섯 사람이 느긋하게 지내고 있었고, 뒤쪽 방에도 피난민 대여섯 명이 조용히 지내고 있었다.

큰 방에서 지내는 방위대원들은 요미탄 비행장에서 수비를 맡았었는데 모두 군복을 입었지만 무기를 지닌 사람은 아무도 없었다. 처음부터 그들에게는 무기가 주어지지 않았다고 한다. 모두가 나카가미 출신의 20~30대 젊은이들이었다.

우리가 비집고 들어간 거실에는 나하에서 양복점을 운영했다는, 다섯 살가량의 여자아이를 데리고 있는 젊은 부부—남편은 방위대에서 도망쳐온 사람으로 자기 부인의 몸뻬를 입고 있었다—와, 마찬가지로 나하 사람으로 해군 부대에서 근무했다는 열여덟 살 먹은 처녀와 처녀의 노모 등이 머물고 있었다.

자리를 잡고 나서 나는 여느 때처럼 방위대원들과 정보를 주고받기 시작했다. 그들이 해준 이야기는 우리도 대충 알고 있었지만 그중에는 우리가 미처 듣지 못한 뜻밖의 정보도 하나 있었다.

나이가 서른쯤 돼 보이고 사팔뜨기에다 미사토 억양을 쓰는 가마스케蒲助라는 병사가 말했다.

"2~3일 전 미·일 양군이 휴전협정을 맺었다는 사실을 알고 있습니까?"

우리에게 일의 진위를 가려낼 수 있는 능력은 이미 사라지고 없었다.

나는 그 말을 듣고는 먹이를 보고 달려드는 배고픈 짐승처럼 고개를 주억거렸다.

"그래서 여기에 온 뒤로 대포 소리도 총소리도 안 났군. 헌데 그건 어떤 의미의 휴전이지요?"

"물론, 우리 쪽이 이긴 거지요. 저기 바다에서 우왕좌왕하는 미국 놈들 함선을 좀 봐요!" 그는 의기양양해져서 말했다.

"그렇군요. 헌데 저기 보이는 저 많은 미국 함선은 대체 뭐지요?"

사팔뜨기 병사의 눈이 묘하게 빛을 더했다.

"이 섬을 천 몇백 척의 함선이 포위하고 있지만 미국 함선 저 바깥쪽으로 다시 우리 연합함대가 포위하고 있다구요. 싸우지 않고서도 이기는 전법을 쓴 거지요. 다시 말해 보급로를 완전히 차단한 겁니다. 한 달만 지나면 미군은 육해군 모두 씨가 말라버릴걸요. 미국 함선들이 지금 저렇게 허둥대는 것도 당연하지요."

배고픈 것도 잊은 채 우리는 몹시 감동하여 한편으로는 기쁘고 또

한편으로 힘이 솟았다. 집 안에 있던 사람들은 승리에 관해 이야기꽃을 피우느라 시간 가는 줄도 몰랐다.

다음 날은 활짝 갠 화창한 날이었다. 오후에 마을의 구장이 찾아와 우리에게 알렸다.

"이 집으로 병사 일고여덟 명이 들어온다니 큰 방을 좀 내주셔야겠는디요…."

구장이 말을 마치기가 무섭게 철거덕철거덕 칼 부딪치는 소리를 내며 잘 차려입은 장교, 하사관, 병사 일행이 다가왔다,

일행은 중위 한 명, 조장 한 명, 군조 두 명, 상등병 두 명, 그 밖에 계급장을 달지 않은 나이 어린 철혈근황대원 두 명이었다. 모두가 무장을 단단히 하고 있었고, 경기관총 한 자루, 총 다섯 자루 외에 탄약, 수류탄 등을 지녔다. 기세등등한 그 모습에 주눅이 든 방위대원들은 슬금슬금 염소 우리로 자리를 옮겨갔다.

중위는 쉰 정도의 통통한 사내로, 각이 진 얼굴에 턱살이 축 늘어진데다 양 콧방울 아래쪽으로 메기수염이 성기게 자랐고, 왼쪽 뺨에 큼지막하고 시커먼 점이 있었다. 전체적으로 너부데데한 인상을 주는 그는 자못 맘씨 좋은 할아버지같아 보였다.

정리를 마치자 중위는 칸막이가 없는 우리 방을 향해 인사를 건넸다.

"여러분, 이제부터 신세를 좀 져야겠습니다. 내 이름은 미쓰美津라고 해요. 나는 먼저 우리 임무를 여러분에게 알려줘야겠네요." 규슈 억양의 상냥한 말투다.

"우리는 우토 부대에 속해 있지요. 우리 부대는 광범위한 삼림지대를 새 진지로 삼고 이제부터 게릴라전에 나서려고 해요. 물론 장기전

을 각오하고 있지요. 그러려면 무엇보다도 중요한 게 식량문제랍니다. 이런 시국에 여러분도 어려움이 아주 많을 거라 생각해요. 그런데 내 임무 중에는 식량을 병사와 피난민 들에게 질서 있게 분배하는 것도 포함되어 있어요. 나는 이 지구地區를 담당하라는 명령을 받은 사람입니다. 아무쪼록 협조해주셔야겠네요."

대체로 이런 의미를 담은 이야기를 노인 특유의 말투로 느긋하게 말했다.

2

하루하루 날이 갈수록 더위가 기승을 부렸고 무더위와 함께 피난민들의 굶주림도 더욱 심해졌다.

이렇게 전쟁이 언제 끝날지 모르는 상황이 되자 마을 사람들은 먹을 수 있는 것은 모조리 산으로 옮겼다. 이젠 식량이라고 부를 만한 것은 돈으로 구할 수도 없을뿐더러 물물교환조차 어려워졌다.

훔치는 것 말고는 달리 방법이 없었다. 흐트러진 병사와 피난민 들 중에서 마을 사람들의 오두막으로 밀고 들어가 강도짓을 하는 자가 나왔다. 밤마다 밭이 파헤쳐졌고 똑같은 밭이 두 번이고 세 번이고 계속 파헤쳐졌다.

식량의 절박함은 미쓰 부대원들에게도 들이닥쳤다. 전에는 구장 집에다 모아놓았던 것을 이제는 한 집 한 집 받으러 돌아다녀야만 했다. 고구마도 손가락만 한 크기였고, 나중에는 1인당 두 근에서 한 근으로 줄어들었다. 물론 가마스케 일행인 방위대원들에게는 오래전에 배급이 중지되었다.

5월 말이 되자 매일같이 벼락을 동반한 큰비가 쏟아졌다.

마침내 뱃가죽이 등에 들러붙을 지경이 되자 우리는 고구마를 훔치기 시작했다. 우리는 낮에 고구마가 있을 법한 밭을 눈여겨두었다가 밤이 되면 빗속을 뚫고서 훔치러 갔다. 어른 남자 둘이서 온몸에 흙탕물을 뒤집어쓰고 훔쳐왔어도 고구마는 겨우 보자기에 찰까 말까 했다. 그것으로 아홉 식구가 배를 채우기에는 턱없이 부족했다.

사람들은 눈에 띄게 쇠약해졌고 급기야 굶어 죽는 사람이 나오기 시작했다.

가장 먼저 쓰러진 것은 젖먹이들이었다. 젖이 말라 애가 탄 어미는 배고파 울며 보채는 아기에게 찐 고구마를 으깨 뜨거운 물에 푼 미음을 떠먹이지만 오히려 젖먹이의 위장을 해친 나머지 손을 쓸 수 없는 지경에 이른다.

흙덩이처럼 누렇게 뜬 젖먹이는 언제부터인지 울어젖힐 힘도 없이 까무룩 잠이 든다. 그리고 아무도 모르게 차갑게 식어간다.

이렇게 죽은 아기를 가슴에 품은 어미들이 어정버정 길거리를 헤매는 모습이 매일같이 사람들 눈에 들어왔다. 어미들조차 죽음의 문턱을 넘나드는 상황인지라 자식의 죽음 앞에서도 아무런 감정의 동요가 일지 않는다. 최악의 상황이 되면 감정도 마비되는 모양이었다.

젖먹이들 다음으로 노인들이 아사의 포로가 되었다. 손발과 얼굴빛이 시푸르뎅뎅해진 노인들이 지팡이를 짚고 밭은 숨을 내쉬며 거리를 방황하는 모습이야말로 인간의 가장 비참한 모습이었다. 그들도 곧 사람들의 시야에서 하나둘 사라져갔다.

이리하여 마을 어귀의 숲 중턱에는 비참한 최후를 맞은 사람들의 묘지를 표시하는 막대기나 판자 쪼가리가 무수히 늘어서게 되었다.

"이렇게 된 이상 우리 두 사람만 쳐다보지 말고 닭이 모이 찾듯 뭐든지 닥치는 대로 주워 먹지 않으면 안 된다. 가만히들 있지만 말고."

어느 날 도야마 씨가 아이들에게 이렇게 말했다.

말이 떨어지기가 무섭게 아이들은 바깥으로 나가서 먹을 수 있는 것이라면 무엇이든 주워왔다. 고구마 지스러기, 개구리, 메뚜기, 도마뱀…. 그리고 저마다 아궁이로 가서는 주워온 것을 구워 입에 넣었다.

"우리는 미군 따위는 무섭지 않아. 두려운 건 바로 당신들 피난민이라구. 남의 걸 훔쳐 먹지 말고 차라리 포로가 되란 말이야. 한 번만 더 걸렸다가는 여기서 쫓겨날 줄 알아!"

여느 때와 마찬가지로 먹을 것을 찾아 닭처럼 두리번거리며 밭두둑을 걷고 있었다. 간밤에 온통 파헤쳐진 고구마 밭 한 귀퉁이에서 자잘한 고구마 두세 개가 눈에 들어오기에 그것을 헤적이다가 그만 마을 사내에게 들키고 말았다.

"이렇게 변변치 않은 놈들은 몇 개쯤 주셔도 괜찮지 않습니까? 굶고 있는 애들 때문에 어쩔 수 없었어요."

"너희들한테 줄 고구마는 없다구! 그렇게 사정을 봐주다가는 우리가 굶어 죽게 생겼다구! 니들 말이야, 남의 것에 손대는 것부터가 영 글러 먹었어. 소철을 베어다가 먹이면 되잖아. 한 번만 더 내 눈에 뜨이면 가만두지 않을 거야!"

매섭게 노려보는 바람에 나는 꼼짝 못 하고 웅크리고 있었다. 그런데 노파가 다가오더니 사내의 역성을 들었다.

"이봐, 젊은이들을 데려와서 이놈을 당장 몰아내!" 사내에게 이렇게 말하더니 이번에는 나를 향해 쏘아붙였다.

"이봐, 미군한테라도 가지 않구 왜 이러구 있는 게야? 뭐든지 먹게는 해준다잖아!"

이 무슨 망발이란 말인가! 이게 동포가 할 소린가! 노여움이 거세게 치밀어 올라 순간 덤벼들고 싶은 충동에 사로잡혔다. 하지만 참자, 어떤 굴욕도 살아남기 위해서다. 이렇게 나 자신을 타이르자 원통한 눈물이 주르륵 뺨을 타고 흘러내렸다.

그날 밤 잠자리에 들기 전 나는 도야마 씨에게 말을 건넸다.

"이제 고구마는 그만 훔치자구요."

"무슨 소리요! 이렇게라도 하지 않으면 우리는 당장 굶어 죽지 않겠소. 돈을 주고도 살 수 없고 물건으로도 바꿀 수 없으니 훔치는 것 말고 달리 무슨 방법이 있겠는가 말이야."

사실 우리에게는 돈이랄 것도 물건이랄 것도 없었다. 그는 이어서 말했다.

"이대로 가만히 앉아서 굶어 죽을 수는 없는 노릇이야. 아니지, 뭐라도 훔쳐야지. 마음에 두지 말게."

"정직하게 사는 방법이 있습니다."

"정직이라고? 정직이니 부정직이니 하는 건 말이야, 원래 평화로울 때나 지껄이는 말이오. 이럴 때 믿을 거라곤 그저 힘밖에 없다구. 지들은 배부르게 처먹으면서 우리한테는 굶어 죽으라는 놈들이야말로 악당이고 죄를 받아 마땅한 놈들이지. 암, 도둑놈 중에서도 큰 도둑놈이지."

축 처진 뺨을 부르르 떨며 증오로 가득 찬 눈을 번뜩이며 쏘아대듯 말하는 그의 모습에 기가 질린 나는 잠시 할 말을 잃었지만 이윽고 다시 용기를 내어 말했다.

"훔치려고 해도 이제 훔칠 고구마가 없잖아요. 그런데도 저들은 밤중에도 불을 켜고 지킨다구요."

이번에는 도야마 씨가 침묵할 차례였다. 이에 힘을 얻은 내가 말을 이었다.

"소철을 구해보자구요. 다른 사람들은 벌써 그렇게 한다니까요."

"소철이라고? 나는 싫으이. 이 몸으로 어떻게 소철을 꺾으라는 말인가? 나는 다리가 후들거려서 한 발짝도 걸을 수가 없네. 게다가 도구도 필요하고 말이야. 뜯어와봤자 먹어보기도 전에 죽고 말 걸세."

"그렇지 않을 겁니다. 해보자구요. 기운을 내야지요. 아이들을 위해서라도."

"자네가 무슨 말을 해도 나는 반댈세. 훔쳐 먹을라네."

"제발 정신 좀 차리자구요!" 화가 나서 버럭 소리를 지르자, 곁에서 도요코가 아버지 편을 들며 말했다.

"아버지, 나도 소철 같은 건 안 먹을래요. 독이 오른단 말이에요."

"너한테는 먹으라고 안 그럴 테니 걱정 마."

내가 정말로 화를 내는 바람에 분위기가 싸해진 끝에 소철 이야기는 쏙 들어가고 말았다.

우리와 같은 방에서 지내던 처녀와 노모는 거지꼴이 되었다. 노모는 손발이 부어올라 있어 사람들이 보일 때마다 "이것 좀 보라"며 자신의 손발을 내밀곤 했다.

양복점 주인은 마누라 등쌀에 먹을 것을 훔치러 다녔는데 이 가족은 오래 버틸 것 같았다.

안쪽 방에 자리 잡은 노인은 병이 들었지만 비축해둔 식량이 좀 남아 있는 듯했고, 또 방위대에서 도망쳐온 도카시키渡嘉敷라는 청년이 매일같이 먹을 것을 구해다 주어서인지 다른 사람들에 견주어 목소리에 힘이 있었다.

드디어 우리 쪽에서는 아키코가 드러눕고 말았다. 위장에 탈이 나서 물 말고는 아무것도 먹을 수 없었고 앉아 있기조차 힘들어했다. 신경이 날카로워진 아키코는 느닷없이 소리를 지르기 시작했다.

"싫어, 싫어! 이렇게 죽는 건 싫다구! 어디로든 날 좀 데려다줘요! 미군이 있는 데라도 좋고 폭탄이 떨어지는 곳이라도 좋으니 어디든 데려다 달라구요! 어서요. 안 그러면 이대로 굶어 죽어요!" 아키코는 얼굴을 파묻고 울기 시작했다.

"정신 차려! 이제 와서 주저앉으면 지금까지 고생해온 보람이 없잖니. 최후의 5분이라는 말도 있잖니."

"싫어, 싫어! 날 데려다 주지 않으면 혼자서라도 갈래요!" 울부짖으며 발버둥쳤다.

젊은 처녀의 몸은 참 이상도 해서 오랫동안 배를 곯았어도 그다지 쇠약해지지 않았고, 일주일이나 물만 먹었는데 목소리도 비교적 또렷했다.

이렇게 암담한 분위기에서 며칠이 지나갔다.

어느 날 내가 먹을 것을 찾으러 나갔다가 돌아오니 도야마 씨 부인이 이상하게 정색을 하고서 말을 걸어왔다.

"그동안 정말 신세 많았습니다. 이 은혜는 절대로 잊지 않을게요. 우리는 미군에게 항복하기로 했어요. 당신 혼자서라면 계속해서 살아가실 수 있을 거예요. 이대로 가다가는 다 함께 굶어 죽을 수밖에 없어요. 그렇게 되면 당신 부인에게도 정말 면목이 없고 아기가 불쌍해요. 당신은 어떻게 해서라도 살아남으셔야 해요. 오해는 하지 마셔요. 우린 내일 아침 떠나기로 했어요. 이제 와서 새삼스럽게 헤어진다는 게 견딜 수 없지만 어쩔 수 없어요. 제발 이해해주세요."

이런 날이 오리라고는 꿈에도 생각 못 했던 나는 앞뒤 가리지 않고 절규했다.

"무슨 말씀이십니까! 항복이라니요? 포로가 되겠다구요? 무슨 그런 어처구니없는 말을! 죽든 살든 함께하자구요! 나는 싫습니다!"

"진정하세요. 모두가 살기 위해서예요. 당신은 젊어서 투항하면 위험할지도 몰라요. 하지만 우리는 아녀자들이니까 미군도 심하게 굴지는 않을 거예요."

뜻밖에도 냉정한 부인을 보고 당황한 나는 매달리는 수밖에 없었다.

"제발 다시 생각해주십시오. 힘을 내셔야지요. 조금만 더 견뎌주세요! 네, 부탁드립니다."

"견디는 데도 한계가 있습니다. 이제 더는 못 버티겠어요. 아키코가 저런 지경인 데야 … . 이렇게 부탁드립니다. 제발 들어주세요."

부인은 마룻바닥을 짚으며 고개를 숙였다.

아닌 게 아니라 아키코를 구할 능력이 내게는 없다. 이런 말을 듣고 보니 더 할 말이 없었다.

조금 냉정을 되찾은 나는 멍하니 주위를 돌아다보았다. 아버지와 아이들의 냉랭한 옆모습이 보였다. 자기들끼리 이야기를 끝냈다는 거지? 갑자기 치미는 분노에 몸이 떨려왔다. 그들은 미리 짜고서 나를 버려두고 가려는 것이다. 막바지에 이르면 피붙이 말고는 믿을 사람이 없다더니 과연 … 이리저리 나쁜 쪽으로 머리를 굴린 나는 씁쓸하게 웃으며 대답했다.

"맘대로 하시지요. 제 식구들을 만나게 되면 잘 부탁합니다."

"급하게 마음먹어서는 안 돼요. 반드시 살아남으셔야 해요. 이런 우리 심정을 언젠가는 아시겠지요."

화가 나서 뛰쳐나가려는 나를 보고 도야마 씨가 일어나더니 처음으로 입을 열었다.

"어딜 가려고 그러나?"

"소철이나 꺾으러 갈랍니다. 당장 내일부터 먹을 게 없으니까요."

3

다음 날 새벽 도야마 씨 가족은 떠나갔다.

외로움! 자나 깨나 이젠 나 혼자다. 내게 무슨 일이 생겨도 이제부터는 돌봐줄 사람이 아무도 없다고 생각하니 불안함을 넘어 공포가 밀려왔다.

문득 늙으신 어머니와 아내의 얼굴이 눈앞을 스친다. 배고픔에 허덕이는 사람에게 피붙이는 안중에도 없었다. 그런데 혼자가 되고 나서야 식구들 생각이 간절하다.

10월 10일 공습 당시 한타가와의 어둑어둑한 동굴 안에서 아우성치는 사람들 사이에 끼여 수건으로 머리를 둘둘 감은 채 몸을 잔뜩 움츠리고 계시던 작달막한 어머니. 2월 15일 다이신마루大信丸 갑판에서 핏덩이를 안고 울던 아내. 그 뒤로 그들은 어떻게 되었을까. 울부짖고 싶어 가슴이 아려온다. 식구들과 만날 때까지는 어떻게든 살아 있어야 한다. 굳게 맹세하는 나의 뺨 위로 눈물이 흘러내렸다.

도야마 씨네 가족이 떠난 다음 날부터 나는 바쁘게 몸을 놀렸다. 우선 소철을 베는 데 온 힘을 쏟아부어야 했다. 근처에 있던 소철은 사람들이 죄다 베어가는 바람에 4킬로미터 떨어진 가요嘉陽 해안까지 가야 했다. 해안 근처의 학교는 병사들과 피난민들로 가득했고, 소철을 처리하는 모습이 소철 공장을 방불케 했다. 사람들과 뒤섞여 해안과 맞닿은 절벽으로 기어올라 애를 써가며 베었지만, 쇠약해진 몸으로 한나절 동안 채집한 것은 겨우 10여 킬로그램 남짓했다. 그것을 짊어지고 한 걸음 한 걸음 험한 산길을 따라 휘청거리며 돌아올 무렵이면 해는 완전히 저물었다.

소철을 먹을 수 있게 가공하려면 다음과 같은 도구가 필요하다. 자르는 톱과 껍질을 벗기고 속을 발라내는 큼직한 칼, 담을 바구니만큼은 반드시 갖추어야 한다. 다행히 톱과 야마나지山刀(오키나와에서 사용하는 칼로, 칼날이 크게 위로 젖혀져 있으며 장작 패기부터 요리까지 다양한 용도에 사용한다. 류큐 고무술古武術에는 야마나지를 이용한 검술도 있다—옮긴이)는 방위대원들에게서 빌릴 수 있었고, 바구니는 가마스케에게서 만드는 법을 배워 다섯 개 만들어두었다.

소철 지옥이라는 말이 있다. 이 식물에는 맹독 성분이 있어서 잘 처리하지 않으면 독이 오른다. 이 섬에 기근이 들 때마다 소철을 먹고 죽는 사람이 종종 나오기 때문에 소철 지옥이라는 말이 생겨난 듯하다.

소철을 베어오면 우선 잎을 떼고 껍질을 벗긴다. 그러면 걸쭉한 진액이 흐르는 새하얀 속살이 나오는데, 이것이 식량이 되는 부분이다. 이 속살을 1센티미터가 조금 안 되는 두께로 깎아내고, 납작한 떡 모양으로 잘라낸 지스러기를 이틀 정도 햇볕에 바짝 말린 다음 바구니에 담아 흐르는 물에 하루 동안 담가둔다. 그리고 이것을 건져다가 그대로 누름돌로 눌러놓고 삭힌다. 보통 일주일쯤 지나면 구더기가 끓기 시작하는데 이때까지 기다리지 않으면 독이 없어지지 않는다. 맛이라곤 전혀 없지만 약간의 찰기가 있어 굶주린 이들에게는 훌륭한 먹을거리가 된다.

소철이 발효될 때까지 열흘 남짓 기다리는 동안 나는 무시무시한 굶주림에 시달려야 했다.

머리는 깨질 듯 아프고, 눈은 어질어질하며, 귀에서는 요란한 소리가 났다 … . 몸이라도 급히 움직일라치면 눈앞이 캄캄해지고 암흑 속에서 빛이 번쩍였다.

날이 길수록 목소리에는 기운이 없어지고 손발은 후들후들, 가슴은 두근두근, 만사가 귀찮아진다. 이런 지경이 되면 고통도 사라지고 배고픈 줄도 모른다. 기억력도 희미해져 하루하루가 어떻게 지나가는지도 모르고 사람 이름도 떠오르지 않는다.

이렇게 육체적인 변화가 일어나면 목숨을 지배하는 것은 의지력이라는 것을 알게 된다. 한 걸음 한 걸음 죽음으로 다가가는 나의 육체를 향해 나의 혼은 살아야 한다고 명한다. 나는 휘청거리며 일어나 고구마 잎을 삶아 먹었다.

그 무렵 마을은 한층 뒤숭숭해졌다. 굶주린 병사들이 마구잡이로 총을 쏘아대기 시작하면 마을 사람들은 미군이 습격한다고 오인하고서 산으로 피신한다. 그들이 피신한 때를 가늠했다가 병사들은 집과 밭을 뒤져 먹을 것을 훔쳐갔다. 속임수라는 걸 뻔히 알면서도 만일을 두려워한 사람들은 총소리가 날 때마다 도망치곤 했다. 병사들은 때론 돌격이나 정찰을 나간다는 핑계로 마을 사람들에게서 강제로 식량을 거두어들이고는 그것이 떨어질 때까지 산속을 배회했다. 그들은 한결 부드러운 방법을 쓰기도 했는데, 사람들이 좋아할 만한 거짓 정보를 팔아 입에 풀칠하기도 했다.

드디어 나도 소철을 먹을 수 있게 되었지만 얼마간 기력을 되찾았을 때는 발등이 부어 있었다. 오래 버틸 수는 없을 거라는 생각에 마음이 몹시 착잡해졌다.

그럼에도 나는 소철 베기를 멈추지 않았다. 무거운 짐에 허덕이며 완전히 어두워진 산길을 내려올 때면 너무나 괴로운 나머지 나도 모르게 "어머니! 어머니!"를 불렀다. 처음에는 입 안에서만 웅얼거리다가, 다음엔 소리를 내서, 끝내는 큰소리로 … . 그러자 산 저편에서 "어머니! 어머니!" 하고 메아리가 응답한다. 어른이라는 사람도 결국은 몸집만 자란 아이다. 고통이 극에 달하면 가장 먼저 떠오르는 건 어머니다. 어머니를 부르면서 얼마나 큰 위로와 힘을 얻는지 … .

"하쓰코初子! 하쓰코!" 이번에는 아내 이름을 부른다. 연민의 정이 절절히 가슴에 밀려왔다. 만일 내가 이대로 죽어버리기라도 한다면 저 젊은 나이에 … . 아 … 내 어찌 그렇게 무정하게 떠날 수 있겠는가 … .

자식! 얼굴조차 기억나지 않는 내 새끼 … . 아이 얼굴도 보지 못하고 죽을까 보냐? 절대로 그럴 수 없다 … .

"어머니! 하쓰코! 아가야! 기어코 살아남겠습니다. 부디 저의 생명을 굽어 살펴주십시오."

두 눈에서 뜨거운 눈물이 쉬지 않고 흘러내렸다.

하는 일 없이 소일하며 지내는 미쓰 부대의 식량은 이제 우리보다 적었다. 미쓰 중위의 얼굴에는 고뇌의 주름이 깊이 잡혔다. 큰북처럼 튀어나왔던 배는 푹 꺼졌고 다듬지 않은 수염은 턱을 뒤덮었다. 그는 온종일 침울한 표정으로 한숨만 내쉬었다.

"진수성찬이군." 내가 끓인 소철국을 들여다보는 미쓰 중위의 얼굴에는 부러운 빛이 역력했다. 쌤통이다. 무위도식하는 자의 운명이다. 굶어도 싸다. 악귀와 같은 모멸의 웃음에 내 입은 일그러졌고, 억누를 수 없는 복수의 쾌감이 솟구쳐 올랐다.

6월 말, 궁벽한 이 산간에도 오키나와 전투가 끝나가는 낌새가 보였다.

병사들의 움직임이 갑자기 활발해지고, 여기저기에서 무언가를 속닥이는 그들의 모습이 눈에 들어왔다. 이제까지 제각각 행동을 해오던 그들이 대오를 정리하기 시작했다. 해안에 가면 바위 그늘에 앉아 가만히 수평선을 바라보는 병사들의 모습이 사람들의 눈길을 끌었다.

그러는 사이에 본토로 해상 탈출을 감행하는 병사들이 나왔고, 실제로 데니야 해변에 숨겨두었던 통나무배가 어느새 사라져갔다.

어느 날 두 가지 소식이 전해졌다. 하나는 남부 전선 전황으로 슈리가 함락되었다는 것, 나카가미를 수비하던 이시 부대가 시마지리의 야마 부대와 교체했다는 것, 오키나와사범학교·제1중학교·제1고등여학교·제2고등여학교 등의 학생들이 눈부신 전과를 올리고 있다는 것, 오쿠야마 미치로奧山道郎 대위가 지휘하는 공정대空挺隊가 요미탄 비행장에 착륙을 강행하여 미군을 혼란에 빠뜨렸다는 것, 일본군은 변함없이 정신挺身 돌격을 감행하여 미군 사상자가 하루에 2천 명을 웃돈다는 것 등등. 그 이야기들이 언제 적 전황인지는 불명확했다. 하루에 2천 명의 사상자를 낸다면 20일 뒤에는 4만 명의 미군이 전멸할 거라며 갑자기 좋아라 하는 자도 있었다.

다른 하나는 구시 산속에 틀어박혀 철혈근황대와 호향대를 지휘하는 무라카미 대위가 부하에게 하사관 한 명을 사살할 것을 명령했다는 것이다. 그 하사관은 우리 눈에도 종종 띄었는데 도호쿠東北 지역 사투리를 쓰고 몸집이 큰 오장이었다. 어디서 구했는지 그는 언제나 미군 모자를 쓰고 있었다. 최근에 그가 자꾸만 시마지리 옥쇄 소문을 퍼뜨리고 다니고 있어, 이런 악질적인 헛소문을 지껄이고 다니는 놈은 살려둘 수 없다고 사살 명령을 내린 것이다.

그날 저녁 무렵에 한 사내가 찾아왔다. 여느 사내들과 마찬가지로 그 역시 머리카락과 수염이 제멋대로 자라게 내버려두었고, 무더위에도 누더기 겹옷을 둘렀으며, 짐이 들어 있는 모래 자루를 짊어지고 있었다. 그는 도수 높은 안경을 번쩍이며 반가워하면서 내 쪽으로 다가왔다. 누구지? 그는 내게 생각할 겨를도 주지 않고 활기찬 목소리로 말을 걸었다.

"이봐, 나야! 가미야마神山라구!"

"야아, 정말이네. 여길 어떻게 왔나?"

"내 학생이 이쪽에 살아서 말이야, 먹을 것을 좀 구하러 왔네. 철혈근황대도 해산했다네. 나는 지금까지 굶기를 밥 먹듯 하면서 나고산名護山에 틀어박혀 있었네."

그는 제3중학교 교사다. 힘찬 동작과 목소리로 보아 그는 도무지 굶주렸던 사람 같지 않았다. 우리는 긴 시간 동안 회포를 푼 다음 그가 꺼낸 고구마를 삶아 저녁으로 먹었다.

다음 날부터 가미야마는 데니야 마을에 있는 제자의 집에서 묵게 되었고, 헤어지면서 수류탄 한 개를 내 손에 쥐여주었다. 무기를 지닌 인간은 강해지는 법이다. 수류탄을 거머쥔 순간 일찍이 없었던 용기가 내 속에서 끓어올랐다. 비참한 최후를 모면할 수 있게 된 것이다. 이것만 있으면 단박에 목숨을 끊을 수 있다고 생각하자 너무나 기쁜 나머지 몸이 떨렸다.

가미야마가 찾아온 다음 날 정오, 생각만 해도 무시무시한 소식이 전해졌다. 그것은 어느 병사가 베껴온 것인데, 나는 길에서 그것을 읽었다. 종이 쪼가리에는 다음과 같은 내용이 적혀 있었다.

1. 오타 소장이 지휘하는 해군 부대는 6월 15일 오로쿠 방면에서 최후의 돌격을 감행한다.

2. 우시지마 중장이 지휘하는 육군 주력은 6월 22일 시마지리 남부에서 최후의 돌격을 감행한다.

마른하늘에 날벼락이었다. 일본군이 불리하게 되었다는 것을 내심 짐작은 했지만 그래도 틀림없이 대본영에서 무슨 수를 쓸 거라며 막연하게 희망과 요행을 바랐다. 이런 안타까운 마음이 오늘까지도 가슴속 깊이 자리 잡고 있었기 때문에 뜻밖의 소식을 듣는 순간 현기증이 일고 손발이 후들거렸다. 몇 번이나 다시 읽으면서 내 눈을 의심했지만 종이 쪼가리에 실려 있는 문자는 어떻게 보아도 엄연한 사실이었다.

구시촌 미하라산에는 쓰루기 부대라 불리는 통신대가 숨어서 본토와 연락을 취하고 있으며, 오키나와신보사 소속 우에치 보도반원이 이 부대와 연락하며 보도를 이어가고 있다는 소식을 알고 있었기 때문에, 그에게 가서 직접 물어볼까 궁리했지만 몸이 견뎌내지 못할 거라는 생각에 단념했다. 그 대신 데니야 민가에 피난 중인 가데나경찰서의 신조新城 서장 일행을 두세 차례 찾아간 적이 있었기 때문에 곧장 그리로 가보기로 했다.

신조 서장 일행은 여전히 계속해서 소철을 손질하느라 분주했고, 뜰과 방 안은 소철이 가득 차 있어 발 디딜 데가 없을 정도였다. 신조 서장은 심상치 않은 내 얼굴을 보더니 일손을 멈추고 밖으로 나왔다.

"무슨 일입니까?" 그는 눈꼬리에 주름을 잡으며 말했다.

"지금 중대한 정보를 듣고 왔습니다."

"아, 시마지리 비보 말입니까? 이미 들었습니다."

전부터 비관론자이며 기아대책론자였던 그는 별로 놀라는 기색도 없이 대답했다.

"그게 사실인 것 같습니까?"

"사실일 겁니다. 일본군이 완전히 패배한 거지요. 하네지에서는 미군에게 잡혀간 피난민들이 관공서를 열고 행정을 보고 있다더군요. 조만간 지사도 임명되겠지요."

서장의 말을 이해할 능력이 내게는 없었다. 그가 하는 말을 건성으로 들은 나는 한참 생각하다가 말했다.

"우리는 어떻게 하면 좋을까요?"

"나도 몰라요. 어쨌든 굶어 죽지 않기 위해서는 소철을 꺾어야겠지요."

안절부절못하는 나에게 그는 예의 소철론을 늘어놓는다. 이러면 나 스스로 문제를 해결하는 수밖에 없다. 일본군의 패배라는 커다란 문제를 앞에 두고 나는 도대체 어떻게 될지, 어쩌면 좋을지 혼자 생각에 빠졌다. 하늘이 무너질 것만 같은 상황 앞에서 나는 갈팡질팡했다.

마침내 미쓰 부대가 떠나는 날이 되었다.

그날 아침 칼과 모포와 잡동사니가 든 배낭과 함께 경기관총과 소총, 탄약 등을 모포로 싸서 뒤쪽 연못 속에 가라앉혔다.

몸을 가볍게 꾸린 그들의 허리띠에는 저마다 수류탄이 매달려 있었다. 완전히 채비를 마쳤을 즈음 언제 연락이 닿았는지 하사관과 병사 일고여덟 명이 달려와 가세했다.

이윽고 마을 사람들이 전송하러 왔다. 그들은 돌격에 나선다는 병사들을 위해 쌀과 술과 고구마와 된장 등을 가져왔다. 그들 가운데는 눈물을 흘리거나 합장하는 사람도 있었다.

오후, 출발 시간이 되자 병사들은 앞쪽 길에 정렬했다. 미쓰 중위는 뜰로 내려서더니 내 앞으로 다가왔다.

"그동안 여러 가지로 신세 많이 졌습니다. 그럼 … ." 그는 거수경례를 했다.

"뒤따르는 사람이 있다는 것을 꼭 기억해주십시오." 나는 감격한 나머지 엉겁결에 이렇게 말했다.

정렬한 병사들의 선두에 선 미쓰 중위는 전송하는 일동에게 주목하고 거수경례를 한 다음 떠났다.

하늘에는 미군 톤보기가 소리를 내며 날고 있었다.

4

내심 의심을 떨치지 못했던 일본군 패배 소식도 미쓰 부대가 출발하면서 기정사실로 다가왔고, 사람들은 점차 동요하기 시작했다.

미군이 머지않아 마을을 수색할 테니 그전에 백기를 들고 데이마汀間 마을로 내려가 투항해야 한다는 쑥덕공론이 마을 사람들 사이에 은밀하게 퍼져나갔다.

마을 사람 중에는 일찌감치 자기 집에 백기를 내거는 사람도 나왔다. 그럼에도 하산을 망설이는 참에 미쓰 부대가 떠난 지 이틀째 되던 날 대낮에 미군이 마을 어귀까지 와서는 위협사격을 가하고 돌아갔다. 당황한 마을 사람들은 드디어 투항하기로 작정하고 백기를 든 채 차례

백기를 흔들며 방공호에서 나오는 수비군의 병사들.

차례 산을 내려갔다.

계절이 바뀐 탓인지 소철은 녹말 함유량이 줄어들어 처음과 같은 맛이 나지 않았고, 몸은 점점 쇠약해질 따름이었다. 그 무렵 꿈에는 주로 먹을 것과 아내가 보였다.

산에 들어간 지 사흘째 되던 날 아침, 흐르는 물에 반합을 씻고 있으려니 가미야마가 다가와서 한동안 머뭇거리다가 쭈뼛대며 말을 걸어왔다.

"우린 이제 먹을 게 다 떨어졌다네. 그래서 자네와 이야기 좀 나누었으면 싶은데 말이야. 야마구치랑 나는 쓰루기 부대로 갈까 생각 중이라네. 우리는 둘 다 철혈근황대와 관련이 있기 때문에 미군한테 발각되면 어떻게 될지 모르거든."

"나도 함께 가세!" 나는 달려들 듯이 외쳤다.

"그게 말이야, 실은 나도 야마구치에게 부탁해보았지만 자네는 군적이 없어서 안 된다는구먼. 쓰루기 부대는 비밀 부대라서 일반인을 데리고 갈 수가 없다네. 정말로 안타깝지만 이해해주게."

"알았네. 그럼 가보게."

선뜻 대답하는 나에게 그는 머뭇대며 할 말을 찾는 듯하더니 곧바로 농담처럼 물었다.

"혼자서도 정말 괜찮겠는가?"

"내 일은 신경 쓰지 말게. 어떻게든 내가 알아서 결정할 테니까 말이야. 헌데 부탁 하나만 하세. 유서를 써줄 테니 전쟁이 끝나고 우리 식구라도 만나게 되거든 좀 전해줄 텐가?"

"무슨 그런 마음 약한 소리를! 꿋꿋하게 살아남아야지."

"먹을 게 다 떨어졌어. 이제 내게 남은 길은 포로가 되든지, 굶어 죽기를 기다리든지, 자결하든지, 세 가지 중 하나야. 충분히 잘 생각해보고 싶네. 어쨌든 편지는 좀 맡아줄 텐가?"

"그래, 써주게. 하지만 터무니없는 짓을 할 생각은 아예 말라구. 자네가 이상한 생각을 하니까 나도 떠나기가 힘들잖아."

"걱정하지 말래두 그러네. 나는 살아남을 거야, 반드시." 이렇게 대답하고는 가미야마를 앞에 두고 긴 편지를 써 나갔다. 내용은 그만두고 한마디라도 더 써야겠다는 절실한 심정으로 편지지를 빼곡히 채워 나갔다.

유서와 함께 유품으로 명함첩과 만년필과 체온계를 가미야마에게 건넸다. 그는 야마구치 중위와 함께 나를 떠났다.

마침내 나는 울창한 밀림 속에 혼자 남게 되었다.

두 사람과 헤어진 나는 산비탈에 있는, 마을 사람들이 버리고 간 피난용 오두막에 거처를 마련했다. 그리고 굶주림 속에서 4~5일이 지났다.

마을은 이미 미군이 점령했기 때문에 내려갈 수 없고, 지금 있는 곳에서 움직이면 그대로 쓰러질 수밖에 없다. 체력은 바닥으로 떨어져서 물을 마시러 가는 데에도 기진맥진했다.

음식을 입에 대지 못한 지 이틀째, 이제는 배고픈 줄도 잘 모르겠고 늘어지는 듯한 권태감만이 사지에 밀려들었다. 만약 이대로 자리를 보전하고 굶어 죽기를 기다린다면 편안하게 죽을 수도 있겠다는 생각마저 들었다.

식구들의 장래를 걱정할 여유는 더 이상 없다. 지금은 내 한 몸 감당하기도 버겁다. 그토록 살아남겠다고 다짐했건만 일이 여기에 이르고 보니 새삼 어쩔 수 없는 무력감을 떨치기 힘들었다. 산다는 것은 얼마나 힘겨운 일이며, 죽는다는 것 또한 얼마나 쉬운 일이냐! 걸핏하면 될 대로 되라는 마음이 되려는 자신을 꾸짖으며 나는 살 방도를 강구해보았다.

포로! 떠올리기도 싫다. 포로가 된다는 건 신념을 저버리는 일이 아닌가. 신념을 잃은 뒤에도 새롭게 살아갈 수 있을지는 불투명하다. 수많은 청년들이 이 신념 속에서 기쁘게 죽어가지 않았는가. 그리고 두 명의 동생! 그들은 지금도 어디선가 싸우고 있다. 나의 동생들은 많은 청년들이 그랬듯이 황국의 불멸을 믿고, 유구한 대의에 살기 위해 조만간 죽음을 택할 것이다. 아니 벌써 죽었는지도 모른다. 그런데 내가 포로가 된다면 어찌 동생들에게 부끄럽지 않겠는가.— 이 대목에서 나는 첫 번째 장벽에 부딪혔다. 다시 생각을 이어나갔다.

게다가 전쟁은 아직 끝나지 않았다. 본토에 소개시킨 늙으신 어머니와 처자식은 앞으로도 오랫동안 싸우게 될 것이다. 그런데 나는 포로가 되어 그들의 고통을 나 몰라라 한다.— 여기에서 나는 두 번째 장벽에 부딪혔다. 그러나 이 장벽은 나에게만 국한된 문제일지도 모른다. 좀 더 넓혀서 문제를 생각해보아야 하지 않을까.

만약 지금 일본이 항복한다면 —이미 시간문제일 테지만— 1억 국민은 옥쇄해야 할까. 아니! 그건 마지막 날까지 기다려봐야 할지도 모른다. 하지만 이 또한 변명에 지나지 않는다. 문제는 결국 개인의 의지에 달려 있다. 나는 이제까지 고수해온 인생관과, 신앙의 차원으로까지 높아진 신념을 포기할 수 있는지 여부를 둘러싸고 다시 처음 문제로 되돌아갔다. 그것은 여전히 분명하지 않았다.

여기까지 생각을 끌어온 나는 약해빠진 사람이 으레 그렇듯 가장 쉬운 길을 택했다. 더 이상 도망칠 방법은 없다. 그래, 죽자. 이것 말고 다른 방법은 없다. 이제 모든 괴로움에서 놓여날 때가 되었다. 나는 이렇게 결론을 내렸다.

이번에는 죽는 방법에 대해 생각해보았다. 방법은 쉽게 해결되었다. 수류탄 한 방이면 모든 게 끝난다. 고통을 느낄 겨를도 없을 것이다. 그보다는 죽을 장소와 시간이 문제다. 누구에게도 보이지 않을 장소, 때는 이른 아침. 그럼 언제? 좀처럼 결심이 서지 않았다. 그건 마음이 내킬 때 하자. 먼저 장소를 물색해두어야 한다.— 비장한 나의 계획은 여기에서 멈췄다.

어느덧 주위는 어두워졌다. 괴조怪鳥가 우짖는 불길한 소리가 위협하듯 귀청을 때렸다.

나는 주위에서 마른 잎을 긁어모으고 호주머니에서 성냥을 꺼냈다.

성냥개비는 세 개밖에 남아 있지 않았다.

처음 한 개비는 불이 붙는가 싶더니 곧 꺼져버렸다. 두 번째 개비는 좀처럼 불이 붙지 않았다. 드디어 마지막 한 개비! 마지막 이 한 개비에 나의 운명이 달려 있는 것만 같아 가슴이 방망이질하듯 세차게 뛰었다.

확, 기세 좋게 불이 붙었다. 성냥개비에 불이 붙어 마음이 놓인 나는 천천히 그것을 마른 잎에 가져갔다. 바로 그때였다. 휙, 바람이 불어오더니 순식간에 불은 꺼지고 말았다. 다시 가슴이 뛰기 시작했다. 무슨 의미일까. 한참을 생각하다가 나는 지쳐버렸다. 이미 죽을 결심을 한 지금까지도 나는 여전히 누군가의 지시를 기다리고 있는 것은 아닐까!

7월 11일! 포격으로 불이 붙었던 산에서는 여전히 연기가 피어올랐고, 하얀 재가 안개비처럼 나무 사이로 내려앉았다.

산에 포탄이 떨어진 날이 어제인지 그저께인지도 분간할 수 없을 만큼 나는 기진맥진해 있었다.

드디어 최후의 시간이 왔다고 판단한 나는 주머니에서 가족사진을 꺼내 갈기갈기 찢었다. 식구들을 찢긴 내 살점 속에 차마 묻을 수가 없었던 것이다.

죽기 전에 무언가를 먹고 싶다. 하지만 아무것도 없다. 하다못해 물이라도 원 없이 마시고 싶었던 나는 몸을 일으켜 나무를 붙잡아가며 골짜기 아래로 내려갔다.

부웅, 몸이 공중으로 뜨는가 싶더니 울퉁불퉁한 땅바닥으로 고꾸라져서 일어날 수가 없었다. 탁, 둔탁한 소리가 나더니 주위가 캄캄해졌다. 나는 정신을 잃었다.

얼마나 시간이 지났을까. 정신이 들어 눈을 뜨니 양미간이 몹시 아팠다. 얼굴을 들자 미지근한 피가 콧날을 타고 흘러내린다. 손바닥으로 피를 닦아내면서 얼굴과 손이 온통 끈적끈적한 피로 범벅이 되었다.

골짜기를 내려가 그곳에서 얼굴을 씻고 물을 마신 나는 원래 있던 장소로 다시 기어올라갔다.

그리고 허리춤에 손을 대보았다. 순간 엉겁결에 비명을 질렀다. 수류탄이 없다! 공포에 질린 나는 필사적으로 온몸을 뒤졌다. 없다! 골짜기 아래로 뛰어내려갔다. 여기에도 없다! 숨을 몰아쉬며 기어올라온다. 다시 내려간다. 기어올라온다. 어디에도 없다! 어디로 사라진 것일까 … . 나는 쓰러졌다.

이렇게 나는 죽음의 손아귀에서 놓여났다.

녹초가 된 나는 손 하나 까딱하는 데에도 목숨이 줄어드는 것만 같았다. 그대로 굶어 죽기를 기다리는 것 말고는 목숨을 끊을 기력조차 없었다.

조금 전까지만 해도 죽을 결심을 했었다는 사실을 떠올리니 등골이 오싹했다. 그토록 골몰했던 죽음이 이제는 두렵고, 기괴하고, 혐오스럽기까지 했다. 나는 눈에 보이지 않는 죽음의 손길로부터 점차 뒷걸음질 치기 시작했다.

그렇다면 죽을 이유를 찾던 그 많은 생각들은 대체 어디에서 비롯했을까. 무기가 가진 마력 때문은 아니었을까. 나 자신이 마력의 포로가 된 것은 아니었을까. 나는 다시 전율했다.

숨 막힐 듯한 충동에서 벗어나자 이번에는 사람들을 향한 알 수 없는 그리움이 가슴에 차올랐다. "모두 함께 살아남아야 해!" 이렇게 혼잣말을 뇌이고 보니 주위가 갑자기 환해지면서 나를 둘러싼 초목까지도 뭔가 의미 있게 다가왔다.

나는 마을 어귀에 서 있었다.

그 사내는 나를 발견하자 짊어지고 있던 짐을 그 자리에 내려놓고는 한걸음에 달려왔다.

"이봐요! 이게 웬일입니까. 지금 무얼 망설이는 거요. 마을에는 아무도 없다구요. 나는 짐을 가지러 온 겁니다. 요자 서장님과 학교 선생님도 모두 내려갔어요."

"요자 서장님까지 … 그랬군요 … ."

만감이 밀려온 나의 두 눈에서 닭똥 같은 눈물이 뚝뚝 떨어졌다. 그리고 끝내 꺼이꺼이 목을 놓아 대성통곡하기 시작했다. 그것은 스물아홉 해 생애에 결별을 고하는 울음이었다.

"이제 그만 울어요. 당신 한 사람만 슬픈 게 아니잖소. 살다 보면 언젠가는 좋은 일도 있을 겁니다." 그는 딱하다는 듯이 나를 보다가 이내 말투를 고쳐 말했다.

"이봐요, 데이마까지 걸을 수 있겠어요? 그 모포와 반합은 다 버리시지요. 병사로 오인 받아서는 곤란하니까요. 아참, 계속 굶으셨지요? 마침 잘됐네, 여기 고구마가 있어요. 얼마든지 드세요. 그리고 함께 가는 겁니다."

울 만큼 울어젖힌 나는 사내가 건네준 고구마로 배를 채우고는 믿음직한 그의 뒤를 따라 산을 내려갔다.

햇살이 찬란하게 우리 두 사람 머리 위로 쏟아졌다.

부록

전투 경과 개요

1

오키나와 전투는 1945년 3월 23일에 본격적으로 시작되었다. 미군은 오키나와 작전을 용이하게 풀어나가기 위한 일환으로 일본 본토의 항공기지를 무차별적으로 공격했다. 특히 3월 23일 미 공군은 타이완을 폭격하고, 규슈 일대 및 나고야시를 맹렬하게 공습했다. 일본군이 이오섬을 빼앗긴 이래 불안했던 미군의 공격이 이날 현실이 되었다. 즉 미군 기동부대가 오키나와제도 근해에 출현하여 주로 오키나와 본섬 남부에 포격과 폭격을 가하고, 3월 25일 일부 병력을 게라마열도에 양륙시키며, 전력을 모두 쏟아 열도 가운데 가장 큰 오키나와 본섬에 본격적인 상륙을 기도했다.

미군은 상륙 작전의 일환으로 마리아나 기지로부터 B29기를 내보내 규슈 지구를 대거 습격하여 오키나와와 본토와의 작전 연계를 끊고 오키나와를 고립시킴으로써 본토에 대기 중인 일본군의 오키나와 전투 참전 의지를 꺾어버리고, 일본군은 실제로 미군의 상대가 될 수 없다는 것을 알렸다. 상륙군을 맞아 한 발도 제대로 응사해보지 못한 일본군 부대와 함께 오키나와섬은 섬뜩한 정적만이 감돌았다. 섬과 바다와 하늘은 미군기와 미 함선의 포격과 폭격에 휩싸였다. 일본군은 예상을 뛰어넘는 엄청난 전력에 압도되어 삼켜지게 될 것을 알지 못했는가, 아니면 모두가 깜짝 놀랄 만한 비책이라도 감추어두고 있었던가.

백주에 당당하게 상륙한 미군의 모습은 대단했고, 침묵을 지키는 일본군 수비대의 태도도 태풍 전의 고요함과 흡사했다. 이리하여 태평양전쟁 최대 결전의 막이 극적으로 올랐다. 이런 불길한 기운 속에서 3월 27일을 맞이했고, 그날 아침 나중에 '가미카제 특별공격대'라 불린 일본군 특별공격비행대 약 10기가 최초로 게라마열도 해역의 미 함선 군단을 혼신을 다해 공격했다.

3월 29일에는 이 작전에 참가한 영국의 태평양함대 일부가 아마미오섬奄美大島과 사키시마섬先島 방면을 주로 공격했다. 또한 오키나와섬에 대한 공격도 더욱 치열해져 하루에 수천 발이나 되는 함포탄을 쏘아댔다.

3월 31일 아침, 남부 서안 슈리 구릉 앞쪽에 가로놓인 가미야마섬에 미군이 상륙하고, 다음날인 4월 1일 오전 7시경부터 항공기 약 1,500기와 1,400척 이상의 크고 작은 함선이 합동 작전을 펼쳐 오키나와 본섬 서해안 가데나 방면에 주력 부대를 양륙했다. 동시에, 시마지리 남단 미나토가와 방면에서는 함포사격과 상륙용 보트를 이용하여 견제성 양동작전을 반복했다.

이날 슈리 군사령부에 있던 일본 군사령관 우시지마 미쓰루 중장과 조 이사무 참모장은 부관 한 명을 데리고 동굴을 나왔다. 슈리성 밖 소노한우타키園比屋武御嶽(우타키는 오키나와에 있는 성역으로 마을 공동체가 제사 지내는 곳이다. 사람들은 이곳으로 조상신이 찾아온다고 여겨 정성껏 관리했다. 우리나라의 성황당 정도에 해당한다—옮긴이)의 돌담 위에 오른 우시지마 사령관은 쌍안경으로 앞쪽 마키미나토 방면 해상을 가득 메우며 다가오는 상륙용 보트를 보면서 "앞에서부터 올라올 작정인가"라며 머리를 갸웃거렸다. "설마, 바보가 아니고서야." 조 참모장은 사령관의 의구심을 곧바로 받아쳤는데, 그들이 주고받는 대화는 태평스럽기 그지없었다. 한편 동굴 사령부에서는 통신병이 전화기에 매달려 흥분을 애써 누르는 듯한 목소리로, 그러다가도 때로는 소리가 잘 안 들린다며 다급한 목소리로 전선에서 날아드는 소식을 받고 있었다. "어이, 미나토가와 군. 함포는 여전히 … . 아니, 뭐라구. 어이, 들리는 거야. 뭐라, 보트 군단이 해안선 일대에 … . 양동작전 같다구? 올 테면 올라와보라구 그래 … ." 모든 섬의 전황이 손바닥 들여다보듯 훤하게 이곳 동굴 사령부로 전해졌다.

상륙 이틀째인 4월 2일, 요미탄 비행장과 가데나 비행장이 미군의 수중에 떨어졌고, 미군은 다시 미사토촌 도바루와 동해안의 아와세 일대까지 진격했다. 한편 가데나 방면의 미군은 자탄에서 잔파곶에 이르는 동안 계속해서 병력을 증강했다. 미군이 최초로 상륙한 이 방면에 대한 일본군의 게릴라식 야간 전투에 10명 안팎의 오키나와 부인婦人이 처음으로 돌격대에 참가했다는 내용을 내외신이 보도했다.

또 미군은 상륙 후 가장 먼저 북·중 두 비행장을 집요하게 압박했고, 재빨리 자재를 양륙하여 비행기지 정비에 힘썼기 때문에 이 방면에 대한 야간 돌격도 여러 차례 반복되었다.

오키나와섬에 최초로 상륙한 부대는 레이테섬에 상륙했던 제24병단과 루손섬에 상륙했던 해병대 제3수륙양용부대인데, 이 두 부대로 미 제10군을 편성했다. 군사령관은 애투섬과 키스카섬(알류샨열도에 있는 섬들로 태평양전쟁 때 일본군과 미군의 격전지였다—옮긴이)의 공격군을 지휘한 사이먼 B. 버크너Simon Bolivar Buckner(1886~1945) 중장이었다.

4월 4일, 미군은 자탄촌 시마부쿠로 부근에서부터 다시 오야마와 기노완을 잇는 선까지 진출했고, 4월 5일 오키나와 본섬에서 폭이 가장 좁은 4킬로미터 남짓한 이시카와 지협을 차단하여 오키나와섬을 남북으로 완전히 끊어버렸다. 이 부대는 다시 구릉을 넘어 북상했다. 같은 날, 미군은 주민을 보호한다는 목적으로 북부 오키나와에 군정부를 설치했다.

그 무렵 상륙 지구의 전투 양상은 미군이 일본군 진지에 함포사격을 가하는 데 맞서 일본 특공기가 미 함선 무리에 돌격했고, 육상에서는 전차를 앞세운 미 보병부대가 일본군 진지를 향해 끈질긴 공격을 가하며 진출했고, 이에 맞선 일본군은 야간 돌격과, 전차에 대한 육탄 공격 등으로 대응할 뿐이었다. 미군은 상륙 후 처음에는 하루에 약 5킬로미터씩 전진했지만, 4월 8일경부터는 오야마-쓰하 전선에서 일본군의 강력한 저항에 부딪혀 하루 180미터에서 360미터 정도밖에 나아갈 수 없게 되었고, 전투는 더욱 힘겹고 격렬해졌다.

4월 9일 미군은 모토부반도의 절반을 제압하고, 다음 날 다시 운텐항과 쓰켄섬津堅島을 점거했다. 좁은 섬 중앙부를 달리는 구릉을 올라가면 섬의 양쪽 바다가 보인다.

이 무렵 전황의 전반적인 양상은 한 편의 대단한 드라마를 연상케 한다. 게라마열도의 섬들은 산불이 나서 화염에 휩싸였다. 섬을 에워싼 함선들에서 퍼붓는 포격은 잠시도 그치질 않았다. 두두두, 포격한 군함은 뒤로 물러서고, 연달아 또 다른 군함이 앞쪽으로 나와 포격하여, 군함들이 교대로 들고나며 장대하게 펼쳐 보이는 광경을 바로 코앞에서 보느라 위험한 줄도 모르고 넋을 잃을 정도였다. 그리고 구름을 뚫고 다가오는 특공대의 그림자, 그림자, 그림자! 바다와 하늘을 뒤덮은 굉음과 탄막! 격추! 불타오르는 함선, 여기저기 사방에서 치솟는 불기둥, 시커먼 연기! 둥지로 돌아가는 새 떼처럼 빽빽하게 하늘을 뒤덮은 미군기! 그것은 한 편의 엄청난 드라마였다. 4월 6일 저녁 무렵, 잔파곶 서쪽 바다와 이토만 서남쪽 몇몇 해상에서 함선이 불타오르는 것이 보였다. 이때 미 함선에 돌격을 감행한 일본 특공기는 '하야테疾風'라 부르는 신형 전투기였다.

육상전은 4월 8일이 되어서야 미군이 처음으로 전차 약 150량과 병력 5천 명으로 맹렬한 포격의 엄호 아래 오야마 남쪽 2킬로미터 지점인 가카즈에 있던 일본군을 대거 공격하고, 포격과 돌격으로써 목숨을 건 사투를 벌이면서 전개되었다.

한편 오야마 남쪽 85고지에서는 손바닥만 한 이 고지를 두고서 육탄전을 벌였다.

그전에 미군은 전차 130량과 보병 약 5천 명이 나고만에 상륙하여, 4월 8일 밤 가미야마섬에 장거리포를 설치하고 슈리 진지를 날마다 공격했다. 가미야마섬에는 니시오카 소위가 지휘하는 일본군 돌격대가 통나무배를 타고서 엄중한 해상 경계망을 뚫고 은밀하게 역상륙을 감행하여 미군 포병 진지를 교란했다. 오키나와 해역의 혈투는 악천후 속에서 급격히 고조했다.

2

4월 11일 아침, 미군 제24병단 한 개 연대가 나하 북쪽 일본군 요새 진지로 몰려들었다. 마키미나토 비행장 동쪽 3킬로미터 지점 일본군 진지를 둘러싼 혈전은 승패를 가르지 못한 채 이틀이나 계속되었다. 이때 일본군은 각종 자동화기를 미군과 대치한 최전선에 배치하고 최대한 사용했는데, 특히 유탄포과 카농포를 집중적으로 퍼부었다. 이로부터 며칠 뒤 일본군 지상부대가 오키나와 전투 중 최대의 반격을 가했다. 특공기의 공습이 격렬했던 이 전투는 슈리 전선의 전초전이었다. 4월 16일 미군 전차 약 80량과 병력 약 1천 명이 이에섬에 상륙했고, 4월 18일 이에섬 전투에서 미국 종군기자 어니 파일Ernie T. Pyle(1900~1945)이 전사했다.

4월 19일이 되자 미군은 갑자기 적극적인 공세를 폈다. 제24병단의 제7사단, 제27사단, 제96사단의 병력으로 지상포병과 전함, 순양함 등 그 밖에도 종합적이고 집중적인 포격의 엄호를 받으며 마키미나토 일대의 일본군 방어진지에 대한 대규모 병력으로 공습을 개시했다. 즉 미군은 동해안 쓰하 남쪽에서부터 가네코我如古를 지나 가카즈에 이르는 동서 약 6킬로미터 전선에 1만 명의 병력을 계속 투입했고, 열흘간의 사투 끝에 인근의 모든 마을을 궤멸시키고 끔찍한 잔해를 남겼다. 일본군은 길이(원서에는 깊이라고 되어 있지만 정황상 길이가 맞다—옮긴이)가 6.5킬로미터에 걸쳐 포진한 특화점特火點 진지(자동화기를 엄폐해 놓은 진지로 토치카를 이른다—옮긴이)와 동굴을 이용한 방어선을 따라 미군의 진출을 막았다. 미군은 포병대를 한군데로 모으고 함선과 공군이 서로 호응하며 이들에게 맹포격을 가했고, 일본군 역시 중포로 응수했다. 4월 22일 미군은 구스쿠마城間를 점령하고, 나하로부터 3킬로미터 정도 떨어진 마키미나토 지역의 일본군 방어선을 뚫었다.

4월 22일 이후 미군의 진출은 두드러졌고, 4월 25일까지 슈리 동북 약 4킬로미터 지점인 오나가 고지로부터 니시하라 남쪽과 구스쿠마 북쪽을 연결하는 선까지 진출했다. 나하 동북 약 6킬로미터 지점인 미나토가와 부근 해상에서는 소형 보트로 병력과 자재를 양륙했다. 4월 26일 오전 6시경 나카마·마에다·고치 전선에서 다시 양군의 균형이 깨져, 미군은 지상포화와 함포사격으로 일본군 주비진지主備陣地를 공격했다. 이날 10시경부터 전차를 동반한 강력한 보병부대가 진출하여, 가카즈-가네코 전선으로부터 서쪽과 남쪽 2~3킬로미터까지 전선을 넓혀나갔다.

4월 28일 무렵부터는 날씨가 좋아져 초여름다운 푸른 하늘을 볼 수 있었다. 이에 따라 일본 특공기의 공습도 활발해졌다. 육상 전투에서는 미 지상부대가 본격적으로 활동하기 시작했다. 4월 28일 아침부터 미군은 고치 동쪽 지구에서 밀어붙이기 공격을 개시하고, 마에다 서쪽 지구에서는 마에다·나카마·구스쿠마 전선으로 진출했는데, 일본군은 여전히 종심진지縱深陣地(최전방에서 후방에 이르는 세로의 선에 구축한 진지, 또는 심층 방어를 위한 진지. 공격 측의 전진을 막는 것이 아니라 시간을 벌면서 적의 피해를 증가시키려는 전략 때 구축하는 진지다—옮긴이) 전술을 써서 미군 진출을 저지하고자 했다.

그 후로 여러 날 동안 전투는 잠시 소강상태를 보였고, 그사이 병력과 자재를 보급한 미군은 5월 2일이 되자 다시 동해안과 중앙 고지대와 서해안 세 곳을 중심으로 맹렬한 공격을 개시하여, 강력한 화염전차의 엄호를 받으며 밀어붙이는 미군과, 자신들의 주요 진지에서 이들을 맞아들이는 일본군 사이에서 일진일퇴의 격렬한 전투가 벌어졌다. 5월 4일, 전차를 동반한 미군 일부가 슈리 동쪽 약 4킬로미터 지점인 가자我謝에 진출했고, 서해안 방면에서는 슈리 서쪽 약 3킬로미터 지점에 상륙했다. 이 무렵부터 날씨가 나빠져, 일본군은 오직 야간 공습 전술을 써서 미군에 돌격을 감행했다. 이리하여 슈리 일본 군사령부는 서남쪽 3~4킬로미터 지근거리까지 미군 진출을 허용하며 완전히 포위되고 말았다. 5월 10일 아침 미군은 서해안에 보트 60척을 띄우고 아자강安謝川을 건너 마에다 남쪽 고지를 탈취하려고 했다.

4월 1일 상륙한 미군은 일주일 뒤 오키나와 본섬에서 가장 좁은 지역을 횡단하고, 북·중 두 비행장을 손에 넣은 다음 남부 지구로 공격 지점을 돌렸다. 동해안 방면에서는 제7사단, 서해안에서는 제27사단, 중앙 돌파에는 제96사단 약 3만 병력을 투입하여 일본군의 주요 진지를 압박했다. 물량 축적과 진지 구축에 주도면밀한 준비를 하고 세 차례에 걸쳐 본격적인 공격을 가하며 침투 작전을 시도했지만, 미군은 주력을 상륙 지점에 그대로 두고, 전선의 전투부대를 내세워 출혈을 피하는 전법을 썼다. 5월 3~4일 일본군은 슈리 전면의 미군에 맞서 총반격을 가했지만, 5월 6일 다시 원상태로 돌아갔다. 이어서 미군은 5월 12일 아침부터 전면적인 공격을 개시하여, 우라소에촌 다쿠시 북쪽 고지에 주력 부대를 보내고, 다시 전차 40~50대와 보병 약 2천 명으로 마카비眞嘉比와 도마리 일대의 고지로 침투하여 일본군과 혼전을 벌였다. 이리하여 육상 전투는 점차 새로운 국면에 접어들었다. 즉 미군은 나하·슈리 두 도시의 북쪽과 가자를 잇는 동서 10킬로미터의 모든 전선에 제7사단, 제77사단, 해병 제1사단, 해병 제6사단 등 총 네 개 사단의 총 병력을 투입하는 한편, 북·중 두 비행장에서 기지 공군의 협력하에 일본군 주요 진지 일대에 전면적인 총공격을 했다. 특히 공격의 주력은 슈리와 나하의 중간 지역을 향해, 같은 도시 북쪽에 인접한 도마리 주변에서는 전차들을 앞세운 미군의 강력한 침투 작전이 실시되었고, 나하시 북쪽 부근 구릉지대에서 다시 전선은 혼란스러워졌다.

5월 13일 아메쿠 방면의 미군 진지에 일본군이 돌격을 감행했지만, 5월 14일 다시 공세에 나선 미군은 나하 한 귀퉁이인 아사토에 침입하여, 슈리의 다이라정平良町 북쪽 고지 및 스에요시末吉 부근까지 들어왔다. 5월 17일 마침내 미군은 슈리 동북 1킬로미터 고지를 점령했다. 그러나 이 방면 전투에서 지난 열흘간 미군이 진출한 거리는 200미터에서 2천 미터 사이였다.

미군은 5월 17일, 슈리시 이시미네정에서 가까운 고지를 획득했고, 한편 우라소에촌의 '초콜릿 고지'에서는 초콜릿 고지 서남쪽 비탈을 빼앗으러 온 일본군을 격퇴했다.

그동안 미군은 나카니시 비행장을 제압하고, 나하 북쪽 도마리 고지를 포격하면서 틈틈이 백병전을 벌인 끝에, 5월 17일에는 제6육전대가 아사토강을 건너 도시의 큰 거리 중심 지구로 돌진해 들어왔다. 5월 19일 우라소에촌의 '슈가 고지'는 해군 두 개 부대가 대부분의 병사를 잃고 두 시간 동안 간신히 산정을 점령했다가 곧 떠밀려나고 말았다. 이때 다코쓰보 전술과 참호전이 교묘하게 행해졌다. 미군은 목표로 삼았던 슈리·나하 두 도시를 완전히 제압할 수는 없었지만, 미 제10군은 강력한 저항을 서서히 밀어내면서 슈리시 중심에서 약 1.8킬로미터 떨어진 지점까지 진격하며 슈리를 포위하는 형세를 띠었다.

5월 21일 슈리 북서쪽 '슈가 고지'는 11번에 걸친 쟁탈전 끝에 미군의 수중에 들어갔다. 미군 최전선 부대는 5월 21일까지 슈리시의 이시미네, 오나大名, 스에요시 및 나하 방면의 마카비·아사토를 잇는 선에 붙박인 채 백병전을 연출했고, 동해안에서는 지상 포격의 엄호 아래 전차를 내세우며 운타마무이 숲 동쪽 일본군 진지로 침투한 데 이어 다시 요나바루에 진출했으며, 슈리를 후방에서 좁혀 들어가려고 했다.

5월 22일 다시 미군은 대치한 각 최전선 진지들을 빼앗기 위해 대대적으로 파상공세를 펼쳤다. 즉 모든 전선에서 중포와 박격포와 함포가 일제히 사격을 가하고, 전차를 투입하여 일본군 진지 앞 200~300미터까지 다가가 영거리사격을 하는 상황이었다. 나하의 제6해병 사단은 일본군 나하 수비대를 좁은 지역으로 몰아넣고, 요나바루 방면에서도 조금씩 침투해 들어갔는데, 계속되는 폭우로 인해 힘겨운 전투가 이어졌다.

3월 18일부터 5월 21일까지 미군은 오키나와의 지상전투와 나란히 해상 엄호작전에서 전사자 8,310명을 냈았고, 부상자는 2만 2천 명을 넘는다. 게다가 제1급 항공모함 '프랭클린'을 비롯한 강력한 함선이 입은 손실은 결코 적지 않다. 과학적 우월을 이용해 미군은 항공모함과 항공 병력을 주축으로 하는 이례적인 수륙양용 공격 병기를 만들어냈지만, 일본군은 집중포화를 맞으면서도 이례적인 역공법으로 대응했다. 그 결과 미군은 애초의 계획을 수정하지 않을 수 없었다. 일본군이 지상에서는 결사적으로 동굴 작전을 펴고, 공중에서는 가미카제 공격을 병행하면서 미군의 희생은 더욱 커졌다. 이로 인해 도쿄를 공격하려던 목표가 더욱 요원해졌다고 미국 신문은 보도했다.

드디어 육상 전투가 나하·슈리 전면으로 이동함에 따라 미군은 모든 병력을 이곳에 쏟아부으며 맹공을 가했고, 일본군은 최후의 주비 진지 수비에 필사적으로 매달렸다. 전차로 진지 시설을 철저하게 파괴한 다음 보병포부대를 진출시키겠다는 용의주도한 전술 아래 본격적인 기계화 물량전으로 나온 미군은 지상전과 동시에 오키나와 본섬 주변의 함선들을 활발히 움직였다.

그런데 5월 24일 밤, 오쿠야마 미치로 대위가 지휘하는 일본군 특별공격 공정부대인 '의열대'와 '비룡대'가 달밤에 북·중 두 비행장에 착륙을 강행하고, 미 항공기, 군수품 집적소, 비행장 시설 등을 폭파하여 미군을 혼란에 빠뜨린 후 전원 옥쇄했다. 이는 3월 18일 이래 나하와 슈리를 잇는 주요 전쟁터 일대가 포연에 휩싸여 처절한 지상 전투가 이어지고, 미군 최전선 부대가 슈리·나하 교외로 접근하자, 초조해진 일본 육군 항공대가 취한 최후의 전술이었다.

'신부대振武隊'를 중심으로 하는 일본군 각 비행 부대는 악천후에 대기하고 있다가 날이 개자 오키나와 전장으로 날아들었다. 5월 24일 밤 전투기 부대의 엄호 아래 가장 먼저 비룡폭격대가 출격하여 이에섬 기지를 주목표로 삼아 북·중 두 비행장을 급습했고, 몇몇 전투기가 파상공격을 하며 세 기지를 제압했고, 오쿠야마 대장이 지휘하는 의열공정대가 북·중 두 비행장에 착륙을 감행했다. 이 기지에 대한 항공 격멸작전에 이어 5월 25일 새벽, 다시 비룡특공대가 진격하여 적의 함선에 돌진했다. 이에 호응하여 동시에 일본의 공군기지로부터는 히엔飛燕, 하자破邪, 야마부키山吹, 구단九段, 하가쿠레葉隱, 유큐悠久, 고마降魔, 덴츄天誅, 오카櫻花 등 신부특공대의 각 부대가 일제히 날아올랐다.

이때 일본은 신병기를 이용한 새로운 공격 방법을 발표했다. 즉 진라이神雷특공대가 그것이다. 일본은 332명의 결사대원이 날개 하단에 장착한 로켓탄을 타고 미 함선을 향해 돌격했다고 보도했다. 새로운 공격 방법은, 공격기의 기체 하단에 탑승한 채 함대의 상공에 이르면 분사추진식의 '인간 폭탄'이 인체가 견딜 수 있는 최대 속력으로 함선에 돌진하여 1톤의 폭약 한 발로 항공모함과 전함을 순식간에 격침시키는 효력을 지녔다고 일본 측은 발표했다.

한편 육상 전투에서 일본군은 며칠간 내린 폭우를 무릅쓰고 슈리·나하 두 도시의 중간 지점인 아사토 부근의 미군에게 육탄 공격을 계속했다.

미군은 5월 24일 저녁 동해안에서 아마고이모리雨乞森 부근으로 진출하며 적극적으로 남하를 기도했다. 5월 23일 서해안에서는 일본군이 아사토강을 건넌 미군을 아사토까지 물리쳤지만, 5월 24일 아침이 되자 미군은 이 방면에 병력을 증강시켰고, 그 일부가 정오 무렵 요기 서쪽 지구에 침투하여 모든 방향에서 서로가 지근거리에서 대치하며 치열하게 전투를 벌였다.

일본군 수비부대는 이 지대의 기존 진지와 지형지물을 교묘하게 이용하여 백병전을 계속했고, 한편 미군은 5월 21일 저녁 자탄·가데나 두 지역의 중간에서 새로운 증원 병력을 양륙하기 시작했다. 또 5월 19일경부터 미군은 남부 주요 전투 지구인 지넨곶, 오우섬奧武島, 기얀, 이토만 등지도 간헐적으로 함포사격을 하며 일본군 주요 진지의 배후를 탐색하려고 했다. 강력한 후속 선단이 연이어 오키나와 근해에 도달하고 육상 전투에 한층 박차를 가하는 것처럼 보였다. 미군이 상륙한 지 50여 일, 문자 그대로 손바닥만 한 땅을 가지고 다투는 격전의 장에서 미군은 우수한 화력과 절대적으로 우세한 병력을 앞세워 일본군 진지를 차례차례 돌파하려고 했다면, 일본군은 기존 진지 지대로 미군을 유도하여 반격을 가하려고 했다. 전선의 상황은, 미군이 요나바루, 운타마무이, 오나, 57고지 및 아사토 방면을 집중적으로 공격하며 최전선에 새로운 병력을 투입하면서 결전 단계에 들어갔다.

3

상륙 이후 미군이 택한 코스는 서부 해안에서는 오야마부터 가카즈, 구스쿠마, 아자, 아메쿠를 지나 아사토 마을에, 중부 지구에서는 기노완을 기점으로 가네코, 마에다, 아하차安波茶, 교즈카經冢를 지나 슈리 북쪽 지점에, 또 동부 해안에서는 쓰하, 오나하小那覇, 가자를 지나 요나바루 남부 지구에 들어갔다. 미군은 이 좁은 지역, 오야마에서 아사토까지 9킬로미터의 서부 해안, 기노완부터 슈리 북쪽 고지에 이르는 약 6킬로미터 거리의 중부 지구, 그리고 쓰하부터 요나바루까지 약 6킬로미터의 동부 해안을 침투하는 데 약 40여 일이 걸렸다.

그동안 슈리 최전선의 일본군은 수류탄과 카농포를 매우 교묘하고도 대규모로 퍼부었고, 미국 신문은 미군이 5분 동안에 263발이라는 다량의 포탄을 좁은 제7사단 진지에 집중적으로 퍼부었다고 보도하여, 이 지역의 전투가 실로 격렬하고 무시무시했음을 알렸다.

5월 중순 무렵 미군은 나하·슈리의 북쪽에 있는 가자를 잇는 선에서 전열을 가다듬은 다음, 먼저 오키나와 본섬 서해안 방면을 공격 목표로 삼았다. 미군은 나하를 향해 서쪽 해안에서 맹렬한 함포사격을 가하여 나하·슈리를 연결하는 일본군 주요 진지를 뚫고, 단숨에 전쟁 국면을 최종 단계로 만들겠다고 계획했지만, 일본군 수비대의 포격을 받은 미군은 나하 동북 아사토 마을 부근에서 일단 주춤했다. 동해안 방면을 공격하는 데 주력을 쏟아부었던 미군은 5월 21일 아침 이후 운타마무이를 지나 요나바루에 들어왔다. 나하와 슈리를 잇는 전선은 여전히 교착상태가 계속되었다. 일본군은 지형을 이용하여 구축한 복곽진지에서 극렬한 저항을 해나갔지만, 미군은 보급이 가능하다는 전략상의 근본적 차이를 이용하여 서서히 주요 전선을 파고들어갔으며, 희생만 늘어나게 하는 정면 공격을 피하고 새로운 병력을 투입하며 국면전환을 시도했다. 동쪽을 새로운 공격 목표로 삼아 먼저 돌파구를 만든 다음 점령지를 차례차례 넓혀가고, 서쪽으로 진출하여 나하·슈리 지구의 배후로 나아가 일본군 진지를 고립시킨 다음 북쪽의 미군과 나하·슈리 지구를 협공하고자 했다.

이 무렵부터 미·일 양군의 대치선은 W자 모양을 보였다. 즉 동서 해안선에 주력을 쏟아부은 미군은 요나바루 남쪽에서 침입을 기도하고, 아사토 방면에서는 나하시 교외 쓰보야정壺屋町 일대로 들어가기도 했지만, 지상전의 진행 속도가 예상 밖으로 더뎌 속을 태웠고, 슈리시 북쪽과 나하시 동북쪽의 두 군대 대치선 부근에 함포사격을 계속하며 지상부대를 엄호했다. 또 의열공정대의 기습으로 기능이 마비된 중비행장은 5월 27일 오후부터 일부 사용을 재개했지만, 미 공군기지의 주요 거점인 북 비행장을 복구하는 데는 며칠이 더 걸렸다.

5월 24~25일부터 악화한 날씨가 5월 28일에 큰비로 바뀌면서 각 전선은 진창 속에서 악전고투했다.

그 무렵 미군 함선은 눈에 띄게 감소하여 가데나 앞바다에 크고 작은 수송선 35척, 게라마 주변에 항공모함 두 척과 전함 두 척 외에 95척이, 이토만 앞바다에 크고 작은 함선 12~13척이 보일 뿐이었다. 5월 28일 슈리 일본 군사령부는 남부로 후퇴했고, 지상 전투는 갑자기 급박해졌다. 5월 30일 미군 부대는 나하 시내로 들어왔고, 육전대가 나하 동쪽 약 1킬로미터 거리에 있는 고쿠바강國場川과 고하구라 마을로 들어왔다. 이어서 슈리성까지 진입했고 슈리성 안의 국기게양대에는 성조기가 올라갔다.

동해안 요나바루 부근에서 남하하던 미군 부대의 일부는 이 지역 남쪽 3킬로미터 지점인 이나후쿠稻福 부근으로 침입했다.

나하와 슈리를 잇는 주요 전선은 견고한 복곽 진지였기 때문에 미군이 약 보름에 걸쳐 몇 번이나 맹공을 가했지만 쉽게 뚫을 수 없었다. 그래서 5월 30일 이후 미군은 나하·슈리 두 도시를 침입하는 한편 동해안에서 이 우익右翼 진지 배후를 노리는 상황이 되었다. 일본군은 미군과의 현저한 전력 차이를 보며 최후의 순간이 다가오고 있음을 직감했다. 6월 3일 무렵 대치선은 나하 남부와 고쿠바강을 이었고, 동해안은 이나후쿠까지 이어졌다. 또한 미군은 지넨반도를 차단했다. 이 무렵부터 우기에 들어선 전선의 날씨는 차츰 악화하여 산과 들은 진흙탕이 되었다.

오로쿠 비행장을 차지하려는 미군은 6월 4일 아침부터 나하 서남쪽으로 일부가 새로 상륙했고, 나하 동남쪽 마단바시 방면에서 서로 호응하며 오로쿠 방면으로 침입했다. 동해안 방면의 미군은 6월 3일 저녁 무렵부터 요나바루 동쪽 5킬로미터 지점에 있는 가키노하나와 후나코시 부근까지 침투해왔다.

6월 6일 미군은 나하 비행장을 점령했고, 모든 전선이 다시 남하했다. 그 후 오로쿠 비행장을 중심으로 하는 동굴 전투가 계속되었지만, 6월 13일 마침내 오타 미노루 소장 이하 해군육전대의 대부분이 전사했다.

슈리, 나하, 오로쿠가 무너지면서 일본군의 조직적인 저항은 끝났다. 미군 병사들은 "이제부터 성가신 일이 시작되겠군"이라며 서로 이야기했다. 그것은 소탕전을 뜻했다. 미군이 남부 시마지리 지구에 들어가면서 6월 이후 일본군이 항복할 때까지 약 20일간은 오키나와 전투 중 최대의 생지옥을 연출했다. 이제까지는 대부분이 전투원들만의 싸움이었음에도, 일본군 패잔병과 피할 곳을 잃은 오키나와 주민들이 고립 지대로 내몰린 데다가 여기지기서 게릴라전을 벌이는 일본군 몇몇 부대의 준동 때문에 주민들의 희생이 심각했다. 미군은 주로 잔적을 소탕하고 일본군에게 항복을 권고하며 주민을 구출하는 것을 목적으로 삼았지만, 그것은 실로 상상을 초월한 끔찍한 일이었다. 나중에 그들은 "저 미치광이들을 잡아들이느라 정말 애먹었다"고 말했다.

6월 이후 미군이 남하한 경로를 따라가보면, 나하 비행장을 공략한 미 육전대는 6월 7일 오로쿠촌 구시具志 구역 남쪽에, 제1사단은 가네구스쿠촌 다케토미武富 구역 서쪽 고지에, 정찰대는 이토만 북부 850미터 정도 떨어진 곳에 도착했고, 제96사단은 다카미네촌 요자까지 진출했다. 이리하여 일본군은 수 제곱킬로미터에 불과한 고립 지대로 내몰리고 말았다. 6월 9일 미 육전대 제1사단은 오로쿠 남쪽으로부터 이토만 남동쪽 구니요시 분수령까지 진출했다. 한편 일본군 뇌폭대雷爆隊의 공격을 받은 이에섬 비행장은 연속 폭발과 함께 화재가 발생했다. 6월 10일 육전대는 야에세 진지를 공격했고, 또 다른 부대는 요자 마을 서쪽 진지를 공격했다. 6월 11일 버크너 중장은 일본 군사령관에게 무조건 항복을 요구했다. 6월 12일 야에세 진지 일부가 미군의 수중에 들어갔다. 이날 아나미 고레치카阿南惟幾(1887~1945) 육군대신은 오키나와섬 주민에게 격려하는 내용의 전보를 시마다 지사 앞으로 보냈다.

6월 6일 이후, 미군은 구시카미, 도모리, 요나구스쿠與那城, 이토만 북쪽 선까지 진출하여 차례차례 전선을 확대해나갔고, 6월 16일 미군의 진출선은 동해안 나카자 남쪽에서 야에세다케 남쪽 기슭까지 이어졌다. 6월 17일 일본군은 야에세다케 남쪽 800미터, 157 · 156고지 및 그 남쪽 지구를 탈환했다. 또 오자토 남쪽 약 500미터 부근의 1고지에서 백병전을 벌였다.

6월 18일 버크너 중장이 전사하고, 6월 19일 보병 제96사단 이슬리Easley 준장이 전사했다. 6월 20일 버크너 중장의 후임으로 중국 · 버마 · 인도 전구戰區를 지휘했던 조지프 스틸웰Joseph W. Stilwel(1883~1946) 미 군사령관이 미 제10군사령관으로 새로 임명되었다.

6월 21일, 시마지리 전선 중앙부에서는 두 개의 거점(하나는 아라카키新垣, 마에히라眞榮平 각 동북쪽 고지대 부근부터 마부니를 거쳐 오도에 이르는 거점 지역, 다른 하나는 마카베촌 북쪽 81고지부터 서해안 마에자토眞榮里 전선 이남의 오키나와섬 서남단 지구)에서 결전이 계속되었다. 시마지리 남부 지구 전선 중앙부를 돌파하여 내부로 침투한 미군을 맞아, 일본군은 아라카키 · 마에히라 북쪽 고지 동남쪽에서 마부니를 중심으로 한 일대의 지구 서부에서 마카베촌 북쪽부터 서쪽 마에자토에 이르는 일대의 고지대에서 거점을 지켰다.

6월 19일 일본 군사령관 우시지마 중장은 아나미 고레치카 육군대신에게 다음과 같은 결별의 전보를 쳤다.

> 대명大命을 받들어 용감무쌍하게 전투를 치른 지 어언 3개월, 모든 군이 혼신의 힘을 다해 싸웠음에도 미군의 공세를 분쇄할 능력이 부족했습니다. 사태가 실로 급박해져 휘하 부대가 본섬에 진주한 이래 현지 동

포의 헌신적인 협력 아래 작전 준비에 예의 만전을 다했으며, 공세를 펼치는 적군을 맞아 오키나와를 지켜내기 위해 항공부대와 호응하여 완벽을 기했음에도, 불민하고 부덕한 소치로 일이 뜻대로 되지 않아 마침내 막중한 책임을 수행할 수 없는 지경에 이르렀습니다. 위로는 폐하를 받들어 모시며, 아래로는 백성들 앞에 차마 고개를 들 수 없습니다. 일이 이렇게 된 이상 남아 있는 수하의 병사들을 거두어 최후의 일전을 전개하고, 아수라阿修羅(불교에서 전투를 좋아하는 신—옮긴이)가 되어 최후의 결전을 치르겠다고 생각하면서도 막중한 책임을 다하지 못하는 것이 천추의 한입니다. 최후의 결전에 임하며 이미 산화한 폐하의 장병의 영령英靈과 더불어 황실의 무궁한 번영을 기원드립니다. 황국皇國의 필승을 확신하며 호국의 영령이 되어서든, 가미카제가 되어서든 하늘로 날아올라 반드시 전쟁을 승리로 이끌도록 하겠사옵니다. 이제까지의 지도와 간절한 마음을 담아 작전 협력에 임하게 될 각 상사와 각 부대에 심심한 사의를 표합니다.

멀리서 저의 속마음을 조금이나마 피력함으로써 결별의 인사를 드립니다.

가을을 기다려 말라가는 섬의 청초青草, 황국의 봄에 다시 살아나리.

화살과 총탄에 천지 물들이며 흩어지더라도 혼신을 다해 천황의 나라 지키리.

그리고 6월 23일 새벽 우시지마 사령관과 조 참모장은 마부니 고지 동굴에서 자결하고 오키나와 전투은 80여 일 만에 그 막을 내렸다.

이 지상전에서 미군 사상자는 약 8만 명, 특공기에 의해 격침되거나 파손된 미 함선은 600척이라고 일본 대본영은 발표했다. 한편 미군은 일본군 전사 9만 401명, 포로 4천 명, 미군 전사 1,260명, 부상 3만 3,308명이라고 발표했다. 태평양 도서島嶼 작전 중 가장 많은 희생자를 낸 전투가 오키나와 전투라는 것은 논쟁의 여지가 없는 사실이었다. 이 밖에 일본 특공기에 의한 미 함선의 격침과, 파손에 따른 사상자 및 특공기 탑승원의 희생, 나아가 현지 주민의 놀랄 만한 희생,— 직간접 희생을 더하면 3개월이 채 안 되는 기간 동안 오키나와 해역에 흘러내린 피는 유례가 없는 것이었고, 섬의 붉은 땅을 더욱 붉게 물들여, 바닷속 산호의 색을 다시 피로 물들인 것은 아닌지 의심될 정도였다. 대체로 전후 오키나와 민정부民政府 사회사업과가 조사한 오키나와 주민의 전사자 수는 확실한 것만으로 지극히 적게 잡아보아도 다음과 같다.

일반인	47,184명
현역병	4,575명
응소병	836명
방위병	9,019명
근황대	708명
호향대	16명
계	**62,338명**

여기에는 여학생 전사자, 아사자, 영양실조 등으로 죽은 사람은 계산되지 않았으며, 또 철혈근황대 이외의 학도대 전사자도 있다. 위의 숫자는 매우 대략적인 것으로 실제 희생자는 10만 명을 훌쩍 뛰어넘을 것으로 보인다.

오키나와 전투 일지

1944년

10월 10일

- 오전 6시 30분, 미 함재기 기동부대가 최초로 공습하여 저녁 무렵까지 다섯 번에 걸쳐 연 900기가 내습. 대규모 소이탄 공격으로 나하시는 현청 외에 일부만 남고 전부 재가 된다. 오키나와의 인적 손해 약 785명(사망 330명, 부상 455명), 항만, 선박, 비행장, 항공기, 군수물자, 탄약 등에 막대한 손해를 입다.
- 이즈미 슈키 오키나와현 지사, 현청을 후텐마로 옮기다.

10월 12~16일

- 연합함대 사령장관 도요타 소에무豊田副武 대장은 12일 '기지항공대첩 2호 작전 발동' 명령을 내리고, 오키나와를 공습한 미 기동부대에 대해 포르모사 공중전(1944년 10월 10일부터 10월 20일까지 류큐제도 동쪽 해안과 타이완, 필리핀 루손섬에서 일본 제국 해군과 미 해군 제3함대 소속 제38기동함대가 벌인 공중전이다. 제2차 세계대전 중 일련의 일본 본토 공습 가운데 하나이며, 포르모사는 에스파냐어로 타이완을 가리킨다 —옮긴이)을 전개.

11월 17일

- 제32군사령관 우시지마 미쓰루 중장은 대본영의 결정에 따라 휘하 제9사단(다케 부대)의 타이완 전출을 결정하다. 1944년 11월 23일부터 다음 해인 1945년 1월 초에 걸쳐 이동 완료.

1945년

1월 12일

- 미군기가 연일 적은 수의 비행기로 중순까지 정찰 총격을 계속하다.
- 새벽부터 저녁에 걸쳐 미 함재기 약 900기가 아마미제도, 미야코제도, 야에야마제도, 오키나와 본섬을 공격하여 오키나와 본섬에 총 700기가 내습. 전사 115명, 부상 14명, 항공기 손실 10기, 수송선 1척, 기범선 18척 침몰, 민간인 사망자 60명.

1월 31일

- 시마다 아키라 오키나와현 신임 지사가 부임.

3월 23일

- 미 기동부대가 오키나와 근해에 접근하여 오전 7시 15분부터 저녁에 걸쳐 총 355기 내습.

3월 24일

- 미 함재기가 오키나와 본섬을 습격하다. 총 600기.
- 전함을 탑재한 미 함대가 오키나와 본섬 남부에 약 700발의 최초 함

포사격을 감행하다.

- 오키나와현의 여자중등학교 학생들이 종군간호사로 각 육군병원에 입대, 정식으로 군속이 되다.

3월 하순

- 시마다 지사는 경찰경비대를 편성.

3월 25일

- 시마다 지사가 현청을 슈리로 이전할 것을 명령하다.
- 미 함재기 총 515기가 새벽부터 오키나와 본섬을 공격. 넷으로 나뉜 미 함정 44척이 오키나와 본섬 주변에서 오키나와 남부 및 게라마열도에 함포사격.

3월 26일

- 일본군 연합함대 사령장관 및 제10방면 군사령관이 텐1고 작전 발동을 명령하다.

3월 27일

- 운텐항 소재 제27어뢰정대는 잔파곶 북쪽에서 미 순양함 2척을 격침, 구축함 1척을 대파. 일본군은 어뢰정 1척 침몰.
- 미군이 도카시키섬에 상륙.

3월 28일

- 도카시키섬과 자마미섬에서 주민이 집단 자결. (당시 수비대장은 아

카마쓰 대위 – 도카시키섬, 우메자와 소좌 – 자마미섬. 두 섬에서 자결한 사람은 약 700명. 후생성 조사)

3월 29일

◆ 미군이 게라마열도 전역을 완전히 점령.

◆ 일본군 어뢰정대가 재출격하여 미 순양함 1척, 구축함 1척을 격침. 일본군 어뢰정 2척 미귀환.

◆ 영국 함대가 아마미군도·사키시마섬을 포격하면서 미 함대의 오키나와 포격을 본격화.

◆ 오키나와사범학교 여자부·현립 제1고등여학교가 하에바루 육군병원에서 졸업식 거행.

3월 30일

◆ 미 함대가 미나토가와 방면을 한밤중부터 포격 개시.

◆ 운텐항의 일본군 어뢰정 기지는 미군기 200기의 공격을 받고 괴멸.

3월 31일

◆ 오전 8시, 미군 포병대가 나하 서쪽 10킬로미터 지점에 있는 가미야마섬에 무혈 상륙에 성공하여 슈리에 있는 일본 군사령부를 포격.

4월 1일

◆ 미 제51기동부대 사령관 터너 해군 중장의 '상륙 개시' 명령에 따라 전함 10척, 순양함 9척, 구축함 23척, 포함砲艦 117척 등 모두 219척의 함정이 함포사격을 개시.

- 오전 8시 30분, 도구치 해안에 상륙 시작.
- 같은 시각에 미 제2해병사단이 미나토가와에 상륙하면서 양동작전을 펼침.
- 10시 30분에 상륙한 미군이 중 비행장을, 11시 30분에는 북 비행장을 점령. 이날 오키나와 본섬에 상륙한 미 제10군의 수는 총 5만 명.

4월 2일

- 미 제7사단 제17연대가 나카구스쿠 고지 확보, 미 제96사단이 시마부쿠로·다나바루 전선 확보.

4월 3일

- 미 제32 보병연대가 구바곶久場崎 점령.
- 북 비행장 동쪽에 배치되었던 향토방위소집병으로 조직한 제503특별경비공병대 800명은 미군 상륙 후 전투에서 전멸.

4월 4일

- 미군이 오야마·가미야마·노다케·소에이시添石의 전선에 진출.

4월 5일

- 미군은 4개 연대로 이시카와 지협을 분단하며 오키나와 본섬을 완전히 둘로 나누다.
- 미 해군이 군정軍政 포고(이른바 니미츠Nimitz 포고)를 공포하여 "미군 점령하의 난세이제도에 대한 일본국의 행정권·사법권을 정지"하다.
- 우시지마 사령관이 4월 8일 밤을 기해 공세로 전환하기로 결정.

4월 6일

- 제1차 항공 총공격(기쿠스이菊水 1호 작전) 전개, 10일까지 특공기 230대가 출격하여 미 함정 6척을 격침, 20척을 격파하다.
- 전함 야마토大和를 기함旗艦으로 삼아 총 10척으로 편성한 해상특공대는 오후 3시 20분 야마구치현山口縣 도쿠야마德山의 정박지를 출격하여 오키나와로 향하다.
- 미군이 쓰켄섬에 상륙하고 야마자키山崎 소대가 응전하여 격퇴하다.
- 미군이 상륙용 보트 14척으로 나고정 고키辛喜에 상륙하여 북으로 진격을 개시.

4월 7일

- 오후 0시 28분, 전함 야마토를 기함으로 삼은 해상특공대는 도쿠노섬 앞바다에서 미군기의 공격을 받아, 전함 야마토를 포함해 5척이 격침되었고, 행동 불능 상태에 빠진 구축함 2척은 침몰했으며, 3척은 손상을 입고 괴멸하다.

4월 8일

- 선박공병 제26연대 니시오카 소대장은 통나무배를 이용해 가미야마섬으로 잠입하여 화포 3문, 기관총 2정을 파괴하고 미군 10명을 살상. 니시오카 소대장 이하 5명이 살아서 돌아오다.

4월 9일

- 제32군 우시지마 사령관은 다음 공세를 결의, 제62사단과 제24사단을 데리고 살상 공격을 계획하다.

◆ 미군은 가카즈 고지를 맹공하고 이후 쟁탈전이 계속되다.

4월 12일

◆ 기쿠스이 2호 작전 전개, 482기(특공 112기 포함)가 출격하여 미 구축함 1척 격침, 전함 2척, 구축함 10척을 격파하다.

4월 13일

◆ 우시지마 사령관은 야간 공격이 실패하자 지구전 전략으로 방비 강화를 명령.

4월 15일

◆ 미군 포병 3개 대대가 민나섬 상륙.

◆ 미군은 모토부반도 야에다케의 일본군을 포위하고, 혼전과 격전을 거듭한 끝에 일본군 주요 진지 중 일부분을 점령.

4월 16일

◆ 기쿠스이 3호 작전 전개, 447기(특공 51기 포함) 출격.

◆ 미군이 이른 아침부터 이에섬 서해안에 상륙 개시.

◆ 미군이 모토부반도 제압. 구니가미 지대장(독립혼성 제44여단 제2보병대장) 우토 다케히코 대좌는 전황을 판단하고 모든 부대에게 다노다케로 진지를 옮길 것을 명령, 같은 날 저녁 야에다케를 포기.

4월 18일

◆ 미국 종군기자 어니 파일이 이에섬에서 전사.

- 미군이 항공기 650기로 공습하여 북 정면의 주요 진지를 육상과 해상에서 포격하다. 지상군은 마키미나토에서 이소伊祖 부근으로 침입하여 미·일 양군 혼전 상태로 격전을 계속하다.

4월 19일

- 미군이 이른 아침부터 가카즈 지구에 맹포격하고 정오부터 공격 전진.

4월 21일

- 이에섬 지구대장 이가와 다다시 소좌는 저녁 7시 최후의 총공격을 명령하고 과감하게 돌격을 감행하여 이가와 소좌 이하 장교 전원 전사, 일본군 이에섬 수비대의 조직적 저항이 끝나다. 이 최후의 돌격에 주민, 방위대, 여자 구호반, 여자 협력대도 참가하여 이에섬의 모든 전투를 통해 주민 1,500명이 전사했다.
- 구스쿠마·이소·아하차 지구에서 사투를 벌여, 가카즈·다나바루·니시하라 고지에서 미군의 공격을 저지. 미군은 동부 해안에서 와우케和宇慶 서쪽 1킬로미터 고지를 점령한 데 이어 저녁에 같은 고지의 동쪽으로 이어진 모든 능선을 점령.

4월 23일

- 일본군 62사단(이시 부대)은 나카마·마에다 전선에서 철수.

4월 26일

- 미군이 맹공하여 나카마·마에다의 두 고지 쟁탈전을 계속하고, 마에다의 한 부분이 무너짐. 제32연대 주력은 슈리 북쪽으로 이동.

◆ 스즈키 간타로鈴木貫太郎(1868~1948) 총리는 현지군 장병 및 관민의 용감한 전투를 칭송하며 감사 방송을 하다.

4월 27일

◆ 시마다 지사는 한타가와의 현청 방공호에서 미점령지역의 시장·정장·촌장, 경찰서장을 소집하여 긴급회의를 열다.

◆ 해상정신海上挺身 제27전대戰隊 12척이 가데나 앞바다의 미 함정을 공격하고, 전차·자동차를 가득 실은 1만 톤급 대형 화물선 1척, 구축함 1척을 격침.

4월 29일

◆ 일본군은 총공격을 결의하고 5월 4일에 결행하기로 결정.

5월 3일

◆ 일본군은 역상륙 부대를 동해안과 서해안에 보내다. 서해안 역상륙 부대는 공격에 성공한 후 전원 전사하고, 동해안 역상륙 부대는 요나바루를 출발하여 이하伊波로 향했지만 일부가 상륙에 성공한 후 전원 전사하다.

5월 3~4일

◆ 기쿠스이 5호 작전 전개, 699기(특공 65기 포함).

5월 4일

◆ 일본군 총공격.

5월 6일

◆ 시마다 지사를 총수總帥로 삼은 '오키나와현 후방 지도 정신대'를 행정 기구로 편성.

5월 11일

◆ 기쿠스이 6호 작전 전개, 322기(특공 64기 포함) 출격.

5월 12일

◆ 미군이 총공격을 개시. 모든 전선에 걸쳐 격전을 전개하여 마와시촌 마카비·도마리 주변에 전차부대를 앞세운 강력한 침투 작전 실시.

5월 13일

◆ 나하 북쪽 아메쿠 방면의 미군 진지로 일본군 돌격.

◆ 미 고속 기동부대가 규슈 공습.

5월 14일

◆ 미군이 나하시 아사토에 돌입하여 해병대는 슈리 북서부의 사무카와寒川 고지를 점령하고 스에요시 부근에도 진출하다.

5월 15일

◆ 마쓰카와松川 부근 고지대에서 미·일 양군이 전투.

5월 17일

◆ 미군이 슈리 및 우라소에촌 아하차 고지 점령.

5월 19일

◆ 미 해군이 이토만 · 기얀 · 오우섬 · 지넨곶에 함포사격.

5월 20일

◆ 미군이 슈리 포위 태세를 취하다.

5월 21일

◆ 이시미네 · 운타마무이 · 나하 · 요나바루에 진출한 미군은 슈리 협공 태세를 취하다.

◆ 미군 증원부대가 자탄 · 가데나에 상륙.

5월 22일

◆ 이날부터 28일까지 큰비가 쏟아지면서 각 전선도 교착상태에 빠져 포전砲戰을 계속 이어가다. 양군의 거리는 200~300미터.

5월 24일

◆ 오쿠야마 미치로 대위가 지휘하는 의열공정대가 북 · 중 두 비행장에 착륙을 강행하여 미군기와 시설을 파괴하고 5월 27일까지 전원 전사하다.

◆ 기쿠스이 7호 작전 전개. 290기(특공 98기 포함)가 출격하여 미 함선 1척 격침, 9척에 피해를 주다.

5월 25일

◆ 시마다 지사가 남부로 내려가다.

◆ 오키나와신보는 발간을 할 수 없게 되다.

5월 27일

◆ 기쿠스이 8호 작전 전개. 특공기 60기로 미 함선 1척을 격침하고, 7척에 피해를 주다.

5월 28일

◆ 제32군 사령관 우시지마 중장은 슈리를 포기하고 남부로 내려가다.

5월 30일

◆ 미군이 슈리성에 돌입하여 성조기를 걸다.

6월 3일

◆ 기쿠스이 9호 작전 전개. 특공기 20기를 출격하여 미 함선 1척을 격파하다.

6월 4일

◆ 태풍으로 미 함선 36척이 침몰되고 파손되다.

◆ 미군이 오로쿠 방면에 상륙하다.

6월 6일

◆ 오로쿠 비행장이 미군의 수중에 들어가다.

◆ 제32군 참모 진 나오미치神直道 소좌가 대본영과 연락하기 위해 방위소집병 6명과 함께 구니가미에서 통나무배로 출발.

◆ 오키나와 방면 근거지 사령관 오타 미노루 해군 소장은 6일 밤 오키나와 현민의 헌신적인 작전 협력에 관해 해군 차관 앞으로 다음과 같이 전보를 쳤다.

오키나와 현민의 실정에 관해서는 현縣 지사로부터 보고받아야겠지만 현은 이미 통신 능력을 잃었고, 제32군사령부 또한 통신할 여력이 없음을 인정함. 저는 지사로부터 의뢰받지는 않았지만 현 상황을 간과할 수 없기에 대신하여 긴급히 알려드림.

오키나와 본섬에 적이 공격을 개시한 이래 육해군 방면 방위에 전념하느라 현민을 돌아볼 겨를이 없음. 그러나 내가 아는 범위에서 현민은 청장년 전부가 방위소집에 응하고, 남은 노약자와 부녀자들만이 이어지는 포격과 폭격에 가옥과 재산 전부를 잃고 몸만 겨우 군 작전에 차질 없는 장소인 작은 대피호에 피난. 오히려 포탄과 폭탄 아래 … 비바람 속에서 궁핍한 생활을 감내해옴. 게다가 젊은 아녀자들은 솔선하여 군에 몸을 바쳐 간호사와 취사부는 물론 포탄 나르기와 정신挺身돌격대에 자원하기도 함. (중략) 이 전투의 말기와 오키나와섬의 실정은 … 나무 한 그루 풀 한 포기조차 모조리 타버리고 식량은 6월 한 달이나 겨우 버틸 수 있다고 함. 오키나와 현민 이렇게 싸웠음. 나중에 현민을 특별히 배려해주시기 바람.

6월 10일

◆ 미군이 야에세다케 남동단을 확보.

◆ 시마다 지사는 경찰경비대의 해산을 명령.

◆ 제32군사령부 소속 모리와키 고지森脇弘二 대위가 오키나와 작전을 보고하기 위해 대본영으로 향하다.

6월 11일

- 미 군사령관 사이먼 B. 버크너 중장이 일본 군사령관 우시지마 중장에게 항복을 권고.

6월 12일

- 미군이 일본군의 항복을 권고하는 삐라를 3만 장 살포.

6월 14일

- 오키나와 방면 근거지 사령관 오타 미노루 소장 휘하의 해군육전대가 오로쿠 일대에서 옥쇄. 오타 사령관은 사령부 방공호에서 막료와 함께 자결하다. 오타 소장은 임종하면서 시詩를 남김. 「나 비록 오키나와 들판에서 썩더라도 끝까지 지켜야 하리, 야마토시마네大和島根(일본의 옛 이름—옮긴이)를」.
- 시마다 지사는 경찰경비대를 해산.

6월 15일

- 가미 참모는 대본영 우메즈 요시지로梅津美治郎(1882~1949) 참모총장에게 오키나와 전황을 보고하고 뒤이어 항공총군総軍(일본 제국 육군 항공대의 총군—옮긴이)을 방문하여 대對 오키나와 항공 총공격을 강하게 요청.
- 모리와키 대위는 대본영에 출두하여 전황을 보고.

6월 17일

- 오자토 남쪽에서 미·일 양군이 백병전을 전개.

◆ 시마다 지사가 우시지마 중장을 진중에서 위문하다.

6월 18일

◆ 미 제10군 사령관 사이먼 B. 버크너 중장이 이토만정 마에자토 고지에서 전투 지휘 중 일본군의 포탄을 맞고 전사. 로이 S. 가이거 해병대 소장이 대신하여 지휘를 하다.

◆ 우시지마 군사령관은 모토부 및 제10방면 군사령관에 결별을 타전.

◆ 시마다 지사, 아라이 경찰부장은 소식 불명.

6월 19일

◆ 제10방면 군사령부 안도 리키치安藤利吉 대장이 제32군 및 배속부대에 감사장을 주다.

◆ 오전 9시 히메유리학도 대원 40명이 고메스의 방공호에서 자결.

◆ 미 보병 제96사단 이슬리 준장 전사.

◆ 제32군사령부 우시지마 중장 이하 결별연을 개최하다.

◆ 제32군 참모 및 군사령부 병사 20명이 대본영과 연락하기 위해, 또는 유격전의 임무를 띠고 출격.

6월 20일

◆ 미군은 사이먼 B. 버크너 중장의 후임으로 조지프 스틸웰 대장을 제10군 사령관에 임명.

6월 21일

◆ 새벽 오전 1시 일본군 잔존 병력과 학도대가 최후의 공격전을 시도하다.

6월 23일

◆ 第32군사령관 우시지마 미쓰루 중장과 참모장 조 이사무 중장이 오전 4시 30분 마부니 언덕에서 전통적인 할복 의식으로 자결. 오키나와 전투는 두 장군의 죽음으로 조직적인 전투를 종료. 우시지마 중장이 절명시 「가을을 기다리며 시들어가는 섬의 청초 황국의 봄날 되살아나리秋をも待たで枯れ行く島の青草は皇國の春に甦らなむ」를 남김.

6월 26일

◆ 미군이 구메섬에 상륙

◆ 미군이 패잔병 소탕 작전을 개시하여 3일 동안 일본군 9천 명 사살, 4천 명을 포로로 잡음. 미군 사상자는 783명.

6월 30일

◆ 미군은 소탕전을 종료하다.

8월 15일

◆ 일본 제국은 연합국에 무조건 항복.

8월 22일

◆ 미군은 여전히 조직을 유지하며 구니요시에 주둔하고 있던 이토 고이치伊東孝一 대위 지휘의 대대에 일본의 무조건 항복을 알리고 무장해제.

8월 24일

◆ 이토 대위가 미 군사령부에 가서 일본 항복을 확인.

8월 29일

◆ 이토 대위의 설득에 따라 보병 제32연대(연대장 기타고 가쿠로北鄕格郞 대좌) 무장해제.

9월 4일

◆ 보병 제32연대 제2대대 시무라 쓰네오志村常雄 대위가 이토 대위의 종전 연락을 받고 미군에 수용되다.

미 · 일 손해 비교

<table>
<tr><td rowspan="8">미군</td><td></td><td>전사</td><td>행방불명</td><td>부상</td><td>전투 불능자</td></tr>
<tr><td>육군</td><td>4,582명</td><td>93명</td><td>18,099명</td><td>15,613명</td></tr>
<tr><td>해군</td><td colspan="2">4,907명</td><td>4,824명</td><td></td></tr>
<tr><td>해병</td><td colspan="2">2,938명</td><td>13,708명</td><td>10.518명</td></tr>
<tr><td>합계</td><td colspan="2">12,520명</td><td>36,631명</td><td>26,131명</td></tr>
<tr><td></td><td>침몰</td><td>파손</td><td colspan="2">침몰 추락 파손</td></tr>
<tr><td>선박</td><td>36척</td><td>368척</td><td colspan="2"></td></tr>
<tr><td>해병</td><td></td><td></td><td colspan="2">763기</td></tr>
</table>

<table>
<tr><td rowspan="6">일본군</td><td rowspan="2">육해군</td><td>전사</td><td>포로</td></tr>
<tr><td>65,908명</td><td>7,400명</td></tr>
<tr><td>항공기</td><td colspan="2">7,800기</td></tr>
<tr><td rowspan="2">선박</td><td>침몰</td><td>손상</td></tr>
<tr><td>16척</td><td>4척</td></tr>
</table>

<table>
<tr><td rowspan="4">오키나와 현민</td><td rowspan="2">학도대</td><td>남자</td><td>여자</td><td>직원</td></tr>
<tr><td>733명</td><td>249명</td><td>92명</td></tr>
<tr><td>군 관계</td><td colspan="3">사망 28,228명</td></tr>
<tr><td>주민</td><td colspan="3">사망 140,000명</td></tr>
</table>

오키나와 주요 전선 지도

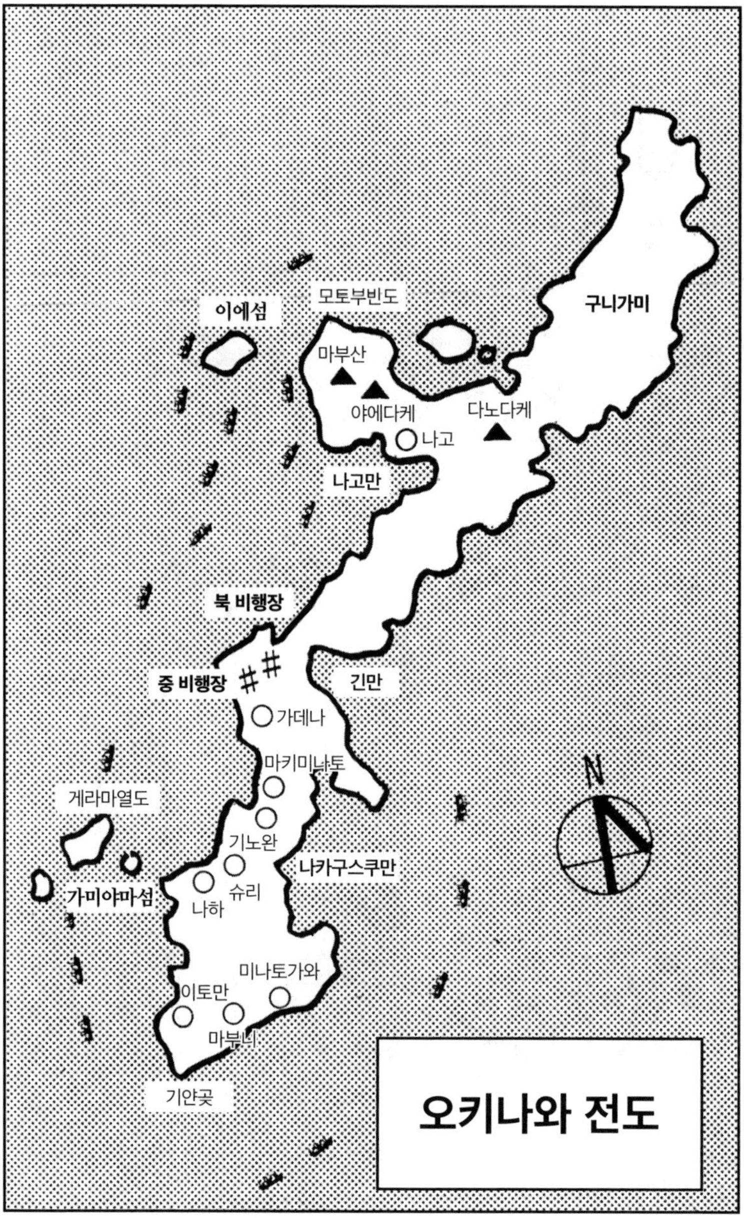

모토부반도
이에섬
구니가미
마부산
야에다케
다노다케
나고
나고만
북 비행장
중 비행장
긴만
가데나
마키미나토
게라마열도
기노완
나카구스쿠만
가미야마섬
슈리
나하
미나토가와
이토만
마부니
기얀곶
N
오키나와 전도

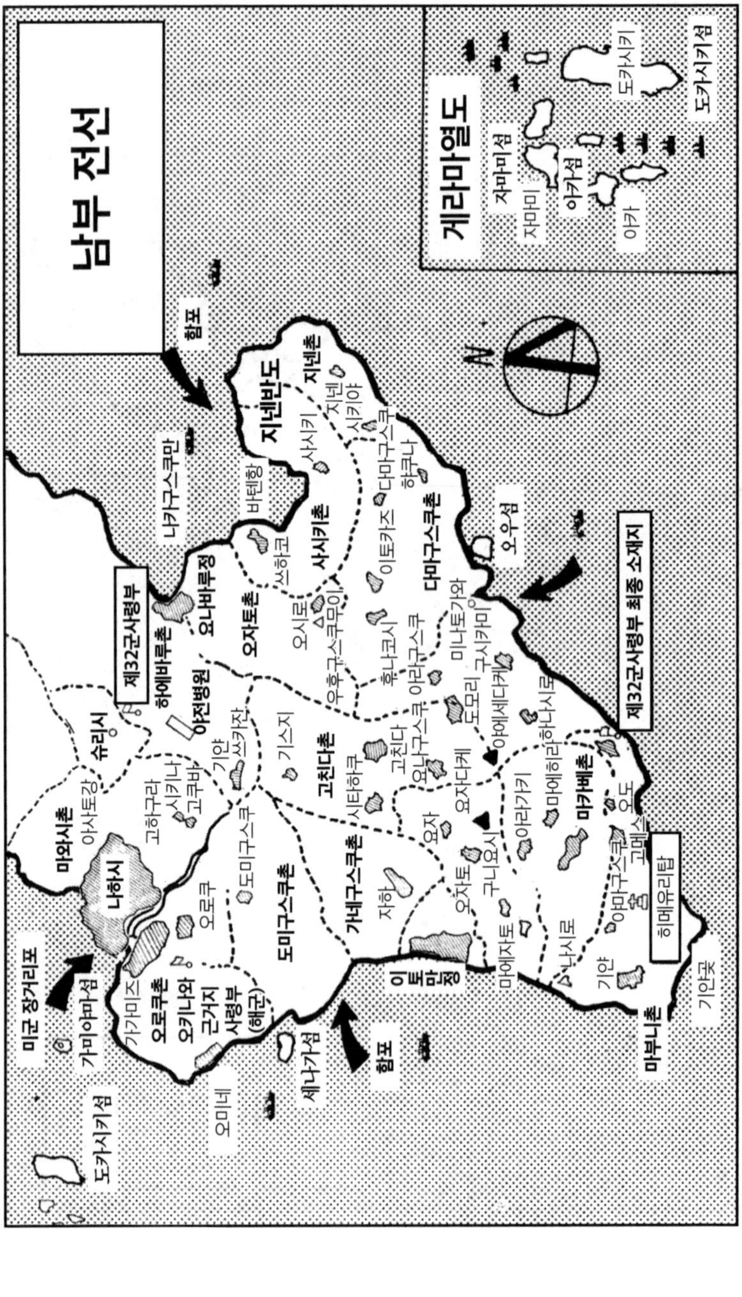
남부 전선
게라마열도
자마미섬
자마미
아카섬
아카
도카시키
도카시키섬
함포
지넨반도
지넨촌
지넨
시키야
사시키
바텐항
나카구스쿠만
사시키촌
쓰하코
다마구스쿠
햐쿠나
이토카즈
다마구스쿠촌
오우섬
제32군사령부 최종 소재지
제32군사령부
요나바루정
오자토촌
오시로
우후구스쿠무이
후나코시
아라구스쿠
미나토가와
구시카미
하에바루촌
야전병원
슈리시
기스지
고친다촌
고친다
요나구스쿠
도모리
야에세다케
하나시로
마에히라
마카베촌
기얀
쓰카잔
고하구라
시키나
고쿠바
아사토강
마와시촌
나하시
도미구스쿠
도미구스쿠촌
오로쿠
가네구스쿠촌
시타하쿠
자하
오자
오자다케
아라가키
구니요시
오자토
마에자토
이토만정
나시로
기얀
기얀곶
마부니촌
히메유리탑
고메스
야마구스쿠
오도
미군 장거리포
가미야마섬
도카시키섬
오로쿠촌
오키나와 근거지 사령부 (해군)
가가미즈
오미네
세나가섬
함포

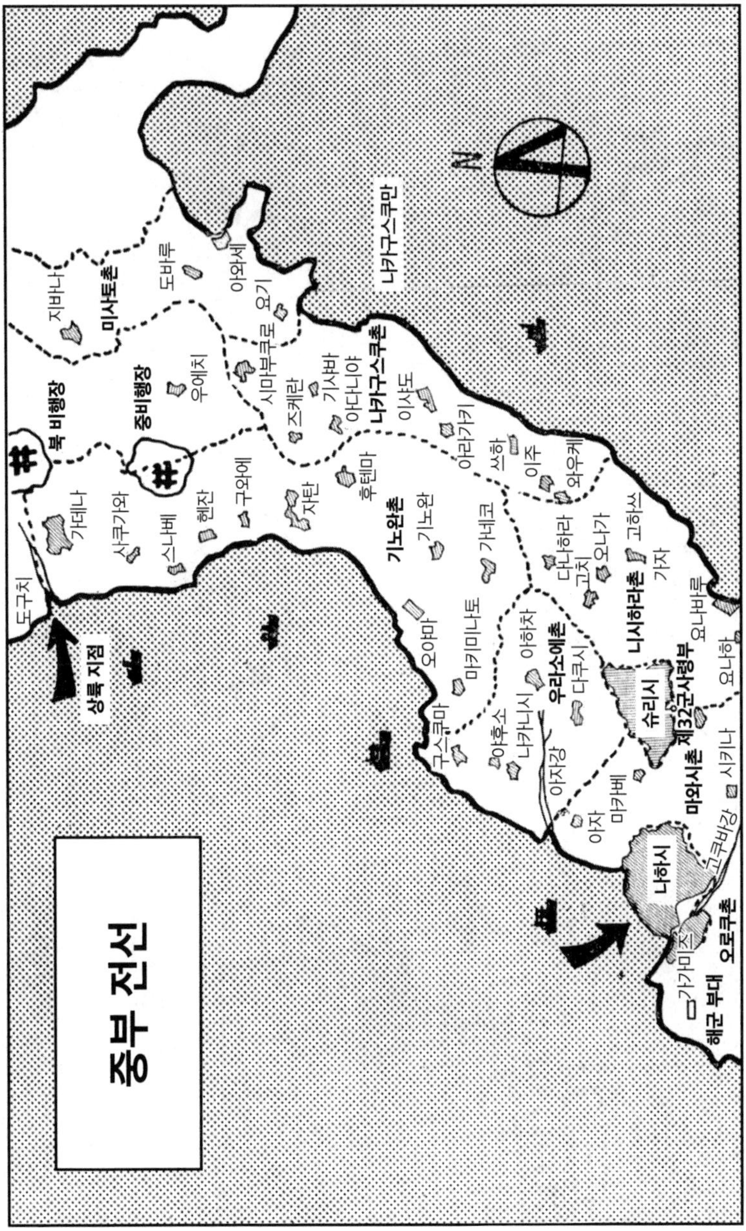
중부 전선
나카구스쿠만
N
상륙 지점
도구치
가데나
북 비행장
중비행장
사쿠가와
스나베
헨잔
구와에
자탄
지바나
미사토촌
도바루
아와세
우에치
시마부쿠로
요기
조케란
기사바
아다니아
나카구스쿠촌
이사도
후텐마
기노완촌
기노완
아라가키
쓰하
이주
와우케
가네코
오야마
마키미나토
아하차
우라소에촌
다쿠시
나카니시
야후소
구스쿠마
이자강
아자
마카베
다나하라
고치
오나가
고하쓰
가자
니시하라촌
요나바루
슈리시
제32군사령부
요나하
시키나
마와시촌
고쿠바강
나하시
가가미즈
오로쿠촌
해군 부대

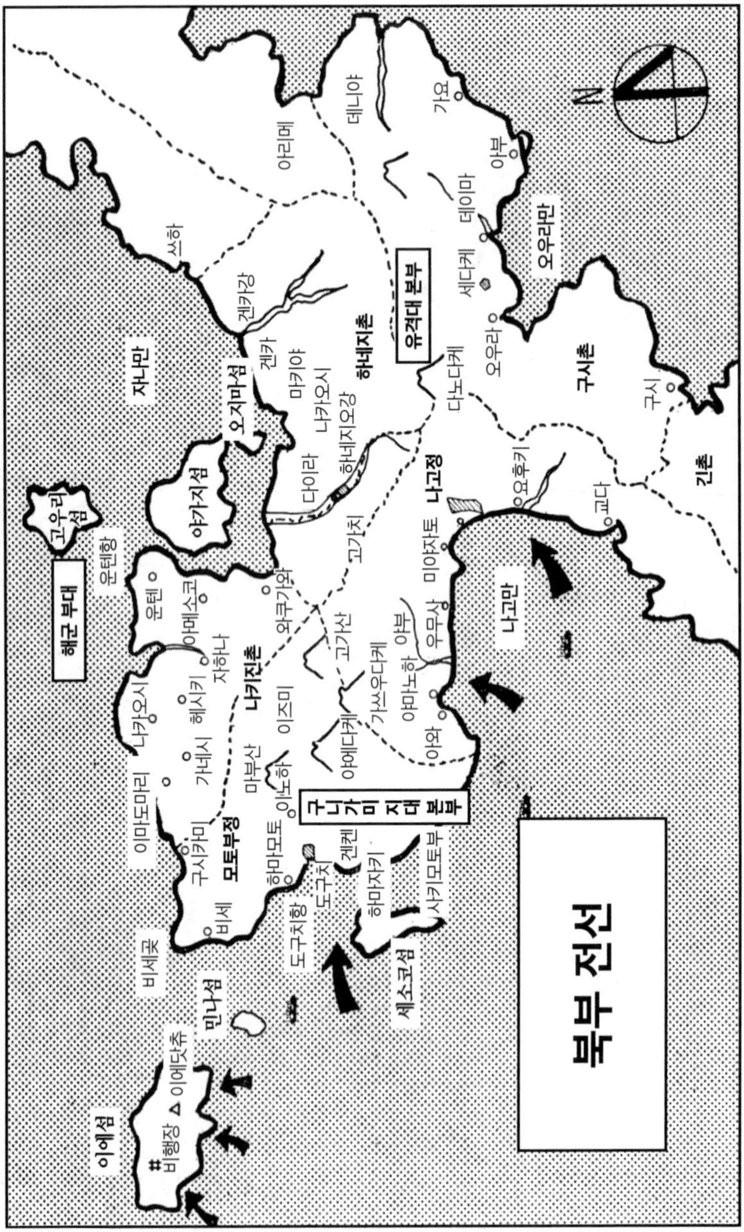
북부 전선
자나만
오지마섬
아가지섬
고우리섬
해군 부대
운텐항
운텐
아메소코
와쿠가와
자하나
나키진촌
헤시키
나카오시
가네시
이마도마리
마부산
이조미
이노하
모토부정
구시카미
하마모토
비세
비세곶
도구치항
도구치
겐켄
하마자키
세소코섬
사키모토부
구니가미 지대 본부
야에다케
가쓰우다케
고가산
야마노하
아부
우무사
아와
미야자토
나고만
나고정
고가치
다이라
하네지오강
나카오시
마키야
겐카
하네지촌
겐카강
쓰하
아리메
데니야
가요
아부
데이마
세다케
오우라만
유격대 본부
오우라
다노다케
구시촌
구시
오후키
교다
긴촌
이에섬
비행장
이에닷츄
민나섬
N

20년 뒤의 후기

오늘(1970년 1월 11일 『오키나와타임스』, 조간 제1면) 신문을 펼친다. 머리기사에 「군 대량 해고 문제, 적극적인 대처에 일치 = 입법원立法院(미국이 시정권施政權을 행사하던 당시 오키나와의 입법기관—옮긴이) 각파 교섭. 임시 의회 소집 움직임도」라는 표제가 달리고, 미군의 오키나와인 고용자 대량 해고에 저항하여 일어선 전군노全軍勞('전오키나와군노동조합全沖縄軍勞動組合'의 약칭—옮긴이)의 46시간 스트라이크. 노사 쌍방의 의견이 엇갈려 평행선. 그리고 입법원의 고뇌.

"오키나와의 전후戰後는 끝났다", "아니다, 전후는 아직 끝나지 않았다"라는 논쟁이 있다. 미군은 일본이 패전한 뒤 오키나와에 반영구적인 기지를 건설했다. 그리고 베트남전쟁에서 이 기지는 큰 역할을 했다. 현재 오키나와 반환은 1972년에 이루어질 것이라고(사토 에이사쿠佐藤榮作 총리와 리처드 닉슨 대통령의 공동성명에 따라) 전망하는 상황이다.

그리고 미국은 오키나와인 고용자를 해고하겠다고 선언했다. 역사의 무대는 중대한 국면을 맞은 것처럼 보인다. 무대는 특별한 관심을 끌기 시작했다. 언뜻 관객은 그렇게 보지만 종전 5년 후 출판한 이 기록은 회색의 복선을 깐 채 아직도 여전히 생생한 기록으로서 가치를 잃지 않은 것 같다.

'악몽 같은 전쟁'을 잊지 않고자 쓴 이 기록의 「책을 내면서」는 20년이 지난 지금도 다시 고쳐 쓸 필요가 없을 듯하다.

제1부에서 보이는 한 장면 「흔들리는 상하常夏의 섬」, 「10 · 10 공습」에서 자세히 그려냈던 수도 나하는 이제 크게 바뀌었다. 소개선疏開船과 일본군 군함, 크고 작은 수송선 들이 드나들던 나하항은 이제 일반 상선이 드나드는 무역항과 미국이 사용하는 군항軍港이 동거하는 형태를 띤 항구로 변했다. 전장 베트남에서 운송해온, 베트남의 흙이 묻어 있는 전차가 야적된 것을 보면, 20년이라는 시간이 지났다고 느껴지지 않는다. 인구 30만의 나하시는 관광객으로 넘쳐나고 쇼핑을 즐기는 이방인들을 맞이하는 네온이 화려하다. 나는 이것이 허상이 아니라 실상이기를 빌고 싶다.

- 마키미나토 도쿠조 씀

30년 뒤의 후기

오키나와 출신의 뛰어난 보도 사진가 이시카와 분요石川文洋 씨가 베트남전쟁 초기부터 전국 해방까지 몸을 던져 촬영해온 보도사진을 중심으로 『베트남전쟁 사진집』을 편집하고, 그것을 베트남 전국의 학교와 도서관에 기증하는 운동을 벌이고 있다는 소식을 듣고 모종의 감동을 느꼈다.

오키나와 전투(태평양전쟁)를 예로 들면, 전쟁을 겪은 사람조차 전쟁의 실태를 잘 알지 못했다. 나중에 미군이 기록한 사진이나 영화를 보고 전쟁을 이해하는 식이었다. 하물며 전쟁을 알지 못하는 사람들에게 전쟁의 실태를 알려주는 일은 실로 어려운 일이다.

전후에 수많은 전쟁 체험기와 실록 등이 속속 간행되었지만, 세상에서 말하는 전무파戰無派(제2차 세계대전 이후에 태어나 전쟁을 모르는 세대—옮긴이)나 이후 태어날 세대에게 전쟁의 비극을 말해주는 것은 보통 일이 아니다. 하지만 그러한 체험을 잊지 않고 이어나가는 것이 매우 중요한 만큼 헛되이 끝나서는 안 된다고 생각한다.

이 책은 판을 거듭하면서 오늘날 우리들에게 더욱 그 존재감을 크게 드러낸다. 이 책의 존재 가치를 묻기 전에 왜 '20년 뒤의 후기'에 더해 '30년 뒤의 후기'를 기록해야만 하는 것일까. 여기에 오키나와가 처한 정황이 있고, 움직일 수 없는 의미가 포함되어 있는 것은 아닐까.

이 전쟁으로부터 31년이라는 세월이 흘렀다. 그동안 오키나와를 둘러싼 환경은 극심하게, 그리고 눈부시게 변했다. 하지만 시종일관 변하지 않는 것이 있다. 그것은 미군 기지의 존재이며, 복귀와 동시에 자위대가 주둔한 일이며, 기지가 재편 강화되고 있는 것이며, 한시도 사라지지 않는 전쟁에 대한 공포다.

이 기록의 「책을 내면서」는 30년이 지난 오늘날에도 다시 고쳐 쓸 필요가 없다.

-마키미나토 도쿠조 씀

50년 뒤의 후기

오키나와 전투에 관한 기록 『철의 폭풍』을 쓴 것은 전후 5년(1950년 8월 15일 초판 발행)이 지나도록 편히 지낼 만한 집도 없이, 미군이 입던 군복을 고쳐 입으며, 먹을 것이 없어 굶주림에 허덕이며 살아가던 때였다. 자료다운 자료도 없었고, 의지할 것이라고는 비참한 전쟁을 살아낸 사람들에게서 들은 체험담이 유일했다. 나는 오타 요시히로大田良博 기자와 '공용 버스'라고 부르는 유일한 교통 수단(실은 트럭을 개조한 것)을 이용하여 구니가미와 중부를 분주히 돌아다녔던 것을 기억한다. 자신이 직접 겪은 전쟁 이야기를 해준 사람들도 많았는데, 그 내용은 생생했고 안도감으로 가득했다. 시간이 좀 더 흐르면 사람들의 기억도 흐려질 것이다.

전쟁의 기억은 어제 겪은 것처럼 선명했고 다른 관념이 끼어들 여지가 없었다.

이번에 제10판을 내면서 나는 공들여 이 책을 다시 읽어보았다. 50

년의 세월이 흘렀는데도 나의 뇌리에 전장의 광경이 생생하게 되살아났다. 그리고 '오키나와 전투'가 어떤 것이었는지 새삼 인식할 수 있었다.

1993년 4월, 아키히토明仁 천황 부부가 오키나와를 방문하여 전국식수제植樹祭를 치렀다. 오키나와의 미군은 이때만큼은 오키나와현도沖縄縣道 104호(오키나와현 구니가미군 온나촌 아후소安富祖와 긴정金武町 긴金武을 연결하는 일반 현도—옮긴이)를 넘어선 실탄 사격 연습을 중지했지만, 식수제가 끝나자 기다렸다는 듯 또다시 사격 연습을 재개했다.

오키나와 전투 중에 오키나와사범학교 남자부 학생(철혈근황대원)으로 전선에 차출되었던 오타 마사히데大田昌秀(1925~2017) 씨는 지금 오키나와현 지사다.

오타 지사는 올해도 미국으로 건너가 오키나와 미군 기지 문제에 대해 미국 정부에 직접 호소하기로 했다(이번이 다섯 번째). 호소 내용은 미군 시설·구역을 정리하고 축소할 것, 나하 항만 시설(나하항)을 반환할 것, 미군의 연습을 폐지하고 항공기 소음을 줄일 것, 미군의 기강을 철저히 세울 것 등이었다. 미군이 민간인을 살해하는 사건이 빈번히 일어나 지역 주민을 특히 불안에 빠트리고, 미군 기지를 포함하여 고통을 불러일으키는 동시에 자위대가 새로운 기지 P3C(대개는 오라이온Orion이 붙어서, P3C오라이온이라고 한다. 미국 록히드마틴사가 제조했으며, 주로 해상 초계, 정찰, 대잠전對潛戰에 쓰이는 미 해군의 해상 초계기哨戒機다. 일본의 해상자위대도 보유하고 있다—옮긴이) 시설 등을 건설하는 등 오키나와 전투 이래 오키나와는 여전히 고통스럽게 전쟁을 계속하고 있는 듯하다.

50년째의 후기를 쓰는 이즈음에도 오키나와는, 오키나와인은 잠시도 전쟁의 공포에서 벗어나지 못했다.

앞으로 『철의폭풍』을 읽으실 독자들은 미군 기지의 재편 강화와 관련 있는 과거의 '오키나와 전투'를 추억이 아닌 현실로 상상하며 받아들이는 게 가능하지 않을까 생각해본다.

-마키미나토 도쿠조 씀

옮긴이의 말

"얘들아, 그렇게 아무 데서나 함부로 뛰어놀지 말거라. 너희들이 뛰어노는 거기 바로 밑에 네 할아버지와 할머니가 누워 계실지도 모른단다."

오래전 신문에 실린 어느 에세이를 읽다가 눈에 들어와 마음에 박힌 구절입니다. 오키나와 전투가 끝난 뒤 한참 동안 오키나와 사람들이 입에 달고 살았던 말이라고 합니다. 이 짧은 말은 오키나와 전투가 얼마나 치열하고 참혹했는지, 그곳 사람들이 입은 피해가 얼마나 막심했는지를 고스란히 말해줍니다. 『철의 폭풍』을 번역하는 과정은 줄곧 마음에 박혀 떠나지 않았던 이 구절이 암시해주는 참상을 하나하나 확인하는 과정이었습니다.

저희들의 번역 작업은 2017년 2월에 시작하여 2019년 1월 오키나와 현지답사를 마치기까지 꼬박 2년이란 시간이 걸렸습니다. 책이 어려웠기 때문이라기보다는 한 세계를 알아가는 데 그만큼의 시간이 필요했다고 말씀드리고 싶군요. 이 2년이라는 시간은 머리로나 떠올리고 짐작해보던, 막연하기만 했던 먼 나라 외딴 섬 오키나와가 누구보다도 가까운 우리의 벗이 되고 이웃이 되어간 시간이었습니다. 오키나와에 대한 여러 책들을 훑어보는 시간이었고, 발과 손으로 훑고 매만지며 눈길에 담아 마음에 고여둔 시간이었습니다.

'철의 폭풍'은 '합리적인 인간의 이성'을 극한까지 밀어붙인 끝에 최첨단 무기로 무장하고 유럽을 전쟁의 도가니로 만들었던 제1차 세계대전의 참상을 묘사한 말입니다. 독일 작가 에른스트 윙거Ernst Jünger는 4년간의 자신의 전쟁 경험을 바탕으로 하여 참혹하리만치 냉혹한 필치로 전쟁의 참상을 그려냈습니다(『강철 폭풍 속으로』). 하지만 인류가 역사를 기록한 이래 이보다 더 잔혹할 수는 없으리라는 생각으로 그려냈을 '철의 폭풍'은 30년이 지난 뒤 더욱 잔혹하고 무시무시하게 진화한 모습으로 오키나와 상공을 뒤덮었습니다. '철의 폭풍', 다시 말해 폭풍우가 몰아치듯 쏟아져내린 총탄과 포탄, 폭탄으로 오키나와에서는 일본군과 미군, 주민 들은 말할 것도 없고, 그곳으로 끌려가 군부軍夫로 노역에 종사한 조선인들까지 포함하여 10만 명을 훌쩍 뛰어넘는 희생자가 나왔습니다.

『철의 폭풍』은 전운이 감돌던 1944년 10월부터 1945년 여름까지 광풍으로 몰아친 오키나와에서의 전쟁 이야기입니다. 이 책이 저희 번역자들에게 뜻깊었던 까닭은 주민들의 입장에서 쓴 이야기이기 때문입니다. 엄혹하고 그악스럽기 짝이 없는 일제 치하에서 하마터면 우리의 섬 제주도가 똑같은 길을 갔을지도 모를 이야기이기 때문입니다. 우리가 겪어야만 했을지도 모르는 아픈 이야기가 오키나와에서 탄생한 것입니다.

『철의 폭풍』을 번역하는 중에 저희는 오키나와 답사를 다녀왔습니다. 당시 오키나와는, 자손들에게 전쟁의 불안을 다시 안겨줄 수는 없다며 기지 건설을 일삼아 반대하시던 늙수레한 어르신들이 계신 헤노코를 제외하고, 오스프리Osprey(수직 이착륙이 가능한 틸트로터 항공기)가 쉴 새 없이 들고나던 후텐마와 가데나 기지를 제외하고, 그곳이 미국이 개척한 또 하나의 식민지라는 듯이 불야성을 이루던 아메리칸 빌리지도 제외하고, 아름다운 관광지를 찾아 몰려든 관광객들로 붐비던 국제거리도 제외하고 평화롭고 조용하기만 한 곳이었습니다. 에메랄드 빛깔의 맑은 바다, 동백꽃과 히비스커스가 점점이 박혀 울긋불긋 우거진 아열대 숲, 뺨을 스치는 부드러운 바람 … 오키나와는 그런 곳이었습니다.

알게 되면 사랑하게 된다고 했던가요?

저희 번역자들은 막연했던 오키나와를 공부하면서 진심으로 오키나와를 사랑하게 되었습니다. 어쩌면 우리가 지나온 세월과도 비슷한, 쌍둥이 같은 역사를 지닌 오키나와를 사랑하지 않을 도리가 없었습니다. 사랑하게 된 만큼 오키나와가 평화의 섬으로 굳건하게 자리 잡기를 기원하게 되었습니다. 저희들의 공부거리로 들여다보게 된 『철의 폭풍』이지만, 이 책을 읽게 되는 단 한 명의 독자라도 오키나와를 사랑하는 사람이 늘어나길 간절히 바라며 이 책이 세상에 나오길 감히 바라게 되었습니다. 그렇게 되길 바란 까닭은 그래야만 우리가 사는 이 세상이 조금이나마 더 평화로워질 것이라고 생각했기 때문입니다. 그리고 저희들의 간절한 바람이 이루어져 『철의 폭풍』은 이렇게 세상에 나오게 되었습니다.

부디 이 책을 읽으시는 독자들은 경사진 비탈 속에서 지하의 캄캄한 시간을 더듬거리며 견뎌냈을 오키나와 주민들의 이야기에 마음을 맞추어주셨으면 좋겠습니다. 울퉁불퉁 자연 동굴 속 죽어가는 동무 곁에서 굶주림과 두려움에 휩싸인 소녀의 슬픔을 공감해주셨으면 좋겠습니다. 냄새나는 구덩이 속에서 죽음의 폭풍, 철의 폭풍을 피해 바들바들 떨며 지샜을 그들의 나날을 떠올려주셨으면 좋겠습니다. 아이의 목에 칼을 들이밀 수밖에 없었던 아비의 미친 시간들에, 차갑게 식어버린 어미의 젖무덤에 얼굴을 비비대던 어린아이의 헐떡임에, 아이를 부둥켜안고 추켜 업으며 휘적휘적 걸어갔을 어미의 죽음의 길에 시공을 초월한 공감각을 불러일으켜주셨으면 참 좋겠습니다.

저희 번역자 세 사람은 '마을번역학교 시냇물'에서 일본어를 함께 공부하고 있습니다. 결국 시냇물은 큰 물줄기를 향해 흐를 테지만, 시냇물이라는 단어가 주는 느낌 그대로 졸졸 흐르며, 아기자기, 옹기종기 흐르고 스미며, 남들이 관심 두지 않는 곳에 눈길을 주며 시냇물처럼 공부하기로 한 모임입니다. 저희를 번역의 세계로 이끌어주시는 정선태 선생님이 툭 떨궈주신 이 책 『철의 폭풍』은 그 일환으로 공부하게 된 책입니다. 오키나와와 태평양전쟁에 관한 수많은 연구 자료와 사료들이 있지만 이 책이 가진 가치에 비해 필요성과 절박성을 느끼는 사람은 많지 않았나 봅니다. 그랬기에 이 책이 저희들 손에 들어올 수 있었겠지요. 그러나 이 책은 사료로서의 가치는 물론이거니와 지옥의 시간과도 같았던 1945년 즈음의 일들이 오키나와 주민들의 입장에서 생생하게 기록된, 매우 가치가 있는 책입니다. 그렇기에 저희들은 쑥스럽지만 아이들이 어디서나 마음껏 뛰어놀 수 있는 평화로운 세상을 꿈꾸며 많은 분들이 이 책의 진가를 알아주시길 바라마지 않습니다.

이 책이 세상에 나오기까지 함께해주신 분들이 한둘이 아닙니다. 감사인사 드릴 분들이 참으로 많습니다.

오키나와 사키마佐喜眞미술관에서 저희들은 마루키 이리丸木位里(1901~1995) 선생님과 마루키 도시丸木俊(1912~2000) 선생님의 거대한 그림 「오키나와 전투 그림沖縄戰の圖」(가로 8.5m×세로 4m, 수묵채색화)를 보고 커다란 감명을 받았습니다. "우리가 『철의 폭풍』을 번역 출판하게 되면 저 그림을 반드시 넣어야겠어." 오키나와 전쟁 이야기로 한 벽면을 가득 메운 그림엔 책의 내용이 고스란히 들어 있었습니다. 사키마미술관 관장님의 주선으로 이 그림을 책에 넣을 수 있게 되었습니다. 물론 그림을 사용해도 좋다 하신 마루키 히사코丸木行 선생님의 흔쾌한 대답은 더할 나위 없이 감사한 일입니다.

초벌 번역하고 교정도 보지 않은 채 제본한 『철의 폭풍』을 교재 삼아 읽은 뒤 열흘을 돌아도 소화하기 힘에 겨울 곳들을 3박 4일 일정으로 오키나와 기행을 함께해주신 이우생활공동체 역사기행 팀도 고맙습니다. 더군다나 기행의 결과를 기막힌 자료집으로 만들어 마을에서 두루 돌려볼 수 있도록 마음 써주시는 것을 보며 많이 배웠습니다. 지면 관계상 한 분 한 분 호명하지 못하는 게 안타까울 따름입니다. 특히 2015년부터 한 달에 한 번씩 둘러본 역사의 현장에서 길잡이를 맡아주신 박준성 선생님은 건강이 안 좋은 상황에서 함께해주셨습니다. 다행스럽게도 『철의 폭풍』이 책으로 나오는 꼴을 갖추는 즈음에 건강을 되찾으신(고맙습니다!) 선생님과 다음 역사 기행을 기약할 수 있게 되어 얼마나 다행인지 모릅니다.

험한 동굴 탐사에 꼭 필요하기에 부탁드린 밧줄과 랜턴을 준비하여 흔쾌히 함께해주신 마타리 님께 감사드립니다. 동굴 속 더욱 깊숙한 곳까지 들어가 그때 그 처절했던 날들을 온몸으로 느낄 수 있었던 것은 온전히 마타리 님 덕분입니다.

두 번에 걸친 번역 팀의 공식 답사에 즐거이 함께해주신 이무기 님께도 감사드립니다. 바쁜 일정 쪼개 함께해주신 건 보통 우정으로는 어려운 일이란 걸 잘 압니다.

마을번역학교는 누구나 함께할 수 있었기에 이 책을 번역하면서 거쳐간 많은 동학들이 있습니다. 손경여 선생님과 김민지, 김해슬에게 특히 고마움을 전합니다. 여러 사정으로 끝까지 함께하지 못해 아쉬움이 크지만 언제라도 다른 기회에 같이할 수 있는 벗이기에 미더움도 큽니다.

낯선 일본에서 바삐 공부하는 중에 궂은일을 부탁해도 싫은 내색 없이 애써준 전효리 양에게 새삼 고맙다고 말하고 싶습니다. 특히 오며 가며 사키마미술관의 마루키 히사코 선생님께 소식 전해준 점 고맙습니다.

군사 문제에 문외한인 번역자들에게 흔쾌히 자문의 말씀을 해주신 한양대학교 국가전략연구소 이민화 선생님께도 감사드립니다. 캄캄한 어둠 속에서 갈 길을 잃은 듯 헤매는 번역자들에게 여행가이자 동아시아 전문가이신 환타 전명윤 선생님께서 일러주신 청량한 도움 말씀은 두고두고 고마워할 일입니다. 오키나와를 사랑한다는 공감대가 이어준 깊은 인연임을 잊지 않겠습니다.

이 책의 가치를 알아보고 서슴없이 출판을 약속하고 깔끔하게 편집해주신 도서출판 산처럼 윤양미 선생님께 감사드립니다. 좋은 출판사를 만나 한국어 책으로 나오게 된 『철의 폭풍』은 운이 좋은 것 같습니다.

그리고 … 저희 아둔한 세 사람을 때로는 앞에서 끌고 가시느라, 때로는 뒤에서 질정하며 나아가게 하시느라 애써주신 우리의 정선태 선생님께 진심으로 깊은 인사 올립니다. 두말할 것도 없이 이 책은 정선태 선생님의 작품이기도 한 이유입니다. 선생님에 대한 고마움의 표현으로는 앞으로도 정진하겠다는 약속을 드리는 것만한 것이 없겠지요?

오키나와의 그때와 같은 날씨가 계속되는 2020년 장마철에 번역자를 대표해서 물처럼이 썼습니다.

2020년 장마철

김란경 두 손 모음

『철의 폭풍』,
오키나와 주민의 눈에 비친 전쟁의 참상

내가 오키나와를 다시 찾은 것은 2019년 1월이었다. 세 번째 만남인데도 오키나와는 여전히 스산하고 쓸쓸했다. 겨울도 아니고 봄도 아닌, 따스한 바람 속에 날카로운 얼음조각을 품은 듯한, 빗방울이 흩날리는가 싶으면 금세 짙푸른 하늘을 드러내는, 1월의 오키나와 날씨 때문이었는지도 모른다. 돌이켜보니 내가 오키나와를 찾은 것은 세 번 모두 1월이었다. 우연이었으리라.

산호섬 오키나와에는 아름다운 해변과 깊은 자연 동굴이 참 많다. 그 해변과 동굴 들은 대부분 오키나와 전투 당시의 아프고 고통스런 기억들을 간직하고 있다. 해변과 자연 동굴뿐만이 아니다. 오키나와 본섬은 물론 도카시키섬을 비롯해 작은 섬들에 이르기까지 전쟁의 깊은 상처의 흔적이 남아 있다. 곳곳에 서 있는 탑塔과 비碑는 그 자리가 전쟁이 남긴 상처라는 것을 보여준다. 하지만 탑이나 비로 일일이 표시할 수 없을 만큼 오키나와 전역이 상처투성이라고 해야 할 것이다.

그리고 그 상처는 아직껏 치유되지 못한 채 안으로 안으로 깊어지고 있는 것처럼 보인다.

오키나와에 다가갈수록 오키나와가 아득해지는 것은 그 고통의 깊이를 헤아리기가 쉽지 않기 때문일 것이다. 아니, 내 상상이나 의식의 깜냥으로는 감당하기 어려웠기 때문이라고 해야 할 것이다. 그럼에도 오키나와가 내 머릿속을 떠나지 않았던 것은, 그리고 지금도 떠나지 않고 있는 것은, 험한 바다沖에 새끼줄繩처럼 위태롭게 떠 있는 오키나와沖繩의 참혹한 기억이 의식 한켠에 불도장처럼 찍혀 있는 까닭이다.

오키나와의 역사, 특히 오키나와의 현대사는 '대일본제국'과 패전 후 '일본국'의 정체正體를 명확하게 보여주는 렌즈다. 더 멀리 거슬러 올라가야겠지만, 짧게 잡아 류큐 처분(1879) 이후 현재의 헤노코 미군 기지 건설에 이르기까지, 일본이 오키나와에 가한 다양한 형태의 '폭력'은 메이지유신明治維新(1868) 이후 일본 근현대사의 성격을 여실하게 보여준다. 일본이 제국주의적 욕망을 가장 노골적인 형태로 드러낸 장소가 오키나와였다. '대일본제국'의 종언을 알리는 태평양전쟁 말기에는 '본토'를 지키기 위해 '옥쇄玉碎'라는 주문을 걸어 오키나와를 총알받이로 내몰았고, 패전 후에는 승전국 미국을 상전으로 떠받들며 '국체國體'를 '호지護持'하는 대가로 오키나와를 내놓았다.

이렇듯 오키나와는 메이지유신 이후 현재에 이르는 일본의 실체를 밝힐 수 있는 증거를 고스란히 간직하고 있는 기억의 저장고다. 그 기억의 저장고 안에서 가장 처참하고 비극적인 기억을 보존하고 있는 곳이 바로 오키나와 전투 기록관이다. 그리고 오키나와 전투의 실상을 일본군이나 미군의 입장이 아니라 오키나와 주민의 관점에서 기록한 『철의 폭풍』이 그 기록관에서 단연 돋보인다.

***

제1차 세계대전에 참전, 악명 높은 전투가 벌어진 유럽의 서부전선에서 복무했던 에른스트 윙거(1895~1998)는 자신의 전쟁 경험을 일기체 형식으로 쓴 『강철 폭풍 속에서』를 발표한다. 원제는 *In Stahlgewittern*(1920), '거센 폭풍처럼 퍼붓는 강철(포탄) 속에서'라는 의미 정도로 이해할 수 있다. 총탄에 맞아 끔찍한 흉터로 가득한 땅, 찢기고 또 찢겨 벌거숭이가 된 땅, 포격과 함께 분수처럼 솟아오르는 흙먼지, 쏟아지는 파편들이 소나기처럼 휩쓸고 지나간 들판 … . '강철 폭풍'이 휩쓸고 지나간 자리는 지옥도를 연상케 하는 풍경으로 바뀌었다. 에른스트 윙거는 '강철 폭풍'이 몰아치는 전장의 풍경을 '군인'의 눈으로 생생하게 그려낸다.

오키나와 전투를 군인이 아닌 주민(민간인)의 관점에서 그리고 있는 『철의 폭풍』의 제목은 『강철 폭풍 속에서』를 참조했을 가능성이 높다. '강철비Steel Rain'라는 말도 비슷한 의미로 사용되는 듯하다. 어찌 됐든 태평양전쟁 말기, 오키나와에는 유례를 찾아보기 힘들 정도로 무자비한 '강철 폭풍'이 몰아쳤다. 그 위력은 상상을 훌쩍 뛰어넘었다. 미군이 찍은 사진들을 떠올려보라. 거센 빗줄기처럼 쏟아지는 포탄, 땅을 울리는 폭발과 사방으로 퍼지는 파편, 벌집처럼 구멍이 숭숭 뚫린 벌판, 불타오르는 삶의 터전 … .

1945년 3월 오키나와 본섬 주변에 1,500척의 미군 함대가 집결, 3월 25일에는 대대적인 포격과 폭격을 퍼붓는다. 오키나와 전투의 신호탄이었다. 3월 26일에는 해군 부대와 보급부대의 지원을 받는 18만 3천 명의 상륙부대와 해병대가 오키나와에 상륙한다. 그리고 4월

1일부터 본격적으로 시작된 전투는 6월 23일까지 83일 동안 이어진다. 모두 54만 8천 명에 이르는 미군에 맞선 일본군은 11만 명(이 가운데 2만 5천 명은 방위대와 학도병으로 동원된 오키나와 주민)이었다. 병력이나 물자 등 모든 면에서 열세였음에도 불구하고 일본군은 '본토 결전'을 위해 최대한 시간을 벌고, 아울러 천황제를 지키는 조건으로 평화 교섭을 진행하기 위해 오키나와를 희생하는 이른바 '버리는 돌' 작전을 펼친다.

'성스러운 야마토大和' 즉 본토를 미군의 '더러운 군홧발'로부터 지키기 위한 이 전투에서 일본 본토 출신 6만 5천 명과 오키나와 출신 약 3만 명의 군인이 전사했고, 오키나와의 민간인 9만 4천 명이 희생되었다. 미군도 1만 2,520명이 사망했다. 한반도에서 강제 연행된 조선인들도 1만여 명이 희생당한 것으로 알려져 있다.

오키나와 전투는 인명 피해도 피해지만 그에 못지않은, 아니 그 이상의 깊은 상처를 안겼다. 그것은 무엇보다 류큐 처분 이후 '내부 식민지'로 전락한 오키나와에 대한 차별과 억압이 이 전투로 노골화했다는 점이다. '버리는 돌' 작전이 말해주듯 오키나와는 본토를 위해 당연히 희생되어야 한다는 '논리'가 확인되었던 것이다. 그 후 일본 정부가 오키나와를 반영구적 미군 기지로 제공한 사실에서도 알 수 있는 것처럼, 오키나와는 여전히 '내부 식민지'로서 본토를 위해 언제든 희생되어야 하는 처지에 놓이게 된다. 최근 헤노코 미군 기지 이설移設 반대 운동에서 볼 수 있듯, 오키나와 주민들이 부당하기 짝이 없는 '희생의 시스템'에서 벗어나기 위해 힘겨운 투쟁을 전개해오고 있는 것도 이러한 역사적 맥락에서다.

***

1950년 8월 15일 간행된 『철의 폭풍』은 무엇보다 이른 시기에 오키나와 전투의 경험을 민간인의 관점에서 사실적으로 기록했다는 점에서 귀중한 사료라 할 수 있다. 미군정이라는 악조건 속에서 '철의 폭풍'을 직접 경험한 사람들이 전쟁에 대한 기억들을 한 자리에 모으고자 했다는 것만으로도 충분히 주목을 받을 만하다. 비극의 시간으로부터 그리 멀지 않은 시점에 아직 생생하게 남아 있는 기억을 갈무리하고 있는 이 책을 통해 필자들은 "어디까지나 주민의 움직임에 중점을 두고, 오키나와 주민이 이 전쟁으로 얼마나 고통스러웠는지, 또 전쟁이 초래한 것은 무엇이었는지를 있는 그대로 호소하고 싶다"고 했거니와, 이는 "그 어떤 전쟁 기록에서도 찾아볼 수 없"(7쪽)는 것이다. 기존의 전쟁 기록은 대부분 군의 작전상 움직임이나 피해 규모 등에 초점을 맞추기 때문이다. 따라서 이 책은 오키나와 전투라는 지옥의 시간을 살아낸 사람들의 눈에 비친 전쟁의 적나라한 모습을 그린 것이라 할 수 있다.

예를 들어 '집단 자결'의 현장을 묘사한 부분을 보면 이러하다. "여기저기서 수류탄이 터졌다. 무시무시한 굉음이 잇따라 골짜기에 울려 퍼졌다. 순식간에 —남녀노소, 아기까지— 살점이 사방으로 튀며 아비규환의 아수라장이 되었다. 단번에 죽지 못하고 목숨이 붙어 있는 사람들은 서로 곤봉으로 치거나, 면도칼로 자신의 목을 긋거나, 괭이로 혈육의 머리를 내리쳐 깨부쉈다. 이렇듯 세상에 다시없을 무시무시한 광경이 여기저기에서 동시에 펼쳐졌고, 온나가와라의 계곡물은 피로 물들었다."(51~52쪽) 총력전 체제하에서는 전쟁을 효율적으로 수행하기 위해 국민들의 감정과 사상을 조직적이고 체계적이며 지속적으로 동원한다. 그중에서도 일본의 천황제 파시즘 체제는 유별나다. 주술적 또는 미신적 성격을 강하게 띤 천황제 파시즘은 국민을 '광신도'로 만들어버린다. 적군의 포로가 되어 굴욕을 당하느니 깨끗하게 목숨을 끊으라는 '설교'에 길들여진 사람들은 광기 어린 '집단 자결'을 택한다('집단 자결'이라지만 정확하게 말하면 권력의 체계적이고 지속적인 세뇌에 의한 '집단 타살'이라 해야 할 것이다). 그 '집단 자결'의 현장을 『철의 폭풍』은 이처럼 생생하게 재현하고 있는 것이다.

'집단 자결' 현장에 관한 묘사뿐만 아니라 쏟아지는 포탄, 불구덩이가 된 벌판, 먹을 것을 찾아 헤매는 피난민, 가족을 잃고 울부짖는 사람, 무책임하기 이를 데 없는 장교, 비겁한 관료, 철혈근황대로 징발된 소년, 간호사로 동원된 여학생 등에 대한 묘사 역시 꾸밈이 없는 '생동감'으로 가득하다. '철의 폭풍'이 할퀴고 간 현장을 직접 목격한 자의 목소리라는 것을 실감하지 않을 수 없다. 다시 예를 들거니와, 간호사로 일하는 한 여학생은 여러 조건이 열악하기 짝이 없는 '하에바루 육군병원'에서 연옥을 본다. "그곳은 처참한 연옥이었다. 어깨부터 손가락 끝까지 새하얀 석고로 두른 사람, 기관지가 파열되어 목구멍에서 끊임없이 쌔액쌔액 소리가 나는 사람, 탄환이 흉부를 관통해 숨을 쉬거나 말을 할 때마다 등에 난 구멍에서 거품이 부글거리는 사람, 뇌에 이상이 생겨 옷을 다 벗어버리고 마구 소리를 지르는 사람 … 어두운 방공호, 촛불에 비친 광경은 도저히 이 세상의 모습이라고는 생각할 수 없을 만큼 끔찍했다. 무의식중에도 등골이 오싹하고 저도 모르게 다리가 바들바들 떨렸다. 그날 밤은 친구들에게 이야기할 기력도 없었고 끝내 잠을 이룰 수도 없었다."(234쪽)

기자의 기록과 여학생의 수기, 주민의 수기 등으로 구성되어 있는 이 책은 얼핏 일관성이나 체계성의 측면에서 조금 느슨한 것처럼 보일 수도 있다. 한 사람의 필자가 체계적인 구상 아래 집필한 것이 아니어서 충분히 그럴 수 있을 것이다. 그러나 전쟁의 참상을 다양한 각도에서 생생하게 그려내고 있는 바, 이는 일관성이나 체계성이 다소 부족한 점을 상쇄하고도 남는다. 무미건조한 정보의 기술이 아니라 '강철 폭풍' 속에서 직접 듣고, 보고, 경험한 것을 꾸밈없는 언어로 우리 앞에 제시하고 있는 이 책은 오키나와 전투에 관한 상상력을 확장하는 데 적잖은 도움이 될 것이다.

***

'오키나와 문학'을 대표하는 작가 메도루마 슌目取眞俊은 『오키나와의 눈물』을 시작하면서 이렇게 쓴다. "60년! 이토록 장시간에 걸쳐, 이토록 좁은 지역을, 이토록 거대한 규모의 외국 군대가 점거하고 있는 지역이 오키나와 이외에 어디 있단 말인가? 게다가 1972년 5월 15일부터는 미군뿐만 아니라 자위대도 점거에 가담하고 있다. '국체호지國體護持'를 위해 '희생양'이 된 오키나와는 그 후 '태평양의 요석要石'으로서 전쟁과 점령, 식민지 지배가 계속되는 60년을 살아왔다. 과연 오키나와에 전쟁이 끝난 후란 의미의 '전후' 시대가 존재하는가?"* 메도루마가 이 질문을 던진 지 15년이 지났다. 그러나 상황은 바뀌지 않았

* 메도루마 슌, 안행순 옮김, 『오키나와의 눈물』(논형, 2013), 4쪽.

다. 우경화한 일본 정부는 오키나와에 대한 차별과 억압을 멈추지 않고 있으며, 미군 기지도 여전하다.

그렇다면 우리에게 오키나와는 어떤 의미가 있는가. 오키나와를 보면 제국주의 일본의 식민지 지배 역사가 보이고, 미국에 굴종하면서 아시아 이웃 국가에는 큰소리치는 현재의 일본이 보인다. 오키나와를 보면 미국과 일본의 입김으로부터 자유롭지 못한, 질곡으로 점철된 한국의 현대사가 보인다. 그래서인지 여행에 집중되어 있던 오키나와에 대한 관심도 역사와 문화, 그리고 문학 분야로 확산되고 있다.

내가 처음 오키나와를 만난 것은 소설을 통해서였다. 망각의 유혹과 대결하면서 기억을 복원하는 투쟁을 감당하는 것 역시 소설의 몫이라 할 수 있을 터, 오시로 다쓰히로大城立裕, 마타요시 에이키又吉榮喜, 메도루마 슌 등 오키나와를 대표하는 작가들은 오키나와의 상처, 특히 오키나와 전투가 남긴 지우기 어려운 상처를 파고들어 그 고통스런 기억을 끌어낸다. 메도루마 슌은 장편소설 『기억의 숲』에서 이렇게 쓴다. "완만하게 솟아오른 언덕을 오르자 사탕수수밭 저편에 짙은 녹색 숲과 여러 채의 집, 그리고 바다가 보였다. 60년 전에는 저 바다가 미군의 군함으로 가득 차 검게 보였다는 말이 떠올랐다. 지금은 사탕수수밭과 주택지로 이루어진 이 일대가 60년 전에는 사체가 나뒹구는 격전지였다. 그렇게 생각하다 햇빛을 받은 녹색 잎이 물결치는 그 아래로 층층이 쌓인 시체가 있고, 부패한 몸에서 흘러나오는 악취와 신음소리가 사탕수수 줄기와 잎 사이로 흘러나오는 것 같았다."* 사탕수

* 메도루마 슌, 손지연 옮김, 『기억의 숲』(글누림, 2018), 236쪽.

수 줄기와 잎 사이에서 흘러나오는 악취와 신음 소리를 예민하게 알아차려야 한다는 것, 그것은 오키나와 전투의 참상을 잊지 않으려는 의지의 표현일 것이다. 나는 메도루마 슌을 비롯한 오키나와 작가들의 작품을 읽으면서 그와 같은 문학을 통한 기억 투쟁의 의지를 읽을 수 있었다.

물론 『철의 폭풍』은 소설이 아니다. 그런데 비교적 이른 시기에 취재와 증언을 바탕으로 오키나와 전투의 기억을 재구성한 『철의 폭풍』은 어떤 면에서 보면 여러 편의 소설을 씨앗의 형태로 간직하고 있다. 에피소드 하나가 의미 있는 소설 한 편으로 다시 씌어져도 좋을 만큼 묵직하게 다가오는 경우가 적지 않은 것이다. 예컨대 "조선인 군부軍夫 약 70명이 때마침 빗발처럼 쏟아지는 총알을 무릅쓰고 마지 출장소에 군량을 받으러 왔다. 지체 없이 수령 작업을 하던 바로 그때 그들 한가운데로 박격포 몇 발이 떨어졌다. 부근은 갑자기 죽음의 신음 소리가 이어지는 지옥으로 변해버렸고, 군부들은 성난 일본군 하사관의 고함에도 아랑곳하지 않고 이리저리 흩어져 도망가버리고 말았다."(136쪽)라는 에피소드는 어떤가. 조선인 군부들은 어디에서 왔을까. 박격포가 떨어진 곳에서 간신히 살아남은 이들은 어디로 갔을까. 오키나와 어디쯤에 그들의 삶터가 있을까.

무엇보다 『철의 폭풍』은 제국주의 일본의 광기가 무자비한 미군의 폭격과 만나는 순간을 오키나와 주민의 시선으로 여실하게 기록한다. 고통스럽고 참담하며, 괴롭고 슬프지만, 그래도 우리는 '철의 폭풍'을 헤치고 온 사람들이 전하는 말에 귀를 기울여야 한다. 『철의 폭풍』을 통과하고 나면 상처투성이인 오키나와의 모습에 좀 더 가까이 다가갈 수 있을 것이며, 오키나와라는 거울을 통해 우리의 뒤틀린 모습도 함께 발견할 수 있을 것이다. 강조하거니와 『철의 폭풍』은, 오키나와의 과거와 미래 나아가 동아시아의 과거와 미래를 말하려면, 가장 먼저 읽어야 할 책이다.

2020년 9월

정선태 씀

철鐵의 폭풍

제국의 버림받은 섬, 오키나와 83일의 기록

편　집 오키나와타임스

감수 · 해제 정선태

옮긴이 김란경 · 김지혜 · 정현주

펴낸이 윤양미

펴낸곳 도서출판 산처럼

등　록 2002년 1월 10일 제1-2979

주　소 서울시 종로구 사직로8길 34 경희궁의 아침 3단지 오피스텔 412호

전　화 02-725-7414

팩　스 02-725-7404

E-mail sanbooks@hanmail.net

홈페이지 www.sanbooks.com

제1판 제1쇄 2020년 10월 25일

ISBN 978-89-90062-95-6-03830

값 28,000원